圖像・敘事與多元文本

林淑貞 著

臺灣 學生書局 印行

多元文本的生命抒發
——《圖像‧敘事與多元文本》序

復旦大學特聘講座教授陳建華

　　林淑貞教授電郵我她的新書《圖像‧敘事與多元文本》，並囑爲序，我殊覺榮幸而欣然應命，乍開卷一片獨特的人文煙霞舒卷在眼前，美不勝收。開首兩文分別以《台灣眞少年系列》和幾米《地下鐵》二種繪本作爲凝察對象。前一文對六位名家所寫的少童故事一一評述，給自小生長在城市的我帶來一種新的感受，似飄來一股凍頂山烏龍茶的清香。時地迥異，兒時記憶卻有共通之處，八歲男孩的火車之旅勾起我幼時一次遠足郊外的記憶，也發生難以忘懷的細事。我多次來過台灣，足跡卻未遠離台北一帶，因此宜蘭、高雄、台東、屏東等地名綽約閃現著各地風土人情的畫面，令我遐想。而林教授的解讀中更能讓人感受到一種重返自然的情懷，充盈著大地之母般的溫暖演繹。

　　在〈幾米《地下鐵》〉一文中隨目可見嵌入幾米的繪本圖頁，而作者當圖不讓，在炫麗色彩的籠罩之下其詮釋文字一路追隨盲女地下鐵旅程，細膩而委婉，如一首散文詩。不僅對盲女的同情體驗，所謂「任何人生之旅，皆是一人獨自子然行走」，孤寂行旅的主題被引向人世不確定的普世寓言，當然含有作者的主觀投影：「也許，我誤讀了幾米，你們也有可能誤讀了我。而我之所以如此解讀幾米，那是我觀看的角度，是我的存在感受。因爲，我覺得，人生，不就是一場既期待又盲目的行旅嗎？既怕受傷害，又充滿了無限的想像、新鮮與好奇，導引我們不斷地進入？不可拒絕的行旅，註定了繁

華事散的孑然。這──就是我的詮解。」

　　作者在「緒論」中說：「圖象、影視、敘事、詩文皆是文本，這些富麗難蹤的多元文本，爲我們打開文字及其外更華艷的幽美窗戶，開啓展望更深邃、更窈然的多層次閱讀，讓人恣意馳騁與飽覽，或曲徑通幽，或柳暗花明，常常興發坐看雲起的興味，隨興觸發，觀看這些文本風景，讓創作者的幽深生命歷程重新啓動、重新感動。」這兩篇文章不啻具示範意義。

　　初識林教授是在去年五月在上海戲劇學院舉辦的「胡金銓與武俠片」國際學術研討會上，聽她對胡導的《山中傳奇》中人物的美學詮釋，從情節結構、影像畫面、音樂等方面揭示影片中人物的建構，層層剝離，勝義紛披，如此引人入勝，我忝爲分組主席實在不忍嚴格掌握發言時間。在會上我也作了從《江湖奇俠傳》到《火燒紅蓮寺》的演講，看來我們似乎都是文學出身而涉及影視，可說是同道了。當時時間不夠，林教授匆匆播放了 PPT，後面愈發精彩，從人物建構中滲透著「禪化」、「禪境」論及胡導對於傳統儒佛道文化的深刻浸潤，最後揭示影片表現「向死而生的途中」的主旨，而且她指出這不僅是影片中的人物，也是我們現實世界的生存境遇的寫照。這給我留下深刻印象，因此看到她的新著更把文學與視覺性作爲主題，自然十分欣喜，也抱著一份學習的心態。

　　此書共收 25 篇文章，分爲四輯，討論張愛玲、白先勇、黃春明、琦君、荊棘、歐陽子的小說，鄭愁予、覃子豪及馬華文學天狼星詩社，龔鵬程與黃永武的散文，曹禺的劇本、歐豪年的畫、幾米的繪本、席慕蓉的詩與畫等等，電影除《山中傳奇》外有港片《空中小姐》及伊朗影片《天堂的孩子》等，視域十分廣闊，有的作品眞希望我能看過，才有資格來談些看法。林教授著述甚豐，如六朝志怪小說、唐人審美風尙、明清笑話及傳統詩話等，興趣似比較集中在古典方面，另外也發表了不少詩文創作，洵爲多才多藝。收入這部《圖像‧敘事與多元文本》的論文以現當代爲主，且半數與視覺文化有關，似顯出林教授近年的研究重心的轉移與興趣的變化。

　　學術研究求新求變本屬常態，學文科的有的專治一路，有的興趣廣泛，因人而異，各有長短。只是近數十年來人文學界形成某種共享經濟的態勢，

新變意識愈趨尖銳。從上世紀「語言轉向」與「視覺轉向」到新世紀全球化時代，數碼技術加速資訊資源的流通，最近哈佛燕京圖書館將館藏五萬餘卷中文善本上網共用即為一例，各種人文理論進一步交融整合而更為多元，跨語言、跨學科研究蔚成新潮，當然這也引起學科邊界的浮動，比方說，上世紀九十年代周蕾站在「比較文學」的立場上批評作為「區域」研究的傳統漢學，由理論整合致使學科邊界的鬆動。然而不久前由哈佛的大衛・達姆羅什挑頭，認為在今天全球化時代，「比較文學」滿足於對少數國別文學的比較研究，因此為適應需要，他大力提倡「世界文學」的研究方向，儼然引領文學與人文學科的前沿。正所謂河東河西瞬息變幻，令人在山陰道上目不暇接之感。

　　林教授近年的新變趨向，我想既是風會所趨，也是其問學之途的自我鋪展。以亦文亦圖展拓新的研究領域與對話空間，而詩的生命意識滲透於學術書寫，似在嘗試一種新的寫作方式。這方面我有相似的經驗，以研讀古典文學起步，後來涉足現代，又旁及視覺文化，數年前出版了一個名為「古今與跨界」的論文集，論述對象包括朱熹、湯顯祖、陳寅恪、茅盾、周瘦鵑、陳冷血等，文本包括詩文、小說、戲劇、電影等，涉及文學、思想、新聞、圖像影視等領域，含有一種文化史的興趣。不意近來風向突變，就我參與的來說，去年十一月華東師範大學組織了「中國文學與文化：通古今與跨學科」的研究生論壇，幾乎同時復旦大學舉辦了「圖像、敘事、傳播、翻譯：中國近現代通俗文學研究」的研討會，參會的來自各地，大多是青年學者，這一發展勢頭值得關注。她／他們手眼俱高，思維活躍，且體現了一種共享精神，其條件之優越遠非我當年所能想像。

　　的確，已故章培恒先生在上世紀末即發出「打通古今」的呼籲，現今成為學界共識，尤其近些年來「國學熱」不斷，年青人當中做舊體詩、學習書法的相當流行，雖然在文學研究中古代、現當代的分期仍然存在，但文化整體的觀念愈益得到重視。這或是大陸文化現狀的症候，乃長期造成與文化傳統的斷裂所致。在這樣的背景裏讀林教授的文章，就覺得特別順暢，把每一位現當代作家的文本置於文學傳統長河之中，如對於鄭愁予〈賦別〉一詩的

解讀，影響的焦慮當然首舉江淹的〈別賦〉，然而「無論是李白的蘭舟初發，或是張若虛的青楓浦上，或是李商隱的藍田日暖，或是柳永的曉風殘月，或是秦觀的月迷津渡」，皆織入詩人的離情別緒。在這裏林教授不分古今畛域，歷舉淵源典故如數家珍，顯出其深厚學養，當然這也拜賜於台灣一向與傳統文化的親緣性，就像黃春明的短篇〈死去活來〉以諧謔的筆觸描繪了為粉娘的二次送終，透映出現代社會中傳統人倫的延續形態。然而當林教授將〈賦別〉置於抒情傳統的豐富織氍中，仿佛為作品譜寫了一首詩的交響，從中發出各種樂音，應和了她對文本多重對話的可能的信念：「當鄭愁予重新書寫傷離意緒時，也產生了不同的感受，離別而不想再相見，是一份怎樣的情懷呢？將一切未完的留給世界，而夢境究竟可以體現什麼呢？這種悵然、恍然、迷然、惘然的情懷，是可以人心共感的，文學的成就，也就是在共同契會下，證成人世遇合的偶然與必然。」在多重對話當中我們可看到批評者的參演，將普世人情與個人體驗融匯一體，使〈賦別〉成為一首永恆的「傳奇」。

論文集中有數文是對敘事文本的分析。如曹禺的《雷雨》屬現代戲劇經典，其研究成果汗牛充棟，而林教授的解讀別出新意。她指出劇中人物關係複雜，陷於人倫失序的泥淖中，各人的美好追求互相扭撐而一齊歸於悲劇的命運。這一「欲求反失」的論旨是對作品結構性的精密解析的結果，也有賴其真知灼見。類似的解讀也見諸其他幾篇，如對電影《天堂的孩子》裏「遇困—求解」的敘事模式或歐陽子短篇小說中人物「困境與掙扎」的敘寫模式的分析等。這些文章裏如敘事學、心理學、詮釋學等理論往往了無痕跡地融貫於字裏行間，與花拳繡腿、削足適履式的套用理論的做派迥異。

〈以歌寫誌〉一文論述台灣流行歌曲與社會變遷、〈遮蔽與彰顯〉是對張愛玲〈紅玫瑰與白玫瑰〉中男性書寫中的分析，前者涉及大眾文化與傳媒，後者則關乎性別研究，另如〈空中小姐〉一文與城市記憶、女性主體有關，這幾篇稍顯特別，因而這本論文集具有多元雜交的特點，顯示作者對多種領域的興趣，也隱含後續發展的可能性。另外幾篇如〈九歌版年度散文選書評〉、〈嶺南畫派傳人歐豪年〉以及關於馬華天狼星詩社等文具述評性

質，而與其他各類文章一樣，華麗富贍的風格卻以平實打底。每一篇文章均精心結撰，資料詳實，有板有眼，由表及裏地展開論述，從不同角度顯現研究對象，且輔之以圖表，雖然我比較老派對這一點還不大習慣。所有論文幾乎分享了這些特點，即所謂「平實」吧，此乃造就優良學風的基礎。

最讓我感動且受啓發的是許多文章所浸潤的生命意識，也是這本新著題中「多元文本」的要旨所在，〈緒論〉曰：

> 文本的寫定雖有作者之作意存乎其中，然而讀者解讀時，往往因人之預期視野不同而呈示多義性，此一多義性與歧義並非文本的缺點，反而因其多元解讀而具現創造性。圖像、敘事、影視皆為廣義的文本，而作者所展演的生命特質、書寫的文學作品亦為文本。大千世界、繁華人生，何處不是張羅著文本？沒有一個人的遭逢相同，沒有一個人的命運相同，每一個文學家所展現的生命歷程，何嘗不是一齣齣精采絕倫的文本？展讀作家生命、研繹作品內容，同理感受，在對讀的過程中，是一種再創作的心靈演繹過程，亦是另一種形式的文本演繹，無論是寫與讀皆然。

關於文學與圖像的關係的理論很多，各人探究的進路不同。凡從事文化研究的無不奉本雅明的〈機械複製時代的藝術作品〉一文為指針，著眼於現代社會傳媒與政治、美學等複雜關係，如周蕾據以切入解讀魯迅的「幻燈片事件」，對中國現代文學的「視覺技術化」、「東方主義」話語與「第三世界」的權力關係等議題展開論述。但林教授則潛泳於文學與圖像的審美世界，旨在與其心儀的作家分享生命的體驗，因此與克麗絲蒂娃的「互文性」理論心有靈犀，將文學敘事、圖像與影視作品視作「廣義的文本」（見〈以歌寫誌〉）。確實，我們常把圖像的意義也稱為「語言」，而在上古中國「文」的意涵本來就蘊含圖像，因此林教授對於理論的選擇別具慧心，且觸類旁通地作了一番圓融的功夫，事實上不僅自圓其說，成效也十分卓著。

林教授不僅充分發揮了「互文」在各種文本之間、作品與讀者之間的對

話機制，更自我化身爲進行時中的文本演示。本來，如根據「言之無文，行而不遠」的古訓，或朱熹的「文所以載道，猶車所以載物」的說法，「文」與道路、行走、運載的意象相連，因此林教授也一樣，無論是席慕蓉、盲女、胡金銓、龔鵬程、白先勇⋯⋯與她／他們一起踏上心路歷程，一路陪伴，一路絮語，在商討文本的意蘊、交流生命的歸宿與藝術的命運之際，傾聽幽靈的微語，正視生存現狀的困境、希望與掙扎，同時融學術、批評於一爐，隨機閃現雋詞詩意、睿智之光，以其自身對人間的愛心與人文世界的想像踵事增華，使原作更爲出彩，自己也沉醉於羅蘭‧巴特所說的「文本的愉悅」之中。

2018 年 3 月 9 日於海上大寂居

自　序

　　流年如夢，在浩渺的大千世界裡，所有的繁華身影，皆會翻飛成塵；所有的哀感頑艷，皆會風流雲散。感傷年光易逝，華年易銷，然而留在心中的悸動永不銷蝕。曾經感動，在圖像映現的當下，莫名的情緒被激鼓揚波；曾經感動，在文字的驅遣下，鑴刻成篇的珠璣迭宕如玉。被文學、藝術驅使的靈心銳感，總是輕易地展現蜿蜒難以駕馭的心思，輕悄悄地流轉在光年裡，任憑歲月如水東流，永難牽挽；任憑年光銅柱銷蝕，灰劫成嘆，就是要以文字捕捉當下的感受，無論是圖像的、影視的、敘事的，甚至是詩歌散文，皆能攫攝眼目，讓人一而再，再而三的吟嘆成調。

　　永遠記得，初次帶著青澀的南山高中生到國家戲劇院觀看舞台劇，學生被煌煌燦燦的水銀燈飾與華麗舞台眩惑，被高貴的音響與鮮紅厚實的地毯所震懾，我們就一起在台下觀賞曹禺的《雷雨》，流景催老，然而那樣攝人耳目的感受，仍然歷歷如在昨昔。

　　記得，在日本擔任客座教授時，課餘在寂寥無可對語的大賣場中，幽坐蜷伏在咖啡座的角落，領略龔師北溟遊記的孤獨銷蝕青春華年的感受；領略張愛玲的孤高無語的冷峭。也記得在香港市街中，由港大教授帶著我們尋訪白流蘇可能的場景，夜深人潮未退，我們一群張迷在某個街衢的角落裡，就著濃黑的咖啡暢談著張愛玲，暢談著學術圖景。而今，許久未通訊息，大家是否仍記得在茶樓品賞港點時逸興遄飛的神態？

　　記得，被欽點要參與成大作家系列研討會時，努力蒐集黃永武的資料，才有幸重新體會他生命中流轉起伏的人生。記得，初閱幾米地下鐵的悸動，每一張色感鮮明的圖像映現眼前，那種既華麗又孤獨的畫面，皆讓人銷心銷魂般地感受生命中的無可奈何，竟可以此如深刻地長詠成嘆。也記得初接行

政時，必須爲畫家歐豪年獲頒名譽博士撰文而流宕在他的書、詩、畫中。那一段與畫家交接往來的片段，仍然如影視清晰般的在目歷歷。他的爽健豪曠，讓人份外覺得親和與慈祥。也記得鄭愁予獲頒中興大學傑出校友時，與詩人同桌共餐，一起回顧中興種種歷史往事的談笑風生。

記得，還在青澀的研究生就讀時，修讀李瑞騰老師的課程，撰寫五○年代專題而重識覃子豪；爲了解當年重要出版的年度散文選而撰寫九歌之散文。雖然時移事往，然而，曾經作爲台灣人文的部份，不會從此銷聲岑寂，它會堆疊成歷史的厚度，而經由書寫與記錄，銘刻了這些曾經陪伴著台灣社會成長起飛的過程。

也曾經爲了獲得獎金，不顧手頭忙著博論撰寫的當下，仍然從古典詩話抽離出來，論述歐陽子小說；還有教學中即興感動的篇章書寫，一一化成文字匯入時間的潮流裡。每一篇文章，皆有背後書寫的故事，在光景流移中，重輯舊作，不是爲了彰顯學術的厚度，而是曾經被這些人物、故事、物華、圖像、影視所震懾，收心攝目在文字裡，希望給自己學習過程留下一點雪泥鴻爪，一點吉光片羽。爰是序。

林淑貞 序於 20180111 小寒

圖像・敘事與多元文本

目　次

輯三 敘事

輯四 詩文

圖目次

表目次

緒　言

　　圖象，狹義而言，就是「以圖示象」的方式展示；廣義而言，天地之間無所不在的是圖象、紋理與符號。許慎《說文解字‧序》曾云：「文者，物象之本。」昭揭「文」是呈示物象最基本的表述方式。何以取材？溯其源流則云：「黃帝史官倉頡，見鳥獸蹄迒之跡，知分理之可相別異也，初造書契。」是知文字之本源是來自天地自然的圖象，而這些圖象被我們以文字、圖畫、影視或歌聲表述出來，無論載體是文字或圖像，是時間或空間藝術，是立體或平面媒材，是國畫、西畫；無論是仰觀、俯視，皆是創作者以熟稔的筆觸，將個人的情思化為豐富的圖象展演在我們眼前，觀賞與閱讀，讓我們與創作者的心靈相觸、相發、相流動。

　　敘事，就是說故事，無論文字或影視、圖像皆是廣義的說故事的方式。從敘事者而言，關涉著「說什麼」？「如何說」？「為何而說」？幾個層次。從讀者而言，就是「如何讀」？「讀什麼」？「讀到什麼」等幾個層次。敘事學之所以迷人，在於考鏡編寫結構，形成有機論述，雖然所有故事未必採用線性或圓形的時空序列，但是此一結構性論述，能統理故事情節，分層推衍內容，具有抽撥、釐析之效，能有效分析敘事文本的紋理脈絡。

　　文本的寫定雖有作者之作意存乎其中，然而讀者解讀時，往往因人之預期視野不同而呈示多義性，此一多義性與歧義並非文本的缺點，反而因其多元解讀而具現創造性。圖像、敘事、影視皆為廣義的文本，而作者所展演的生命特質、書寫的文學作品亦為文本。大千世界、繁華人生，何處不是張羅著文本？沒有一個人的遭逢相同，沒有一個人的命運相同，每一個文學家所展現的生命歷程，何嘗不是一齣齣精采絕倫的文本？展讀作家生命、研繹作品內容，同理感受，在對讀的過程中，是一種再創作的心靈演繹過程，亦是

另一種形式的文本演繹，無論是寫與讀皆然。

圖像、影視、敘事、詩文皆是文本，這些富麗難蹤的多元文本，爲我們打開文字及其外更華艷的絕美窗戶，開啓展望更深邃、更窈然的多層次閱讀，讓人恣意馳騁與飽覽，或曲徑通幽，或柳暗花明，常常興發坐看雲起的興味，隨興觸發，觀看這些文本風景，讓創作者的幽深生命歷程重新啓動、重新感動。以下凡分四輯，以類相從。

輯一：圖像文學

凡有五篇。二篇討論席慕蓉詩、文與繪畫關係，二篇討論繪本文學，一篇賞介當代畫家歐豪年。

席慕蓉是台灣重要的詩人、畫家，研究者多關涉其文學成就，少著力於詩、文、畫互涉的討論；一篇討論詩與畫關涉，一篇討論文與畫關涉，取材各有不同。二篇討論繪本，其一是從《台灣眞少年少列》探討兒童圖畫書之自然書寫，其一是從幾米《地下鐵》繪本探討故事主角盲女之行旅具體反映了如旅人生之況味。第四篇評述嶺南畫家歐豪年畫風與詩歌所展現的古典意涵。

〈融攝與互襯：論席慕蓉詩與畫的對話〉以詮釋學對話理論討論詩畫互涉關係，首先揭示詩畫合刊表述方式之特色，次論詩與畫風是否相合相涉，三論詩與畫之直指式、隱喻式語言之互涉，四論詩與畫是否融合抑或互不相攝，揭示《畫詩》對話形式有作者與詩畫對話、詩與畫對話、詩畫與讀者對話、作者透過詩畫與讀者對話等四個層次，這種多向對話思維使得詩與畫具有多重擴散作用，讓作者之意的單義與複義同時並現，以興發讀者的美感意趣。

〈文情與畫意：席慕蓉散文與插畫之互詮性〉主要從散文與插畫討論散文與繪畫之關涉，以《畫出心中的彩虹》、《信物》、《寫生者》三書爲範疇，探討插畫在散文集之意義及其詮釋效能何在？與散文之關涉與作用性何在？作者透過文、畫所要達致的效能何在？文與插畫合刊能提供的閱讀效能如何？從閱讀者而言，文書合冊之意蘊能否被讀者解讀？首論散文與插畫合刊之呈現方式與效果；二論文畫互詮的類型有互補共生、陪襯、主輔關係；

三論文與畫的互詮層次有四層，包括文字創作者與讀者、圖像創作者與讀者、圖文創作者與讀者、創作者畫圖、觀畫與寫畫事的體悟；四論文畫互詮之意義，包括四個層次，一是訴諸理解與體驗，二是深層意涵之掘發，三是文／畫、作／讀者視域融合；四是文畫之文本互文性。最後歸結席慕蓉創作初心與意圖，是要回歸到最眞誠創作以達雅俗共賞的目的。

〈從童年往事看兒童繪本的自然書寫：以《台灣眞少年系列》爲主〉以《台灣眞少年系列》六冊繪本爲研究對象，以自然書寫爲軸線，論述六位個別作者追憶童年往事之內容、意義及提供的閱讀效能。首論自然書寫展示風物之美與圖景設計感；二論追憶中的時空敘寫，以「我在」與「今昔對照」作爲論述焦點；三論人與自然互涉之心靈圖式，揭示二種圖式，一種是走離之後，只能存有無盡的追憶與思念，另一種是走離之後因思念而能回歸之舉。最後歸攝在日新月異的新時代進程中，人與大自然的關係日益疏遠，對自然的依歸也日益渴望。

〈宛如盲女遊走探尋的人生行旅：幾米《地下鐵》所透顯的人世況味〉旨在論述幾米繪本《地下鐵》所傳釋的人世況味，藉由一位盲女在都會地鐵中的行旅，喻示人世行走的茫昧與不知何往的不確定感。而在行走的過程中，是千萬人獨往的孤寂感充斥其中，無論人聲雜遝，或是眾聲喧譁，只能面對孤獨深邃的自我而在虛與實之間不斷地前進，無盡的人生就像一座迷宮一樣，也像一座華麗的舞台等待我們盡情用心搬演，最終仍不免要謝幕，仍不免要面對孤寂的自我，註定要重回一個人行旅的情境之中。

〈嶺南畫派傳人歐豪年〉一文主要賞析歐豪年其人其畫與其詩之關涉，兼及相關活動。文分四部份，首先介紹其經歷與榮譽，曾榮獲各種獎項，包括法國巴黎大宮博物館雙年展特別獎、大韓民國圓光大學頒贈榮譽博士、美國印第安那波利斯大學文學博士等榮譽，被藝文界譽爲當今台灣畫壇第一人之榮耀。也曾巡迴到歐、亞、美等地展出，這些榮耀象徵其國畫造詣倍受肯定。其次介紹其詩、書、畫三絕，畫風穠麗，用色大膽，渲染曠遠，能得疏密自然自得的架構。詩歌則有感時憂國之作，可見其性情；詩有唐風，氣象萬千；敘情宛轉則有宋風之寫情寫理之細密入扣。書法則展現豪邁風範，是

能合詩、書、畫融爲一體者，美稱三絕。三述美術館之成立與典藏，以美術館作爲策展據點，推廣國畫不遺餘力。四述推廣教育與提昇研究人力之用心。舉辦繪畫研習班，往下教育，使國畫成爲可臨視而非與庶民有隔的藝術；再則舉辦研討會，藉此培養研究人才，使國畫既有普及化的過程，也有深化鑑賞能力的層面，雙向進行，俾益國畫之推廣並能深入民間與庶眾生活結合。

辑二：影視文學

共收五篇，三篇電影，一篇舞台劇，一篇流行歌曲。

〈向死而生的途中：胡金銓《山中傳奇》人物美學論詮〉主要從人物視角探討胡金銓電影《山中傳奇》所示現的風格特色及有機結構。學界討論胡金銓多從武俠經典模式、空間美學論述，少從人物入手，夷考《山中傳奇》之人物，甚能表述胡金銓的電影敘事模式。首論人物在敘事之中的重要性包括推動劇情及示現主題；二論鋪展人物所運用的結構大抵有三，其一是人物出場結構以手卷式展演出懸疑奇詭的劇情；其二是敘事模式採用英雄歷險模式，讓主角人物何雲青以歷劫回歸完成任務；其三是正邪結構，透過陰陽兩界人物反向激化劇情。三論示現人物特質的技法，包括以命名方式象徵人物性格；以樂器譬喻人物特質；以空間感營造人物存在質性；以物象喻示人物所處情境，此四種象徵、喻示技法使得全片人物充滿了隱喻與提示效果；四論胡金銓形塑人物的功能取向，將人物個性單純化，同時也簡化人性的糾葛、複雜與矛盾性，進而營構出劇中人物對任務的執著與耽溺，以致於陰陽合攝、群魔亂舞的現象時出。五論胡金銓的歷史情境，是對中國傳統文化的演繹，以詩情強化人物特質，以空靈虛情畫意襯託人物身份、以禪意交疊人物行動呈現特殊的禪境、以儒釋道三者合攝將思維細膩展現。六論胡金銓的存在感受，總體而言，有一種繁華事散逐香塵的韻味，主角人物永遠在漂泊之中，且以達成任務爲存在的意義與目的，而這種心境透顯出荒曠虛空的感受。最後揭櫫《山中傳奇》全片以主角人物何雲青的流動示現蒼涼淡漠的「向死而生」的人生況味，遊走人世，竟是一種回歸的方式。

〈流動、展演與品賞：銘刻五〇年代城市印象的《空中小姐》：兼論女性工作意識之主體性〉主要以城市流動所展示的異地景觀，說明不同城市文

化之殊異與風貌創變過程中承載著歷史的年輪；兼論女性的工作主體意識，以展示日益現代化過程中，女性走出家庭是一種自覺自主的存有，也是一種不可迴逆的事實。首論了解城市的方式是透過地景建築來感受文化之間因習俗積澱而展現殊異性，文化風格是藉由地景展現。二論旅行是觀望城市的視角之一，城市性格在目遇之中成形，示現香港、台北、曼谷、新加坡不同文化的異質感受。三論記憶城市的方式是以公共空間、私秘住宅爲展演方式，銘記歷史賦予的多重性格。四論女性工作意識的主體性，以突破男主外女主內藩籬的自我實現過程中，開展女人婚戀與工作抉擇的困境及兩難。最後歸結五○年代四個都會城市藉由電影留存了特殊景觀，香港的商業輻輳銘記英式殖民，台北也標幟殊異的殖民歷史，曼谷以宗教展現佛國信仰，新加坡則在中西合攝中呈示文化品味，這些由時間積累而成的空間地景，是將抽象的歷史以具象的影像留駐在建物之中，指出城市性格的前進與定位方向。

〈電影《天堂的孩子》「遇困——求解」的敘事模式〉討論伊朗馬基麥吉迪導演有口皆碑的電影《天堂的孩子》所示現的「遇困／求解」的敘事模式，軸線有二，其一是「貧窮」的解困，一是「遺失鞋子」的解困過程，二軸交錯進行，將阿里一家貧而不窮，物質生活雖然匱乏，卻蘊含著人性的光輝。其中包括了父子之情、兄妹之情、夫妻之義等，在在透顯著經由努力而反轉人生的意圖，讓生命充滿了奮力向上的過程而令人感覺溫馨有味。

〈曹禺《雷雨》「欲求反失」與「人倫位階錯置」之悲劇〉探討曹禺所編寫的舞台劇《雷雨》的悲劇性有二，其一是「欲求反失」，其二是「人倫位階錯置」。劇中八位人物，皆在命運操弄下，躲不開也無可抗拒運命的捉弄，紛紛捲入漩渦陷溺其中的家庭悲劇。劇中草蛇灰線先伏暗筆，由富家少爺周樸圓背棄已育有二子的婢女侍萍，導致侍萍投水自殺未死，母子睽隔二十年之後，上演亂倫畸戀的繼母痴戀長子、同母異父兄妹畸情相戀未婚懷孕、勞資抗爭的父子對抗等情節，最後在揭示侍萍的身份之後，不可逆轉的人倫位階關係，引爆了亂倫的悲劇性，而每個劇中人物皆在努力追求的過程中逐層揭開身份之後成為悲劇獻祭的供品。

〈以歌寫誌：台灣流行歌曲與社會變遷的互文性書寫〉論述台灣流行歌

曲所蘊含社會變遷的展演過程具有互文性的存有。首論流行歌曲傳輸特質與流衍的範式是傳播媒體消費與流通的方式之一，可帶動流行文化而不容小覷。二論日益遷變的台灣社會，經由流行歌曲展現了封閉與開放過程的嘲弄與反諷；三論流行歌曲展演庶民多元風貌，有情欲的鼓噪流動，有人民心聲的交疊，有虛擬世界的耽溺遊走等等；四論流行歌曲的社會現象反映，將價值扭曲的群相表露無遺，也將歷史、原鄉的關懷具象化；五論泛政治化的批判與覺醒，將國會亂象、金錢外交困境一一展現；除了負面書寫社會變遷，亦有關懷人類與文化視野的開展，喻示正向能量的蓄積；最後歸結以歌寫誌的意義在社會自覺意識統整，可供我們觀察通俗文化及社會變遷的新視點。

輯三：敘事文學

共有七篇，分別論述現代小說張愛玲、白先勇、黃春明、琦君、荊棘、歐陽子等人作品。

〈尋找記憶：白先勇《台北人》「不在場」之敘事策略〉旨在論述白先勇《台北人》十四篇小說「不在場」的敘事結構、視角之運用，讓全知／限知、移定／固定觀點交錯運用，呈示豐富的變化性；次論敘事者／被敘述者之關連涉及「述己」、「述他」的內容以呈現今昔感喟；三論不在場之敘寫特色與意涵，在襯托與補強主述人物之事誼及時空結構之逆序性質；四論不在場之作用在形成「今非昔比」的反差，此一不在場充份反映作者潛隱的昔盛今衰的悲感。

〈飲食‧記憶與身份變換：論白先勇〈花橋榮記〉所豁顯的悲劇意識〉探討白先勇運用飲食召喚鄉愁，而以記憶連結家鄉圖景，此一對照是深刻地反映「昔盛今衰」的寥落感，藉由春夢婆的視角展演一場「今非昔比」的人生如春夢的虛空感，對財、勢、情的執著，終如春夢轉瞬成空。

〈琦君「傳記情境」中的鏡像疊影：以《菁姐》為例〉探討琦君喜用追憶手法敘寫《菁姐》十篇小說，無論從書寫結構、空間敘寫，皆讓讀者感受情節結構、人物形象、空間結構的複製，何以如此呢？蓋小說所敘寫的內容與琦君生平境遇感重疊，此一記憶疊影的文學視野與意義何在呢？顯示琦君《菁姐》的文本就像一面鏡子，不斷地映照琦君的生平境遇感受，覽閱其

文，就是不斷地重溫其傳記情境。

〈遮蔽與彰顯：〈紅玫瑰與白玫瑰〉男性書寫中的對蹠性〉旨在探討張愛玲小說中隱而不顯的男性視角，藉由佟振保在親情我、情欲我、意志我中不斷地拉扯與防衛，兩極對蹠以顯發潛藏的意蘊在彰顯夫為妻綱的倫常壓力與女性之卑弱依附下的反抗。首論親情我的召喚，揭示佟振保在理性與感性之中坎陷與超越；二論情欲我的掙扎，在紅白之爭中，冷與熱的交織下，反向汩游與耽溺；三論意志我的游離與固著，猶如撲火飛蛾，終能浴火重生。在親情與愛情、理性與感性、熱情與冷漠的紅白玫瑰對蹠中，看到了被彰顯的是男性穩固的主體性，被遮蔽的是女性的卑微，兩相對照，互相依存且互相隱淪。

〈聚焦與縮影：黃春明〈死去活來〉所示現的隱喻意涵〉藉由隱喻、失諧來論述黃春明〈死去活來〉以小喻大的社會縮影，將老人關懷置放在乖訛的死而復生的過程中，以突顯老人心境流轉。首論粉娘二次彌留情景，以聚焦方式書寫子孫來去的反應；二論縮影，以映現當代的社會現況；三論老樹敗根的隱喻，四論死而復生的諧謔張力，五論社會偏失的世俗孝道、親情疏離、功利的人際關係，以反映黃春明預見老人化問題的悲鳴。

〈荊棘〈南瓜〉「自傳體記憶」構築的圖像〉論述〈南瓜〉一文是荊棘自傳體記憶的敘寫，以時空跳接承接生命的歷程，以南瓜豐美映照母親柔美意象，以反差照映父親的粗暴，並藉由此一追憶書寫，療癒生命創傷，同時也讓生命的韌性走過無可迴避的人生哀感。

〈困境與掙扎：歐陽子短篇小說析論〉揭示歐陽子是《現代文學》派的健將之一，她的小說偏重技巧營構，尤其對人性心理之刻摹，曾在七〇年代引發正反兩面爭論。盱衡其小說所創發的故事或人物，莫不處在生命困境或難堪處境而急欲脫困，故而本文旨在抉發其所創造的主人公如何面對困境又如何脫困？歸結主人公的應世能力、性格特質，造成所採用的「行動」不同，而有迴異的解困的結果。

輯四：詩文

共有六篇文章，將散文與詩歌合輯。散文論述龔鵬程、黃永武二位作家

及九歌散文選；詩歌論覃子豪、鄭愁予及馬華文學天狼星詩社。其中，九歌一文嘗試從文學社會學考索九歌編選年度散文選的編輯意義，天狼星一文則論述馬華天狼星詩社前後二本新詩選輯，所代表的薪傳與世代輪替的意義。

〈蕭心劍氣獨孤客：論龔鵬程遊記散文敘寫結構與豁顯的生命情調〉旨在從《北溟行記》、《孤獨的眼睛》、《自由的翅膀》三書論述龔鵬程遊記散文的書寫結構，進而說明其所顯發的生命情調。首論遊的類型及敘寫結構，從遊的目的觀之，有神遊、形遊之異；從遊的形式觀之有個人之遊以達遊玩、遊泄、知旅等項；敘寫結構多以「述今、追昔、興慨」作為表述方式。二論如何觀看與遊觀內容，多為見人未見、言人未言者，至於遊觀的內容有自然景、人文景，內含弔古、觀世、品人、徵史、議時等項。三論生命情調的發顯，以獨特之眼，既豁顯逍遙無待的莊子心境，亦懷有浮世塵遊的儒者情懷，最多的是示現生命孤獨的本質，而能以楚狂、反語空白消解之，最終仍希望能尋覓千古知音。四論其遊記散文之破與立，並提供旅遊當局、遊者、賣場及遊記書寫之建言。五論遊之物質實踐與精神坎陷，分從精神性的食衣住行論之，再從精神坎陷論「形遊而神不釋」人生行旅的牽累。最後歸結遊是客、是行者，亦是人生的本質，而其生命特質則符印蕭心劍氣之孤獨氣概。

〈菊花心事與生活理趣：黃永武散文書寫向度的轉折與特色〉旨在探討黃永武散文著作有二十五種之多的寫作向度與學思過程是否相照映？內容呈現什麼意蘊與文學特色？首論生命歷程與寫作立場的心境相合，呈現出年少貧中作樂的詩人夢，並且以詩為舟，療治生命創傷，隨筆散文則抉發人生虛靜容受的內容，旅居海外則心繫台灣人、大陸事；二論菊花心事，將千古文心意流衍在散文之中，有詩學之演繹，有應時而發的書寫，有專著採擷，有生活理趣汲引，彰顯真實生活歷程；三論因為大量閱讀而反芻出練達的人生；四論散文特色，有以詩為心，救贖度厄；有化古為今，抉發生活趣味；有化雅為俗，將專業學問通俗與散文化，用著述來讀書的讀寫合一，更有正面知識性格來提撕人生，最後歸結黃永武從書寫治療、宣洩自我以達積蘊厚發的錬達人生，以學問為根，以詩歌為舟，普傳於世。

〈九歌版年度散文選述評〉以台灣具有標杆作用的九歌散文選作爲觀察對象，考索其編輯活動及其所創發的選文風格提出建議與批評，從中可體察編者的文學理念，進而管窺八〇年代散文變化的軌跡與現象。

〈覃子豪在台之詩論及其實踐活動探究〉旨在論述覃子豪在台之詩論及其相關活動。活動主要有三，一是以現代詩教育爲主，曾擔任函授班主任或講師，講授內容包括教授新詩理論、欣賞及技巧等項；二是刊物之編輯包括新詩週刊及藍星系列，三是參與現代詩論戰。覃子豪深受象徵主義影響，揭示營造藝術以抒情、音樂性、意象爲組構元素，而內容則取鎔中西以內容創造形式。雖然覃子豪在台灣詩壇活動時間不長，卻爲新詩園地栽種苗圃，播種的辛勞值得肯定。

〈仰看天狼星的視角：遊走在糾葛、焦慮與薪傳之間的詩社〉天狼星詩社是馬華文學自主性的文學團體，由溫任平、李宗舜、謝川成諸人於一九七三年正式創社。曾出版天狼星叢書數十種，最有意義的是一九七九年出版《天狼星詩選》，三十五年之後的二〇一四年又再出版《眾星喧譁：天狼星詩作精選》，其中有橫跨三十五年的詩人，其作品亦被選入其中，對照這二本詩集，可考索馬華文學在地性、中國性、世界性書寫的糾纏與潛伏在馬來西亞主流邊隙的焦慮感。雖然這種文學混血無可避免，卻也形成一種獨特性：天狼星以群體的力量，蔚成一種光度，讓我們仰視時，不能忽視他們以守候天際的群星向人間俯視時透顯的光芒，是不可輕忽的。

〈美麗，不是錯誤：傑出校友鄭愁予賞介〉主要介紹品賞鄭愁予其人其詩。文分六段，首揭鄭愁予與中興大學之因緣，二述其傳奇生平，三述蒞臨中興大學演講，盛況空前；四述相關的祝壽活動及旅夢專輯，五則將其膾炙人口之詩歌進行評賞，最後歸結這是一個有詩有夢的時代，因爲有詩歌火種得以薪火相傳，讓我們繼續爲文學編夢，爲詩歌傳下不滅的火種。

創作、閱讀與書寫是不同層次的感知，在往返對讀中，凝視與觀看，加深加廣不同文本之間的豐富意涵。圖像、影視、敘事、詩文展演時既抒發創作者強烈意圖，也厚實了閱讀者在對讀時雙向交互溝通的過程，富贍了彼此的心靈與生命。

輯 一

圖 像

融攝與互襯：
論席慕蓉詩與畫的對話

摘　要

　　席慕蓉的新詩，接近於輕柔短品，自成一格，文字洗麗流暢，婉轉一如花香襲人。然而，她的身份不僅是一位詩人，更是一位畫家。近來論席慕蓉者，多談其詩歌，少論及詩、畫互涉的情形。在中國的詩畫論述中，一向以「詩中有畫，畫中有詩」為最高的互融境界，而西方最具代表的是萊辛《拉奧孔：詩與畫的界限》，強調詩畫（文學與造型藝術）分界。中西截然不同的思維，對於習畫從西學入手的席慕蓉而言，如何取徑？如何將畫風示現在歌詩之中？究竟其如何表現詩畫合刊？詩風與畫風是否相融相攝？抑或相反相斥？職是，本文以《畫詩》一書為研究對象，採對話理論，探討詩／畫對話的可能性，釐析詩畫互涉關係，揭示席慕蓉詩畫合刊往往可以看見她的繪畫與詩歌進行對話與融攝互補的情形。

關鍵詞：對話理論　拉奧孔　迷途詩冊　畫詩

一、前言

　　席慕蓉（1943-），是當代知名的詩人、散文作家，但是她的專業是繪畫，一九五六年入台北師範藝術科習畫，一九五九年入師大藝術系，習素描、水彩、油畫、國畫等，一九六四年赴比利時布魯塞爾皇家學院進修，習油畫，一九六七年進克勞德‧李教授銅版畫室習蝕刻銅版畫一年。習畫雖有中西，然主要從西學入手。

　　其著作繁富，大抵可以分作美術與文學二類：

　　甲、美術類：

　　其一，美術論著，有《心靈的探索》（1975.08）、《雷射藝術導論》（雷射推廣協會，1982）等。

　　其二，美術教育，有《畫出心中的彩虹：寫給年輕母親的信》[1]（爾雅，1982.03）。

　　其三，畫集，有《山水》（敦煌，1987.05）、《花季》（清韻，1991.04）、《涉江采芙蓉》（清韻，1992.06）等。

　　乙、文學類：

　　其一，現代詩著作，有膾炙人口的《七里香》（大地，1981.07）、《無怨的青春》（大地，1983.02）等。

　　其二，散文著作有《三弦》（爾雅，1983.07）、《有一首歌》（洪範、1983）《同心集》（九歌，1985.03）等。

　　丙、文學與美術互涉的跨類表現：

　　其一，詩畫合集的《畫詩》（皇冠，1979.07）、《迷途詩冊》（圓神，2002）、《河流之歌》（東華，1992.06）等。

　　其二，文畫合集的《信物》（圓神，1989.01）、《寫生者》（大雁，1989.03）等。

　　其三，詩與攝影合集的《水與石的對話》（太魯閣國家公園，

---

[1]　一作《畫出心中的彩虹：學前美術教育》。

1990.02）。

　　其四，散文與攝影合集的《我的家在高原上》（圓神，1990.07）。

　　其五，詩文攝影三者合集的《在那遙遠的地方》（圓神，1988.03）等。

　　承上，席慕蓉創作多元，橫跨文字與圖像，而其詩／畫作品如何呈現？大抵可分作：一：以詩為主，畫為輔，例如《七里香》、《無怨的青春》即是以插圖搭配；二：詩與畫各自相輔而成，例如《畫詩》、《迷途詩冊》，採圖文並茂方式呈現。本文討論以詩、畫合刊的《畫詩》（1979）為主，並以《迷途詩冊》作為參照。為何以此入手，蓋《畫詩》一書是唯一詩畫同題創作的一詩一圖合刊作品，與其他諸書將繪畫視為插圖有所不同，雖然《迷途詩冊》也採一詩一圖，卻非同題創作，而是精選插圖置入書中[2]，由此可見《畫詩》詩畫表現方式迥異席氏他書，以「畫詩」為題，自然將繪畫的主動性與能動性標示出來。

二、詩畫合刊的表述方式與特色

　　詮釋學有四個對話階段：其一是狄爾泰（Dilthey, 1833-1911），訴諸理解和體驗；透過心理複製式的對話，達到體驗一致和真正的理解。其二是弗洛伊德（Freud, 1856-1939）的發掘式詮釋，進行表層之後的深層或言外意的發掘。其三是伽德默爾（Gadamer, 1900-2002）的對話式詮釋學，是重在作者和讀者視野融合後的新東西。其四是文本和文本之間的對話，就是後現代主義的「文本互文性」，人文領域和藝術領域的創造是文本之間的交融與對話，而非絕對真理的發現。[3]據此，席慕蓉的《畫詩》達到了什麼樣的對

---

[2]　〈初老〉自云：「將我多年來的插圖精選出一小部份，放進書中……」由此可知，先有圖再有詩，詩成之後，再取插圖置入其中。見《迷途詩冊》（台北：圓神，2002），頁 11。

[3]　見滕守堯：《對話理論》（台北：揚智，1997），第一章〈走向對話的當代文化〉，頁 36-43。

話效能呢？讀者必須和作者融合才能體會作意所指，而席氏之詩與畫之間的文本互文，是否可讓讀者以二維向度理解作者所要傳遞的意涵？同時是否也在閱讀繪畫之後，興發與詩歌同體美感，或啟迪更深刻的言外重旨？

　　《畫詩》全書共分三輯：1.〈歌〉十二首詩，配合十二幅畫。2.〈思〉八首詩，配合八幅畫。3.〈線〉則純然是十二幅人體圖象。合計二十首詩、三十二幅繪畫。詩少畫多，是席慕蓉少見的詩畫合刊的表述方式。其中，十二幅無詩之畫，充份表現出繪畫線條的張力。

　　美國魯道夫・阿恩海姆（Rudolf Arnheim, 1904-2007）《藝術與視知覺》曾將藝術與視覺之間的關係，分從平衡、形狀、形式、發展、空間、光線、色彩、運動、張力、表現等項進行探討[4]，本文則據此略有異同，將《畫詩》一書中的詩與畫合刊的表述形式，示之如下：

1、版面形式

　　詩畫合刊的版面形式，有單頁式、蝴蝶頁式、分格式、插圖式之不同；《畫詩》所呈現的是一詩一畫，多以單頁式呈現，僅〈出塞曲〉是採蝴蝶頁方式。（詳後所列圖像）

2、圖文編排形式

　　通常席慕蓉詩畫合刊有「插畫」與「一詩一圖」二種方式，《畫詩》與《迷途詩冊》皆採用一詩一圖，《畫詩》因版式較大，採用右文左圖方式呈現，例如：

---

[4]　見魯道夫・阿恩海姆（Rudolf Arnheim, 1904-2007）著、滕守堯、朱疆源譯：《藝術與視知覺》（成都：四川人民，2001）。

不再迟疑　不再迷惑
了却前世那纠缠的心结
哀悼那无边的此刻

一遍是一种浮沉
一遍是一种桑焚
那海浪然后退去
寻寻觅觅的是你我为着尔

——一九七八

花你的歌　A song for you

圖 1-1-1　席慕蓉：《畫詩・給你的歌》

這種右文左圖方式與《迷途詩冊》不同。

　　《迷途詩冊》詩歌內容較長，且版式較小，無法同版示現，故而圖像置於詩末次頁，例如：

在逐渐加深的夜色裡
摆渡　夢中街巷

究竟是谁的邀请　谁的渴望
是谁
在心裡為我暗暗留下的地方

——二○○○・八・五

圖 1-1-2　席慕蓉：《迷途詩冊・夢中街巷》[5]

上圖因爲詩長跨頁，而圖則縮小比率置於詩末，另起一頁。

3、色調表現

　　色彩、線條、色塊渲染是圖像情境的表述方式，但是，素喜以簡約風格呈現的席慕蓉，捨棄色調鮮明的顏色，僅以黑白色調，以或疏或密，或朗或隱，或高或低，或明或暗的層次，使畫面呈現既簡又繁的疏朗感覺。

4、媒材技法

　　席氏詩畫合刊的畫作之中，善用針筆素描，將心中的意，化成筆下的象，輔以版畫、漆畫作爲插圖之用。在《畫詩》一書中，完全採用針筆素描，其線條繁簡不一，濃密疏淡各有不同，例如：

樹的畫像　　*The portrait of a tree*　　　　　　　　　　39×46.1

圖 1-1-3　席慕蓉：《畫詩‧樹的畫像》

5　此圖同時出現在《畫詩》書中，題爲〈接友人書〉；在《迷途詩冊》題爲〈夢中街巷〉。復次，重複的畫作尚有在《迷途詩冊》題爲〈四月梔子〉，在《畫詩》題爲〈高速公路的下午〉。從創作先後觀之，先有《畫詩》再有《迷途詩冊》，由此更可證明《迷途詩冊》是採插圖效果。

以既簡又繁的筆觸，將兀然的孤樹挺立天地荒漠之中。而版畫或漆畫則以構圖有一主要軸線開展，例如《迷途詩冊》中題爲〈果核〉詩的圖像：

圖 1-1-4　席慕蓉：《迷途詩冊・果核》

以版畫爲主，展現含苞荷花的孤挺，襯以田田荷葉。

由此可見，針畫素描與版畫朗現的方式有所不同。

5、閱讀動線

對創作者而言，同題寫詩畫圖，二者配量是相等的，但是，先詩後圖的編排方式，給讀者的感受是詩主圖輔，從閱讀張力來看，必然形成詩主圖從的感受。

6、背景配置

詩歌的閱讀動線是逐行逐字進行的，有閱讀的理序；而圖像的呈示方式是整個畫面一起出現。當我們在閱讀或欣賞繪畫時，往往會被其中的主體圖象收攝眼目，例如：

接友人書　*Letter from a friend*　　　32.5×4

圖 1-1-5　席慕蓉：《迷途詩冊‧接友人書》

呈現的是女子髮辮如蘭葉，如荇藻，髮後點綴的背景有綻開的蓮花三朵及遠雲若干，這些圖像，收攝我們的觀看視角，女子眉目張揚的柔視，形成我們觀看的焦點。再如：

銅版畫　*Gravure*　　　30.5×28

圖 1-1-6　席慕蓉：《迷途詩冊‧銅版畫》

呈示女子凝視遠方，整個人陷入繁複密雜的花草山野之中。將銅版畫細密鑴刻的線條以錯綜複雜的形式呈現出來，一張不可或忘的女子容顏，遂成爲記憶中難以抹去的張望。

　　繪畫閱讀方式是圖象式、空間式的，而詩歌則是時間的流動，讀者必定依照文字先後排序進行閱讀。

7、取景角度

　　《畫詩》32 幅繪畫之中，專輯〈歌〉中的 12 幅與〈思〉中的 8 幅是詩畫相配的內容，取景角度有二，其一是常以正向側寫的手法呈現，例如前所列之圖：〈給你的歌〉、〈銅版畫〉、〈舊夢〉、〈回首〉、〈月桂樹的願望〉等；其二，是以正向正寫人物的手法有〈山月〉、〈邂逅〉、〈夢中街巷〉、〈新娘〉等。

8、空間與情境的互涉

　　席慕蓉的繪畫充滿了寫意與寫象，虛實空間映現出寫實／超寫實畫面並置的情形。而且多以女子爲主要表現的內容，輔以花草樹木，尤其喜用花草襯託女子的容顏，例如：

新娘　*The bride*　32.5×4

圖 1-1-7　席慕蓉：《畫詩・新娘》

圖像中的女子，即是新娘，以花襯顏，正用以示現花樣青春。而背景及近景即以超寫實的方式將女子置於花叢之中，形成既有寫實的人物容貌及花顏，又有超離現實的花叢女顏的相襯。

　　統攝前述，詩畫合刊的《畫詩》採一詩一圖、右文左圖並置方式呈現，詩歌是逐行閱讀的時間流動，而圖象則是全幅式的空間朗現，二者閱讀的動線殊異，卻共同彰顯題目的意義。

三、詩歌與繪畫基調展演

　　《畫詩》所展現的詩風與畫風如何呢？與席慕蓉整體表現風格是否相合呢？

（一）詩歌基調：情愛與對話

　　《畫詩》共收錄二十首詩歌，內容大抵表現出與《七里香》、《無怨的青春》風格相似的主題內容，有對愛情淡淡幽幽的企盼想望，有對故鄉的懷想憶念，有對流光遠逝的淡淡哀感，也有對季節更迭的叩問與回應。總結這些內容示現的基調有二，其一是對情愛的追索、懷想、執念的表述，其二是詩中形成虛設的「與你」對話，其實是「自我表述」。

1、纖柔淡漠的情愛

　　《畫詩》中的〈歌〉收錄十二篇詩歌及圖畫，扉頁自云：「夏日已遠，馨香淡去，只留下一首柔美的歌：『回顧所來徑，蒼蒼橫翠微』」明白標示這是一首傷逝的歌，有淡淡的柔美。這些歌的內容，大抵有流光傷逝，例如〈山月〉對四月春去的悵惘；〈給你的歌〉是華年驀然回首的痛楚；〈暮色〉寫舊日之歌在二十年之後再度揚起的感傷；〈樹的畫像〉寫流光傷逝，抗拒秋的來臨，〈銅版畫〉寫難忘夏日的山間生涯；〈舊夢〉寫褪色的舊夢引發心中的痛楚；有情愛傷逝，例如〈十六歲花季〉寫初戀之情；〈接友人書〉寫華年隱去，辜負春日；〈邂逅〉敘寫相見不識的友人相邂逅；〈回

首〉摹寫盼望著愛情；〈月桂樹的願望〉描寫青春雖遠揚而思念卻無可逃避；〈新娘〉書寫青春年少相愛，共度人世滄桑。

《畫詩》中的〈思〉共收錄八篇詩歌及八幅圖畫，在扉頁中標示奔騰的血液流有天山大漠古老民族的血統，故而基調是以懷想素未謀面的蒙古故鄉為主，整體內容有二，其一是展現敘述者的思鄉情懷，其二是思維的情意流轉。思念遙遠的大漠故鄉有〈高速公路的下午〉書寫在高速公路中追想風沙來處是故鄉；〈鄉愁〉寫鄉愁是沒有年輪的樹，永不老去；〈出塞曲〉寫風沙呼嘯大漠，騎馬歸故鄉的豪情；〈命運〉寫遠離家鄉，迷失在灰暗巷弄中，憶想塞外正是芳草離離；〈長城謠〉敘寫敕勒川陰山旁的黃河流進不眠的夢中，是對故鄉歷史的懷想；〈狂風沙〉敘寫風沙來處正是故鄉所在，一個未見的故鄉成為心中的刺想；雜思有〈渡口〉，敘寫遠行相送的無可奈何；〈植物園〉敘寫因荷懷想過往曾駐足的玄武湖；此二類共同構成〈思〉八幅詩畫並陳的基調。

席慕蓉的詩歌充滿了人世間遇合的情愛，不論是邂逅之情、男女之情，或是友人、親人之情，皆張羅成席氏風格的書寫內容，沒有了「情愛」則人世間將是一片荒漠。《畫詩》中的〈給你的歌〉是現在對過去的我的對話，是對過去我的愛戀與存想；〈回首〉也是回首張望青春的愛情；〈十六歲的花季〉是青春初戀的愛情；〈接友人書〉是朋友之情；〈邂逅〉是對相望不識的離散友人之情；〈月桂樹的願望〉也是一種雲淡風清的愛情。

情與愛，構成書寫的軸線，散漫成一則則主題大同小異的詩歌內容，也許，文字略有不同，情懷淡漠略有更易，然而，不變的仍是那份淡淡幽幽的情愫流蕩在字裡行間，起伏的不僅是作者的情與愛，更是虛融涵渾的寫出世人的淡漠之情，以此淡漠，遂能成就大家的淡漠，而有一種幽幽的情愫被挑起、被鼓舞，流衍成世代之間傳誦的雋永小詩。

2、與你對話：回首張望的流光

流光傷逝自漢代〈古詩十九首〉即有，而席氏亦多有此慨，書寫的模式，喜用與你「對話」的方式來表述。這個「你」可以是過去的「我」，用

當下的我與過去的我對話，形成今昔對照。例如〈給你的歌〉：

> 我愛你只因歲月如梭
> 永不停留　永不回頭
> 才能編織出華麗的面容啊
> 不露一絲褪色的悲愁

詩中的「你」指過去的自己，不停留不回頭，「你」已成為「已遠去」的流光，才會驚醒「而在驀然回首的痛楚裡，亭亭出現的是你我的華年」。過去的自己也代表華年的自己。過去的我，鑴刻成記憶中的點點滴滴。

　　〈十六歲的花季〉中的「你」又是另一個對話的對象，是愛人，也就是愛情中的你：

> 在陌生的城市裡醒來
> 唇間仍留著你的名字
> 愛人我已離你千萬里

十六歲的愛情像花季，璀璨美麗，只開一次，開過之後再也不會重回了，愛情也像花季一樣，逝去了，再也追不回來了。而那個美麗的愛情如同花季一樣，永遠存留在記憶深處，無論身在何時何處，美麗的夢幻之網仍然會浮現，可以「擋住異域的風霜」。

　　這個「你」，也可以是大自然，不明確指實何物、何事，而是作者假託的一個對話的對象，讓文字可以有著力點發抒。例如〈山月〉：

> 我曾踏月而來，
> 只因你在山中
> 山風拂髮　拂頸　拂裸肩膀
> 而月光之衣我以華裳

……

但終我倆多少物換星移的韶華

卻總不能將它忘記

……

這個「你」究竟是指什麼呢？是過去的自我？抑是指大自然呢？題為山月，若是指山月則文中不會出現「而月光之衣我以華裳」這樣的字句，而第二段有「我倆」二字，則「你」或可以是山中之樹或花或自然風物，才會說「只因你在山中」。

你，也可以是「友人」，在〈接友人書〉中：「那忘記了的／又豈僅是你我的面容。」寫友人來信，引發對塵封的日夜、對華年秋草的追思。

〈邂逅〉中的「你」是友人，久未謀面的友人，因為韶光改人容顏，遂讓友人彼此在街角擦身而過而漠然不識。

職是，你，可以是虛構的對象，指過去的我，或是想念的人；也可以是具象的對象，指友人或愛人等。

一向以表現纖細、柔美、淡漠美感的詩畫風格的席慕蓉，透過《詩畫》一書，讓我們再一次重新溫習並感受她的詩風畫格。筆調仍是一貫的細膩與多情婉約。這就是席慕蓉的詩風，呈現柔美，纖弱，多情多感的傷逝情懷與淡漠感傷。

這樣的風格，也有蛻變的時候，在接觸了大蒙古草原之後，而有了不同的書寫內容與視角以張望這個世界。如果說，迴返蒙古家鄉是她風格的變化，則之前的創作多是小女子的情愛與心情的起伏變化而已，俟踏上蒙古之後，翻轉成曠野的豪情呈現與讀者一個嶄新的風格與面貌，《畫詩》中的〈出塞曲〉即預示這樣的轉變。

（二）繪畫基調：女子、草木與線條

詩歌，喜歡寫花，寫女子，寫心情；繪畫，喜歡畫花，畫女子，並且大量運用線條彰顯畫面。

　　從創作者而言，反複製造女子與花草樹木的糾葛，不就如同人生不斷地糾葛在愛恨情愁之中嗎？不就是席慕蓉反複地耽溺在情愛與心情之中的複寫與銘刻嗎？相同的主題，運用不同的文字與繪畫，張羅出不盡相同的詩歌內容與繪畫風格，卻也呈示相同的人生面臨的課題，反反復復出現，形成一種獨特的風格，走離不出。例如前列之〈接友人書〉一圖中，後方的三朵蓮花即是用來襯託。

　　除了女子與花之外，大量運用草樹與側面剪影也是席氏風格之一，例如：

圖 1-1-8　席慕蓉：《畫詩‧月桂樹的願望》

二人側影相視，襯以背景繁複縟麗的草樹，形成簡約與密麗的對照，讓構圖有一種寫意的張力：成行的樹影、相對而視的彼此，以及編髮持花的意象，用來彰顯散開的風清雲淡，無人可逃開夜夜的思念。再如：

舊夢　*An old dream*　　　　　　39×46

圖 1-1-9　席慕蓉：《畫詩・舊夢》

女子側面凝視，背景一樣是繁花樹影，手中的戒指、堅挺的胸部，引發遐
想。再如：

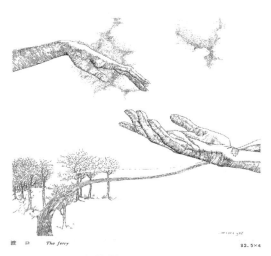

渡口　*The ferry*　　　　　32.5×4

圖 1-1-10　席慕蓉：《畫詩・渡口》

以手相互接引，發揮了渡口的意象，然而，不用津渡，不用舟水擺渡，而是

以遠雲、近樹襯以河流似草蜿蜒漫流。再如：

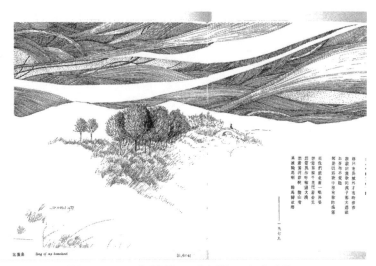

圖 1-1-11　席慕蓉：《畫詩‧出塞曲》

〈出塞曲〉是二十幅繪畫唯一採用**蝴蝶頁**方式呈現，長幅跨頁的流線，如草，如河，如沙，如漠，婉轉流衍出山川壯麗的風貌，而蓊鬱成林的草莽，讓整個平沙曠野展現粗獷的豪邁。將粗獷與陰柔同體表現出既細膩又豪放的性格，是少見的畫風。

　　席氏畫風，善用素描表現纖細柔美的線條，至於題材之運用，喜用女子與樹草花木構圖，並且善長將具象的樹木花草拚貼成臆想中的世界。這就是席慕蓉一貫的風格，從《七里香》、《無怨的青春》以來皆是，這些雜揉纖細的畫面，形成獨特風格。

　　承上，詩、畫基調各有展現的重點，二者呈現的效果，從意義解讀而言，並未能充份將詩／畫統合。從意境互涉而言，視域融合原本將作者與讀者融合，此則轉換成詩／畫彼此是否相互融合。作者造境要達到詩、畫融合，但是，文本的張力，卻未必能讓讀者感受詩／畫之間全幅融合的體會。

四、詩畫的直指式與隱喻式語言

　　一般而言，詩是隱喻式語言較多，而畫則是直指式語言較多，然而，在席慕蓉的詩畫作品當中，詩與畫之語言，相對而言，詩的語言是明白清晰的，而畫的語言則是充滿現實與超現實雜揉並置的想像與張力。例如〈回首〉敘寫一段盼望中的美麗愛情，畫作如下所示：

圖　首　*Retrospection*　　　　　　　　　　　39×ℓ

圖 1-1-12　　席慕蓉：《畫詩‧回首》

畫中的女子髮長繁茂，顯示芳華青春，她張望著、凝視著遠方，若有所思，似有冥想，襯以淡淡的煙雲及濃濃的莽林，這樣的一幅畫，如果只看畫，未知所指，只知女子平視遠方，心有所想，未知所以，如果將詩歌與繪畫合讀，則較能契會詩人所指的：盼望愛情的殷切，然而若非經過詩歌文字的詮釋，則縱使標示「回首」之題名，亦需要深刻體會才能契悟內容所指。此即是席氏詩畫顛覆了我們對詩歌複義性的追想，也顛覆了繪畫是直指式語言的體會。

　　在《畫詩》一書中，讓我們看到詩歌的明確性與直指性強過於繪畫具象

的圖式。試看〈高速公路的下午〉，因高速公路風沙讓敘述者因追想故鄉而淚滿衣裳，不必管此一淚滿衣裳究竟寫境抑或是造境，而繪畫如何彰顯這樣的情境呢？請看下圖：

高速公路的下午　　An afternoon on highway　　39×46 1

圖 1-1-13　席慕蓉：《畫詩‧高速公路的下午》

整幅圖象所呈現的意象是：女子背影編髮如荇，隨風婉轉，流轉的光影，弧形如摘，伸手向天、向日，溫婉中有孤獨的傲然，而朝向天際蜿蜒如河流的長渠中，迎向天際，漠漠索索的遠際，是故鄉的招搖與呼喚。圖與文字似乎不能相涉，而圖景卻讓人更覺意象流轉鮮明，準此，畫中的潛義性必須與詩歌互勘才能得其環中。

　　再如〈鄉愁〉，敘寫故鄉的歌如清笛，總在月夜響起，引發悵惘，圖像如下所示：

圖 1-1-14　席慕蓉：《畫詩・鄉愁》

以女子托腮沈思，襯著柳葉款款搖曳生姿的樹下，反襯出思憶蒙古大漠風光迴異於江南的纖纖柳條。深沈的冥思，是為鄉愁而發。若非詩歌詮解，則圖像無以豁顯思鄉之情。

　　第三輯〈思〉以十二幅女體素描組構而成。其圖象表現的女體姿態，或正或背，或側或斜，或衣或裸，或立或跪或坐，姿態不一，呈現觀察的視角遠近高低各有不同，而畫中的線條簡約明暢，讓畫面呈現約簡風格，純然素描可看到席慕蓉所要體現的是女體的張力，一種或柔或剛的姿態；例如〈人體之一〉背姿，將女體柔和的線條婉約表露出來：

圖 1-1-15　席慕蓉：《畫詩・人體之一》

再如：

圖 1-1-16　席慕蓉：《畫詩‧人體之二》

線條流暢地鉤勒出職業婦女的自信與俐落。與之反相的是：

圖 1-1-17　席慕蓉：《畫詩‧人體之三》

女子無奈地垂坐地上，以有所期待的柔和線條畫出女子的張望。再例如：

圖 1-1-18　席慕蓉：《畫詩‧人體之九》

跪坐在地上的女子，臉容朝向地面，雙手交叉，似乎是一種垂首斂眉的無奈，未知有何心事，有何困境，只是自視，將女人的柔弱婉約深情地表述出來，因爲無文字相襯，故而讀者須各自詮釋，而易生釋意之歧出。

　　第三輯〈線〉，扉頁標示：「這麼多年來，偏愛的仍是單一而又多變的線」。全輯並無歌詩文字作爲相襯，僅有的是人體畫像十二幅，據心岱所云：「以鋼絲特殊的質感，單一的線條，來表現生活的『母性』」。[6]吾人卻認爲，這些簡約的女體畫像，沒有文字說明，也沒有題名可窺見席慕蓉所要彰顯的是什麼意涵，卻同樣以線條展現女體的各種風姿，這些女姿，似是席慕蓉早年素描的作品，置放於此，形成風格獨異的無詩相襯的畫面，整整十二幅，可以看見席氏善於運用簡約線條描摹各種形態與心情，從女體姿體語言似乎可以猜想女子心思之流轉。

五、詩畫融合，抑是互不相攝

　　詩情畫意的呈現，究竟是相襯抑是互補？是融合或互不相攝？

---

[6]　見《畫詩‧跋》，頁 79。並揭示：畫家尤其誇張了身軀的巨大，將女性最具原始的強壯，說明女人在天地間的方位。

　　文字是一種表意的符號，用來表述作者之意，應是具體明白，然而，詩歌雖也是透過文字表述的作品，卻充滿了歧義性，主要是因為詩歌以摶造意象為主，具有跳躍性與不確定性，故而解讀詩歌時，常因讀者之異而有歧義與複義性存乎其中。相反地，繪畫是一種圖像的呈現，具體與具象，是我們可以感知的內容，故而在詩與畫之間，繪畫的具象性大於詩歌。繪畫或圖像中常常刻摹具象之物，並且呈示色感鮮麗、音聲響亮、取景層次分明的圖景特色。

　　詩與畫不同媒材，詩若有畫意，則貶低了詩歌的言外意、想像力及繪畫所未能達到的心志幽微之處。故而詩歌是精神的、時間的藝術；而繪畫是視覺的、造型的藝術。詩歌是歷時性的，通感的移情作用不可充作繪畫素材來表現；圖畫不能繪聲、繪影、繪情，因二者媒材不同，不可等同視之。詩歌是高度想像、意象化、時空不確定性；繪畫則是具實指涉、圖象化、時空編排較確定的造型藝術。是故，從表現張力與思維向度而言，因為文字具有任意性，可以翻轉跳躍，而圖像則是具實象實體，或形象化，不可改易，想像度較文字為低。萊辛（G. E. Lessing）曾就造型藝術指出其限制在於只能就某一片刻、某一角度來表現，而且具象能見之物才能表現出來，至於詩卻可以用文字孕育最豐富的想像將歷時性的、移情性的、抽象等幽微之心情、心境表現出來，而繪畫卻未能達到如此細緻幽微處。

　　據此，我們用以解讀《畫詩》可以得到什麼樣的效能呢？詩的歧義性與複義性、畫的單一性與具實性，如何重複交疊出現在《畫詩》之中呢？二者之關涉如何呢？

　　從圖文創作過程觀之，席慕蓉詩畫合刊作品之創作模式以詩為主，圖象僅是輔助之用。通常在詩歌完成之後，再配合詩境找一些適合情境的插圖來搭配，例如《迷途詩冊》、《七里香》、《無怨的青春》等皆是。其中，《迷途詩冊》還是採用一詩一畫的方式呈現，只是繪畫仍是配合詩歌內容的插圖。席慕蓉鮮少以詩畫各自開展的作品，僅《畫詩》是詩畫相襯，以詩題為畫題構設出來的作品，不同於其他作品，是詩歌完成之後再找插圖來配合的，其特殊性於焉可見。

　　從圖文意涵之彰顯觀之，《畫詩》一書，藉由詩歌導引讀者進入作者的

語境，其意涵是清晰流暢的，而繪畫圖象的呈現，反而讓意象更複雜難測。如此一來，形成詩歌易懂、繪畫難知的情形。按照常理觀之，以詩歌爲主導的作品，應以繪畫配合詩歌內容呈現詩意，但是，《畫詩》中的繪畫，卻呈現抽象的、臆想的情形，詩與畫必互相交涉互通，才能透過詩歌意涵的單一、直線式與繪畫意象繁複交感互通，也才能讓讀者體會繪畫與詩歌互涉之美感。

　　復次，亮軒曾揭示：「以席慕蓉自己與自己比較，又寫詩又寫散文又畫畫的席慕蓉，創作生涯大致是這樣的：如果某種心緒畫得出來，她就畫，畫不出來，她就寫詩，詩難以表達，她才出諸於散文。基本上，她是以畫家自許的，從少年的時代到現在，如此的自我定位應無改變。」[7]揭示身兼畫家及詩人的席慕蓉以繪畫爲第一順位，若不能表現則以文字中的詩歌爲主，若再不能表現，則以散文表述。繪畫是圖象化的作品，詩歌是文字化的作品，二者，是否可能形成對話？

　　對話，原是人與人的一種談話方式，衍申成不限於語言之對談，而有所謂的「對話意識」，超出人類交談範圍，滲透於人類的一切行爲、生產的意識或哲學。對話是敞開自我，進行平等、開放，富有美感和情趣地協調，可擴大眼界，讓精神生活進入新的或更高層次，更可激發新意或遐想的交談方式。[8]而對話的過程，有兩極對立互斥，有反向作用力，亦有相輔相成的加乘效果。

　　詩與畫的關涉，也就是對話的關係，表現的方式有：

　　1.詩爲主，畫爲輔，畫是以插畫的形式出現，作爲補襯作用。

　　2.畫爲主，詩爲輔，例如題畫詩；《畫詩》一書以詩畫互襯的關係呈現，與題畫詩不同。題畫詩是先有畫，再有詩，以畫爲主，詩爲輔，詩歌是用來彰顯繪畫的內容；然而席慕蓉的詩畫關係，往往是以文爲主，畫爲輔，無論先後創作的是詩或畫，皆以詩爲主述內容，繪畫用來插補之用。例如：

7　見亮軒：〈爲《寫生者》畫像：看席慕蓉的畫〉，輯入《邊緣光影》（爾雅，1999），頁198-9。

8　見滕守堯：《對話理論・導言：對話的基本含義》，頁21-25。

圖 1-1-19　席慕蓉：《畫詩‧山月》

詩在右，圖在左，宣示閱讀的順序是先有文再有畫，詩歌是用來表述詩人的
情志意涵，而繪畫是用來補襯文字的意義，讓內容更具有圖象的美感。

　　盱衡《畫詩》對話形式有：

　　一、作者與詩畫對話，透過詩歌文字的時間、繪畫的空間藝術，將時空
二向度同體表現作者之意，傳達情志。

　　二、詩與畫的對話，詩主畫輔，文字清明流暢，繪畫則充滿意象與臆
想。

　　三、詩畫與讀者對話，先文後圖，用來補強文意，強化作者意念。

　　四、作者利用詩畫與讀者對話，透過文圖並茂的方式，讓讀者在字裡行
間尋覓文理脈絡，也讓具象的圖式彰顯詩意，達到補襯對勘的作用。

　　雖則上述四者似可以各自獨立，卻有互融映現的情形，據「多向文本」
（Hypertext）的理論考察，不同媒材之間亦可以以非線性進行各書寫片段的
鏈結。其特色是文外有文、本中有本的多重擴散作用。[9]我們用來觀察詩畫

9　見鄭明萱：《多向文本》（台北：揚智，1997）‧第一章〈釋名〉，頁 3-6。是電腦
　　專家 Ted Nelson 首創。

互涉的情形，亦可朝向多向文本的思維進行，詩與畫皆具有多重擴散作用，讓作者之複義與單義同時並現而興發讀者的美感意趣。

伊雷特・羅戈夫（Irit Rogoff）曾揭示視覺也是一種批評的方式，除了口傳和文本之外，意義必須借助視覺來傳播，圖像可傳達信息，影響風格，進而可決定消費，調節權力關係。[10]我們在觀察詩與畫的過程，合刊的《畫詩》不僅呈現文字視覺效果，更補強了具象的圖式，讓讀者藉由圖像強化意義，並增加美感的想像。

六、結語

統攝前論，一、《畫詩》一書之詩畫合攝的表述方式，版面形式以詩畫單頁並呈為主的一詩一圖、右文左圖方式，色調則以黑白簡約針筆素描出繁簡並融的畫面，閱讀動線先文後圖，背景配置則是詩歌之時間性與繪畫之空間性並置流動；二、詩風與畫風互涉的情形，詩歌基調以纖柔淡漠情愛為主，形成自我對話；畫風則是以花草樹木及女子形成構圖，或正或側視，皆以凝視遠方為主；三、詩與畫的語言則以詩歌清暢、繪畫意象共構題旨，互相合融含攝，使詩與畫互融，而讀者也透過詩畫審視作意而有視野融合之勢。職是，席慕蓉的詩與畫，達到了互補互融的加乘效應，補足了讀者的視覺效果，應和心理效應，得到圓成的互補交流與互動。

席氏自云：「我一直相信，一個創作者所能做到和所要做到的，應該就只是盡力去呈現他自己而已。」[11]這就是她的創作意圖，努力真實的呈現自己，無論是詩或畫皆然。故而閱讀其作品，亦可感受她真實情感同時流露在詩與畫之間。

---

[10] 見伊雷特・羅戈夫（Irit Rogoff）：〈視覺文化研究〉，羅崗、顧錚主編：《視覺文化讀本》（桂林：廣西師範大學，2003），頁3。

[11] 見《寫生者・睡蓮》，頁50。

文情與畫意：
席慕蓉散文與插畫之互詮性

摘　要

　　席慕蓉為當今少見的畫家、詩人兼散文家。大家熟悉她的詩集有《七里香》、《無怨的青春》、《時光九篇》、《水與石的對話》等等，也知道她的散文有《畫出心中的彩虹》、《信物》、《寫生者》、《江山有待》、《我的家在高原上》等，然而，論者多著墨在她的詩歌或散文，卻鮮少關注她的文與畫之間的關涉，本文另闢蹊徑，採用對話理論進行散文與繪畫之探討，冀能掘發其間的互詮關係。取材範圍以《畫出心中的彩虹》、《信物》、《寫生者》三書為主，先論散文、插畫呈現方式，分從編排方式、版式、畫風、繪畫主題進行梳理，再論文、畫互詮性，分從類型及層次進行探討，類型有互補共生、陪襯關係、主輔關係，層次有作者、文本、讀者三層；三論文、畫互詮意義之掘發，有四個階段，分別為訴諸理解與體驗、深層意涵之掘發、視域融合、文畫互文性，進而說明席慕蓉的創作意圖。

關鍵詞：席慕蓉　詩與畫的界限　拉奧孔　互文性　對話理論

一、前言

　　席慕蓉（1943-）是當代著名的詩人、散文家，然而她的專業卻是繪畫，著作豐富，橫跨美術、文學兩領域的作品[1]。

　　從席慕蓉的學習過程可知中西畫兼融並蓄，在學習國畫之外，尚學習西畫，包括素描、水彩、油畫、蝕刻銅版畫等，這些繪畫技巧，置入文學之中，別有風貌。

　　目前學界探討最多的是席慕蓉的詩歌及散文作品，鮮少涉及文學與繪畫之關涉，以畫家自許的席慕蓉[2]，自云：「唯獨對於畫畫這一件事，我一直沒有放棄過，有的時侯許會離開一段時間，但是必然會再回來。」[3]。繪畫是她永遠的堅持，雖然會離開一段時間，終必歸來。對繪畫如此看重的席慕蓉，如何能不討論她文與畫的關涉呢？她又如何透過畫與文字作結合或互相詮釋呢？職是，本文擬從跨文類視角探討席慕蓉散文與繪畫互涉互詮的情形。藉以了解美術出身的席慕蓉如何將自己的專業與散文作一結合，表現出

---

[1]　其一美術類著有《心靈的探索》（1975.08）、《雷射藝術導論》（雷射推廣協會，1982）等；畫集著有《山水》（敦煌，1987.05）、《花季》（清韻，1991.04）、《涉江采芙蓉》（清韻，1992.06）等書。其二文學類有《七里香》（大地，1981.07）、《無怨的青春》（大地，1983.02）等；散文著作有《三弦》（爾雅，1983.07）、《有一首歌》（洪範、1983）《同心集》（九歌，1985.03）等。其三文學與美術互涉的跨類表現，有詩畫合集的《畫詩》（皇冠，1979.07）、《河流之歌》（東華，1992.06）等，有文畫合集的《信物》（圓神，1989.01）、《寫生者》（大雁，1989.03）等，有詩與攝影合集的《水與石的對話》（太魯閣國家公園，1990.02），有散文與攝影合集的《我的家在高原上》（圓神，1990.07），詩文攝影三者合集的《在那遙遠的地方》（圓神，1988.03）等等。

[2]　亮軒曾云：「以席慕蓉自己與自己比較，又寫詩又寫散文又畫畫的席慕蓉，創作生涯大致是這樣的：如果某種心緒畫得出來，她就畫，畫不出來，她就寫詩，詩難以表達，她才出諸於散文。基本上，她是以畫家自許的，從少年的時代到現在，如此的自我定位應無改變。」見亮軒〈為《寫生者》畫像：看席慕的畫〉，輯入〈邊緣光影〉（爾雅，1999.05），頁198-9。

[3]　《信物》，頁29。

什麼樣的意象及圖文互涉的關係。攸關文與畫結合的作品以《畫出心中的彩虹》、《信物》、《寫生者》三書作為研究與取材範圍。

選擇《畫出心中的彩虹》、《信物》、《寫生者》三書，主要因為各代表不同的典型：

一、《畫出心中的彩虹》是一文一畫互相搭配。

二、《信物》，是以蓮荷為主軸，文與畫互相交融。

三、《寫生者》，分卷開展，圖像是置於扉頁，以引導下文之用，其作用是配圖之用。

三本書，各有不同的圖文效果，透過三書可以體察席氏散文集中圖文互襯、互詮的作用性。此中，採用對話理論，主要是因為「對話」不限於言語交談，而是滲透於一切行為和一切生產和消費方式的哲學，以語言進行的對話意識僅是一種特殊的隱喻形式。對話意識是打破哲學對立的關係，追求開放和自由的境界。[4]從文本而言，包括文與畫、作者與讀者、作者與文畫、讀者與文畫皆是透過對話形式互相詮釋與理解。

德國‧萊辛（G. E. Lessing）《拉奧孔：詩與畫的界限》（*Laokoon*）探討詩與畫（泛指文學與造型藝術）因塑造形象方式迥異，各有表現規律與局限性，故而詩與畫是不能互現的，亦即詩歌之中無法示現畫，畫中亦無以展現詩歌意涵。此一論述是西方凝視文學與造型藝術之異同。然而，在中國卻有所謂的「詩中有畫，畫中有詩」，究竟詩畫可以一體或不同？中西面對繪畫藝術有此不同的主體認知，那麼曾經留學西方，熟悉西方繪畫、油畫、版畫、素描的席慕蓉又將如何安頓自己散文與繪畫的關係呢？本文擬藉由席慕蓉的散文與插畫關係來探討其間的關聯性：

一、繪畫在散文集中，所代表的意義或其詮釋效能與作用為何？

二、散文集中如何說明文與畫之關涉，二者之作用性與互攝性如何？

三、從作者而言，將文與畫交融在一書，所能達到的創作效能如何？

4　見滕守堯《對話理論》（台北：揚智，1995）、〈導言：對話的基本含義〉，頁 21-25。

四、從文本觀之，散文與繪畫合刊所能提供的閱讀效能為何？

五、從閱讀者而言，文畫合刊所代表的意義或蘊含的意涵能否被讀者解讀？

二、文與畫的呈現方式與效果

本部份簡介三書《畫出心中的彩虹》、《信物》、《寫生者》與繪畫之間的關涉，以圖文之表述形式為主。席氏自忖非插畫家，鋼筆畫大多收在詩集與散文集中。體察三書採用的繪畫素材、題材亦有所不同，以下分述之。

（一）《畫出心中的彩虹》

原本為《女性》寫專欄，目的是寫給「年輕母親的信」，主要以幼兒學前美術教育為軸線，共有十八篇，後來出版時又補兩篇成為二十篇文章。

1、文與畫的編排方式

20 篇文章，配上 20 幅畫，採一文一畫搭配形式。以繪畫作為文字的前導，一圖一文的方式呈現繪畫與散文之交涉。繪畫所呈現的張力，似乎是作為文章與文章之間的屏障與間隔，以柔性的畫風，減緩文字的沈重感，增進閱讀的愉悅感與趣味性。例如下圖所示：

圖 1-2-1　席慕蓉：
《畫出心中的彩虹》書影

圖 1-2-2　席慕蓉：《畫出心中的彩虹》一文一圖版式

2、版式

以水彩畫全頁或蝴蝶頁方式呈現，使得繪畫既在文章之外，又在文與文之間，表現不既不離的況味。例如：

蝴蝶頁

圖 1-2-3　席慕蓉：《畫出心中的彩虹》蝴蝶頁版式

3、畫風

　　不作繁複的針筆線條鉤勒，而以水彩渲染水法，對光影深淺、墨色濃淡進行構圖。視角平視，或近或遠，或密或疏，給人寧靜恬淡的感受。筆法喜歡下重上輕的畫法，形成由近而遠的平視疏朗感。圖像多以靜態的樹木、草色、雲影、遠山、日暈、月暈、光柱構圖。例如下列三圖所示：

圖 1-2-4　　席慕蓉：《畫出心中的彩虹》山形枯枝與淡漠的樹影

例如：

圖 1-2-5　席慕蓉：《畫出心中的彩虹》雲彤遠漠

例如：

圖 1-2-6　席慕蓉：《畫出心中的彩虹》山月光影與嶙峋樹影

4、繪畫主題

其一，喜畫貓的凝視，銅鈴似的炯炯雙眼諦視前方，似乎在與讀者對望，貼合席慕蓉喜歡觀察的特質。

其二，喜畫樹影、草叢，或在山旁的樹幹。樹幹多呈示枯瘦嶙峋的清癯。

其三，山形、水影、月影、日影，光明透亮，或層層雲霧，日破或月破雲來，高遠平視。例如繁葉下炯炯有神的貓，與你對視：

圖 1-2-7　席慕蓉：《畫出心中的彩虹》貓

例如遠山雲影倒映水中：

圖 1-2-8　席慕蓉：《畫出心中的彩虹》天光雲影

整體而言，《畫出心中的彩虹》採靜態寫生，內容約簡，線條不繁雜，輕重濃淡的色調勻稱地彰顯在畫面上，讓讀者感受空靈簡約的畫風。

（二）《信物》

是一本與蓮荷相關的書籍，文前「短箋／代序」自云：「雖然／在蓮荷的深處／我曾經試過／我確實曾經試過／要對你／千倍償還。」揭示與蓮荷密邇不分的深情。又云：「讓我回來（案：繪畫）的原因，常常是因為夏天時那一季的蓮荷。彷彿在千朵盛開的蓮荷之間，有一種熟悉的聲音在呼喚我」[5]由此可見蓮荷對席慕蓉

圖 1-2-9　席慕蓉：《信物》書影

---

[5]　《信物》，頁 29。

的意義非凡。文字表述既以蓮荷邂逅、遇合為主，則圖像表現自是離不開蓮荷的風姿綽約，是採全書圖、文以蓮荷展演為主，呈現千姿百態。

1、文與畫的編排方式

以一文一畫方式展現圖文關係，圖像既像插畫，又像文章的主體、前導，引領我們進入文字疏疏密密的各種蓮荷因緣之中。例如左文右圖，以一文一圖方式呈示：

它是一朵極美的荷。剛剛冒出水面的時候，那挺立的支藐繞了水的毛簪桿尖，聚貼圍繞，得又萎勢待發！就像一小小花苞就觸動了我，那樣緊密包裹著的層運啊！

我每天早上都去端詳它，看着它的顏色從數著一層青綠的暗紫，慢慢轉成水紅轉成柔粉再轉成灰白；看着它的花瓣從緊密的落蕾到綻放到盛放到凋落，彷彿是看著一個生命從青澀的少年逐日逐日走到最後。

圖 1-2-10　席慕蓉：《信物》左文右圖版式

2、版式

圖像或大或小，皆以一頁為度，不作蝴蝶頁呈現。畫框各有不同，或方或圓或長。方框例如下圖：

圖 1-2-11　席慕蓉：《信物》
方框蓮荷

圓、長框例如下圖所示：

圖 1-2-12　席慕蓉：《信物》　　　　圖 1-2-13　席慕蓉：《信物》
　　　　　圓框蓮荷　　　　　　　　　　　　　　　長框蓮荷

3、畫風

　　以黑白二色呈現蓮荷各種風姿為主，或直莖靜立水中，或含苞待放，或荷葉田田，或清芳自現，或秋後凋傷，或蓮蓬孤兀，或對影臨水，或明月相照，或葉叢綻放清香，將蓮荷各種姿態一一表現出來。例如下圖所示：

圖 1-2-14　席慕蓉：《信物》叢草岸旁蓮荷

不同的畫框，展現不同的視覺效果。

4、繪畫主題

以蓮荷爲主的圖像，畫面呈現靜謐自在的恬淡，無喧無擾，悠哉遊哉地演繹孤芳清影的姿態，彷彿與世隔絕，又似臨水自照的佳人，兀自清芳自賞。例如：

圖 1-2-15　席慕蓉：《信物》
盈盈綻放的蓮荷

圖 1-2-16　席慕蓉：《信物》
含苞中的蓮荷

（三）《寫生者》

《寫生者》七卷，內容以隨筆方式書寫生活的各種感思，目前有二種版本，其一是大雁書店有限公司，於一九八九年出版，後來書店關閉，改由洪範書店於一九九四年出版，文末有〈界石：洪範版後記〉一文，說明該書是生命中的界石，當年出版三個月之後，登上從未見過的原鄉：蒙古高原，後來改由洪範出版時，重閱舊作，彷彿流浪者去面對時光明鏡一般，有驚喜與詫異之後的隱隱疼痛。並且自云：「在我已經永遠不能再走回去的長路上，

這一本小小的書，這一塊小
小的界石是我獻給時光的信
物與謝禮」[6]故而這本書對
席氏有特別的意義。

1、文與畫的編排方式

　　《寫生者》共分七卷，
每一卷扉頁之首，先列一幅
圖像，是為啟卷之用，以引
導視覺意象。例如扉頁之
前，以圖像開展內容：

圖 1-2-17　席慕蓉：《寫生者》書影

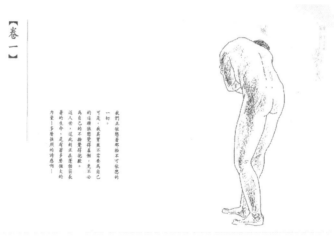

圖 1-2-18　席慕蓉：《寫生者》扉頁圖像

2、版式

　　以全頁方式呈現，不作跨頁，不作框限，只以線條鉤勒人體形狀鋪陳畫
面。

6　見《寫生者》（台北：洪範，1994），頁219。

例如左文右圖，全頁開展，不作**蝴蝶**頁呈現：

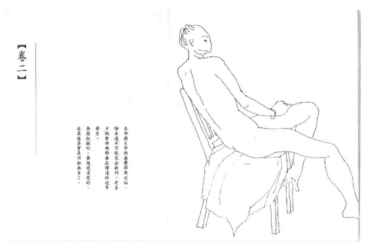

圖 1-2-19　席慕蓉：《寫生者》左文右圖版式

3、畫風

圖像是人體素描，或男或女，肢體動作或坐或立或蜷曲；觀看方向或正或側或背視。例如女體，背視：

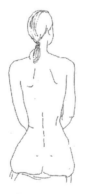

圖 1-2-20　席慕蓉：《寫生者》背視裸女

例如女體，正視：

圖 1-2-21　席慕蓉：《寫生者》正視裸女

例如女體，蜷曲側背視：

圖 1-2-22　席慕蓉：《寫生者》側蜷裸女

4、繪畫主題

以極簡的素描方式顯示人體肢體動作。例如以簡單線條鉤勒，不作繁複設計：

圖 1-2-23　席慕蓉：《寫生者》簡約筆法之裸女

合攝前述，三書採用圖像方式迥異，如下所示：

表 1-2-1　三書編輯異同一覽表

項目　　＼　　書名	畫出心中的彩虹	信物	寫生者
出版項目	爾雅出版 1989	圓神出版 1989	大雁書店 1989；洪範再版
文與畫的編排方式	一文一圖 20 文、20 圖	一文一圖 28 文、28 圖	卷首扉頁 7 卷 7 圖
版式	單頁或蝴蝶頁	框畫	肢體線條鉤勒，一頁
繪畫主題	自然景像	以蓮荷為主	肢體素描
畫風	水彩風景圖像	針線黑白版式	簡極風格
閱讀對象	學前兒童父母	普眾	普眾

無論從編排方式、版式、繪主題、畫風、閱讀對象觀之，三書皆有很大不同。

三、文與畫的互詮類型與意涵

　　西方文本學以微觀研究為主，對文本作近距離細讀，有所謂的「文本中心論」，形成自足說與本體論[7]，而中國文本學則有「意在言內」、「意在

7　傅延修：《文本學：文本主義文論系統研究》（北京：北京大學出版社，2005.11，二刷），第一章〈文本學的富曠〉，頁 7-74。

言外」之說，可多層次掘發文本「言與意」之間的關涉。若從文本學觀之，則每一本刊印出來的書籍皆可視爲文本，則圖文合刊的書籍是圖與文互爲文本結構中的一部份，不可分離。然而，圖與文仍然是藉由不同媒材進行表述而形成的結構，此中仍須分辨其間的異同性，並且釐析其在整體文本中的互詮作用。

文與畫之互詮，可從類型及層次進行分述。「互詮類型」探討文畫之關係，「互詮層次」則討論文畫之內容。

依據文、畫之關涉，互詮類型可分作互補共生、陪襯關係、主輔關係等項。以下分述其義。

1、互補共生

《信物》一書專爲蓮荷而作，以文圖相襯，圖像刻意展現蓮荷枝影綽約，以呼應文中所示現的內蘊，此時，圖文是互補共生的關係。

席氏自云：「每次重新站在荷前，心裡總會有一種半喜半悲的悵惘。原來，原來時間就這樣過去了。所有的日子越走越遠越黯淡，只有在蓮荷盛開的時候，那記憶，那些飄浮在它們周遭的記憶才會再匆匆趕回來，帶著在當時就知道已經記住了、或者多年以來一直以爲已經忘記了的種種細節。」（《信物》，頁 31）蓮荷是她生命中最珍貴的遇合，畫荷，是一種記憶的盛開，曾經爲了畫荷，遠赴峇里島，在島上有了個人生命的體悟與轉折：「來峇里島，整整一夏，只爲了畫一枝荷，是一件別人眼中荒謬又奢侈的事。」（《信物》，頁 25）

然而，如何才算不浪費？不奢侈呢？「我們的生命，我們每一個人的生命，不都是一件奢侈品嗎？要怎樣用它，才能算是不浪費呢？」（《信物》，頁 27）

轉折之間，體悟出生命的長度與宇宙綿長的長度相比：「原來，與我們的一生相比，整個宇宙才是那荒謬與奢侈的極致啊！」（《信物》，頁 60）

《信物》一書體現文與畫的相互融攝與互補，有文有圖，既以散文見證

與蓮荷遇合之心境流轉，亦以蓮荷圖畫示現與散文之關涉，圖文並陳，將心情的轉折一一表述出來。例如下圖所示：

最早去畫的荷，長在臺北的植物園。

一直都不會用水彩，自己都疊得很害羞，所以數到一處靜靜的角落，離開同學處遠的，在一座小石橋的邊上。

其實在哪天以前，我已經在高中三年讀藝術學校藝術科的漂亮瓶畫過許多蒼茫彩了。但是永遠不會控制水分，不得不又遠遠不出哪種透明的蒼瀌，每一次都是到了最後，恨又氣地拿起筆來，用不透明的畫法把豔麗張抵繪滿了厚厚的一層。

圖 1-2-24　席慕蓉：《信物》圖與文互補共生

2、陪襯關係

圖文關係，有時並非對等關係，而是居於陪襯作用，亦即繪畫的主題未必與文章相合或相應。

通常插畫用來補足文字之不足，或是以圖畫複製文字的內容，或簡或約，讓人很容易了解圖文之間的關涉，然而在《畫出心中的彩虹》、《寫生者》二書中，繪畫內容未能符合文字的內容。例如〈畫出心中的彩虹〉一文，雖然，文章前後包抄的是繪畫，但是，圖與文的關係並不相符應的，前幅是單頁的草叢與樹影，後幅也是跨頁的草叢與樹影，比起前幅多增些雲彩，筆觸流暢，似有光影流動，全然與彩虹一文所要詮釋的美術教育無涉，可知，該文插畫與文字之間關連性不強，僅用來作用減緩文字與文字之間隔。

例如《畫出心中的彩虹》的配圖，僅是插圖作用，與內容無涉：

圖 1-2-25　席慕蓉：《畫出心中的彩虹》插圖作用之配圖

再如《畫出心中的彩虹》‧〈美麗的錯誤〉之配圖，亦是圖文無關：

圖 1-2-26　席慕蓉：《畫出心中的彩虹》圖文無涉之配圖

再如下圖亦是圖文內容無涉的插畫關係：

圖 1-2-27　席慕蓉：《畫出心中的彩虹》圖文無涉之插圖

3、主輔關係

　　若從主輔關係觀察，《寫生者》一書所示現的圖文關係，採文主／圖輔，文字為主述，圖像與內容無涉，僅用來作為插圖輔助之用，對內容不起任何作用。

　　《寫生者》共有七卷，卷首扉頁有題字，佐以素描一幅，七卷共有七幅裸體素描，或男或女，或跪，或坐，或蜷曲，或側視，或低眉，或背坐，展示各種姿勢含納生命的各種存在樣式。

　　例如《寫生者》之圖像作為扉頁之始，亦與內容不相涉：

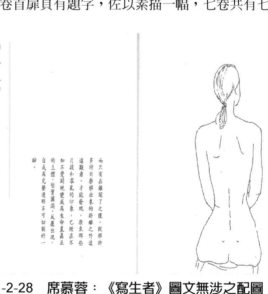

圖 1-2-28　席慕蓉：《寫生者》圖文無涉之配圖

整體而言，依圖文關涉之比率觀之，《信物》是圖文互襯，互補共生，主要是因爲《信物》全書圖文皆以蓮荷爲主，關係密切，互現意義；《畫出心中的彩虹》是以圖作爲陪襯之用，雖是一文配一圖，然而圖畫僅是輔襯作用。而《寫生者》則是文主／圖輔，不僅與全文無涉，且圖像僅置於卷首，作爲卷與卷之分隔作用而已。

四、文與畫的互詮層次與意義

　　圖文互詮之層次，大抵可以分作文字、圖像、讀者與創作者相涉之四個層次進行分述。

1、文字創作者與讀者之關係

　　文字創作者以文字表述，意在筆先，雖然文字可以表述的內容未必全然符合心意之傳釋，然而比起圖象而言，更具有優位性，圖象屬空間藝術未能摹寫音聲及書寫心情之轉折，而文字書寫屬時間藝術，可描形、繪影、書寫聲光，故而從文字創作者而言，文字之流轉書寫，可達到表情達意的目的。此時文字創作者與讀者之關係是透過文字作中介，進行意義的傳達。我們閱讀《畫出心中的彩虹》即可了解席慕蓉強力將個人美術教育理念灌注在字裡行間；《信物》則將個人與蓮荷的遇合寫進書中，讓讀者透過文字脈絡，去尋訪她與蓮荷的各種因緣；《寫生者》則藉由文字明白表露席慕蓉心情的流轉。文字書寫，是讀者感知作者的方式。

2、圖像創作者與讀者之關係

　　畫家以圖像示現爲主，與讀者的關係是透過構圖來體契，畫家可充份運用色彩、光影、長短、遠近、深淺來表現圖像之意義，讀者也透過圖像來體契畫家所要傳遞的意涵，此時，畫面所彰顯的內容，即是讀者所能觀照的內容，而圖像未能表述的言外之意，則端賴讀者自行體會。我們透過《畫出心中的彩虹》、《寫生者》二書的插圖來觀照作者之意，似乎不能得魚忘筌，因爲圖像僅是作爲障隔文與文之插圖，未能充份表述作者之情意，文與圖的

結合度不高,讀者不易從圖像來了解作者之意,仍要透過文字表述才能體會;《信物》一書之文／圖結合度或密合度較高,透過蓮荷的遇合書寫,以圖像來彰顯,宛轉之間,讓整個過程朗現無遺,讀者在文字與圖像之間,流連體契作者之意,互相印證。

3、圖文創作者與讀者之關係

　　席慕蓉既是文字創作者,亦是圖像的創作者,二者合構的三書,究竟要表述作者什麼樣的創作意圖?又達到什麼樣的效能呢?基本上,席氏以插畫形式來為文字增飾,則圖為文之輔佐,從書籍整體內容來觀察,文字的表述能力強於繪畫,能寫情達意,而圖像僅能表述片面的畫面,更何況圖像若僅是插畫,不符合所指稱文意的內容時,則其意義也僅止於插畫,而無實質增益讀者的效能,此時,圖像僅能達到靈動書籍翻閱的喜悅而已,例如《畫出心中的彩虹》及《寫生者》二書,而《信物》則能達到同體感受圖文之美感效能。

4、創作者畫圖、觀畫與書寫畫事的體悟

　　再深一層來觀看,席慕蓉不僅是繪畫者,也是觀畫者,更是書寫美術教育的作者,如此三個身份可深化席慕蓉書寫的深度,故而不論是《畫出心中的彩虹》、《信物》,或是《寫生者》皆能娓娓道出對繪畫一事的體會,提煉精純,讓讀者在文字與圖像之外,深刻體契席氏對美感教育之執著與認真,此一態度,提高讀者閱讀圖文時的興趣與愉悅感。

五、文畫互詮意義之掘發

　　據滕守堯所云,詮釋學的對話理論有四個階段,其一是狄爾泰詮釋學,訴諸理解和體驗;其二是佛洛伊德的發掘式詮釋學;其三是伽德瑪的對話詮釋學,是作者和讀者視野融合後對話形成的新體驗;其四是文本與文本的互相對話。[8]本文亦認同文／畫、作者／讀者、文畫／讀者、作者／文畫之間

8　見《對話理論》,第一章〈走向對話的當代文化〉,第三節,頁 36-43。

亦是有層次地、循序進階地形成詮釋過程。

1、訴諸理解與體驗

　　《畫出心中的彩虹》、《信物》、《寫生者》三書，皆是席氏從經驗體會出來的想法、思維以文字表述的作品。《畫出心中的彩虹》二十篇是爲年輕的母親寫幼兒美術教育的書簡，《信物》是敘寫與蓮荷因緣的感思，《寫生者》是生活隨筆散記，這些內容，是從經驗中淬煉的感性與知性之美。我們試以《信物》爲例來說明。

　　《信物》共收 28 幅蓮荷繪畫，並以小品散文書寫與蓮荷之因緣。從峇里島畫荷，引發他人的好奇，導出生命的意義與追求，遠從台灣到峇里島一夏守候只爲看荷畫荷。最後回歸對生命的意義，在他人眼裡荒謬與奢侈中尋找生命的定義，宇宙才是創發荒謬與奢侈的極致，最後仍堅持拿起畫筆，一生守候生命的蓮荷出現。敘寫手法，採用：

今 — 昔 — 今

從當下的峇里島單色素描寫起，轉憶出國留學在布魯塞爾第一次畫展的經過，再憶十七歲在台北植物園寫生透顯對荷花的激動與感傷，再憶台南白河鎮的蓮、喀什米爾湖上的蓮，再憶生命中第一次與蓮邂逅的情境，五歲，父親抱著她，給她一枝蓮蓬，迄今難忘，這些串接與蓮的遇合，是生命中不可抹去的記憶。

　　這種訴諸經驗的敘寫與理解是《信物》一書的軸線，也是《畫出心中的彩虹》、《寫生者》的軸線，只是書寫對象迥異，《畫出心中的彩虹》寫給幼兒母親；《寫生者》有書簡寫給阿諾，有對生活的感想，有從經驗提煉的智慧等等。

2、深層意涵的掘發

　　三書除了表層經驗的體認之外，也能掘發深層的意涵，例如到花蓮中山畫花，隔週又再前往，在山中遇見帶小孩上山的父母，終於體會山芙蓉再沒有第一次見到那麼誘人，因爲花間彷彿有自己孩子寂寞的面容。歸來，也才

體會擁抱孩子是最幸福的。[9]

因撫育幼兒，陪在床邊體會出：針筆畫能畫到複雜精細，是只有在孩子床邊的母親才擁有那份耐心。[10]進而體會出，在創作生命中，精細針筆是油畫的敵人「線條在紙上重複出現得太多的時候，由畫裡筆觸的力量就會慢慢消失。」[11]

甚至，席氏在油畫課，告訴學生，要相信自己，創作要有一種不顧一切的自由，要有做自己主人的勇氣。必須要對抗世界現實的勇氣才能保有創作的自由。[12]這些皆是從生活淬煉、豁顯出來的深層體悟。

3、視域融合

繪畫多年的席氏，知道大部份觀眾觀畫，皆能看到浮面的色彩、線條，卻未能領受創作者自我期許的內容及其與內容的關聯。[13]觀賞林玉山老師八十回顧畫展中，體會要成為真正的藝術家，除了過人資質之外，還要有無數艱難困苦在後面撐著，要有耐心、決心、努力以及熱情，其云：「山火，原來是從不熄滅的。那麼，在藝術家心裡的那一把火，應該也是一樣的吧？」[14]職是，站在林玉山老師畫前，席氏體認生命有不同的面貌，有兇猛熾烈的火焰，也有緩慢不為人察覺的綿延，焚燒為了傳延，毀滅為了再生。[15]

復次，席氏到峇里島的布霧體會出：繪畫時太看重每一筆畫，沈重心情使得筆觸無法活潑；揭示平日，太看重自己言行，以致於戰戰兢兢，無法豐富起來。[16]

以上透過作畫、觀畫而能產生視域融合表述之體現。

---

9 《寫生者‧山芙蓉》，頁46-47。

10 《寫生者‧等待中的歲月》，頁56。

11 《寫生者‧等待中的歲月》，頁56。

12 《寫生者‧說創作之一》，頁118-9。

13 《寫生者‧詩人啊！詩人》，頁163。

14 《寫生者‧山火》，頁59-62。

15 《寫生者‧山火》，頁61。

16 《寫生者‧霧布之五》，頁210。

六、文本互文性的展現

　　互文性，主要的意義是指一切的文本皆處在互相影響、吸納、重疊、轉換的過程。[17]席氏從繪畫中體會美育的道理，藉由文字表述，讓文與畫作一互文性展現，大抵有下列數種。

（一）《畫出心中的彩虹》文、畫互詮

　　寫出幼兒學前美術教育的個人觀點，對象是「給年輕母親的信」。文與畫的互文中，讓我們體會席氏重視幼兒美育，統整其對幼兒母親、對繪畫的期許如下：

1、大自然對孩童的啓迪作用

　　＊教育兒童，做兒童「美的導師」最直接是帶他們接觸大自然，因爲越年幼的孩子對自然嚮往越大。[18]

　　＊幼兒富有藝術原創性，應多供給他們觀察世界的機會，觀察四季變換是培養觀察力和感受力的途徑。

　　＊培養孩子從自然界找尋玩具與樂趣，自然能發揮想像力，培養智慧，

---

[17] 中國最早的「互文」出現在賈公彥疏解《儀禮》，其云：「凡言互文者，是二物各舉一邊而省文，故云互文。」此乃賈公彥對互文觀念與意義的提出，此一互文是指「互文見義」，也就是上下文互相補足意義。見《十三經注疏・儀禮・既夕禮、棗糗栗脯》（台北：藝文印書館，1993），頁 464。復次，「互文」被運用在修辭學之中，即有「互辭」、「互言」名詞之異，皆指「互文見義」。西方的互文性，主要有巴赫金（Mikhail Bakhtin, 1895-1975）對話理論（dialogism）、布魯姆（Harold Bloom, 1930- ）「誤讀圖示」、羅蘭巴特（Roland Barthes, 1915-1980）的「文本互涉性」、克麗絲蒂娃（Julia Kristeva, 1941- ）等之觀念的演繹，據李應志言，巴赫金從對話理論、主體間性（inter-subjectivity）、複調等概念擴展到整個歷史文化背景之中。見江民安主編《文化研究關鍵詞》（鳳凰出版傳媒集團，蘇州：江蘇人民出版社，2007）頁 117。而布魯姆在《比較文學影響論：誤讀圖示》（A Map of Misreading，台北：駱駝，1995）揭示不存在文本性而只存在「互文性」。見該書譯者前言，頁 4。

[18] 《畫出心中的彩虹・美的導師》，頁 7-10。

而不會到電動玩具店逗留。[19]

2、美育教育之必要

＊孩子未必皆能成為偉大的畫家，卻可以培養他具有良好的藝術修養及欣賞的樂趣。[20]

＊在教孩子知道美之前，先知道什麼是愛，這是不可安排，不能控制，不能解釋的上天福祉。[21]

＊由美術教育談到音樂，音樂是無形的繪畫，這種無我境界是美感教育追求的境界。[22]

3、父母的教育態度

＊父母切忌滲入個人因素，影響幼兒對色感的培養。讓他們養成對色彩生活的興趣，提高觀察大自然色彩變化，能以豐富色彩表達自己內心情感。[23]

＊不要把願望加在兒女身上，不要讓他們來實現自己的願望，讓他們走出一條自己繁花似錦的前途。

＊指出畫圖是遊戲的一種，不必在乎畫得好不好，就會自在與快樂，父母不必給孩子太多壓力。不要用世俗的規範去衡量，讓他成為枝葉繁茂的快樂樹，而非修剪綑住的盆景。

4、拋開傳統的包袱

＊天才兒童幼小出國，長大成功的例子是犧牲幸福童年，故而不喜歡看得獎的兒童畫展，沒有童心的童畫是不值得鼓勵的。[24]

＊對於傳統師長要求學生穿著樸素，甚不以為然，中國人對色彩感受非

19　《畫出心中的彩虹‧要怎麼收穫先怎麼栽》，頁 89-92。

20　《畫出心中的彩虹‧大世界與小世界》，頁 13

21　《畫出心中的彩虹‧愛是一切的泉源》，頁 49。

22　《畫出心中的彩虹‧美麗的聲音》，頁 35。

23　《畫出心中的彩虹‧畫出心中的彩虹》，頁 27-30。

24　《畫出心中的彩虹‧大世界小世界》，頁 13-17。

常強烈且優美，講求色彩不是奢侈行爲，是上天賜與的盛宴。[25]

＊保住兒童的童趣，讓他們過一個無憂無慮無競爭的童年，從容去迎接
世界，不要搶先入學，給他們空明澄淨的美麗世界。[26]

席慕蓉揭示生活是複雜的學問，希望透過《畫出心中的彩虹》一書提供
天下年輕母親們給幼兒接觸世界時，多給一點寬容和了解。[27]這種將繪畫、
大自然、人生的體驗一一融合成爲一個整體性的感受，並且希望透過書信對
話，產生美感教育的影響。

（二）《信物》文、畫互詮

從潔淨畫蓮荷所體悟出來的理哲，指出在混亂失義的時代裡，站在溫暖
土地上，面對水塘亭亭新荷，努力盡心繪畫，找到了堅實的力量可以繼續前
進，是繪畫讓她不會茫然失據。[28]復次，指出「繪畫上最豐富的記憶都來自
蓮荷。」[29]透過文章與蓮荷對話，讓讀者體會蓮荷是席氏繪畫的記憶，也是
生命深處呼喚她繪畫的動力與原因。

（三）《寫生者》文、畫互詮

透過對生活的體證，揭出同行相輕自古而然，匠氣，原是用來批評沒有
才情而努力用功的人只能是個工匠而已，席氏卻另有體悟：工匠是對本身工
作有眞正認識與把握，才能製作出精美物品，而有才情又用功的工匠，製作
出來的東西就是絕美的藝術品。[30]再次，〈山中日課〉寫自己帶著畫具到山
中寫生，一天過去了，才剛鉤勒一朵山茶輪廓，體會時間不夠用，也想起畫

---

[25] 《畫出心中的彩虹・講究色彩不是奢侈行為》，頁 21-24。

[26] 《畫出心中的彩虹・應該「搶先」嗎？》，頁 103-106。

[27] 《畫出心中的彩虹・是與不是之間》，頁 143-145。

[28] 《寫生者・我們這一代》，頁 118-9。

[29] 《寫生者・花之音》，頁 122。

[30] 《寫生者・匠氣》，頁 144-146。

冊中，一生畫了幾千張素描的畫家，他們的時間怎樣過去？一生如何走過去？[31]如此，更堅定自己作繪的決心與毅力。又揭示美術教育的失敗緣於生活教育的失敗。[32]故而倡導生活藝術教育之重要。

復次，席氏體會，只要在下筆之前，一切充滿希望，只要不開始，希望永遠存在，只要不提筆，可以是個充滿信心的創作者；一旦開始，就會發現事實真相距離夢想越來越遠；繪畫不可能完全描摹所見，筆端更不可能表達所盼望的。[33]這種體會是對自己繪畫過程的整體反饋，深切知道「未始」才是一切的希望之源，「已始」則是落實在筆下，未能補足那個永遠空白的留白，唯有空白，才能有任何機會開始。

這些從繪畫與生活中體悟出來的智慧，透過文字表述，形成文與繪畫互涉互詮的過程，也示現圖文互融互攝的存在意義。

七、結語：創作初心與意圖

亮軒曾說：「席慕蓉從來就不是一個刻意求變的藝術者，無論是她的詩文還是她的畫，她求的是真，情感的以及觀察的。這也就造成了她的作品長年都能達到雅俗共賞的原因，其實雅俗共賞是美學世中最難達到的境界，……」[34]其說洵然。揭示席氏之詩文圖像能夠引發讀者迴響，就在其表現出雅俗共賞的趣味性。又說：「儘管可以如有人所說，席慕蓉的荷花是古典主義，夜色是印象派，花與女人是野獸派……畫家顯然並不在意她是什麼派別，也無意於表現她師承的源流。早期的師範教育打下了紮實的技術性基礎，赴歐習藝開了她的心胸與眼界，長年任教則讓她在專業世界中從不鬆

31　《寫生者‧山中日課》，頁174。

32　《寫生者‧失敗的美術教育》，頁188。

33　《寫生者‧開端》，頁212-214。

34　見〈為《寫生者》畫像：看席慕蓉的畫〉，輯入《邊緣光影》（台北：爾雅，1999.05），頁197。

懈，而一以貫之的便是淨潔無邪的眞誠。」[35]淨潔無邪的眞誠，揭示席氏文與畫的創作初心。

統攝前文：其一，繪畫在散文集中的作用性有互補共生的《信物》，有陪襯關係的《畫出心中的彩虹》，有文主圖輔的《寫生者》。其二，從文與畫的表述過程觀之，文字達到對繪畫的詮釋效果，而圖像在《信物》是互相融攝的，在《畫出心中的彩虹》、《寫生者》是插圖效果，卻以文字深化個人對繪畫的詮解。職是，文字的透顯性、導引性強於圖像的表述。再者，從創作者、文本、讀者的關係來考察，則：

1. 從創作者而言，《信物》圖文互詮，達到專業繪畫與眞誠心靈的表述，而《畫出心中的彩虹》、《寫生者》之圖像僅是文字之插畫，未能補足閱讀之視覺效果。

2. 從文本而言，無論是文圖相襯，或是主輔關係，所要達到的視覺效果各有不同。以文爲主者，文字引導讀者進入語脈，體契作者心意流轉，例如《畫出心中的彩虹》、《寫生者》；以文圖相襯者，互補相生，補足想像空間，例如《寫生者》。

3. 從讀者而言，有了圖像導引，減緩文字凝重的感受，增進閱讀的趣味性與渲染力的感受。

對於創作意圖，席慕蓉曾自云：「我一直相信，一個創作者所能做到和所要做到的，應該就只是盡力去呈現他自己而已。」[36]，她對創作不朽的肯定，也對自己繪畫的堅持：「既然我只能把握住我手中的幾枝畫筆，那麼，就繼續畫下去吧。不管別人怎麼說，我其實可以堅持自己所有的權利——用我整整一生的時間，來期待一張美麗的蓮荷出現」。[37]這就是席慕蓉堅持自己、眞誠創作所以能達到雅俗共賞的原因。

---

[35] 見〈為《寫生者》畫像：看席慕蓉的畫〉，輯入《邊緣光影》（台北：爾雅，1999.05），頁198。

[36] 《寫生者‧睡蓮》，頁50。

[37] 《信物》，頁63。

從追憶童年往事
看兒童繪本中的自然書寫：
以《台灣眞少年系列》爲主

摘　要

　　本文以《台灣真少年系列》六冊兒童繪本為研究範疇，分從六位文字作者追憶童年往事來探賾其對家鄉人、事、物之追記，進而說明其所示現的意義何在？尋訪家鄉風物的內容為何？所展示的心靈圖式的意義何在？而這樣的繪本能提供兒童什麼樣的閱讀效能？首論繪本中的自然書寫，分從風物之美、圖景設計入手；二論追憶中的「我」與時空敘寫，論述「我在」的凝視，與今昔對照中我；三論人與自然互涉的心靈圖式，最後歸結童年是最可貴的成長經驗，而大自然則是哺育我們的大地之母，回首童年，在日益昌明的現代化進程中，人與大自然的日益疏離是一種獲得，抑是一種遺失？

關鍵詞：圖畫書　繪本　自然書寫　家鄉　童年

一、前言

　　遠流出版社於二〇〇三年六月出版《台灣眞少年系列》套書六冊，由連翠茉主編，呂奕欣編輯，特約美術主編官月淑，美術設計陳幼緞。這是一套以名人追憶童年往事爲主的繪本[1]，雖然以敘事手法描寫，但是，內容卻伴隨著追憶的時間線索，勾勒出台灣五、六〇年代的自然風物，而且每一書的敘寫重點不同，恰好將台灣各族群與各種風土民情以簡淡筆觸爲我們圖構出一幅幅作者家鄉的圖象，令人悠悠地跌入時光的邃道，跟著文字與圖畫去尋訪淳樸、自然平淡的鄉風，覽閱這一套書時，不僅是一種文字的饗宴，更是圖象的飽覽，更甚有之的是，經由文與圖的交構，示現台灣風物之美與民風之淳厚，令人心生感動與嚮往。

　　茲將六書基本編輯體例，簡示如下：

表 1-3-1　圖文基本編輯項目表

書名	作者	繪者	出版年月	頁數	文末附文
記得茶香滿山野	向陽	許文綺	遠流 2003.6	28	凍頂茶香
姨公公	孫大川	簡滄榕	遠流 2003.6	26	卑南族的英雄氣概
八歲，一個人去旅行	吳念眞	官月淑	遠流 2003.6	28	坐火車過山洞
像母親一樣的河	路寒袖	何雲姿	遠流 2003.6	23	宛如母親的大甲溪
故事地圖	利格拉樂‧阿𡠄	阿緞	遠流 2003.6	23	排灣人的故事，排灣人的歌
跟阿嬤去賣掃帚	簡媜	黃小燕	遠流 2003.6	54	蘭陽平原

---

[1]　繪本，又稱圖畫書（picture book）是指以圖畫為主的書籍，日本稱為「繪本」。台灣早年多稱圖畫書，今人則多沿日本之用法，還以繪本稱之。「圖畫書類」又可分為二種，「圖畫書」（picture book）是以圖像為主，文字為輔；圖畫故事書（picture story book）是以講述故事為主。二者雖略有區別，然而皆是圖文配合的讀物。早年圖畫書多供識字能力小的兒童閱讀，以圖像導引；今則不限於兒童，亦有供大人閱讀之繪本。

上表雖然臚列了頁數，事實上，繪本並沒有標示頁數[2]，僅僅是一頁頁圖文並茂的呈示，此一頁數是筆者自己加的。須特別說明者，全套書最有特色的是，為了補強各書特殊風物的知識，每一書文末特別由陳彥仲執筆簡介各書自然風物，如上所列〈文末附文〉之部份。

　　《台灣真少年系列》六書，以追憶童年往事的視域，為兒童讀者介紹一段奇特的遭遇或是敘寫成長的過程，並藉由追憶摹寫家鄉的自然風物，特別表現出一份血濃於水的愛鄉愛自然的深情，這一套書雖然是六位作者個別的成長經驗，但是透過文字親切的表述，圖景鮮明的展示，讓讀者彷彿重歷作者生平的家鄉或是故鄉風物之美。全書表現的重點有二：其一是童年往事之追憶，其二是藉由追憶讓我們重尋五六○年代每位作者家鄉風物人情之淳美，我們分別簡述內容如下。

　　《記得茶香滿山野》以小男孩為視點，寫南投縣鹿谷鄉鳳凰谷麒麟潭畔四季飄香的茶園及小男孩家中開茶行，兼賣文具、書籍、菸酒、郵票等物，以與家鄉特產作結合，並敘述自己在凍頂山中成長的經驗。

　　《姨公公》寫台東卑南族的小男孩永遠記得姨公公在他就學前夕，對他上學的期許，第二天居然溘然辭世，一夕話成為生命追憶難忘的事，並敘說頭目──姨公公一生的職責與傳奇故事。

　　《八歲，一個人去旅行》，敘寫八歲小男孩，因為父親要訓練他獨立自主的個性，要他一個人獨自從侯硐

圖 1-3-1　《姨公公》

圖 1-3-2　《八歲，一個人去旅行》

坐火車到宜蘭的經過，並在火車上認識一位老婆婆的遭遇過程，最後順利歸來。

《像母親一樣的河》敘寫四歲喪母的小男孩，因為有大甲溪及其支流的哺育，使他一直沒有喪母的傷痛，反而對河流有一股特殊的情感，但是，對母親的思念卻未曾斷絕。

《故事地圖》寫布朱努克部落的小女孩，因與母親賭氣，負氣離家出走，在幽美的山谷中印證祖母常對她敘說的部族淒美的故事及祖靈的傳說，最後竟然在美麗的途中睡著，後來又平安的歸來。

圖 1-3-3　《故事地圖》

　　《跟阿嬤去賣掃帚》寫小女孩生長在蘭陽平原，見證農村的勤奮努力，婦女們常在秋忙後以稻桿編製掃帚以貼補家用，並藉由一次與阿嬤一同去賣掃帚的經過，讓自己體驗一次奇特的經歷。

　　我們根據六書內容，簡示主題如下：

表 1-3-2　主題呈示表

書名	主題呈示
記得茶香滿山野	家鄉茶香及個人在凍頂山的成長過程。
姨公公	卑南族英雄氣概的養成。
八歲，一個人去旅行	寫獨自行旅的遭遇與勇氣。
像母親一樣的河	寫四歲喪母，在大甲溪支流蘊育成長的過程。
故事地圖	寫排灣族人的傳說與風物之美。
跟阿嬤去賣掃帚	寫農婦質樸辛勤的操作家務與編賣掃帚貼補家用的經過。

二、圖畫書中的自然書寫

　　所謂的自然書寫，是指人對自然的感知以圖文方式表現出來，以文則敘說，以圖景則重現自然風物之美。然而什麼是「自然」呢？

　　根據西哲所言，其意義紛繁難以統一，大致上可以釐分為：

一、自然是用來與非自然的人為作對立。

二、自然是一切存在的事物。

三、自然與人文社會相對立。[3]

　　根據蔡仲翔所云，中國對「自然」的看法，等同於「天然」，包括六種範疇意義：

一、指天地、自然界，其義略同于「造化」，謂文藝創值本于自然，效法天
　　地。

二、指自然而然，不有意撰作，謂文藝創作系出自內心，借外物的觸發，產

3　根據《觀念史大辭典》（台北：幼獅文化，1988.07）所分之自然的標準。

生靈感，不能自已，發而爲文章。

三、指文藝創作所達到的最高度純熟的境界。

四、對作品的審美評價，指文藝創作如化工造物，渾然天成，不見斧鑿痕
　　跡。

五、文藝作品品第中之最高品位。

六、天然也指作者的天賦資質才能。[4]

　　由上所臚列的自然定義可知針對不同的指涉而有殊異的意義，西方從對
立面立說，蔡氏純就文本、美學視域觀之。在本文當中所謂的「自然」是指
「大自然」，意同於第一點，是天地、自然界的意義。而這種意義的範疇包
括：時間中的四季風物之轉移及流光移景以及空間中的山川、田園、景色、
風光等等，如果從「自然」的時間性而言，是指：過去、現在、未來；從空
間性而言，包括了所有的大自然景物，含家鄉、現居地等等，比較用於與
「人文造作」作對立面的意義。

　　《台灣眞少年系列》六個故事分寫六個自然景觀，六本圖畫書不同的故
事，各自表露什麼樣的自然圖景？一言以蔽之，就是追憶家鄉中的自然風
物。

（一）風物之美：自然與人文經驗中的家鄉

　　《台灣眞少年系列》在每一則故事之末皆有陳彥仲簡介各地風物或歷史
故事，讓讀者可以輕易了解該書特殊的自然風物之美。我們結合陳彥仲所介
紹的內容，重新體認六書所摹寫的各地風物之美。

　　《記得茶香滿山野》寫台灣南投凍頂山產烏龍茶，因土質含大量水份，
是產茶的好地方，每年四月到入冬十一月間，婦女們持續忙碌著採茶，橫跨
四季的採收期可分爲春茶、夏茶、大小暑茶、秋茶、冬茶等種類，採收的茶
葉須經過曝曬、攪拌、熱炒、揉捻、風乾等處理，才能烘焙出好茶。據傳，

---

[4]　請參見《中國美學範疇辭典》（北京：中國人民大學出版社，1995.6），陳復旺主
　　編。

清朝有位南投縣鹿谷鄉村民林鳳池遠赴福建參加科考，金榜題名歸來之際，當地林氏宗親特贈福建武夷山烏龍茶苗作賀儀，林鳳池將茶苗攜回分贈親友，最後只有凍頂山茶樹成功存活下來。如是，讓讀者對南投的茶農季節性的工作及傳說有一個梗概了解。透過作者向陽生長在凍頂山中的經歷，讓我們對茶鄉成長的童年，產生一種親近感。

《像母親一樣的河》，所描寫的是台中縣大甲溪，源自中部高山，經過十多個大小鄉鎮後，在台中縣清水鎮形成平原匯入台灣海峽。大甲溪流域上游最早居民是新石器時代的泰雅族，下游是平埔族的拍瀑拉族（Papora）與道卡斯族（Taokas）。大甲溪哺育大地，讓人們可以引水灌溉開墾，與建房舍等。路寒袖為我們鋪寫大甲溪的支流成為蘊育他快樂童年的源泉。

《姨公公》描寫卑南族頭目姨公的事蹟及傳說。卑南族位於台東平原地區，台灣十大原住民族之一，包括知本、建和、利嘉、泰安、賓朗、初鹿、南王、頂永豐等八個部落，卑南族社會型態是由眾人推選一位頭目，做為全部落決策性的重要人物，若與他族衝突時，必須代表眾人進行溝通、談判、協調或戰爭事宜。在各部族中，常會為了生存，尋找更多土地種植開墾，而擴大各族間的衝突。在卑南族傳統中，男孩成長到十二、三歲時，有一段時間必須到「會所」過固定的團體生活，在這裡由長輩們教授祖先故事、文化習俗、生活智慧，也要接受體能訓練，例如必須學習在原始自然環境中赤手空拳求得生

圖 1-3-4　《姨公公》部落訓練所

圖 1-3-5　《姨公公》配圖

存。所以這段團體生活對男孩子來說非常重要，不僅學習防禦、攻擊等戰鬥技巧，同時也是培養向心力及團結精神。「會所」除了是訓練之所，同時也是聚會之所，凡是討論公共事項，如何訓練少年，如何共同狩獵、捕魚等皆在此共同討論決策。但是隨著時代演進，使得社會型態日益改變，頭目職責日益不重要了，但是，曾經在「會所」成長的男孩，就能培養出一股英雄氣概。對於卑南族陌生的我們，透過這樣的介紹，知道他們對兒童的訓練，是非常的嚴謹的。

《八歲，一個人去旅行》所描寫的是花東線上「侯硐」到「宜蘭」的「宜蘭線」這一段路途的故事。鐵路建於日據時代，北起基隆八堵區，南迄宜蘭縣蘇澳鎮。侯硐、三貂嶺經過邃道，接著牡丹、雙溪、貢寮、福隆等是平原，從石城、大里、大溪、龜山到外澳是沿著弧形海岸線前進，藉由兒童想像神龜擺尾的傳奇，讓我們對花東線多一分了解，也知道了車站的序列，經過了神龜擺尾的路程，接著是便堂皇的進入蘭陽平原，再行經蘭陽溪，羅東便在望了。

《故事地圖》描寫排灣人的故事，排灣人分佈在台東縣、屏東縣、高雄縣。相傳祖靈的生命是太陽神賦予，祖靈誕生後，居住大武山高處，大武山是他們祖靈的故鄉。排灣族有貴族與平民之分，貴族家庭才能以雕刻工藝來裝飾家屋及日用品，並且會在屋內最重要的一根柱子上雕刻祖靈雕像，以示尊敬。文字作者阿媽特別對祖靈傳說著墨甚多，藉以說明：

原住民──神話──傳說──故事──地圖故事

之關連性，敘寫一位離家出走的小女孩去見證大武山的傳說與祖先的故事。

《跟阿嬤去賣掃帚》描寫蘭陽平原辛勤刻苦的農婦，在農閒時努力製作掃帚，並且挑去其他村落作買賣。蘭陽平原在清嘉慶年間開始開墾，距離西部之開墾晚了三十多年，平原上每一村落皆有一個故事，頭圍、二圍、三圍指依照時間先後而建造開墾的，二堵、三堵則是平埔族與新移民互動關係，爲生存保禦，原住民以「堵」爲防衛性設施，最終原住民被迫離開居住之所，只留下地名。例如冬山河旁的「利澤簡」，在噶瑪蘭語是「休息之所」，噶瑪蘭族是多數的原住民，喜歡居住在靠海或河旁，冬山河附近的「珍珠里簡」應是「燒酒螺」之意。隨著社會型態轉變，手工器具日益被取代而消失了，但是早年人們勤奮與惜物的精神，卻是永遠值得流傳。

圖 1-3-6　　《跟阿嬤去賣掃帚》祖孫圖

圖 1-3-7　　《跟阿嬤去賣掃帚》圖影

　　雖然六冊繪本有六種殊異的境遇，但是，對於家鄉風物人情之美懷有無限的緬懷心情，我們也藉由各自相異的故事，進而體會、了解各族群的風俗民情，以及各地風物之不同：宜蘭人的勤奮，凍頂山的淳樸，祖靈的傳說，卑南族對頭目的尊重，及兒童訓練、教育養成的方式，四歲喪母的感傷藉由河流的哺育，轉化了那份幽潛的傷懷，也在吳念真的引領中體會坐火車到宜蘭，見證了人們相互幫忙的眞情，爲了中暑的不知名阿嬷，大家努力的幫她搓揉，表現出互助相親的一面，這些，與陌生、疏離的都市生活不啻有霄壤之判。藉由這六冊繪本，不僅要喚起大家對自然的眞情，也讓大家重新思考，在大自然哺育成長的兒童們，具有眞誠實在的人格，可以作爲現代兒童楷模，也是現代人一泓活水。

（二）圖景視域與設計

　　繪本中究竟文字爲主體，抑是繪畫爲主體？誰是圖景中的主角？人或自然？

　　基本上，繪本以圖文並茂的方式呈示，圖畫是用來加強或印證文章的內容，而文字的說明是推展情節最重要的部份，沒有了文字說明，圖畫僅成這一個片面的圖象而已。所以，繪本通常編寫的策略是以圖畫爲主，文字爲輔，然而我們從這六冊書的編寫過程亦可明白，先有文字作者敘寫完成之後，再交由圖畫作者圖繪，以符應文字所需的圖象。

　　故事敘寫當中，以人物爲主，在圖象繪本當中亦以人物爲主角，通常自然景觀是靜態的，是客觀的陪襯的景緻，而人物才是最重要必須突顯的部份。雖然，有時圖象中並無聚焦視點，僅是各種圖象的展示，例如《茶香滿山野》頁九（左圖）中圖景中的凍頂茶行，門外是熙來攘往的人，或立或坐或負或攜或畫或觀，門內是哥哥在觀看父親設計的茶葉罐圖稿，媽媽抱著幼子，弟弟卻依傍逗弄著幼弟，而頁十（右圖）是「我」，駐立茶行門口一隅觀街景，一婦人揹子攜女的剛踏進茶行，每一個人都努力的做著自己的事，只有「我」在圖景中凝視，而這個諦視，似乎也非主景，每個人是人文景之一，並無主次的感覺，卻流露出每個人沈浸在自己的情境中。雖則如此，人

物，才是主體所在，我們根據圖畫書中的構圖視點、色感層次、圖景設計及
所示現的人物與自然景象主客體的重要性來提攝其構作技巧，示之如下：

表 1-3-3　構圖技法一覽表

書名	構圖視點	色感層次	圖景設計	主體／客體
記得茶香滿山野	沒有聚焦的視點，以全幅朗視為主。	細膩筆觸，色澤淡麗清幽，有古雅味	大部份文在圖外，多以單頁呈示街景，左右雙頁則以自然景為多。	人在景中，景為襯，人為主，而人群中往往呈現和樂融融的景象。
姨公公	以小男孩視點觀看姨公的生平及傳說	筆觸細緻，畫風綺麗，選色以黃色為主調	圖文互嵌，雙頁式圖景，空白處置文字。	主體為人，景物為陪襯。姨公多以卑南族服飾表現。
八歲，一個人去旅行	主要以八歲小孩為聚焦視點，卻又刻意偏居一隅以避開凝視的主要位置。	以鉛筆速描手法表現出灰樸、簡單的畫面	圖文互嵌，全幅左右雙頁共構圖象。	全書以焦點中的人物為主，景往往以灰樸罩色的方式表現。
像母親一樣的河	以閱讀者觀看圖景中的活動，圖中人物生動而滑稽。	水彩勾勒人物，渲染圖景，畫面豐富	文在圖外，偶有嵌圖。以全幅左右雙頁呈示。	以人物主體，河流或自然風物為客體，豁顯人在故事中的存在性。
故事地圖	以小女孩為凝視焦點	色澤鮮麗，畫風簡潔乾淨，景物清麗	圖文分開，圖景以單幅單景呈示，偶有跨頁；文則必有小物點綴，例蝶、鳥、蟲、飾物等。	自然圖景展示欣欣向榮，人物圖象則栩栩如生。以人物為主，但是觀看的角度卻刻意避開正面凝視。
跟阿嬤去賣掃帚	以小女孩為視點	畫風時而鮮麗，時而古樸	圖文分開，雙頁式圖，雙頁式文，故而頁數特多。	有時整幅圖景畫村落，有時畫一個小女孩，有時僅以一部賣冰腳踏車作為全幅焦點所在。

　　由上所示，繪本中的視點，仍以人物爲主體，自然風物僅是一個旁襯的客體。

　　既然自然景緻爲輔，人物爲主，那麼，在六冊繪本中所要豁顯的人物，究竟是何許人？所要表達的自然景觀又是什麼呢？人在時空中的敘寫又要表達什麼呢？

三、追憶中的我與時空敘寫

　　如何敘寫記憶中的「我」呢？時空如何佈示？

（一）敘寫視角中的我在

　　凡是敘事，必少不了視點，楊義曾云：

> 敘事視角是一部作品，或一個文本，看世界的特殊眼光和角度。……
> 敘述角度是一個綜合的指數，一個敘事謀略的樞紐，它錯綜複雜地聯
> 結著誰在看，看到何人何事何物，看者和被看者的態度如何，要給讀
> 者何種「召喚視野」。……[5]

敘事視角就是作者經營一部作品的切入角度，讀者是透過作者構作的觀察視點來進入敘事文本當中，所以選擇適當的視角往往是一部作品最重要也是最核心的問題，透過這個視點，作者才能將故事情節透過他來傳述出來，所以每一部小說皆有視點的選擇。在《台灣眞少年系列》當中，到底是誰在敘說童年故事？他們展示什麼樣的內容？召喚我們去認同或感知他們曾經經歷過的童年經驗？

　　六書敘寫人物視點全部以「我」爲主述人物，透過「我」呈示童年往事，所以「我」也是一個「限知視點」，因爲「我」所見所睹必能寫出來，

---

[5] 楊義《中國敘事學》（嘉義：南華管理學院，1998）、〈視角篇〉，頁207-8。

「我」未見未睹者，必不可能知道，除非是經由他人傳述，所以六冊繪本中，完全以「我」的限知觀點為敘述基點，而且選擇的人物或男或女，雖然不同，卻皆是以童年的「我」來觀看，或經歷一件奇特的生命成長經驗。

在楊義稱作「視角」，在金健人稱作「視點人物」，指涉的內容是相同的。「所謂視點人物，是作者運用的敘述者，有時是故事中的某個人物，有時是故事人物對讀者侃侃而談，運用手法，端視敘述者是否介入作品？是否借用為視點觀看？又可以分故事層外視點與故事層內視點；當敘述者介入時，又有直接視點與間接視點之別。」[6]

而在視點人物之外，另一個被重視的是繪本中到底什麼事件或情節才是聚焦所在？也就是六個故事，各自著重的重點何在？在敘寫的疏密、虛實之間什麼是重心所在？什麼是「聚焦」呢？楊義揭示：「所謂視角是從作者、敘述者的角度投射出視線，來感覺、體察和認知敘事世界的，假如換一個角度，從文本自身來考察其虛與實、疏與密，那麼得出的概念系統就是：聚焦和非聚焦。視角講的是誰在看，聚焦講的是什麼被看，它們的出發點和投射方向是互異的。同時應明白，聚焦和非聚焦是相對的，是相反相成的。」[7]視角是以人物為主，而聚焦是以事為主，至於聚焦與非聚焦則是對立相成的，在此之外，尚有一個特殊的「觀照角度」也是我們必須清楚的：「觀照角度的調節越自由，作者要實現自己的創作意圖也越容易。而要獲得較為自由的觀照角度，可以通過兩種途徑：一是視點方位的選擇；一是視點人物的選擇。視點方位的選擇可有三種類型：定點換景、定景換點與點動景移。」[8]又云：「觀照角度與人稱角度是既緊密聯繫又各有區別的。觀照角度指的是敘述者的選擇和敘述者與敘述對象之間的遠近正側變化；而人稱角度指的是敘述者、敘述對象（人物）、讀者三方面的關係。觀照角度可以有無數的變化，而人稱角度只有我、你、他三種類型。」[9]爰是，我們透過「視點人

6　見金健人《小說結構美學》，頁 201。

7　楊義《中國敘事學》（嘉義：南華管理學院）、視角篇，頁 265。

8　見金健人《小說結構美學》，頁 199。

9　見金健人《小說結構美學》，頁 206。

物」與「聚焦事件」及「觀照角度」來分析六冊繪本。

　　《記得茶香滿山野》，「我」是茶行老闆的兒子，所欲描寫的重點是凍頂茶園與自家茶行休戚相關，後來因為茶行兼賣文具、圖書、菸酒、郵票而成為小村落中的雜貨鋪，是人來人往的地方。而「我」在戶外生活中的情形是一個在山林鄉野中成長的小男孩。

圖 1-3-8　《八歲，一個人去旅行》火車圖景

　　《姨公公》以「我」追憶姨公公的一生事蹟，寫卑南族小男孩對部落的童年追述。

　　《八歲，一個人去旅行》，以「我」追憶八歲時一個人獨自坐火車到宜蘭的經過，車上巧遇一位老阿婆，拿芭樂給「我」吃，後阿婆中暑，大家急救，下車時，阿婆給「我」幾個銅板。歸來，見阿嬤站在門口，彷彿是那位阿婆。

　　《像母親一樣的河》以「我」追憶四歲喪母，其後與父親共同生活的記憶中最美的是去釣魚，最

圖 1-3-9　《八歲，一個人去旅行》祖孫圖

難忘的是教讀書及罰站，與附近小朋友共同的成長經驗是一同去河邊游泳等事。

《故事地圖》，以「我」敘寫離家出走的事件中，由途中風物印證外婆所敘說的傳說故事，將部落的感人故事一一追述。

《跟阿嬤去賣掃帚》，以「我」爲視點，寫童年最難忘的一事是與阿嬤一同去賣掃帚，過程辛苦，後巧遇賣枝仔冰者，雙方「以物易物」交換貨品，各自結束一段辛苦的買賣過程。

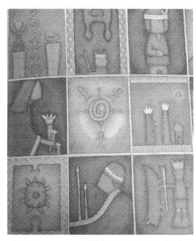

圖 1-3-10　《故事地圖》圖象

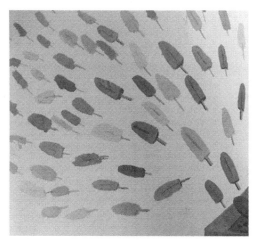

圖 1-3-11　《跟阿嬤去賣掃帚》冰棒

茲將以上視點人物、聚焦事件及觀照角度以表格臚列於次：

表 1-3-4　視點人物及敘述視域

書名	視點人物	聚焦事件	觀照角度
記得茶香滿山野	我 限知觀點	敘寫童年成長事件，以茶行爲主。	小男孩
姨公公	我 限知觀點	敘寫姨公公一生事蹟。	小男孩
八歲，一個人去旅行	我 限知觀點	敘寫一趟火車之旅。	小男孩

像母親一樣的河	我 限知觀點	敘寫喪母後，在河畔成長的故事。	小男孩
故事地圖	我 限知觀點	敘寫離家出走，應證外祖母敘說的傳奇故事。	小女孩
跟阿嬤去賣掃帚	我 限知觀點	敘寫跟阿嬤賣掃帚的經過。	小女孩

（二）今昔對照中的我

　　《台灣真少年系列》敘寫策略是採用兒童口吻以「我」的限知觀點來進行追憶，而且六冊兒童繪本全部以「追憶」的方式作為時間起點，由現在往前逆溯到過去童年時空中的特別事件，所要豁顯的就是「昔日之我」與「今日之我」的不同，展現時空今昔的對照性如下：

　　　時間：現在（年長的我）　──→　過去（童年的我）
　　　空間：現在居處　────→　童年家鄉

我們從時間結構的展現模式來觀察：

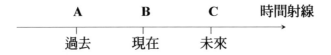

　　時間射線的編序方式是由 A 到 B 再到 C，但是在敘寫故事的過程中，可以不按照事實時間編序，可以任由 ABC 三個不同的時間點作為敘寫的時間基點。在六冊繪本當中，全數以「追憶」的手法敘寫，所以其事實時間點應是：B 到 A，亦即由現在追憶童年的自我。

　　上列的時間敘寫手法，基本上有兩種模式，第一種是：「今─昔─今」，是明確的由今回憶童年往事，再由童年事件跳回當今的現實面，例如向陽的《記得茶香滿山野》以今日站在麒麟潭畔作為起始點，回憶童年，最後再以回歸當今時間點為結束，說出當年赤腳行走的小路，現在已成為雙線雙向通車的柏油路了。《姨公公》是由「今」追憶七歲入小學上課的前夕，

姨公公的一番話語作起始，再敘寫追憶姨公公一生作爲卑南族頭目的事蹟，最後再回到「今」的時間點，說明當年床邊對話成爲孫大川長成大人的我與自己童年的對話，並且也從其中認識姨公公及自己。

　　第二種敘寫基模是「今─昔」，由今追憶昔日，時間點就停駐在「昔」，未再敘寫成長後的自己，例如《八歲，一個人去旅行》就是追憶八歲那年發生的獨自坐火車到宜蘭經過，時間點並未再回到「今」。《像母親一樣的河流》從四歲喪母事件寫起，再寫自己成長的過程，末了，時間仍然是停駐在童年因夢而引發母親的思念。《跟阿嬤去賣掃帚》是作者回顧童年賣掃帚的特別經驗，最後的時間點仍然是停留在當年以兩支冰支仔經過牛糞作記念的畫面。

　　六書全部採用今昔對照，時間的敘寫方式如下所示：

表 1-3-5　時序敘寫表

書名	時間敘寫手法
記得茶香滿山野	今─昔─今
姨公公	今─昔─今
八歲，一個人去旅行	今─昔
像母親一樣的河流	今─昔
故事地圖	今─昔─今
跟阿嬤去賣掃帚	今─昔

　　由上可知，採用敘寫的手法，基本上以今與昔作對照，此一對照不特別寫出「今」，只是淡淡地透顯出來，其所要對照出來的是人物、時間、空間、事件等事項的今昔對照性：

表 1-3-6　今昔對照表

	今	昔
人物	年長之後的我	童年中的我
時間	成年	童年
空間	遠離家鄉	家鄉
事件	追憶	童年往事

根據六書作者所追憶的時間點觀察，率爲回憶五、六○年代的早期台灣社會，揭示民風淳樸，在物質匱乏的年代裡，沒有現成的玩具，沒有豐富的物質享受，孩童們對於物質欲求往往降到最低，反而利用大自然賜給他們的風物來完成一場成長的儀式。

　　對於大自然賦予豐富的資源，以及淳樸的兒童對物質之欲無所求，向陽指出在凍頂山與同伴玩灌蟋蟀、在冬日枯水期的河岸邊築「秘密基地」，在山中與同伴，以竹、木枝玩當兵作戰遊戲。路寒袖則以河流爲哺育成長的地方，不僅捉青蛙、釣魚，而且還背著家人到河邊游泳等。簡媜童年對於一支枝仔冰的垂涎；吳念眞寫童年只帶著一盒萬金油就獨自搭火車前往宜蘭，爲的是拿一枝祖母遺忘的雨傘，歸來時，揹著五斤蔥回家。這些，皆喻示我們，在物質匱乏的年代中，兒童們也養成愛物惜物而且不敢貪求物欲的心境，甚至充份利用大自然給予的資源，自由自在的享有、利用自然賦予的山水資源，快快樂樂的渡過童年，在大自然中成長的兒童，忘不了大自然本身含蘊的資源，而且日後追憶，也充滿了無限緬懷的心念。童年不可重來，而被破壞或過度開發的自然資源不可重建，人在遠離家鄉之後，才體會家鄉是永遠的心靈依歸，而大自然所賦予的資源，成爲日後追想懸念的心靈花園，藉由「回憶」，回到了過去的時空中，對於迷失在都市叢林中的成人而言，那段童年歲月雖然永逝不歸，但是，卻是現代都市人的心靈慰藉。

圖 1-3-12　　《跟阿嬤去賣掃帚》走在鄉間

　　職是，藉由回憶，印證過去與現在的不同，證明在大自然中成長的人們，對於大自然有一股回歸的渴求，這就是飄流移盪在都市、在現代化中的人們，無限祈求的回歸圖式。

　　承上，六冊視點人物全部以「我」的限知觀點敘寫，六本書，敘寫六個成長的故事，這些事件可能是普遍性的，也可能是作者特殊的經驗，各自突顯出作者一段成長過程。六冊套書由追憶童年往事而重訪家鄉風物與人情之美，茲將此二部份敘述以表臚列於下：

表 1-3-7　　內容：尋訪家鄉風物與追憶童年往事一覽表

書名	人物視點	尋訪家鄉風物或人物	追憶童年往事
記得茶香滿山野	在茶行中成長的小男孩	描寫南投縣鹿谷鄉鳳凰谷麒麟潭畔四季飄香的茶園。	成長在茶行、書店，與大自然中的過程。
姨公公	卑南族小男孩	卑南族的頭目英雄氣概。	姨公公勸勉為卑南族人讀書的話語。
八歲，一個人去旅行	八歲小男孩	侯硐到宜蘭火車之旅。	八歲獨往宜蘭，在火車上遇到阿嬤的經過。

像母親一樣的河	小男孩	大甲溪物產豐美。	小孩子在河畔成長的經驗。
故事地圖	排灣族女孩	三地門原住民的傳奇故事與風物之美。	老祖母講排灣族的故事與小女孩離家出走的事件。
跟阿嬤去賣掃帚	小女孩	蘭陽平原勤奮的婦女及製作掃帚的過程。	秋天農婦製掃帚,及小女孩跟阿嬤賣掃帚的經歷。

四、人與自然互涉的心靈圖式

　　人在時空中,伴隨著成長,時間不斷地流逝;因爲求學或工作或某些因素,空間不斷地轉移遷徙。從時間而言,童年,永遠是一段不可抹滅的成長經驗;從空間而言,家鄉,永遠是人類心靈的最後依歸。從追憶童年往事當中,我們體現出遺失的童年,永逝不歸;而變革中的家鄉風物,永遠是離鄉之後最想回歸的地方。

　　但是淪失在時空中的童年與家鄉,我們僅能作無限的憑弔,它的意義與價值,存在想望中,成爲日後心靈供養的清馨,也是汲取的靈泉所在。而這樣內容殊異的成長經驗到底製成繪本,究竟能爲我們彰顯什麼樣的意義呢?對兒童的認知與閱讀效能有何助益?作用?閱讀的意義層次有三,其一是透過語言文字的層次認知、了解故事情節;其二,藉由故事人物的遭逢,找出個人生命中的相關意義,作爲行爲的準則;其三,透過閱讀層次的借用與轉化,以確立生命價值,提升人我關係。

　　繪本以圖文並茂的方式表現,對兒童學習而言,具備了一種圖象的吸引力,因爲兒童的抽象思考能力不足,必須以圖象來補足想像與抽象的部份,所以兒童讀物通常以繪本爲主,圖象的具象化及色感分明,皆是兒童迅速接受的能力之一。哈頓(Alfred Cort Haddon, 1855-1940)在《藝術的演進》(*Evolution in Art*)曾指出人類藝術創作有四種需求:1、對藝術本身的需求;2、對於傳達的需求;3、對財富之需求;4、對宗教信仰之需求。所以藉由閱讀繪本,一方面是知識汲取的方式,一方面也藉由故事內容達到薰陶

的作用，可陶鑄健全人格。

兒童期是人生的基礎，也是人格的形成時期，根據各派兒童心理學者的分析，雖然派分為六大派或九大派別，但是，其中所討論的不外是三項基本的模式：一、究竟是遺傳基因或環境影響人格發展？二是自由意志與決定論可以改變人格？三、究竟是生物性質或社會、認知行為影響人格發展。由於各派主張殊異，對於遺傳、環境／自由意志、決定論／生物性、社會性等三組基模各持不同看法，但是，基本上仍然認同影響人格的形成，是奠定在兒童時期是不容置疑的。根據人格心理學派中的人本學派、行為／社會學習學派、認知學派三派的主張指出，環境影響比基因影響來得大且多，所以環境的蘊育對兒童的成長，無疑的，具有重大的決定人格特質的因素。[10]在大自然中成長的兒童們學會了互助相親、體貼自然，這是都會生活中兒童所無法體會的一種真實感受。

史密斯（Charles A. Smith）在〈兒童的社會發展：策略與活動〉指出兒童成長過程中必須有效地處理三種不同的經驗世界，一、人以外的世界（world of impersonal thing），要學習昆蟲、動物、機器類的事，例如雨從何處落？冰如何融？為何晚上天色會暗等等；二、和他人的關係（relationship with others），指必須學習如何結交朋友？解決衝突？幫助他人；三、個人的經驗世界，要學習如何發現自我？對自我如何成長、發展和如何處理情緒等。[11]

職是，個人的經驗世界，是指對自我成長、發展、情緒處理有更多的了解。而個人和他人的關係，學習交友、解決衝突，幫助他人或增進與自己相

---

[10] 人格心理學共有六大學派：生物學派、精神分析學派、行為／社會學習學派、人本學派、特質學派、認知學派等，其中較著重基因影響者，依序以生物學派、特質學派、精神分析學派為主，而著重環境影響者以行為／社會學習學派、人本學派、認知學派為主。由是可知，不同的人格心理學派，對於環境影響說，亦各持己見，各自推導出不同的理論。個人以為「環境影響」對於童年成長具有重要的影響力。見《人格心理學》（台北：桂冠，1995）

[11] 參看氏著《兒童的社會發展——策略與活動》第一章成為一個人：教育的目的，（台北：桂冠，1994），頁3。

處的能力，至於向人以外的世界學習，也就是向自然界學習。

我們從圖景中觀察，自然景致表現出人與大自然是相親的，大自然哺育大地上的兒女，而兒女們也在母親的大地上工作、勞動、生長、綿延子嗣，在自然中，人要學會謙卑，請看《記得茶香滿山野》中，頁四圖畫中，採茶女努力的在麒麟潭畔採茶，這種美麗圖象，是日益工業化的現代人所無法體會的，所以追憶童年，其實是追憶故鄉風物，為何家鄉有這些召喚呢？因為人的心靈圖式源自於大自然風物的感動與互動，生長在大自然中，自然能感受體會大自然所蘊育的美好，但是在走離之後，人們會不斷地追求回憶回顧，有時思念的動力可以喚起回歸的行動，有時礙於事實的生活雖未能回歸家鄉或田園，但是追憶與思念卻像潮水般不斷地洶湧著，這樣的心靈圖式可用表簡示成甲、乙兩式：

表 1-3-8　出走回歸心靈圖式

甲式：走離思念型

　　源自自然　→　生長於自然　→　走離　→　追憶、思念

乙式：走離回歸型

　　源自自然　→　生長於自然　→　走離　→　追憶、思念　→　回歸

我們透過這六個故事可以體會童年的經驗對六位作者而言，是一個寶貴的經驗，而且提供我們五、六○年代所展示的社會面向。

人在面對大自然時，我們存在的方式可能有三種，一種是以主宰者的立場，意欲操控大自然；二是以管理者的立場，作為萬物管理者的姿態出現。三是謙卑的回歸到人屬於萬物之一，成與大自然哺育之一。在這種情形下，我們比較認可人是萬物之一，是歸屬於大自然的一環之中，我們無權破壞大自然，同時也經由大自然哺育，讓我們能取自大自然，並且融入、取材、生活在大自然之中，它如同一座寶庫，是我們取之不盡，用之不竭的寶庫，人們唯有謙卑的生活其中，才能享有大自然賦予我們的資源。但是，現代化的

速進，以及過度開發的都市型態，使人們背離了大自然，我們透過追憶童年
往事的繪本，感受到童年在大自然的哺育下，自由快樂的生活，一旦走離或
背離之後，總有無限的追憶與想像，促成理性的回歸，是源自於自然的召
喚，也是記憶重回的始點。

　　《記得茶香滿山野》所圖繪的景緻就是一種未經過度開發的茶園之美，
生長在凍頂山中，就能享有四季變化的樂趣，兒童玩伴們也在季節的交替變
換中利用創發聯想的能力，提供新的遊戲點子，灌蟋蟀，煨蕃薯等，就是一
種親近自然、利用自然、體會自然的生活模式。《像母親一樣的河》，以與
河流共存的方式，釣青蛙、灌溉、遊戲、游泳等，凡此皆喻示了大自然與人
類相親相近的故事，人類是在大自然的蘊孕下，只是成為萬物之一個物種而
已。

五、結論：大自然的母性哺育

　　路寒袖在《像母親一樣的河流》中說：「母親的死，是我人生記憶的開
始。雖然失去了母愛，但我的童年其實是快樂的，因為生活、遊戲在自然之
中，自然彷彿就是我另一個母親。」

　　關於母親的論述，榮格（Carl Gustav Jung, 1875-1961）曾經將母親原始
象徵分為四個類型，一、生育世界的冥府地母（Earth Mothers）。二、包容
一切的偉力支撐並引導世界的天母（Sky Mothers）。三、哺育世界，供養
生靈的生育女神（Fertility Goddesses）。四、吞噬掠奪，強取和限制生命運
動的黑暗之母（Dark Mother）。雖然，根據榮格的分析，母親有四種類
型，但是，我們通常肯定的是：母親是生育、哺育、供養並具有包容引導的
作用，所以通常是以正面態度看待母親，母親是哺育大地之母，母親具備了
慈祥、包含、蘊孕的特質，所以母性基本上是一種正面的肯定。例如《像母
親一樣的河》對母親沒有具體印象，反而對河流有一份可親的印象，河流滋
養水中各種萬物，也蘊孕大地子民，對一個四歲喪母的小男孩而言，母親的
重要性以河流替代補償，成為溫潤可親的好友，母親的角色，似乎可用河流

替換，主要是因爲他們皆具有相同的特質，轉移了兒童對母性的需求：

表 1-3-9　母親與河流隱喻關涉

	母親	河流
屬性	人	物
能動性	死亡	流動不滅
特質	慈祥可親	含納萬物

大自然的河流，是一種蘊育、哺育、供養大地之慈母，所有的族群部落皆須傍水而生。河流，就是大地的血液，也是大地之母。再擴大而言，大自然就是我們的母親，哺育著我們，提供人類所需的資源，我們是大地子民，應該以一種感恩親近的方式來接近大自然。六冊繪本寫山（茶香滿山野）、寫河（像母親一樣的河）、寫山谷（故事地圖）、寫人文景致的有《八歲，一個人去旅行》、《跟阿嬤去賣掃帚》，寫部落人物風範的《姨公公》等，揭示大自然與人我的關係，也寫出人我互動及族群的關係。這些故事從追憶中找到個人生命之源與成長的根本，透過六冊繪本的六位名人作者的成長經驗，

圖 1-3-13　《跟阿嬤去賣掃帚》臥鄉間

圖 1-3-14　《姨公公》祖孫情

為我們揭示家鄉風物之美、人物之勤奮及對族群的認同等課題，讓我們重新審視自己——家鄉——自然的價值依歸。也讓我們從追憶中，了解童年可貴的成長經驗。

　　體認人類在大自然哺餵之中生活，生生世世，成長、綿延子嗣，同時也從自然中汲取生命的養份，然而，在文明日益昌明中，我們也與大自然的關係日益疏遠，這是一種獲得？抑是一種遺失呢？究竟要走離？抑是要回歸呢？若要回歸，還回得來嗎？透過六冊追憶童年的繪本，可讓我們重新思考人與大自然的新關係。

表 1-3-10　文字作者簡介一覽表

書名	筆名	本名	出生年地	簡要經歷
記得茶香滿山野	向陽	林淇瀁	1955.5.7 台灣南投人	政治大學新聞研究所博士，曾任副刊主編，著有詩集《向陽詩選》、《土地的歌》等，散文集《日與月相推》、《跨世紀傾斜》等，評論集《康莊有待》、《迎向眾聲》等，時評集《為台灣祈安》等。
姨公公		孫大川	1953 年生，卑南族	台大中文系，輔大哲學碩士，比利時魯汶大學漢學碩士，現任東華大學民族發展研所所長。著有《久久酒一次》、《神話之美：台灣原住民之想像世界》、《山海世界：台灣原住民心靈世界的摹寫》。
八歲，一個人去旅行		吳念眞	台灣九份	輔仁大學會計學系，著有小說集《抓住一個春天》、《特別的一天》；電影生活札記《尋找太平天國》；電影劇本《兒子的大玩偶》、《戀戀風塵》、《悲情城市》等；執導《太平天國》、《多桑》等電影。

像母親一樣的河	路寒袖	王志誠	1958 台中縣大甲人	東吳大學中文系畢業，創作以詩散文爲主，兼及台語歌詩，著辭詩集《早，寒》、《夢的攝影機》、《春天的花蕊》等，散文集《憂鬱三千公尺》、《歌聲戀情》；主編《公開的情書》等多種；音樂出版《春雨》、《戲夢人生》、《畫眉》、《台灣新故鄉》、《少年台灣》等。
故事地圖		利格拉樂‧阿媯	1969 排灣族布朱努克部落	曾創辦《獵人文化》，是台灣原住民第一份人文刊物；著有散文集《誰來穿我的美麗衣裳》、《紅嘴巴的 VuVu》、《穆莉淡——部落手札》，編著《1997台灣原住民文化手曆》等。
跟阿嬤去賣掃帚		簡媜	宜蘭冬山河	台大中文系畢業，現專職寫作，以散文爲主，有：《水問》、《只緣身在此山中》、《月娘照眠床》、《紅嬰仔》、《天涯海角》等十餘種。

表 1-3-11　繪圖作者簡介一覽表

書名	繪者	出生	籍貫	簡要經歷
記得茶香滿山野	許文綺	1963	雲林縣北港人	1993「波隆那國際書展」台北出版人插畫家作品展參展，2002北港水塔舉辦首次個展。目前從事插畫創作。
姨公公	簡滄榕	1938	宜蘭員山鄉	台北師範藝術科畢，曾任小學教師，後辭教職深居簡出，1995年展出油畫展，同年獲插畫獎，1998 與妻聯展，插畫作品有：《天的眼睛》、《花園的好朋友》、《智慧燈塔》、《快樂假期》、《昆蟲詩篇》、《愛看天

				空的小孩》、《浮生》、《虎尾溪傳奇》。
八歲，一個人去旅行	官月淑		嘉義人	做過插畫工作、美術編輯。
像母親一樣的河	何雲姿	不詳	不詳	不詳。
故事地圖	阿緞	不詳	不詳	曾任美術編輯。
跟阿嬤去賣掃帚	黃小燕	1965.12	台灣桃園	台灣藝術大學及台北藝術大學兼課，曾旅居巴黎十年，現定居淡水，出過四冊個人畫冊，有：《藝術散步》、《版畫師傅》、《以巴黎為藉口》。

宛如盲女遊走探尋的人生行旅：
幾米《地下鐵》繪本所透顯的人世況味

摘　要

　　本文旨在探討繪本作家幾米《地下鐵》文本中所喻示的意涵。藉由一位日益看不見的盲女，在地下鐵行旅前進過程猶如人生之旅的映照，在未知、未定的茫然中尋找自己的方向，而在行旅的過程中示現人生種種難以言喻的哀感頑艷景況。這種譬況盲女行走的過程，既有茫昧行走的不確定感，未知何向、何往，亦未知沿途可能遭逢何事何人何物的景象；又有一種千萬人我獨往的孤寂感，任何人生之旅，皆是一人獨自孑然行走，縱有友朋相伴，也只能陪你一段，不能陪你走完一生，所有的況味，只有自己才能領略；更有縱使相逢應不識的蒼茫感受，繁華過眼，終究要回歸謝幕，走離華麗的舞台之後的你，何處才是真正安頓的位置呢？抑或一直在茫昧中行走呢？而這些孤寂過程，皆是人生行旅必須真確面對的課題，雖有倉皇，有猶豫，有茫然，有堅定，有勇敢，歲月的軌道仍然往下流逝而過，如何從不確定中走出搖曳的身影，才能在寂天寞地中映現最卓絕華美的風姿。

關鍵詞：繪本　地下鐵　幾米　旅行

一、前言

　　當羅蘭・巴特（Roland Barts, 1915-1980）在一九六八年宣告「作者已死」時，即揭示新的解讀文本（text）的立場產生了，整個西方文學研究的進程，基本上是沿著下列的軌道進行：

作者　→　文本　→　讀者

如上所示，由研究「作者」的知人論世，傳記法，到「文本」的詮解方式，創發了新批評、形式主義、結構主義、解構主義等文學批評方法，這些理論如浪潮般地襲捲而來，接著，再將研究重點由「文本」轉向「讀者」，重視讀者理解的前視域及讀者的存在處境，開發了詮釋學、讀者反應論、接受美學等理論。

　　隨著文學理論不斷地推衍，讀者的閱讀視域從此確立了應有的新地位，從讀者視域觀察，本同的文本，常會因爲讀者的不同而有迥異的解讀方式，可能契會作者之意，有時溢出了文本的想像，有時誤讀的情形也難以避免。職是，著重「讀者論」者指出「文本」產生了，不必固著於一個解讀進路成爲當代研究文學的新方式，自是以降，言人人殊，在所難免，而大家也不必質疑爲何你讀出這樣的結果，而我卻讀出了那樣的內容，沒有固著的閱讀方式，成爲眾聲喧譁的理由與藉口，所以，同樣的一本書，你不必追問我是如何解讀，爲何如此讀？這樣解讀的方式是不是契會了作者之意？或是逆出或溢出作者之意？因爲「作者未必有此意」而「讀者何必不然」？我有我的解讀方式，你也有你的詮解方式，我們不必相同，也不必互相驚詫。有一千個讀者，就會有一千個哈姆雷特。針對幾米的繪本，我們也當作如是觀。

　　當代繪本作家幾米[1]，是近年來最受歡迎的作家之一，不僅繪本暢銷，並且廣受片商青睞由繪畫藝術跨越媒材以電影形式呈現，目前改拍成電影的

---

[1]　幾米，本名廖福彬，文化大學美術系畢業，曾在廣告公司任職十二年，以「幾米」作筆名，乃源於早年在廣告公司的英名是「Jimmy」，故而沿用翻譯爲「幾米」。

有《向左走，向右走》（2003），《地下鐵》（2004）等。

　　原本在廣告公司任職的幾米，自一九八八年開始著手圖繪形式結構完整的繪本後，開啟了台灣繪本世界的新紀元，吸引大家注目，由閱讀年齡層廣佈觀察，可知幾米作品具有「老少咸宜」與「無遠弗屆」的魅惑力。歷年作品有一九八八年的《森林裡的秘密》、《微笑的魚》；一九九九年的《向左走，向右走》、《聽幾米唱歌》、《月亮忘記了》；二○○○年《黑白異境——Notebook）》，《森林唱遊》、《我的心中每天開出一朵花》等等。（從幾米歷年獲獎紀錄觀察，有一九九八年獲《森林裡的秘密》中國時報開卷最佳童書獎，《微笑的魚》獲聯合報讀書人最佳童書獎；一九九九年《向左走，向右走》獲誠品年度推薦選書獎、金石堂十大最具影響力的書：《聽幾米唱歌》金鼎獎推薦優良圖書：《月亮忘記了》獲聯合報讀書人最佳童書、民生報好書大家讀年度最佳童書等等，可知，初以兒童繪本定位，然細細品味——每一書皆深具特殊況味，顯示出幾米幽微細膩的觀看世界的角度。

　　本文所要討論的《地下鐵》（*Sound of color*，台北：大塊文化）出版於二○○一年，是一本耐人尋味的敘事型繪本，筆觸繁複細膩的勾勒一位十五

圖 1-4-1　幾米：《地下鐵》　　　　圖 1-4-2　幾米：《地下鐵》
　　　　　　地鐵站入口　　　　　　　　　　　　在地鐵站下階獨行

歲盲女在都會地鐵中的遇合相望以及行旅、遊走的過程，深具哲思，令人愛不釋手。而在幾米細緻思維下，我們看到了幾米透過《地下鐵》一書透顯出深沈的人世況味，這種特別的滋味，散發一股淡淡的淒美，觸發生命底層無法抒發排遣的莫可奈何的幽傷，這種莫名的幽傷，浮昇在人世間遊移、飄浮，成爲都會人的標幟與印記。

二、茫昧行走的不確定感

《地下鐵》繪本一開始引用了辛波絲卡（Wislawa Szymborska, 1923-2012）《We're Extremely Fortunate》的話：「我們何其幸運無法確知自己生活在什麼樣的世界。」因爲無法確知，也不能確知，所以我們的生命如同在探險般，每一天、每一刻會遭遇到什麼樣的人事物不能預期、不能逆料，所以生命就是一場探險的過程。

幾米設計的視點人物是一位盲女，天使在地鐵入口處與她說再見之時，即逐漸喪失視力，幾米刻意以一位盲女的行旅遊走作爲視點人物，其實就是一種象徵，人在世界中的探尋何其像一位盲女在矇昧的世界中行走，看不到

圖 1-4-3　幾米：《地下鐵》
月台獨行

圖 1-4-4　幾米：《地下鐵》
月台候車

繁華美麗的世界，只能憑著心靈去感知，憑著視覺之外的感官去體會，眼睛是靈魂之窗，沒有視覺去感知五光十色的世界，所能得的訊息非常的有限，尤其一場即將展開的地鐵之旅，正是一段新鮮新奇的世界開展，是我們與世界連接的起點，但是，盲目了，什麼也看不到了，新奇鮮亮的旅途景緻不僅不能鋪展在眼前，而且連感知世界的窗口也被堵住了，我們在人間遊走，就像是盲女在人世遊走，看不到，卻仍然要去開啟探尋人生的旅程，這麼一條艱辛的旅途自然充滿了想像，不安全，不確定性與神秘性。

　　而盲女如何展開這場盲行之旅呢？從繪本的起始畫面來看，整個襯景充滿繁麗繽紛的色彩，在縟麗中，焦點引我們注視一位小女孩正站在地下鐵的入口引頸探尋，一場即將展開的生命之旅就在頃刻間注定了，這位小女孩看不到紛繁縟麗的滿天彩景，反而要去探尋一個未知的世界，站在地鐵的入口，彷彿是一種預示，這種反差很大的畫面，一面是繁華縟麗，一面是一個小小洞口引人無限遐想。這就是一種喻示，由盲女的觀望中，我們看到了自己的行影：人世遊走，我們關注什麼？我們常常只關注我們想去探尋的人事物，反而忽視了周遭亮麗的彩景。但是，這就是生命的弔詭，越不知，越不清楚的，越能吸引我們的關注與投入，神秘的地鐵入口像一個神秘的洞穴，引領我們好奇與興趣，所以我們便在充滿不知與無明中朦朧的祈嚮中，期待、想望進入其中，反而忽視漠視周遭的亮彩，也許對盲女而言，所有的綺麗與亮彩都不存在，因為目盲，所以她無法感知視覺之美。

　　另外，幾米採用盲女作一趟地下鐵之行旅，「地下鐵」，就是一個非常豐富的意象，有一種往下探尋、深邃神秘而不知所往的況味，同時，一列列地鐵來來去去，可以有無限的想像，何去？何往？載何人？發生何事？皆深有意味。職是，盲女的地下鐵行旅，竟喻示人世行旅的種種。

　　在地鐵的列車中，有時滿載乘客，有時闃無他人，只有盲女獨坐，而在神秘的邃道中，人與人陌然相逢，彼此不相識，卻又在同一時空中共同擁有片刻的共乘經驗，不知開往何處的地鐵，一站站陌生的旅途、一個個陌生的驛站，說盡了人世的孑然獨行的無奈與踽踽涼涼，在不確定的茫昧中，展開了一條未知開往何處、未明驛站何往的想望與行旅。人生之旅不就是在這種

不確定中遊走行旅嗎？

三、千萬人我獨往的孤寂感

　　十五歲生日的秋晨，下著毛毛雨的天氣，盲女逐步走進地鐵的深邃地道，沒有人聲雜遝，只有自己孤單的腳步聲在寂寥中迴盪，一場人生孤寂之旅於焉開展，人生的遊走是不是也是一場孤寂之旅呢？無友無伴，只有自己才能面對自己的前景，人生的處境是不是像是被拋擲在地鐵中的盲女呢？引導我們前進的是既有固定的地道，而我們也僅能順隨著地道的牽引，步步前進。

　　習慣孤獨，無目的的遊走，是不是也像人生的處境呢？我們不斷地練習從熟稔之處向陌生的驛站出發，走過一個個陌生的驛站，然後由陌生成為熟稔，再將這些熟稔的驛站連成自己生命的場景，在遊走行旅當中，我們會有所期待，希望遊走到我們想望、期待中想去的地方。

　　習慣孤獨，是不是比較不會迷失自己呢？我們仍然常常會在人群中迷失自己，在擁擠的車廂裡，看盡人生百態盡在於斯，但是，盲女似的我們，感受不到眾生百相，只能在擁擠中保有一份自己的心，避免迷失，但是，不知自己身處在何處的迷失感仍然會湧上心頭。當人群散盡，車廂無人，仍舊是孤獨的自己，只有沈重的步伐聲可以感受到存在與得到安全感，異想天開的聯想到大象，其實只是說明了人與人的疏離，反而與異類的動物才能有相濡以沫的真實存在感覺。

　　沒有既定的目標，所以任由地鐵載到未名的驛站或任何地方。步出地道，才能重新感受到溫暖的陽光，從地道探出頭的畫面，迎接著她的是莽林似的前景與黃葉飄飛滿地的叢林，因為看不見，所以感覺不出亮麗的金葉，聽說有一片金葉子，但是，在遍地黃葉飄的地上到底那一片才是金葉呢？是不是像尋寶似的人生呢？在遍地皆是金葉的叢林中，到底那一片才是聽說中的金葉呢？「無根之聽說」竟也興起種美麗的遐想。到底找不找得到？到底要不要去尋找呢？

　　在人世遊走的我們，猶如盲女一般，終究會迷失的翠綠叢林似的迷宮中，盲女覺得世界是沒有出口的迷宮，是的，我們便在迷宮中迷失自己的方向，因為世界就是一個最大的迷宮，而最大的一個想像就是座剪成翠鳥造型的樹枒，矗立在眼前，想像是可以飛翔的鳥，竟也生根站立，飛離不出，盲女背上紅色的背包，反而成為翠綠迷宮中唯一的紅，所有的枝枒皆被剪斷了，剪成想像中的造型，可是卻反而讓我們無法感受到風拂枝枒的音響，在這片迷宮中，我們仍得突圍而出，破籠而出，走出自己人生的路吧，只有勇敢的突破，才能走出風姿，畫面上是一個人形的圖景，象徵突破。

　　每走過一個地鐵站，盲女總要問問自己這一站跟昨天是否不同？讓自己在驚奇新鮮中記存有趣的畫面，所以在以樹葉塑形人影圖景透過列車窗透顯出來時，盲女分明的背影反而在樹葉造型中顯得分外孤寂，非我族類的孤寂感一直充滿著，但是，仍須隨著列車繼續前航的旅程中，常常會興起，走到世界盡頭的感覺──世界宛如鼇在籠中，而我們

圖 1-4-5　幾米：《地下鐵》
步出地鐵站

卻在籠中望著另一個籠中美麗的孤月，兩兩對立對望中，看到了什麼呢？因為目盲，看不到弦月的光亮，但是應能體會到溫馨的暖意。出口，象徵期待與希望，可以引領我們走出幽深秘奇的地邃，通向光明的前途，可是，竟被鳥籠式的柵欄框住，在鳥籠式的世界中，世界走到了盡頭沒有前途，沒有希望，沒有未來、沒有想望，人生是不是常常有這種悲絕的盡頭教人走投無路呢？

圖 1-4-6　幾米：《地下鐵》
尋找甜美蘋果

圖 1-4-7　幾米：《地下鐵》
攜抱纍纍蘋果進地鐵站

幾米除了常有走到世界盡頭的意象外，也常有迷路的意象。錯綜複雜的階梯，不斷地往上往下延伸在人生的叢林中，盲目的行走在迷宮似的城市中，人生的處境是否也是如此呢？不斷地坐錯車而一再下錯車，象徵著人生無盡的錯誤選擇與選擇錯誤，而我們竟然在各種列車交錯來去間茫然不知何去何從。怕上錯車，更怕下錯車，是不是我們的處境呢？任憑一列列列車疾駛而過，我們也僅能孤零零的拄杖立在其中：不知該如何選擇？常常不知道要去哪裡？身在何處，猶如坐著探險的壙車，往來於神秘的旅途中，孤寂的坐在壙車中，前無人、後無人，只有壙車上的人型畫像，感覺有人的溫度而能稍解孤寂的感受，其實更反襯出孤獨的行影。

當我們身陷多霧的沼澤、當我們狼狽的進退維谷、當我們走錯路時，誰是那一雙護衛的雙手，可以牽引我們安然渡過難關呢？我們從幾米的繪本中看到的是無盡的孤寂感，這種感受只能自己深刻領受。

四、夢想與現實彌縫接合的奇詭感受

　　《地下鐵》繪本中常有虛與實的對照，讓你分不清這究竟是夢幻或是真實的感覺，就在虛與實、夢想與現實的接縫中，繪本常常會出現奇詭的畫面。

　　在叢林果樹上，滿樹翠葉的蘋果樹上，到底那一顆才是最甜美的呢？盲女高坐在樹枝上，有黃有紅的蘋果，纍纍滿枝枒，拿著盲杖在搆著蘋果的動作，似乎很危險，也似乎充滿了希望，彷彿搆到的蘋果，卻未能知道究竟能否順利到手？而突兀的，有趣的小豬——可能以樹爲家的小豬，竟然手捧著一顆鮮紅欲滴的紅蘋果，隱隱中，也有大象的長鼻在搆著枝枒，原來，美麗的東西，大家皆想要獲得，盲女、小豬、大象，不同物種的追求與獲得的方式固然有異，然而同體感受的卻是蘋果的香甜引人入勝。

　　小盲女探摘了不少的蘋果，重新進入地鐵的地道中，背包上及雙手捧著的竟是滿滿的蘋果，努力的追求與獲得，似乎就是人生的本質吧！牆壁上的繪圖也延續著蘋果的圖案，圖景的連續性在此表露無遺，而滿滿的列車中，依舊由窗子映照出人生百態，各有神情姿勢，雖然擁擠到幾乎是重疊似的貼在一起，但是，從人面各異的表情看到的是每一個疏離的旅客，僅是暫時共同擁有同一的時空而已。

　　每個人皆有夢想，盲女從小夢想養一隻會說話的小魚，如此便可以一同潛入海底一同悠遊，像魚一樣的飄

圖 1-4-8　幾米：《地下鐵》
想像水中與魚輕舞

圖 1-4-9 幾米：《地下鐵》
想像飛天

浮在水中，似乎說明人類永遠在追尋不屬於自己世界的東西，也充滿了好奇心。至於仰視藍天的記憶已不復記存了，而臥著仰視的地方竟是鯨魚浮出水面的背，暫時的安寧，使人不會記得身處在危險之中。因為最危險的地方，竟也可以是最悠閒仰視藍天的地方，能偷得浮生之閒，便是一種獲得吧。

因為夢想，而聯想，彷彿聽到地鐵中的海潮聲。而列車上的乘客，竟也化身為自由自在浮遊的水族魚類，以及潛水張望的人類，大魚小魚透過車窗映照出來，說明了不同物種間的空間位移。走過走道，假想著是不是有一片盛開的玫瑰花可以迎接著我們？分明是目盲卻無端想像美麗的玫瑰盛開，似乎在喻示期待美麗的遠景。接著的畫面是一片白茫茫的雲天，是的，有時候世界像是無邊無際似的天空，任人遨遊，但是，在浮遊的過程中，那種無邊無際的感覺，其實很孤寂，也很無奈，不知何時才可以橫渡

圖 1-4-10 幾米：《地下鐵》
飛揚在高樓大廈之間

這樣蒼茫的天宇地宙。

我們似乎也可以假想自己可以像小鳥一樣的飛翔，在萬戶千門中悠遊自在的昇遊，可是，這只是假想，仍得回到現實中，仍回到了地鐵中行走：人生不就像在地下鐵中無盡的遊走嗎？在遊走中，常有挫折與失足跌倒的時候，致使我們常常受傷害，但是人生的路仍是無盡的，所以也學會了努力的調適自己，讓自己能夠復原的很快，而列車中的所有的人，全部皆戴上了盲鏡，彷彿看不到別人的挫折與跌倒，也感受不到人與人之間相濡以沫的需求。

有一位小朋友向盲女問路，事實上，盲女也在盲行中失去方向，難道大家看不出來她的張皇失措嗎？看不出她和別人不同嗎？因為盲女自己正在迷途中，何能再為你指引路途呢？

盲女自問，如果可以重新凝視世界，那麼會選擇看見什麼呢？沒有答案的答案，原來，最想回味的是童年的那一扇門，對很多來說童年的記憶就是一座寶庫，蘊藏無數的美好，所以在秘密花園中，尚能尋訪到被童年遺棄的玩具兵，他的神情孤獨疲憊，還帶著淡淡哀愁，不僅走離童年的人有孤寂感，連玩具也有哀愁呢！這是幾米圖構出來的世界充滿了孤獨與疏離感，在世界中遊走，常會有走到人生的盡頭，也會走入迷宮中不斷地迷路，不斷地走到盡頭，到底象徵什麼呢？人生常常在希望初萌時，即將開展不同的行旅時，世界像被突然關掉了光源似的，沒有光源再也看不到任何東西了，找不到光源，彷彿是無盡的憂傷襲擊而來，但是我們的憂傷有人知道嗎？

盲女聽到地道轉角有低吟的悲歌，是不是也和自己有相同的憂傷？原來，人世中最大的憂傷來自於命運之神的播弄，切掉光源，永陷黑暗中，卻必須在黑暗中活出自己，遊走出自己一片天地，這是何其不易之事？努力尋找希望，怕幸運在身邊被我們輕易的、粗心的錯過，因為幸運難以尋訪，所以假想自己可以擁有神奇掃帚，可以飛離困境，可以美夢成真，不僅是盲女如此期待著，同時也是人類共同的期待，但是在遭遇許多挫折之後，才知道人生有時不可強求的，而人生就是一直不斷地重回夢境的感覺，重溫夢境的熟悉感，使我們常有如真似幻的感覺。

在坐擁書城中，兩扇向陽的窗戶，迎光而開，一邊背坐著盲女，一邊背坐著心愛的小貓，盲女輕問，有誰願意在黃昏的窗邊為我唸一首詩呢？美麗的想像詩歌之美，卻不知誰人與共？是不是我們也常在期待有人可以與我們一同分享生命中的哀歌愉泣？原來朝向窗外的角度時，有一種期待與想像，想像窗外的綺麗世界，窗外海闊天空，可以引發無限的遐想，心思也可以上下週遊飄飛，但是接下來的畫面由背對窗，接著畫面轉向視點由窗外往內凝視，從窗內往外看是無限的想像與可能，而我們從外往裡看時，盲女宛如被囚禁在一方小小的幽室中，孤寂的神色，寫盡了無可奈何的心情，當人潮散盡時，誰來溫暖寂寞的斗室呢？誰能引導我們走出一方小小幽困的斗室呢？

在地鐵的甬道中，一列行駛的車依然滿載人群往不知名的方式行去，而盲女正目盲的走在地鐵上方架設的鋼索上，因為危機四伏，所以隨時想抽身走離，但也因為世界的美麗與驚奇，讓她依戀不捨，所以寧可行走在如鋼索般的人生之旅中，將自己置於危機中；因為不捨，所以必須承負行旅中的危機四伏。

在這些美麗奇詭的畫面中，我們感受到盲女的夢想與現實之間的拉鋸，常常有溢出人生格局的破框作用。

五、相逢不識的人世蒼茫感

當盲女從鋼索走出地鐵的地道時，迎向她的是一車四馬的華貴馬車，她彷彿被榮寵的灰姑娘般，因為偷藏了玻璃鞋，而被王子的馬車迎接，但是，在叢林似的出口中，竟然有一隻眼在闃黑中窺視，究竟是誰在窺視？這一隻眼，是覬覦？抑是羨慕？無由得知，而我們永遠也不會知道有人一直在窺視我們一生的行旅：由華貴馬車接引到華麗宮殿前，璀璨的春花開放在兩扇門旁，盲女走向華宇中，雖然富麗的大道，有紅毯導引著往華屋行去，但是，不見夾道歡迎群眾，只有美麗的、孤獨的背影踽踽獨行向華麗的殿宇中。

接著華美的紅毯在地鐵的走道出現，然而迎接她的馬車夫正在捲起鮮紅的地毯，象徵美好的收拾與結束，人生的深沈傷逝情懷就是來不及相識就匆

匆別離，一次又一次在地鐵分手。是的，人世匆匆，來不及相識就匆匆走離，看著不識卻相照面的人群，從列車窗口映出揮手作別的神情，感傷，無奈，及錯過任何一場華美紅毯的演出，致令生命中的美麗一再的錯過，在不斷地相離、錯失中，疲累不堪，不知道下一站將是何處？會不會有不停駛的地鐵，將永遠不會再有停車，不再有錯面而過的機會，也不用再耽心是不是可以不用再下錯站？不用再疲憊的遊走在各個不同的陌生城市之間。

　　步出了地鐵，盲女坐在出口處放聲哭泣，當然不會是為了遺失一把傘而哭泣，而是一種不知何去何從的孤獨感襲上心臆，呆坐出口處，只有流浪的小狗小貓以及一隻青蛙撐著傘相偎在一隅，更大的灰色莽牛，作勢飛奔兩個箭靶似的目標似乎就在不遠處，但是，盲女已困頓了，心靈不再作飛奔之勢了。

　　雖然如此悲悒，但是所有的悲傷，所有的哀樂皆可以遺忘，因為溼透的衣裳會乾，悲

圖 1-4-11　幾米：《地下鐵》
想像馬戲圖之舞

傷也可以被歲月瀝乾的，凡是可以遺忘的，都不重要了，所以盲女可以重新鼓足勇氣重回地鐵，再次展開行旅，依舊是華美的壁磚迎接著她以璀璨的前途，而列車行旅中的窗口映照出來的人生百相，竟是一個個天使與一個個神秘莫測的死神交錯，盲女坐在生命列車中，往前張望。前面是天使，後面是死神，夾雜在其中，一個窗戶中映現的是盲女孤獨的行影，照映出另類生命的拔河比賽，到底是向天使行去，抑是向死亡幽谷呢？究竟那一站才是終點呢？也許終點就是另一生命的起點吧！

　　而在地鐵的走道上，竟是排列著一排整齊的行李，一個個不同花色、樣

式的行李。似乎被主人拋擲在路上,這些行李宛如主人一生的成就,但是帶不上生命列車,一切的成就就讓它被遺放在生命列車之外吧!

　　相逢不識在相同的一列車上或相同的都會中,大家共同呼吸,共同往來於地鐵,可是,偏偏就是沒有緣份相識,來去匆匆,造就了揮手告別的感傷畫面,而寂寞的旅途,仍舊是一個人踽踽獨行。

　　人生,最後的終點是一蠢蠢各種形狀墓碑的墓園,在柵欄內,灰色的墓碑,喻示了人生最後的終點,而柵欄上,高倨的竟是四隻彩色斑斕高歌的鳥兒,引吭高歌,盲女駐足諦視聆聽,似乎是最後的歌吟!

　　走累了。終究要休息,就像人生的終點一樣,終必要有一個歸屬的地方,找一隻屬於自己的椅子悠閒的坐下來,如果還有未來,似乎可以訴說對未來的憧憬,但是盲女此刻只想休息,那裡都不想去了,心中卻惦記著在地鐵出口是否有人在等待?期待有人在等待的心情,其實是非常美麗的憧憬,但是如果那裡都不去,則等待的人將永遠等不到我們的出現,寂靜空無一物的地鐵中,一列車的窗口只映照出盲女的背影,是的,孤獨的行旅,到頭來,仍然是孤獨的一人。

　　盲女期待有人會在出口等她,可以為她撐著滿天的風霜雨雪,可以緊握

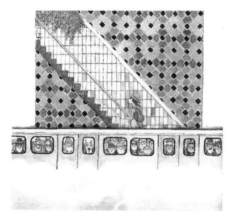

圖 1-4-12　幾米:《地下鐵》
往上走出地鐵站

圖 1-4-13　幾米:《地下鐵》
行走在陌野

她的手，並且可以告訴她星星的方向，更可以陪她走一段，這是不是人生的縮影呢？期待有人可以陪我們走一段人生旅程，雖然終究要走離，但是有人相伴相行的期待，畢竟是一種華麗的奢求吧！

由於生命難測，由於行旅太孤苦，且讓盲女釋放自己盡情歌舞吧！華美的舞姿，大象的抬腿舞，小鳥高歌，海豚跳躍、小熊的鈴鼓舞，企鵝的行列舞，小豬的溜冰舞，白兔著花裳的飛姿，鴨子的引吭高歌，親愛的隨身小貓也跟著在溜冰，而盲女也一幅樂在其中的與企鵝作姿跳舞，華美的、快樂的人生之舞台盡情的歌舞吧！但是，再美的演出，終究有謝幕的時候，鮮紅的布幕放下時，燈光投影處，只有盲女孤寂的，壯烈似的謝幕，是的，人生總有謝幕的時候。

人生謝幕之後，便是走離人世，一列列生命的列車只載著盲女孤獨地駛向未知的前途。而在層疊高架的水泥中，隱藏著一雙翅膀是天使背影，喻示了死亡的結局，光麗的天

圖 1-4-14　幾米：《地下鐵》
困限中的張望

使雙翅與光環，是令人不能不驚視的畫面。在闃黑中，只有一道光引領盲女走過亮麗華美的地鐵壁磚，光影投照處是如此璀璨，而沒有光影的地方，竟是一派的黑暗沒有盡頭的黑暗。黑暗過後，接著竟是一片生機盎然的行旅圖，熙來攘往的行人，匆匆忙忙來來去去，各有姿態，各有前途，不同的方向，不同的行進似乎又在喻示另一場的人生，每一個人仍舊會有一段段華美的行旅。

通過亮麗熙攘的地鐵之後，接著的畫面是盲目在幽深灰藍的水泥森林中

隨著地道的引導要步出孤獨的長梯，只有一隻彩蝶在灰頹色調中張皇著鮮麗的彩翼，看不到牠在多遠處，卻能感覺牠鼓翼的聲響，走出地鐵的地道，紛擾的人世依舊呈現在眼前，亮彩的高樓大廈，以及一個個即將步入地道入口的人行道上，布滿了各式行走的旅人每一個即將展開一段新的旅程，而盲女逆向而行：在城市中尋尋覓覓，仍然回到最初的悸動，為了尋找一顆紅蘋果，為了尋找一片遺落的金葉子，原來，無論經過多少旅程，多少驛站，想望的，仍是最初的感動，仍是最初想尋訪的東西，然而金葉何在？

　　一列行駛中的貨車上有一隻大象長鼻吸舉著一顆鮮紅的蘋果，而盲女竟盲目無視，錯過了這個蘋果，下一個蘋果將在何處呢？下一畫面是尋找金葉的意象，枝枒滿布的高架橋上，皇皇的黃色畫面，卻看不到任何一片被遺失的金葉子，只有一隻象徵生命之鉤，在人生之橋的盡處等著我們，粉蝶兩隻各自在一隅飛舞，而畫面上竟不見盲女，畫面再跳接下去，竟是一面空白，僅有一枝被遺落的小玫瑰花在右下方，小小的玫瑰枝枒，與整個畫面似乎不成比率但是卻是焦點所在，人生也有如此美麗，如此壯烈，如此絢麗，不須多，只要淺淺一枝就夠了，曾經繁華，到頭來離枝而落，成就美麗的壯烈。

　　人生，走到最後仍是孤子寂然。

六、結語

　　生命如同一場盲女遊走的行旅，末了，所有的繁華謝盡，只有生命的盡頭，仍然要去做一場謝世的演出。生命之鉤，鉤住了盲女，是鉤子自鉤？抑是盲女刻意攀住順隨著將被引領到未知的世界？在行將離世的一刻，僅有高幹上四隻花貓與一隻立在欄杆上的貓在張望，一直跟隨著盲女的小貓，此刻卻不見了，生命的盡頭是誰也不能跟隨的，不能被抓住的，順著生命之鉤的索引，帶領進入另一個彩色繽紛的彩門，繁花絃麗，色彩繽紛，似乎是一種象徵，對華美的人生作一個盡情的回顧與不捨。人生的亮彩竟是繁華落盡之後的孤寂，一扇通往回憶之門的開啟。《地下鐵》書末云：

如今我已不再置身事外，
一切色彩皆已化入
聲音與氣味。
且如曲調般絕美地
鳴響。
我何必需要書本呢？
風翻動林葉
我知曉它們的話語，
並時而柔聲覆誦
而那將眼睛如花朵般摘下的死亡，
將無法企及我的雙眸……

——里爾克《盲女》

因是目盲，所以看不見所有的繁華綺麗，但是，所有的美麗可以化作聲音與氣味，供她辨認。

人世一生行走，不就像一場盲目而行的行旅嗎？充滿無限想像，也充滿了新奇與想望。

幾米《地下鐵》所呈示的人世況味，大概就是這種茫昧行走追尋的不確定感，在不確定中仍然要走出搖曳的生命風姿，而不斷地行旅中，展示了一種千萬人我獨往的孤寂

圖 1-4-15　幾米：《地下鐵》
繁花盛景

感。幾米的繪本,強烈表現出人生的孤寂感,想必他對於這種況味領受特別深刻吧。例如《向左走,向右走》描繪一個永遠向左走的女翻譯作家,一個是永遠習慣向右走的男小提琴家。因為生活的慣性,使他們錯失人世交會的機會,雖然有一次逆轉了生命的軌道,但是無可改變的慣性,使他們錯過了生命中的美好與期待,孤寂感不斷地襲擊二人。[2]

　　清代常州派的譚獻曾經揭示我們:作者不然,讀者何必不然?也許,我誤讀了幾米,你們也有可能誤讀了我。而我之所以如此解讀幾米,那是我觀看的角度,是我的存在感受。因為,我覺得,人生,不就是一場既期待又盲目的行旅嗎?既怕受傷害,又充滿了無限的想像、新鮮與好奇,導引我們不斷地進入?不可拒絕的行旅,註定了繁華事散的孑然。這──就是我的詮解。

2　《向左走,向右走》(台北:格林文化,1999)。

嶺南畫派傳人歐豪年

摘　要

　　本文旨在介紹嶺南畫派傳人歐豪年的詩、書、畫成就。歐豪年是當今馳譽海內外的國畫家，師承嶺南畫派趙少昂，並融入日本、西洋畫風，用色縟麗，重留白與骨法，暈染有層次，色感鮮明，氣韻生動，能獨標風格。除了繪畫之外，其詩歌亦兼有宋風，情理入扣。詠物能離形得神，唱和詩則能見偉岸高志，尚友古人則有嘯傲山林之清曠。而其書法亦卓犖有風，如行雲流水，自在揮灑。目前世界各地有多處典藏的藝術館。為推廣國畫不遺餘力，曾舉辦繪畫研習班，往下紮根；為推昇國畫研究素質，舉辦學術研討會；為將國畫庶民化，配合文創產業製作生活用品。如此用心用力推廣國畫，使理想性與現實性作一結合，影響深遠。

關鍵詞：嶺南畫派　嶺南三傑　歐豪年

一、經歷與榮譽

圖檔由歐豪年基金會提供

圖 1-5-1　歐豪年雄姿英發

國畫與書法是中國的國粹，無論是觀賞氣勢滂薄的山水畫作，或是體契策杖閒吟的悠情，或是賞鑑臨流觀瀑的澄澹，或是品賞扁舟悠遊於綠水之間的豪曠，或是契會清松撫琴的文人閒情雅緻，這些畫作的內容，所欲展現的就是一種與天地相融相契的精神。人，不自外於大自然，大自然也當與人相攝相合，這種精神體現中國人自在於天地之間，自得自在，自然自由。觀賞歐豪年國畫，就是體證當下，神遊物外的心靈饗宴。

享譽國際的歐豪年，他的生平、畫風如何？與嶺南畫派的關涉如何呢？

歐豪年，生於一九三五年廣東茂名，今改隸吳川。師承嶺南畫派趙少昂，畢業於嶺南藝術學院。青年時期的歐豪年即展現水墨畫的天份，曾受邀參與各種美展、畫展，例如一九五六年參與東南亞巡迴畫展，一九五七年參加第四屆全國美展與日本文化委員會主辦的亞洲青年畫展，一九五八年在香港聖約翰堂參加四君子畫展，同年在日本都立上野美術館第五屆東方畫展。嶄露頭角的歐豪年，表現卓越，一九六〇年受聘擔任香港崇基學院中文系中國畫科講席；一九六二年參加德國亞洲文化中心主辦的台灣當代名家畫展，在西德各大博物館之間巡迴展出。一九六四年與同門的國畫家朱慕蘭（1938）結婚，從此，夫唱婦隨，伉儷常常展開聯展，例如一九六七年在新加坡及馬來西亞舉辦伉儷畫展。

　　與台灣的因緣是歐氏伉儷於一九六八年在台灣的歷史博物館展出，也因為這個因緣，八幅巨作被陽明山中山樓購藏。翌年，〈奔馬〉十二尺聯幅巨作兩幀再被中山樓購藏。從此，歐豪年的畫作被台灣藝壇重視。一九七〇年受聘任教中國文化大學美術系專任教授，一九七四年獲頒中華學院哲士。此後，更在世界各地參展，例如一九九〇～一九九一年參與英、法、德、奧、荷、比、西等七國博物館巡迴展覽，享譽歐洲，因此獲頒行政院新聞局國際傳播獎章。一九九三年榮獲法國巴黎大宮博物館特別獎章。一九九四年又榮獲韓國圓光大學榮譽哲學博士，一九九五年榮膺美國印地安那波里大學藝術學博士，載譽全球，一九九九年又榮獲第二屆全球傑出人士金龍獎，二〇〇〇年再榮獲首屆龍文化金獎，並受聘香港文學藝術家協會永久榮譽會長。獲獎無數，備受肯定。

　　歐豪年文化基金會成立於二〇〇〇年，二〇〇一年受聘台灣藝術大學研究所擔任教席，有基金會的推動及研究生作為論述研究的基石，遂於是年開始主辦中國水墨藝術之回顧與前瞻研究生學術研討會，培育研究人材，提昇研究水平。此後，畫展遍及中國，曾在上海、南京、北京等地參展。基金會並於二〇〇七年促成廣州藝術博物館以嶺南三家高劍父、高奇峰、陳樹人三家遺畫百幀來台展出，舉行嶺南畫派三家百年大展，並主辦研討會，出版論文集及圖錄，冠蓋雲集，盛況空前。歐豪年的成就日益被大陸矚目，二〇〇八年受聘為廣州文史館委員，二〇〇九年受聘為北京國家畫院委員，二〇一〇年受聘為北京國家院委員，二〇一一年膺頒全球傑出華人獎譽，二〇一三年「萬象逍遙：歐豪年書畫展」在香港文化博館舉辦，並刊印畫集傳世。這些職銜榮譽是對歐豪年戮力推廣國畫事業的肯定，同時，也是肯定他在繪畫卓越表現的高度讚譽。

　　盱衡之，青年時期的歐豪年即表現卓犖不凡的繪畫天份，努力參與各國畫展，有東南亞的巡迴畫展，有歐洲巡迴展。展出的型式，有個展，有聯展，有主題展，亦有伉儷合展等。因為參展，聲譽卓越，廣為世人知悉，壯年時期擔任教席，作育英才，先後任教於中國文化大學美術系、國立台灣藝術大學研究所。其後基金會成立，親自擔任歐豪年文化基金會董事長，努力

推廣各項藝文活動，二○○二年促成「中央研究院嶺南美術館」成立，並擔任中央研究院嶺南美術館榮譽館長，由於聲譽斐然，榮獲台灣「行政院新聞局」頒發國際傳播獎章，聲名大著，又曾榮膺法國國家美術當局巴黎大宮博物館特別獎譽、大韓民國圓光大學頒予榮譽哲學博士、美國印第安那波利斯大學頒予名譽文學博士等榮譽。甚至《全球傑出華人畫傳》亦有專刊介紹，被藝文界譽為「當今台灣畫壇第一人」。這些榮耀象徵他的國畫已達登峰造極的境域。

図 1-5-2　歐豪年：幽人閒賞

図 1-5-3　歐豪年：群山萬壑

二、詩、書、畫三絕奇才

歐豪年在中國繪畫史上屬嶺南畫派。何謂嶺南畫派？蓋嶺南畫派始自清末的居巢、居廉，二氏善長畫花鳥魚蟲。嶺南畫派第一代畫家有高劍父、高奇峰、陳樹人，號稱「嶺南三傑」又稱「二高一陳」，皆師承居廉，後因三傑先後留學日本，學習日本畫風，學成歸國，融合中日畫風，並將西洋畫的

技法運用在國畫之中，形成嶺南畫派特有的：色彩艷麗、著色渲染、重注留白及骨法的畫風，體現了融合中、西、日之特色，突破傳統的水墨畫法，兼融並濟地運用西方的光影效果來取代勾勒法，創造出水墨飽滿，暈染新鮮，色彩明艷之特色，獨標一格。

第二代嶺南畫家大約崛起於二十世紀三〇年代，代表畫家有：趙少昂、黎雄才、關山月、楊善深四人，號稱「嶺南畫派四大畫家」，風格與特色比起第一代更注重開拓題材與體現時代精神，開創「古爲今用，洋爲中用」、「筆墨當隨時代出」。

整體而言，嶺南畫派兼融古今，旁採日本橫山大觀、竹內栖鳳的「朦朧體」、「寫實」風格，再加上西洋技法注重光影效果的畫風，繼以加入傳統國畫的撞粉、撞水效果，使得嶺南畫風呈示中西古今的融合與折衝。

歐豪年也承襲嶺南畫風，更加上現代元素，不僅充滿了閒淡之外的豪氣，也翕納了嶺南畫風的穠麗色彩、用色大膽、留白自在、渲染曠遠，而架構則疏密自得自然的風格。

圖 1-5-4　歐豪年：竹林七賢

　　歐豪年七、八○年代題材以獅、虎、鷹、猿等動物爲主，至於現代化的車、船、飛機亦可入畫，展現當代生活的現實性。人物以歷史人物屈原、僧人達摩、寒山等爲主，乃至於山鬼及牧童亦一併入畫，展現多元豐富的題材內容，不僅兼融古今，亦包蘊中外，山水氣勢滂薄，常有攬勝興會之作。最爲知名的八○年代代表作是〈竹林七賢〉的巨幅大作，逸士風範，栩栩如生。

　　復次，二○○五年五月宋楚瑜先生首次參訪大陸，將歐豪年《清濤》國畫一幅親送中國中央總書記胡錦濤先生，作爲見證歷史的禮物，畫首有「清濤晏海宇，清議福斯民。風雷今宵酒，明朝日又新。」詩句，既扣合受贈者之名諱「濤」字，又展現濤揚鷹飛雷霆萬鈞的氣勢，不可一世。

　　秦孝儀曾指出國畫大師與他深契者有二人，一爲張大千，一爲歐豪年，並稱譽歐豪年爲「嶺南畫派之大宗師」。稱其畫品「山水、人物、走獸、花鳥、蟲魚，無不兼擅。」（《挹翠山堂珍草‧序》）深能指出歐豪年水墨品類，各類兼賅，展現不限題材的國畫風格。知名詩人暨書法家蔡鼎新亦稱譽：「攬山川之壯闊，抒胸襟之懷抱。雲濤煙靄形於水墨。狀物傳神燦於豪素，其酣暢閎贍，有宇宙萬象奔赴腕底之概」，（《挹翠山堂珍草‧序》）甚能揭示圖構形貌、傳神寫照的畫風，其推崇備至，由此可知。

　　一九六六年〈歸牧〉將牧童怡然自得的神情表露無遺。

圖 1-5-5　歐豪年：牧歸

一九八一年〈虎踞〉雄虎矯健氣勢，奇氣橫生，栩栩躍然。

一九八三年〈鍾馗被酒〉將醉臥鍾馗的雋逸情味，生動自然，橫溢畫面。

圖 1-5-6　歐豪年：虎踞

圖 1-5-7　歐豪年：鍾馗被酒

一九九二年〈桂林〉畫作榮膺
法國雙年展特獎，將桂林秀逸挺拔
的山水，靈氣芬芬，流溢於畫間，
展現山水滂薄氣勢。

一九九六年〈夏雲奇峰〉鋪展
奇雲流宕、沆蕩，及流轉自如的逸
氣。

歐大師不僅水墨允為嶺南畫派
第一人，詩歌亦醰醰有味，晚年寄
情詩歌，二〇〇六年出版《挹翠山
堂吟草》，輯錄題畫詩、酬酢贈
答、詠物等詩歌，更見詩書畫三絕
奇才橫逸。秦孝儀序中云：「近廿
年間，漸耽吟興，雋逸矯健，奇氣
橫溢。詩雖晚出，而明漪絕底，如

圖 1-5-8　歐豪年：桂林

圖 1-5-9　歐豪年：夏雲奇峰

奇花初胎，令人激賞。」其愛賞可見一斑。

　　蔡鼎新亦稱譽其詩云：「迨讀其詩，充滿性情，奔放恣肆一如其畫。……綜其詩句形容畫境之外，於感時撫事每賦予家國縈懷之思，有深心焉。」（序）揭示題畫詩之外，多有個人感時憂國之性情深寓詩中。

　　盱衡其詩，詩有唐風，氣象萬千，例如〈江干風雨〉云：「春樹鬱芊芊，幕雲接遠天，青冥寒江渡，風雨一歸船。」敘寫春景，遠天幕雲，歸船風雨渡江，詩中有畫，平闊萬里。大抵寫景之詩，能展現唐代氣象，風華豪曠。

　　而詠物、敘情則有宋風，細寫情理，扣入人心，例如抒情有〈香港沙田望夫山石〉云：「片石委荒煙，離恨縷縷牽。月明應解事，偏向嶺頭圓。」景中有情，情中有景，融攝自然。詠物詩如〈寒梅〉：「冬來寒色到山城，又見梅開一樹明。惟此孤芳矜雪月，人間何必說雙清。」詩雖詠梅，卻將梅喻清高逸士，離形得神，更見風標。

　　酬唱詩歌亦見岸偉情性，例如〈贈劉文潭〉云：「故學新知且折中，菁莪棫樸志何窮。感兄持說匡時藝，白首名山頡頏同。」，揭示劉文潭學貫古今，高志無窮，以寄首名山相為志。

　　尚友古人之作，雅好竹林七賢，有題畫詩〈魏晉風流二首〉，其一云：「嵇琴阮嘯各抒襟，魏晉風流曠代音。酒德有頌劉處士，從來高蹈出文林。」，其二云：「嵇阮高狂意亦深，山原琴嘯愜清心。千秋惆悵遺音絕，此日天涯我獨吟。」敘寫嵇康、阮籍、劉伶各有風範，嘯傲山林，以解清

圖 1-5-10　歐豪年：風荷

心，而千載以降，再無知音相酬，天涯寂寞可見。

　　蔡鼎新云：「大師詩才、書學與畫融爲一體，美稱三絕。」（序），其
言洵然。

圖 1-5-11　歐豪年：書法舉隅之一　　圖 1-5-12　歐豪年：書法舉隅之二

圖 1-5-13　歐豪年：猴　　　　　圖 1-5-14　歐豪年：燭

三、促成美術館成立與典藏

　　目前典藏嶺南畫作及歐豪年畫作者，大抵可以分作二部份，其一是收購典藏。其二是捐贈典藏。例如一九六六年爲紀念國父孫中山百年誕辰，在陽明山興建中山樓，竣工後，倚山而建的中山樓雖有中國風味，卻無字畫增色，一九六八年適歐豪年來台策展，蔣宋美齡見歐大師畫作，驚爲曠世鉅作，藏購歐大師八幅畫作〈海鷹〉、〈柳鷺〉、〈雄獅〉、〈紅荷〉、〈壽色〉、〈晨雞〉、〈朝雲〉、〈山高水長〉，爲甫竣工的中山樓增色。後，中山樓又藏購〈奔馬〉二套十二尺巨屏。使得中山樓有名畫增添風彩，而歐大師的畫作得以讓更多人觀賞。

　　歐豪年爲推廣嶺南畫派，不遺餘力推動成立美術館，相關的美術館有三座：

圖 1-5-15　典藏美術館剪影

1、中央研究院：嶺南美術館

　　該館於二〇〇二年三月規畫籌備與進行空間設計。六月開幕，並編成館藏作品集、「中央研究院嶺南美術館開館藏品集」中英文簡介，典藏近百年名家書畫及歐豪年的書畫作品。由歐豪年文化基金會捐出嶺南畫派三大家：高劍父、高奇峰、陳樹人及第二代傳人，也是他的業師趙少昂的作品，繼以自己的畫作共百多幅，爲嶺南畫派在台樹立典範，貢獻卓越。

2、中國文化大學：歐豪年美術中心

　　二〇〇三年八月簽訂成立「歐豪年美術中心」，二〇〇四年開始籌備規

畫與空間設計，是年十二月舉辦開幕儀式並編錄美術中心簡介及作品集，共計有 100 幅作品典藏與展出。

3、美國印地安納波里斯大學：歐豪年美術館

二〇〇四年八月簽訂成立美術館合約，並舉辦開幕活動及協辦典藏畫冊事宜。是嶺南派美術館在華人世界之外的開發，值得擊節讚賞。

促成三座美術館的成立，是歐豪年文化基金會戮力推動嶺南畫派的魄力與決心。有了美術館作爲策展的據點，開拓國畫欣賞品味將無遠弗屆。

四、推廣教育與提昇研究人力

爲推動文化藝術，親自組成「擎天藝術群」，以歷屆學生爲主，推動學術交流，提昇藝術水平。除此而外，尚有各項推廣活動開展：

1、繪畫班推廣教育

兒童，是未來的主人翁，爲了推廣國畫，舉辦繪畫研習班、設計親子活動「兒童繪畫班」及「兒童說古班」，讓國畫可以往下紮根，堅固磐石基底。而且也配合文創產業，將國畫以提袋設計方式行銷，使高古悠雅的國畫也可以進入庶民生活。同時也舉辦中國美術欣賞文化專題講座製作 DVD 作爲推廣國畫的推手。

這些活動與設計，見證歐大師推廣國畫的決心與毅力，使國畫不再高遠，不再不可臨視，將國畫由高古殿堂下臨人間，是一種有力推廣的方式，不再與庶眾距離遙遠。

2、舉辦學術研討會

爲了提昇國畫研究素質，主辦中國水墨藝術之回顧與前瞻的研究生學術研討會，迄今已舉辦五屆：二〇〇一、二〇〇三、二〇〇五、二〇〇八、二〇一〇、二〇一二年分別在文化大學、中央研究院及故宮博物館舉辦各屆之中國水墨藝術之回顧與前瞻的研究生學術研討，內容討論水墨、草書、圖

像、書法風格等，例如有〈竹帛書《周易》書法風格特色比較〉、〈陳玉峰與嶺南藝術風格關係研究〉、〈明代杜瓊之齋室別號繪畫研究〉、〈黃庭堅〈自書蠟梅詩草書卷〉：兼論其草書分期〉、〈張延隆書法的藝術思想：書道是一種總體藝術〉、〈台灣藝術環境中的當代水墨現象分析〉、〈現代戰爭圖像研究：以梁又銘的水墨作品爲例〉、〈唐代仕之畫之造型與審美研究〉等論題，內容豐富多元，有討論古代的書法、繪畫，亦有探論現代的藝術風格及圖像等分析，展現多層次與深入性的研究，兼賅古今，融攝書法、繪畫，甚至旁涉地域性藝術風格之研究等等，不僅提供藝術研究的發表場域，也藉此培養研究人材，往下紮根，往上開花結果，學界也期待這樣有高度深度的研討會能夠持續不輟。

　　從上述活動設計與主辦研討會的面向觀之，活動設計與推廣教育是從生活打開國畫接觸的層面，也是普及化的過程；從學術研究著力觀之，提昇藝術研究素質，是深化賞鑑的層面，也是提高研究的基礎工作，雙向進行，讓國畫教育的普化及深化兩相得宜，甚至達到相輔相成的成效。

　　簡言之，歐豪年基金會戮力從普及化進行繪畫班的推廣，也進行高深化的學術研究，使能有更深更遠的影響力，如此一來，國畫不再是與庶眾格格不入的壁畫或壁飾而已，同時也可以深入民間，與庶眾的生活更結合。這樣的理想性，在逐漸推展中完成與實現。

表 1-5-1　歐豪年創作簡表

（參考歐豪年文化基金會官方網站，中興大學中文所梁惠茹編製）

年歲	西元	事蹟
1	1935	民國二十四年出生於廣東茂名。
17	1952	從趙少昂畫師遊。
21	1956	參加東南亞巡迴畫展。
22	1957	參加第四屆全國美展／參加日本文化委員會主辦亞洲青年畫展。
23	1958	四君子畫展，香港聖約翰堂／參加日本都立上野美術館第五屆東方畫展。
25	1960	參加夏威夷中國文化委員會主辦中國畫展。

27	1962	1. 歲寒三友畫展，香港聖約翰堂。 2. 參加德國亞洲文化中心主辦中華民國當代名家畫展。 3. 在西德各大博物館巡迴展出。
29	1964	與國畫家朱慕蘭結婚。 歲寒三友畫展，香港大會堂個展。
30	1965	個展，美國紐約市鳳徽畫廊主辦。
31	1966	1. 個展，香港上海商業銀行。 2. 伉儷畫展，九龍半島酒店。
32	1967	1. 《豪年慕蘭畫選》第一輯出版。 2. 伉儷畫展，新加坡及馬來西亞。 3. 〈群獅〉一畫獲中國僑聯總會頒贈文化獎金。
33	1968	1. 伉儷畫展，中華民國國立歷史博物館主辦。 2. 獲頒爲中華學術院院士。 3. 〈海鷹〉、〈柳鷺〉、〈雄獅〉、〈紅荷〉、〈壽色〉、〈晨雞〉、〈朝雲〉及〈山高水長〉八巨作爲國府中山樓購藏。 4. 個展，香港美國文化館主辦。
34	1969	〈奔馬〉十二尺聯幅巨作兩幀，爲國府中山樓購藏。
35	1970	1. 《豪年慕蘭畫選》第二出輯出版。 2. 伉儷畫展，台灣省立博物館，台北。 3. 受聘爲中國文化大學美術系教授。 4. 個展，春秋畫廊，台北。
36	1971	伉儷畫展，台灣省立台中圖書館。
37	1972	伉儷畫展，日本奈良文化館。
39	1974	1. 第七屆全中國美展籌備及評審委員。 2. 獲頒爲中華學術院哲士。 3. 受聘爲中國文化大學華崗教授。 4. 三人水墨畫展，中華民國國立歷史博物館主辦。 5. 與朱慕蘭及日人內山雨海合展。 6. 三人畫展，日本東京小田急畫廊與朱慕蘭、內山雨海合展。
40	1975	1. 中國畫學會頒贈金爵獎。 2. 《豪年慕蘭畫選》第三輯出版。 3. 個展，美國三藩市，亞洲基金會主辦。 4. 伉儷畫展，美國泰頓藝術博物館主辦。

		5. 伉儷畫展，美國中華民國駐紐約新聞辦事處主辦。
		6. 伉儷畫展，美國聖若望大學主辦。
		7. 伉儷畫展，美國華聖頓與李大學主辦。
		8. 個展及講學於美國史丹佛大學。
		9. 個展及即席演講於美國蒙特利半島藝術博物館。
		10. 伉儷畫展，美國羅省中國文化保存委員會主辦。
		11. 伉儷畫展，美國夏威夷大學東西中心主辦。
41	1976	1. 個展，日本奈良文化館。
		2. 個展，美國聖荷西藝術博物館主辦。
42	1977	1. 第八屆全中國美展籌備及評審委員。
		2. 個展，日本東京中央美術館主辦。
		3. 個展，大阪國際貿易中心　日華文化協會主辦。
		4. 個展，美國紐約羅結斯德市六九六畫廊主辦。
43	1978	1. 《歐豪年畫集》中華民國國立歷史博物館出版。
		2. 個展，日本東京中央美術館主辦。
		3. 個展，中華民國國立歷史博物館主辦。
44	1979	1. 個展，美國聖地牙哥藝術博物館主辦。
		2. 二人畫展，西德孔史丹佛博物館主辦，與劉國松合展。
45	1980	1. 第九屆全中國美展籌備及評審委員。
		2. 個展，巡迴展出於馬來西亞、新加坡、泰國。
		3. 個展，美國紐約州羅結斯德市六九六畫廊主辦。
		4. 中山文藝獎評審委員。
46	1981	1. 個展，中華民國國立歷史博物館主辦。
		2. 個展，美國紐約州羅結斯德市六九六畫廊主辦。
47	1982	1. 個展，日本豐田市政府主辦，在市文化館展出。
		2. 《歐豪年作品集》日本二玄社出版。
		3. 個展，日本新潟縣民會館。
		4. 二人書畫展，日本新潟加茂文化館主辦，與十八世紀。
		5. 日本名書法家釋良寬作品合展。
48	1983	1. 第十屆全中國美展籌備及評審委員。
		2. 國家文藝獎評審委員。
		3. 《歐豪年畫輯》日本東京三越畫廊出版。
		4. 個展，日本新潟三越畫廊主辦。

		5. 受聘爲中國文化大學美術系主任。
		6. 伉儷畫展，南非共和國美術協會主辦，開普敦市會堂展出。
		7. 伉儷畫展，南非共和國美術協會主辦，斐京會所畫廊展出。
		8. 伉儷畫展，南非共和國約翰尼斯堡中華文化中心主辦。
		9. 伉儷畫展，南非共和國約翰尼斯堡陶特畫廊主辦。
49	1984	1. 個展，中華民國國立歷史博物館主辦。
		2. 個展，日本東京中央美術館主辦。
50	1985	1. 個展，英國倫敦史賓畫廊主辦。
		2. 個展，日本名古屋三越畫廊主辦。
		3. 個展，加拿大卑斯省會　維多利亞市立美術館主辦。
51	1986	第十一屆全中國美展籌備及評審委員。
52	1987	個展，日本名古屋及新瀉兩地之三越畫廊主。
53	1988	個展，香港馮平山博物館主辦。
54	1989	第十二屆全中國美展籌備及評審委員。
55	1990	1. 個展，法國巴黎賽紐斯基東方美術館主辦。
		2. 個展，荷蘭萊登博物館主辦。
		3. 個展，奧地利維也納民族藝術博物館主辦。
		4. 個展，台北市立美術館主辦。
		5. 獲頒行政院新聞局國際傳播獎。
56	1991	1. 個展，德國布萊梅海外博物館主辦。
		2. 個展，德國柴勒市波曼博物館主辦。
		3. 個展，日本京都市立美術館主辦。
		4. 個展，台北新光三越文化館主辦。
57	1992	第十三屆全中國美展籌備及評審委員。
58	1993	榮膺法國國家美術學會巴黎大宮博物館雙年展特獎。
59	1994	1. 個展，中華民國國立歷史博物館主辦。
		2. 獲頒韓國圓光大學榮譽哲學博士。
60	1995	1. 個展，美國洛城太平洋亞洲博物館主辦。
		2. 獲頒美國印地安那波里大學榮譽文學博士。
		3. 第十四屆全中國美展籌備及評審委員。
		4. 個展，六十回顧展　國立國父紀念館主辦。
61	1996	個展，台灣省立美術館主辦。
62	1997	1. 國立國父紀念館中山畫廊當代中西藝術四家聯展。

		2. 加拿大溫哥華精藝軒畫廊當代中西藝術四家聯展。
63	1998	雙人展中國陝西省歷史博物館、陝西省文物局、太平洋文化基金會合辦，與李奇茂合展。
64	1999	獲頒第二屆全球傑出人士金龍獎。
65	2000	1. 個展，中國深圳美術館主辦。 2. 獲頒首屆龍文化金獎。 3. 受聘香港（海外）文學藝術家協會永久榮譽會長。 4. 財團法人歐豪年文化基金會成立，受聘「歐豪年文化基金會」董事長。
66	2001	舊金山太平洋傳統博物館全年展。
67	2002	1. 一月浙江西湖美術館主辦歐豪年半世紀水墨創作展。 2. 六月間，「中央研究院嶺南美術館」成立於台北，歐氏受聘爲永久榮譽館長。二十八日開幕，李遠哲院長與歐館長聯同主持。
68	2003	四月南京博物館主辦歐豪年半世紀水墨創作展，徐湖平院長主持，歐氏受聘爲南京博物院藝術顧問。
69	2004	1. 三月北京中央美術館主辦歐豪年七十歲回顧展。入藏「群獅出狎」巨作。 2. 四月廣州廣東美術館主辦歐豪年七十回顧展。 3. 五月香港公共圖書館主辦歐豪年七十歲回顧展，受聘中華人民共和國第十屆全國美展評審委員。 4. 八月歐豪年美術館在美國印地安那波里斯大學設立。
70	2005	1. 十二月歐豪年美術中心在台北中國文化大學設立。 2. 十一月中國文化部主辦台灣當代水墨名家十人畫展，在北京中國美術館首展。 3. 十一月至十二月台北中正紀念堂國家畫廊主辦「歐豪年近十年創作展」，同時出版專集。
71	2006	1. 二月應美國芝加哥藝術學院美術館中國畫專輯講座，國際人士聽眾四百人。 2. 六月，長流美術館主辦「豪墨長流——歐豪年書畫集粹」大展，爲期兩個月，同時出版專集。

檢索網頁：http://cihtong.household.yunlin.gov.tw/service/service07.asp?m2=45，2013年8月30日

輯 二

影 視

向死而生的途中：
胡金銓《山中傳奇》人物美學論詮

摘　要

　　胡金銓（1932-1997）是世界知名導演之一，拍攝過十餘部電影，有《大醉俠》（1966）、《龍門客棧》（1967）、《俠女》（1971）、《忠烈圖》（1975）、《空山靈雨》（1979）《山中傳奇》（1979）等名片享譽國際，各自創發不同的內容風格，尤善長處理武俠片，許多拍攝手法被譽為武俠經典。其中，《山中傳奇》曾榮獲第十六屆金馬獎最佳導演、最佳美術設計獎等，尤以特殊拍攝風格引發大眾的關注，但是單獨討論者偏少。復次，談論胡金銓電影者，多從空間美學、對中國傳統文化的宣揚、樹建武俠經典等面向著墨，甚少關涉人物之討論，然而人物是導引主題或敘事旨趣的主要元素，準此，本文擬從《山中傳奇》中的人物視角切入，昭揭胡氏所營構的人物是有機營造出來的美學，冀能抉發胡氏形塑人物特色風格與所蘊顯的意蘊。全文論述理序，首論人物在戲劇中的作用性目的；二論鋪展人物之結構手法；三論示現人物特質的技法運用；四論形塑人物的單純功能取向；五論胡金銓的歷史情境與存在感受，最後歸攝《山中傳奇》以人物體證禪境、契悟向死而生的無常況味。

關鍵詞：電影美學　胡金銓　人物形象　山中傳奇

一、導論

　　胡金銓是稱譽世界的重要導演之一，他所創建的武俠世界，成爲後世經典模式。目前探討胡金銓作品，多從幾個向度進行：

　　其一、對武俠電影的影響與模式營建。例如陳飛寶〈胡金銓的武俠電影美學及其對中國電影的影響和貢獻〉揭示功夫蒙太奇融合京劇技藝開創新武俠電影，成爲中國新武俠電影宗師[1]；葉凌宇〈胡金銓武俠電影經典模式〉指出胡氏經典模式示現精細考究制作、標志性衝突地點、固定搭配、獨特精準配樂等項。[2]

　　其二、電影美學風格。例如王剛〈胡金銓電影美術風格對華語電影美術設計的影響〉分從形成、特點、影響進行述論[3]，或談其電影形式者有埃克托爾‧羅德格斯〈中國美學問題胡金銓電影中的電影形式與敘事空間：爲紀念胡金銓而作〉從中國美學談胡金銓的藝術自主性；吳迎君《論胡金銓電影的「中國美學」體系》分從角色、動作、空間時間、敘事、類型創新、文化品格等項進行論述，其中「角色」談到借用京劇角色塑造手法，運用面目、造型、服裝、聲音、動作等項進行分析[4]，然而所討論的文本爲《龍門客棧》、《俠女》、《大醉俠》等，與本文不相涉。袁智敏〈胡金銓武俠電影中的藝境之美〉分從畫面、空間、動作、旨歸諸面向談其對純粹美學的追求，著重哲學思考與美學內涵，不追求與眞實的平行。[5]劉世文〈論胡金銓武俠電影的空間美學〉昭揭胡氏有封閉狹窄的張力空間、開放行走的詩意空間二個向度。[6]顏紅〈論胡金銓在中國武俠電影史上的地位〉揭示胡氏創造

---

[1]　陳飛寶，《當代電影》，頁 98-101。

[2]　葉凌宇，《青年文學家‧影視文學》，頁 78-79。

[3]　王剛，《藝術與設計》，頁 89。

[4]　吳迎君，輯入《浙江藝術職業學院學報》6 卷三期，2008 年 9 月，頁 73-77。

[5]　袁敏智，輯入《合肥工業大學學報‧社會科學版》，2016 年 12 月，30 卷第六期，頁 93-98。

[6]　劉世文，輯入《安徽文學》2011 年第九期，頁 118-119。

自己的電影語彙將武俠片提升成融合中國傳統文化的電影美學載體[7]。吳迎
君〈論胡金銓武俠電影的超越性〉提出歷史、美學、文史武俠的類型超越。
[8]李百曉《論胡金銓武俠電影藝術特色》碩士論文揭示其藝術特色有時代、
作者、文人氣質、儒釋道詮釋等特色。[9]

　　其三、綜論整體風格或特色。劉成漢〈作者論和胡金銓〉揭示胡氏電影
重要風格有：評劇的電影化、嚴謹歷史質感、動態中的結構等項，而其武俠
世界則有犀利邪派、色即是空、俠以武犯禁、禪機一點、動作即內涵等項。
其中在「色空」一項揭示手無縛雞之力的書生受到女強人的保護。[10]例如馮
毓嵩〈金銓學派的強大力量：紀念胡金銓導演誕辰 80 週年〉，揭示胡氏電
影有豐富美學價值、弘揚中國傳統文化、強大實踐團隊、實踐中形成理論體
系等項。[11]或論其影片蘊含禪意與禪趣，例如鄭淑玉〈胡金銓武俠電影的禪
意與禪趣〉論其寂靜、空靈、頓悟。[12]

　　盱衡上述，前行研究成果多著重在胡金銓所樹建的武俠經典及電影美
學，或談其空間形式，甚少對人物進行深刻探討，唯沙丹〈大匠的困惑：山
中傳奇與胡金銓的心靈世界〉涉及本文所處理文本《山中傳奇》，然而該文
從陰陽戀、無題詩、南柯夢談胡氏所映現出來的心靈世界[13]，亦與本文所論
不合。

　　本文切入點與前述略有不同，擬從人物美學入手，探討胡金銓《山中傳
奇》塑造人物的典型性與特殊性要喻示我們人生的處境與人世況味。為何從
人物切入探究呢？蓋小說有三要素：人物、場景、情節。就電影而言，場景
即是空間形式之運用，情節即是敘述故事的軸線，而人物，是所有故事的移

7　顏紅，輯入《電影文學》2014 年第六期，頁 29-30。

8　吳迎君，輯入《西南大學學報・社會科學版》2008 年 3 月，34 卷第二期，頁 35-39。

9　李百曉，河北大學碩士論文，2011 年。

10　劉成漢《當代電影》1997 年 3 月，頁 82-88。

11　馮毓嵩，《當代電影》，頁 95-97。

12　鄭淑玉，輯入《電影評介・影視評論》，頁 7-8。

13　沙丹，輯入《當代電影》，頁 28-32。

動線索，不可偏廢，然前人多著墨在處理空間美學或是特殊的武俠技法，對人物多未闡發。復次，爲何從《山中傳奇》入手？論者多述其武俠經典的《俠女》、《龍門客棧》、《大醉俠》等片，而《山中傳奇》曾榮獲許多大獎，名片加持之下，應該討論者甚多，事實卻不然。爲何該片可以榮獲眾多殊榮，其中必有可探討之原故，故而本文以文學視域探論胡金銓《山中傳奇》所示現的人物形象，不涉電影手法運鏡之長短鏡頭、畫面剪輯或影象呈現等項，期能朗現《山中傳奇》形塑人物的特質，並體證胡金銓透過劇中人物所要示現的人生況味。

二、人物的作用性與目的性

凡是敘事，必有其程序，大抵可分作三個層次，一是爲何說，二是如何說，三是說了什麼？電影敘事運用記錄、影像、戲劇來詮釋、表現所要傳釋的主題意念，在這些：爲何說、如何說、說了什麼的過程中，電影的拍攝手法、技巧常因導演風格而異，其中情節可運用鏡頭來說話，透過鏡頭景深、中長鏡頭或特寫鏡頭，可示現導影嘗試導引觀眾的視覺感受，而不同的觀看視角也有不同的解讀效果。其中，最不可忽視的是人物的重要性。

人物在小說、戲劇、電影之中，往往具有主線推動的意義，然而探論胡金銓電影人物鮮少的原因，是胡金銓對人物的處理不如畫面具有特色與個人風格，前人多著墨在解讀其呈現的古典詩歌的意境、國畫的山水景象，甚或是透顯出來的意境等等，對人物反而不甚著意。談論人物，可關涉人的形象、人的故事、人的命運、人與自己的掙扎、人與他人或社群之間交錯的往來關係，甚或是人與環境的關係，包括與大自然或人爲環境之對抗、相生的故事，這些皆是探討人物形象的重要論點，然而本文不從此立論，而是從結構、特質、物象等面向進行探討，冀能有別於前人框架式論述，亦可豁顯胡金銓形塑人物的特色及所示現的意涵。

《山中傳奇》敘述何雲青入山抄大手印經，欲普度亡靈，此經是法圓上人攜入中土花費十年功夫譯成，是唯一可交通陰陽兩界之書。該經書不僅具

備降魔術，若抄成可救戰亂中亡故的眾生亡靈。若爲邪魔拿走，則可駕馭群魔，是故引發屬鬼樂娘、王媽、小青諸女鬼搶奪，另有協助何青雲對抗眾鬼者，包括老道長、異域僧人啦嘛及善鬼莊依雲、莊夫人、崔鴻至等人，最後，邪不勝正，何雲青在眾僧合誦經文中完成任務，飄然而去。其中，人物是整個敘事故事中的主要推動劇情的軸線，若沒有人物，空間也只是空曠的場景；若沒有人物，劇情無法推動，故而人物是所有敘事文學之中最重要推動劇情的動力。準此，人物在電影之中具現二種作用：

1、推展劇情

所有的交接人物，是爲了讓劇情順暢流動展演，《山中傳奇》人物依序出場，故事也隨著人物出場而開展劇情，主要的發展軸線與人物、正邪交接與出場的順序如下：

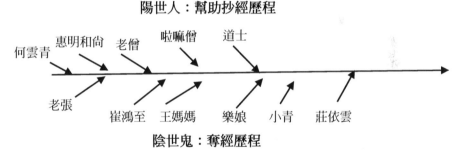

陽世人：幫助抄經歷程

何雲青　惠明和尚　老僧　啦嘛僧　道士

老張　崔鴻至　王媽媽　樂娘　小青　莊依雲

陰世鬼：奪經歷程

圖 2-1-1　正邪人物出場序列

何雲青、惠明師父、上圓師父乃至於老張、崔鴻至、王媽、樂娘、莊依雲、啦嘛僧、道士等依序出場，每一個人物皆在推動劇情之中展演自己的任務，縱使是陪襯角色出場，也是用來推展劇情的。

2、示現主題

《山中傳奇》整齣電影以何雲青爲軸線開展劇情，展演抄經、奪經邪不勝正的主軸發展。如果將整個故事分成正邪兩面，陽界與陰界各自示現不同

的正邪面向。正向是陽界的主人公何雲青、僧人、道士等人為完成大手印抄經過程，歷經與女魔纏鬥的過程。邪面是陰界人物，即是眾群女魔，為奪大手印，和僧道鬥法過程。如果沒有何雲青之正面人物的堅持，就無樂娘的奪經；若無樂娘的奪經，就無衝突激發反向作用的劇情推展。

　　職是，人物是整齣電影的靈魂，無論是正派或反派人物皆在依序出場中，推動劇情，示現主題。

三、《山中傳奇》鋪展人物之結構運用

　　人物在敘事裡的重要性如上所述，然而《山中傳奇》如何鋪展人物的出場呢？又如何設定主人公的歷程呢？

（一）人物出場結構：手卷式人物之懸疑身份示現手法

　　國畫中有一種展現的方式，非採用掛軸立式讓觀眾欣賞，而是以長幅捲軸方式鋪展給觀眾欣賞。這種方式即是手卷式，或是所謂的長卷式。

　　畫面的呈示，是隨著手卷逐漸鋪展畫面而移動，時間與空間就在其中不斷地被打開觀看。

　　胡金銓的電影中也常採用這樣的效果，開展電影畫面時，並未知曉故事人物的身份，而是在劇情不斷地推移過程中，讓人物的身份、特質一一展現出來。

　　例如一出場的經略府大總管家王媽媽的出場，即是躲在旁偷聽崔鴻至與何雲青的對話，觀眾雖然可以知道她絕非善類，然而未能知道她的真實身份。

　　再如樂娘，花容月貌出場，觀眾未能知曉她的身份，要到了崔鴻至到莊家酒館趁著酒後吐真言，才說出是女魔鬼的話語。整個身份似是撲朔迷離的，透過長軸張開，才能逐漸明朗。

　　再如崔鴻至是惠明師父的好友，一直在旁協助何雲青，最後，僧魔對鬥之後，何雲青才看到崔的靈位，他早已是陰陽殊途的陰鬼了。

再如莊依雲之出場，縹渺不見，到了與崔、何二人相見，才顯露身份，是知府之女，與母親開酒館爲生。最後，也在僧道二人的告誡下，要遠離何雲青，直到後來，在鬥法中化爲血水，才能知道其實她也是一女鬼，只是良善非樂娘之屬鬼一類。

這些人物的出場，皆讓觀眾好奇她們的身份，只是了無所知，在逐漸鋪張的劇情開展中，才能一一朗現眞實的身份。

這種卷軸式的人物出場，充滿了懸念、奇詭與驚奇，讓觀眾隨著劇情的進展而有體會與了解，也才能知覺主人公的眞實身份。人物正邪必逐漸開展而得知，具現懸念與奇詭。誠如馮毓嵩比喻爲「長卷式手法」：「它在不斷舒展之際，令觀眾贊嘆不已，影像的轉換使影片的發展步步驚疑、環環相扣，逐格提升而又層出不窮。」[14]，其說洵然。筆者認爲這種手卷手法在人物的運用上，具有驚悚的效果，可製造懸疑性，引發觀眾的好奇心與追探之心。

（二）敘事結構：英雄歷險模式襲用

《山中傳奇》的敘事結構如何呢？整個故事以何雲青爲主軸，充滿了英雄歷險模式：

出發　⟶　歷劫　⟶　回歸（另一種出發與漂泊）

圖 2-1-2　英雄歷險圖式

如果我們用《山中傳奇》的敘事過程來比賦，則可得如下之歷險模式：

拜訪高僧　⟶　打手印取經　⟶　尋訪清靜抄經處所　⟶　遇崔鴻至安頓住處　⟶
出發

樂娘迷惑成夫妻　⟶　抄經　⟶　僧道幫助擊退厲鬼　⟶　抄經畢群僧誦經救亡靈
歷劫　　　　　　　　　　　　　　　　　　　　　　　　　**回歸**

圖 2-1-3　山中傳奇歷劫回歸圖式

---

[14] 見馮毓嵩：〈金銓學派的強大力量：紀念胡金銓導演誕辰 80 週年〉（《當代電影》，1997.03），頁 95-97。

整個故事是以何雲青為尋找清靜抄經地點而展演的故事軸線，這樣的出發、
歷劫、回歸是胡金銓襲用西方英雄歷險模式來開展人魔遇合抄經、奪經的歷
程。

（三）正邪結構：陰陽兩界人物的反向激化劇情

全劇派分兩面，正派人物是陽世的僧、道、上人等，協助何雲青擺脫眾
鬼糾纏，代表正義；而負面人物是群魔奪經，代表邪惡。此中有男鬼，包括
崔鴻至、老張，女鬼莊依雲莊母因被厲鬼控制，不得脫身，茲將陰陽兩界人
物臚列於下：

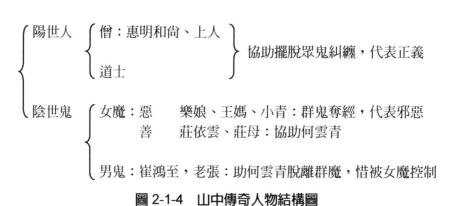

圖 2-1-4　山中傳奇人物結構圖

這些人物，正反相向激化劇情，才能具現衝突的張力。胡金銓似乎喜用書生
與女鬼（或女俠）來鋪陳劇情。劉成漢揭示胡氏劇中女性均以殺人為主，對
愛情與性的興趣不大，且書生卻多受女強人來保護[15]。《山中傳奇》何雲青
亦受僧人、道士、莊依雲等人保護。書生，永遠是弱者，需要保護，才有戲
劇張力。

---

[15] 劉成漢揭示胡氏的電影是書生對著冷艷的女俠及女鬼，書生自然一籌莫展，而女性均
　　以殺人為職業，對愛情與性的興趣不大。見〈作者論和胡金銓〉（《當代電影》，
　　1997.03），頁 82-88。

四、示現人物特質的技法運用

《山中傳奇》如何展演人物特質？夷考全片，刻意運用許多隱喻技法，層次開展，並營造殊異的情境，以符合人物生命質性。

（一）以命名象徵人物性格

雖然語言學家索緒爾（Ferdinand de Saussure, 1857-1913）揭示最早的命名與物象之間並非有絕對的關連性，例如「樹」之符徵與符旨之關係是被我們規定的，約定俗成之後，成為大家習慣的用法，大家也不會再去追究為何「樹」是指涉我們熟悉的「樹」，以及其作為「樹」的發音方式。然而，在中國人物命名，往往有一種深層的喻示或隱喻存乎其中，最簡單的例子就是《紅樓夢》，用「青梗峰」喻「情根」；用「元春、迎春、探春、惜春」四女子之名喻示「原應嘆惜」；用「秦可卿」喻「情可輕」，可見得作者在為物象或人物命名時，往往內蘊深意。

《山中傳奇》的人物命名，也頗見主人公的性情與特質：

何雲青：如雲飄泊，四海為家，居無定所。青，代表朝氣，蓬勃，仍有理想抱負，遂能一肩扛起抄經任務，遇厲鬼磨難亦無所懼。

樂娘：善音樂，故名之，以擊鼓為名。

莊依雲：柔弱似雲，亦帶有飄泊的性質。父親是知府，早亡，依母開酒館為生，閱人多矣，然而來來去去的各色人等，皆如雲煙過眼。

崔鴻至：命如鴻鳥，當展翅高翔，卻被控於厲鬼樂娘手中，不得翻身。在何雲青尋訪清靜抄經處所，荒頹經略府中午然見到如鴻翩至的崔氏到來，不僅為其安頓生活，最後也助其脫離厲鬼的魔掌，可惜，其道行不深，也深被控制著。

法圓上人：以圓命名，自有圓滿吉祥之意。譯出大手印，也由何雲青完成抄經任務。

惠明：代表知人之明。交待何雲青前往經略府找好友崔鴻至，崔氏果真一直相伴左右。

以上諸人之命名，具有「符徵」（能指）、「符旨」（所指）之作用，用以象徵人物的生命特質。

（二）以樂器擬譬人物特質

《山中傳奇》形塑人物最特別處，即是以樂器擬譬人物特質。

笙：象徵何雲青。悠揚的笙，可高可低，可獨奏，可合奏。合奏時，顯現劇力萬鈞的氣勢；獨奏時，呈現蒼茫的孤獨感。在電影中，出現何雲青與樂娘、小青合奏，音聲合諧，彷彿天籟式的合鳴，展現初入婚姻中，生命的喜樂與和煦。然而，其生命基調是獨奏為多，孑然一身獨行於天地之間，如翩翩沙鷗獨來獨往。

鼓：象徵樂娘，擊鼓鉦鉦，充滿殺伐之氣。酒宴中樂娘迷惑何雲青，以擊鼓方式助興實則是要眩惑何雲青，讓他心志喪失。鼓的音聲，鼕鼕作響，頗有殺伐之氣，象徵樂娘是為厲鬼，道行高深，充滿了戰鬥的氣氛與力道。

笛：象徵莊依雲，充滿了悠悠縹渺的空靈。笛聲悠揚，象徵莊依雲道行不高，同時也喻示其為人也如雲如水般地良善助人。

鈸：象徵道士和啦嘛僧人，金聲高拔，象徵氣勢滂薄，劇力萬鈞，勢必正邪不兩立。鈸，音聲鏘鏘作響，道、僧以此作為法器，用以對抗女鬼樂娘的鼓聲，鈸之金聲高亢與鼓之悶擊效果不同，才能有壓倒性的成功，也才能壓制女鬼之作怪。

以樂器擬譬人物性格，融攝情境，推動劇情，是一充滿象徵手法之運用。

（三）以空間感營造人物的存在質性

胡金銓善長用空間感來營造人物的特質。其中，何雲青的空間形象就是電影開始的浪跡天涯，行走在山陬海角之間，空間的流動象徵著漂泊的人生，在電影結束時，亦以行走在山水之間作結。

樂娘：莊肅的容顏，擊鼓時，容顏莊嚴肅穆，意在達成目的，否則不罷休。其畫荷的溫柔、奪經的跋扈猛烈，正是反差甚大的對比。示現其女子本

質的溫柔，與成為厲鬼之後的形象大相逕庭。

莊依雲：幾度出現時總以縹緲、空靈、飄飛，又倏然不見的方式出場。例如何雲青入荒寺，見一人，欲尋問，不見人，光影透過煙嵐示現迷離之景。再入荒寺，石象上見一吹笛白衣女子，定睛一看，卻又恍然不見。笛聲在耳，影像在前，倏忽之間，全然消失，用這種方式顯示莊依雲非人是鬼的形象。以笛音吸引何雲青，似乎也是一種邂逅方式之一。後來在莊氏酒館現身，與何、崔二人相遇，何雲青才知道每回倏忽遇見的吹笛白衣女子是她。

崔鴻至：欲善而未能善，給何雲青一種信賴可靠的感覺。身處空曠的經略府象徵陰世的孤寂與眾鬼同在一個空間卻被制約的莫可奈何。

道士僧人：行走自如，忽忽現身，忽忽不見，如神奇法術之施展，正見其法力無邊，可用以對抗厲鬼。

劇中人物的空間營造，示現不同的情性，以喻示人物質性之迥異。

（四）以物象喻示人物情境

善用物象來喻示人物的處境、情境亦是胡氏電影的特色之一。

樂娘擊鼓迷惑何雲青，讓他醉倒，不醒人事。醒來才知道樂娘以身相許。劇中採用象徵手法喻示情境。喜宴之後，入洞房以含蓄手法映照荷花池，蜜蜂採蜜，錦鯉水中自由自在地游動。這些畫面是雲雨巫山的意象，觀眾咸能體會。

二人婚後相親相愛，一起盪秋千，一起共吹笙樂。象徵其樂融融。

鏡頭一轉，是蜘蛛結網欲捕獵物的畫面。襯著奇詭的笑聲，預示何雲青是樂娘諸女鬼的獵物，只是何雲青自不知覺而已，且身體日益衰落，原來是女鬼取男子陽氣所致。

夏天，荷花亭亭，肌膚相親互相轉換鏡頭，喻示雲雨巫山。樂娘作畫，畫荷，畫荷芯，似乎有直攻「核心」之喻示。

鏡頭由夏天荷花燦艷一轉成秋蓮枯索，蓮蓬高張的意象，似乎是秋收的意象了。也就是大手印快抄完成，樂娘與諸女鬼正等候秋收呢。

何雲青陪著莊依雲到後山採醒酒草，在山中行走，雲霧繚繞，在山石水

溪之間，迷離對話，談障眼法、隱身術，依雲說，每個人都有心事，只是不說而已。何雲青則說見過依雲。佛說有緣，是不是依雲會隱身術，依雲避而不談。

依雲吹笛，音樂流轉，鏡頭映照蚱蜢在草葉上跳躍，似乎象徵自由自在快樂的心境，也似乎喻示情意交流。

雨後，何與莊二人行經草原、平野，彤雲，夕陽，遠山平視，山雲透光，美景如畫，鉤勒出如畫的美景，也似乎喻示夕陽雖美好卻日薄黃昏無可奈何的未來。

僧道二人與樂娘鬥法，完全以音樂情境方式完成。

鼓與鈸，是二種不同樂器，展現不同的音律與節奏，擊鼓成為樂娘的出場與鬥法的利器；敲鈸則是僧道的法術與法器的力道顯現。擊鼓，擊鈸，吹笛以示法力之高下。道長與啦嘛僧先以對拍擊鼓對抗，再以金鈸對付樂娘，在鬥法過程中，不分上下，鏡頭一轉照在釋伽牟尼佛塑像之中，似乎喻示終歸和平。

運用音樂作為畫面補強，一方面可將情境更適時的融入，一方面也是人物力道高下的彰顯。

流動的音樂，是另一種敘事的模式，補強畫面，強化人物特質。

五、胡金銓形塑人物的功能取向

《山中傳奇》形塑人物的功能取向如何呢？

（一）人物個性單純化

劇中人物的單純化與個性功能取向是胡金銓構製人物的特色。

何雲青，身負抄經任務，被樂娘設計與之結婚，性情並無轉折變化。

樂娘，屬鬼化為善擊樂、妙丹青的窈窕女子，在與何雲青身鬢廝磨，亦不改其心，仍一逕要奪取大手印經書。

崔鴻至，早已亡故，受眾女鬼威脅，不得反抗，及至到了莊依雲酒館方

於酒後吐露眞言。說樂娘是女魔。然而，何雲青以爲是醉酒，在莊氏母女的拒斥下，亦未能得知眞相。崔受魔女控制外不得擺脫。

莊依雲，雖爲女鬼，卻是善良之鬼，欲助何雲青脫離樂娘魔掌。

僧人、道士二人個性亦善惡分明，一逕要助何雲青，打擊屬鬼樂娘。

胡金銓的人物個性是線性單純型的。

（二）簡化人性的糾葛、複雜、矛盾

何雲青對於樂娘以身相許的情感，並未著墨，只是迫於無奈，接受這樣的婚姻，初雖不敢應承，因自己漂泊四方，四海爲家，既無資財，亦無恆產，恐有誤樂娘，在樂娘及王媽媽的脅迫下，成就婚姻，並未深度刻畫其內心的矛盾與掙扎。

再者，遇見莊依雲，似乎有好感，因爲曾數度縹渺之間見之，卻未能再深刻摹寫其對依雲的感覺，而依雲卻又一廂情願的願意幫助他脫離屬鬼樂娘的魔掌。這些內容雖含蓄蘊藉，卻未能深化人性的矛盾、糾葛與複雜性。

唯一具矛盾的是崔鴻至，對於何雲青，因受控於樂娘，欲助未能，展現糾葛的情結，及至酒後方能吐露眞言。

（三）營構人物對任務的執著與耽溺

《山中傳奇》每個出場的人物，皆以努力實踐自己的任務爲要務。也就是，完成任務是主人公唯一存在的意義，並未深度刻摹性情是否可能移轉變易。

何雲青，以完成抄寫大手印爲主，雖涉兒女情私，卻未能撼動其完成任務的目的性：

求經 ⟶ 尋抄經地 ⟶ 抄經 ⟶ 歷險 ⟶ 完成

圖 2-1-5　何雲青任務結構序列

對抄經充滿了任重道遠的理想性。

　　樂娘，善於擊鼓、長於畫荷，是樂妓，追求什麼？奪經爲目的，欲修煉自我，駕馭群魔。在整齣戲過程以奪取大手印佛經爲要務，並未深入描寫其與何雲青結爲夫妻，是否受其救度世人的憂憫情懷所感動，仍然一意奪取經書爲要。

　　樂娘的重要任務情節如下：

迷惑擊鼓　⟶　成就姻緣　⟶　侍候抄經　⟶　奪經　⟶　化爲血水

圖 2-1-6　樂娘任務結構序列

樂娘整個任務過程以奪經爲導向，終究邪不勝正。

　　僧、道二人，以擊敗厲鬼、惡魔爲主，展現法力的任務情節如下：

僧道暗示何離開　⟶　鬥法　⟶　完成

圖 2-1-7　僧道任務結構序列

此中，人物正邪二元對立太明顯，正派人物，永遠爲正；負面人物，永遠爲邪；沒有移轉的可能性。

　　正派人物何雲青以任務爲主，不懼涉險、歷劫，因不懼乃至於可以超越死亡，而勇往直前。如儒家人物，千萬人我獨往，也體現「任重道遠」的氣魄。

　　負面人物樂娘以奪經爲主要任務，目的在完成自己的修煉，超離死亡地獄之苦。

　　何雲青與樂娘的邂逅，結爲夫妻是樂娘刻意經營出來的，何雲青自然掉入陷阱之中，然而仍然各自爲自己的任務而努力：

圖 2-1-8　何雲青樂娘遇合結構圖

　　如果，依照馬斯洛的需求理論，有生理需求、安全需求、社會需求、尊重、自我實現五個層次。何雲青是立人達人，救度亡靈，是有理想性的，屬自我理想的實現。樂娘爲了私己欲念，爲達修練以駕馭群魔不擇手段，這種私欲，尚在追求自我安全的層次裡翻滾，相對於何雲青追求自我實現的理想，不存個人私念，以救度亡靈爲己任，讓他背負這個理想與抱負，遂能走過磨難，歷劫而歸。從理想性而言，樂娘的層次不高，何雲青則是典型的儒者書生承擔天下大任的代表。而最後，功成不必在我，何雲青參與整個抄經過程而陷入諸鬼的奪搶之中，最後，完成抄經，卻不必爲此成功而有喜悅之心，走離眾僧念經超渡的場合，仍然要一個人獨行在山阪水涯之中。

　　所有參與的出場人物，皆耽溺在完成任務的過程中，何雲青執著抄經任務，樂娘耽溺在奪經，僧道人、依雲、崔鴻至等人以助抄經爲主，這些執著與耽溺共同完成並實踐自我存在的意義。

（四）陰陽合攝：群魔亂舞

　　在傳統的思維裡，人在陽間，鬼在陰間，故而群鬼出沒必在夜間才能出現，然而，《山中傳奇》無論陰陽日夜，皆可隨時出現，似乎逆出傳統的認知。事實上，六朝志怪之中，也有鬼怪幻作人形出沒在人世間，故而，《山中傳奇》亦是如此，群鬼以生前的形貌出現，實則早已是陰間之鬼了，王媽媽、樂娘、老張、崔鴻至、莊依雲、莊夫人，莫不是陰間之鬼，卻仍然以生前的形貌遊走在人世間，這種陰陽合攝手法，形成群鬼亂舞形象。

六、胡金銓的歷史情境：中國傳統文化的演繹

　　如果電影作爲文體、文類或是文本，其表述語境透過人物究竟要呈現什麼意圖呢？亦即《山中傳奇》到底要呈現什麼樣的人物美學呢？胡金銓透過《山中傳奇》要形成什麼樣的電影風格或獨特美學典範？表述什麼樣的語境呢？

　　胡金銓的電影特色即是融攝中國古典美學，展示澄澹自然的美感，將傳

統的詩歌情境、國畫意境及禪境一一示現在電影的畫面上，讓觀眾隨著人物動靜感受傳統美感。

（一）展演詩情：營造空間美感強化人物特質

　　拍攝手法故意採用空靈的自然景物來呈現，與王維詩不謀而合。王維詩云：「山中無人徑，深山何處鐘」、「空山不見人，但聞人語響」、「泉聲咽危石，日照冷青松」皆可在胡金銓的電影中捕追這種畫面的質感，也就是將中國的詩情自然地流淌在畫面之中，尤其與王維詩歌相合攝。這些空間美感可用來強化人物特殊的情境或是人物性格。

（二）凝視畫意：空靈虛清的場景襯託人物身份

　　畫面運用流動的視角，讓觀眾順隨鏡頭的移動，看著山景、晨曦、流水、山嵐的移景；再順著山花、樹影由遠而近，讓陽光透過雲際來嶄露光影；透光的雲影，讓遠山，雲霧，遠瀑由遠而近逐漸拉近，著著實實將國畫的遠視、平視、俯視手法運用攝影技巧展現，透顯人物在場景中的流動，也似乎讓觀眾透過鏡頭的捕捉，進入國畫的情境中，體會人物與場景的合攝。尤其構圖喜用山、水、影、光、溪流，雲霧中的山光樹雲影，用以襯託人物奇詭、懸疑的身份，也讓空間含攝著空靈的美感。

（三）示現禪意：敘事情節與人物互相融攝

　　禪，重主體性覺知，言語道斷，心行路絕，是不立文字，端憑心性體悟。不言不語成為禪的初階入門，同時也成就最高境界。在《山中傳奇》之中，不斷地運用空間畫面來補足人物言語之不足。人物之少言少語，多以虛空澄澹的畫面補強，以空間美學來展現禪境，是胡金銓的技巧之一：

1、敘事禪化之融入

　　將情節融入畫面，以畫面語言虛空效果來展現奇詭的劇情，少言少語，多以眉目示意，例如王媽與樂娘的示意，或如崔鴻至欲告訴何雲青卻被王媽

或樂娘阻止，這些似乎讓讀者契會其間的奇詭與懸疑。禪不是只有在畫面中呈現，甚至也要讓觀眾融入這樣的敘事當中。再如蜘蛛結網，象徵何雲青如囊中之物；例如螳螂跳躍於青葉上似乎是莊依雲與何雲青自在心靈的溝通流動，這樣的敘事禪化，將語言虛空化，甚至將聲音旋律與節奏合拍：吹笛、吹笙、擊鼓、敲鈸等融入劇情，一一展現敘事效果。

2、畫面禪境之透顯

整齣電影不斷地以畫面呈現禪境，強化淡漠空靈感受，其中最具禪意的有二段首尾情節，鋪陳禪境令人難忘。

其一是鏡頭開始時，呈現老寺，空曠寂廣，誦經聲不絕如縷。結尾也示現這樣的場景，大手印抄成，由啦嘛、老僧組團，群僧盤坐寺前廣場齊誦經書。前者誦經不絕如縷，後者亦是，首尾呼應出大手印抄經完成的普度眾生之誦經場面，救渡亡靈，利益眾生。

其二，開始時，何雲青獨行至海岸，觀浪，海浪拍崖石。尋訪寺廟，欲完成抄經書寫的任務。結尾時，事功完成，何雲青遠離寺廟，獨行至海岸，觀浪，海浪拍崖石。

一樣的場景，卻有不同的內蘊含攝其中，前者是「看山是山，看水是水」的初境；經過了磨難的「看山不是山，看水不是水」（抄、奪經過程）二境；最後，仍然回歸「看山是山，看水是水」的三境。依舊誦經的場景，卻已是功德圓滿了。

（四）體證儒釋道三者合攝

在胡金銓的電影中，總會將儒釋道三者結合，《山中傳奇》亦然。全戲以「抄經」為軸線，自是以佛教思維貫穿。大手印佛經是上人花費十年功夫譯成，再由何雲青抄寫，故而以佛教為主線，再以儒生來完成這項任務，其中再穿插道士的營救，成功地將三教合攝。證諸劇中人物，啦嘛僧代表佛、書生代表儒、道士代表道教，三者不可或缺。然而，代表儒家的書生永遠是需要被營救的對象。他懷抱著高超的理想，抄寫佛教經書欲救渡亡靈，少不

了僧人與道士的營救才能完成任務。

　　儒家亦有型範，何雲青是儒家書生的代表，不管前途如何險峻，歷經女鬼糾纏、作祟，終要完成抄經任務，頗有任重道遠，千萬人我獨往的氣魄。也體現儒家的己立立人，己達達人的胸襟，而這種襟懷卻又是一種功成不居的大氣節，在事功完成之後，獨身行向天涯，依舊四海爲家日的漂泊流浪。

　　佛家的精神亦內蘊其中，利益眾生，救度亡靈，呈現大乘佛理。道教則是用來協助手無縛雞之力的書生對治邪魔。

　　縱觀全劇，胡氏不僅將中國傳統的詩情、畫意、禪境融入電影中，甚至儒、釋、道合攝入鏡，成就他獨特的電影風格。

七、胡金銓的存在感受：繁華事散逐香塵

　　透過《山中傳奇》可以喻示導演胡金銓什麼樣的存在感受呢？生命經歷與個人特質形成特殊的切入視角：

（一）漂泊成爲永恆的安頓

　　胡金銓一九三二年出生於北京，一九四九年由北京赴香港，一九六七年來台。

　　從北京到香港再到台灣，移動的生命歷程，形成一種深沈的漂泊感。投射在劇中人物，也在漂泊、追尋、行進中完成自我，是一個動態的流動，成爲永遠的行者。何雲青的四海爲家；僧、道遊走四方，皆是漂泊，皆在行進中。

　　石琪揭示胡金銓電影就是不斷地行走，在漫漫岐路追尋逍遙自由之境。[16]吾人認爲，漂泊就是在行進中享受冶遊之樂，無拘無束，行所行，停所停，天寬地闊皆爲飄蓬行進與止息之所，成就另一種安頓生命的方式。

---

[16] 見石琪〈行者的軌跡〉（《香港：功夫電影研究》，1978）。

（二）任務成就存在的意義

劇中人物必有其存在的意義與目的性，即是任務的完成。何雲青與樂娘雖享受恩愛夫妻之樂，仍努力抄寫經書，當然，也是受樂娘的督促而成，因為樂娘與何雲青結成夫妻即是為了盜取大手印增進功力，或可駕馭群鬼之用。書生受愛情與性的誘惑，仍未忘記自己的任務。

何雲青追求完成抄經任務；樂娘欲奪經完成修煉；何依雲協助何脫離女魔；僧、道二人出現，即在完成打擊邪道、厲鬼之作祟；人物行遊其中，展演抄經、奪經過程，各自秉承任務而存在。

（三）荒曠虛空是終極心境

《山中傳奇》製造出來的畫面，總是以荒曠來襯託大自然的壯美，山水之間的流動藉由人物行走帶出畫面，山野中的荒亭，敗寺，頹圮的殘垣，一一似乎在見證生住敗壞的歷程，如何繁華，最終仍要荒敗，我們可從幾位主次人物來感受。

其中，透過何雲青的行走軸線，可以感受其真實心境的映現。尋訪伽倻山海印寺，由遠而近，寺大人小，梵音遠傳。入大雄寶殿，見高僧，僧教解手印，拿大手印經書讓他抄經。為尋覓僻靜處所抄經，行走中，偶經竹鳥寺，寺敗人散，依依向晚。再尋訪鎮北屯堡，一個軍隊駐守的堡壘，終究也成為殘破的荒壘了。遠處見女子吹笛，縹渺之間，張目定睛不見人影，飄飄然在山水之中消逝無跡。這種空靈，是仙是鬼，是實是幻，扣合了「傳奇」中的鬼魅飄飄的情節，更讓人感覺虛空。入荒廟，見人欲尋問，卻恍然之間不見蹤影。煙嵐透著光影迷濛。再入某荒廟，石象上吹笛白衣女子，依然飄飄而不見。出關以來，到處荒涼，官兵調走，秦鳳路經略府也荒敗不堪，韓將軍殉國，何雲青將惠明師父交待的書信交給崔鴻至，崔先生立即引他住到清靜的地方抄寫經書。

復次，崔鴻至是惠明師父信任之友人，故而託書要崔幫忙何雲青尋覓清靜之處抄大手印經書。崔鴻至帶他到韓經略寵妾住處，此處用來招待賓客，

故而清靜可作爲居住抄寫經書之處所。何處不用，偏偏選寵妾的住處抄經，預示了一段難以理清的情感糾葛。先是與樂娘結爲夫妻，再與莊依雲邂逅與相識。陽男與陰女註定是一場人鬼相戀，夾雜著奪經的過程。

再次，小青接何雲青吃飯，夜走森林，似乎充滿了鬼魅之處。見番僧，小青怕，是心虛。眾女鬼幻化成女子模樣，目的在奪大手印，欲俟何雲青抄成經書，立即盜走。空間營造出來的空曠荒涼、虛空，似是人物必須面對的場景。

劉世文云：「在胡金銓的視域裡，竹林、荒野、大漠、險灘、等自然空間都是敘事元素，它們具有深邃感，易於表達人生體驗和寄寓哲理。」[17]，再如馮毓嵩所云：「胡氏片中出現的寺院、屯堡、荒漠、野林、處處都透著歷代邊塞詩、行旅詩中枯寂、蒼涼、孤獨與傷感。」[18]證諸《山中傳奇》，荒涼、蒼茫的確是全片的基調。胡金銓藉由《山中傳奇》各種形形色色的人物行走與遭逢，透顯出個人對人世荒曠虛空的荒涼感受。

八、結論：向死而生的途中

劉成漢揭示《俠女》從外在技巧追求禪意未能成功，而《空山靈雨》禪機是從世俗人性與人情中透出，在結構與內涵上是成熟完滿的作品。[19]徵諸《山中傳奇》具足禪機，整部電影以何雲青抄大手印爲主軸，爲找清靜之地抄經，抵達已荒涼的經略府爲抄寫經書之所。荒涼，即已喻示不平靜的熱鬧，終歸回到荒涼之中。眾女鬼爲搶奪經書，各懷鬼胎，而以樂娘爲首的群鬼，終於邪不勝正。而普度眾生，救度亡靈，不僅是佛家、道士的終極目

---

[17] 見劉世文揭示胡氏電影的空間有二，一是封閉狹窄空間的張力空間，包括客棧、茶館、大堂等空間；一是開放行走的詩意空間，反映四處漂泊的無根痛楚。見氏著：〈論胡金銓武俠電影的空間美學〉（安徽文學，2011 第九期），頁 118-119。

[18] 馮毓嵩：〈金銓學派的強大力量：紀念胡金銓導演誕辰 80 週年〉（《當代電影》1997.03），頁 95-97。

[19] 見劉成漢揭〈作者論和胡金銓〉（《當代電影》，1997.03），頁 82-88。

標，也是身為儒家代表的何雲青所肩負的重擔。然而，這樣的劇情究竟要喻示我們什麼呢？

電影屬於敘事文本，《山中傳奇》鋪陳112分鐘的敘事情節，以命名、物象、空間等方式喻示人物特質與風格；繼以簡言簡語，以示意的方式，也是一種禪境的體現。禪原來就是妙悟，直指心法，不立文字。全劇首尾以呼應手法作為喻示，亦直指心法不立語言。始以何雲青獨行至涯岸，波濤拍擊涯石，終亦以此為景，示現前後呼應、首尾完結的場景。而這個場景代表什麼意涵呢？胡金銓透過這些人物與場景要傳釋什麼意涵呢？千年萬年，海不枯，石不爛，海潮永遠拍擊涯岸。歲歲年年月月恆常不變是大自然的律則，而人的銷亡，何其的無常與自然。面對大海，人的渺小，印證戰後亡靈死傷無數，以抄經普度亡靈，是以人的有限性追求無限的超越存有。人的生命如同一波波的潮水，來來去去，見證如水的起伏波蕩，喻示人生如潮，波波湧進，也波波消逝無痕。人是向死而生，有生必有死亡，我們皆在向死而生的路途中前進。何雲青駐立涯岸觀潮，用以體證生命的無常與大自然的永恆。

普度眾生、利益眾生是佛教的人間關懷；己立立人、己達達人是儒家任重道遠、千萬人獨往的擔負；而道家回歸淳樸自然、澹漠荒涼終究是一場渾沌初開的荒曠虛寂的感受；人物在擔負任務的過程中努力實踐存在的價值，終是要回歸到大自然之中，不論化為塵土，或仍在荒曠的人世間遊走，皆是一種回歸的方式。是儒釋道的共同願景，也是胡金銓透過電影示現的存在感受。

無論是劇中人物或是現實世界中的我們，都在途中，皆在向死而生的途中，終有一日會消亡，亡靈最後仍在成住敗壞過程中等候被誦經救渡，周而復始。這就是胡金銓透過《山中傳奇》要喻示我們的人生況味。

流動、展演與品賞：
銘刻五〇年代城市印象的《空中小姐》
兼論女性工作意識主體性

摘　要

　　城市，反映市民的價值觀、審美觀與文化意義，也內蘊風俗民情、宗教信仰及經濟活動。透過遊覽與觀看，可體契城市地景風貌之呈現與建築物之設計構造，具現社會的文化價值與品味。[1]雖然世界逐漸步向「全球化」與「物質化」，然而，城市之間仍然存在著異質性與殊異景觀。職是，本文旨在論述《空中小姐》電影所示現五〇年代的城市印象兼論女性工作意識之主體性。

　　《空中小姐》於一九五七年由電懋影業公司出品的電影，故事以林可萍任職空中小姐並穿插與雷大鷹的愛情作為經緯線。因工作關係，飛行往來於香港、台北、曼谷、新加坡之間，將四個城市串聯在故事背景中。透過空姐林可萍帶領觀眾進入四個城市所示現的自然景觀與人文風貌，鉤勒五〇年代的城市風情。文分五部份開展：一、前言，開啟如何記憶城市之楔子。二、流動，飛機航線起落，帶領觀眾進入不同城市，領略異國風情，地景具有象徵意涵，也複刻城市文化屬性；三、展演，藉由四個城市，讓觀眾體會殊異

1　見貝淡寧（Danie A. Bell）、艾維・德夏里特（Avner De-Shalit）著、吳萬偉譯：《城市的精神：為什麼城市特質在全球化時代這麼重要》・〈前言：市民精神〉（台北：財信出版，2012.03），頁 15。

的都會精神、風貌與文化性格;四、品賞,經由地景風貌形塑城市風格,揭示五〇年代四個都會的特殊景觀:香港之交通輻輳與商業活動,銘記英式殖民與中國傳統的文化匯流;台北是發展中的城市,有自然景觀也有人文風貌,同時也標幟日據時期的殖民歷史,堂皇轟立在重要衢道;曼谷是宗教城市,以寺廟象徵佛國虔誠,同時以河流地景象徵哺育大地之母親河;新加坡則是殖民商業城市,充斥中西合攝的文化品味,兼帶異國風情。五、析論女性工作意識之主體性,跨越傳統思維,從工作實現自我價值,也在婚戀過程,讓觀眾體會女性在家庭與工作之間的抉擇與困境。六、結論,歸結城市是時間與空間的展演,異時異文化的建築,彰顯城市的多元風貌,而連接城市的航空,縮短距離,將不同的旅遊人潮帶進商業活動、民俗風情與人文精神,加速城市間的流動與互動,體會不同的自然地景,感受殊異的人文景觀。而影像所鉤勒的城市印象,經過現代化變遷之後的形貌,大抵仍然透示不同城市文化之間殊異的精神與風貌,在歷史進程中,不斷地承繼與蛻變。

關鍵詞:電影文學　五〇年代　城市書寫　地誌書寫　電懋影業

一、前言：如何記憶城市

　　《空中小姐》電影於一九五七年由香港國際電懋影業公司出品，易文編導，美國伊士曼影片彩色，英國蘭克公司洗印，美國西電公司錄音設備。電影製作過程是跨文化合作機製完成。故事情節以林可萍任職空中小姐爲主，並穿插與雷大鷹的愛情爲輔。林氏因工作關係，飛行往來於香港、台北、曼谷、新加坡之間，將四個城市串聯在故事背景中。透過空姐帶領觀眾進入四個城市所示現的景觀與風貌，圖繪五○年代的城市風情。

　　故事大綱如下所示：

　　投考 ──→ 任職 ──→ 遊觀 ──→ 託帶事件 ──→ 解危 ──→ 空中婚禮

圖 2-2-1　故事發展序列圖

以下簡述各項情節：

1、投考：

　　劇情朗現空中小姐一職是年輕少女夢魅以求的服務工作，報考者眾多，必須兼具服務熱誠、負責認眞才能脫穎而出。

2、任職：

　　空中小姐的工作，是一種勞心勞力的服務工作，除了服務旅客之外，與一般服務業最大不同是，尚要排班來往於各大城市中，與家人聚少離多的情形，是必須面對的事實。再者，延誤班機時旅客的抱怨、當班時的限制、不當班時的規定皆需恪守，道盡空中小姐特殊的工作質性。

3、遊觀：

　　空中小姐工作吸引人的魅力就在於出勤時，可以航遊於各大城市之間，藉由空間游動，可涉入不同城市景區，領略不同都會風光與文化，尤其設有機場的城市大都是高度商業或文化城市，《空中小姐》即帶領觀眾來往於香

港、台北、新加坡、曼谷等重要城市。

4、託帶事件：

旅客違法託帶違禁品，而擔任空中小姐的空服員，居然無所感知。

5、解危：

經驗豐富的雷大鷹知情之後，巧妙化解，才消除危機。

6、空中婚禮：

林可萍好友陳環在工作中認識同事並展開愛戀，最後在空中舉行婚禮，喻示女人的歸屬仍以家庭為依歸。

影像，以劇情為軸線，透過剪輯、拼貼、鏡頭移動，開展四個城市的遊觀。雖然城市作為背景印象，僅是附屬、陪襯作用，卻強化跨國、跨界之流動，也示現異國城市風貌，朗現文化之殊異性與差別性。

文化如何形成，以及如何與他者不同，除了傳統積澱習俗之外，尚有群體生活模式之差異，其中，包括物質文化中的建築群相。不同的城市，對群居的市民如何產生意義，市民又如何製造不同的文化？文化地理學關注群體差異的形式、物質文化及令其結合、使其一致的觀念，[2]探究物質與精神文化的關連性與結合度。職是，城市空間包括高級文化、通俗文化與日常生活。建築物之存在，是文化的展現，也是與我們息息相關的日常生活的表現。城市地景滲透日常生活，將不同的信仰、習俗、社會、文化等具現在不同的城市風貌之中。不同城市有殊異的建築風格，如同語彙一般，讓我們著著實實地感受人文與地景之異同。

地景反映社會、文化的信仰、實踐和技術，是元素的匯集，因為文化不是個體資產。[3]城市地景是文化產品，也會隨著時間而重塑、變遷。《空中

2　麥克・克朗（Mike Crang）著、王志弘等譯：《文化地理學》（台北：巨流，2003.03），頁3。

3　麥克・克朗（Mike Crang）著、王志弘等譯：《文化地理學》（台北：巨流，2003.03），頁18。

小姐》示現了五〇年代的台北、香港、曼谷、新加等四個城市地貌，雖然經過半世紀遷變，已逐漸被現代化的高樓大廈取代了，然而不變的是文化的風格，銘刻著歲月流動的痕跡。

二、流動：飛越城市

　　旅行或旅遊，是短期跨界活動，從熟悉的空間向異地陌生的空間移動，終會回歸。旅行者從熟悉的生活場域進入異國異邦，感受異文化的氛圍，進行遊觀、契悟，也體會地理景觀之異與人文精神之殊。然而，旅行與觀光仍有不同，旅行之自主性較強，含有自我目的完成、興趣的追尋，或各種不可預期的感想觸發等項而成；觀光則是透過旅遊機制或商業活動所羅織而成的遊賞活動。遊的類型亦有遊玩、遊泄、知性之旅等不同。「遊玩」是抱著遊樂之心進行活動，用以怡情；「遊泄」則是用以銷憂解困，至於「知性之旅」則是藉由旅遊獲得知識為主，類型不同，訴求殊異，遊賞活動也因之有異。[4]

　　《空中小姐》屬於遊觀，無預期目的，用以遊賞景致，涉入城市流動。透過空姐、空少行蹤所至，鏡頭也順著劇情發展，將觀眾帶往一處處勝境之中，看城市，看都會，最要看的重要地景，如同明信片，帶著我們掃描街景及重要旅遊景點，因為故事軸線以情愛為經緯，地景的呈現是場景鋪陳之一。景觀，僅是陪襯的背景，讓我們理解所在之場景，立體地鋪墊在故事的後面，似乎一無作用，也無可張揚，然而，這種不言不語的場景透示力，正

---

[4]　據久古（Louis de Jaucourt）之說法，旅行可包括三種範疇，其一就文法而言，旅行是指將某人從某地運送到另一地方去。每人一生必須有一次偉大旅行，並在行前，事先將遠行糧食貯存到自己墓穴中。其二就貿易而言，是指搬運傭工之一來一去。其三就教育而言，人生沒有比旅行更好的學習，在旅行中可學到生命繁複變化及世界新課題的發現。此三義具有象徵意義，旅行包括了通向死亡、財富與智慧之路。見胡錦媛〈遠離非洲，遠離女性：《黑暗之心》中的旅行敘事〉，《中外文學》第 324 期，1999.05），頁 99。

足以彰顯地景存在之必要性與重要性。藉由林可萍足跡所至，導引出各地景點進行遊觀，在舊工作與新工作的空檔間，進行異地遊賞活動，因時間有限，僅能就重大的城市景點進行活動，而且故事鋪陳以工作、愛情爲經緯軸線，藉由鏡頭所帶領出來的景觀是故事的陪襯、背景的烘托，平面鋪陳出來，城市風貌也在鏡頭下朗現五〇年代的風情。

飛機從香港出發，場景以流動的他者進入不同城市去感受異國風光與城市氛圍。觀眾藉由這些景觀出現，也能具實感受不同國度的異國風情，且在有限時間下的遊覽活動，必定是選擇重要且具有代表性的場景作爲襯託，如此，每個重要的城市風情就在鏡頭下朗現特殊的風貌與地景，將人文精神透過地景點染出來。藉由林可萍與雷大鷹的身影穿梭，讓我們看到五〇年代的都市，由飛機踏進城市的影像，讓我們看見城市的異國風情。

旅行，是觀看城市的視角之一，透過航遊飛行，串聯四個城市，經由空姐與空爺的旅遊、活動，帶領觀眾進入四個都市的生活圈。

城市具實反映市民的生活品味、價值觀與風俗民情，而建築之設計與構造，也反映不同社會的文化價值。雖然世界逐漸步向「全球化」與「物質化」，然而城市之間仍然存在著異質性與不同的城市性格。城市的特質往往透過建築物來呈現，不須語言妝點，用自然的狀態存在我人的眼界周遭，記憶就在點點滴滴的目遇之中成形。

三、展演：記憶城市的方式

景點，記憶城市的座標；影像，留存城市的風采。

城市的風格，是由景點構成，也是傾銷城市的方式之一。若將城市地景視爲文本（Text）解讀，那麼，其中包含的社會意識形態及民俗風情，可藉由地景呈現。地景，有公共區域，也有私人的領域，家屋是私秘空間，名勝景點開放空間，也是人群彼此流動與認識的空間，《空中小姐》所示現的空間場域，既有公共空間，亦有私密空間。

公共空間包括：名勝古蹟、機場、航廈、機艙、咖啡廳、舞會、聚會場

所等地；私密空間包括林可萍的家及住宅與家屋。

在林可萍的家中，母親倚窗盼望著女兒可以在自己生日時歸來一同慶祝，奈何窗景是一片雷雨，喻示豪雨之中飛機不可能降落，也延遲了女兒歸來的行程。家是個別化的地景，從家屋的擺設，可窺探主人的性格與風格，同時，也展現了五〇年代香港的住宅風貌。透過窗景，看到燈火中的家屋，是殷實樸實的小康人家。窗是視線往外透示的符碼，也是往家屋偷窺的孔洞。

公共空間的佈示，有四個重要城市，其示現的表層印象如下：

其一，香港。是訓練空姐的過程，可了解五〇年代香港無可取代的東方明珠地位，是交通頻繁的樞紐，培訓空姐的場域。

畫面出現香港錯落的住宅區，這是個人與社會的接榫點，經濟活動、宗教信仰、休閒活動皆在社區中形成。城市地景以主觀風景映現觀眾眼簾，具有強烈的表意作用（signification）觀賞者進入地景之中，具體感受地景所呈示的宣示效果，這種召喚可具現感覺結構（structures of feeling）。

其二，台北。《空中小姐》鏡頭帶領觀眾進入台北，示現的五〇年代重要景點主要有：總統府、東門城、圓山飯店、碧潭、外雙溪，以及車水馬龍的道路。疾馳中的台北，四通八達的往外輻射的車流馬路，象徵著台北是重要的交通輻輳中心。復次，位居台北交通輻輳的總統府是日據時代的產物；東門城是標幟舊台北城門的進出孔道；圓山飯店的建築風格，是傳統中國式建築，一首台灣好，道出了物豐人美的蓬萊仙島意象。李文彬陪著走進碧潭划船、外雙溪觀瀑、這些印象，有人文景及自然地景的雙軌張羅在眼目之間。

其三，曼谷，示現泰國是佛國的世界，隨著林可萍與雷大鷹開步在寺廟前面，歌唱、臨著湄南河拍照，表現曼谷最讓人印象深刻的樣貌。[5]

其四，新加坡，以霓紅燈妝點，舞會場景，皆喻示新加坡現代化進程中

5　「曼谷」是泰國首都，位於昭披耶河東岸，近暹羅灣，也是政、經、貿易、教育匯集
　　之最大城市。1767 年，暹羅阿瑜陀耶王國首都大城被緬甸攻陷焚毀。

的遷變。[6]

　　旅行者或城市漫遊者，帶領觀眾進入城市地景中的目的性與主觀性殊異，所示現的景觀自然有所不同。旅行者總是攫取最重要的景點，而漫遊者則隨興帶領在市街中漫遊，二者的遊觀方式不同，所帶出的城市景觀亦有所不同。林可萍以空姐身份進入城市，因為有限的工作空檔中，要進入城市閱讀城市景觀，必然選擇重要的觀光景點或是具有代表性、象徵性的景點作為切入點，故而背後襯托的地景皆為重要的城市截圖。

四、品賞：銘記城市印象

　　城市與世界的交互性具有複雜的身份屬性。城市擁有多重編碼的可能性，不同政治權力的介入，或是殖民者的統治，皆可再造城市的風貌，在重重疊疊的複製與再造之間，城市的多元、混合、拼貼，將使城市變異原有的風貌。例如台北的總統府是日本殖民的象徵，複合了日本明治維新對西方文明的接受。香港是英式殖民風貌與中國傳統的合構。新加坡是英式殖民地，二戰期間被日本佔領，後歸屬馬來西亞為星州，一九六五年獨立，示現多元的殖民風貌。至於曼谷，在歷史上曾被緬甸攻佔。

　　殖民城市如何被形塑？市民如何認同殖民者？二者關係是互相依存。認同的過程，有個人、群體與國族不同層次，而在共同信仰與經驗上，將殖民者視為他者，選擇性地接受與抗斥。殖民建物的留存，就是一種歷史的見證。

　　每一座城市，皆有複雜的身世，在不同殖民者烙印下的文化屬性，是多元複合，而非單一的。台北與日本、香港與英國、新加坡與英國、日本、馬來西亞的混合，這些城市被殖民的過程，是與異國他界聯結的過程之一，成為地景身份表徵的一部份，也是歷史的一部份。

---

[6]　「新加坡」，二次大戰前是大英帝國東南亞重要戰略據點。曾於 1942 年至 1945 年間被日本占領，其後回歸英國管理，1959 年成立自治邦，1963 年加入馬來西亞成為一州，稱為星州，1965 年 8 月 9 日，脫離馬來西亞獨立建國。

職是，地景，是一張刮除重寫的羊皮紙（palimpsest）[7]，不斷地刮除，也不地重寫，隨著時間的流轉，呈現消除與覆寫的混合與總合的結果[8]。城市的印記如同刮除的羊皮紙，被刮除之後再複寫，複寫之後再刮除，城市的風貌也在層累中映現不同文化的特質。台北、香港、新加坡被殖民的過程亦是如此。不同的文化主體載入地景之中，不同的建物與思惟也將隨之鑴刻在其中。在歲月的層纍中增添異國風貌，無論是主動或被動的增累，皆是一種被重製的文化。職是，城市地景是隨時間抹除、增添、變異與殘餘的合體，成為文化的一部份：

1、香港

映現在電影影像中，具現現代化過程中交通幅輳以及掘起的商業城市的重要性。透過空中小姐的徵聘遴選過程，象徵都會城市的興起，也宣告女人進入職場不可逆回的現代化經驗的啓動，婚姻不必然可以取代工作，工作也不必成為婚姻的障礙，女人進入職場工作，是自我價值的肯定，也是完成我人與社會接軌的過程。《空中小姐》故事啓於香港，藉由飛機來往於東南亞，示現交通發達，印證香港成為東方轉運樞紐的重要性。

2、台北景點

地景是書寫權力的方式之一，以建築物展現歷史曾經映現的風貌，也呈現複合歷史的多元變貌。日式建築的總統府，堂堂皇皇地高矗在台北重要的幹道上，銘刻日本人佔據台灣五十年的殖民的印記。東門城前面的大道，川流不息的車流，象徵著城內城外流動的通達快速的感受。[9]下榻點是圓山飯店，迎新歡迎會也在此舉行，意味著圓山飯店在五〇年代是接見外賓的重要

7　見麥克・克朗（Mike Crang）著、王志弘等譯：《文化地理學》（台北：巨流，2003.03），頁 27。

8　麥克・克朗（Mike Crang）著、王志弘等譯：《文化地理學》（台北：巨流，2003.03），頁 27-8。

9　「台北」有廣狹二義，廣義指大台北地區，可包括台北市與新北市，甚至有時也將基隆含納在內；狹義只指稱台北市。有時，台北也用以代稱中華民國政府。

賓館，居高臨下，當時威重一時，具有權勢的象徵。碧潭、外雙溪則是重要的景點，亦是台北近郊旅遊勝地，今昔對照，雖然重要性不如當年，卻依舊是今日台北重要的郊景之一。

這些地景，標幟五〇年代重要的景觀，迄二十一世紀，這些景觀，依然足以代表台北的風情，雖然新的建物不斷地取代，例如世界高樓的 101 成就台北新地標，然而總統府、東門城、圓山飯店、碧潭、外雙溪等景致，仍然是台北城市印象之一，重要性容或不如當年，但是作爲象徵性的地標仍然具有召喚的重要性。

3、曼谷

電影中的曼谷特色，示現的地景是佛國寺廟及河岸，將佛教的殊勝景致，以歌唱婉約帶出場，完成佛國禮贊。

4、新加坡

空中小姐進入新加坡，以飯店及舞會作爲特色景點，喻示中西融合過程中的都會形貌。一方面是華人的聚會，一方面是西方舞會的形式開展，將新加坡多元人文吸納其中，展示能容乃大的包納能力。

統言之，四個城市各有風貌與地景，示現文化內蘊的殊異性格：

香港：交通幅輳，商業城市，現代化都會。

台北：經濟起飛，銘刻不同政治統治過程，也示現自然與人文景致之演繹。

曼谷：宗教精神，駐立在悠悠河畔，一如歲月定靜安好。

新加坡：摩登現代化的進程，融合中西，成爲一個歡樂王國。

象徵城市的重要地景，是定位城市性格重要標的，透過他者觀看，朗現城市的整體文化風貌，形塑城市性格與文化的定位。故事經由林可萍與雷大鷹交錯往來於各大城市之中，讓我們品賞四個不同都會的文化性格。

五、女性工作意識的主體性

　　五〇年代的香港，正是一個經濟起飛的時代，女性投入職場工作的主動性也日益高漲，透過《空中小姐》劇情的傳達，讓我們更深刻體會女性工作意識是在自我能動性與他人互動的過程中交互作用的。

（一）工作的追求與肯定

　　《空中小姐》故事以林可萍投入空姐工作為軸線，示現其對職場工作的主動性。

1、突破傳統思維：跨越男主內女主外的藩籬

　　大學剛畢業的林可萍，嚮往空姐工作，但是追求者金德誠卻希望她能夠嫁給自己，不必工作，享受多金的豪門生活。

　　象徵傳統以夫為主思維的金德誠，他圖構出來的婚戀藍圖是娶一位美麗聽話的妻子，與他過著穩定的生活，而他的多金，必能帶給對方物質生活的保障與享受，不必勞累工作。這對女性而言，是一個自我檢視與考驗過程，一邊是多金穩定的豪門生活等她答應入主，一邊是工作的不確定性與職場的競爭性等待她投入。她：林可萍，一位生活在現代的女性，對穩定的豪門生活不感興趣，雖然金德誠是一位「學問、人品皆好」的有錢人，但是，她很明確地說出自己的動向與意願：「不做鳥籠裡的金絲雀，要飛上青天。」

　　空中小姐的工作性質是接觸人群、服務他人的行業，必須拋頭露面，這種突破男主外女主內的藩籬，是代表傳統思維的金德誠必須認真去面對與林可萍發展的可能性。而林可萍不選擇大學畢業即步入婚姻家庭，想要投入職場的動念，一來是嚮往空姐工作，對工作充滿服務熱誠，二來是對自己的肯定，女人亦可追求事業的成就感，不是一無所用。母親尊重她的意願，讓她投考空姐。

2、自我實現過程：工作的挫折與感就感

　　嚮往青天飛翔工作所帶來的肯定，讓她毅然決然地報考空中小姐，欲完

成熱心服務群眾的理想。在報考的過程，競爭者眾，卻沒有打消她的念頭，在一百五十六位的應試者中，以優秀成績錄取，錄取之後接受嚴格受訓，增進她的職場知能。

職場工作，不可避免的是職業道德與工作挑戰。航班誤點，未能在母親生日歸來；工作勞累，仍得打起精神工作，不得敷衍乘客；航班延誤，必須接受旅客的抱怨，且要安撫旅客躁動的情緒；當班時不能休息，不當班時，工作前十小時不得喝酒，避免誤事；林可萍工作認真，頗獲上司康小姐的肯定，也因為工作辛苦，讓林可萍萌生辭職的念頭，遞出辭呈，幸有康小姐關心，才化解倦勤的念頭。中間還穿插一段趙軍託帶假翡翠事件，由雷大鷹機智化解。

在化裝舞會中，林可萍高唱「我要飛上青天」，手拿著五彩氣球，並且釋放，讓它飛上青天，正是喻示自己終將如高飛的五彩氣球一樣，自由地翱翔在空中。此一意象，除了象徵飛上青天的空姐工作之外，另外一層意涵是象徵女性工作之後有經濟能力，可以自由自在地如飄飛的氣球，不必俯仰看人臉色。

（二）婚戀與工作的抉擇

1、最後的歸屬：成就愛情與家庭建構

林可萍擔任空姐工作，結識雷大鷹，在追求者金德誠與同事雷大鷹之間，如何選擇，由家中舉辦的舞會可窺出端倪。

林可萍與雷大鷹因工作而彼此相愛相知，一同航遊於台北、新加坡、曼谷之間，地點的涉入，讓情感也日益加溫，而金德誠與林可萍沒有工作的交集，亦無可談心的處所，故而一直處於弱勢，且金德誠對女人工作，向來不抱持肯定的態度，這對於熱衷工作，從工作中可以獲得肯定與尊重的林可萍而言，當然非其選項。

故事以空姐工作往來各地為經，而以林、雷愛情為緯線，另外穿插一支線是好友陳環的婚戀過程。女性的歸屬，仍以成家為主。

2、女人的困境：家庭事業的兩難

　　電影的結局是好友陳環與李文彬因工作結識，相戀相愛，進而踏進婚姻紅毯，空中婚禮就是一個最有趣也是完美的結局。但是，其中也透視空姐工作的局限性，女性結婚，必然要退出職場，或轉為地勤工作，這對新女性而言，當然是一種婚姻的歧視，在五○年代的香港，深刻傳遞了這種工作的不平等性。

　　再者，林可萍從追求者金德誠中掙脫婚姻的枷鎖，卻不可避免的是，仍要投入另外一場與雷大鷹的婚戀過程，喻示婚姻，仍是女性最後的歸屬，好友陳環不像林可萍對工作充滿熱情，反應出二種女性對職場的態度，一是陳環式的，有工作即好，遇到對的人即結婚；一是林可萍式的，主動追求空姐工作，充滿工作熱誠，也知道自己非被豢養在鳥籠中的金絲雀，不可被婚姻羈絆，嚮往自由自在的工作。

　　從《空中小姐》可知，劇中女主角林可萍，象徵五○年代女性踏進社會職場的一個面向，在傳統與現代化的過程中，工作意識主導她踏出傳統女人大學畢業婚戀的過程，主動且能動性地追求自己嚮往的工作，將自己的服務熱誠投注在工作之中，從工作中得到生命的尊重與肯定，與被豢養在金屋中的豪門少婦，更具有自我，更能豁顯個人存在的價值。

　　人的價值不決定於他人，而是自己，唯有釋放、施展能力，才能獲得更多的肯定。工作，不僅僅只為了獲利是一種經濟行為，更是一種追求自我肯定的過程，藉由工作，將自己的工作能力施展出來，讓更多人受惠，讓自己經由工作的服務，獲的肯定。旅客的回饋是一種肯定，自己欣悅於工作的完成，也是一種肯定，不假外求。

　　如此一來，工作，對林可萍而言，不會僅是被動性、勞務性工作，而是一種快樂的付出，快樂的收栽。

　　劇中的林可萍面對群眾高歌〈我要飛向青天〉，喻示空姐工作，也喻示女性從家庭走向社會職場的釋放，自由自在，無所拘束。這種工作意識，不會僅是五○年代的女性所思考的問題，也將是任何一個世代的女性所面臨的問題，當多元社會不斷地複雜化之後，工作權，已突破了男女性別的藩籬，

走向另一個更寬闊的青天。

六、結論：時間形塑空間，空間展演時間的痕跡

　　五〇年代四個都會的特殊景觀：香港之交通輻輳與商業活動，銘記英式殖民與中國傳統的文化匯流；台北是發展中的城市，有自然景觀也有人文風貌，同時總統府也標幟日據時期的殖民歷史，堂皇矗立在重要衢道；曼谷是宗教城市，以寺廟象徵佛國虔誠，同時以河流地景象徵哺育大地之母親河；新加坡則是殖民商業城市，充斥中西合攝的文化品味，兼帶異國風情。

　　時間是空間的積累，空間卻能展演時間曾經留下的痕跡。台北的總統府，展示日本殖民的印記，香港機場的起降是交通樞紐的表徵，新加坡的飯店兼融中西文化，曼谷的廟宇透顯佛國精神。透過電影影像帶出來的建築風貌，留存、示現歷史的痕跡，也見證這四個城市特殊殖民文化的歷史，故而地景空間可以具體地將抽象的時間影像留在具像的建物之中，成為永恆的印記，其象徵圖像如下所示：

表 2-2-1　城市圖像喻示對照表

城市	50 年代影視圖像	象徵與隱喻
台北	總統府	日本殖民的印記。
	東門城	傳統中國城門的意象。
	圓山飯店	傳統宮殿融合西方建築之概念，威權的象徵。
	碧潭	台北近郊重要景點。
	外雙溪	台北近郊重要景點。
香港	航廈：啓德機場	交通輻輳。
曼谷	佛寺	佛國精神。
新加坡	霓虹燈	西式商業化都會象徵。
	市招	中英混合。

　　收攝前論，本文旨在論述《空中小姐》電影所示現城市流動的意義，兼及女性工作意識的主體性。昭揭意義有二：

其一是城市書寫。城市地景是文化的銘記，柴林斯基揭示生態謬誤（cological fallacy），是不應將整體陳述應用於獨特個體。文化是個體也是超越個體，地景如何紀錄時間的變遷，也紀錄文化演變與遺留的獨特軌跡，累積形成不斷刮除重寫的羊皮紙。整部影片，以遊者進入城市之中，透過鏡頭呈示四個都會風情，影像為我們留存五○年代的亞洲城市風情，隨著現代化的遷變，舊有的城市風貌被堆積在歷史的底層，被歷史的浪潮翻滾消逝，但是，電影的城市樣貌，不曾背離，它一直存在，任憑現代化變幻快速匆忙，任憑建物摧殘銷毀，城市的印象，在電影中具現時代的走過的痕跡見證由農向工向商遞移的進程。今昔對照，舊有的社會型態與今日的城市風貌雖有不同，但是，被定位的城市精神，仍具有象徵意義，香港的消費與商業化、台北的成長與蛻變、曼谷的宗教精神、新加坡的殖民印象與現代化的過程，喻示著往後城市的變貌方向，為城市性格指出了前進與定位的方位。

其二，《空中小姐》以林可萍工作為軸線，突破傳統思維，跨越男主外女主內的藩籬，擺脫經濟花瓶的形象，主動參加空中小姐徵選工作。工作過程是一種自我實現的過程，雖有挫折感、勞累感，也有工作的成就感。在婚戀與工作的抉擇，仍然以家庭建構為最後歸屬，而女人的困境，即在於家庭與事業勢必兩難兼顧，好友陳環在覓得良緣之後，風風光光舉行空中婚禮，然而工作也必由飛航轉為地勤工作，林可萍與雷大鷹的婚戀過程，亦必如此，此中示現五○年代女性工作的局限性，是邁向現代化進程中，不可逆回的事實，也是亟待解決的現代難題之一。

電影《天堂的孩子》「遇困—求解」
敘事模式與意涵

摘　要

　　本文旨在探討伊朗電影《天堂的孩子》的敘事模式，全劇以貧窮作為起始基源，而以遺失鞋子作為故事經緯線，穿插著尋求解決的各項方法，統攝本片的內容，以「遇困—求解」作為主結構。以此為軸，營構出二分結構，一是貧窮解困的過程，二是遺失鞋子的解困過程。本文循此，先鉤稽《天堂的孩子》外緣問題，二論「貧窮—求解」的敘事模式，分從平日的生活模式與假日特殊的際遇遭逢；三論「遺失—求解」的敘事模式，先論尋找舊鞋下落，再論兄妹輪流換穿鞋子以解困，復說哥哥欲參賽以獲得運動鞋解困的過程；最後歸結本片之關懷與可能包孕的意涵。

關鍵詞：電影美學　電影敘事　伊朗電影　兒童電影

一、前言

　　電影《天堂的孩子》是一齣溫馨感人的伊朗電影[1]，導演及編劇皆為伊朗人馬基麥吉迪（Maid Majidi, 1959-），本片不僅在伊朗國際影展中榮獲最佳影片、最佳導演、最佳編劇獎，同時也在蒙特婁國際影展中榮獲最佳影片、最佳導演、觀眾票選最佳影片獎，甚至入圍奧斯卡最佳外語片[2]，其普受歡迎的程度及編、導之營造情境、拍攝技巧之取鏡細膩等皆獲正面的肯定，全片長九十五分鐘，是一齣值得全家觀賞、推薦的佳片。劇中飾演男主角的小男孩是由三萬五仟位男童中才尋找到米爾‧法洛克‧漢生麥恩（Mir Farrohk Hasnemian）來擔綱演出，至於女童是由芭‧哈兒‧絲迪吉（Bahare Sedigi）擔綱，二人分別飾演一對貧困而能相扶持的兄妹，演技細膩、自然而不矯揉造作。

　　馬基麥吉迪以「貧窮」為題材，擬拍攝本片時，到處尋求資金奧援，但是，皆未有所獲，因為「貧窮」的故事不易引起共鳴，最後由「伊朗青少年天資發展協會」（Institute for the Intellectual Development of Children & Young Adults）資助，才得以將這個感人的故事拍攝成電影，由於資金有限，必須充份利用有限的資源做最大的效能，所以以五個月的時間到伊朗首都德黑蘭近郊的商店、窮巷、學校、公園等處取鏡拍攝，共花了七十個工作，迅速完成這部伊朗有史以來最賣座的影片。導演馬基麥吉迪被歸為伊朗第三代影片代表人物，曾製作四齣影片皆膾炙人口，第一部是在一九九一年時拍攝短片《Baduk》，獲得一九九二年坎城影展導演雙週放映，第二部是一九九五年的《The Father》，獲伊朗最佳影片，及北美洲聖保羅影展獎，第三部即是本片《天堂的孩子》，第四部是《The Hands Could see》描寫盲

---

[1] 攸關描寫溫馨的親子國際電影尚有一九七五年的《單車失竊記》（*The Bicycle Thief*）、一九七八年的《木頭狗的樹》（*The Tree of Wooden Dogs*）、一九八〇年的《狗臉的歲月》（*My Life As Dog*）、一九八八年的《比利小英雄》（*Pelle, The Conqueror*）等。

[2] 據云，只能入圍未能得獎乃有泛政治化的因素，未知其然，存而不論。

童與父親的親子關係，也就是說，導演馬基麥吉迪關心親子關係及人際關係，所以拍攝的影片隱含這些關心的主題。爲了拍製《天堂的孩子》，他在製、導《The Father》時每天用八至九小時編劇構思本片，而且也用了四至五個月的時間告知週遭的朋友，將這個感人的故事傳出。據馬基麥吉迪表示，本片所要傳達的意念包括人際關係的處理、人類犧牲奉獻的本能、親子的互動及責任感等，並且指出這些特質是人性共通的，不分國籍，不分疆界的，這也就是本片以貧窮爲題材，以兄妹尋鞋換鞋爲焦點，卻能不落入俗套，表現出溫馨感人的場面並且以清新風格令人一新耳目。

　　全劇劇情推展是由阿里遺失一雙女童鞋爲鋪敘的起點。故事敘述九歲男孩阿里一家人生活在租賃的房子中，貧困生活的故事。一家五口靠著父親菲薄工資過活。阿里帶著妹妹莎拉的鞋子到鞋匠處補綴，然後又到蔬菜攤買馬鈴薯，置放在菜架上的女童鞋居然被收拾破爛的拾荒老人帶走，阿里遍尋不著，心中非常恐慌，不小心打翻菜架，讓菜販非常生氣，掄起棍子將他驅走，阿里雖然走了，但是，心中仍然心有不甘，再次前往菜架上尋找妹妹的鞋子，但是沒尋著，又被菜販發現，嚇阻他，他只得拔腿逃離。

　　接著全劇即以鞋子爲焦點，兄妹二人輪流穿著唯一的——哥哥的鞋子去上學。早上先由妹妹穿哥哥的鞋上學，下課後再奔跑回到居家附近的巷子與哥哥交換穿，哥因此爲訓導人員警告不得遲到。接著展開妹妹尋鞋之旅，終於找到穿她鞋子的人了，但是暗訪之後，才發現穿走她鞋子的女孩有一個盲父，她必須牽著盲父去大街小巷賣麵包，於是莎拉不再追討那雙鞋了，可是，生活中仍然缺乏一雙鞋的困境仍在，兄妹每天爲交換鞋子而奔跑，妹是爲了交班，而哥爲了怕遲到，兩個人奔跑的畫面令人感動。

　　後來全省舉辦一場四公里的馬拉松越野賽跑，第三名是一雙運動鞋，哥哥對於遺失妹妹的鞋子感到內疚，所以一定要贏得第三名，獲得運動鞋，以補償妹妹無鞋之苦。但是報名時間過了，阿里苦求體育老師讓他參加，他一定可以奪魁，老師不允，他淚流滿面地苦苦哀求，老師終於破例讓他補跑，而且取得全校參加越野賽的資格，一校只有五六人可以參加。在壯闊的四公里賽程中，阿里不斷地想起妹妹的話語，以及兩人的對話，這些皆是激勵阿

里不斷衝刺的能力，一直激發他賽跑的動力，何況每天兄妹兩人不斷地奔跑交換鞋子，即練出賽跑的能力，最後五人交纏，皆要爭第一，而阿里心中只要第三就好，因爲第三名就有一雙鞋子了，可是，他衝到終點第一句是問：我是不是第三名，老師欣悅地告訴他，是第一名，而且高興地將他架在肩上，以示榮耀，但是，淚流滿面的阿里卻不能也不願相信這是事實，因爲他志在爭第三名而已，甚至在頒獎典禮中，一直不願抬起頭來，沮喪的心情，已經將他擊倒了，最後獨照時，要求他抬頭，才看到他淚流滿面，但是師長大人們以爲那可能是欣喜之淚，那裡知道那是他沮喪懊惱的淚水呢！回來快快不歡，妹妹察言觀色，知道並未獲得運動鞋也沒有苛責他，而他脫下一雙長跑過後傷痕累累的雙腳及破敗的鞋子，將雙足泡在水中，任金魚游走在他的足下，整個鏡頭以此作終。

　　全片進行的主結構是「遇困─求解」，意即面對困挫必定尋求解決方式，而開展的次結構有兩大路向，一是「貧窮」的解困過程，一是「遺失鞋子」的解困過程。故事雖以「遺失女童鞋」爲焦點，鋪陳阿里在「遺失」中不斷尋求解決方案的過程中推進故事。但是，全劇另一個隱而不顯的主脈基調其實是「貧窮」，由貧窮也隱約發展出一條「遇困─求解」的伏流，而此一伏流是全片的基調。所以我們先論「貧窮─求解」，再論「遺失─求解」的敘事模式。[3]

二、「貧窮─求解」之敘事模式

　　敘事學攸關時間理論，討論「時序」、「時差」、「時值」等問題，所謂的「時序」有兩個，一個是指「自然時序」，也就是指事件發生的先後：「過去─現在─未來」，一個是指「敘寫時間」，也就作者有時爲了故佈疑陣，或使情節開展有變化，往往不依循「自然時間」來敘寫，而有「編序」

---

[3]　至於本片可再深化探討的是城鄉的差距、家庭對兄妹的意義、以及全片渲染的親情及兄妹之情則非本文論述焦點，故暫時缺而不論。

的技巧，讓情節時序顛倒、移動、變化，造成閱讀的撲朔迷離，但是，時序的變化並不會影響讀者閱讀過程中重建時間的秩序感。[4]

「時差」就是打破常規時間觀念而進行變異的處理，「時值」就是時間的長短，也就是對某些不重要的事件可以瞬息交代而過，對於某些重要的事件則鋪陳敘寫，細膩而婉轉，敘事學常常以「時值」的方式來敷演情節也快速交代不重要的事件。

首先，以阿里父親為改善貧困而努力營生的敘事過程為主，遇困求解的人物是父親，其中又可分為「平日」及「假日」兩條線索開展。

因為貧困，所以想解決貧困所致的困苦：被催房租，妻子生病，三子尚小（一是九歲的阿里，一是七歲的莎拉，一是襁褓中的嬰兒）。五口生活在侷促的、小小的租賃屋內，連買糖的錢都沒有。他們如何生活？阿里父親又如何「遇困─求解」呢？

（一）平日的生活模式

在本片中不斷地利用敘事學中的「時值」觀念來作「快速」和「緩慢」的處理。例如鋪陳阿里一家人的生活模式，基本上可以分為「平日」及「假日」兩段式敘寫。「平日」是一種常態性質而且是綿長的，但是，在本片中對於「平日」的鋪陳就不如「假日」之高潮迭起，「平日」是慣常的生活模式而「假日」是偶發事件，對於慣常事件的敘寫，只要能將劇情連接、串聯不造成突兀即可。所以在本片中並不突出「平日」劇情的發展，主要是描述阿里的父親平日在工作崗位之勤奮工作。雖然勤奮仍然無法改善貧窮，房租繳不起，妻子生病，不能勞動，連柴錢都用賒欠的。

在這樣的貧困歲月當中，阿里的父親不怨天尤人，勤奮工作，而阿里的母親也不因為貧困，而喪失了做為人的本質───一種相互關懷、照應的人性光輝。在有餘力可以幫助別人時，盡力幫助他人，例如讓阿里送碗肉湯到鄰

---

[4] 本部份以金健人《小說結構美學》、〈第一章時間〉中對時間的論述為依據。（台北：木鐸，1988）。

居老夫婦家中，知道自己貧困然而卻不會因此而陷溺在貧困的哀怨當中，反而突顯出人互信互助的一面，人性而在此揭露出良善而可親的一面。

　　阿里父親因為人誠信，工作努力，獲得朋友的真誠感動與信賴，慷慨惠贈一支花剪，一支看似稀鬆平常的花剪，對於貧困的家庭而言，無力添購，能擁有一支花剪，不啻是個美夢，獲得花剪的父親喜出望外，雖然是一支小小的花剪，但是，生活的夢想俱存在其中，因為有了花剪可以幫傭整理花木，如此一來，便可以在平日微薄的工資之外，賺取額外的外快，這個計畫讓父親懷抱著美麗的憧憬，想利用假日偕阿里到大都會為人修剪庭園、噴藥除蟲，以賺取工錢。

　　「平日」所敘寫的內容是平時的生活景狀，鋪敘時但須平實而無須多著筆墨，讓觀眾能體會平日的情狀，而能做劇情的推展與開發；至於獲得花剪是生活中的意外，遂開展第二支脈的敘述。

（二）假日的遭逢

　　「假日」是平日之外的一種生活方式，由於事件有趣而且情節迭有變化，所以本片刻意突出「假日」之鋪敘。

　　阿里的父親利用假日帶著阿里到大都會尋求修剪花木的工作機會，意在獲得外快以改善貧困的生活。原以為這是一件容易的事，但是木訥的父親，不善言辭，逐戶按鈴想尋找工作機會，卻又靦腆不能言談，一直吃閉門羹，甚至因為亂按門鈴，有一次引發男主人斥喝，一次則被狗狂吠，而阿里因為機智聰慧，對答如流，使父親欣喜阿里的表現。之後，幾乎皆由阿里按鈴問需不需要修剪庭園花木，最後，吃了無數的閉門羹之後，阿里無意的在路旁喝水，由於水聲窸窣，引發園內一小男孩的好奇，與之對談非常有趣，然而小男孩父母不在，爺爺在睡午覺，想來又是沒有結果，懷抱著沮喪心情的父子二人，正牽著騎踏車準備離開這片高級住宅區時，突然有人呼喚阿里，原來是小男童叫醒爺爺，請他們修剪花木，事後，獲得高額工資，父子皆非常高興，但是，故事並非如此平順的，騎車欲歸時，居然發生剎車不靈事故，父子雙雙受傷。人生的弔詭竟在此，若不是因為受傷，他們絕對沒有機會坐

上貨車一路欣賞風景歸去，不再辛苦的踩著腳踏車了。

「貧困─求解」的敘事結構如下所示：

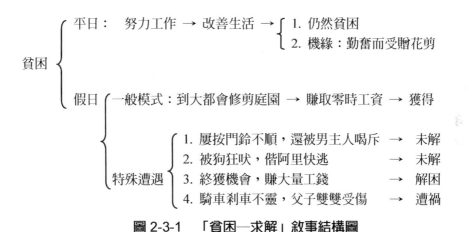

圖 2-3-1　「貧困─求解」敘事結構圖

此二支脈當中，平日之「努力工作」，仍未能輕易脫離貧窮，也就是「解困」過程尚未抒解，第二支脈到大都會賺錢，終獲鉅額工資，是解困，但是，這樣的工作是暫時的、偶然的，非恆常之舉，所以敘寫的角度仍然回到平常的、貧困的家庭生活中。

三、「遺失─求解」之敘事模式

遺失女童鞋為全劇焦點，也是全劇張力最足的部份，「遇困」的真實內容為：遺失一雙女童鞋，為何遺失？身為哥哥的阿里因自己將鞋置於架上，忙於揀選馬鈴薯，疏於看顧，而讓收破爛的老人視為棄物帶走，既然是「遺失」，那麼，如果以一個小康的家庭應該可以很容易解決此一困境，何況是一雙破舊且縫補過的破鞋子呢！可是偏偏阿里的家境甚差，父親靠著菲薄薪水賺錢要養活一家二大三小的人口，且妻子偏又生病，不堪勞累的工作，所以，對阿里一家人來說，房租已經房東屢次催促，無力繳交，焉有餘錢去購買新鞋呢？由於造成遺失過失的是阿里，九歲的小男孩，所以他決定

承負遺失的過失之重任，也就是遇困是阿里，尋求解決方案的人也應是他，小小年紀的他，既無力購買新鞋還給妹妹，那麼他該怎麼辦呢？也就是「求解」的過程究竟如何進行呢？

全劇構織阿里「求解」的方案有三條支脈進行：尋找、替代、追求。

（一）尋找：努力探尋舊鞋的下落

尋找女鞋的過程，發展出兩條小支脈，這兩條依然是循著「遇困─求解」的模式進行發展。

首先，當他鞋子發現不見時，努力在菜架上尋找，不慎打翻蔬菜，遭菜販喝斥驅離，回到家，妹妹詢問鞋子修好沒有，難過的告知妹妹鞋子不見了，看到妹妹傷心難過，阿里也怕父母知曉，所以二度重回菜攤架上尋找，結果，被拾破爛帶走的女童鞋，自然不可能再被尋獲，且阿里重回菜攤時，又被氣憤的菜販驅離，只得拔腿就跑了。阿里找不到鞋，心情難過可想而知，於是他只得想法子解決妹妹無鞋穿上學的困境，於是衍生第二條方案「替代」，在「替代」方案的進行過程中，雙脈進行的是「尋找」的支線。因為，阿里雖然無法尋獲鞋子，尋找鞋子的任務，反而巧妙的轉移到妹妹莎拉的心思中。她想，終有人會撿到，撿到的人會穿她的鞋，只要穿她的鞋，她一定可以認出來，這樣她就可以找回自己的鞋子了，於是，妹妹努力在校園中尋找那一雙熟悉的女童鞋，在五花八門，令人眩目的童鞋中，終於皇天不負苦心人，讓她邂逅穿她鞋的女孩，莎拉是一位懂事而細心的女孩，只是靜靜地觀察那一位女孩，並尾隨她到家門口，知道她的住處後，偕哥哥一同前往指認，結果，她發現那位女孩竟然比自己更貧窮，必須在下課後帶著盲父沿街賣麵包，看到這一幕景象，她終於放棄尋回舊鞋的希望了，因為她知道那位窮女孩比她更需要這雙破鞋子。「尋找」以求解困的線索終於被迫放棄。

（二）替代：輪流換穿鞋子以解決困境

「替代」，是哥哥阿里想出來的點子，上午由妹妹穿著他的鞋上學，下

課後再回到小巷中交換，讓哥哥繼續穿著去上學，一雙鞋由兄妹輪流穿，雖然暫時解決妹妹無鞋的困窘，但是，在交換的過程中，並不是很順利的，其中又衍生幾條「遇困—求解」敘事模式的支線。

1、不合適的鞋子在奔跑中掉進水溝漂流

妹妹必須提早離開教室，無論是下課或考試，妹妹皆非常在意下課時間的到來，因爲距離家的巷弄有一段距離，她怕哥哥遲到，所以每次下課皆拚命的跑回小巷中，如果每次都準時也罷，偏偏此一方式又有磨難。七歲小女孩穿九歲男孩的鞋自然是太大了，而且要穿著他跑過大街小巷。試想，穿著一雙不適的鞋，又要趕時間奮力的奔跑，其困難度可想而知。有一次鞋子竟然掉進水溝中，若是平穩的流速，妹妹還可以撿回，偏偏水溝的水流非常急速，妹妹拚命奔跑，苦苦追尋，偏偏追不上，最後卡在涵洞中，妹妹由驚惶失措到傷心絕望，跪哭在路旁，幸有老人以棍子協助她把鞋子從涵洞中疏通，又經清理水溝的工作者從水流急速的水溝中拾獲，這一場危機終於化解了。

2、交換穿鞋造成哥哥遲到

妹妹掉鞋，延宕時間，哥哥阿里在小巷中等待妹妹回歸，但是等得非常心焦的哥哥，非常生氣妹妹這次爲何如此慢回來，因爲學校的訓導人員已警告他，不可再遲到了，偏偏這次鞋子多災多難，掉到水溝中，等阿里到校時，被訓導老師訓話，告誡不可再犯，否則嚴重處理。阿里是一位循規蹈矩的孩子，自然知道嚴重性，而且也會恪遵告誡，可是，天算往往不如人算，兩個孩子一來一往的輪流交換鞋子穿，雖然沒有被父母或其他的人發現，但是，來來往往的奔跑，其辛苦可想而知，第三次遲到，訓導老師準備要好好修理他時，幸虧任課的導師及時出現，也幸虧阿里是一位品學兼優的好學生，老師力保他，才免除被處罰的難堪。

3、清洗髒鞋卻遇到夜雨

由於鞋子掉到水溝，妹妹不願再穿這雙髒鞋，哥哥無法提供妹妹新鞋

穿，建議兩人合洗鞋子，於是兩人興奮的洗著布鞋，並童心大發地玩起吹泡泡的遊戲，片刻的歡娛，讓他們忘記少了一雙鞋的不便。但是，好事總是多磨，分明洗好的鞋在露台上晾乾，偏偏半夜下起一場狂雨，警覺性高的妹妹惦記著鞋子在淋雨，於是將哥哥推醒，在半夜風雨中移置鞋了，免受風雨侵襲。「遇困—求解」的過程順利解決。

　　由此三條支脈來看，「替代」方案中的輪流交換穿鞋，也充滿了磨難。於是終於有了第三條求解的方案出現了，那就是「追求」。

（三）追求：參賽冀能獲得運動鞋

　　主要是因全省舉行男生四公里的馬拉松賽跑，第三名可獲得渡假一週及一雙運動鞋。但是，在進行第三方案時，磨難更多於前二者。

1、參賽之波折

　　初賽已過，哥哥才在佈告欄中發現第三名竟然可以獲得一雙運動鞋。他興奮的回家告訴妹妹參加賽跑可以獲得運動鞋的事，並且非常有把握可以獲得第三名，但是妹妹卻沒有興趣，一來是不可能得第三名，縱使可以得第三名，獎品也是男鞋，她又不能穿，阿里告訴她，可以要求換成女鞋，這樣不就可以輕鬆解決兩人少一雙鞋的困窘，妹妹心想也對，所以與哥哥同樣期待第三名的到來。為了能參賽，阿里找體育老師，表白想參加馬拉松賽程，但是，老師告知，初賽已結束，不能為他破例再舉行初賽，這樣對其他人不公平，志在必得的阿里無法接受這樣的事實，淚流滿面苦苦哀求老師允許，老師被他的傷心激發了憐憫心，同意為他測速，結果，大出意料，跑速快，自然能晉級參加省級的賽程。「遇困—參賽」，終獲得解決。

2、志在獲得第三名

　　比賽時，志在得第三名，所以估算好前後的距離，只要保持一定速度，一定可以勇奪第三，但是天算不如人算，每一位參賽者皆卯足了勁，拚命地跑，原本算好第三名時，卻被後來者絆倒，不甘失敗的他，奮力爬起，繼續奮跑，但是四公里的賽程對九歲男孩而言，是一項艱辛的體力挑戰，為了能

贏得一雙運動鞋,耳畔不斷地響起妹妹的話語,激勵他不斷地往前衝,而且當前五人交纏在一起時,他無法計算自己是否是第三名,只能奮力衝刺了,衝到終點,體力不支,仆倒在跑道上,心中猶惦記著是不是第三名?結果老師告訴他,是第一名,原先亢奮的心情一轉而成落寞傷心欲絕的模樣,得不到第三名,就無法領取第三名獎品——運動鞋了,這樣參賽的意義就沒有了,回去如何向妹妹交待呢?遇困未能抒解。

其「遺失—求解」的結構圖如下所示:

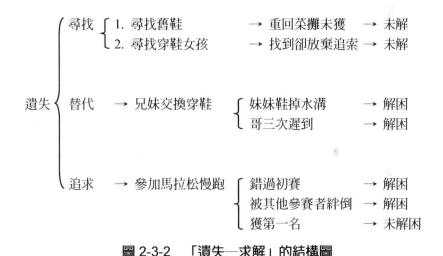

圖 2-3-2　「遺失—求解」的結構圖

全劇由阿里因不慎遺失妹妹的鞋,所遭遇的困難以及嘗試尋求解決的方案為鋪敘起點,但是,一切尋求解決的過程中,皆有不同的磨難,使整個劇情高潮迭起,觀眾心情也隨著起伏蕩漾。

四、結論

「天堂的孩子」,由片名觀之,「天堂」應是一種美好的境域,一種可喜可樂的場景,可是全片卻是透過鏡頭來告知我們貧困的生活,一種為生活不斷地在汲取、奔走的過程,也在交換穿鞋的過程中,讓我們不忍看到這對

兄妹如此艱辛的爲一雙鞋子而巧用心機。「天堂」本是一種嚮往，在此竟然也是一種反諷，在貧困的歲月中，因不慎遺失女童鞋而無力購買，造成阿里與莎拉生活在爲交換鞋子而奔跑的困境中，而大人則交困在經濟拮据中，有了錢可以解決這些困境，但偏偏貧困的他們不敢有所奢望，終於在爲豪宅修剪花園之後，才敢有這樣的奢侈美夢。鞋子，是本劇敘事的焦點，全劇以此爲始爲終，而馬拉松賽爲他們開啓了希望的可能性，彷彿一切都可以寄望在那一場比賽中，努力競賽終於榮獲第一，卻仍然無法解決缺鞋的困境，但是，透過阿里努力爭取馬拉松的過程中，我們看到了小男孩爲自己的過失——遺失妹妹鞋子而擔負起責任，也在求解的過程中，貼心的、細膩的寬慰妹妹，兩人相互幫忙的情形，讓人體會到兄妹情深，且貼心的、心虛的而不敢讓父母知道這件事，一來是知道家境拮据無法立即改善，同時也善體人意，不敢讓大人再去承負這個經濟的重任，透過兄妹爲了一雙鞋子不斷地用各種方式求解困境，讓我們感受到他們生命本質良善的面向，同時也體契到相互扶持兄妹之情。

此中深有況味者就是在「貧困—求解」敘事結構中，父親僅能中規中矩的勤奮工作，能夠獲得爲人修剪花木的工作，竟然是由阿里與富家而寂寞的男童無意對話而意外獲得。在「遺失—求解」敘事結構中，雖然經阿里不斷地嘗試求得解決困難的方式，但是，偏又無法解困，而鞋子終究由父親購得。而阿里參加馬拉松賽跑，欲獲得的第三名，竟意外的獲得第一名，而有優渥的獎項。其中似乎透顯一種弔詭：欲求得而不可得，不欲求得偏偏無心而獲得，人生的況味，俱在其中。

從上述「遇困—求解」的歷程觀之，貧窮雖不易改善，但是暫獲薪資卻可添購新鞋，改善兄妹輪穿一鞋的困窘，其敘事結構及歷程如下所示：

表 2-3-1　遇困求解歷程一覽表

遇困	求解目的	求解方式	求解過程	結果
生活貧窮	擬改善家境	1. 平日勤奮工作 2. 假日為人修剪花木	努力工作、生活，獲得薪資購買新鞋。	生活仍是貧窮。
遺失女童鞋	讓妹妹有鞋可穿	1. 尋找舊鞋　➝ 2. 替代：交換穿鞋　➝ 3. 追求新鞋：參賽　➝	放棄 持續進行 榮獲第一新鞋未果	由父親購得新鞋。

　　天堂的孩子，象徵什麼呢？在貧困的年代中，什麼是孩子的天堂呢？順心所欲即是天堂，有希望有夢想就是天堂，一場馬拉松賽點燃了希望的火光，即是天堂，但是天堂中的孩子，其實是生活在真實的貧困交迫當中，然而，貧困並未泯滅他們作為人的光輝，看到比他們更窮的女孩時，他們反而不再想去追討那一雙不慎遺失的鞋。而那穿了別人鞋的女孩，雖然家中貧苦，也不會將莎拉不慎遺失高級的自動鉛筆視為己有，反而還給了莎拉。同時，病榻中的母親雖然知道家中窮困，可是在煮了湯之後，仍然想到另外一家老夫婦比她們更貧困，立即要阿里送一碗湯去給他們喝。在貧困的年代中，大家雖然物質匱乏，並沒有使他們貪婪地忘了自己仍是可以發光發熱的自覺體，仍然可以幫助他人，仍然不會被區區的物質欲望矇蔽良知。

　　綜言之，本片雖然以貧困為敘寫之起始點，但是，所要反映的，不是貧困所帶來的災難，反而是因物質缺乏而更懂得惜福，物質匱乏雖然如在地獄，但是精神的享有卻反而如在天堂，在天堂的孩子，其實是富足的，它不是物質上的匱乏，而是精神上的富有。

曹禺《雷雨》「欲求反失」與
「人倫位階錯置」之悲劇

摘　要

　　人世有困限，此困限不外乎被生老病死所交織著，但是，我們在日常生活之中卻不常被這樣的困限網羅而感覺悲劇性的存有。悲劇感的滋生，在於行動者追求過程中摧陷與坎落。《雷雨》一劇由曹禺（1910-1996）所編寫，故事軸線便是在行動中坎陷與失去，讓觀者興發深刻的悲劇感。為何該劇能興發這種深刻的悲劇感呢？其悲劇的要素為何呢？職是，本文旨在探討《雷雨》悲劇感如何產生。蓋構織整齣戲的中心架構有兩條主要線索，一是「欲求反失」，每一個劇中人物不斷地想去追求自己想要的，因為想「獲得」所以要「追求」，因為要「獲得」，所以深懼「失去」，所以每一個人物莫不用盡心力去追求、維護自己想獲得的東西，卻反而因為刻意、強力「追求」反而造成「失去」的永恆悲劇。二是「人倫位階錯置」，在錯置的命運下，因為「追求」而揭發更多的陳年舊事，揭發更多的不倫，使劇中人物反而失去更多，甚至一無所有，而推陷進入更悲情的命運中。

關鍵詞：舞台劇　悲劇　曹禺　倫理

一、「欲求反失」的行動悲劇

《雷雨》主要人物共有八位，每位人物之間交錯著隱而不顯的人倫關係，在未被揭開的人倫關係時，劇中每一位人物的行動，皆在「追求」中被命運之神操弄而不自覺。以下分述八位人物追求過程的得與失。

1、侍萍之求：女兒四鳳平安順遂

侍萍，是周家老爺的婢女，也算是沒有名份的前妻。曾爲周老爺生下二子：長子周萍，次子魯大海。因遭周老爺遺棄投河自殺，被救，改嫁魯貴，再生一個女兒四鳳。

丈夫魯貴是周家幫傭的老長工，女兒四鳳同時爲周家幫傭。

侍萍深懼女兒四鳳遭遇與自己一樣的命運，被周家大少爺歡愛過後被拋棄，所以當周太太要魯貴告知侍萍早點將四鳳領回時，急急從家鄉趕來要接回四鳳。作爲母親的侍萍，若非深愛著四鳳、深怕失去她，又何苦千里迢迢來接四鳳？然而深懼失去，反而導致永遠失去四鳳的悲劇。她的出現正是悲劇的起始點、引爆點，掀開周家三十年罩在迷霧中大太太事件的疑雲，並且興起一場乍然來臨的雷雨，每一個人都被捲入這場漩渦無法自拔而陷溺其中的家庭悲劇。

2、繁漪之求：欲得長子周萍之真愛，並阻撓沖兒迷戀四鳳

身爲周太太的繁漪爲何要侍萍回家呢？因爲她知道親生兒子沖兒迷戀四鳳，門第不當，遂要四鳳主動離去。繁漪此舉莫不是深懼失去沖兒，但是，她不知道此一舉動將掀開她個人不倫畸戀的悲劇性，因爲她愛戀周萍，與之有不倫之戀，而周萍與四鳳因相愛而有了身孕，以一個繼母的身份迷戀長子的不倫之戀，成爲周家最可怕、最隱晦的情事。

繁漪爲擁有不倫戀長子周萍之愛、爲保有愛子沖兒在身旁，卻因急欲挽留而導致永遠的失去。

3、周萍之求：欲了卻不倫之戀，攜四鳳遠走礦場

周萍身為周家長子，卻因為與後母繁漪有一段不倫畸戀，為了逃避這種枷鎖式的不倫，急欲逃開周家，遂向父親主動要求前往礦場幫忙，這樣的行動，原是要拯救日益沈淪的心靈，且欲和懷有身孕的四鳳遠走高飛，但是也因為這樣的決定，迫使繁漪採取更強烈的手段，想將周萍挽在手中。周萍想追求的簡單幸福，被繁漪破壞，導致失去四鳳而身亡。

4、四鳳之求：欲與周萍終身廝守

四鳳與周萍相知相戀，然而身份位階卻不相應，一個是周家大少爺，一個是周府的奴婢，在周萍即將離去時，四鳳悲抑不已，一直希望能追隨周萍前往礦場，甘心服侍他一輩子，因為腹中已懷有三個月的身孕了，對於四鳳而言，怕失去周萍，使自己的身心頓無依靠，遂執意要周萍帶她走，可是，愈想依靠的人，卻反而是愈不能依靠的人，她完全不知道周萍與她是同母異父的兄妹。

5、周沖之求：天真誠意的愛戀四鳳

一直深戀四鳳的周沖，並不知道她與親哥哥相戀，且腹中還留有他的骨肉。真象揭發時，讓他之前所欲與四鳳圖構的揚帆啟航的人生遠景相悖，內心的衝擊，並不亞於任何人，一個純潔的人，在獲知一切真相：親母深愛同父異母的親哥哥之不倫、四鳳深愛同母異父的親哥哥之不倫，在他眼中，見證被錯置的命運一旦被戳破之後，追求的動力反而成為身亡的導火線了。

6、周老爺之求：太太順從，兒子成材，維持身份尊貴與家庭權威

周樸圓的欲求，僅是一個權威大家長的立場欲求，希望太太繁漪能遵守婦道，並且聽從他威權指使；對於兩個兒子：周萍與周沖，能孝順成材，繼而能承繼家族事業。但是，簡單的欲求，卻透露出威權體制下的反叛：太太繁漪竟然與長子有不倫之畸戀；長子周萍居然不遵禮法，與女婢身份的四鳳暗結珠胚；而天真樸實的沖兒竟然迷戀四鳳；至於以為投河已死三十年的侍萍，竟然又重回周府，揭露周樸圓的偽善，這一切皆摧毀他努力鞏固的尊貴城堡，以及權威的霸權。

7、魯大海之求：爭取工作基本權利

　　身爲礦場工人，代表工會想向周老板討回一些工作的基本尊重與生命尊嚴，卻無法逆料周老板卻是他離散三十年的親生父親。兒子爲工人代表，父親爲業主，兒子向父親討回工作權利。二人對立的角色扮演，卻渾然不知是一場親骨肉相殘的局面。

8、魯貴之求：但求溫飽，家庭平順

　　魯貴僅是一位在周家幫傭的老長工，只要有一個差使可以果腹即可，於是哀哀向周太太乞求工作機會，周太太也應允，待周老爺離家去礦場時，即可繼續上工，然而一場驚天動地的悲劇正在醞釀中，他卻完全置身事外，他的基本簡單的人身欲求反而透顯出他的淳樸與愨實。

　　一切悲劇事件的引發，從侍萍出現在周府開始。

　　身爲悲苦母親的侍萍，在兩代的恩怨中，努力不去揭開三十年往事，卻在交錯的命運中，不得不被揭開；當周樸圓知道站立在面前的正是三十年前投河未死的侍萍時，深知有愧於她，且誤以爲侍萍此時出現周家是爲了求償，遂以支票打發她，擬繼續維持家庭的表象融洽。然而侍萍卻將支票燒燬，象徵三十年的苦難悲辛，非一張支票即可補償，物質永遠無法換回精神的磨難。而周老爺一直努力維持僞善、對大太太深情執著的形象，卻在以支票欲彌補侍萍時，揭開他深情念舊不開窗、不移動小客廳擺設的僞善眞面目；另外，在逼周沖、周萍要求母親喝藥時，也展現了他權威與不通人情的一面。

　　深夜中，周萍要將四鳳帶走，繁漪無法忍受情感如此摧磨與落空，大聲呼喚丈夫，擬借周老爺的力量，阻止周萍另結新歡——深夜欲與四鳳私奔。周老爺被繁漪的叫喚聲叫起，看到深夜中，周、魯兩家人皆悲苦地立在客廳末眠，親自下樓來，並且很歉意地告知周萍，侍萍正是她的親生母親，周萍無法相信這是事實，不是因爲自己有個流落寒門的母親，而是自己與親愛的四鳳，將成爲同母異父的親兄妹，這對周萍來說，不啻晴天霹靂，因爲追求這份愛情，不僅可斬斷與繁漪的不倫畸戀，同時也解消、轉移魯家對他的態

度，好不容易獲得魯大海、侍萍的允婚並祝福，豈知轉眼間，竟被摧陷到更悲苦、更不倫的兄妹之戀的困境中。

這種交錯的追求行動與錯忤的關係如下所示：

表 2-4-1　雷雨人物行動一覽表

人物	追求行動之內容	錯忤因素	行動對象	行動結果
侍萍	擬自周府接回四鳳	揭發身爲周府舊日大太太的身份，致不知情的四鳳與同母異父之兄長周萍相戀。	四鳳被雷雨劈死。	喪失子、女
繁漪	欲求周萍之眞愛，並阻撓沖兒與四鳳相戀	與周萍爲不倫之戀，而周萍與周沖皆深愛四鳳。	周萍舉槍自戕，周沖觸電而死	精神失常
周萍	欲結束與繼母不倫之戀，攜四鳳遠走。	繁漪爲繼母，四鳳爲同母異父之妹。	四鳳死，繁漪失常。	與槍自戕
周沖	愛戀四鳳，欲長守廝守，遠離周家	四鳳與長兄相戀而有身孕。	四鳳死。	觸電而死
四鳳	欲追隨周萍，遠赴礦場	兄妹相戀。	周萍自殺。	被雷雨劈死
周老爺	維持身份尊貴，家庭和樂	妻子與長子不倫畸戀，而離散之次子以工人身份爭取工權。	繁漪失常，同父異母之二子周萍、周沖皆死。	喪子之痛
魯大海	爲工會爭取工作權利	與抗爭老板竟是骨肉關係。	得知周老爺爲生父。	家庭破散
魯貴	但求溫飽，有工作	妻侍萍曾爲周府大太太，女兒愛周萍而有身孕，兒子魯大海爲周家親生骨肉。	女兒死，侍萍與魯大海的身份揭露。	家庭破散

周萍、四鳳、繁漪、沖兒四人盡心盡力在追求自己的愛情時，不僅因爲追求而導致反而失去了愛情，也失去了親情的無奈，這種悲劇，像一張天網，罩住所有的人，無人可衝抉羅網；也像一條鎖鍊，鎖住了家中所有人

物，它將周魯兩家的命運牽繫在一起，存亡與共，休戚相關。

　　原來，在周家的霸王掌控之下，每一個人皆欲急速逃離周家，繁漪要呼吸愛情的自由空氣；周萍要一份正常的人世愛戀；而純潔的周沖，也恨不得展翅飛開牢籠似的周家。對於生活在周家的人而言，家，像一座監獄；而對於非周家的魯家人而言，它又象徵權貴、高不可攀，是一種權貴、封建的代表。這就是一種弔詭，身在其中的人，想迅速逃離；而身在其外的人，卻希望能進入其中。

　　在這場追求中，因為想要獲得，才有行動想追求，結果反在追求中，失去了所有，成就了永遠的悲劇，這就是「欲求反失」的追求模式：

意想獲得　⟶　追求行動　⟶　陷入失去

圖 2-4-1　追求反失結構圖

二、人倫位階錯置的亂倫悲劇

　　《雷雨》全劇呈現的人倫位階錯置如下所示：

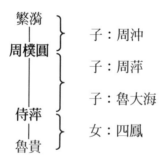

圖 2-4-2　雷雨人物關係圖

　　上圖所示，周樸圓與侍萍生下周萍、魯大海二子；周樸圓後與繁漪結婚生下周沖一子。侍萍則與魯貴生下四鳳一女。

　　四鳳懷有周萍骨肉，奈何周萍是她同母異父的哥哥；魯大海是周樸圓親生兒子，卻以工人身份反對資方的勞力榨取；繁漪與周萍爲後母與長子關係，卻也一樣開展不倫之戀。

　　這樣的人倫位階錯置，直到侍萍出現，才能揭開身世，揭開謎一樣的複雜的人際關係。

　　侍萍重回周家，難道她不知道這就是當年她被離棄，攜子離開的傷心地？

　　如果侍萍重逢的不是當年離棄她的周老爺，而是別人，悲劇是否不會發生？

　　如果繁漪愛的是別人，而不是長子周萍，悲劇會不會發生？

　　如果周萍愛的是別人，而不是同母異父的四鳳，悲劇是不是不會發生？

　　如果魯大海不是周老爺的親生兒子，則工會代表向業主爭取應有的工作權，會不會引發骨肉相殘？

　　這些悲劇的核心就是「人倫位階錯置」所羅織而成的。愛情原本無是非、無門第之分；但是，錯置人物造成不倫之戀：兄愛妹、母戀子的畸戀；復次，爭取工作基本人權亦是天經地義，結果，在盲昧中，父子不相認之下，兒子向親父爭工權，而父親卻渾然不知，欲以金錢打壓；且造成兄弟不相識，立場互異而打架，造成這一切的悲劇在於「人物錯置」。

　　爲何會造成這些「人倫位階錯置」的悲劇呢？因三十年前周老爺離棄侍萍所造成的，讓她傷心欲絕地攜帶剛出生的乳子與自己心愛的長子周萍分離，輾轉流離，間關迢遞，料不到侍萍遇人不淑連結兩次婚，最後與魯貴結婚生下四鳳，而周萍與魯大海竟是同父同母的親兄弟，與四鳳則是異父同母的兄妹，魯大海即是當年周老爺的乳子，因離棄侍萍母子於不顧，遂有日後父子相爭的局面，肇因皆出自周老爺嫌棄侍萍僕人的出身。曹禺構織此戲劇之悲情因素在於巧妙地運用「人倫位階錯置」的技法，因爲人物位階的錯置，導致悲劇揭發而不可收拾，錯置的內容如下：

表 2-4-2　人物錯置悲劇一覽表

悲劇之因	人倫位階	人物錯置
亂倫	後母與兒子之戀	繁漪與周萍
畸戀	同母異父之兄妹相戀	周萍與四鳳
相爭	同父同母之兄弟相殘	周萍與魯大海
工權	親子向親父爭取工作人權	魯大海與周僕圓

　　人物錯置的引爆點在於「侍萍」身份揭曉。三十年來，大家相安無事，但是，侍萍一出現，迷離的前塵往事逐一被掀開，也掀開了每一個人物之間的倫常關係，在交錯的人倫中，註定悲劇的爆發。

　　結局在死亡中結束：四鳳在雷雨中被劈死，沖兒觸電而死，周萍舉槍自戕，而繁漪失常，留下的是周老爺與侍萍無盡的悲慟，無法重置的運命，救不回任何鮮活的生命，在死亡中接受悲情巧駐。

　　黑格爾（Georg Wilhelm Friedrich Hegel, 1770-1831）曾揭示悲劇的動因主要來自「衝突」，其因有三，一是自己與自己的衝突，二是自己與他人的衝突，三是人與大自然的衝突，在「雷雨」一劇中，到底悲劇是屬於何種屬性呢？有侍萍自我的衝突，有周萍、周沖、四鳳三角戀的他人衝突，有魯大海與父親周樸圓勞資雙方的衝突，更有周萍與繁漪畸戀的衝突。命運的錯置，致使劇中人物在盲目中不斷地為追求自己美好的未來世界而努力，但是，欲求反失，宣示了永恆的悲劇性。求不得，苦；求得，更苦。

　　悲劇之所以感人，不在於膚淺的同情或哀憫某人的遭遇，而是透過表相的悲情告訴我們，人類深沈無可解救的遭遇，在「不可避免」的過程中承受與遭難。《雷雨》中的愛情追求原本沒有是非，真愛的付出亦無對錯，但是，人物錯置的命運，使每一個人在錯誤的倫理位階中追求與失落，激發我們潛藏的悲情感，喚醒了一種普遍而存在的境界，使我們能脫離日常生活中的倫常，而去思索交錯的人物情感之起伏跌宕，並且引發了我們的悲情素質，為劇中人物感到莫名的惆惘不甘與悵漠。

以歌寫誌：
台灣流行歌曲與社會變遷的互文性書寫

摘　要

　　通俗文化是現代文明製造出來具有商業機制的產業，由於流行廣遠，深受普羅大眾喜愛，具有一定程度的社會性與通俗化，例如電視、傳媒、廣播、繪本、漫畫、羅曼史小說、流行音樂、電影等等皆是。流行歌曲雖然是大眾文化，但是它的流通性廣大，成為一種具有娛樂休閒效果及能活絡市場機能的傳播媒介之一，它不僅是媒體塑造出來的產業，同時也具有多重意涵的文化投射與反映的效能，除了偶像崇拜、形象擬塑之外，其實流行歌曲也一定程度的反映消費市場的需求，它一方面是文化產業的消費行為所製造出來的，同時也是社會現狀的投影，能即時反映社會現象。音樂創作者（含作詞、作曲）在創作歌曲時雖然以商業取向為主，知道如何形塑偶像才能榮登暢銷排行榜；知道如何製造平易近人且可以迅速流傳的曲風，以創造最大的利潤，但是，除了商業導向之外，仍有部份創作者希冀透過「以歌寫誌」的方式達到反映社會或批判社會的功能與目的，職是，流行歌曲不僅是一種大眾文化的消費模式之一，同時也是觀察社會變遷的資訊之一。本文擬藉流行歌曲來管窺台灣自一九八七年解嚴之後社會變遷的軌跡，由歌曲文本（text）與社會之互文性（Inter-textuality）來觀察二者之間互相影響、模仿、表現與容受的現象。

關鍵詞：流行歌曲　大眾文化　通俗文化　社會變遷　互文性

一、緒論

　　流行歌曲是屬於大眾文化的具體表現，同時具有通俗性與藝術性。「通俗性」是指它必定藉由商業機制達到傳播、消費的效能，而「藝術性」是指音樂的本質原隸屬藝術的範疇，若無旋律、節奏的表述，如何傳達意義呢？它不僅是文學性（歌詞）、音樂性（旋律與節奏）的結合，更是一種綜合藝術的表現。西方討論大眾文化時，立意甚多，卻無能明示其義，同時，也易和通俗文化相融合用。根據西方對大眾文化的定義，至少可以列舉出六種以上的定義，例如約翰・史都瑞（John Storey）即歸納統整出六種通俗文化的定義[1]，但是，何謂大眾文化？何謂通俗文化？二者是否相同或相異？或互攝？

　　大眾文化（mass culture）是指藉由文化工業所創造出來的文化產業，具有通俗與流行的特質，由於大眾文化是大量製造符合大眾心理需求的文化產業，是以利益或利潤為導向，所以通常使用此一語詞時，具有相當程度的貶義。[2]而與之義近的是通俗文化（popular culture）有時也譯作大眾文化，

---

[1]　約翰・史都瑞在〈何謂通俗文化〉一章中揭示六種定義，一、通俗文化是廣受人們喜愛的文化，二、通俗文化與精緻文化為對立面，三、將通俗文化定義為「大眾文化」，四、通俗文化是來自於「人民」的文化，五、通俗文化是反抗與收編過程中形成的交換與協商的場域，六、通俗文化是商業與文化之間相互滲透的關係。見《文化理論與通俗文化導論》（台北：巨流文化，2003.8 第三版），頁 8-23。

[2]　大眾文化有二個詞，即 mass culture 和 popular culture，據趙勇的說法：mass culture 帶有貶義，是伴隨工業革命進程、借助大眾傳播媒介、被文化工業生產出來的標準化的文化商品，滲透著「宰制的意識形態」（dominant ideology），是政治與商業聯手對大眾進行的工具。而 popular culture 則是一個中性詞，與民眾有千絲萬縷的聯繫，是一種為普通民眾所擁有、享用，且是普通民眾所鍾愛的文化。趙勇將 mass culture 譯為大眾文化，而 popular cultrure 譯為通俗文化。見《西方文論關鍵詞》（北京：外語教學與研究出版社，2006.1），頁 23。另外，陸揚也揭示 mass culture 和 popular cultrure 二者意義不同，概念不同，mass culture 幾為人所遺忘，而 popular cultrure 不僅帶來商利潤，且成躍成主流文化，反成一種霸權的表現。見《大眾文化研究》（上海：上海三聯書店，2001.7）之前言〈大眾文化面面觀〉，頁 1-18。本文所用意義是

此一語詞與上述「mass culture」略有不同，mass culture 較有貶義，用來與精緻或典雅文化作對照，且帶有濃厚的「宰制意識形態」，而「popular culture」則無貶義，而是一種普羅大眾的文化現象，是一種廣受人們喜愛的文化。雷蒙‧威廉斯（Raymond Williams）對「通俗」的定義有四：多數人喜愛的、次級作品、刻意迎合眾人口味的作品、人們為自己所製造的文化。[3]用此四種定義頗能符合「通俗」（popular）的意涵，同時也能揭示流行音樂作為一種商業機制之下，既具有刻意迎合眾人口味的次級品味，且是人們製造而為多數人所喜愛的一種文化產業。[4]職是，流行歌曲就是這種通俗文化下的產物，具有迎合多數人品味、為大眾喜愛的次級文化。本文擬從台灣流行歌曲來觀察社會變遷的軌跡，採用「互文性」（Inter-textuality）來論述。

所謂「互文性」（Inter-textuality）是克麗絲蒂娃（Julia Kristeva, 1941-）在《詩語的革命》中提出的觀念[5]，此一語詞主要是指某一符號系統向另一個符號系統的轉換，並且指出意義不是單一固定的，也非明確穩定的，它可能是複義的，是隱蔽的，更是可用各種圖表相互容受與替換的，例如典故、引文、改編、回憶等等文本之間互相關連，而且還包括各種意義、知識、代

---

popular culture 的中性語詞，至於使用「大眾文化」或「通俗文化」則不拘於趙勇之嚴格區分二者之譯名。

3　參見《關鍵詞：文化與社會的詞彙》（*Keywords: A Vocabulary of Culture and Society*）（台北：巨流文化，2003.10）詞條 popular，頁287-9。

4　對於文化產業之批評，阿多諾在文化中想批評的不是標準化，而是工業機制下所產生的局部互換性與虛假的個人化。見《大眾文化研究》（上海：上海三聯書店，2001.7）之〈阿多諾遭遇凱迪拉克〉，頁212。

5　李應志指出「互文性」雖由克麗絲蒂娃提出，但早在她之前，艾略特即指出詩人的個性不在於他的創新或模仿，而是囊括他之前的文學作品的能力。而巴赫金則指出「狂歡化」（the carnivalization）意味著把某一表述同整個文化結構中的其餘表意實踐的匯集。見汪民安主編《文化研究關鍵詞》（鳳凰出版傳媒集團，蘇州：江蘇人民出版社，2007.1），頁116-118。

碼和表意之間的整體關係。[6]又在〈詞語，對話與小說〉（"Word, Dialogue, and Novel", 1974）強調文本生產和消費間具有複雜的關連性，使確定、明晰的和封閉的文本，走向開闊複雜的開放空間。羅蘭‧巴特（Roland Barthes, 1915-1980）則提出「文本互涉性」（Intertextuality），指出任何文本皆是巨大意義網絡上的一個紐結，它與四周牽連著千絲萬縷而無一定向的關係。如是，從複義的、可容受、替換的互文性，形成意義的網絡，任何一個意義皆牽涉在巨大的意義網絡之中，與社會關係互相依存，甚至與政治、經濟、意識形態皆有密不可分的關連性，易言之，廣義的互文性是指所有的「文本」皆與社會文化相關連的，包括使用的話語、詞彙或社會體制及文化與文明之間的相互關係。[7]本文即藉由「互文性」此一觀念來探討台灣流行歌曲與社會變遷過程中的互相關涉性[8]，著重在歌詞文本與社會之間互相容

---

[6] 見汪民安主編《文化研究關鍵詞》（鳳凰出版傳媒集團，蘇州：江蘇人民出版社，2007.1），頁 116。

[7] 「互文性」也稱作「互文間性」，其拉丁語「intertexto」與英美語之「intertexture」在辭源上皆有編織、混合之意。此一觀念經由德希達（Derrida Jacaues, 1930-2004）解構主義之闡述，轉換成「延異」的觀念，強化所有表意實踐中之意義的不確定性：「意義絕對無法與自身一致」、「符號必然永遠可重複或可再生產」。見汪民安主編《文化研究關鍵詞》（鳳凰出版傳媒集團，蘇州：江蘇人民出版社，2007.1），頁 116-118。

[8] 台灣流行歌曲在日治時期，約 1931 年有不少膾炙人口的台語歌，例如望春風、雨夜花、白牡丹等。迄 1937 年中日戰爭，在皇民化運動下，禁唱台語歌，改為日語歌，二戰結束後，國民政府遷台，四〇、五〇年代期間，國語流行歌曲大量進入台灣成為主流，有姚莉、白光、葛蘭等人，而台語流行歌曲也時有出色表現，例如文夏、黃三元、洪一峰等人。六〇年代駐台美軍激增，掀起西洋流行歌曲。七〇年代初期流行文藝電影，詞曲漸趨浮濫，1975 年楊弦乃舉辦「現代民謠創作演唱會」掀起校園民歌運動，八〇年代前期仍以校園民歌為主，迄 1987 解嚴之後，流行歌曲與商業結合，隨著流行文化產業化，及整個社會對長期政治、文化之解放，造成八〇年代後期及九〇年代新台語歌風潮興起，形成「新台語歌謠」的時期，九〇年代，台灣意識抬頭，各種團隊歌手興起，乃至於香港歌手進駐台灣，形成兼容並蓄的多元音樂時期，九〇年代末期迄今，創作型歌手風靡台灣，有伍佰、陳昇、五月天、周杰倫等，形成台灣流行歌曲的推手，使台灣流行歌曲走向開放的、商業化的產業，同時也使台灣成為重要的華語音樂的重要性。本部份資料參考詹珮甄《「周杰倫」現象》（中壢：中央大

受與關連性，至於音樂性與旋律性則暫時不予探論。

復次，音樂商品之消費，依生活型態而有：流行導向、宗教導向、崇洋導向、偶像導向之不同，本文不以此為界，亦不以暢銷歌手為限，期能展現流行歌曲的台灣風貌。[9]又，根據瞿海源研究指出，社會階層、文化認同的變項顯著影響對音樂之喜好程度，例如年紀越大者，愈喜歡日本流行歌、中國民謠、台灣民謠，而年紀愈小者愈喜歡國語流行歌曲及西洋流行歌曲；再次，對文化態度之不同，認為台灣文化貧乏者，通常不喜歡閩南語和國語流行歌曲，認同本土文化者，就傾向喜歡台灣民謠及閩南語歌曲。[10]這是由消費對象所做的研究，而本文則純從歌詞展示的意蘊作分析，不涉消費群眾及階層品味之異同。

流行歌曲是一種文本的符號，而社會變遷也是一個具現在現實生活中的大文本，二者之間互相關涉、互相容受，前者是流行於市井之間的通俗文化，後者是既抽象又具象的社會實體，本文擬藉由流行歌曲來觀念台灣社會變遷的軌轍，希望能夠找到二者之間互相含攝的互文關係，以觀察台灣自解嚴之後的整體社會遷變的過程。[11]

學中文所碩論 2006.1）第二章台灣流行歌壇概況論述之第一節台灣流行歌曲簡史，頁6-10。

9　吳建和、蔡翔斯合著之〈數位音樂商品市場消費特性之研究〉從市場區隔的角度，將受訪者依生活型態之不同，區分為：流行導向、宗教導向、崇洋導向三個集群進行問卷探討，見《運籌研究集刊》開南管理學院第四期，2003.12，頁 1-20。本文則認為除此而外，「偶像導向」亦是一個主要的集群。

10　見瞿海源〈社會階層、文化認同與音樂喜好〉輯入《九〇年代的台灣社會：社會變遷基本調查研究系列二》專書第一號上，由張苙雲、呂玉瑕、王甫昌主編，中央研究院社會學研究所出版，1997.5。

11　歌詞的表現手法，可以採用隱喻方式呈現，例如〈雨夜花〉以雨中遭風雨摧殘的花兒象徵台灣人在日治時期的處境，又如〈望春風〉隱喻台灣人在日治時期對中國的一種想望之情。這些歌詞文本必須索隱本事方能知其意，但是，當前的流行歌曲，除了仍有隱喻之作，大部份走向直接表述的手法來諷刺社會或揭示社會現象，故而本文以直陳之歌曲為主，不涉運用繁複意象之歌曲作本事之索隱。

二、流行歌曲的傳輸特質與流衍範式

流行歌曲之流動或流通與大眾媒體之興起有關，大眾媒體先是從印刷媒體轉向聲音錄製與影片之傳輸，再由收音機的發明，而開啟「廣播媒體」的進駐，開發大眾媒體進入數位傳播的模式。音樂的消費模式，即是進入數位傳播的時代。本文選擇流行歌曲作為切入的視角，主要是因為流行音樂（popular music）[12]是現代社會休閒娛樂之一，以各種媒體傳輸方式充斥在我們的日常生活中，無論是日常搭乘公共運輸，或是打開電視，或是工作場合，只要打開按鈕，這些歌曲就像河水一樣，不斷地向我們潮湧而來，在不可抗拒的音聲中，是不是具有一種宣示流行的效果？是不是一種不可扯斷的臍帶與我們的生活息息相關、脈息相連呢？由於，流行歌曲不斷地向我們播送，我們也不斷地消費在流行歌曲的世界當中，使流行音樂達到廣大深遠的影響效果，造成群眾大量的消費行為，也因此而形成一種特殊的消費文化。盱衡流行歌曲之流衍，雖然有聽眾族群之不同、個人品味之殊異，但是透過整體社會的流行、普化與宣傳的管道，特別能反映出社會的集體意義，它代表二方面的意義，一方面是音樂創作者獨特風格的展現，一方面是大眾的共同消費，共同聆聽。音樂欣賞雖則可能形成品味各殊的情形，但是流行的面向，卻是一個無法阻擋的橫流，流衍在整個社會，觀察流行音樂，不僅可具實從文化面向解讀，同時也代表社會的某種訊息與符號表徵，更是傳播媒體

---

[12] 張慧美定義「流行歌曲」：「特定歌詞與曲調相配，而以商業力量製作、推廣、販售，用資圖利，而流傳於社會之歌曲，為時髦的時代歌曲。由歌手灌唱唱片或電台播送，電影歌曲等，流行於青年間。」見〈流行歌曲歌詞修辭舉隅‧上：以譬喻句為例〉（《中國語文》），頁 37-38。事實上，吾人認為流行歌曲的聽眾不限於青年，是一種普羅大眾皆可接受的通俗文化。另，據詹珮甄統整前人所言，流行音樂是：泛指一種通俗易懂、輕鬆活潑、擁有廣大聽眾的音樂，結構形式較短小簡練，常作反覆和簡單的變奏，旋律力求易記易唱，奏強調強烈、清晰、富有變化，可視為經過設計來取悅大眾的作品，它有別於嚴肅音樂和古典音樂，亦稱為通俗音樂。見《「周杰倫」現象》（中壢：中央大學中文碩論，2006.1）第二章台灣流行歌壇概況論述，第一節台灣流行歌曲簡史，頁 6。

的一種消費與流通的管道。它的符號連結方式如下：

創作 ⟶ 傳播 ⟶ 流行 ⟶ 反映或迴響

圖 2-5-1　創作行銷結構圖

由於流行歌曲具有傳播、流行與反映的效能，所以它也隱藏有批判社會的可能性，歌詞的創作，可以是虛構的想像，但更大的可能性是：它深植於廣大社會磐石之中，才能引起社會的共鳴，觸動普羅大眾的心弦，方能迅速帶動流行，換言之，敘寫虛構的歌曲容或有之，但是能引發共鳴及帶動流行的可能性較低；若要喚起廣大民眾的迴響，必定要能敲動人心，這就是它可以流行、可以影響，且可達無遠弗屆的蘊積能量，所發揮出來的力量，是我們不可以等閒觀之或小覷的。

三、世變下的台灣社會：場域的封閉與開放

　　場域概念為法國學者布爾迪厄（Pierre Bourdieu, 1930-2002）所提出，揭示社會結構受其中任何成員、生命及活動所影響；反之，各個社會及各個部份，亦影響社會當中的任何成員。簡言之，社會結構與個人之生命及活動息息相關，且互相影響，進而形成社會關係網絡。社會結構由行動者在不同的場域中進行活動，行動者的「生存心態」（habitus）、權力較量皆與社會實踐相關。社會關係網絡是多面向的，是歷史與現實、有形與無形、固定與潛在、精神與物質、靜態與動態相互交織而成的網絡，它的架構是多變的，且具有無限發展的生命力，隨時與各種力量存在一種緊張的狀態當中。布爾迪厄更進一步指出，語言是社會存在的意義網絡，更是社會運作、溝通、交換、競爭過程中的權力關係網絡，整個社會是透過語言中介達到社會互動，社會成為「語言交換市場」（linguistic exchange market），語言交換活動具

有象徵權力的關係。[13]話語，作為權力之霸權，同樣也具有這種能動性，因為社會變遷而開展的話語流動，或話語的流動而造成社會變遷，正反映出話語流動的能動性、多向性與多元的可能性。我們盱衡中國文學史，主流文學的發展，不也是一種發話的利器，佔有優位性？然而在主流文學之外的非主流文學，其實也同時在文化場域中發展，並不因為未居主流地位而消聲匿跡，有時反而因積潛的能力具足之後，反勢成為主流文學，這種由邊緣向中央流動，或是由庶民文學向精英文學流動的過程，其實就是一種文化場域的互相增生、裂變、機轉、流動、反撥、激盪的過程。

　　流行歌曲正也如此，雖不居文學主流地位，卻有發話的場域與抒寫的範式，是一種庶民文化的展現，它承載著社會變遷的內容與流動的因子，雖然社會變遷之促成因素非單一化或可以簡約化的，它是一種錯綜複雜、互相關聯的因素造成的，而且不是一蹴可幾，有時是長久積累而形成新的改變，流行歌曲的曲詞，有時也負載這樣微量變動的內容，形成一種以歌為社會寫日誌的可能性。至於社會變遷的性質，依蔡文輝（1982）所分，有：工藝技術、意識價值、競爭衝突、政治、經濟及社會結構等六大項，此六項盤根錯結，互相牽曳，交替互生，是長期醞釀下積存能量，逐漸形成變化的，俟時機成熟，才促成震撼式的變革。

　　台灣在一九八七年之前，政治體制仍屬於戒嚴時期，但是，要求改革的浪潮未曾終止，卻僅止於小波小浪，直到鬆開戒嚴的條令之後，所有的革新與變化紛至沓來，使台灣社會湧現各種蓬勃的新氣象。台灣社會在戒嚴時期過度扭曲變形的社會風貌，卻因為解嚴而形成過度開放而湧現各種異文化的現象，彷彿是急欲呼吸新鮮空氣的泅泳者，形成百家爭鳴的現象，其中，我們從流行歌曲的大放大鳴，便可以體會世變下開放社會對政治的嘲弄與反諷，形成後現代書寫的特殊現象。

---

[13] 見高宣揚《布爾迪厄》第三章文化再生產的普遍性及其象徵性，二、象徵與象徵性（台北：生智文化事業有限公司，2002.6），頁162-168。

四、歌詞中的庶民書寫：多元風貌的具現

　　走向都會化的社會，人際關係越來越疏離，各種突梯滑稽的怪現狀也不斷地湧現。當人與人的關係變得淡薄且稀微之後，部份新世代的人們，往往從虛擬的世界建構自己的王國；有些則渴求情感的滋潤，可是感情世界又是一個沒有是非與對錯的選項，大量的歌詞傳訴情感的波動與潮湧；復次，透過歌聲傳遞對社會觀察之後，表白自己一份幽微的心情，但是寂寞幽傷的大網，仍然要罩住每一顆易動易感的心靈。歌詞中的庶民書寫，反映出人際關係既隔且離的心態，雖然 e 化電器品不斷地擴張版圖，手機、伊媚兒、msn 不斷地推陳出新，仍填補不了情感空虛的隙縫。

（一）情欲的鼓噪與流動

　　張震嶽的流行歌曲具現台灣社會中下階層都會男子的心聲語錄，一九九七年《這個下午很無聊》專輯中的〈把妹〉敘寫無聊的男子在舞池中想要交女朋友的神情與姿態，〈愛的初體驗〉敘寫未滿十八歲的男生愛上某位女子，女子因另結新歡而拋棄他，為愛沈淪的他，幽幽地唱出：「妳認識了帥哥，就把我丟一旁，天氣熱的夏天，心像寒冷的多天」。〈分手的人〉寫：「大大的世界在台灣省我卻一個人逛街，悲慘的故事最佳男主角我一定提名」敘寫分手之後，男子無聊的看電視、逛街以排遣寂寞，卻仍無法忘記對方。〈放屁〉：「他還告訴人家，他是從美國回來，擁有大學學歷，西裝都是亞曼尼，我一眼就看穿，他全部都在唬爛」敘寫小職員的心聲，在職場上不懂得逢迎拍馬，只會直來直往，連女朋友都被搶走。〈等我有一天〉寫被資遣的勞工，卻等不到資遣費，沒有搞頭，沒有女朋友，對未來仍充滿期待：「在不久的將來，信用卡費還光光，希望在手上，緊緊抓著不放，趕快努力找工作，怨嘆沒路用，裝死像笨蛋，除非你是真的笨蛋，等我有一天，在不久的將來，找個漂亮馬子生小孩。」這些歌聲，寫出市井小民的生命韌性，新貧族以債養債，信用卡債成為新的生活債主，同時也將俚俗的生活鮮活的表現出來，並且以世俗化、社會化的「找個漂亮的馬子生小孩」作為歌

曲的結束。

　　愛情世界中的流浪漢，不斷地充斥在流行歌曲當中，潘瑋柏二○○二年《壁虎漫步》專輯中的〈學不會〉：

> 穿上垮褲要配滑板鞋　有款有形裝頹廢
> 這到底那一掛的是世界
> 只要是她喜歡　我會努力去學

為了博得美人芳心，做一些可以討好她的行為，在同一專輯的〈非妳不可〉也揭示了痴情男子的心聲：

> 妳問我世界上什麼東西我最心動
> 我說那應該是妳的笑容

敘寫愛情最令人動心的便是愛人的笑容，無論如何苦候，最終能換取美人一笑，則所有的辛勤皆化為烏有。品冠在二○○七年《那些女孩教我的事》專輯中有一首〈卿卿愛我我〉，在歌詞中顯現流動社會的現狀：

> 明明我在上海浦東，你卻跑去了廣東
> 還說遇到颱風　電話不通　擺明了又糊弄我

歌詞敘寫一位痴情男子，被女子耍得團團轉，不僅映現國際地域流動，而且也將網路語詞入歌，將現世代網路的流通性表現出來，「囧」是網路用語，表示哭笑不得的意思，在本歌中，男子被女子糊弄得哭笑不得，但是男子仍然愛之如痴。

　　張宇在〈愛一個人好可怕〉一曲中揭示孤獨的感傷，愛人與被愛恆是一體兩面，沒交集的平行線，往往是最無可奈何的情傷，是無力挽回的痴傷與懊悔：

愛一個人好可怕
愛得心都不在家

將一個因愛而失魂落魄的形影，編織成無法彌補的傷悔，既沈深又無力抗
拒。台灣的流行歌詞當中，大量反映出情愛世界的追逐與求索的索漠與無
奈。

（二）人民心聲的交光疊影

　　社會變遷促使社會價值多元化，而多元化之後，便掀起自我標榜與特立
獨行時代的來臨。伍佰與羅大佑一樣，皆以黑色服裝標誌自己獨特風格，以
冷色系象徵隔離，但是曲風卻充滿熱情，一種既冷漠又熱情的煽動年輕族群
愛好的品味，他和羅大佑不同的是，伍佰的歌風走搖滾風味，而歌曲抒寫的
內容比較反映市井小民的生活面，將中下階層的市民生活反映在流行歌曲
中，具有一種撼動底層庶民的心聲，伍佰的〈世界第一等〉即是揭示庶民生
活隨遇而安的心態：

一杯酒　兩角銀
三不五時嘛來湊陣
若要講　博感情
我是世界第一等

好朋友三兩分錢便可以湊在一起喝酒共樂。在〈少年吔　安啦〉一曲中，敘
寫誤入歧途的少年郎，徹悟之後，以自身經驗勸誡少年迷途知返：

我卡早也想要做好子
我卡早嘛受父母痛疼
生活單為著顧性命
叫我安怎騙自己說做你安啦

少年吔　　安啦

這些歌曲關懷的面向是走向庶民化的，與羅大佑的視野、格局迥然有別。羅大佑歌曲，不僅有個人情感的宣洩，也有原鄉關懷，甚至將視野開拓成對時代的憂心，在〈大家免著驚〉中說明：

這個國家廟埕愈來愈赤嵌
休閒抗議藝術相招來佔領

敘寫中正紀念堂成為各種藝術表演或抗議份子屬集的場所，各憑本事，各顯神通的在廟埕（中正紀念堂）抗議。這種情形在解嚴之前，是不可能發生的，隨著政治鬆綁，民主呼聲越來越高，透過流行歌曲，可以管窺時代的風貌。復次，羅大佑在一九九四年發行《戀曲 2000》中有一首〈五十塊錢〉：

處變不驚的先去撈點人民幣
要莊敬自強再去香港賺點港幣
他三反五反翻來翻去談何容易
不如想想辦法回歸一點新台幣
……

刻畫開放探親之後，各憑本事撈錢的面貌，將庶民心態一覽無遺的展露出來。事實上，歌詞所敘寫的世界，並非虛擬世界，而是將現實體驗到的世界，再現於歌詞之中，透過這些流行歌詞，讓我們品賞到庶眾的心聲。

（三）虛擬世界的遊走與耽溺

網路世界的發達，揭示人類接觸模式的改變，在虛構的世界中建築一道無法逾越的心牆，讓自己無窮無盡的漫遊其中，卻又將自己阻隔在人世之

間。潘瑋柏在〈一指神功〉中卻揭示人生的無可奈何，所以靠著網路的虛擬
世界來滿足人生不可平衡的衝突：

> 靠拇指遙控　畫面關閉停止轉動
> 現在起　看著我手指頭　跟著我做

敘寫疏離的社會，沈溺在電視的虛幻世界中是空洞的事情，是冷漠的，遂急
欲跳脫這種虛擬世界，跟著音樂節奏一起點頭，重新感受新的人生，新生命
的躍動。陳昇〈五十米深藍〉同樣也敘寫躲在太虛電腦中，以解消現實世界
的困挫：

> 每天就會盯著電腦　交代的事情總是神遊太虛　我說親愛的老闆
> 你不懂凡人有許多的苦惱

現代宅男，守著電腦，躲避現實世界，在虛擬的世界裡得到自我的滿足。
　　復次，追求享樂是一種人生的態度，也反映世代交替中不同的生命因子
不斷地質變中，潘瑋柏在二〇〇四年專輯《WILBER》中的〈快樂崇拜〉以
rap說出年輕世代追求快樂的享樂主義：

> 忘記了姓名的請跟我來
> 現在讓我們向快樂崇拜
> 放下了包袱的請跟我來
> 傳開去建立個快樂的時代

揭示現代人享樂主義的模樣，向快樂崇拜。潘瑋柏另一首〈Do that to me
more time〉則刻畫當下珍惜所有的心情，歌云：

> 往事不能回味

　　這一刻才珍貴

　　別浪費　感覺對了全都對

　　就算拍了 DV

　　把照片存進手機

　　將來也無法證明這一刻有多完美

享受當下，是年輕世代的想法，也是一種面對人生的態度。這就是走進虛擬
世界之後，想重新步入眞實世界的一種心態，游走在虛實之間。

五、歌詞中的社會書寫：邊際脈動的流衍

　　社會事件層出不窮，流衍在社會現場的各種亂現象也頻現，透過流行歌
曲可透示被扭曲的價值觀，也看到了一些有原鄉與歷史關懷的深度，這些內
容同時植嵌在同一個場域之中，同體異構，張揚著各自存在的面貌。

（一）價值扭曲與眾生群相

　　張震嶽的歌曲體現中下階層的生活重心與焦點，同時，也能適時的反映
社會歪風，他在二〇〇五專輯《馬拉桑》中的〈媽抖〉即是揭發社會病態的
追逐名模：

　　媒體不斷炒作，白目新聞很多，

　　搞得大家的價值觀都變了樣。

「媽抖」就是「model」的諧音，意謂崇拜「名模」成為風潮，不僅普羅大
眾盲從，而且媒體不斷地擴大其邊際效用，使得社會價值觀扭曲，時下的
「名模」風潮不僅是襲捲台灣媒體，連港陸亦然，遂有生女但願如名模，不
僅貌美多金，且吸引大眾的關注，歌詞極力諷寫大傳媒體製造出來的台灣亂
象。他又在〈我愛台妹〉歌曲中將庶眾的台妹具體形象化：

　　為了妳，我可能要投資一家檳榔攤

　　為了妳，家裡可能要有鋼管

從歌詞中可以體會檳榔西施、鋼管女郎，以及帶一點風塵味的女人，就是所謂的台妹，而且地點不會在台北大都會，而是中南部才有的現象，台妹也是招惹流氓的對象，透過男子追求台妹的過程，看到台客文化的縮影，俚俗而深刻。

　　在所有的流行歌曲當中，陳昇的流行歌曲最具有強烈的社會批判意識，一九八九年《放肆的情人》中的〈嗚哩哇啦 Rock'n roll〉：

　　電視節目　每天哭哭啼啼　老掉牙二十年從不更改

　　台北城裡讀書人的茶水從不間斷　彰化老爹種田的水還不來

　　有錢人的小孩放學不敢回家　路上有一堆野狼在等待

　　沒錢人的小孩放學不想回家　他說媽媽的遊戲搞得大家都不樂

敘寫有錢、沒錢人的社會浮世繪，有錢的爸爸花天酒地，沒錢的爸爸，其妻子陷入大家樂的迷狂中。陳昇又在二○○一年《五十米深藍》的專輯當中有一首〈漫遊二○○二〉，揶揄群生眾相不遺餘力：

　　臭氧層已經破裂　老覺得自己得了皮膚癌

　　核子廢料已經堆到達悟的祖墳卻沒有人在乎

　　每個人都要去上海　包個老二妳乖不乖

　　誰說商人眼中無祖國

將環保意識、台灣政治怪現狀及金錢外交極力諷寫，至於一國兩制或者是兩國一制，其實光談口號對老百姓而言，是無意義的。

　　事實上，大眾心理是有一種群體性的特質，解嚴之後，流行歌曲走向鬆綁的過程當中，群體無意識的行為，替代了個人的有意識行為是當前社會的

主要特徵之一。[14]

（二）原鄉與歷史關懷的具象化與深化

羅大佑在一九八二年《之乎者也》專輯中有一首〈鹿港小鎮〉，有濃濃的鄉愁，發自內心，歌詞敘寫「台北不是我的家，我的家鄉沒有霓虹燈。」說明離鄉之年輕人到台北大都會打拚，在繁華都市中體會出一種「雖信美，而非我鄉」的感受，徘徊在文明中，感受都會文明與鄉居淳樸生活的強烈對照，而這種對照，即是戀鄉情結的異我情懷所衍生的。一九八三年，有《現象七十二變》其中的〈超級市民〉揭示台北人、高雄人的生活面貌，其實是整個台灣的縮影。[15]這些歌曲創作皆是解嚴之前，我們透過這些歌詞，可以深刻體悟羅大佑的創作其實是貼近台灣社會，與社會事件或處境一起律動的。事實上，不管在解嚴之前或之後，羅大佑標誌著，以關懷家國處境或生活面向為主的流行歌曲，一直流動在台灣浮躁騷動的社會中，解嚴之後，更勇於挑戰政治的尺度，創發更多具有爆發力的流行歌曲。

我們在一九九一年，看到羅大佑的《原鄉》專輯中擴大了對家鄉的關懷，從歷史的傳承及文化的視野看到了台灣的演變，在〈原鄉Ⅰ〉一曲中指出：「茫茫原鄉對唐山，搖搖擺擺辭海岸。」為求生存尋找可落腳的家園，從唐山離鄉千里渡海南來，努力開山墾園，期待能將香爐代代相傳。〈原鄉Ⅱ〉則指出台灣的歷史，從荷蘭、清朝、日本時期一路暢演台灣的歷史變遷，歸結「今嘛台灣人人知，行入世界大舞台，講來不信美麗島，前人的保庇想看覓。」說明先民開墾台灣之艱險，才能有今日美麗台灣島可以走入世界的大舞台。這就是透過歌曲，傳達一份最真誠的原鄉關懷。

14　見古斯塔夫‧勒龐（Gustave Le Bom, 1841-1931）著，馮克利譯：《烏合之眾：大眾心理研究》：〈群體的時代〉。

15　〈超級市民〉：「那年我們坐在淡水河邊／看著台北市的垃圾飄過眼前，遠處吹來一陣濃濃的煙，垃圾山正開一個煙火慶典……／槍聲響徹了六合路／誰把手槍丟進了澄清湖……」。

六、泛政治化的書寫：批判意識的覺醒

面對政治亂象，創作者亦常利用歌曲來針砭各種現象，富有批判意識的歌曲因應而生。

（一）諷刺國會亂現象

陳昇的流行歌曲除了真實反映社會現狀之外，對於政治也另有一番揶揄，他在一九九二年《別讓我哭》專輯中的〈光明凱歌〉指出了政治上的怪現象：

> 不能忍受在國會裡養金牛
> 電視裡天天都有小丑
> 你沒看見房子著了火卻不知道該怎麼做

台灣國會的怪現象，不僅金牛充斥，而且在媒體之前卯足了勁表演，所以說，電視裡天天都有小丑表演，至於燃眉之急的火災，反而乏人問津，此一逆悖現象，是庶民眼中所見，卻敢怒不敢言，透過流行歌曲真實的訾斥，是否會有一番反省力呢？陳昇又在一九九四年《風箏》中的〈我愛美麗島〉刻畫台灣病態的亂象：

> 立法院裡我養的那些人用麥克風當武器
> 八大懸案的冤魂永遠得不到申屈
> ……
> 父不父　子不子　報紙每天都有壞消息
> 管他媽媽嫁給誰　我住在美麗的寶島

這首歌的反諷意味非常濃厚，住在美麗的寶島，每天卻發生見不得人的醜陋事件：奸商包工程、砂石車橫行霸道、雛妓問題、非洲金錢外交、藝術沈

淪、貪官污吏賄賂成性、國會打架滋生是非、司法不公懸案未決……這些皆是「美麗寶島」每天上演的故事，每天都有壞消息，陳昇以流行歌曲書寫台灣社會，露骨揭發這些每天發生的事，而每個人似乎麻木不仁，見怪不怪了。

　　陳昇又在一九九八年《鴉片玫瑰》中的〈細漢仔〉敘寫十八歲的小兄弟帶著熱血及阿媽的祝福到台北打拚，第一份工作是為有錢老爺開車，老爺開了酒店，當選立法委員，吃喝玩樂很風光，為老闆爭地盤出人命，最後浮屍新店溪。這首歌將一位從鄉下到大都會打拚的淳樸農家子弟的生命做無情的回顧，最後以媳婦懷孕找不到丈夫作結，令人歔欷。〈淺藍大肥貓〉也以直接手法唱出：

> 能用拳頭來解決的事情不算太糟
> 死老百姓的哀嚎　我那裡聽得到
> 還說糟蹋這個世界的人絕對不是我

透過大肥貓的眼睛來覽視社會現狀，民意代表沈溺酒色，而老百姓的哀嚎卻絲毫聽不見。

（二）諷寫台灣的困境與金錢外交

　　當代音樂創作者當中，羅大佑具有獨特風貌與個人魅力，曲風略帶藍調，勇於用歌詞表述台灣處境，退出聯合國之際有《亞細亞的孤兒》訴說台灣的困境：

> 亞細亞的孤兒
> 在風中哭泣
> 黃色的臉孔有紅色的污泥
> 黑色的眼珠有白色的恐懼

紅色指共黨，白色指歐美，隱喻台灣處境之艱困。復次，陳昇一九九六年
《Summer》專輯的〈四條腿〉也揭示台灣外交的困境與弱勢：

> 如果你活而沒有一點的尊嚴
> 真的何不就用四條腿來走

諷刺台灣的金錢外交，而世界公理永遠是向霸權靠攏，沒有外交的台灣如何
走出困境，乾脆用四條腿來爬就好了，揶揄譏諷的意味濃厚，而這樣針砭外
交政治的歌詞，怎不令人反省台灣外交困境，該如何衝破逆境呢？金錢外交
只能解決當下問題，治標而不能治本。

　　陳昇更在二○○四年專輯《美麗島》更露骨的摹寫政治現象，〈綠色恐
怖份子〉：「南台灣的水蓮槍擊騙子」諷刺二○○四年大選前夕，陳水扁呂
秀蓮製造兩顆子彈的謊言。〈阿輝飼了一隻狗〉諷刺李登輝養狗兼作密使兼
買軍火，甚至提出兩國論，將人民耍得團團轉：

> 阿輝仔提出兩國論，大家乎他舞甲強強滾，
> 停電停甲廟公摺習震，地動搖甲媽祖不敢睏⋯⋯

這種露骨諷刺的流行歌曲，隨著政體鬆綁，直接諷刺總統李登輝或是陳水扁
的歌曲，便廣為流行，這意味著什麼？封閉的年代走入歷史，而開放的年代
步入當今社會，流行歌曲成為針砭時代的一帖猛藥，在庶民階層流動與吟
唱。

七、人類關懷與文化視野的開展

　　流行歌曲所敘寫的內容，不僅僅具有批判社會的功能，同時，也有溫馨
關懷的面向。近十年來，台灣乃至於世界發生重要天災人禍，我們從歌詞觀
察，台灣子民們不僅關懷生長在台灣這片美麗之島，愛心的表現，亦不曾在

世界上缺席過，甚至勇敢的提供各種援助。例如一九八九年天安門事件在中國北京發生時，台灣以〈歷史的傷口〉為天安門的學生們打氣加油，二〇〇二年南亞大海嘯，台灣發起「送愛心到南亞」的活動，以〈愛〉為主題曲，揭開世界關懷的序幕，其後，例如〈明天會更好〉是世界和平年的主題曲，同時也是紀念台灣光復四十年的公益單曲，由羅大佑作曲，張大春、李壽全、邱復生、詹宏志、許乃勝、張艾嘉等人作詞，數十位歌手聯合演唱，歌詞充滿了喜樂、希望、青春蓬勃、欣欣向榮的歡呼：

> 唱出你的熱情　伸出你雙手
> 讓我擁抱著你的夢　讓我擁有你真心的面孔
> 讓我們的笑容　充滿著青春的驕傲
> 讓我們期待明天會更好

在一片高亢的合唱歌聲中，婉轉傳遞台灣人充滿熱情的希望，同時也對未來充滿青春喜樂的歡呼。[16]

　　SARS 年，二〇〇三年是一個憂傷的年代，但是，台灣人並不因此而灰頹喪志，反而激勵充盈的生命力，彼此奮發打氣，〈手牽手〉就是一首為激勵抗疫戰士們所寫的歌曲，不僅是一種憐憫、關懷，更是一種希望與祝福，在和諧的歌聲中，我們看到台灣人同舟共濟的精神：

> 這世界乍看之下有點灰
> 你微笑的臉有些疲憊
> 抬起頭　天空就要亮起來
> 不要放棄你的希望和期待
> 沙漠中的一滴淚化成綠洲的湖水
> 真心若能被看見　夢會實現

---

[16] 〈明天會更好〉一曲，後來更成為反盜版的代言歌曲。

　　手牽手　我的朋友

　　愛永遠在你左右

　　不要再恐懼　絕不要放棄

　　這一切將會渡過

　　因為你和我　才有明天的彩虹

　　手牽手　我的朋友

　　愛永遠在你左右

　　這一刻不要躲在害怕後面

　　這個世界需要多一點信念

　　那塵埃不會真的將你打敗

　　你將會意外生命的光采

　　風雨過去那一天　悲傷就要停下來

　　感覺你身邊的愛　它存在

　　……

在大家手牽手的合唱中，共同度過 SARS 的魔幻魅影，歌聲傳唱每一個角落，信念也傳播開來。

　　二○○八年五月十二日下午一點多，中國大陸川北發生芮氏八級超大強震，死傷逾八萬人，地形亦因之改變，台灣人不曾袖手旁觀，在演藝圈中向居龍頭老大的成龍，率先以〈生死不離〉一曲鼓勵四川災民戰勝天災，歌詞深婉動人：

　　生死不離，你的夢落在哪裡

　　想著生活繼續

　　天空失去美麗，你卻等待明天站起

　　無論你在哪裡，我都要找到你

　　血脈能創造奇蹟

　　你的呼喊就刻在我的血液裏

　　生死不離，我數秒等你消息

　　相信生命不息

　　我看不到你，你卻牽掛在我心裏

　　無論你在哪里，我都要找到你

　　血脈能創造奇蹟

　　搭起雙手築成你回家的路基

　　生死不離，全世界都被沉寂

　　痛苦也不哭泣

　　愛是你的傳奇，彩虹在風雨後升起

　　無論你在哪裡，我都要找到你

　　血脈能創造奇蹟

　　你一絲希望是我全部的動力

愛是一切的動力與能源，〈生死不離〉訴說著深摯的情意，也傳達一份至死不渝的真情相感。透過這首歌，傳達了人類光明的人性，是可以互相映照光輝。而震災募款所選用的歌曲〈風中的羽翼〉雖非為災民所寫，但是透過歌聲，一樣傳達中國人互相關懷且血脈相連的氣息。透過歌曲傳達一份最真誠、最深刻、最溫馨的關懷。歌曲的力量，無遠弗屆，不僅是面對台灣子民，更擴及中國大陸，乃至於南亞災民，這種擴大人類的關懷，是一種無法阻隔的真情相感，彼此相濡相沫、輝耀寰宇。

八、以歌寫誌的社會批判與意義

　　以歌寫誌，不論是誌人物、經濟、外交、政治、社會、文化等面向，皆具一定的意義與反省的可能性。

　　社會學理論有三個主要的理論傳統，其一是科學社會學（Scientific Sociology）或稱實證社會學（Positivistic Sociology），科學社會學是以自然

科學發展出來的概念，而實證社會學是指以孔德、涂爾幹爲主，受邏輯實證論影響之社會學；其二是解釋社會學（Interpretative Sociology），以韋伯之倡導爲主；其三是批判社會學（Critical Sociology），可追源於黑格爾及馬克思，而以法蘭克福學派、霍克海默、哈伯馬斯較具代表性。三者雖分流發展，卻未必有一涇渭分明的分類架構，其中有多層次多方面的交疊現象。[17]根據黃瑞祺所云：

> 批判理論就是希望透過對事實或現實的批判與否定，來喚醒或轉變群眾意識，也就是希望社會理論家的分析、診斷能爲群眾所取用，以破除他們的假意識（False Consciousness）。[18]

明示批判理論的作用是喚醒或轉變群眾意識，藉用這種說法，我們重新思考流行歌曲對社會、政治的強烈批判，其實也就是一種喚醒與引發注意的方式之一，我們試觀羅大佑、張震嶽、陳昇、伍佰等歌者之流行歌曲是否具現了觀察台灣現象的內容？顯然是的，但是，究竟有多少的效能則非歌者所能預估的，在無法預估其效能，卻又不斷地運用流行音樂的表述方式來體察各種亂象，揭櫫一種不吐不快的傾訴與宣洩快感。我們再以麻吉弟弟周立銘〈報應〉爲例：

> 只好去找總統　可是總統又飛去哪個小國訪問
> 政府不知道是太笨還是聾了瞎了

對於音樂著作權法審判不公：自己立法、自定條文，在無能反抗之下，乃藉由流行音樂達到控訴的效果，讓一群弱勢的愛樂族群，透過歌聲傳遞內心的

---

[17] 見黃瑞祺《批判理論與現代社會學》第一章〈社會學的三大傳統〉（台北：巨流圖書公司，1986 增訂版），頁 9-52。

[18] 黃瑞祺《批判理論與現代社會學》第二章〈法蘭克福之批判理論簡述〉（台北：巨流圖書公司，1986 增訂版），頁 67。

憤怒，並獲得廣大群眾支持，其意圖明顯且強烈，這其間不僅是控訴立法之亂象，同時也將台灣弱勢外交的情況一起嘲諷，此刻流行歌曲不僅是一種消費行為或是文化產業而已，它成為一種直接反抗與控訴立法不公的手段之一，這就是對事實的批判與否定，所要喚起群眾的注意，並期能達到改革現狀的方式之一。[19]徐玫玲曾指出流行音樂的功能有五：娛樂、穩定情緒、積極化、認同及社會批評和反省的功能。[20]其中第五功能即是批判和反省社會的功能與此不謀而合。

　　流行音樂的創作者在創作音樂時，有二種意向性，其一是「外部意向性」，即預設消費群眾為何，可達致什麼樣的實質的利潤，這些皆屬於商業化的行為，其二是「內部意向性」是指歌曲的內容、意蘊可以傳達什麼樣的意義？我們暫時不論「外部意向性」，因為這個部份必須有產銷管道才能精算成效，但是，我們可從「內部意向性」來考察，音樂創作者，其實在構寫歌詞時，即預設敘寫的對象與聽閱的對象，從上述各種批判社會、政治的流行歌曲充斥市場上，即可斷言，創作者意圖批判社會的意圖非常明顯。至於流行歌曲運用什麼手法達到批判社會或反映社會呢？以寫實手法、直陳事實的方式表述，即可充份發揮效應，無論聽閱者是否認同，或族群是否能凝聚向心力，至少達到情緒宣洩。對於有些正義闇然、公理不彰的事件，唯有發洩，才能達到平和的慰藉，周立銘的〈報應〉就是一個很好的例子，雖然無法翻轉已成定局的立法案，但是將人民感受不公的聲音吶喊出來，這不啻是一種正義的呼喚。

　　職是，流行歌曲不僅是一種通俗文化流行在士庶之間，同時，它也是社會宣洩的管道之一，藉由歌聲來傳遞對社會現狀之不滿，期能達成針砭時事或時政的效能，這種批判的方式，是架構在音樂創作者的自覺與反省之中。

---

[19] 黃瑞祺指出批判理論的作用性公式如下：批判理論──→意識的啟蒙或喚醒──→集體行動──→邁向合理的社會。見《批判理論與現代社會學》第二章〈法蘭克福之批判理論簡述〉（台北：巨流圖書公司，1986增訂版），頁67。

[20] 徐玫玲〈流行歌曲在台灣：發展、反思和與社會變遷的交錯〉，《輔仁學誌》，人文藝術之部，第二十八期，頁219-233。

　　盱衡當前的流行歌曲，不再運用含蓄蘊藉、象徵、擬譬手法來敘寫社會各種現象，反而以直陳揭露的方式，揭發政治、社會亂象，我們透過這些流行歌曲，可以具體體會台灣社會遷變的軌跡，同時，也藉由這些歌曲貼近人民的心聲。如果說「言為心聲」，那麼，流行歌曲即是時代的心聲，在《詩經》時代即有「亡國之音，哀以思」之說，可見得音樂是時代的見証，也是時事的反映，此說並非無故而發的。我們對於流行歌曲敢於挑戰政治社會亂象，給予高度肯定，但同時也憂心忡忡，每況愈下的台灣社會，究竟要向下沈淪？抑是有提撕的力量，可以向上提昇呢？

　　藉著流行歌曲對社會現象的批判與反省，不僅具有放大鏡透示社會現狀的效果，同時也提供針砭時代的良藥，可導正社會、政治或經濟等怪現象，這些群生眾相以哈哈鏡方式放大、縮小、變形、扭曲而呈示突梯滑稽的形貌流衍在社會底層成為吟詠題寫的方式之一時，值得大家共同關注，也是我們最不可忽視的一種通俗文化，可提供我們做為觀察社會變遷的新視點。

事　敘
三　輯

尋找記憶：白先勇《台北人》
「不在場」之敘事策略

摘　要

　　小說有三大要素：人物、情節、場景，其中人物是推動情節進行的重要因素，透過人物演繹故事，才能精采可期。故而，人物是小說中最重要的摹寫重點與對象。人物既然如此重要，然而，白先勇的小說卻常常運用「不在場」作為敘寫策略，究竟白先勇如何運用不在場推衍情節？表述的內涵為何？效用又如何呢？職是，本文主要從白先勇《台北人》十四篇短篇小說進行故事人物「不在場」論述，分析其敘事結構以及時間、空間、敘事觀點及視角的類型，從中耙梳作者的敘事策略進而解釋可能示現的創作意圖，進而揭示白先勇以「不在場」的敘事策略，刻意利用「回憶」將不在場的人物點出來，敘寫的內容大抵有二項，其一，將不在場人物塑造成為被敘述的主體，述其豐功偉業；其二，將不在場人物塑造成為被敘述的對象以烘托出場人物的特質、現存處境，甚或渲染情境，讓小說更具豐富的可看性，藉以興發「在場」者之處境及昔是今非的吁歔感嘆。

關鍵詞：現代小說　白先勇　台北人　不在場　敘事學　記憶書寫

一、前言：不在場的敘寫情境

　　白先勇（1937-）[1]《台北人》共收錄十四篇短篇小說，盱衡小說的敘寫策略，常常運用「不在場」手法，造成故事推衍過程中的另一種「在場」的感受。[2]所謂「不在場」，是指被敘述的對象不在現場。「不在場」是相對於「在場」而言，乃「在場者」針對「不在場者」之敘述，包括對過去人物或事件的敘事，或是為了與當下的敘述對象作鉤連而作的演繹，指涉的情境有下列幾種狀況：

　　其一，設定有時空距離。被敘述者可能亡故，或可能因空間睽隔而不在敘述的當下情境之中。例如〈國葬〉「不在場」者是亡故的上將李浩然；又如〈思舊賦〉中被敘述的「不在場」者是桂喜、小王、太太等人。

　　其二，可以指涉敘事者的「現實」或「現在」與「過去」的自我作一今昔或前後對照。讓「現實（或現在）情境中的我」，講述「過去的我」與其他人物交接往來的過往情事，或者講述「我」過去所有的經歷。例如〈花橋榮記〉中的春夢婆，回憶年少在廣西爺爺的花橋榮記的過往情事以及自我生命的歷程。或如〈孤戀花〉的我：五月花總司令，也就是當年上海的雲芳老六，追憶當年在上海萬春樓與五寶的一段情緣。

　　其三，追憶往事，沒有對話的對象，不用講述方式呈示，完全以故事人物的意識流展現。例如〈秋思〉中的華夫人以意識流方式追憶當年大陸的遭逢等。

　　以上是表述不在場的三種敘寫情境，至於其敘事結構與視角自然有別。

---

[1] 白先勇，1937 年生於中國廣西桂林，1948 年遷移香港，1952 移居台灣；在台灣大學就學其間創辦《現代文學》，1962 年留學美國，1965 年碩士畢業，在加州大學聖塔芭芭拉分校任教、定居。著有《台北人》、《游園驚夢》、《紐約客》。因喜愛中國傳統戲劇：崑曲，晚年致力推動崑曲不遺餘力。

[2] 在學理上，有所謂的「不在場」悖論（absence paradox），指當下情境缺席，即是運用語言的模糊性造成一種非形式的謬論，因為不在此地，必在彼地；在彼地，必不在此地的一種存在的悖論性。本文所謂的在場／不在場與海德格的存有論無涉，專指小說人物是否在敘述情境的現場而言。

二、不在場的敘事結構與視角

「不在場」主要敘事結構如何呈示？其視角又如何張羅安排呢？以下分述之。

（一）不在場的敘事結構

盱衡《台北人》的「不在場」書寫策略，大抵皆由「在場者」追述「不在場者」的情境，其結構往往運用時間逆序方式進行，如下所示：

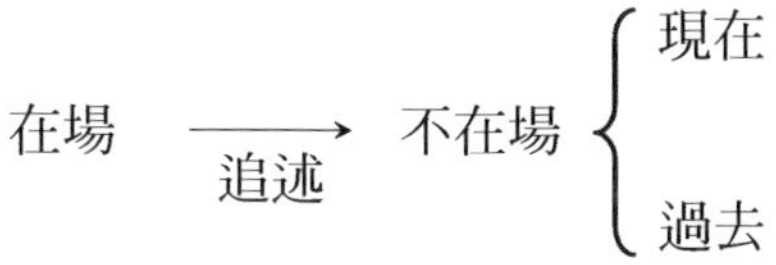

$$在場 \xrightarrow[追述]{} 不在場 \begin{cases} 現在 \\ \\ 過去 \end{cases}$$

圖 3-1-1　不在場之敘寫結構

此一結構透過「在場者」以追述的方式，敘述「不在場者」之現在的情境或是過去發生的事件，此一方式也是《台北人》全書「不在場」敘述策略的敘寫結構。

「不在場」是指現在不在敘述的現場之中，是被追溯的人物。而「不在場」的不僅是他人，也是敘述者自己的一段過去。雖然「我」在「此時」，也可以透過追憶而重回過去的「彼時」，形成某些人物現在「不在場」，而過去在場的情形。例如〈梁父吟〉「在場」的樸公、雷委員追述「不在場」的王孟養，透過追憶的方式讓王孟養重現眼前，敘述者也因此而重溫過去的我、省視過去的我。

這種採用追述、回憶的方式較易呈現出今昔對照的況味。

（二）不在場的敘事視角

若從敘述的觀點及視角來觀察，敘寫的方式有「全知觀點」及「限知觀點」二種理型，「全知觀點」是指敘事者採用第三人稱的視角進行敘述，可

以不受角色限制。「限知觀點」是指敘事者採用第一人稱「我」的視角進行敘述，敘事時受到人物限制，凡我經歷過的事才能詳而知之；凡我未經歷者，必不知而不詳，僅能透過他人之轉述而知之。《台北人》之敘寫，以全知觀點為多。請參見附錄一所示。

1、全知觀點之採用

其中，「全知觀點」又依據視角之固定與否，可再擘分為「固定視角」及「移動視角」二種。「固定視角」可以由某人為主述，敘述的對象可以是固定的，也可以是不固定的；「移動視角」則是敘述者與被敘述者是移動不固定的。其結構如下所示：

圖 3-1-2　不在場敘寫手法之全知觀點與視角

「全知觀點」敘事視角的結構如上所示，在《台北人》的十四篇小說當中，我們發現，白先勇喜歡從「視角固定」進行敘事，而少移動的視角。例如〈梁父吟〉採用全知觀點進行敘述時，是透過樸公與雷委員二人的對話敘述，即是以「某人為出發」（樸公與雷委員）的一種敘事策略，以進行不在場者王孟養的敘述，此即是屬於固定的視角。再如〈思舊賦〉也是屬於全知觀點，全文的敘事透過羅伯娘、順恩嫂二人對話成為敘述視角。再如〈冬夜〉亦是採用全知觀點，透過余嶔磊、吳柱國二人對話，談起不在場的邵子奇作官背恩、賈宜生兼課跌斷腿、陸沖文革跳樓自殺、陳雄成為漢奸被槍斃的過程，連帶地將不在場的余嶔磊的亡妻雅馨也一併帶入追憶的情境中。再如〈國葬〉敘寫李浩然的喪禮之中，秦義夫前往弔唁，透過秦義夫的視角來觀察整個喪禮的進行，也透過秦氏的追憶，回顧不在場的上將李浩然一生功

勛及三位愛將葉輝、張健、劉行奇當年追隨李將軍的行誼事蹟。

　　復次，敘述者以某人為主述，例如〈永遠的尹雪艷〉雖然也是屬於全知觀點，但是，敘事的視角卻是以尹雪艷為主要敘述對象，再如〈歲除〉亦屬於全知觀點，視角是以賴鳴升為主要的敘寫對象；再如〈遊園驚夢〉敘事的視角雖是全知觀點，卻是從錢夫人的眼中所觀察及意識流所展現的過程，來示現自己（藍田玉、錢鵬志夫人）與桂枝香（竇瑞生夫人）、蔣碧月（任子久夫人）、十七月月紅等人過去與現在交織而成的遭遇與變化歷程。

2、限知觀點之採用

　　限知觀點，是以第一人稱作為敘述視點，以「我」（或「我們」）做為敘述視角，透過「我」（或「我們」）來進行「不在場」的敘述，敘述的對象可以是固定或不固定二種，其結構如下所示：

$$限知觀點：\begin{cases} 我 \\ 我們 \end{cases} \longrightarrow 述他\begin{cases} 固定對象：某人 \\ 不固定對象：群組 \end{cases}$$

圖 3-1-3　不在場敘寫手法之限知觀點與視角

此一限知觀點，是透過「我」來進行「述他」的行為，敘述的對象可能是固定單一的對象，也可能是不固定的群組，藉由事件或人物帶出更多的人物與事件。但是在《台北人》中，我們檢視以「我」來進行「述他」的運作中，常常以敘述固定對象為主。例如〈一把青〉是透過「我」：「秦老太」來敘寫與朱青早年在南京結識過程及當下在台北重逢的種種因緣，主要敘述對象是朱青；再如〈那一片血一般紅的杜鵑花〉是透過「我」：「舅媽的外甥」來敘述不在場的王雄在舅媽家中擔任長工與表妹之間的生活情事及死亡事件。再如〈孤戀花〉透過「我」：「五月花總司令」的第一人稱視角來追述不在場的娟娟，並兼及追述當年在上海萬春樓與五寶結緣的過程，再述現今與娟娟交往結識過程，並且帶出娟娟之瘋母、獸父及與柯老雄之交往過程，敘述中雖有「我」之經歷，也有轉述娟娟之經歷者，但主述卻以娟娟為主。再如〈花橋榮記〉是透過春夢婆「我」的視角，回顧自己的年少在廣西花橋

榮記的經過，歷經喪夫，來台開店的過程，並且再透過「我」去覽視三位搭夥的客人：李半城、秦顛子、盧培明的過去與現在，透過不在場，說明他們三人的過去與現在的遭遇。以上是以某一固定人物為主述。至於〈思舊賦〉則以群體為主追述不在場的人物，包括李老爺一家的太太、小姐、下人桂喜及小王等人。

3、意識流之採用

〈秋思〉透過華夫人芸香意識流的流動，將不在場的萬大使夫人萬呂如珠的經歷鉤勒出來，用以襯托二女私下較勁的隱微心態，並且也鉤稽當年抗戰勝利之後，丈夫軍隊進入南京城的風光情景，再演繹出病中丈夫癌症過程的病態，並以當下的庭園花開景緻與當年在南京城「一棒雪」照映滿園花開茂盛的情景。此一故事的敘事視角是從華夫人出發，用以映現不在場的萬大使夫人及自己的丈夫。以上皆是以「我」開展故事情節，進行「述他」的敘述。

十四篇小說中，也有以限知觀點的「我們」進行故事開展，例如〈滿天裡亮晶晶的星星〉是透過限知觀點「我們」來描寫新公園教主朱焰的過去，並且再透過朱焰來轉述曾經力捧名角姜青及其與林萍交往的過程。是將朱焰的過去演繹出來，進而透過朱焰的口中再傳繹不在場的姜青及林萍。

白先勇運用限知與全知觀點、固定與移動視角交錯運用，讓十四篇小說的質性更多元、更豐富而有變化性。

三、敘事者／敘述者與被敘述者的關連

小說最重要的敘事層次，就是要區分：誰在說？說什麼？如何說？以及說給誰聽等幾個層次，也才能理解彼此的關連性。

（一）故事層內／外的關涉

敘事者是指敘述故事的人，有身在故事層內，與身在故事層外二種。

　　其一，身在故事層內：是指敘事者，自己本身也在故事之中，參與所有的事件，與被敘述的對象同在故事層內。

　　其二，身在故事層外：是指敘事者身在於故事層外，不參與所有事件。

　　職是，說故事的人，可以是故事人物，也可以外在於故事層，此中，本文將敘事與敘述區分為：「敘事者」是指敘寫故事的人，「敘述者」是指敘述事件的人，也就是發聲的人，通常是用來指敘述「不在場」故事中的人物，而被敘述者，即是指「在場」或「不在場」的故事人物，二者的時間點亦有所不同。其區別如下所示：

表 3-1-1　人物類型與視角對應表

人物類型	人物效能	視角與對象	時間
敘事者	敘述故事的人	全知或限知者	不限
敘述者	在場追憶往事的故事人物	全知或限知者	今
被敘述者	在場或不在場而被追憶的故事人物	個人或群組	昔

　　縱觀《台北人》的敘事者，〈永遠的尹雪艷〉、〈歲除〉、〈金太班的最後一夜〉、〈思舊賦〉等篇，敘事者是在故事層外敘述這些故事，雖然也從某位主角人物為視點出發，但是敘事者乃外在於故事層，呈現的是朗照全局的觀照視點，其目的是讓讀者透過故事層外的敘事者去了解整個故事的樣貌，重在情節的變化與移轉。

　　以限知觀點為敘述視角時，皆是以敘事者參與故事情節的演繹，例如〈一把青〉的「我」：秦老太、〈那片血一樣紅的杜鵑花〉的「我」：舅媽的外甥、〈孤戀花〉的「我」：五月花的總司令、〈花橋榮記〉的我：春夢婆、〈滿天裡亮晶晶的星星〉的「我們」等篇，不僅自己在故事層內，而且以我的視角去凝視（gaze）故事人物的發展與變化，參與其中，讓故事有「我」的參與更具有真實的感受，讓讀者透過故事層內的「我」一同進入其思維的流轉與心情的流動。

（二）主述與輔述、述我與述他、我述與他述的視域

敘事者因敘事策略而有敘事主輔、敘述對象之不同，殊異的敘事視角其功能與隱含的意蘊也將有所不同。

《台北人》如何開展被他者敘述與建構的過程呢？往往藉由敘述者「在場」敘說「不在場」者之生死離別，使不在場者亦因為被敘說鉤勒而彷彿重現讀者面前，例如〈梁父吟〉的王孟養並不能出席自己的葬禮，屬於不在場者，卻是全文走筆的焦點人物。透過「在場者」敘說「不在場者」，使形貌栩栩如生。

復次，我們根據敘述者的敘事賓主及演述我人或他人的內容，可以再分作下列三項說明。

1、敘說的視點，可分作我（第一人稱）來敘述或他（第三人稱）來敘述：

(1)我述：

透過第一人稱視角進行「我」視點的觀察與敘說。例如〈一把青〉中的秦老太。

(2)他述：

透過第三人稱進行視點的全覽觀照與敘說。例如〈歲除〉中的賴鳴升。

2、從被敘說的主輔地位觀之：

(1)主述：

不在場者是主述的對象，例如〈國葬〉王孟養，是敘述者主要敘述焦點人物。

(2)輔述：

不在場者是旁襯對象，作為烘托的人物，例如〈秋思〉的萬大使夫人，是用來襯託華夫人的身份與較勁的對象。

3、被敘說的對象：

(1)我人述我／述他：

透過第一人稱「我」來演繹我及他人所經歷的事件。例如〈花橋榮記〉

的春夢婆，既述自己，亦述店中的三位顧客。

(2)他人述他：

　　運用第三人稱進行敘說他者的經歷或故事始末。例如〈永遠的尹雪艷〉是透過第三人稱敘說王貴生、洪處長、徐壯圖等人之事件。再如：〈思舊賦〉從二位僕人羅伯娘、順恩嫂之限知的視角開展對話，將李公館中的人物：桂喜與小王捲款逃跑、長官太太病死、小姐所嫁非人的經過，透過「我」的親身目見耳聞帶出來，雖是採用限知觀點敘寫，卻是以我之「述他」的方式將週邊人物的遭逢經歷的內容帶出。再如〈梁父吟〉敘寫翁樸公與雷委員對話，由樸公追述與仲默、王孟養三人在四川武備學堂的結交過往，並將王孟養狂狷、仲默厚道的一生簡述出來。不在場的「仲默」、「王孟養」成為被敘述的對象，而敘事者是由樸公視角開展「述他」的過程。其敘事觀點與敘述對象之結構如下所示：

表 3-1-2　敘述觀點與敘述對象對應表

敘述觀點	敘述對象
限知觀點： 第一人稱	述我 述他
全知觀點： 第三人稱	述他

　　職是，透過被敘說者的主輔地位來進行敘說，具有顯影與烘托作用；至於敘說的視點是「我述」或「他述」，皆可讓敘述的視點更靈動變化，讓讀者有多元、多層次的不同閱讀感受。被敘說的對象以「不在場」方式呈現時，無論採用「述我」或「述他」皆能讓讀者進入故事去觀察故事人物的今昔變化。

四、不在場的敘寫特色與意涵

白先勇《台北人》採用不在場的敘寫手法到底有何特色與意涵呢？

（一）不在場的敘寫特色與功能

運用不在場的敘寫手法，其功能與目的為何呢？

1、運用不在場來襯托與補強主述人物的事誼

《台北人》運用巧妙的敘事能力，透過在場者，採用追憶或共同對話來襯托不在場者之身份、位階、重要性、一生行誼及參與言談者的生命遇合等等，交織出生命的共同體。採用不在場敘述，目的在襯托、補強在場者。

例如〈永遠的尹雪豔〉敘事者是採第三人稱，從敘事過程中追憶故事中人物的遭逢，採用「故事層外」的全知觀點敘事，描述尹雪豔八字帶有重煞，凡是沾上者，輕者敗家，重者人亡，遂鉤勒在上海十里洋場中為他傾家喪命的有上海棉紗財閥王家少老板的王貴生，因官商勾結下獄槍斃；有上海金融界炙手可熱的洪處長，一年去官二年破產；再如加強敘寫環繞尹雪豔週邊的女客，有宋太太者，也曾是上海社交場出過風頭的人，述其來台得痴肥症，致先生宋協理有迷戀小酒女，凡有心酸事必定向尹雪豔傾訴衷腸。為了補強「述今」的基礎，採用回溯的方式，追憶過去一些人物的經歷，這些人物是在「現在」缺席／不在場的故事人物。追述王貴生、洪處長、宋太太等人，皆用以補強、襯托尹雪豔犯重煞且迷人之處。再如〈孤戀花〉採用第一人稱，以「我」的視點來追憶不在場的娟娟，並將「我」與娟娟交接往來的過程及其一生悲苦、遇人不淑一一朗現。再如〈一把青〉以「我」來看朱青的今昔變化，以朱青為主述對象。這些敘述，用來補強主述人物的事誼。

2、佈示敘事內容時空結構的逆序性

追敘不在場多以逆序方式表述，分述如下：

(1)在場／不在場之時間敘寫結構：

從線性時間維度來觀察，過去、現在、未來是構成時間的發展軸線，是

有向性的：

過去　⟶　現在　⟶　未來

圖 3-1-4　時間發展序列

所有的「過去」曾經是「未來」、「現在」；所有的「現在」，即將成為「過去」；而「未來」也即將成為「現在」，再由「現在」流轉成「過去」。故而過去、現在、未來，皆曾經是「未來」，並且由「未來」朝向「現在」前進，更進而成為「過去」。

　　但是，小說在編序時，可以不按照時間發展先後時序敘寫，遂有逆敘、補敘、插敘等情形出現，故而時間的序列，可以任意編寫，未必是有向性的線性發展。其中，故事時間編序雖然不順著有向性發展，卻不會讓讀者產生紊亂的時間觀。縱觀《台北人》處理時間的方式，常常採用追憶的方式而呈示如下之時間結構：

圖 3-1-5　今昔對照時間結構圖

透過敘述者之在場，追述不在場人物之經歷或事件，其時間結構，呈示出固定有機的結構，此一結構即是「今—昔—今」的理型。例如〈花橋記〉中的春夢婆先述當下在台北長春路開店的景況，再回溯廣西的過去，最後回到現在。再如〈金大班的最後一夜〉寫當下的情景，再追憶當年在上海百樂園景況，再回到現在的台北。再如〈思舊賦〉、〈梁父吟〉等篇亦然。

　　以上構成「今—昔—今」的逆溯時間敘寫策略。

(2)在場／不在場之空間敘寫結構：

　　採用「今—昔—今」的敘寫手法，連帶的影響空間結構的佈示方式，回憶往昔的「在場」空間是台北，追憶過去的空間是大陸的某一縣市，再由過去回到「在場」的現在：

圖 3-1-6　今昔對照空間結構圖

這種空間書寫方式是與時間相互呼應的。以在場者追述不在場者之空間結構，展示出今之在台、昔之在大陸的某一地方，再回歸到現在之在台情景的理型結構。

故而敘寫的時間是向「過去」逆溯的：

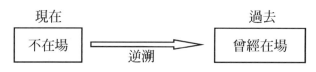

圖 3-1-7　逆溯不在場結構圖

此一逆溯的敘事，是由全知觀點的故事層內的敘事者去追溯，或由第一人稱的限知觀點去敘述過去。例如〈花橋榮記〉、〈一把青〉、〈冬夜〉、〈國葬〉……等篇皆是。

五、不在場之敘事意涵、作用與作者意圖

以在場者豁顯不在場者之處境，是《台北人》一書特別的敘寫手法，其意涵作用與意圖，各自彰顯不同的意義。

（一）不在場的敘寫意涵與作用

小說之敘寫，不一定要以「在場」的人物作為聚焦的重點，在《台北人》中，聚焦的人物，往往以敘寫不在場者的特殊境遇，形成特殊的敘事策略，例如〈梁父吟〉的王孟養、〈孤戀花〉的娟娟、〈一把青〉的朱青等等皆是。而且也不一定是傳統小說中的正向人物，例如〈永遠的尹雪艷〉中的

尹雪艷是個逢場作戲的交際花、〈滿天裡亮晶晶的星星〉中的朱焰是個戀童癖的過氣導演、〈一把青〉的朱青是專吃「童子雞」空軍遺孀等。有時，透過多元豐富的角色，反而能夠窺見白先勇運用主述人物的靈動性與豐富性。

復次，敘事的手法，無論是第一人稱或第三人稱，其表述手法有三種類型，其一是採用意識流的方式進行，例如〈秋思〉中的華夫人、〈一把青〉中的秦老太、〈孤戀花〉中的五月花總司令，皆是運用意識流的方式進行故事情節的推衍。其二是採用對話方式進行，例如〈思舊賦〉運用羅伯娘、順恩嫂的對話，將李老爺一家的敗落滄桑帶出來。再如〈梁父吟〉以樸公與雷委員的對話，追憶王孟養、仲默、楊蘊秀等人的結識過往，並順帶將王孟養之子：王家驥的行為與近況也帶出來。其三是全知的表述。運用第三人稱觀點，將在場與不在場的人物一一表述出來，例如〈永遠的尹雪艷〉、〈歲除〉、〈金大班的最後一夜〉等。雖然表述的手法不一，但是，整體的結構卻是相似的，皆是透過在場者的敘述或意識流的方式，在記憶中尋找過去的我與他人，一個屬於過去，而要透過「現在的我」對「過去的我」做一個覽顧。

尋找記憶，回顧往事的目的何在？「過去的我」不斷地召喚「現在的我」，在記憶中重新找到「過去的我」與「現在的我」做一個今昔對照。而「現在的我」透過追憶尋找曾經風光繁盛或青春年少的我，或是曾經風光的我。此一對照，多呈現物是人非的滄桑感，或是時不我與的感喟，因為不滿現在、現實，或是人物銷亡的感慨，或是昔盛今衰的感慨，透過「在場者」尋訪「不在場者」，其示現的意義，可從三個面向來體契：

1、透過卑微或下屬人物重塑豐偉人物形象的意義，襯托今非昔比的反差性。

敘事者不直接敘述主述人物的行誼事蹟，而是透過下屬、卑微、同輩或他者的角色來襯托「不在場」，使「不在場者」因為被敘述過程而能更突顯形象，甚至存留在口語之中的鉤勒形貌，更能反襯豐偉人物成為出場人物對比的對象。

　　例如〈思舊賦〉透過二位幫傭的老婦人：一位是仍在李府幫傭的羅伯娘、一位是已到南部頤養天年的奶媽順恩嫂，二人的對話，將李府的盛衰起落一一鉤稽出來，讓讀者透過二人對話，體察今非昔比的家族敗落反差與滄桑感受。再如〈國葬〉透過副官秦義方來鉤勒上將軍李浩然出生入死，從廣東打到山海關，再退守台灣，令讀者了解喪禮中主述人物的一生行誼，此一生／死反差性呈示生死哀榮的場面。

2、透過同輩來追述焦點人物的一生行蹟，穿插著「述者」與「被述者」互相牽連關係的一生。

　　例如〈梁父吟〉透過樸公與雷委員的對話，將樸公與祭禮中的王孟養及仲默一起回憶，鉤稽三人在四川武備學堂的結識過程，並親自參與推翻滿清的革命的往事一一述說出來，彼此之間的情誼與交往映襯著民國初年的歷史。再如〈金大班的最後一夜〉透過金大班來憶想當年在上海百樂門的吳喜奎，用以襯托吳氏已金盆洗手，深入佛門，而自己猶在風塵中翻滾。再如〈那一片火一樣紅的杜鵑花〉透過「我」，一位舅媽的外甥來敘說長工王雄到府幫傭及其死亡的過程，自己親身見證一個生命的消沈與殞落。再如〈秋思〉透過華夫人意識流的鉤勒，將萬大使夫人的生命與自己的交接往來，一一形塑出來。這些內容皆能巧妙地將講述者與被述者糾葛牽連的生命過程作一回顧反思。

3、透過不在場的敘述，藉以烘托焦點人物的形象

　　《台北人》利用不在場的敘述策略用來烘托焦點人物的形象，例如〈永遠的尹雪艷〉借用王貴生、洪處長、徐壯圖、吳奎喜等人之不在場來烘托尹雪艷之風華絕代。再如〈金大班的最後一夜〉借用不在場的任黛黛、潘金、蕭紅美、陳發榮、秦雄、月如、吳喜奎等人來烘托金兆麗的繁華盛景。以上，無論不在場者是被敘述的主要人物或是側寫人物，皆起了烘托的作用而能形象鮮明地示現眼前。

　　綜上所述，利用不在場者的敘述，其欲達成的作用大約有三：其一是透過主述對象來鉤勒焦點人物的一生行誼；其二是透過旁襯對象來襯託焦點人

物的形象或行誼；其三是透過烘托手法示現焦點人物的主觀存在，其內容如下所示：

$$
\text{敘述不在場者的作用}\begin{cases}
\text{主述對象：用以鉤勒一生行誼}\\
\text{旁襯對象：用以襯托主述者形象或行誼}\\
\text{烘托對象：用以示現焦點人物的主觀存在}
\end{cases}
$$

圖 3-1-8　敘述者不在場作用圖

（二）利用不在場敘寫的作者意圖

　　作者透過文本來傳釋故事，而讀者是從文本逆會作者所欲表述的意涵，此一逆回的體會，是文本所能呈示的張力，若文本沒有敘事張力，則讀者無從體契小說故事所欲映顯的意圖與意蘊，此一契會是逆向性的。

　　創作的過程是「作者」創造「文本」而由「讀者」閱讀，其創作歷程基本結構如下所示：

$$\text{作者} \longrightarrow \text{文本} \longrightarrow \text{讀者}$$

然而閱讀的過程卻是逆向性的，由「讀者」進行「文本」解讀，才能逆會「作者」之意，故而閱讀歷程基本結構如下所示：

$$\text{讀者} \longrightarrow \text{文本} \longrightarrow \text{作者意圖}$$

　　雖然，法國羅蘭巴特（Barths Roland）曾在一九六八年提出「作者已死」（The Death of the Author）的口號，宣示讀者的重要性誕生了，然而，作為讀者，或許可以無現擴張自己的重要性與影響性，但是，不能割除的是，文本乃作者精心構撰的結晶，透過了文本，我們才能見識到故事與情節的安排與張羅的巧心慧構，雖然文學理論從重視「作者」創作意圖，移轉到形式主義或新批評重視「文本」的視角，再移轉到「讀者」的接受美學或是讀者反應理論，然而作者的意圖不能因為重文本、重讀者而消失殆盡，反而更能突

顯作者一直是存在的，縱使讀者逆意曲解文本，亦無法抹滅曾經創作文本的作者意圖，故而赫胥（Eric. Donald Hirsch, 1928-）在《解釋的有效性》中提出捍衛作者的宣言，揭示作者之意與文本之意兩相存在的事實。[3] 當然，也有讀者誤讀或重新詮讀的情形出現，並非所有的讀者皆善讀作者之意。[4]

我們再回過頭來看白先勇的《台北人》，無論讀者讀到什麼樣維度的《台北人》，無論如何解讀《台北人》，白先勇的創作意圖仍然存在的，只是透過讀者的演繹而更豐富與多元化了，我們也更能透過不同視角來觀察其敘寫的意圖。

經由「不在場」的論述，可以更深入白先勇的敘寫的策略與張力，透過故事人物來書寫生命記憶，潛隱地示現其父親是大將軍，故而敘寫大將軍之喪禮，更能透示其生命的經歷與關懷，並且透過卑微人物對不在場人物進行敘述時，豐偉人物之事蹟更能揭示一種平實的親和力。

《台北人》一書的基調皆是呈現「物是人非」的悲感。這種悲感，不僅是故事人物所示現的感嘆，更是白先勇以歷史之眼見證台海變遷的感慨，也透過這種感慨，重新定義存在的意義。此一手法，鋪陳線索，首尾相合，乃是運用自傳體記憶（autobiographical memory）將個人生活事件的記憶，在虛構的小說中如實的佈示開展，故而在認知中建構起自我、情緒、個人意義（personal meanings）及其交互作用的主通道。[5]白先勇的《台北人》就是

3　赫胥揭示：文本的含義如何確定呢？只有創造該文本的作者可以確定，故而「文本含義就是作者意指含義」，見《解釋的有效性》（*Validity in Interpretation*）（北京：三聯，1991）第二章〈含義和意味〉，頁 34-79。

4　例如清代常州詞派的譚獻曾經云：「作者未然，讀者何必不然」的詮釋方式，指出閱讀詞作可以跳離作者之意，而加上讀者的詮釋，使詞作另有言外寄意，此即是比興寄託的讀法。

5　「在自傳體記憶中，直接追索性回憶（direct cued recall）具體的線索可能直接與記憶中某事件的表徵相對應，並且提供對記憶的直接進入，而將主題結構與週期性恢復過程拋開。自傳體記憶不同於以特徵的某種定性化模式為基礎的其他記憶類型，因而記憶特徵理論不能幫助我們更好地理解具體的自傳體記憶如何在概念處理和思維中的作用，當前的問題是對於自傳體記憶的具體表徵形式上缺乏模型化解釋。」，見楊治良等著：《記憶心理學》（台北：五南，2001），第十四章〈記憶的場合依存性〉頁 470。

「傳記情境」的投射，白先勇是大將軍白崇禧的兒子，曾經是貴胄世家，經過台海變革，輾轉流徙，從廣西桂林、四川重慶、上海、南京、香港來到台灣，看盡人世變幻、人情寥落，所以藉由小說來摹寫這一段幾被歷史掩蓋的小人物的經過，不僅為歷史留存影像，也為自己生命經歷照相，故而故事人物，多有一種人事滄桑的感慨及物是人非的悵觸。這種悵觸是作者透過小說之虛構來具現自己內心潛隱的昔盛今衰之悲感。書寫故事，其實是寫出自己最真實的內在感受。

六、結論

　　所有的小說皆是虛構的，被創發出來的，但是在虛構中卻能映現出如實的生活影像。這就是一種弔詭，真實與虛構有時是一體兩面的，真實是虛構的顯影，而虛構是真實的再現，這種悖論，示現眼見不一定可以為憑，而看不見的事象，亦未必不是真的事實。我們透過了《台北人》不在場的敘事策略，看見了白先勇努力羅織生命中各種人物的遭逢，不僅是社會的小型縮影，更是他凝視關懷的對象，上至將軍、大學教授、上流貴夫人，小至酒廳舞女、妓女、長工，皆是他關懷傾心注目對象，不僅看出其關懷面的寬廣，更表現在場／不在場者互相流衍的情節流動，利用在場者的對話，將不在場人物特質栩栩如生的表現出來，讓不在場者的「本色」豁顯而出，各自鮮活地存在字裡行間。「不在場」敘事，不僅是指當下不在場之人物，或隱含在場者與過去的對話，從不在場的對話中尋找失落的記憶及失落的過去，此中，有很強烈的對照性，其一，從時間而言，有今昔對照的盛衰哀感；其二，從空間而言，有大陸與台灣的遷徙對照的滄桑感；其三，從人物而言，有「昔是今非」及「物是人非」的悲感。這樣的深沈書寫是我們解讀《台北人》必有的體契與感受。

表 3-1-3　《台北人》不在場敘寫一覽表

篇目	敘述觀點	敘述視角	主述對象	不在場	不在場內容
永遠的尹雪艷	全知觀點		尹雪艷	王貴生 洪處長	敘述二人因尹雪艷而敗產或身故。
一把青	限知觀點	我：秦老太	朱青	丈夫秦偉成 子弟郭軫	追述郭軫與朱青往事。
歲除	全知觀點		賴鳴升	花蓮山地女人 李春發 牛仲凱 吳勝彪	追述被花蓮女子騙婚及當年英勇事蹟。
金大班的最後一夜	全知觀點		金兆麗	任黛黛、潘金榮、蕭紅美、陳發榮、秦雄、香港僑生、月如、吳喜奎	追憶昔日交接往來的對象及過往情事。
那片血一般紅的杜鵑花	限知觀點	我：舅媽的外甥	王雄	王雄	追述長工王雄與舅媽全家互動關係及其死亡過程。
思舊賦	全知觀點	羅伯娘順恩嫂	李老爺一家	李老爺、太太小姐、桂喜、小王	追述李家敗落過程及人物遭逢。
梁父吟	全知觀點	樸公雷委員	王孟養	王孟養、王家驥、仲默、楊蘊秀	樸公追述喪禮及與王孟養結交過程。
孤戀花	限知觀點	我：雲芳老六，也是五月花總司令	娟娟	五寶、華三、娟娟瘋母及獸父	追述與娟娟結識過程，並追憶上海與五寶結緣。
花橋榮記	限知觀點	我：春夢婆	搭伙三位客人	爺爺、李半城、秦顛子、盧培明、盧興昌、羅錦善等人	追述搭伙三位客人並追憶自己過往情事及見聞。
秋思	全知觀點		華夫人	萬大使夫人、丈夫	追憶往事並以萬大使夫人作為女人私下較勁對象。

滿天裡亮晶晶的星星	限知觀點	我們	朱焰	朱焰、姜青、林萍	透過朱焰知道其風光往事及當下之遭逢。
遊園驚夢	全知觀點		錢夫人	錢鵬志	與錢氏結交因緣
冬夜	全知觀點		余嶔磊 吳柱國	邵子奇、賈宜生、陸沖、陳雄、雅馨	追憶五四學潮友朋之死生經歷。
國葬	全知觀點		秦義方	李浩然、劉行奇、葉輝、章健	追憶上將李浩然一生行誼及喪禮的過程。

飲食・記憶與身份變換：
論白先勇〈花橋榮記〉所豁顯的悲劇意識

摘　要

　　本文旨在論述白先勇（1937-）〈花橋榮記〉示現小人物在大時代變動中昔盛今衰的悲情感，分從三個視角進行論述，其一論述「飲食」是生存欲求，也是召喚鄉愁的基因；其二從「記憶」視角作今昔對照與家鄉圖景的形構；其三從「身份變換」論域外人生之遭逢與開展。承上，三線交叉論述，冀能豁顯台海變局中小人物所承負的時代悲劇。

關鍵詞：白先勇　飲食文學　花橋榮記　悲劇意識

一、前言

　　白先勇《台北人》是一本輯錄十四篇短篇故事的小說集，在這一系列小說當中，擁有共同的敘述模式，以「今昔對照」的滄桑況味，透顯大時代鉅變下各種人物的悲情感，藉由故事人物遭逢變故，訴說一代顛沛流離的悲美情懷。根據歐陽子分析，這十四篇表層鎖鏈有二，其一是主角人物皆是大陸來台者，其二是這些人物皆難忘「過去」而影響到現實生活。[1]其言洵然。本文所要論述的〈花橋榮記〉即是建構在這二個表層鎖鏈當中的一篇小說。故事內容主要是描述一群桂林人從廣西遷居到台灣，因為生活需求，共同在「榮記」搭伙共食，故事內容透過春夢婆視角來審視四個故事人物的遭逢與變故。

　　〈花橋榮記〉敘寫基模採用「今昔對照」方式呈現「以今觀昔」、「以昔襯今」的變化，透過追憶模式，將時代變遷、昔盛今衰之寥落感具現其中；隱含在台海變革的時代悲劇，亦透過故事人物的追憶而款款流洩，增添撫今追昔的滄桑悲感。故事採用「我」——春夢婆——第一人稱為敘寫視點，由今之「我」作今昔對照，同時亦冷眼凝視包伙共食的廣西同鄉人的人生起伏跌宕，透過春夢婆之回憶，作昔盛今衰之對照，示現人世際遇變化的無奈感。

　　本文分別從飲食、記憶、身份變換三視角來觀察〈花橋榮記〉所揭示的鄉愁及其豁顯的世情變化，最終透顯白先勇的創作意圖。

二、飲食：生存欲求與鄉愁召喚的基因

　　美國社會心理學家馬斯洛（Abraham Maslow, 1918-1970）曾揭示人類有一種積極向上的動機，此即是基本需求層次，並將之區分三大互相重疊的

---

[1] 歐陽子：〈白先勇的小說世界：「台北人」之主題探討〉，輯入《台北人》（台北：爾雅，1983），頁 1-2。歐陽子並將主題分為：今昔之比、靈肉之爭、生死之謎，三個面向來探討，可謂深中肯綮。

類別：意動需要、認知需要、審美需要；其中，又將「意動需要」分成：生理的需要、安全的需要、愛與歸屬的需要、尊重的需要、自我實現的需要等五個層次，[2]飲食隸屬「意動需要」中的生理需要，是一種生存的本能與需求，生命因此得以維繫。

　　飲食，雖是一種本能式的存有，同時也可提昇其意義，成為具有文化上的意涵。不同的文化有不同的飲食行為與流派，乃至於發展出一套飲食禮儀規範；從不同的飲食可窺視不同的文化趨向與需求，更可從感官提昇到精神層次的文化意義。飲食，也是社會地位與地域認同的方式之一，中國古代常以飲食代表階級地位或是身份的認同與表徵。平民飲食與宮廷、官府、寺院、都會城市、鄉間野食有所不同，這也代表社會位階之不同。職是，飲食，除了本能需求之外，也可以見證文化存在的方式，了解文化價值。

　　準此，飲食的意義並非僅止於生理的需求而已，對中國人而言，飲食是交際活動，也是人生歡樂的表現。例如《詩經·唐風·有杕之杜》云：「有杕之杜，生於道左。彼君子兮，噬肯適我。中心好之，曷飲食之？」巧遇君子，心生歡樂，希望能共同飲食，共享美好，此即是人我共食的溝通方式之一，也形成中國飲食的文化內涵。再如漢代古詩〈西門行〉云：「夫為樂，為樂當及時。何能作愁怫鬱，當復待來茲？飲醇酒、炙肥牛，請呼心所歡，可用解憂愁。」即是說明人生有愁憂，如何消解？以喝醇酒、吃烤牛是人生最美的享受。質言之，飲食的意義，不僅僅是一種生理需求、生存方式，更可由生理需求，進而成為交際酬酢的模式之一，也可消解人生之怫鬱。飲食，不再僅是一種物質的享樂，更可轉換成心靈療治的方式。

　　飲食既是生存之源、存在之道，也是交際酬酢方式，在〈花橋榮記〉中，一群來自廣西桂林人，共同在春夢婆經營的小店「榮記」搭伙共食，是一種共生共存的方式之一，達到最低層次的飲食「生理需求」。復次，由飲食希求生存進而達到「歸屬的需求」，因為往來顧客多為廣西人，人來人

2　請參見劉燁編譯：《馬斯洛的智慧：馬斯洛人本哲學解讀》（台北：正展，2006）第二章〈人的五個層次的需要〉，頁33。

去,總是保留一份家鄉的情懷,透過味蕾追憶過去,將家鄉與現在做一個鉤連,在台北吃桂林榮記的米粉,是一種家鄉與鄉愁的連接。這對於遠離家鄉的廣西人而言,在台北異鄉因為「榮記」共食,達到相濡以沫的共慰鄉愁,且因為互相攀談可藉以消解思鄉情結,飲食,將味覺轉換成鄉愁,連結域內與域外,當心靈的聖土──故鄉──無法回歸時,任何能夠引發家鄉聯想的物品,皆是聖潔的替代品,〈花橋榮記〉中的各色人等藉由米粉回憶故鄉桂林,即是白先勇刻意透過飲食讓故事來追緬過去的榮貴、回憶舊日之美好,且透過淡筆鉤勒出今昔對照的人生,既有尊榮的過去,更有飄泊異鄉的現在,兩個不相交集的生活,構成故事人物的一生。

在追憶中,桂林水東門外的榮記米粉是享譽桂林的名店,有錢人家辦伙宴客,指名要榮記米粉;到台灣,春夢婆依舊開起榮記,將桂林的榮記米粉重新在台北的長春路底開店,雖是小食店,卻是廣西人大家共同的記憶,透過飲食,來追憶家鄉的味道,透過米粉,讓大家回味家鄉的感覺:

> 顧客裡,許多卻是我們廣西同鄉,為著要吃點家鄉味,才常年來我們這裡光顧,尤其是在我們店裡包飯的,都是清一色的廣西佬。大家聊起來,總難免攀得上三五門子親戚。這批老光桿子,在我這裡包飯,有的一包三年五載,有的竟至七年八年,吃到最後一口飯為止。

台海之隔,家鄉是千里夢迴之處,然而現實世界中是回不去了,為了填補這份鄉情,在台北的長春路榮記共食,成為一種共同生活的方式之一。透過飲食來追憶家鄉,是一種解除鄉愁的方式之一,包括飲食的鄉愁、文化的鄉愁。

飲食文化,有大傳統亦有小傳統。小傳統是指一個不能自足、自我完備的社群,必須不斷地與權威或文明中心學習或溝通,而大傳統則是一種範式的、能自行運作的社群,然而大小傳統也有可能互相依存,互相影響,互相

流動。[3]個人的飲食習慣會影響周遭，形成向外幅射的同心圓。在廣西桂林，花橋畔的榮記是桂林人飲食的圓心，向外幅射出共同飲食的文化；在台灣，春夢婆的榮記也是離鄉背井的廣西人記憶的圓心，老光桿子在這兒包飯，是生理生存的需求，也是愛與歸屬的需求。對於遠離家鄉的人而言，同鄉聚食，尋找的便是這種鄉味的感覺。

中國地理區域廣大、氣候節令之殊異、物產亦不盡相同，所產生的風土民情、生活習慣不同，更有飲食習慣不同，物產差別越大，則飲食習慣之差別益大，桂系飲食在中國八大菜系中不居名號，儘管如此，對一群來自廣西的人而言，沒有比家鄉味更能激發同情共感的心理感動。雖然廣西與台北地域阻隔、榮貴身份變換，但是飲食是唯一連繫過去和現在的接榫點，以重構「花橋榮記」的記憶，在台北形成新的「榮記」，以米粉飲食為核心，開展出共同的記憶，家鄉的味道，透過飲食，一點一點召喚回來；透過味覺的感受，將思鄉的意義綿延成一種生存的意義，同時，也由存在的意義開展出一種新的文化鄉愁。廣西人藉由一間小食店來追憶家鄉口味，即是一種存在的歷史見證。米粉不再只有米粉的味道，而是有家鄉的味道，成為異域的家鄉替代品。米粉也不再是一種飲食的需求而已，更是心靈的糧食，藉由一群同鄉人在小吃店的互動，無論識與不識，攀談、話舊，彷彿是一種故土故人的重溫，在小吃店吃食，就是一種重溫家鄉味道的方式，從本能的、感官的層次提昇到精神的、心靈的層次。原來，食物對人類而言，不再僅是一種生存的物質，更是一種鄉愁的鴉片。對於顛沛流離的人而言，難忘家鄉口味，其實代表的是對家鄉地域的認同感。透過飲食，企圖尋找連繫往日的感覺，一方面是對新鄉異地飲食文化的不習慣，一方面也透過飲食鉤連對家鄉的追緬與認同，此時，飲食的意義，不僅是物質的、地域的，更是一種身份的追認與表徵。

3　喬健：〈中華飲食文化的小傳統：以高雄縣內門鄉「辨桌」行業為例〉輯入《第九屆中華飲食文化學術研討會論文集》（台北：財團法人中華文化基金會，2006），頁1-3，〈壹、大傳統與小傳統〉。

三、記憶：今昔對照[4]與家鄉圖景的形構

　　日常生活中的空間記憶，往往是人類心靈最深刻的烙印。根據心理學家所探究，人們的主觀感受一直是錯誤的，人們不是在表象形式中而是在抽象命題中儲存物體及其關係的訊息，所以「人們的地域、空間知識即使是經過充份學習或接觸後亦一直具有某些知覺扭曲。」[5]以此來應證人類的心理表徵與家鄉心理地圖，即可知道，家鄉事物之美好，其實亦是一種認知的扭曲與接受。而且事件痕跡愈強，則其記憶強度愈大。[6]是故在記憶的圖象中，自傳體記憶是人類重要的事件記憶。[7]〈花橋榮記〉敘寫手法不採「順敘法」而採用追憶手法，主要是要造成懸念，讓讀者透過層層抽絲剝繭來重構小說人物生命的歷程，同時也在重新感受中，體會昔盛今衰的滄桑感覺。

　　桂林、花橋、榮記，對春夢婆而言，是魂牽夢縈而無法回歸的夢園，只能追昔撫今，在追撫之中，呈示「今昔對照」的意象不斷地印烙在記憶深處，而家鄉的印象便是永恆不滅的圖景。

　　〈花橋榮記〉中的「今昔對照」呈示三種意涵：其一，是空間地域上的

---

[4]　歐陽子在〈白先勇的小說世界：「台北人」之主題探討〉中即揭示三大主題，其一是「今昔之比」。輯入《台北人》（台北：爾雅，1983），頁1-2。

[5]　楊治良等著：《記憶心理學》（台北：五南，2001），第十四章〈記憶的場合依存性〉，頁471。

[6]　從三維記憶觀之，有物體記憶、機械記憶、空間記憶、位置記憶、頻率記憶。本處採四維記憶，即是以事件的時間序列為主。頁473。

[7]　自傳體記憶（autobiographical memory）是個人生活事件的記憶。由於它在人類認知中建構起自我、情緒、個人意義（personal meanings）及其交互作用的主通道。楊治良揭示：「在自傳體記憶中，直接追索性回憶（direct cued recall）具體的線索可能直接與記憶中某事件的表徵相對應，並且提供對記憶的直接進入，而將主題結構與週期性恢復過程拋開。……自傳體記憶不同於以特徵的某種定性化模式為基礎的其他記憶類型，因而記憶特徵理論不能幫助我們更好地理解具體的自傳體記憶如何在概念處理和思維中的作用，當前的問題是對於自傳體記憶的具體表徵形式上缺乏模型化解釋。」見楊治良等著：《記憶心理學》（台北：五南，2001），第十四章〈記憶的場合依存性〉，頁470。

今昔，也就是過去的桂林與現在的台北作一對照；其二，是時間上的今昔，也就是是昔少今老的對照；其三，是身份上的今昔，也就是「昔」是榮貴之身，「今」是流離顛沛之身。

從空間地域上而言，桂林家鄉好山好水透示出台北的異己感懷，同時也興發無奈的──「雖信美而非吾土」之感懷，令人動容。更何況，對春夢婆來說，台北對照於好山好水的桂林而言，是一個濕熱多颱多雨的地域、是一個折磨人的風土。從時間而言，款款流逝的青春，是一種日益衰頹、日益老去的身姿，喚不回的青春，是一種永遠被拋擲在時光之流中的無奈。從身份而言，換不回尊貴的昔日身份，是今日必須面對的困窘，為了生活，必須在台北街頭開店營生。

今昔之流轉，桂林人如何面對這場今昔之變異？〈花橋榮記〉擇取五個典型人物作為開展不同人生的今昔對照，而且以「我」──春夢婆──作為巧妙的中介，另外還有四個人物：李半城、秦顛子、盧培明、秀華。透過「我」的諦視，展示不同人生的面貌，四條線索互相牽引，也將現在牽引到過去，將過去和現在作一個連接，形成一個「今─昔─今」的對照，而這樣的對照，便是將現在處境之不堪，連接到過去之繁榮富貴，形成「昔盛今衰」、「昔榮今賤」的對照。

「我」春夢婆昔為桂林榮記的孫女，爺爺是靠賣馬肉米粉起家的，曾有過風光的歲月，連大公館請客，也會以榮記米粉宴客。後來嫁作營長太太，在蘇北一役中，丈夫下落不明，而「我」也在倉皇中撤退到台灣，為了家計，在台北長春路開了一家小食店，依舊是賣桂林米粉。當了十多年的老板娘，看著廣西同鄉在這店中搭伙。透過「我」的自述，知道當年也是一個美人胚子，對於故土的印象，如是說道：

> 我們那裡，到處青的山，綠的水，人的眼睛也看亮了，皮膚也洗的細
> 白了。幾時見過台北這種地方？今年颱風，明年地震，任你是個大美
> 人胚子，也經不起這些風雨的折磨哪！

域外的台北，對於來自桂林的春夢婆而言，永遠是一個折磨人的地方，桂林
的好山好水，孕育出美人胚子，而台北的風風雨雨卻是惱人的，不慣台北，
一直是異鄉人的心魘，家鄉的風物永遠是最美好的，在盧培明死後，春夢婆
到盧先生房中拿了一幅照片：

> 果然是我們花橋，橋底下是漓江，橋頭那兩根石頭柱還在那裡，柱子
> 旁邊站著兩個後生，一男一女，男孩是盧先生，女孩子一定是那位羅
> 家姑娘，就不由的暗暗喝起采來。果然是我們桂林小姐！那一身的水
> 秀，一雙靈透的鳳眼，看著實在叫人疼憐。

看著照片中的故鄉風物，春夢婆興發一種故土之情，縱使回不去桂林，也要
用一幅照片療治鄉愁：

> 我要掛在我們店裡，日後有廣西同鄉來，我好指給他們看，從前我爺
> 爺開的那間花橋榮記，就在漓江邊，花橋橋頭，那個路口子上。

它不僅用來醫治自己的鄉愁，同時也來療治廣西同鄉的鄉愁，對春夢婆而
言，一幅照片，尺幅千里，便是瞬間接到魂牽夢縈的桂林花橋，精神便有了
慰藉，不再是虛空、幻想之境。

　　故事藉由不同人物的遭逢，同樣以今昔對照的手法，彰顯故事人物悲情
的人際遇合，在一場時代鉅變中，一切化為烏有，來到異地，必須重新面對
異地、異己、異情的感受，春夢婆，以盧培明遺留下來的一幅桂林山水照
片，慰藉自己的思鄉之愁，同時也慰藉著同樣來自廣西同鄉的鄉愁。人生，
不就是一場一場自己無可改變的遇合嗎？在人生中遊走撞擊中，活出自己的
一片天地來，料誰也沒有想到會從桂林到台北，而在台北的風雨折磨中，仍
要昂然的面對新生活，離鄉的異地感是不會斬絕的，同時也不會中斷思念。
思鄉之情憑著一幅照片達到了療治的效果。

四、身份變換：域外人生的遭逢與開展

不同的生命由不同的性格操弄著，不同的性格造就不同的人生。

從桂林到台北，域外人生的開展，即是一種重新的生活。在台灣，不習慣台灣的多颱風多地震，濕熱的天氣，但是，仍得面對這樣多風雨的天氣，除了天候不適之外，更要面臨的是，曾經風光榮貴的人生，到台北以後，風光不再的歲月逼視大家必須去面對，雖有牢騷，仍得活下去，但是，活下去的步調，卻因性格不同而走出不同的生命舞曲。

李半城，從前是在柳州做大木材生意，聽說是城裡有一半的房子是他家的，所以叫「半城」，如今人流落在台北，兒子在台中開雜貨店，半年匯一張支票，在店裡包了八年飯。料誰也不會想到李老頭子曾經是榮貴一時、富甲半城的商人，如今卻獨身在台北依人而活，在七十大壽時，點了一桌子菜，隔天便在小公園大枯樹上吊死了。昔富今貧，是一位時代滾輪下無可奈何的犧牲者。

秦顛子呢？以前在廣西榮縣擔任縣長，娶了二個小老婆，出門風光，不可一世，來到台北，成為市政府小公務員，因為調戲女職員被革職，後又對店裡女顧客毛手毛腳被攆出去，到榮市場摸賣榮婆的奶，被當場打得額頭開花，後來，八月颱風，死在水溝裡。今昔對照，令人不勝欷歔。

盧培明，在桂林時，爺爺曾經做過湖南道台，是一個大善人，也是培道中學的創辦人，家世良好，盧培明到了台北，以教書為業，任教於某國小，同時，也勤奮養雞攢錢，晚上還在家中上補習課程貼補家用，是一位殷實的人。後因為積蓄十五年的錢財全數被表哥騙走，一直壓抑情感的盧培明，在等候與未婚妻的重逢未果，卻等來一場騙局，致使情感潰堤，與洗衣女阿春苟合，而阿春之淫亂，卻讓盧培明戴綠帽，不堪忍受之下，與阿春大打出手，結果被咬下半截耳朵。算是敗陣而歸，接著，更悽慘的是，心臟痲痺在自己的書桌前，連個送終的親人皆沒有，他用一生的青春來等候與未婚妻重逢，卻不料被騙光所有積蓄，之後，情感想找個避風港，卻又遇上了俚俗的阿春，致人傷而退。一生，就像是苦守寒窯的王寶釧，等不回青春，等不回

愛人，等到的是人財兩失的悲劇。

　　秀華，是唯一命運由逆境轉向順境之人。丈夫是一位排長，亦在戰亂中失去信息，痴心苦候丈夫歸來，經由嬸娘春夢婆的勸導，轉嫁一位商人，生命才有否極泰來之境。嬸娘以自身的經歷告知，青春有限，須趁著年輕改嫁，莫像嬸娘一生等候丈夫，卻等不到訊息。人生不過如此而已，趁著可以把握的時候應好好把握。

　　造成這些人物的悲劇，除時代鉅變之外，李半城因為年老，無法重新開啟面對台北的新生活，依人而活，無力改變這種現況，註定是一個悲劇人物。秦顛子因為還活在過去的榮貴當中，無法回歸到現實的台北，仍然想著縣太爺的風光，而無法落實到眼下的公務員的小角色，甚至仍然痴想著二位小老婆的風光，所以性格扭曲，見女人心生淫念，伸手調戲，這種變態人格的扭曲，其實不是正常的，由於他未能正視今昔已變，今非昔比，仍然想著當年榮貴一時的情景，以致於將自己的習性保存在記憶當中，做出非分的行為，這就是一種面對鉅變之後，無法調適的人生。性格上的悲劇便由此而生發。盧培明，一直執著舊情，無法面對台北的真實人生，以為與未婚妻的情緣可再續，殊不知，這個性格缺陷，致使自己陷溺在人生的苦海當中，一旦積壓的情感潰堤便一發不可收拾，致令隨遇隨合的與阿春勾搭上，阿春非省油的燈，用力壓榨他的勞力，讓他為她勞動，洗衣，煮三餐，提物品，為她服務，彷彿情感缺口可以得到補償，殊不知引鴆止渴，自入窮途。

　　以上為三個男人的遭遇與無可承負的悲劇；另外，二個女人中的春夢婆與秀華皆已婚嫁，一守，一改嫁，開啟不同的人生。秀華能夠在苦侯丈夫之後，再嫁他人，逆轉生命逆境，而春夢婆則繼續開店營生，迎向未知的人生之旅。

　　同樣執著，五個人卻活出二種生命的樣態，男人的悲死，女人堅苦卓絕的面對域外的新生活，證明了唯有面對當下，重新審視人生，才有可能走出一片新天地。白先勇賦予女性堅忍毅力與卓絕不拔的韌性令人動容。

　　余秋雨曾指出：「《台北人》中的人物，在時間上幾乎都有沈重的今昔之比、年華之嘆，在空間上幾乎都從大陸遷移而來，隔岸遙想，煙波浩淼。

於是，在時間上的滄桑感和空間上的飄泊感加在一起，組成了這群台北人的雙重人生幅度，悠悠的厚味和深邃的哲思就從這雙重人生幅度中滲發出來。」[8]同樣是滄桑與飄泊，李半城對「財」之執著、秦顛子對「勢」之執著、盧培明對「情」之執著，三個從桂林來的男人下場皆以死亡收束，而二位女人：春夢婆與秀華雖然仍執著於舊情，但是，卻能夠勇於接受新生活的開啓。春夢婆雖然眷戀著家鄉味道，也執著於對丈夫的舊情，然而，她是一位勇於面對現實生活的真實人物，爲了生計，在台北重新開一小食店，一方面延續家鄉榮記米粉的光榮傳統，也慰藉自己的鄉愁；一方面也重新面對新生活而能昂然的開出一片新的人生。人生的逆轉，財、勢、情皆一一走離，而唯一不變而能堅持的是自己的執著。顯示出女性的韌性及母性，具有包容性，平日爲錢斤斤計較，卻善心的爲了秦顛子付了保釋費，也在鄉人一一逝故之後，爲其燒紙錢送終。復次，秀華改嫁他人，重啓人生。相較於三位男人，女人的生命韌性顯然更堅實更能面對新生活。

五、〈花橋榮記〉豁顯的悲劇意識

《台北人》小說的扉頁引用劉禹錫〈烏衣巷〉：「朱雀橋邊野草花，烏衣巷口夕陽斜。舊時王謝堂前燕，飛入尋常百姓家。」詩中充滿了昔盛今衰的寥落感。白先勇將該詩置於十四篇小說之首，事實上創作意圖非常明顯，欲用該詩來豁顯全書的基調：昔盛今衰的寥落感。這種悲情感透顯人世滄桑的況味，既有透視人生的哲思，亦有勘破世情的無奈。透過〈花橋榮記〉中的四個人物：春夢婆、李半城、秦顛子、盧培明，我們看到了歷經離亂過後的悲情，李半城流落在台北，依人而食；秦顛子頹死溝壑；盧培明麻痺死於書桌前；曾經擁有半城風光的李半城，歷經顛沛，到頭來，只剩下一場空無的依戀；秦顛子的縣長之尊，淪落成小辦事員，最後，成爲一具無名屍；而

8　余秋雨：〈世紀性的文化鄉愁：「台北人」出版二十年重新評價〉，輯入《台北人》（台北：爾雅，1983），頁 36。

盧培明，家世良好，也不敵人世滄桑之後的淪落。

　　黑格爾（Hegel, 1770-1831）揭示悲劇源於衝突，而衝突有三種類型：人與自然、人與人、人與自己的衝突。[9]我們反觀〈花橋榮記〉幾位主要敘寫的人物，其悲劇來源固然由於時代動亂，不得不從故鄉廣西桂林輾轉來到台灣，由於社會位階的換置、財勢的寥落不得不在台灣重新張羅自己的生活，這是人與社會的衝突；然而更甚者，是不能反身面對新生活，喪失打理生活的能力，深陷往日榮景而無法轉換心情與身份所致，此乃人與自己之衝突：「過去之我」與「今日之我」對峙無法調和，此所以李半城無法面對遷變之後的貧困，拿著當年在廣西的地契，也無法換回任何一屋半房；秦顛子無法面對離亂後的生活，仍深陷昔日為縣太爺的榮貴中無法抽離；至於為情所困的盧培明，因為不能從純純的戀情中抽拔而出，導致一生執著於年少情愛而被騙鉅款，人生陷落至此，遂從「靈」界的真愛反身翻轉陷入「肉」界，與洗衣婦苟合，終至心臟麻痺身亡。

　　白先勇刻意安排全文視角是從春夢婆眼中所開展，這種安排，其實就是一種預示，「春夢」，即是「來如春夢無多時」之意涵，白先勇故意透過春夢婆的眼中來諦視人生鉅變後處世態度，其實即已預示人生如春夢，雖美好而無計留住，所有人生最美好的事物、榮貴，亦如春夢，了無痕跡。透過這場人生春夢：財、勢、情的執著，終將成空，終如春夢，則白先勇之悲情感亦在此中透顯：曾經有過的榮貴，終是繁華事散逐香塵般的流逝，這就是白先勇刻意透過幾個今昔對照人物的遭逢來豁顯他自己的悲情感。我們以故事中五個人物的遭逢，將其今昔對照及人物特質標示於下：

9　黑格爾：《美學》（台北：里仁，1981）冊一，第一卷第三章，頁 274-288。

表 3-2-1　今昔對照與人物特質一覽表

人物	昔	今	人物特質
春夢婆	1. 花橋榮記米粉店的孫女。 2. 嫁爲團長之妻，享受榮貴。	台北榮記小店老闆娘。	1. 爲生活，對金錢斤斤計較。 2. 爲同鄉慷慨解囊，救助。 3. 在困境中仍然昂然向前。
李半城	桂林首富，有半城是他家的。	流落台北，依榮記搭伙過活，兒子久未寄錢過來。	一直存活在過去的歲月當中，無法面對當下，每天看桂林地契。
秦顛子	爲縣長，擁有三個太太，前呼後擁。	到台北成爲戶政事務所某里辦事員，性好漁色，因犯錯被革職。	未能忘記過去風光的歲月，致落魄潦倒。
盧培明	爲桂林大家之孫，與羅家小姐青梅竹馬，訂有婚約。	來台成爲一名小學教師，執著舊情，積蓄被表哥騙走，遇上洗衣女，苟合，人傷而退。	爲情執著，走不出來，致情感一爆發，即一發不可收拾。
秀華	與某排長結婚。	來台後，獨立生活，賴嬸婆維生，後改嫁商人。	雖柔弱而執著於舊情，卻能勇於接受新的生活開啓不同的人生。

　　人生遭逢，不可重現；人生悲劇，不可回挽；在〈花橋榮記〉的人物交接往來中，悲劇源於人自己的性格，無法眞實面對自己，將永遠深陷悲情之中。在淡漠的敘述筆法中，白先勇的創作意圖既隱且深。從這些悲劇的生發，我們感受到：此即是白先勇自己親歷亂離之後的心境寫照：看盡人世大起大落，最後，終歸一場如春夢的結局。

六、結語

　　〈花橋榮記〉是白先勇《台北人》十四篇短篇小說中的一篇，內容敘寫一群因台海變局遷徙來台的廣西桂林人，藉由「榮記」米粉召喚家鄉記憶，

並由家鄉的味道，一解鄉愁之饞，本文透過「飲食」、「記憶」與「身份變換」探討白先勇〈花橋榮記〉所豁顯的「昔盛今衰」之悲感與無可奈何之滄桑感，整篇故事開展是以「我」：春夢婆為觀察者，一方面既冷眼旁觀週遭人物之生生死死，一方面也描述春夢婆亦深陷生活苦境中努力撐出一片的生存空間。其中，被「我」（春夢婆）觀察的主要對象共有三人，旁涉一人，分別代表不同的類型：其一，李半城，曾是桂林富商，代表「財」之勢微；其二，秦顛子，曾是縣長，有二位姨太太，代表「勢」之敗落；其三，盧培明，是盧興昌之孫子，是桂林大善人之孫，亦是培道中學創辦人之孫，代表「情」之執念與求索。其四，秀華則代表生命的隨機翻轉。

　　面對一場天崩地解的時代鉅變，白先勇不以大人物、大英雄來書寫時代的悲劇，而是透過小人物的生活來召喚大家記憶中的變革。由於是書寫小人物，所以〈花橋榮記〉從最日常的生活飲食、男女之情寫起，勾勒出時代悲劇小人物為求生存的卑微面目，同時也示現幾個小人物大起大落的人生際遇與變化，在離散中以飲食來記取家鄉的味道，也以米粉來連接鄉愁。

　　在歷史變動中，小人物的生存與死亡，何其卑微，李半城上吊而死、秦顛子頹死溝中、盧培明癱瘓於書桌前，揭示生命如螻蟻，轉瞬滅逝；因台海變革而遷居域外的一群顛沛流離的人們，生命如同蔓草一般隨生隨長，何其自然，也何其無奈。從這一群「小我」苟活在時代變動中，猶如塵世中的沙塵，隨生隨揚、隨起隨落，不必豐功偉業，不必叱吒風雲，也能讓人興發無盡的感嘆，悲劇意識盡在無言中隱隱流洩而出。

　　鄉愁，對白先勇而言，是個人的悲劇，也是時代的悲劇，他藉由小說中的小人物來傳遞這份悲感，〈花橋榮記〉選擇的切入點是家鄉飲食的召喚，所敘寫雖是春夢婆以及廣西桂林人對家鄉米粉的記憶，其實，是白先勇藉由小人物的悲情遭逢，豁顯大時代的顛沛流離，白先勇的文化鄉愁，靠著小說來慰藉，此與梁實秋、唐魯孫以書寫家鄉飲食來藉慰鄉愁，其實有異曲同工之妙。

琦君「傳記情境」中的鏡像疊影：
以小說《菁姐》爲研究範圍

摘　要

在琦君的小說世界當中，創構出來的人物、情節、場景的雷同性非常高，而且喜歡用「追憶」的手法來敘寫，這其中意味了什麼呢？舒茲曾提出：「傳記情境」（biographical situation）的觀念，指出一個人的「傳記情境」也就是他界定行動範圍的方式及詮釋周遭環境、並且進行挑戰的方式。文學家也是以主觀經驗來敘寫他曾經歷的生命事件，來詮釋、認知他所存在的生命情境。在記憶心理學中也有一個特殊的名稱：「自傳體記憶」，指出人對日常生活中的經歷往往會主動從經驗中存取相關的生活經驗作為記憶的連接點，並且層層堆疊、累積成生命中的片段，所以事件發生的強度越強，往往越不容易忘記，而且將永遠成為記憶中的核心事件。我們透過《菁姐》十篇小說來解析琦君小說結構、情節、人物時，發現其複現性相當高，體察出琦君不僅是為時代造像，而且是為自己傳記情境造像，我們從文本中款款走入她所複製的情境中，終會發現這些建構出來的情境其實就是琦君生平的境遇感受。

關鍵詞：琦君　《菁姐》　傳記情境　自傳體記憶

一、前言

　　歷經時代變動流離的琦君（1917-2006）[1]，於民國三十八年五月渡海來台，時年三十三歲，其後在台居住近三十年，又於民國六十六年遠赴美國，復於六十九年返台任教於中央大學，七十二年再隨夫婿赴美國，一去二十餘年，迄九十三年六月才回台定居[2]，這些空間的轉移：由杭到台，由台到美，再由美歸台，形成一個寓居的人生行旅。這些歷程，體現在她的作品中，特別喜歡以「懷舊」的筆法書寫所感所懷，白先勇在〈棄婦吟：讀琦君《橘子紅了》有感〉即指出：

> 琦君在為逝去的一個時代造像，那一幅幅的影像，都在訴說著基調相同的古老故事：溫馨中透著幽幽的愴痛。一九四九年的大遷徙、大分裂，使得渡海來台的大陸作家都遭罹了一番《失樂園》的痛楚，思鄉懷舊便很自然的成為他們主要的寫作題材了。林海音寫活了老北京的《城南舊事》，而琦君筆下的杭州，也處處洋溢著「三秋桂子，十里荷花」。[3]

揭示琦君文字的特質在「為逝去的時代造像」，所以「思鄉懷舊」的主題便是琦君創作的基調，我們覽閱琦君的作品時，也能感受到她不斷地迴環複誦這樣的詠嘆調，為什麼會這樣呢？

　　德哲舒茲（Schutz Alfred, 1899-1959）曾經提出一個觀念：「傳記情境」（biographical situation），指出每個人終其一生皆以其獨特的興趣、動機、欲求、期望、宗教、意識型態的認同等觀點，來解釋他所接觸的世界。職是，個人的「傳記情境」也就是他界定行動範圍的方式及詮釋周遭環境，並且進行挑戰的方式。這也就是「行動者的實際情境具有其歷史；這是他全

---

[1]　琦君本名潘希珍，浙江永嘉人，著作以散文為主，兼及小說、評論等項。

[2]　請參見附錄一：琦君生平時空簡表。

[3]　參見《橘子紅了》（台北：洪範，1991），頁 1-2。

部的過去主觀經驗的沈澱。行動者的經驗並非為隱匿的，而是獨特與主觀地
呈現在他個人的面前。」[4]所以文學家也是以主觀經驗來敘寫他曾經歷的
生命事件，來詮釋、認知他所存在的生命情境。

　　本文擬從《菁姐》這部短篇小說選集來釐析琦君敘寫模式與個人生平情
境的關涉。

二、《菁姐》書寫結構與模式

　　《菁姐》一書有新舊兩個版本，第一個（舊）版本是自費出版於民國四
十三年，五千本賣完即未再重印。第二個（新）版本是於民國七十年，由
《七月的哀傷》及舊版《菁姐》中選出六篇，再找出未結集的舊作選出四篇
短篇小說，彙整重集而成新版的《菁姐》。本文所採用的版本即是民國七十
年重新出版的新版《菁姐》，凡十篇短篇小說。[5]琦君曾在序言中說：「尤
其是〈七月的哀傷〉那篇。寫的是舊家庭的變故與一個幼弟的夭亡。有著個
人刻骨銘心的哀痛。如今重讀，仍不禁淚下沾襟。年事日長，此心愈加經不
起感傷悲感，也就愈加珍惜當時寫作的心情。」[6]事隔二十多年，再重讀舊
作時，琦君仍然會油然興發感傷的悲感，這個故事因為「有著個人刻骨銘心
的哀痛」所以重讀的心情可以想見而知。而她非常珍惜這些舊作是可以理解
的，在事隔二十多年之後，仍然樂意看到這些舊作重版刊印。職是，這些短篇
小說雖是以故事的情節表出，但是，卻可能是琦君生命中的情境複現，使她
非常珍惜這些舊作，而願意再重溫生命中的某些情境與凝視已結痂的創傷。

---

[4]　請參見《舒茲論文集》（台北：桂冠，2002，二刷）第一冊導論，舒茲著，盧嵐蘭
　　　譯，頁4。舒茲（Schutz, Alfred, 1899-1959）出生於維也納，1939年移民美國，著有
　　　《社會世界的現象學》、《日常生活的結構》，《舒茲論文集》則由納坦森
　　　（Maurice Natanson）編輯出版。

[5]　本文所採用的新版《菁姐》由爾雅出版社有限公司於民國七十年十二月五日初版。有
　　　關重版事宜，可參看琦君在書前所寫的序言〈重印《菁姐》：只為留個紀念〉一文。

[6]　參〈重印《菁姐》：只為留個紀念〉序言，頁2。

（一）追憶中的「今昔對照」

　　「追憶」是琦君敘寫作品的基調，在〈長溝流月去無聲〉中彬如對表姐婉若說：「因為您喜歡追憶，我在幫您追憶嘛」。「追憶」成為琦君作品唯一的結構，也是創作的靈泉，無論是小說或散文，往往藉由意識流的流轉，回到過去，再轉回現在，形成：

今 —— 昔 —— 今

的時間結構，而在時間流動的過程中，讓我們看到了懷舊、念舊的琦君，在不同的小說，不同的散文，乃至於不同的事故、場景、情節，皆會藉由追憶來圖繪作品的內容。所以我們閱讀琦君的作品時，常可以感受到她以「追憶」的情懷，為逝去的時代造像，這樣的思維其實也深深的運用在小說當中。敘述人物時，也常以「追憶」的視角切入，作「今昔對照」，透過敘事中的人物去追憶往事，《菁姐》十個故事中有九個採今昔對照方式呈現，如下表所示：

表 3-3-1　《菁姐》主要人物與今昔對照表

篇目	主要人物	昔	今
菁姐	菁姐、萱	在杭州渡過成長及求學的歲月	在台
紫蘿蘭	蓉姐	在大陸	在台
七月的哀傷	美惠		
遲暮心	李梅芬	二十年前在大陸	四十歲在台
繡香袋	鄭清松	二十年前在大陸	四十多歲在台
快樂聖誕	韓子豐	二十年前在大陸	四十多歲在台
探病記	孫蔚如	十多年前在大陸	在台
傘下	許心湄	醫學院求學階段	任職心臟科醫師
鐘	金愷之 陳啓元	金愷之在大陸淪陷前 陳啓元在台北	六十多歲金愷之來台 陳啓元在台南
長溝流月去無聲	婉若	十四年前大陸西湖畔	三十九歲在台

除〈七月的哀傷〉未呈現今昔對照，餘皆有今昔對照的敘寫模式，而〈七月的哀傷〉及〈傘下〉二文未涉大陸淪陷之外，其餘八篇皆歷經時代動亂而跨越海峽兩岸，無論是以第一人稱或第三人稱的視角回顧往事，明顯寫出故事人物對往事之沈緬與追憶。追憶成為整個小說選集的主要結構與書寫模式。

（二）典型人物與敘事模式

在《菁姐》一書中，被琦君塑造出來的人物，可以分作「主要人物」與「次要人物」兩類，在敘寫主要人物時，無論是男是女，皆以深情不移的方式諦視時移事往的舊事，穿插著不同的際遇與過程。例如〈菁姐〉中的菁姐難忘與椿的戀情，而萱也難以捨去對菁姐的深情執念。〈紫蘿蘭的芬芳〉中的蓉嫂難忘已去世四年的丈夫而在幽傷中自療情傷。〈繡香袋〉中的鄭清松重逢故人陳春生引發思憶舊情人玉芬。〈快樂聖誕〉中的韓子豐思慕暗戀同學葉淑君二十年而不隨時移事轉。〈探病記〉中的余子安與孫蔚如的一段若即若離的深情在變亂之後，依然深情如昔，只是男已婚而女未嫁。〈鐘〉中的金愷之對大陸妻子的執念，〈長溝流月去無聲〉寫婉如三十九歲了，還守著一分若有若無對孫逸之的深情。以上種種皆是「主要人物」對於情感事件所抱持的態度，同時也是情節推展的核心。

「次要人物」則有對工友的摹寫及對大太太、二太太的刻摹，或是生活在主角人物週邊的串場人物，在這些人物當中，有穿針引線者，亦有不關情節發展者，但是，在這些次要人物當中，也可以輕易捕捉琦君敘寫人物的性格雷同性非常的高，容後詳述。

這種追憶往事的深情是《菁姐》人物敘寫的軸心，而故事情節則十篇當中有九篇故事是以追憶舊情為主線或副線而發展出來的。也就是說，故事情節或許曲折不同，但是架構出來的事件模式如出一轍，閱讀這些內容時，會感受到雷同的故事情節不斷地重現眼前，為何琦君不斷地複製出如此雷同的情節？

其中，不是循著這個男女「深情不移」的主結構發展的〈七月的哀傷〉及〈傘下〉二篇，其實仍然以「情」為發展主線，〈七月的哀傷〉寫美惠懷

念亡弟，而〈傘下〉則是許心湄追憶林院長種種仁德。所以貫穿十個故事是以「情愛」爲軸線，有男女愛情、有姐弟之情、有父執輩照顧之情等等，其中大部份的情節再繫以台海離散，遂形成了《菁姐》結構主線。

（三）追憶中的空間敘寫

承上所述，十篇短篇小說的典型人物皆以深情不移爲主線，而事件模式中十篇有八篇以台海兩隔將戀情切割成不同的時空，而有追憶往昔的情節出現，形成「今—昔—今」的時空結構。

在這樣的結構下，不斷地複製相同的故事原型：今之寥落，是因爲心中惦記著早年愛戀的對象，以致蹉跎婚姻，且藉由追憶，重現當年時空。雖然每篇主要敘寫的人物或男或女，但是，總要表現一份雖歷時空而堅貞不移的眞情。

由於琦君一生走過的地理場景有杭、台、美三地，所以這些地域便圖構成小說或散文中不斷出現的場景。《菁姐》一書最早成作於四十三年，所取場景仍以台海兩岸睽隔爲主要場域。[7]在十篇短篇小說當中，可以分成兩種的空間敘寫，一種是「昔」寫過去在大陸空間爲主，一種是「今」以台灣空間爲主。而在「昔」的主要空間敘寫，以取自江南或杭州爲主，例如有〈菁姐〉，敘寫菁姐與椿、萱二兄弟曾在杭州快樂渡過成長歲月。〈七月的哀傷〉寫雲弟對美惠姐說：「等我將來大學畢業，當了差事，在杭州蓋一幢房子給阿娘住，玉姨呢！跟我住在一起好嗎？」（頁 46）〈長溝流月去無聲〉中的婉若，追憶十四年前與孫心逸在西湖畔的西冷印社的種種往事，而上述〈菁姐〉、〈長溝流月去無聲〉諸篇皆是在台懷念大陸的家鄉，杭州便是琦君刻骨銘心的心景，一再取景於杭州，小說中的人物也不斷透過意識流而回到杭州中。

除了杭州之外，也有敘寫其它地方者，例如〈鐘〉由金愷之推事追憶山

7　民國七十年由爾雅重印的《菁姐》是由兩本舊作：《菁姐》、《七月的哀傷》兩本書重新選錄出六篇，再加上四篇舊作合成十篇而成《菁姐》一書，是琦君尚未離台之前的舊作。

東煙台的蘋果、梨子；又追憶在香港調景嶺時未能接出妻、子的愧疚，以及追憶在重慶時妻子為他縫製茶壺保溫套。〈繡香袋〉敘寫鄭清松醫生，因開車不意撞上陳春生，而勾起與陳春生、玉芬的年少往事，故事回憶的場景仍是大陸的某一鄉鎮，雖然未具實寫出地點，但是追憶仍是故事的主結構。〈遲暮心〉中的李梅芬年屆四十未婚，追憶往事，因父親死亡，為了照顧母親及弟妹，耽誤青春而未婚，弟妹各自婚嫁之後，只有她陪著母親，後局勢急轉，母親於變亂中病死，她子然一身來台，在公務機關找份工作，一做便是十年，因此蹉跎婚姻。在李梅芬的遭遇中，雖然沒有明確指出大陸具實的地理場景，其實也隱含著渡海來台的種種況味。所以大都份故事情節的空間敘寫，仍然以大陸的某地某處為依戀之處。

　　傳記情境的主要特色是個體不管在他生命的任何時刻，皆具有舒茲所謂的「現有的知識儲存」（stock of knowledge at hand）。當我們要認識一個特定的地域時，我們所處的時空位置才是關切的重點，我們對周遭環境的認識有賴於我們在這個世界內所處的具體位置。這即是我們存在「社會的母體座標」當中，而且我們的在世存有（being-in-the-world）的主要基礎，是植基於主觀的時間與空間。它具有傳記情境和現有的知識儲存，個體的世界定義來自他獨特之沈澱的主體性。

　　職是，閱讀琦君的《菁姐》，我們可從小說結構及取材的人物、場景來觀察，故事中的情節或人物或事件，往往指向琦君生命歷程的投影，這也就是舒茲所說的：「我對他人的認識超越了自我認識。這就是在反省中，我只能掌握自己的過去行為。」（頁 8）明確指出，我們所能掌握的其實只是自己過去的行為，透過文字書寫，琦君，其實所要呈示給世人的就是她曾經歷過的真實世界，也就是「我的身體在這個世界內所佔有的位置，也就是我的實際此地，正是我用來確認自己空間位置的起點」，確認自己的存在是自己曾佔有的位置。事實上，我們的在世存有（being-in-the-world）的主要基礎，是植基於主觀的時間與空間。（頁 6）所以「我們的整體自我之呈現……以及鮮明的呈現，絕不能被反省態度所觸及。我們只能轉向自己的思想流，而停留於剛剛掌握的經驗上。換言之，自我意識（self-consciousness）只能在

過去式中被經驗。」（頁 8）正因為自我意識只能在過去式中被經驗，所以琦君遂透過過去式的經驗，為我們不斷地複誦與構寫相同的心境。《菁姐》便是琦君眾多著作中的一種傳記情境的複現。

三、多重稜鏡下的生平境遇感

　　文學研究主要有三個面向：作者、文本、讀者；作者必有作意，但是，在構寫文本時是否真能表達意涵，使意旨傳達出來，或有無言不達意的情形，是一層。其次，文本所構造出來的世界是否能真實映現作者之意又是一層，再次，讀者是否能藉由文本逆會作者之意又是一層，何況詮釋學及接受美學、讀者反應論流行的文學思潮中，到底讀者是否能通過文本體契作意，真是不可求知。但是，若在這三個層次層層堆累中，則我們又如何解讀文學作品呢？

　　除了這些文學理論糾葛的問題之外，我們還須再問：縱使我們從《菁姐》中圖構出琦君的生活經驗，難道未經其刻意隱晦，或是美化？而且我們若從所有的文學去重構作者的生活世界是不是又一種謬誤呢？因為真實世界是一層，而文學家個人的生活經驗又是一層，經由文學之筆所圖構之內容必經過選擇，例如有些寫，有些不寫；有些擴大摹寫，有些隱晦略言；有些刻意修飾，有些刻意醜化等等皆有可能，因為文學是被創造出來的，必不能等同於現實世界。如是再由文學作品去重構作者生活世界，可能拼貼、鉤勒其大體的境遇感及生活世界嗎？

　　文學之真不等於事實之真，但是，文學也不完全植基於虛構，必以事實為基礎，才能創造出不悖反的世界。文學世界就像一面稜鏡，不斷地映照出不同面向的現實世界。不管琦君是否刻意透過文學作品捕捉自己的境遇，對於讀者而言，很容易從作品中拼貼琦君的生活世界，一個經歷時代撕裂由大陸來台的女子，透過文學之筆來書寫時代的感懷及自己的感傷，無論筆下人物是否真實，這樣的圖像永遠留存在琦君的印象中。

（一）情節結構的複製

　　在十篇小說當中，有〈菁姐〉、〈紫蘿蘭的芬芳〉、〈遲暮心〉、〈繡香袋〉、〈快樂聖誕〉、〈探病記〉、〈鐘〉、〈長溝流月去無聲〉等八篇的大時代背景是置放在大陸淪陷前後所造成的流離顛沛、情移事遷、人事淹渺的無奈當中。琦君親身遭逢這種變故，所以感受特別深刻，化作筆下的人物與故事，亦多環繞著這種無可奈何的情愫。

　　例如〈菁姐〉中的菁姐難忘舊情人椿，而在〈繡香袋〉中的鄭清松難忘二十年前愛戀的玉芬，在〈快樂聖誕〉中的韓子豐難忘葉淑君，卻未能表白情意，故而蹉跎二十年歲月。在〈探病記〉中的孫蔚如與余子安原是一對相愛的戀人，因戰亂而分手，孫蔚如難忘舊情。〈鐘〉中的金愷之難忘身陷大陸的妻兒；〈長溝流月去無聲〉中的婉若十四年單身孤寂的守著孫逸之一份若有若無、若即若離的情愫，這些人物不論是男是女，相離時間是長或短，皆因時代亂離而分手，但是卻又守著一份執著的深情而不悔。這些故事，其實結構是相同的，只是琦君以或男或女的筆法來敘寫，或更變故事情節來鋪寫，其內在的情愫結構卻沒有改變。

（二）人物形象的複製

　　人物形象，有主要人物及次要人物，主要人物以深情不移為主，如前所述，茲不贅述。但是，在次要的人物當中，琦君筆下非常喜歡塑造長工或工友的形象，此一形象皆以忠誠、孤子一身來呈現，例如在〈快樂聖誕〉中的工友老張與韓子豐雖然職等懸殊，卻成為十二年莫逆好友；〈鐘〉中的工友老劉與金愷之推事亦是職等懸殊，卻因獨身互相照顧。在真實的世界中，琦君〈下雨天，真好〉或是〈桂花雨〉筆下的阿榮伯，總是一幅忠心耿耿的圖像，令人永難忘懷，所以，在構寫小說時，往往也將這種形象嵌入小說情節當中，在《菁姐》一書中如此，在〈橘子紅了〉中也有長工阿川叔的形象，這些其實皆是阿榮伯稜鏡所映照出來的影像。

　　復次，次要人物當中，琦君不斷地出現與〈七月的哀傷〉相同的情境，

該小說中描寫美惠目睹家境由盛而衰,更親見收養的雲弟由生而死的情節中,故事中有大太太、二太太、玉姨三人,在小說中,敘寫大太太半生受盡二太太之氣,鬱鬱而終;而二太太美麗風姿及氣勢凌人也隨著家道中落而頹然,其實,大太太就是琦君一輩子稱作母親而實為伯母的人,二太太就是〈髻〉中的姨娘。真實層的人物:母親,也是受盡二太太之氣,而鬱鬱寡歡,而二太太也因丈夫嬌寵而備受恩愛,這些皆透過〈七月的哀傷〉再現生命中的創傷,而且不止一次的出現在文學作品中。在《錢塘江畔》中的〈阿玉〉的情節也略同於此,大太太不得寵的憂鬱、二太太的飛揚跋扈、小鶯的天真、阿玉作為二太太的丫頭、三叔的關愛及長工長庚伯的慈愛,不就是再複製相同的故事嗎?在〈橘子紅了〉中篇小說中也有這樣的人物結構,大太太與二太太的人物扮演,再加上小妾秀芬,猶如〈七月的哀傷〉中的玉姨,而美惠的視角則猶如〈橘子紅了〉中的秀娟。在〈七月的哀傷〉中的玉姨長美惠五歲,而〈橘子紅了〉的秀芬十八歲只長秀芬二歲。〈七月的哀傷〉寫的是雲弟之死,而〈阿玉〉寫的是丫頭悲苦的命運,〈橘子紅了〉寫的是秀芬嫁給豪門做小妾之辛酸,而〈阿玉〉與〈橘子紅了〉故事結構的重疊性更高,阿玉與三叔相愛,秀芬與六叔暗生情愫,讀書受學的情節相同,卻一樣要受命運的撥弄,嫁給自己不喜歡的人。

這些人物透過不同的文本呈示出來的,就是鏡與像的關係,一面鏡子不斷地照像,複製出相同的人物或故事結構,只是情節略有變異而已,就好像透過鏡子我們看到了像中之人是相同的,只是不同裝扮或修飾成不同情態的影中人而已,而那張容顏卻永遠是同一個人的。人會衰老或變化,但是,鉤勒出來的形貌仍是同一個人。

(三)空間場景的複製

空間的敘寫,一個永恆回憶的核心:杭州,對杭州無限眷戀的琦君,總是不斷地藉由故事中的人物回到杭州故鄉,一個讓她永生難忘的心靈地理空間,形成了離散之後,仍然以它為核心,畫出無數的想念。

至於工作地點的摹寫,與生平的境遇有關,曾經在司法院工作的琦君,

所敘寫的工作也往往會取材自曾經歷過的場景，例如在法院工作的有〈鐘〉的金推事。取材自公務機關的有〈快樂聖誕〉的韓子豐、〈探病記〉中的孫蔚如與余子安、〈遲暮心〉中的李梅芬等等。

在追憶中，不斷地複製熟稔的人物、情節、事件與場景，讀者們也在閱讀中，不斷地重溫琦君的生命場景、生活模式及創作的基模，甚至琦君喜歡沈緬在過去中，連創造出來的故事人物也喜歡沈緬在過去中，不可自救。

在琦君的散文中多少示現對家鄉的感懷。在《錢塘江畔》[8]一書中也有相同的寫作動機與心情，〈清明劫〉寫大陸變色之際，生死相依的愛侶的悲歡離合。琦君在〈代序──細說重頭〉中指出：「……我所懷念的鄉親戚友，他們的音容笑貌都在目前，而三十年來，他們的遭遇，究竟如何呢？這又豈止是我一個人的悲痛？」敘寫一段時代變革，實際上就是要懷念親友。所以，我們再來反觀琦君《菁姐》十篇小說當中，人物、情節的不斷複製，其實是不斷地複製自己的潛意識的創傷情結。

（四）小說與生平境遇感的重疊

《菁姐》中的故事，是屬於虛構層，而琦君真實的生活經驗是真實層，在虛構層的故事中，往往會將真實層的經驗置入其中，所以才能讓我們感受到真實而無悖謬情形出現。但是，琦君不僅透過敘寫故事來緬懷自己曾經生活、經驗過的歷程，同時也不斷複製相同的情境，讓自己的「過去經驗」與「小說人物經驗」疊合，寫小說，其實是用來重新溫習自己的生命情境。我們試著來抽剝其中的鏡像關係。

真實層是鏡，虛構層是像，鏡不變而像不斷在變化，而變化的程度仍然以「鏡」可顯之範圍為主。小說是虛構層，卻並非完全虛構，而真實世界雖是真實層，卻已在時光流逝中成為過往陳事，往事不可重回，僅成記憶而轉換成虛構，弔詭的是，此一虛構並非完全是虛構的，因為它曾是生命最真實

8　《錢塘江畔》一書是琦君結集舊作而成，初版於民國六十九年四月由爾雅出版。共收十一篇短篇小說。

的經驗，所以沈澱在生命底層，醞釀成潛意識，常常會不經意的透出一鱗半爪來捕捉曾經擁有的美好。透過故事的虛構來緬懷自己的過往情事，而此一依附於小說情節的故事，雖然是虛構的，但是，有時它比真實層還更真實，主要是因為它已摻雜了自己真實的經驗與感受。

《菁姐》當中，人物的痴情、情節的鋪陳，地點由大陸再到台灣的睽隔，時間跨越一個亂離的時代，這些其實是琦君親身體驗的真實世界，不過是透過故事人物來重述自己面對流離世界的感傷與緬懷。我們從《菁姐》一書可以抽剝真實層與虛構層的鏡像關係，當然，有些人物並非讀者知悉的真實人物，但是，從文本中可以體契當有此人，而被琦君化為筆下人物，這些無名人物是我們無法明確指出者：

表 3-3-2　真實層與《菁姐》虛構層對照表

項目	真實層	虛構層
人物	長工：阿榮伯	工友：〈聖誕快樂〉中的老張，與韓子豐成十二年好友。〈鐘〉老劉，與金愷之互相依附照顧。
	大太太：母親	〈七月的哀傷〉中的大太太。
	二太太：姨娘	〈七月的哀傷〉中的二太太。
	不可確指的某人，執著於往日深情	〈菁姐〉中的菁姐。 〈紫羅蘭的芬芳〉中的蓉嫂。 〈繡香袋〉中的鄭清松。 〈快樂聖誕〉中的韓子豐。 〈探病記〉中的孫蔚如。 〈鐘〉中的金愷之。 〈長溝流月去無聲〉中的婉若。
事件	不可確指的某一事件，對情之執著	〈菁姐〉、〈紫羅蘭的芬芳〉、〈繡香袋〉、〈快樂聖誕〉、〈探病記〉、〈鐘〉、〈長溝流月去無聲〉等篇中對深情不移結構的相同敘寫。
	不可確指的某事，因遷台造成兩情離索	〈菁姐〉、〈紫羅蘭的芬芳〉、〈繡香袋〉、〈快樂聖誕〉、〈探病記〉、〈鐘〉、〈長溝流月去無聲〉。
	母親受盡姨娘欺凌	〈七月的哀傷〉中的大太太受盡二太太欺凌，抑鬱而終。

	杭州	〈菁姐〉、〈長溝流月去無聲〉追憶昔日在杭情景。
場景	大陸其它地點	蘇州：〈探病記〉。 其他：〈紫羅蘭的芬芳〉、〈遲暮心〉、〈繡香袋〉、〈快樂聖誕〉、〈鐘〉。

　　琦君在《菁姐》同一本書中出現相同的故事結構，例如前述〈菁姐〉、〈紫羅蘭的芬芳〉、〈繡香袋〉、〈快樂聖誕〉、〈探病記〉、〈鐘〉、〈長溝流月去無聲〉等篇的敘寫結構皆是執念於昔日深情。

　　也有不同的作品之間，呈現出相同的結構，例如《錢塘江畔》中的〈錢塘江畔〉、〈莫愁湖〉與《菁姐》中的〈長溝流月去無聲〉也有相同的故事情節，只是結局略有不同而已，試簡示參照表於下：

表 3-3-3　《菁姐》、《錢塘江畔》重要人物、事件、場景參照表

書名	篇名	人物	事件	場景	故事大要
菁姐	長溝流月去無聲	婉若 孫逸之	相見恨晚之師生戀	西湖	互生情愫，卻因孫有妻兒，後，亂世分離，一枚印章成為追憶的信物。
錢塘江畔	錢塘江畔	鄒少喬 韋明峰	同學深情愛慕之情	錢塘江六和橋	韋明峰追求鄒少喬，不果，夜出，為救出事工程船溺死，徒留少喬遺恨，一封轉交的情書成為追憶的遺物。
錢塘江畔	莫愁湖	四姑丈 劉舜華	相見恨晚之情愛	莫愁湖	姑丈與四姑沒有愛情基礎結婚，邂逅劉舜

					華而互生情愫，卻不得傳遞深情，後姑丈因傷寒、肝炎而亡，一封未能寄出的情書成爲遺物。

從上表可知，三個故事皆是敘寫一段沒有結果的愛情，寫的是執念深情之例。另外，尚有〈七月的哀傷〉與琦君其它作品也有結構雷同之處，只是敘寫不同的主題與遭遇，試以簡表示之如下：

表 3-3-4 　〈七月的哀傷〉與琦君其他作品結構雷同對照表

書名	篇名	人物	事件	場景	故事大要
菁姐	七月的哀傷	大太太 二太太 玉姨 美惠 雲弟	大太太受盡二太太欺凌抑鬱而終。 玉姨亦受欺壓。	杭州	二太太管教過嚴致雲弟死亡。
橘子紅了		秀芬	秀芬爲偏房，亦在二太太脅迫下難產死亡。		以納妾、生產過程爲主線。
錢塘江畔	小玉	大太太 二太太 小玉	小玉爲丫鬟，受二太太虐待，後遣回改嫁他人。		以小玉爲侍婢被二太太欺凌爲主軸。

　　三個故事的結構雷同，僅是敘寫的人物或重點不同，〈七月的哀傷〉寫雲弟死亡過程，〈橘子紅了〉寫納妾過程，〈小玉〉寫侍婢被二太太欺凌的過程。雖然側重點不同，但是，人物的結構及故事結構卻大同小異，都是呈現二太太的頤指氣使，不可一世的氣勢凌人。所以透過這些複製的情節，我們可以知道琦君所要表現的其實是自己生平境遇感，所以像鏡子一樣，不斷地在其他的作品中，複現相同的情境或情節內容。何以如此？

四、記憶疊影中的文學視野與意義

對於「記憶」（Remembering），不同學門有不同的觀點與定義，根據巴特萊特（Frederic. C. Bartlett, 1986-1969）所示，大約可以簡化為下列三種：

一、生物學家將記憶視為「重複的功能」（repetitive function），而且迅速沈浸在特定的痕跡（traces）如何產生及如何用某種重新興奮起來的理論之中。

二、哲學家設法找出回憶（recall）的東西如何與「真實的」世界聯繫，並探求回憶所提供的信息的有效性。

三、心理學家則涉及學習和遺忘（forgetting）的正常過程，及刺激強度（intensity of stimulation）、聯想（association）、聯想強度（association strengths）等之探討。[9]

我們根據心理學所示，知道「遺忘」與「刺激強度」有密切關聯，透過知覺、再認、回憶的心理過程，任何東西必先被「知覺」，才能「再認」和「回憶」，但是，並非所有可引發知道的事物皆能觸發「再認」和「回憶」。「再認」是特定且具體的，它能使心理材料得以保存，而「記憶」是其中最複雜者，其中涉及：最初的感覺模式、最初的心理傾向或態度、用某種場景堅持這種傾向或態度及可以把心理材料的傾向或態度組織起來。[10]等，所以在琦君小說中不斷地將最初的感覺模式、態度表現出來，不斷重現生命中的創傷，而且以文學之筆複製自己潛意識中的情節，這種鏡像疊影不

---

[9] 參考《記憶：一個實驗的與社會的心理學研究》（*A Study in Experimental and Social Psychology*，台北：桂冠，1998）巴特萊特著，李維譯，許儷絹校訂，〈第九章知覺、再認、回憶〉，頁273-274。

[10] 《記憶：一個實驗的與社會的心理學研究》（*A Study in Experimental and Social Psychology*，台北：桂冠，1998），頁285-286。

斷地複製，其實，是要映現出琦君面對時代亂離的感傷，也許是自己的一份
幽微而執著的情感轉化，也許是目睹身旁人物的遭遇而寫出來的，其基調是
一致的對時代所造成的執戀之人的分手的感傷；而敘寫的基模則一致呈現爲
情爲愛而寧可守著一份不可重回的深情；至於結局，幸運者得以重逢、重獲
舊情，若〈快樂聖誕〉的韓子豐與葉淑君；再次者，則經過心理調整，轉化
心情重新面對新生活，例如〈紫蘿蘭的芬芳〉中的蓉嫂、〈繡香袋〉中的鄭
清松、〈探病記〉中的孫蔚如、〈長溝流月去無聲〉中的婉若；而悲情的有
〈鐘〉中的金愷之自殺身亡。這些故事基調相同，敘寫結構雷同，只是人物
或男或女，情節略有變改，而結局雖各自不同，卻同樣標示出琦君爲「時代
造像」的意圖，爲這些因戰亂而分手的曠男怨女們寫下了時代見證。

　　復次，巴特萊特又云：

> 記憶並非無數固定的、毫無生氣的和零星的痕跡的重新興奮。它是一
> 種心像的重建或建構，這種重建或建構與我們的態度（即我們對有組
> 織的過去經驗或反應的整體性積極團塊的態度）有關，與突出的細節
> （用心像或語言形式來普遍表示）有關。因此，即使在最基本的機械
> 重複的情況下，記憶也很難達到正確無誤，而且記憶成為這個樣子也
> 是正常之舉。[11]

正因爲記憶是心象的重建，很難做到正確無誤，所以我們無法追索「作者」
是否正確的表達自己的記憶，但是，必會一定程度的將心理材料重新組構出
來。在記憶心理學中有一個特殊的名稱：自傳體記憶。所謂自傳體記憶
（autobiographical memory）即是個人生活事件的記憶，它是人類認知建構
自我、情緒、個人意義及其交互作用的管道，會自發性的產生與自我經驗相

---

[11] 《記憶：一個實驗的與社會的心理學研究》（*A Study in Experimental and Social Psychology*，台北：桂冠，1998），頁311-312。

連的訊息的儲取過程。[12]無論是舒茲的「傳記情境」或是認知心理學的「自傳體記憶」所指涉的內涵其實是一致的，前者從現象學思維切入，後者從認知心理學入手，皆指出人對日常生活中的經歷往往會主動從經驗中存取相關的生活經驗作為記憶的連接點，並且層層堆疊、累積成生命中的片段，所以事件發生的強度越強，往往越不容易忘記，而且將永遠成為記憶中的核心事件。

琦君《菁姐》中的十篇故事，除〈七月的哀傷〉、〈傘下〉之外，其餘八篇內容皆以一九四九年作為時間的界限，以台海相隔為空間的界限，時空的阻隔將兩情相依的愛侶逕相拆離，其後演發一些情節出來，琦君親證時代的流離，故而在記憶深處不斷地形成高強度的潛意識，不斷激發、創作出一些引發創傷情結的作品。Ribot 在《記憶疾病》中將記憶理論程式化，其中有一部份直接與自傳體記憶有關，主張它是一種傳記性的事實，「回憶」是對記憶的意識性體驗，且指向過去有關的意識狀態的定位，因為記憶是一種無數多相元素，是一種聯合、組合、複合體、混沌體或多種系統，準此，Ribot 建立的自傳體記憶模型有四種主要成分：一、記憶透過參照點而組織，二、參照點記憶透過複誦得以維持且可能高度清晰，同時與其他記憶有多重連結。三、成為參照點記憶的事件可以透過個人意向、團體一致性的某些形式或社會條件而具體。四、其他的非參照點自傳體記憶透過利用參照點記憶在時間上定位，其組織狀況不佳。[13]記憶的參照點，其實就是重要的核心事件，在《菁姐》中，男男女女的深情愛戀就是參照點，作為連結的記憶，同時也能維持高度的清晰度，不會因時日推移而抹滅，反而因歲月日益湮滅而日益明顯，它就是參照點的記憶基點。

Tulving 也曾將記憶分畫為三種：程序記憶（Procedural Memory）、語

---

[12] 楊治良、郭力平、王沛、陳寧編著，《記憶心理學》（台北：五南：九十年版），第十三章自傳體記憶第一節自傳體記憶概述，頁 387-388。

[13] 楊治良、郭力平、王沛、陳寧編著，《記憶心理學》（台北：五南：九十年版），第十三章自傳體記憶第一節自傳體記憶概述，頁 388-389。

意記憶（Semantic Memory）和情節記憶（Episodic Memory）[14]，我們從《菁姐》的敘寫模式來觀察，整體而言就是屬於「情節記憶」，也就是個人對於時空知識的整個體驗過的事件的複現，從十篇有八篇是環繞著台海離索而發展的情節來觀察，它既是核心事件，也是故事的切入點，不難想像這個「核心」的情節記憶，是琦君生命中最難忘懷，也最重要的記憶，所以它不斷地被琦君書寫，也不斷複現在琦君的小說當中。我們透過這些故事人物對往事之追憶，其實是琦君對經驗過的往事的沈緬與追憶，寫小說人物的心境，其實是透過這些情節中的人物來寫自己追緬的心境。我們若將其生平經歷及作品作一對照，可勾勒出其作品中呈現非常強烈的「今昔對照」的敘寫手法，而在「今昔對照」中，其實是要透過所建構的人、事、時、地、物來重新溫習一次自己的境遇感，所以懷舊系列中的「今昔對照」最能窺視她的心情，同時也把生命境遇感透顯出來。

我們再重新思考舒茲哲學思維中的生活常識現象學，可以知道每個人終其一生解釋他所接觸的世界所形成的傳記情境（biographical situation），其實是以個人存在的方式去感知周遭的環境與社會，亦即「我的傳記情境界定了我安置行動範圍的方式、詮釋其可能性的方式、進行挑戰的方式。」同時，舒茲也指出：行動者的實際情境具有其歷史；這是他全部的過去主觀經驗的沈澱。行動者的經驗並非爲隱匿的，而是獨特與主觀地呈現在他個人的面前。

琦君所構造出的《菁姐》十篇小說當中，雖然有以第一人稱爲視角，也有以第三人稱爲視角者，無論是第一人稱或第三人稱，皆以「追憶」的心情回顧過往情事，而琦君正是透過這些人物的回顧，重新溫習自己曾經經歷過的生活，所以她不斷地透過小說中的人物爲自己找到追憶憑藉的基點。在《菁姐》十個短篇故事中，不斷地複製相同的情境，一種追憶往事的心情，

---

[14] 程序記憶是指自動化心理活動中使用的對訊息的表徵儲存。語意記憶包括關於世界狀態的訊息且以公告或公理的形式存在。情節記憶是指這種情況下，人們記下包括時空知識的一個體驗過的事件，而自傳體記憶即是屬於情節記憶的一種。《記憶心理學》，頁390。

透過孤男、寡女對舊情的沈緬，或對故物、故情的緬懷，我們真得走進了一幕古色古香的歷史帷幕中。小說，本應是虛構的，但是，在虛構的情節當中，其實我們也透過琦君筆下的人物、事物、場景，看到了琦君在書寫時代悲劇，往往有一份憂憫的情懷。

五、結語：生命情境的投射

琦君從心象記憶中不斷複製熟稔的情節、人物、場景，讓自己沈緬在過去中，也讓故事人物沈緬在過去中，形成「今昔對照」的結構。追憶成為敘寫的基模，十篇小說當中，有八篇敘事模式是以對愛情的執念為主軸，無論是走出或催陷在愛情的桎梏中，皆呈現出琦君喜歡用含蓄的筆法描寫內歛的感情，男女相依深情因大陸淪陷而離索，琦君不以控訴的方式激烈的寫出離索人物的憤怒，反而以溫柔敦厚的筆法來書寫最美麗的愛情，愛情是最牽絆最動人的書寫，在《菁姐》一書中，最要表現的是一種對情愛的執著不變。原來，這些經由台海變離而造成的離亂是琦君最想表現的，雖然歷經時空遷移，卻仍相信人間有至情，這也就琦君的性情表露：是一個念舊、懷舊的人，行諸於文，也表現出這種基調。

透過《菁姐》這個文本，我們可以發現琦君小說中的人物、情節、場景不斷地被複製著，就像是一面鏡子，不斷地映照出經由不同修飾、裝扮的照鏡者的容顏。也就是說，文學若是一面鏡子，琦君不斷地透過這面鏡子來映照自己生平的境遇，只是修飾成不同的文本載體而已。當讀者在閱讀文本時，可以感受到故事的情節結構重疊性非常的高，主要是一種傳記情境的複製，覽閱其文，就是一次次重溫琦君的生平境遇感。

表 3-3-5　琦君生平時空簡表

年歲	時間	空間
1-33 歲	民國 6-38 年	在大陸。
33-61 歲	民國 38-66 年	來台，居二十八年。

62-64 歲	民國 66 年	赴美。
64-67 歲	民國 69 年	返台，任教中央大學。
67-88 歲	民國 72 年	赴美，居二十多年。
88 歲	民國 93 年 6 月	返台定居淡水迄今。
90	民國 95 年	逝世。

表 3-3-6　《菁姐》主要人物及故事大要一覽表

篇目	時間 今	時間 昔	空間 今	空間 昔	人物	故事大要
菁姐	民國三十八年來台以後	民國三十四年秋	台灣台北	杭州	菁姐 萱弟	菁姐與椿、萱兄弟在杭州西湖渡過成長歲月，後椿留學，菁與萱隨父母來台，椿情移而菁回味往事。
紫蘿蘭的芬芳	來台丈夫死後四年	無明顯時間點	在台	在大陸	蓉嫂 虹弟	蓉嫂與兄歷萬難結婚，不被家人允許，來台，兄死，蓉嫂走不出情傷，虹弟慰藉，終能走出陰霾。
七月的哀傷	七月				美惠 雲弟 玉姨 二太太	二太太領養雲弟，管教甚嚴，後病故，美惠繼續求學，玉姨入庵，二太太孤獨孑然。
遲暮心	四十歲	二十歲	在台	在大陸	李梅芬 張太太 胡先生	父亡，為照顧母親及弟妹蹉跎婚姻，後胡先生追求才啟開心扉接納。
繡香袋	二十年後	二十年前	在台	在大陸	鄭清松 陳春生 玉芬	鄭清松因意外車禍撞到故人陳春生，引發舊情思憶玉芬，重逢後，知道自己該走出情傷。
快樂聖誕	二十年後	二十年前	在台	在大陸	韓子豐 宋思平 葉淑君 慧文 小慧	韓子豐好友宋思平婚變，擬與葉淑君結婚，因女兒小慧祈能一家團圓，葉氏決定遠走台南。觸動韓子豐二十年前即暗戀同學葉淑君之深情，乃毅然重新追求葉氏。

探病記	十多年後	十多年前	在台	在蘇州	孫蔚如 余子安 若珍	孫蔚如與余子安原是一對戀人，因戰亂分手，余奉父命與若珍結婚，生有三子女，蔚如來台後與余重逢，知子安貧，若珍病，探病，後，決心走出偏執的愛情。
傘下	心臟科醫師	二十歲大學醫科三年級學生			許心湄 林院長	許女因父母雙亡，依附伯父，伯父亡，由林院長照顧，後醫學院畢業，服務於教會醫院，林院長遽逝，令許女睹傘感傷。
鐘	在台	在大陸	淪陷後	淪陷前	金愷之 陳啓元 老劉	金氏年老多病，常向老劉追憶往事，後自殺，年少同事陳啓元前來弔喪，引發前塵舊事感喟。
長溝流月去無聲	三十九歲婉若	十四年前	在台	大陸西湖畔	婉若 孫逸之 彬如	婉若為三十九歲中學教員，守著一分若有若無對孫逸之情感，十四年單身孤寂守著孫氏所贈之圖章，幸姑媽及表弟彬如安慰，照顧，走出偏執之情。

遮蔽與彰顯：〈紅玫瑰與白玫瑰〉
男性書寫中的對蹠性

摘　要

　　女性，一直是張愛玲（1920-1995）敘事的焦點與核心，從女性發聲是張式慣用的敘寫視角，此即是前人多集中於「閨閣政治」論述之原因。但是，作為女性對立面的男性，積潛在女性書寫的背後，似乎有更深沈的著筆力道，〈紅玫瑰與白玫瑰〉一文恰從男性視角書寫，揭示男性在沈重人倫關係下，流衍變異出潛意識中的理性／感性殘、乃至於從追求「社會我」到犧牲小我的過程，映照出變異心態。本文擬採用「對蹠性」來論述〈紅玫瑰與白玫瑰〉一文中的男性書寫，首先從故事主人翁佟振保在親情我、情欲我、意志我中論其相反相成的兩極對蹠性，以顯發其背後潛藏的意蘊；復次，從男性視角來揭示張愛玲特有的敘述筆法，如何遮蔽男性在「性別政治」之中揹負歷史共業：被框架成一幅擔當救世的圖像，以近距離放大顯影的方式去突顯存在的悖謬性；最後，透過彰顯男主角、遮蔽女性的視角來探知張愛玲書寫意圖在：夫為妻綱的倫常心理與壓力，反指涉女性卑弱依附的反抗。

關鍵詞：張愛玲　男性書寫　對蹠性　閨閣政治　紅玫瑰與白玫瑰

一、前言

　　關於張學，研究者多著墨於「閨閣政治」之女性書寫、女性發聲的論述視角，指出張愛玲以反指涉的方式從對立面爲女性之卑微存在而發聲。例如胡錦媛〈母親，妳在何方？──被虐狂、女性主體與閱讀〉、梅家玲〈烽火佳人的出走與回歸：《傾城之戀》參差對照的蒼涼美學〉、邱貴芬〈從張愛玲談台灣女性文學傳統的建構〉[1]、林幸謙〈張愛玲的臨界點：女性文學、閨閣話語與女性主體的邊緣性〉、〈女性書寫、性別政治與儒家女性構圖：《傾城之戀》和《多少恨》等篇的女體詩學〉諸篇[2]文章，建構張學女性書寫與論述的基本架構。事實上，書寫女性、論述女性，卻不可忽視女性對立面的男性是與女性相反存在的依存關係。根據卡西勒・恩斯特（Cassirer Ernst, 1847-1945）所云，任何文化皆有所謂的對蹠性（polarity，或譯爲兩極性），對蹠的兩端，是一種既相反相成，又相互排拒而形成互相依賴與依存的對立。[3]職是，虛與實、正與反、陰與陽、是與非、男與女，正是相反相成，對立而相互補足。本文擬採用對蹠性來進行論述，透過〈紅玫瑰與白玫瑰〉一文，進行三個層次的探討，先論男性書寫內容之遮蔽與彰顯，掘發男性在社會／自我、親情／愛情、理性／感性之中游離出走與浮沈回歸的潛在心理質素；次論張愛玲書寫本故事的意圖；該文顯筆著墨的部份採用男性書寫視角，盡力揮灑男性在傳統教養下所賦予的權力、光明正大、理性思維以及揹負家族經濟的重任；對照於隱筆書寫的是男性陰暗面，對愛情的渴求

---

[1]　以上諸篇皆輯入楊澤主編《閱讀張愛玲：國際研討會論文集》（台北：麥田，1999）一書中。

[2]　輯入林幸謙《歷史、女性與性別政治》（台北：麥田，2000）該書輯入十篇攸關張愛玲之論述，集中在女性與性別政治的議題上。林幸謙另有《張愛玲論述：女性主體與去勢模擬書寫》（台北：洪葉，2000）亦是以女性閨閣政治論述爲主軸。

[3]　見卡西勒著、劉述先譯《人論：人類文化哲學導引》（*An essay on man: An introduction to A Philosophy of Human Culture*）（東海大學出版，文星書店發行，1959.11，據 1944 耶魯大學初版、1948 版譯）又，polarity 甘陽譯《人論》（台北：桂冠，1997）作「基本的兩極化」。頁 324。

及女性的卑微、以夫爲綱的倫常。最後，歸結全文，說明張愛玲此一對蹠存有之書寫，豁顯男性理性思維之深層內裡，必須犧牲感性的情愛爲主，而女性的感性思維背後，也透露出擇人而生的無可奈何，不僅將被遮蔽的男性深層心理刻畫入微，甚者，將女性「夫爲妻綱」的倫常更放大彰顯出來。

二、親情我：理性的召喚與感性的捨離：坎陷與超越

〈紅玫瑰與白玫瑰〉以佟振保爲敘述軸心，環繞他發展出來的情節，用來彰顯他的人際遇合，以及徘徊在情欲／親情之間的歷程。敘事聲音採客觀旁述，屬置身事外的全能全知觀點，這種觀點似乎無所不知，亦能照顯隱蔽的心理深層的角落，將佟振保的矛盾心理刻畫入微。

（一）理性的自我超越

游走在親情與愛情之間，是佟振保理性思維與感性思維的拉鋸。

對佟振保而言，回歸理性，就是回歸倫常綱維之中，也就是從情愛王國出走。面對英國玫瑰及上海嬌蕊的眞情召喚，振保如何調理呢？「他的前途，都是他自己一手造成的，叫他怎麼捨得輕易由它風流雲散呢？」理性使他必須摒棄感性的情愛，放棄熱烈的愛情，因爲親情在另端呼喚他回頭：「現在正是報答母親的時候。他要一貫的向前，向上，第一先把職業上的地位提高。有了地位之後他要做一點有益社會的事。」把社經地位及母親籠罩在他頭上的冠冕戴上，才能讓自己昂首面對理性的人生，「不止有一個母親，一個世界到處都是他的老母，眼淚汪汪，睜眼只看見他一個人。」母親的淚眼最是他不能斷絕的深情。當年，留學時，母親爲他寄錢、寄包裹，此時是報答母親的時候，他無力反抗，母親形影不斷地擴大成無形鉅大的壓力與責任，他必須以母親作爲社會輿論的根源，同時也是喪失自我主體性的來源。母親一方面是生命給予者，一方面也可能是毀滅之源，對振保而言，生命的過程，母親參予了大半，他不忍心讓她失望，於是，他選擇以母親的期望作爲自己的主體性來源。

理性思維永遠是一把宏闊的巨刃,可以擘開任何牽絆糾葛的情與欲的糾纏:「地下的頭髮成團飄逐如同鬼影子。⋯⋯看她的頭髮!到處都是──到處都是,牽牽絆絆的。」甚至將她的掉髮塞進褲袋,只覺渾身熱燥,自覺舉動太可笑,取出拋掉。這個舉動就是隱喻性很強的理性與感性的糾葛,最終,仍是理性奪冠。復次,在跌入不倫的情網中,理性思維驅使他,必須阻斷眼前與嬌蕊紛亂糾葛的情絲:「一切都是極其明白清楚,他們彼此相愛,而且應當愛下去。沒有她在跟前,他才有機會想出諸般反對的理由。」於是,他向她表白,一種懇求式的表白:

> 嬌蕊,你要是愛我的,就不能不替我著想。我不能叫我母親傷心。她的看法同我們不同,但是我們不能不顧到她,她就只依靠我一個人。社會上是決不肯原諒我的。

不僅是為了母親,更是社會的輿論,讓他不得不終止這段不倫之戀。

無父的文本、缺席的父親,構成張愛玲小說的張力,男性家長放逐於文本之外,母親的某種主導力量就會浮現地層[4]。佟振保將母親的期待視為男女界線的邊際效能,在勸慰的過程中,「嬌蕊熟睡中偎依著他,在他耳根底下放大了她的呼吸的鼻息,忽然之間成為身外物了。」、「她的淚使他下淚,然而眼淚也還是身外物。」,曾經熱烈追求,到了必須正向迎面解決時,一切熱情都成為「身外物」,此即是佟振保對待愛情的方式,這種理性思維,使他的感性退避無路。愛情與親情、感性與理性在這裡拉鋸而對立,更加促成親情之成功與理性之戰勝。

對女性而言,面對男性的理性選擇,成為闇啞的噤聲者,男性的主動性選擇與女性被動性被選,即是潛隱的禮法制度及綱維倫常無形的暗示與運

4　林幸謙在〈張愛玲的「無父文本」和女性家長的主體建構〉,即揭示男性家長缺席的文本中產生的女性家長,其主體身份具有主導的力量,不僅對男性家庭成員有效,對其他女性家庭成員亦同樣有效。見《張愛玲論述:女性主體與去勢模擬書寫》(台北:洪葉,2000),頁122-129。

作。

（二）感性的自我坎陷

　　每當從理性思維「出走」就是一種逃避，也是一種回歸自我的方式。

　　面對淚流滿面的紅玫瑰眞情時，他無能護持這份得來不易的愛情，理性讓他選擇離開英國重新返回故里，在愛情與親情的拉鋸戰中，理性思維讓他必須作勇敢抉擇：回國，割捨愛情成就親情，成就家庭或家族所賦予他身爲男性、身爲長子的包袱與責任。這是他成爲儒家傳統共業下揹負的重任，也是一種不可承受之重。事實上，佟振保表層所表現出來的正經八百、光明正大的背後，也有躍動的心靈被拘鎖住，只有嬌蕊可以洞識他蟄伏的靈魂：

> 嬌蕊說：「我頂喜歡犯法。你不贊成犯法麼？」
> 振保道：「不。」
> 嬌蕊說：「也許，你倒是剛剛相反，你處處剋扣你自己，其實你同我一樣的是一個貪玩好吃的人。」

嬌蕊深能洞識振保也是一個「貪玩好吃」的人，只是理性思維，讓他必須剋克自己，對於一個貪吃好玩的人，什麼樣的力道，可以阻斷這種感性的熱烈呢？可以想見，振保的內心深處鼓動著飽滿的情愛與欲求，熱烈與眞摯的情感，只是，外爍的形象讓他必須一貫維持下去，不能有分寸的踰越。振保爲了躲避她，著手找房子，卻反而越陷越深。「一個任性的有夫之婦是最自由的婦人，他用不著對她負任何責任。可是，他不能不對自己負責。」爲了對自己負責，所以躲著嬌蕊，「他分明知道是他躲著她而不是她躲著他，不等她開口，先搶著說，也是一種自衛。」這種自衛是爲了抗拒：「嬰孩的頭腦與成熟的婦人的美是最具誘惑性的聯合。這下子振保完成被征服了。」振保在嬌蕊的眞情羅織之下，完全被征服了，無力反抗，但是，在面對嬌蕊表白情意，向丈夫寄出離婚信件時，佟振保無法面對這種失去社經地位的可怕，好不容易經營建構出自己的努力城堡，留學歸國，擔任要職，這是他努力經

營出來的豐碩成果，焉能為了一個小女子而毀於一旦？於是，他選擇逃避，躲得遠遠的，其實是用理性在抗爭自己的情欲，犧牲愛情來維護自己的社經地位，如此一來，便以為可以永久保有自己堅固社經地位的城堡。

復次，佟振保在妻子軟弱無能時，為了支撐一個家，不斷地以工作忙碌來掩飾自己逃避家庭與妻子，甚至嫖妓來宣洩自己對家庭與妻子之不滿。這種「出走」表面上是一種逃避心理，其實，更是為了回歸自己心靈深處無法遮蔽的情愛需求，潛隱反轉成對「性欲」的發洩，以為如此發洩就可以補償家庭不美滿之缺失。事實上，更透顯對家庭無力支撐的乏力感，躲進妓女的懷抱是為了抗議妻子與裁縫師之不貞事實，同時也要妻子認同丈夫有權支配家庭經濟，也有權離經叛道走向妓院，這種宣示主權的方式，一方面是個人懦弱的反撥，也是夫為妻綱的必然途徑。同時，相較於煙鸝，概括承受傳統賦予女人的形象，或者可說是父權體系下形構出來的女性形貌：其德性必須是柔順的、貞潔的；其行為必須是依附男人而生、缺乏自主的經濟能力；整體而言，煙鸝似乎具備了柔順妻子的形象，且符合了傳統歸屬於女性的經濟能力完全依附於丈夫，但是，這個柔順的表層底下，卻有不為人知的地紋移動，與裁縫師有染，宣告柔順背後的背叛，用來消極抵制大環境所形構出來的形象。對煙鸝而言，偶然的出軌，必須「一直窺伺著他，大約認為他並沒有什麼改常的地方，覺得他並沒有起疑，她也就放心下來」與佟振保嫖妓對比，顯示女人的越軌是不被允許的，必須符合倫常的。[5]

對佟振保而言，母親的恩情最不可割捨，形成宰制主體情欲的基因，而對妻子的情義到後來只剩下夫妻名義，宗法制度維繫了這個家庭空殼與倫常，卻也抹煞了渴求解放的情欲。從側面觀之，男人自主性選擇情感或婚姻時，表面風光是留給別人看的，卻掩不住心靈深處的孤寂，如同被歲月沖擊得千瘡百孔的岸礁般日益磨損；相對地，女性的被動性依附或叛離，例如嬌

5　林幸謙揭示：「僅僅指出其沈默的憤怒和反指涉意涵是不夠的，還必須探討女性作為他者那種喪失殆盡的女性身份，以及她們被掠奪的欲望。」即是此意。見〈重讀張愛玲：女性焦慮、醜怪身體與女性亞文化群體的重寫〉《歷史、女性與政治性別》（台北：麥田，2000），頁222。

蕊的出軌與再嫁、煙鸝的不貞，預示著渴望解放。這些都是被遮蔽與潛隱的。

　　從理性與感性的對蹠觀察：「理性」，似乎象徵光明正大、倫常綱維、責任與光榮，是正面、正向的導引力量；而「感性」似乎是陰暗的、不可告人、無可言論的。在理性的襯托之下，感性成為被隱蔽的真實自我，潛藏在幽暗的角落，是「不由自主」與「不可言說」的，雖然不可言說，卻是人性情愛最深刻的執著。

三、情欲我：紅白之爭中的玫瑰圖像：熱與冷

　　紅白玫瑰，象徵熱情的情人與淡漠的妻子。在愛情與婚姻之中，無論如何抉擇，都是生命中難以兩全的現實。

（一）反向選擇婚姻的泅游與耽溺

　　　他喜歡的是熱的女人，放浪一點的，娶不得的女人。

　　振保的情意深處是喜歡熱的女人，所以他遇見的女人全是紅玫瑰型的女人。離開了淚流滿面的玫瑰，結果：「才同玫瑰永訣了，他又借屍還魂，而且還做了人家的妻。」再遇嬌蕊，同樣是熱情如火的女人，可是偏偏是娶不得的女人。於是，選擇孟煙鸝：白玫瑰，一個可以娶為妻的女人，恬靜素雅的女人是適合做妻子的，但是，情感的深淵卻總是缺乏一點什麼的，「振保忠實地盡了丈夫的責任使她歡喜的，但是他對她的身體並不怎麼感到興趣。……對於一切漸漸習慣之後，她變成一個很乏味的婦人。」不僅夫妻之間相處乏味，而且「振保的朋友全都不喜歡煙鸝」。當發現妻子與裁縫師有染時：「振保自己是高高在上的，瞭望著這一對沒有經驗的姦夫淫婦」，自己是慣於此道的老手，相較於妻子的生澀，他的冷眼諦觀，提高了丈夫的地位與威權，不去戳破，是為了維持自尊，同時也為自己選擇的女人，居然也

會紅杏出牆而感傷、疑惑。

　　妻子／情人、白／紅、冷／熱之間的反差，是振保必須面對的人生課題，不適合當妻子的情人，永遠是熱情如火的；而適合當妻子的女人，卻又像「浴室的牆上貼了一塊有黃漬的白蕾絲茶托，又像一個淺淺的白碟子，心子上沾了一圈茶污」，振保常喝酒，在外面公開玩女人，妻子不如妓女，故意帶女人兜到家中拿錢，是向妻子宣示丈夫的主權與重要性，以及漠視妻子的行逕。佟振保順從倫常制度，表現出來的社會地位是被尊重的，但是在心靈深處卻是一敗塗地式遮蔽自己熱情如火的愛戀。

　　禮法與倫常是利劍，可斬斷、揮開糾纏的情愛恩怨，同時，它也是無情的利劍，向兩個心靈深處畫下不可抹滅的傷痕，讓佟振保的熱情無所依託，只好汹向欲望的大海沈淪，而鷗煙面對空殼子的婚姻，仍必須時時維持護守，成為最後可以堅守的：一個沒有實質意義的堡壘。

（二）愛情的弔詭與存有

　　當佟振保在巴黎街頭荒涼獨行時，聽到飄來一隻手指彈鋼琴的聲音，贊美聖誕節的歌詩，雖然節奏起伏自有美感，卻在暑熱的市街上流盪出來，對於寒雪的聖誕美詩出現在暑熱大街上，當時樂音魔幻地像是「亂夢顛倒」，反襯出欲望不自主的流動游移。愛情沒有出口，出現在不該出現的時候，嫖妓成為一種成長的標幟，也是一種宣洩的出口。

　　為了證實自己存在，在孤獨寂寞時，以嫖妓來與巴黎異國刻意作深度的接觸，這種經驗藉由描摹落日意象，成就一幅沈淪的象徵：

> 街燈已經亮了，可是太陽還在頭上，一點一點往下掉，掉到那方形的水門汀建築的房頂下，再往下掉，往下掉！房頂上彷彿雪白地蝕去了一塊。振保一路行來，只覺得荒涼。

沈淪，不需要友朋相伴；荒涼，往往是沈淪的前兆。太陽一直往下掉，象徵著沈淪的情欲。在巴黎的落日，是第一次沈淪在「情欲」而去嫖妓。

　　另一次沈淪，是沈淪在友妻的追想之中。琴鍵意象就是一種挑撥情欲的方式，在英國如此，在上海的嬌蕊琴音中也是如此：「她只顧彈她的琴」嬌蕊用她慣有的姿勢在面對這場不倫之戀，佟振保甘心浮游成一尾向日之魚，游向無邊無際的愛情欲海之中：「每天辦完了公回來，坐在雙層公共汽車的樓上，車頭迎著落日，玻璃上一片光，車子轟轟然朝太陽馳去，朝他的快樂馳去，他的無恥的快樂。」所有的沈淪都曾是快樂的，無邊的荒涼之中享受自我墮落的感受。對佟振保而言，從英國的玫瑰回魂返轉成人妻的嬌蕊熱情如火，這些都是他熱烈交往的紅玫瑰，曾經轟轟烈烈地追求並且陷入苦戀的對象，一旦反身離去，一切深情也被阻隔在外。一次，在公車上遇到再嫁為人婦的嬌蕊，愛情早已被抹拭不見，看見的是日益俗艷的嬌蕊，以外貌而言，早已失去青春與美麗，但是，經過多年之後再相見時，感受到嬌蕊是一種高貴的存有。對嬌蕊而言，因為愛過、認真過，讓她深切體會除了男人之外，還有一些值得把握的事物。也因此，容貌雖日益衰老的嬌蕊，反而觸動他深處的真情，沈默的流淚，一種挽不回的愛情與傷逝的感覺，就這麼深刻的銘刻在心靈深處。愛過的人、錯過的人，沈沈浮浮中，自己像一葉輕舟，總在搖搖擺擺中成為無依無靠的浮舟。

　　愛情，是一種悖離相反的存有，當你不斷地在挫折中追求，反而提高了它的存在的高度與價值；當你一旦擁有時，卻又似蚊子血般，不得不去除，怕污髒了手。追求嬌蕊，就是這種心態，追求不得時，想念，思念。一旦嬌蕊反身表示要終身相守時，振保被嚇得生病而且遠離她。這是什麼樣的心理因素呢？追之唯恐不及，而一旦它反身撲向你時，你反而推開它，避之唯恐不及。然而當她成為別人的賢妻良母時，悵然若失的情懷，未嘗不油然而生：「振保看著她，自己當時並不知道他心頭的感覺是難堪的妒忌……在鏡子裡，他看見他的眼淚滔滔流下來……」當紅玫瑰（情人）成為別人的白玫瑰（妻子）時，妒忌與難堪伴隨而至，一方面是紅玫瑰也可以成為白玫瑰，而自己卻未能充份擁有，而且，也無法預期娶進紅玫瑰時，她究竟可否蛻變成白玫瑰呢？無法預知的未來，使他不能不在當時拒絕與逃離。一旦逃離，才知道錯過生命中最深的印記：因為紅玫瑰可以逆轉成白玫瑰。

　　這就是一種弔詭，對男性而言，得不到的女人，永遠是最美的；所以紅玫瑰會變成心口上的硃砂痣，白玫瑰就是「床前明月光」；反之，得到的女人，就會逆轉成嫌憎的對象，白玫瑰就會變成衣服上的飯黏子，而紅玫瑰就會變成一抹蚊子血。究竟是男人特別珍愛失去的、得不到的女人？抑是女人一旦淪為情人或人妻，就會變樣失真？玫瑰意象原本就是愛情的象徵，其可貴性，不在本質，而在於擁有或失去。一經擁有，美麗的玫瑰會變成蚊子血、飯黏子；一旦失去，玫瑰永遠會變成朱砂記與床前明月光。這就是對蹠性的存有。

四、意志我：
困繭中的浴火鳳凰與撲火飛蛾：游離與固著

　　理性的佟振保如何從困繭中脫困而出？是成就浴火的鳳凰，抑是淪為撲火的飛蛾呢？

（一）自我悖離與反撥

　　佟振保外鑠的形象是：正途出身、真才實學、赤手打天下、擔任外商公司重要人物、妻子是大學畢業身家清白、事奉寡母至周、提拔兄弟經心熱心、辦公火爆熱真、對待朋友義氣克己。這樣的佟振保，真的是理想的典型化身。但是，人生，果真如此美好無缺？在情感的漩渦之中，如何泅渡呢？他如何來面對生命中的紅白玫瑰？如何調理成理想化呢？佟振保安頓自己生命的方式是被扭曲變形的人格反轉成失序的矛盾。

　　一方面，他是浴火鳳凰，在人生歷鍊之中打造自己的社經地位，由無父之長子、出身寒微之貧子，經由出國留學，在事業上努力工作，打造出自己的社經地位與家族王國，他是經得起磨鍊的火鳳凰，淬瀝出粲然耀眼的毛羽。

　　一方面，他是撲火的飛蛾，在情感的世界之中，不斷地沈淪再沈淪，嫖妓、不倫之戀，將自己陷入不堪的情境。因為社會壓力與包袱，迫使他喜歡

熱的紅玫瑰女人偏偏娶了冷的白玫瑰，如果白玫瑰賢慧還好，但是，乏味、不貞，使他更加將自己推陷到嫖妓的深淵，猶如撲火的飛蛾，終要將自己埋葬在火燄之中，不得終止。

在人際的表層，他的大我公我，彰顯人世功名利祿，必需養家活口，榮耀家族的光環與責任未曾廢離，然而，隱藏在佟振保的深層心理是私我、個我，是被遮蔽的個人情與欲，成爲積潛在心理底層不能言說的密秘，必須成爲大我之下的犧牲品，情感必須宣洩，必須尋找出口，所以感性的、私我的情愛，偶爾也會顯露出地層表面。爲「大我」犧牲「小我」之「情」，「小我」只好流盪移轉成「欲」，由「欲」作爲出口，來抒發不可言喻的情感理路。

〈紅玫瑰與白玫瑰〉透顯的淺層與表層是紅白玫瑰之爭，事實上同時也指涉情與欲之爭、愛情與親情之爭、感性與理性之爭，在這些對蹠相反之中，振保必須爭取人世功名利祿、養家活口、榮耀家族的社會表象，這些浮游在表層的理性思維，與沈潛在底層的感性愛情不能並生共立。而被遮蔽的深層與裡層是親情與愛情的拉鋸戰，該故事雖然從男性書寫著墨，一方面卻反指涉男性作爲妻綱的合理性，同時也彰顯男性在傳統的倫常中不可負荷之重，必須捨離私我的愛情以彰顯大我公我的合理性。

在這樣的思維下，所有的糾葛，對佟振保而言是可以調理的：「他是有始有終的，有條有理的。他整個地是這樣一個最合理想的中國現代人物，縱然他遇到的事不是盡合理想的，給他自己心問口，口問心，幾下子一調理，也就變得彷彿理想化了，萬物各得其所。」這段文字嘗試爲佟振保的行爲模式作解釋，事實上充滿反諷的語氣，在他的眼中，無論是紅白玫瑰皆可以調理得合理化；不理想的事情，也可以理想化，他是「最合理想的中國現代人物」這句話，充滿無奈的語氣，他代表萬萬千千中國傳統男性必須揹負的重責，同時，也承接中國傳統巨大的包袱，匯聚成一個縮影。然而，被遮蔽不寫的女性呢？則是被物化成可以調理的對象。藉由這種「不寫之寫」，反而更令人感受女人的無奈。

（二）主客對位與易位

在巴黎嫖妓，花錢在妓女身上仍做不了她的主人，三十分鐘的羞恥經驗，讓他從此體悟：「從那天起振保就下了決心要創造一個『對』的世界，隨身帶著。在那袖珍世界裡，他是絕對的主人。」

「決心創造『對』的世界」，就是創造一個以他為核心的世界，他是世界的國王，以他的言行為號令，所有的人必須臣服在他的世界規則之中，不得忤逆，不得悖離。

離棄初戀的玫瑰歸國，就是第一次以『對』的方式來面對抉擇，在情感與理性的平衡下，選擇理性讓他可以闖出一個令人尊敬的名號。因為玫瑰和誰都隨便，有點瘋傻，把她移植到家鄉社會裡，將會是勞民傷財，不上算的事，他是如此精密打算妻子的模型。「玫瑰的身子從衣服裡蹦出來，蹦到他身上，但是他是他自己的主人。」振保以自制力，克制情慾的流盪，以後便常以此激勵自己，但是，深層的自我，卻充滿懊悔的，雖然贏得坐懷不亂的柳下惠名聲，「背著他自己，他未嘗不懊悔的。」

復次，在嬌蕊的身上，他還是無法成為愛情王國的主人：

> 嬌蕊：「我的心是一所公寓房子。」
> 振保：「可是我住不慣公寓房子，我要住單幢的。」

象徵嬌蕊對男人的開放性、隨意性與任意性，而振保卻要遵守禮法，或者說是要做自己的世界的主人，不要與別人共同擁有。於是他捨離嬌蕊，努力營造自己理想中的單幢房子。公寓與單幢的對比，是一種宣示主權的方式，不要與人分住，而要單幢的樓房，要做自己的主人。與嬌蕊陷入熱戀，一種不倫的熱戀，「這次的戀愛，整個地就是不應該，他屢次拿這犯罪性來刺激他自己，愛得更兇些。嬌蕊沒懂得他這心理，看見他痛苦，心裡倒高興。」嬌蕊的欲擒故縱、振保的欲逃反陷的態勢，彰顯兩性對峙時的拉鋸，沒有對的一方，只有來回拉扯的張力，宣示主權的往復，終究他是這場愛情遊戲的主

人，握有主導權。

「現在他是他的世界的主人」，反而成為一種反諷，不能成為巴黎妓女的主人，也要成為情人的主人，但是，當情人宣示要離婚和他長守廝守時，他嚇住了，拔腿奔逃，避之唯恐不及，愛情成為一種受難的圖騰。

娶了白玫瑰，佟振保認定自己是妻子的主子，在固著的傳統禮教之下：「夫者，妻之天也[6]。」而煙鸝也努力扮演賢妻良母，對丈夫嫖妓不歸，卻鄉愿地、忠心地為丈夫掩飾，只差把妓女往家裡帶，「大家看著他還是頂天立地的好人。」就是一種反諷，在大倫常綱維下，男人的行為常被合理化，而且以合理性、正當性來宣示主權。可是一旦當振保不拿錢回來養家時，煙鸝反轉了卑微的角色，有了自尊心、社會地位、同情與友誼。她可以向世界宣示丈夫未盡責任。可是，當丈夫嫖妓，甚至公然將女人帶到家門前，公然展示給她看時，如此行徑向她示威的意味很濃，此時，只能默默的承受與默認。

面對自己一手打造出來的家庭，佟振保有點怨恨，「砸不掉他自造的家，他的妻，他的女兒，至少他可以砸碎他自己。」以暴怒擊水的方式來面對自己的人生，恨不得一手砸碎，這種痛惡之感，是他理性思維下不可能出現的感性動作。這個擊水動作，事實上是對自己徹底的否認與否定。過去，為別人而活，活在別人交讚的口中、活在寡母的期望之中、活在家族的期待之中，一切，如夢幻泡影，娶妻為德，卻乏味而不賢。而失落的愛情，卻偏偏淪陷在心靈的底層，面對自己似是風光體面的表象，內心糾結的情感卻千迴百轉，尤其當他知道妻子勾搭上裁縫師，而將自己陷入更不堪的情境之中。從想成為妻子的主人，到妻子不貞的過程，彷彿從天堂掉進地獄，從此打落到苦海無邊之中，無力自拔。妻子紅杏出牆，宣示了白玫瑰也有不能駕馭的時刻，妄想成為自己世界的主人，卻不能成為愛情王國的主人，情與欲

6　見《儀禮‧喪服》卷三十，輯入〈十三經注疏〉。另外，在《禮記‧郊特牲》卷二十六中也揭示：「男帥女，女從男，夫婦之義由此始也，婦人，從人者也。幼從父兄，嫁從夫，夫死從子。夫也者，大也，夫也者，以知帥人者也。」也揭示婦從夫的條規。

的邊際，是令人無法自拔、無可逾越的疆域。相對地，對妻子而言，「他就是天。振保也居之不疑。她做錯了事，當事人他便呵責糾正……」從佟振保是妻子的「天」，反轉成：「振保對他太太極為失望，娶她原為她的柔順，他覺得被欺騙了，對於母親他也恨，如此任性地搬走，叫人說他不是好兒子。」一輩子努力想成為「天」，成為「主人」，到後來，皆非盤算中的結果。

「這個世界上有那麼許多人，可是他們不能陪著你回家。到了夜深人靜，還有無論何時，只要生死關頭，深的暗的所在，那時候只能有一個真心愛的妻，或者就是寂寞了。」奈何佟振保一輩子要做自己的主人、做別人的主人，卻沒有一個真心相愛的妻子，只能寂寞地嫖妓；而最諷刺的是，佟振保處理事情的態度是「萬物各得其所」，到最後，卻是自己的情感無所依歸，主人反而成為游離四方的行者。同樣地，對煙鸝而言，守護的家，是一個沒有真心愛家的男主人，自己也在虛空的婚姻中，承受著飄浮而無法落實的愛情、婚姻與人生。

五、書寫意圖：
從人倫綱常下的洄游看社會我的自圍與被圍

張愛玲以佟振保作為敘述的視角意圖何在？所要表述的意義為何？

（一）社會表徵下的大我

我們從「社會我」的表徵來觀察，本文呈示二個面向與層次，其一是個人社經位階；其二是倫理綱常下的社會地位與表現。第一個層次的表現，可經由個人努力奮鬥而掙得，是屬於個人自由意志的選擇與努力的歷程。由寡母撫養成長的佟振保，因為無父，是長子，使他必須成為家族的國王，背負沈重的養家活口的重擔，不僅要自己能夠安身立命，更負有：寡母的期待、提攜弟弟的責任、安排妹妹工作乃至於婚嫁，整個家族以他為首，讓他不得不努力經營自己的社經地位。由於出身寒微，為了掙脫生活在店員夥計的小

圈子，他必須比別人更努力，出國留學就是想憑藉個人的奮鬥及堅強毅力，換取新的社會地位，「空白的霧、餓、饞」交織出留學生涯的悲苦，使他更珍惜掙來不易的社經地位。他自甘如此，唯有如此，才能由市井小民攀升到外商公司重要位階，由下層逆游到上層社會。

第二層次的表現，是被籠罩在綱常與人倫大道之中的無形大網，罩住生活在其中各社會階層的人向它靠攏與游移。坎陷在這種倫常的社會大網之中，既是一種責任，也是一種光榮；既是一種權力，也是一種壓力，不得超拔而出。佟振保也順隨著這個無形的制度、無形的羅網，將自己步步推向這個必須由男性組構而成的社會結構之中。林幸謙在論述張愛玲作品時揭示：在中國宗法體制之下，以男性為中心主體的宗法父權，使女性喪失主體與自我，宗法父權成為兩性秩序的文化編碼與禮治規範。[7]在這樣的體制規範之下，形成男尊女卑、男主女從的秩序模型，男性被編入儒家傳統結構與人倫綱常的體制下，成為秩序主體的符碼，一方面是主體與秩序的規範者，一方面也必須承受宗法意義與象徵禮法核心所給予的責任與禮教規範，讓男性必須揹負經國治家之重任。男性既是宗法主體，即承負不可推卸之重任；男性既是尊者，即揹負不可移轉之權力。

事實上，佟振保的母親以撫育孩子、成就孩子為奉獻的依歸，而振保必須順著母親的奉獻，把自己也推向為家庭奉獻、奮鬥的過程，這種雙重互為奉獻、歸屬，一方面承接傳統的宗法制度下的父權結構，一方面也是女性彰顯意義的本能表達方程式，在夫死之後，以兒子作為全部希望的來源，故而送他留學，以金錢資助他完成學業，而佟振保也默許這種宗法結構之下的人倫關係，將自己牢籠在這個桎梏之中，不能掙脫，同時也配合演繹出這樣的人生劇碼。

從某種層面而言，改變一個人的命運雖難，但是個人的命運可經由努力從愚昧無知邁向被人看重的社經地位，而宗法制度與倫常卻是無法掙脫的索

7　見〈女性書寫、性別政治與儒家女性構圖：《傾城之戀》和《多少恨》等篇的女體詩學〉一文，輯入林幸謙《歷史、女性與性別政治》（台北：麥田，2000）。

鍊，緊緊扣住生命的動向。雖然，倫理綱常是一個難以掙脫的大網，卻有人心甘情願以此為依歸，不斷地投入其中。佟振保寧願投入其中，也不願奮力一搏，這種被大傳統框限的被虐形勢，造就了佟振保自虐心態，心甘情願喪失主體性的抗拒能力，反而以此作為生活之軸心、生命之源，也是理想奮鬥的力量來源。潛隱在其奮鬥的背後，是一個無形的巨網：母親的期望，既是奮鬥力量的來源，也是宗法力量的來源。

（二）宗法內圍的情結與規範

　　對菲勒斯（phallus）此一名詞的論述中，具有三層意義，其一是實質的菲勒斯，指陰莖；其二是抽象的菲勒斯，指主體；其三是象徵的菲勒斯，指文化概念下被指稱為宗法權力的象徵，是以男性為中心的社會，也是女性認同的權威。職是，這種論述中的男性，具有一切行為的正當性與合法性，在婚前或婚後，皆有無限的權力與權利可以支配自己乃至於他人。在菲勒斯觀念主導之下，表層顯示男性是傳統宗法制度下的受益者，深層隱藏的卻是男性同樣是受害者。權力的背後是必須承負壓力與責任的。佟振保在這層宗法制度的保護下，成為家族的主權來源者，同時，也揹負這種重責，使他洄游在愛情的世界中，往往必須犧牲個人的愛情，選擇與自己情性相背的抉擇。而這種內圍（immanence）不僅是對「鐵閨閣」中的女性如此，對男性也一體適用的。在宗法制度、倫理綱常維護之下，表現在兩個面向，一是面對婚姻的態度與選擇，形成一種內圍的情結；一是面對人生，必須努力經營婚姻，雖是私己之事，卻與宗法制度密切相連，婚姻代表兩個宗族的結合，同時也象徵男人最後穩固的磐石。在內圍情結之下的男與女，各有不同的處境與態度，男人營建婚姻是社會地位的顯影，而女人則是安頓生命的城堡。佟振保被這條無形的內圍鐵索牽引，不得超拔而出，當他在英國和玫瑰交往時，他不能不深刻盤算自己應該如何選擇太太，才能符合宗法主權的規範性：

　　　　她和誰都可以隨便，振保就覺得她有點瘋瘋傻傻的，這樣的女人之在

外國或是很普通，到中國來就行不通了。把她娶來移植在家鄉的社會裡，那是勞神傷財，不上算的事。

這就是男性在選擇妻子時，必須面臨的現實考量，中國「娶妻娶德」的觀念深深籠罩著他，使他順著這樣的思路進行，無法掙脫而出。復次，在面對嬌蕊時，也自然升出這樣的想法：「當然，王士洪，人家老子有錢，不像他全靠自己往前闖，這樣的女人是個拖累，況且他不像王士洪那麼好性兒，由著女人不規矩。若是成天同她吵吵鬧鬧呢，也不是個事，把男人的志氣都磨盡了。」他很自然地將女人二元對立化，一種順從的女人、以夫為綱、不會和丈夫吵吵鬧鬧的；一種是拖累的女人，接受文明教育之後，懂得爭取自己的權力，會和丈夫吵鬧的。這二種典型，可以做愛人的卻不宜做妻子，於是在內心築起城堡，知道自己要挑的人是什麼樣的女人。所以和玫瑰或嬌蕊交往過程時，他內心明白這是一場遊戲，一個不能認真的愛情遊戲，正因為不能認真，所以他敢於遊戲，而且以情感探測溫度似地敢於投擲。他知道若把這種女人娶回家，會是一個「拖累」。這就是振保自我過度依順宗法主權之後的選擇，可是內心深處卻深深地為這樣的女人難過落淚。曾經為了嬌蕊生病住院，其實就是內心感性的反撥與抗議，這種無言的抗議顯露出男性心理積潛的反彈心理。雖則如此，他卻不會為了一個貪玩的女人，輸掉自己的人生，輸掉自己努力經營來的社經地位：「以生意人的直覺，他感到，光只提到律師二字，已經將自己牽涉進去，到很深的地步。他的遲疑，嬌蕊毫未注意。」如此一來，放棄熱戀愛情，是他慣性的思維流動，也是在內囿的情結讓他必須盤算人生的路，絕不可為了女人而全盤皆輸。

在內囿的情結之下，拉鋸他的行動與思維的是一種背叛的超越（transcendence），在人前，他選擇一位得體的妻子，不會「吵吵鬧鬧」，但是，卻是個「乏味」的女人。在心靈深處，未嘗不想突破這種被限制的牢籠，嫖妓，既是身體放浪形骸的解放，同時也是自我心靈的救贖，從背叛自我心靈中得到寬慰。

同樣被這種主權內囿的尚有嬌蕊，嬌蕊自云：

我家裡送我到英國讀書，無非是為了嫁人，好挑個好的。去的時候年
紀小著呢，根本也不想結婚，不過借著找人的名義在外面玩。玩了幾
年，名聲漸漸不大好了，這才手忙腳亂的抓了個士洪。

一個女人，天經地義必須結婚，家人如此認定，而她也是如此認為，玩過之
後，總還是必須找個人結婚，才是終究之路，而結婚之後，還玩得不夠，有
出軌之舉，振保對嬌蕊為人妻尚與其他男人約會，提醒她說：「別忘了你是
在中國」，一方面顯示佟振保自己被宗法制度內圍，同時也以此約束嬌蕊。
嬌蕊再嫁之後，隨著年紀大了，才發現生命之中還有「愛」、「認真」，於
是努力讓自己趨向「賢妻良母」的路徑之中，也是一種自我內圍。

在女性「亞文化群體」（Female subculture）[8]中，固著地以男性為天、
為尊、為主，不僅男性如此認定與規範女性，而女性亦如此自我認定，煙鸝
就是以夫為天、為主人，一切以他為依歸，沒有經濟能力的煙鸝，必須依人
而活，而這樣的規範，是大宗法制度下的產物，不僅男人如此認定，女人亦
是自我坎限在這個框架中不能超出。對佟振保而言，過度壓抑之後必須自我
解放，對煙鸝而言，何其不然？內圍的賢妻良母的外表之下，包裝著一個背
叛的心靈，背叛，不是為了報復丈夫，而是一種自我解脫的自在。以夫為天
的她，難道必須卑微地生活下去？偶然紅杏出牆，就是為了掙脫傳統禮法的
束縛，但是，畢竟笨拙的她，必須時時掩飾自己，卻仍不免手腳拙劣而被丈
夫識破；相反的，身為丈夫的佟振保，卻可以大剌剌的攜妓出游，甚或繞到
家中來拿錢。此中對照出女人的背叛必須步步為營小心經營，而男人卻可天
經地義的胡天胡地。

如果，整個儒家傳統是一個大羅網，佟振保不會掙脫這個巨網，同時更
陷入其中，努力經營，因為，他是長子，是家族的國王，身為國王，必須負
責張羅一切，權力與義務伴隨而來。無父，使他承擔起父親的責任，他成為

---

[8] 此中所指是一種慣性的生活，包括各種社活動、期望和價值等行為和思想，見林幸謙
《歷史、女性與政治性別：重讀張愛玲》（台北：麥田，2000），頁372。

家族的父親、國王，一切權利操控掌握在他的手中，他必須爲己、爲人好好經營這個被固著化的社會大網。宗法世界製造了一個倫理綱常，做爲男人女人的生存背景；而男人創造了家庭，成爲夫爲妻綱的生存軸心。從此，他不僅是家族的國王，更是家庭的軸心，妻以夫爲綱的軸心。

佟振保在宗法倫常之下，雖可以自主選擇妻子，卻因爲無法擺脫固著的印象與家族的期待，反向選擇，成爲必然的結果，分明喜歡熱的女人，卻選擇了乏味的冷的女人，這未妨是一種宗法主權下的反犧牲。女人的無辜被選，男人的刻意逃避，皆是有形與無形被損傷的過程，煙鸝必須面對丈夫爲天的固著形象，而振保也必須面對冷然乏味的妻子，雙雙在內圍的宗法制度之下，成爲供桌上被犧牲的祭品，留個華美外表供人取看而已。

最後的結尾頗耐人尋味：「第二天起床，振保改過自新，又變了個好人。」宗法社會給予男性的肯定，只要重新面對新生活，只要改過向善，即便曾經荒唐、沈淪、墮落，亦可以被原諒的。這對女人而言，包涵與原諒是不可或缺的美德，必須負荷社會給予的氣度與接受的能量，此即是反指涉女性卑微的顯露。

對佟振保而言，沒有眞心相愛的妻子，剩下的就是寂寞了；對煙鸝而言，何嘗不是呢？是的，人生，終究是要消逝在「沒有光的所在」。這就是張愛玲塑造出來的情愛世界，在光鮮亮麗的社會我、親情我的背後，也是一個荒涼寂寞的身影。

六、結論

歸攝前論，整篇小說以主人翁佟振保爲視角，摹寫他的人生際遇與情愛糾葛：一、從親情我而言，理性與感性的抉擇與捨離，使他努力經營自己在世俗眼中的社經地位，卻一再掩飾自己眞切熱烈的愛情，個人的情欲糾葛必須從理性中走出一條路徑來，「各得其所」是目的，也是手段，卻忽視了心靈無所皈依，愛情被巨大的倫常包袱犧牲成爲祭品，最無法「得其所」的竟是自己飄盪的情感，嫖妓，是一種反撥，也是一種抒發與宣洩，永遠與自己

內心交戰：一方面是流離在情與欲中，一方面浮沈在權力與責任中，顯現出被囿（倫綱）與自囿（甘心選擇）是無力反搏的。

二、從情欲我而言，紅／白、冷／熱、妻子／情人是對蹠而存有，互相反撥悖離而互相因為對立而存在。振保一生喜歡熱的女人，卻娶了冷的妻子；熱的女人不適合做妻子，最後成為別人冷（賢良）的妻子，而最適合做妻子的，反而成為別人不貞的浪婦、熱烈的情婦。復次，一回在公車上遇見再嫁的嬌蕊，手抱著幼兒，愛與認真，使嬌蕊轉向由紅玫瑰轉為白玫瑰。[9] 而佟振保隱約才體悟自己失去了人生中最珍貴的真情。同時，對男性而言，得不到的，永遠是最美的；失去的，永遠是寶貴的；曾經擁有的，是不可抹拭的心痕，在心底淡淡幽幽地蟄伏著，擬俟機反撥而出。

三、從意志我而言，努力向上層社會攀登，有如浴火之鳳凰般必能獲得重生而擁有新的社經地位；然而游離在情愛的困繭中、在欲求與愛情中放蕩自己，反而如飛蛾撲火般自取滅亡。想做自己的主人，結果，恨不得砸碎自己經營出來的家。

四、從社會我而言，佟振保安頓自己的家族，讓寡母有個風光留英歸國的兒子，讓弟弟能攀附成為自己公司的職員，同時也讓自己有個穩靠的家，有妻有女。從表層的社會地位來諦視，佟振保完成了他身為中國傳統男性必須負的責任與重擔，是一個值得驕傲的典範，所以在社會階層中，他是被尊重的，是有地位的，但是，他的心靈何曾有歸屬？彰顯的是社會我的表象，遮蔽的卻是心靈對真情的渴求。

職是，佟振保所面臨的是：親情與愛情、理性與感性、紅玫瑰熱情如火與白玫瑰冷漠乏味的對蹠性。然而，整個故事並非只彰顯男性的對蹠性，亦有女性的對照性，我們根據小說摹寫的人物來觀察，此一內容所透示的彰顯與遮蔽的對蹠性之內容如下所示：

9　嬌蕊向佟振保道：「是的，年紀輕，長得好看的時候，大約無論到社會上去做什麼事，碰到的總是男人。可是到後來，除了男人之外，總還有別的……總還有別的……」，這就是她歷經人事與歲月淬鍊之後的體悟。

表 3-4-1　人物彰顯與遮蔽一覽表

	彰顯	遮蔽
佟振保	社經地位的奮鬥	愛情我／情欲我的流轉
英國紅玫瑰	尋找愛情 與人隨便	依人而生 成為被選擇的對象
上海紅玫瑰 ：王嬌蕊	1. 遊戲人生 2. 人妻，不倫 3. 認真的母親	宗法常規中找到自我
白煙鸝	人倫規範下的人妻	夫為妻綱 沒有自我

從佟振保而言，人們看到的是他光明、輝煌的社經地位，而被遮蔽的是潛隱的情愛欲求的流轉；對英國紅玫瑰而言，她的一生只是為了找個適合的對象結婚，卻免不了在常規下，成為被選擇的對象；對王嬌蕊而言，先是遊戲人生，繼而為妻不倫而紅杏出牆，最後，才找到屬於自己的真我與母性；對白煙鸝而言，嫁為人妻是終極目標，卻是一個以夫為天、為綱卻沒有自我的一個女人，免不了也紅杏出牆了。

　　然而，張愛玲所要呈示的意蘊，果真是佟振保的生平際遇嗎？是他在面對生命中的紅白玫瑰之爭嗎？事實上，張愛玲是透過佟振保來彰顯與遮蔽一些隱而未見的現象。整體而言，浮游在社會表層的是社會我、親情我的光明面向，而潛隱在底層的是情意我與情欲我的逡巡與流動，二者互相依違與拒斥地對蹠存有。情／欲、親情／愛情、理性／感性皆是對蹠而存在，因為對立面的交接迎返而成立、因為互相對峙而存在。在互相拉鋸之中，理性思維伴隨著親情的呼喚，我們看到了宗法社會給予男性莫大的權力，也成為莫大的負荷，他就是自己世界的主人，也是妻子的「天」，在努力構織出來的社會地位中，反指出女性的以夫為綱的必然性與無可奈何的必要性，其中所要呈示的意蘊是：

　　其一，透過彰顯男性之光明正大／理性思維／親情抉擇，來突顯被遮蔽的愛情／欲望，被隱淪在心靈深處。

其二，透過彰顯男性來突顯被遮蔽的女性：被選擇／無自主性／夫爲妻綱的依人而生。

〈紅玫瑰與白玫瑰〉雖然以男性爲敘述主幹，透過書寫男性來反指涉女性之卑微／邊緣化，彰顯的是男性穩固的主體性，而遮蔽的卻是女性的卑微，兩相對蹠而出的是男性與女性同樣在沒有光的世界中，維繫了宗法制度的完整性，卻隱淪了眞實的自我，並且互相依存而活著。這就是張愛玲的書寫意圖。

聚焦與縮影：
黃春明〈死去活來〉所示現的隱喻意涵

摘　要

　　本文旨在論述黃春明〈死去活來〉運用聚焦與縮影的技法，以及隱喻與失諧的策略，達到「以小喻大」譏刺、諷誡世情的社會關懷，映現炎涼世態。論述理序，先論敘寫技巧，呈示二個向度，一是採用聚焦手法，將故事定在粉娘二度臨終以開展情節；二是採用縮影手法，「以小喻大」地反映社會現象；次論敘寫策略，其一，採用隱喻手法，將母親、老樹敗根、老狗、山上等項隱微地喻示親情澆薄；其二，運用失諧手法，表現突梯滑稽死而未亡的乖訛現象；末論〈死去活來〉一文所呈示的意蘊，冀能豁顯黃春明的社會關懷。

關鍵詞：現代小説　台灣文學　鄉土小説　失諧　隱喻

一、前言

　　黃春明（1935-）的成就，並不局限於小說、散文，還包括兒童文學、戲劇、撕畫及編寫鄉土語言教材等，是一位多元創作的文學家、藝術家。[1]就其小說來觀察，善長摹寫小人物[2]，而且關懷的對象隨著年紀增長而有不同。《放生》[3]是黃春明停筆十餘年之後再度結集成書的小說集，也是文壇世紀末的盛事，一反之前關懷城鄉失衡、崇洋媚外的書寫，轉向老人關懷，他在序中云：「我要爲這一代被留在鄉間的老年人做見證。」[4]這就是黃春明《放生》的焦點。李瑞騰也揭示：「台灣已邁入高齡化社會，農村社會更可怕。黃春明用腳讀地理，走在鄉間小道，深入偏遠地方，他已強烈感到問

---

[1] 例如小說有《清道夫的孩子》（1956 年）、《兒子的大玩偶》（台北：仙人掌，1969 年、台北：大林，1977 年、台北：水牛，1987 年）、《兩個油漆匠》（台北：遠景，1971 年）、《鑼》（台北：遠景，1974 年）、《莎喲娜拉‧再見》（台北：遠景，1974 年）、《小寡婦》（台北：遠景，1975 年）等；散文有《鄉土組曲》（台灣民謠記事，台北：遠流，1976 年）、《等待一朵花的名字》（台北：皇冠，1989 年，新版（黃春明作品集 6，台北：聯合文學，2009 年）、《九彎十八拐》（黃春明作品集 7，台北：聯合文學，2009 年）、《大便老師》（黃春明作品集，台北：聯合文學，2009 年）等；撕畫有《我是貓也》（台北：皇冠，1993 年）、《短鼻象》（台北：皇冠，1993 年）等，兒童戲劇有《稻草人和小麻雀》、《掛鈴噹》等，歌仔戲有《杜子春》、《愛吃糖的皇帝》等，鄉土教材編有《本土語言篇實驗教材教學手冊：宜蘭縣國民中學鄉土教材》（宜蘭：宜蘭縣政府，1992 年）、《本土語言（河洛語系）注音符號簡介》（宜蘭：宜蘭縣政府，1992 年）等，其創作媒材豐富多元，可管窺一斑。

[2] 例如六七〇年代多以社會變遷中的城鄉問題作為關懷重心，並且希望自己能與社會連結在一起，自云：「我希望我今後的寫作，能找到一條更開闊的道路，跟大家，跟更廣大的讀者，跟我們整個社會連在一起。」，見《我愛瑪莉‧一個作者的卑鄙心靈》（台北：遠景：1979，附錄）。

[3] 《放生》於 1999 年 10 月由聯合文學出版社出版，自云：「我真不敢去想，我有多久沒出短篇小說集了。有十多年了。」（見〈自序〉）。這是與讀者睽隔十餘年之後，所發出最沈深的感受。

[4] 《放生‧自序》（台北：聯合文學，1999），頁 16。

題的嚴重性，他選擇用小說去記錄並探索內在的複雜性……」[5]深切指出黃春明早已洞悉台灣老年化的問題，並且以小說記錄這些真實感受的內容。本文擬藉由〈死去活來〉一文來體察老年化之外所透顯的社會情狀，冀能看到社會橫切面所呈示出來的肌理紋路。

二、聚焦：刻畫粉娘二次彌留情景

鄭曉江揭示中國人生死企盼具有倫理化的特徵，以孝道為核心觀念，個人生命的終止，非「個我化」而是「家族化」的大事，必須虔誠安葬先人，以顯示家族生命之永恆，如是，形成一套複雜的禮儀系統，以符合社會禮俗來辦理喪葬之禮，才能做到「事死如生，事亡如存」的禮儀化特性。[6]養生送死就是孝道的具體實踐，故而中國人非常重視送終的儀式，希望死者能在眾親人的目送下，毫無遺憾地走離人世，臨終一瞥，成為一個重要的烙印，這是生者與死者最後的照面，也是最後溫馨的留存，一切的聲、光、影、視，將伴隨著死者而逝，為了避免死者遺憾，送終成為重要的儀式。

黃春明的〈死去活來〉就是一篇臨終送別的短篇小說，文中所示現的死亡時間是不可避免又難以預測的，敘寫焦點就從粉娘二次彌留、親族送終作為觀察視角，以此做為故事的重要節情與內容，無疑是要突顯中國對「死生事大」的關注，但是，此一聚焦，也豁顯黃春明很特別的關懷與意在言外的無奈感。臨終送別是孝道的表現，故事聚焦在粉娘的二次臨終彌留。第一次，敘寫八十九歲粉娘在醫生囑咐下，告知已是老樹敗根，無藥可救時，請家人以救護車趕快送回家中，鄉下老人家不希望在外頭往生，能回到家中送終是一種落葉歸根的企盼。救護車遂緊急將粉娘送回家中，經過了一天一夜彌留，從各地趕回來的親人，大大小小有四十八人，這樣龐大的家族，開枝散葉之後，能夠在短時間中回來，算是難能可貴，族人將喜喪物品安置妥

5　《放生·序》（台北：聯合文學，1999），頁8。

6　見鄭曉江：《生死學》（台北：揚智，2006）第七章〈殯葬文化〉第二節〈中國人生死企盼的基本特徵〉，頁206-210。

當，麻衫孝服等早已備妥，但是，粉娘居然在一天一夜之後醒來，並且向大家喊著肚子餓了。折騰了數日滴水不沾，自然是餓了，如此稀鬆平常的生理反應，居然引起大家的驚奇，粉娘看到身旁聚集了大大小小的子子孫孫們，心中非常高興，老人家喜歡熱鬧，難得見面的親人一下子圍簇在旁邊，讓她喜形於色。

因為粉娘未死，所有的親人立即疏散，各自回歸自己生活的軌道，留下的還是一隻忠心的老狗及么兒炎坤。

不到兩週粉娘又不醒人事了，急急送到醫院，又急急送回家中，醫生說快了。炎坤照例要打電話找回散居各地的親人，早早回來給大家長送終，然而，這次大家有點遲疑了，是不是真的？會不會像上次一樣？連絡上的六女三男全部回來，一些子孫輩不像上次一樣悉數歸來，年幼的、上學的，沒回來的較多，粉娘又彌留了一天一夜了，經過么兒炎坤確認沒有脈博和心跳後，立即請道士來做功德，鑼鼓才要響起，道士發現粉娘的白布有半截滑在地上，屍體竟然側臥著，立即叫炎坤來看，粉娘又開始喊餓，大家迅速將拜死人的腳尾水，碗公，香爐，冥紙，道士壇撤掉，在屋外聊天的親人也進屋圍看粉娘，粉娘歉意的說：「真歹勢，又讓你們白跑一趟。」

故事的開展以聚焦手法，敘寫粉娘二次死而復生的彌留狀態，以及親族歸來之後的表現與反應，對照二次臨終送別，異同如下所示：

表 3-5-1　二次彌留對照表

次數	歸來人數	歸來人物	喪禮表現
第一次	四十八人	女兒、兒子、曾孫	喜喪物品：麻衫孝服
第二次	十九人	女兒、兒子、孫子	道士做功德

臨終送別是孝道的表現，桑原騭藏曾揭示中國之存續暨社會幸福之倚

恃，最強固的基礎就是孝道。[7]透過二次對照，可以理解家族們的心情，第一次彌留時，大家預期心理是送終，歸來人數有四十八人之多；經過第一次折騰之後，第二次深懼又白跑一趟，大多抱存觀望態度，歸來人數只有十九人，果眞，還是「死而復生」，當然了，黃春明不必再寫第三次了，因爲二次復生已有足夠的戲劇張力了，何況也達到要表現的內蘊了。

死亡，不僅是個人生理性衰退，也包括臨終過程家族的行爲反應，是一種無可避免的事實，據葛拉特與史特勞斯所云，死亡情境有四種：一是死亡不可避免，可預估明確時間；二是難以預測死亡時間；三是死亡未知，在等待確定的過程中；四是死亡未知，時間亦難預測。[8]粉娘二次臨終，面對死亡無可迴避，只是時間難測，遂演繹出死去活來的事件，究竟黃春明寫兩次彌留送終的故事，要豁顯怎麼樣的意涵呢？

三、縮影：映現當代社會現況

社會變遷的速度受現代化影響，社會越成功地進行現代化，變遷的速度越快，越不可避免社會衝突。[9]黃春明深刻體察台灣在邁向現代化過程中社會快速變遷，從農業社會轉向現代化型態，呈現出親情疏離與社會化的情景，爲了書寫這樣的題材，著墨的不是工商揮闊、爾虞我詐的場景，而是透過隱微手法以粉娘二次彌留、家族送終表現出突梯滑稽的情境，具現傳統農

7　見桑原隲藏著、宋念慈譯：《中國之孝道》（台北：台灣中華書局，1980）第一章頁3。甚至引用美國黑德蘭（Healdand）之言，揭示孝道乃中國人之家族、社會、宗教，乃至政治生活之根據事實，頁 1。又指出中國政治組織是一種家長政治（patriarchy），家族是天下的原型（prototype），天下是大的家族，家族是小的天下，頁 13。

8　見鈕則誠等編著《生死學》（台北：國立空中大學，2005）第四章〈從社會科學看生死〉第一節〈個體層面：心理與生死〉，頁 63。

9　見（美）喬爾·查農（Joel Charon）著、汪麗華譯《社會學與十個大問題》（*Ten Questions A Sociological Perspective*）（北京：北京大學出版社，2009）第八章〈個體真的會產生影響帶來改變嗎？〉、〈社會學視角下的社會變遷〉，頁 184-185。

業社會與現代化過程中的衝突。

死亡，原本是莊嚴的課題；養生送死是中國人的孝道表現，黃春明卻以兩次臨終送別的諧趣方式表現戲而不謔的場面。送終，本應是慘惻萬分，透過刻意淡化，竟也像鬧劇一般。死亡，對任何人而言，皆是萬般不捨，皆有難以面對的痛苦，在面對親人從各地奔回山上時，粉娘只能為自己不死感到遺憾與歉意。庫布勒・羅斯（Elisabeth Kubler-Ross, 1926-2004）指出，臨終病人對死亡的認知過程，可分為否認、憤怒、磋商、沮喪、接受五個時期。[10]可是對粉娘而言，她沒有這些過程，而是能夠真實接受「因年老而死亡」的事實，是一種自然、適時性的接受心理，只是面對二次「死去活來」的過程，映現尷尬的情境，誰都希望死而復返，然而面對勞師動眾的情形，歉意自難撫平，為了取信大家疑惑的眼神，只能歉意地說真的到了那裏了，「那裏」是哪裏呢？不用說，就是陰曹地府，人，果真能從陰曹地府中回來？不得而知，經過兩次彌留未死的粉娘，只好說碰到了已往生的親人及鄰居，而她不說還好，一說，大家更疑惑了，這使粉娘焦急了，以發誓的口吻說：「下一次，下一次我真的就走了。下一次。」這段話講得如此肯定，也如此無奈，只因為兩次未死，必須詛咒下次必須真得走了，免得讓大家又白跑一趟了。照理說，親人未死，應是欣喜之事，弔詭的是，死而未亡竟是一種難遣的尷尬。

全文聚焦敘寫粉娘彌留兩次情形，卻以縮影方式呈現工商社會人際關係的炎涼。探視親人原是稀鬆平常之事，在功利主義掛帥之下，大年大節可以不回來祭祖，千里迢迢歸來探親是有目的性：「這次，有的是順便回來看看自己將要擁有的那一篇山地。另外，國外的一時回不來，越洋電話也都聯絡了。」回來送終的親人，附帶的目的是順便看看即將擁有的土地。

工商社會忙碌節奏與傳統農業作息的悖反，造成疏離感，親人往來不易，各自在生活場域中打拼，經由送終場面，才能讓平日難得聚首的親人相

---

[10] 見鈕則誠等編著《生死學》（台北：國立空中大學，2005）第四章〈從社會科學看生死〉第一節〈個體層面：心理與生死〉，頁63。

聚，也因爲如此，反而打散了死亡的氣氛，大家齊聚一堂，莫說老人家粉娘高興，連平時難得見面的親人裏裏外外敘舊聊天，眞像一場歡樂的聚會而非死亡的祭典。送終的陰氣被家族團聚氣氛刻意沖淡了。

　　黃春明藉由兩次彌留作爲聚焦點，將所要諷寫的人情，置入這個焦點中，以縮影手法顯示工商社會的忙碌與世故，人情世態在此一覽無遺。

四、隱喻：老樹敗根的透視

　　據雷可夫（George Lakoff）、詹森（Mark Johnson）所言，一般人以爲譬喻是一種想像的修辭技巧，被視爲純屬語言的特色，而非思想或行爲。事實上概念主導思維，除了建構感知、活動和人際溝通等，概念系統也是我們確認日常現實的中心角色，故而「概念系統基本上爲譬喻性」如果可以成立，則日常生活的思維、經驗也泰半具有譬喻性的，它包括了語言與非語言層面，也就是說「譬喻」（metaphor）是指「譬喻概念」（metaphorical concept），不僅是一種詩性的想像或是修辭語詞而已。[11]束定芳則揭示隱喻是二個語義場之間的語義映射。[12]準此，在黃春明的〈死去活來〉一文中，也不斷地運用「譬喻概念」來指涉某些事件，藉由載體（vehicle）來映現主體（tenor）的意義，這種以具象或熟悉物象、概念來進行詮釋，即是隱喻運作的思考模式。最清晰明確的概念就是「粉娘」代表「母親」身份，也是大家族之長，而且在「母親」之外，尚有「老樹敗根」、「老狗」、「山上」等隱喻項目匯入，使該文充滿了豐沛意象的譬喻概念。

---

[11] 先雷可夫和詹森著、周世箴譯：《我們賴以生存的譬喻》（*Metaphors We Live By*）（台北：聯經，2005）、第一章〈我們賴以生存的概念〉頁9-13。

[12] 束定芳：《隱喻學研究》（上海：上海外語教育，2003），頁43。

（一）母親：蓋婭[13]分身與大地之母

　　母親是大地之母，也是蓋婭的分身，哺育萬物。粉娘也哺育繁衍出五代將近五十人的龐大家族。母親對家族完全無求無償地付出，甚至在第一次彌留醒來的清晨，第一件事是祭拜祖先，祈求一家大小平安無事。祭祖的動作，象徵血脈有源有頭；祈求的目的，不是求自己長壽百歲，是祈求子孫平安。粉娘本身就是一個很好的隱喻，一則是血脈的傳承者，一則是大家族的母親，也是哺育家族的源頭。然而歸來的子孫輩們，他們的心思與想望的，顯然是有求有償、有條件式、有目的性地歸來，這種對照與反差更顯示母親養育之偉大與無求無私的大我。

　　血源不可斷絕，母親，永遠是大家族的源頭，而子孫們想望的卻是物質索求，山上的土地到底可以分到多少才是他們內心的渴求。

　　母親、大地之母，無私無償地付出、貢獻，是線性的，向前的，對於家人，無私無欲地祈求親人平安，不求回報：而後輩子孫所想望的卻是自己的利益與私心，是一種迴向式的、企求式的回索，二者形成逆反：

表 3-5-2　母親與親族的對應

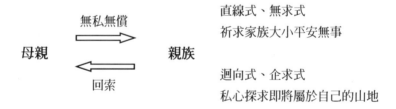

直線式、無求式
祈求家族大小平安無事

迴向式、企求式
私心探求即將屬於自己的山地

血源性／物質性、無求無償／有求有償的對照，映現母親的偉大與子孫輩的求索。

---

[13] 蓋婭是希臘傳說中的眾神之母，誕生於天地混沌未開之際，在希臘廣被尊崇與祭拜，後來也被指稱為人類的始祖，或是大地之母。

（二）樹根：老樹敗根與開枝散葉的反諷

　　文章一開頭就說「老樹敗根」其實是很深刻的隱喻。把母親喻示為樹，象徵源頭與枝葉開展的根源，如今，樹老根敗，即將臨終，對於開枝散葉在各地的親族們，如何回報源頭哺養之恩呢？這種喻示，也是反差性很強的對照：

表 3-5-3　老樹敗根與粉娘的喻示

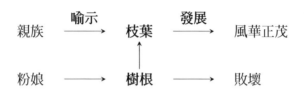

　　「老樹敗根」喻示粉娘，「開枝散葉」喻示親族在各地的發展，而根敗，如何能展示枝葉之風華正茂呢？沒有強壯的根如何栽植茁壯的枝葉呢？深沈的言外之意雖未能表露，卻讓人一眼洞穿其中的因果性。黃春明以「老樹敗根」為始，是潛隱深意的喻示。

（三）老狗：親疏立判與親疏不分的弔詭

　　粉娘所豢養的「老狗」，標示「老」，表示跟隨主人很久了，等同於很親密的家人關係了，牠對於一批批到來且喧嘩的陌生人，以猛吠警告，卻挨了主人棍子，原本，牠能判斷誰是親、誰是疏，這是最直覺的反應了，常常往來的人，或是陌生人是不能超越牠的勢力範圍的，但是，主人的棍子，打亂了親疏的戒線，只能「遠遠躲到竹叢中」，直到家中無異樣時，才搖著尾巴回到家中，對老狗而言，親疏是界線分明的：

表 3-5-4　老狗親疏對照表

親	共同生活或常來往的人：炎坤、粉娘
疏	疏離或甚少走動的人：**從外地歸來的親族**

一陣棍子打亂了牠的判斷，變成了親不親，疏不疏的情形。不是老狗不能分判親疏，而是親人太久未曾回歸山上。黃春明藉由老狗猛吠來喻示、象徵著親人關係的疏離感。忠心耿耿的老狗，親如家中的老狗，焉有不知親疏關係，藉此喻示疏離，即是隱喻的寫法。

（四）山上：與世隔絕的乖忤

　　人的生命有生理性、社會性與精神性生命，生理性生命與血緣相關，是一種父母給予的生命，這種血緣性生命牽繫著父母與子女密切的關係，因此孝道成為回饋父母生育教養之恩的方式，對父母要「養老送終」，更要「生，事之以禮，死，葬之以禮」，喪祭之禮不僅是孝道的直接體現，也是親屬們對死者進行哀悼、紀念的儀式，以表達深沈的孝心與哀思。

　　粉娘與么兒炎坤共同生活，住在山上。山上，象徵疏離與隔絕，隔絕了世俗與社會，形成一個自給自足的莊園，平時因為遠在山上，親族難得上山，山上成為一個被隔絕的世界，不僅與親人，也與社交網絡隔絕，彼此甚少流動，彷彿被孤立的，彼此不相交涉，因為臨終一事，才有了交流互動的契機：

表 3-5-5　山上與山下越界流動

山上　　（與世隔絕的家園）

臨終越界　　　↑

平地　　（世俗的社會）

　　回到山上，象徵回歸，唯有回歸才有歸根的感覺。重視親族血緣之養生送死，在離根發展之後，回歸，似乎與世俗利益衝突。被隔絕的山上是被社會、親族遺忘的莊園，只有死亡大事，才能召喚大家回歸。

五、失諧：死而復生的諧謔張力

　　閻廣林揭示：藝術家創造喜劇是要通過不諧調的描繪或人物塑造誘導出樂趣，引人發笑。[14]不諧調能夠令人發笑，是因爲結構形成不穩定，產生對立、差異、排斥、衝突等現象形成喜劇效果，[15]故而幽默理論，常運用「失諧」達到化憂解紛。所謂「失諧」，就是不諧調，指稱與事實不諧調的事件，或是不能以事實常理判斷的事情，以製造驚奇的內容：

表 3-5-6　死生／悲喜失諧對照表

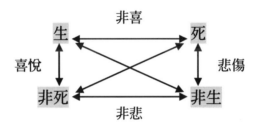

　　由生向死，是一種悲；由死向生應是一種喜，卻因爲反轉，而成爲非喜非悲的情境。當「悲」非「悲」，「喜」非「喜」，被顛覆的不僅是「生死」的悲喜，而是人倫親情的顛覆。從生死象限的兩端觀之，喜悅與悲傷代表二極，生與死也是二極的對立，生，應是喜悅的，死亡應是悲傷的。「死而復生」的「非死」狀態，本應屬於「喜悅」，卻因爲包含著親人彼此間的利益，更顯得弔詭與突梯滑稽。

14　見閻廣林：《喜劇創造論》（上海：上海社會科學院，1992），第一章〈關於不諧調〉頁 1。另，陳學志從心理學視角切入，揭示幽默理論大抵分作：情感論、生理論、認知論三系，其中認知理論有四種模式：失諧理論、「失諧─解困理論」、「理解─推敲」理論、失諧解困的反向合義理論。再據此推衍出自己主張失諧解困的反向合義主張。見陳學志：《幽默理解的認知歷程》（台北：台大心理學博論，1991）。

15　見閻廣林：《喜劇創造論》（上海：上海社會科學院，1992），第一章〈關於不諧調〉頁 18。又於〈不諧調形態〉揭示五種基本類型：不諧調語言、不諧調動作、不諧調性格、不諧調情節、不諧調情境。見頁 39-73。

　　從親族而言，粉娘的「生」應是可喜的；死亡，應是可悲的，但是，為了私己的利益以及往返折騰，粉娘的「生與死」繫在「利益」衝突上，這時，生與死，兩具不歡。帶著歉意的粉娘，更是百感交集。

　　從粉娘視角觀之，生的喜悅，變成了別人的意外，如何的賠不是，仍然是不被喜悅的，此時，不被喜歡的生，成為「非死」的凌遲，而「非死」的事實，成為他人眼中的異象。

　　第一次的「死去活來」，親人帶著驚詫，帶著懷疑，同時，也可能包含著喜悅。

　　第二次的「死去活來」，粉娘從彌留狀況幽幽再回到人世間，親人驚異的眼神，讓她驚覺自己似乎不好意思再復返人間，對別人而言，活著的喜悅完全被沖淡了，取代的是親人遠地趕回的折騰與無奈，驚奇的是，為何八十九歲的粉娘，二次老樹敗根，居然還能死而復活。海德格揭示人是「向死而生」，常人對死的畏懼與軟弱，以漠然處之，以表現出自覺優越的淡漠，事實上是異化於最本己的能在。[16]粉娘對死的淡漠則是來自親族的疏離。

　　篇名「死去活來」其實也是一種隱喻。臨終送別是對治死生的嚴肅課題，透過粉娘兩次彌留，親族歸來送終，示現中國人對「死生事大」的態度，黃春明故意採用失諧手法來諷刺世情，製造出幽幽淡淡的諧謔效果。

六、喻示：豁顯社會的偏失現象

（一）世俗的孝道

　　中國傳統倫理以孝來統攝宗法、血緣與政治倫理，孝是宗法意識之敬祖

16　見馬丁‧海德格著、王慶節、陳嘉映譯：《存在與時間》（台北：桂冠圖書，1998初版二刷）第二篇第一章第五十一節〈向死亡存在與此在的日常生活〉，頁340-343。另，頁341又云：「有所掩藏而在死亡面前人避，這種情形頑強地統治著日常生活，乃至在共處中『最親近的人們』恰經常勸『臨終者』相信他將逃脫死亡，不久將重返他所煩忙的世的安定的日常生活。」

與血緣關係之親情的根基，《孝經・聖治章》云：「天地之性，人爲貴，人之行，莫大于於孝」[17]揭示孝爲一切行爲的源始，此即貫通「百善孝爲先」的理念，故而「孝」是道德的根本，也是教育的本源，更是倫理精神的基礎。孝道既是一切道德的本源、倫理政治的基礎，應該如何實踐？如何約束？以敬愛之心作爲孝的動力，則報恩不僅是動力機制，也是約束機制，衍生出「報」的概念，是出自宗法家族血親報恩思想，體現子女對家族承負的義務。[18]雖然現代人對於生養鞠育之恩，不再以守喪三年來回報父母抱養之恩，而生時的孝養與臨老送終之禮仍然是基本的要求，方能實踐孝道之倫理規範。

　　子孫輩遵循世俗禮法，臨終前見最後一面，讓死者了無牽掛。於是形成了黃春明書寫的焦點，粉娘彌留的第一次，全部趕回來了；第二次請道士做功德，在死後放置腳尾水、碗公、盛沙的香爐、冥紙，並設置道士壇，是孝道禮文的實踐，隨著經濟成長，奢辦喪事有互相攀比、榮顯的心理，講究排場，可光耀喪家的社經地位，提昇價值，甚至透過奢辦喪事以平衡或慰藉平時虧待亡者的補償心理。[19]然而，生前不能盡孝道，如何在死後做功德表現孝道呢？這些世俗孝道表現出什麼樣的意義？老人們需要承歡膝下，不是死後張羅世俗禮法；承歡膝下是老人最可感知的心意，卻是外人看不到的；張羅世俗禮法，卻是一種潛規則，是世俗人必須遵循之事，在這種潛規則之下，大家默守成規，使禮法成爲一種形式的禮法，而沒有實質意義：

---

[17] 蕭群忠曾揭示孝是中國傳統倫理的元德，也是貫穿三綱八目的核心，在修、齊、治平三維結構之中，由修身（個體道德）、齊家（家庭道德）、治平倫理（政治道德）構成的中華傳統倫理體系即是以孝爲核心與起點。見《孝與中國文化》（北京：人民，2001）第二章〈孝之文化綜合意義〉，頁 160-161。

[18] 見《孝與中國文化》（北京：人民，2001）第三章〈孝道與孝行研究〉。第三節〈孝道的基礎與實踐機制〉，頁 283。

[19] 呂應鐘曾揭示喪事奢辦的原因有四：一是經濟條件改善，二是互相攀比的心理，三是受外在影響而違心從眾，四是自我心理補償。見《生死學導論》（台北：新文京，2001）第十章〈探討喪事奢辦的原因〉，頁 129。

表 3-5-7　世俗禮法與誠心孝道的悖反

承歡膝下	心理性的，內在性的，感受性的
世俗禮法	物質性的，表象性的，宣示性的

中國生命禮儀包括：冠禮、婚禮、喪禮、祭禮四項。對喪禮重視一直是中國重要的禮俗之一，具現對亡者的禮敬與哀思。社會偏鋒卻是走向世俗化、物質性、表象與宣示性的表述死亡的意義，這對現代社會又做了一次深刻的嘲弄。

（二）疏離的親情

五代親人歸來山上，加上八十九歲送終，算是喜喪，沖淡死亡氣氛沒有哀傷，反似大團聚，連過年過節皆未歸來，趁著彌留臨終，進行家族團聚，這又是一種反諷：

表 3-5-8　親族對治生／死對照表

生前	逢年過節未能大團聚
終臨	家族齊聚一堂

粉娘第一次未死，還好，親人除了驚喜，還帶有一種可喜；到了第二次，似乎不再像第一次一樣博得群眾的驚喜了，詫異多於驚喜，粉娘自覺歉意，頻頻地說「眞歹勢，又讓你們白跑一趟，我眞的去了。去到那裡。碰到你們的查甫，他說這個月是鬼月，歹月，你來幹來麼？」、「下一次，下一次我眞的就走了。下一次。」這種瀕死經驗敘述與咀咒自己死亡的幽微心態，是很難言喻的幽傷。

瀕臨死亡是一種奇特的神秘經驗，很難表述，不可分享，又很難令人相信。有人歷經瀕死，感到平和，更珍惜生命；有人則肯定生命不再迷惘；有人重返人世變得清醒與聰明。呂應鐘云：瀕死經驗會因爲文化背景、宗教信

仰、種族社會而有不同的描述與解釋。[20]粉娘二次再生，歉意地訴說自己瀕死的經驗，卻沒有人相信，讓大家更惶惑死而未亡的經歷。且生前未能團聚，臨終才能齊聚一堂，再次對親情疏離作了諷刺。

（三）功利化的人際網絡

死生大矣。養生送死是人子必盡之孝道。生前未能侍奉尊前膝下，臨終前才見最後一面，欲讓死者了無牽掛，可是，背後潛藏著目的性的利益，欲看看屬於自己的土地，黃春明運用明／暗手法來敘寫：

表 3-5-9　明／暗敘寫對照表

明寫	臨終送死一面
暗寫	看看即將屬於自己的那一片山地

明寫親族臨終送別，暗寫私心計較屬於自己的山產。諱言死亡，諱言分財產，形成了無形的角力戰。親族之間彼此不言而喻地歸來探視大家長、母親，其實深層是要探望自己的土地，黃春明輕筆著墨，將世人的功利心態徹底地嘲弄了一番，卻又不失溫柔敦厚。

（四）死而復生的嘲弄

透過〈死去活來〉這個故事，讓我們深層地看到黃春明要嘲弄的層次是多元化的，而嘲弄的對象更是豐富的：

一、對粉娘的嘲弄。死亡是可悲，活著是可喜的，卻因為第二次「死而復活」造成對自己的嘲弄：說「下一次我真的就走了」，表現出無可奈何的

20　見呂應鐘：《生死學導論》（台北：新文京，2001）第十一章〈近死經驗的界定與意義分析〉，頁 143，又引 Valarino（2000）之說，揭示近死經驗探討人類的本體、命運和進步，迷人之處在於無法做完整無缺之詮釋，也因此將我們的思維推到極限，進而將之昇華。頁 143-4。

自我詛咒。

　　二、對親人的嘲弄。二次死而未亡，嘲弄歸來探視臨終的親人，隱微寫出其探視屬於自己的那一片地的幽微心情。

　　三、對中國世俗禮法的嘲弄。生前未能盡孝，終臨以團聚、做功德、建道士壇來盡物質性的孝道，似乎是對世俗禮法更大的揶揄與嘲弄。

　　四、對死神的嘲弄。老樹敗根，二次彌留死而未亡，是命太長，抑是死神手下留情？藉死神來觀看世人利益之舉，並透過粉娘二次未死來嘲弄世俗孝道。

　　五、「死去活來」，篇目即是一種反嘲，死去再活過來，是一種失諧的嘲弄，嘲弄的豈止是粉娘的親族？更是廣大的社會群眾，在日益疏離的社會結構之下，反映的不是片面的社會大眾，而是透過片面來嘲弄世間人，喻示這僅是社會縮影而已。

　　敘寫工商社會的題材很多，黃春明卻刻意選擇彌留作為聚焦點，無疑是一項挑戰，因為死亡、送終是嚴肅的課題，一經刻意諧趣化之後，反令人感到無奈，粉娘一生一世生兒育女，到頭來，大家表現的是世俗孝道，所見、所欲，不過是想念著即將分到的產業，子孫輩日益疏遠之後，對於親祖的恩情日益淡化而無所謂了。

　　黃春明顯筆聚焦寫二次臨終彌留的情境，隱筆卻是將社會偏失現象縮影在尺寸之間，讓讀者深刻體認言外重旨。李瑞騰指出：「黃春明出版了以老人問題為訴求的《放生》，用意深遠。」[21]蔡詩萍訪問稿〈空氣中的哀愁〉也揭示：「台灣社會變遷很快，與我父執輩同一代的老者，往往被留在台灣某一處的山區或鄉村，終日則望子女能抽空回來探望，無奈晚輩們總有千萬個無法返家的理由。」[22]深切地指出台灣社會的老人化問題，同時，也是黃春明「預見／遇見」老人化問題的悲鳴。故而除了關懷老人、體恤偏居山區的老人家們，也嘲弄這些平時不歸，有財產利益才想歸來的親族，進而嘲弄

---

[21] 見《放生‧序》，頁10。

[22] 見《放生‧序》，頁8。

社會世俗禮法，平時不侍親，只會死後張羅道士壇、做功德。孝順本應發自內心，表現出虔敬之心、禮敬之心、孝誠之心，然而，世俗的繁文縟節與物質文明皆無補於真誠孝心，做功德是表現禮法，做給他人看的，沒有實質的意義。

七、結論

　　黃春明無疑是當代本土作家的代表人物之一，其摹寫的小說人物，不是轟轟烈烈、力能扛鼎的決策人物；也不是縱橫捭闔、叱吒風雲的歷史人物，往往著墨於市井小民或是村婦野農平實的生活，但是，卻特別具有一種聚焦作用與時代呼應，將時代的變遷以四兩撥千金的方式體現在尺幅之間，呈現以小見大、以少喻多的效果。〈死去活來〉最能具現這種諷刺效果，藉由八十九歲粉娘兩次彌留狀態，來刻畫工商社會中冷暖的世情，令人在諧而不謔的閱讀中，興發一種莫名的感慨。

　　盱衡前論，〈死去活來〉運用聚焦手法以粉娘臨終送別為故事軸線，再運用縮影手法，將工商社會的疏離體現文中，進而採用隱喻技法將母親、老樹敗根、老狗、與世隔絕的山上莊園做沈深的喻示，再以失諧效果彰顯死而未亡的戲劇性，以達到嘲諷刺徒具禮文形式的孝道，故而《放生》不僅是一本老人關懷的書，更是社會關懷的總集。雖然黃春明自云要「為老年人做見證」[23]，雖則如此，全文嘲弄的對象似乎是粉娘、是眾親族，事實上是嘲弄整個社會而不是故事中的人物，他僅是將小說當成載體，將故事人物當作布偶操弄，他要嘲弄的對象是整體過度現代化、都市化社會疏離的人際關係，甚至是五代其昌的家族。

　　黃春明以輕筆淡寫的手法，敘寫粉娘二次臨終送別的場景，將都市化過程中親族疏離的感受，活靈活現地具現眼前，讓讀者像啜一口清茶，清芬有餘甘，卻又不是很辛辣地挑撥舌齒間的感動。這種餘甘、回甘，是讀過之

---

[23] 黃春明〈自序〉，頁18。

後，讓讀者一再詠嘆的感受，也是眞實存在我們週邊的眞實事件，不用激烈手法來進行書寫，反而讓讀者在閱後興發淡淡難以抹去的悵然感受。

荊棘〈南瓜〉「自傳體記憶」
構築的圖像

摘　要

　　本文旨在透過〈南瓜〉一文探討荊棘藉由「自傳體記憶」重構童年印象，抒發父母異質性格的衝突形成反差，而南瓜以柔美溫馨的形象補足了生命中的憾缺。首論追憶童年往事，以涉入的第一人稱觀點訴說一段成長的記憶。次論自傳體記憶的敘寫技法，將時空進行跳接變換，卻依舊能讓讀者井然有序的整理出一個成長的時空圖像。三論母親與南瓜豐美意象相映相襯，四論父親粗暴與母親的柔美形成反差。五論追憶童年，彌補貧病、疏離的親情。

關鍵詞：現代小說　自傳體記憶　荊棘　敘事學

一、前言

如果一顆麥子不死，它永遠只是一顆麥子。

《聖經、新約全書》

是的，麥子不死，只能是麥子，而且永遠只是一顆麥子。如果栽入土中，它可以發芽、成長、茁壯，甚至結出麥穗，再繁生更多的麥子。雖然先前的麥子早已化為物種，埋藏土裡，但是，新的生命卻從抽芽中，綻放新的生命，迎風遙曳，由一顆麥子而繁衍出更多的麥子，這就是生命的力量、綿延物種的力量。麥子死了，卻有了新的生命復生，這就是一種轉化、一種蛻變、一種移換、一種成長，也是爆破現況的復生力量，更是一種堅定的絕地重生的力量，生命就必須是那麼的絕決，那麼無可逃避的選擇。職是，生的喜悅往往是要從死亡與悲哀中蛻變而出，新生的力量，往往是要從割捨中揮霍而出。

李義山的〈錦瑟〉有二句云：「滄海月明珠有淚，藍田日暖玉生煙」揭示所有美麗往往是從痛苦中孕育而生。珍珠何以生成？若非從含藏的蚌殼中日日分泌淚液，何能生成亮彩奪目、晶瑩剔透的珍珠呢？暖玉生煙，可望卻不可即，人世的況味俱在其中，瑰麗常從痛苦絕處重生；溫潤美好的事物，總是若即若離，不可親炙。而荊棘在〈南瓜〉文章一開始便引了新約全書這一段話，似乎要揭示我們，生的力量是從死亡中復生，而死亡卻可能含蘊無數生命的力量。究竟誰是那顆麥子？麥子死後，果真能化生成另一種生命的形式？誰又是孕育生命的初始呢？

荊棘在民國五十三年發表〈南瓜——獻給母親十二週年忌辰〉一文之後旋即出國留學，一篇散文化的小說一直讓台灣文壇凝視著，不僅僅因為它是一篇小說而已，更因為它是一篇溫馨感人的小說。從來，寫自己週邊的人、事、物較難，主要是因為距離太近，反而拿捏不住那份距離感，往往要借助視角的轉換，使敘寫者與作者真實的身分分離，才能寫出有距離美感的文章，但是，荊棘卻偏偏逆反這樣的寫作規範，從「我」第一人稱的敘寫角度置入文中，使作者的距離與敘寫中的「我」疊合，自己不僅成為故事中的人

物,更是以女兒的視點去描摹父母之間的關係及成長過程中一段有關於南瓜的記憶,選擇這樣的切入點來敍述往事,自然受限於視點而有觀看不到、未能敍寫的部份,屬於限知觀點,但是,它的優點是可以適時提供人物心理變化的細膩描摹。〈南瓜〉就是這樣一篇動人且能入能出的文章,而且是一篇近距離寫自己故事的文章,採用的角度是以「追憶」來回顧錐心泣血的童年往事。從追憶童年往事來勾勒一段成長的記憶,並藉由攝取童年生活片段來構織成一段生命核心的痛楚,令人讀之為之驚悸而悵嘆不已,不僅是因為筆觸有情,而是藉由敍寫者以「我」的方式涉入其中,以經驗者的筆觸為讀者娓娓訴說一個自己親歷其境的故事,其感動人的力量自然倍增。

二、自傳體記憶的敍寫技法

　　自傳體記憶(autobiographical memory)是個人生活事件的記憶,建構自我、情緒、個人意義及其交互作用的管道,會自發性的產生與自我經驗相連訊息的儲取過程。[1]事件發生的強度越強,越不容易忘記,將永遠成為記憶中的核心事件。〈南瓜〉一文中的母親意象及南瓜意象似乎是兩個不相容的物象,但是,透過作者刻意處理後,彷彷彿彿之間,看到南瓜,就會憶起童年與母親共同守侯南瓜成長的歲月,這是一段艱苦成長的歲月,在貧、病、落拓、寒傖的生活中,唯一能閃見光影的火花印象,自畸零的生命碎片中拼湊出最美最溫馨難忘的圖像。

　　Ribot 曾將記憶理論程式化,其中有一部份直接與自傳體記憶有關,主張它是一種傳記性的事實。[2]記憶的參照點,其實就是重要的核心事件,在〈南瓜〉一文中,南瓜就是一個參照點,作為連結童年的記憶,同時也能維持高度的清晰度,不會因時日推移而抹滅,反而因歲月日益湮滅而日益明

---

[1]　楊治良、郭力平、王沛、陳寧編著,《記憶心理學》(台北:五南,2001),第十三章自傳體記憶第一節自傳體記憶概述,頁 387-388。

[2]　楊治良、郭力平、王沛、陳寧編著,《記憶心理學》(台北:五南,2001),第十三章自傳體記憶第一節自傳體記憶概述,頁 388-389。

顯，它就是參照點的記憶基點。

Tulving 也曾將記憶分畫為三種，「程序記憶」是指自動化心理動中使用的對訊息的表徵儲存。「語意記憶」包括關於世界狀能的訊息且以公告或公理的形式存在。「情節記憶」指人們記下包括時空知識的一個體驗過的事件。其中，自傳體記憶屬於情節記憶的一種。[3]在〈南瓜〉中所有的事件似乎環繞著南瓜而發展，它成為核心事件，也是故事的切入點，我們從荊棘刻意經營一顆大南瓜作為連結家人的物象，就像南瓜的藤蔓一樣，牽牽絆絆的，一件牽引一件，一事牽引一事，所有的故事以環繞南瓜發展，同時也與母親的形象作一疊影映照，溫麗、美好而難以令人忘懷。

由於故事是建構在「回憶」當中，所以敘寫的時間基模成為一個跳躍且連貫的基點，〈南瓜〉展示的時間序列並非採用順時手法，而是以不斷地回顧前塵往事，作為時間的編寫方式，其時間敘寫的編序性如下所示：

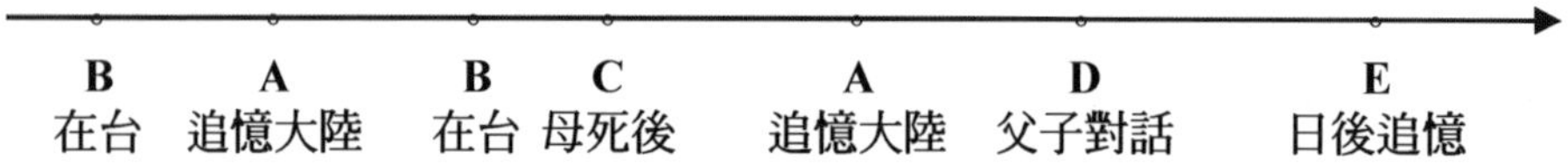

B	A	B	C	A	D	E
在台	追憶大陸	在台	母死後	追憶大陸	父子對話	日後追憶

圖 3-6-1 故事時間編寫序列圖

我們重構時間發生的序時性，其順序應當如下：

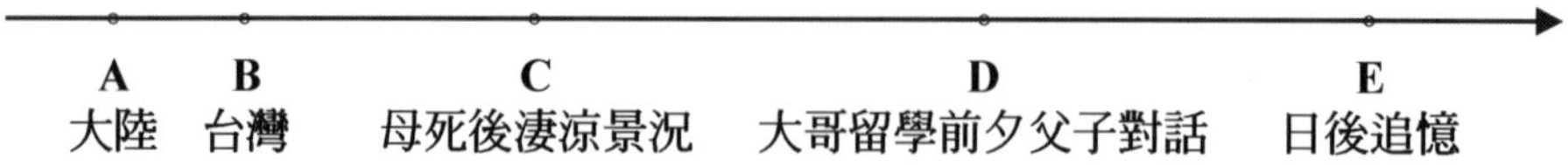

A	B	C	D	E
大陸	台灣	母死後淒涼景況	大哥留學前夕父子對話	日後追憶

圖 3-6-2 發生時間序列圖

從時間的「序時性」到敘寫的「編序性」，我們看到了作者刻意不採時間連貫的方式敘寫，反而以「追憶」方式來進行全文，文章的時間基點就是一種

---

[3] 楊治良、郭力平、王沛、陳寧編著，《記憶心理學》（台北：五南，2001），第十三章自傳體記憶第一節自傳體記憶概述，頁 390。

記憶，先從舉家遷台作爲開始，然後不斷在腦海中閃過以前在大陸的生活片段，這種「今、昔」對照，是要反襯家道中落後的窘困與拮据。然後，在平順中有了高潮的展現，那就是南瓜的出現，在南瓜前，短暫地與母親共同生活一段溫馨的歲月，而粗暴的父親也偶爾加入聊天的陣容中，其後隨著母親驟逝，家庭頓陷苦況，一個沒有母親的家庭本就缺乏溫暖照拂，而父親刻意留連賭場，徹夜不歸，更讓空蕩蕩的家敗頹荒蕪，淒涼無語的庭園乏人照顧看管，更顯出家人的疏離感。這種情形再過渡到哥哥擬出國留學時，在出國前夕父子對話，才揭開了孤獨老人的心情，然而，錯過的歲月卻不會因爲人世感傷而稍作停駐，時間流光仍然不止息地流轉、流逝，時間點再往下推移，迄日後不斷追想往事，才知道錯過了生命中可以相濡相沫的親情。

從時間點的跳躍，我們體會出「追憶」其實是刻意安排的敘寫手法，跳接、移置、翻轉，讓時間的流度成斷續的、不成線性的呈示，這就是一種鬆動時間序寫方式的特殊技法。透過這種時間編序手法，我們看到了「時間」流動的方式是：不斷借由回憶往事，回到十歲，八歲，甚或是母親成長的童年，這些都是構織成「我」心中的心事與難忘的情事，也是時間敘寫不斷回顧的基點。至於空間呢？隨著時間的跳接、翻轉，從現實的台灣，回到記憶中的大陸，然後再回到貧病的台灣生涯，接著由於母親逝世，歲月不斷地流轉，串接的空間，竟然彷彿之間串聯成母親的江南歲月。時間與空間雖然不斷地跳躍、不斷地回顧，但是，讀者仍然可重新拼貼出一幅理序井然的時空圖象，而在時空之外，到底〈南瓜〉爲我們織就什麼樣的印象呢？

三、母親溫柔意象與南瓜豐美相襯相映

南瓜意象的採擷，是文本聚焦所在，大家在猜測、期待中，猜想一株不知名的植物生長在荒蕪破敗的園角，什麼時候巧然進駐園中，無人可知。而它究竟是什麼樣的植物也無人知曉，經過漫長的等待，終於讓一株不知名的藤蔓成長、開花、結蒂，期待南瓜成長，彷彿是期待一種重生的力量，爲母親帶來喜悅，也爲家人帶來一點成長的喜悅，透過南瓜的成長，大家圍繞在

庭園中，講故事，說笑話，所有生命的美好，也彷彿隨著南瓜的花開結實而有了新的鼓舞力量，等待總是漫長的，而成長總是一種喜悅。伴隨著南瓜的成長，不僅成為家人的關注點，同時也在灌注母親對兒女們溫馨的親情，一種柔美而祥和的母愛汩汩流洩而出。而粗暴的父親，似乎也在軟化與家人的疏離感，漸漸要踩進這塊愛的園地中，南瓜的成長，終至被盼到了瓜熟蒂落。南瓜幻化成一片美好溫存的記憶，令人永難忘懷，所以作者刻意以「南瓜」作為意象的觸發點，南瓜的橘色象徵一種溫馨和煦的感覺，更是象徵圓滿、飽熟與成長的喜悅。在患難貧苦的成長過程中，難得的溫存美好，完全地被南瓜的形象所取代了，成為生命中永遠忘懷的一件事、一件物，甚至代表一段永逝不回的童年歲月，負載了悲苦卓絕的成長，而南瓜卻是這段歲月的焦點，更是生命記憶中永遠的核心，所以，文章的切入點就是從南瓜作為記憶的起始點。南瓜的成長成為一項美麗的印記，烙在心海中，而南瓜的甜美連結一段美麗的回憶，母親的意象與南瓜疊合映現，成為生命中的美麗印記，歷歷如繪。

四、父親粗暴逃避與母親柔美反差相照

童年記憶中的母親柔美印象與父親粗暴，形成一種反差的對比：

母親：柔弱／江南生長／生肺病／喜種植花木／溫柔而愛子
父親：粗暴／生長北方／不善表達自己的感情／對子女冷漠

在追憶的童年中，父母共同生活的情景，父親的形象一直是一種粗暴，一種高高在上的形象，在南瓜成長的過程，南瓜為家中帶來一份特殊的感情，成為生命與生活的重心，藉由南瓜重構母親江南家鄉的美夢，而父親也在這種氛圍中，濡染了大家期待一株不知名的藤蔓成長的心情，同時也似乎要進入這個以母親為核心所構築的愛的園地，藉由南瓜，修補了父子、夫妻隔閡冷漠的關係，偶然的加入說故事的陣容，一個說不完整的灰姑娘故事，代表了父親高高在上的權威，彷彿是位自視甚高的國王，步下了他自築的殿堂，而

參與了庶民的活動，在庶民中，得到了歡迎與肯定。

南瓜彷彿是一種希望，一種親情的借代，一顆種子如果不死，永遠只是一顆種子，因為死亡，才能孕育新的生命，南瓜的圖象其實是和母親的影像相關連的。種子死、南瓜生，母親死，才讓父子關係重新面對，原來父親寡於面對自己，不會表達自己的關愛之情，只會用逃避來面對父子之情，所以母親的死，反而讓子女照徹父親的懦弱與不善言辭的一面；也映見了父親可悲的面向，一個孤獨老人的心聲終於在大哥出國前夕囁嚅道出。疏離的父子之情可以再修補，或是重新讓兒女體會父親不會表達自己情感的懦弱與拙於表達的背後，其實是一顆易受傷害的心靈，為了掩飾這種心情，刻意以高傲、粗暴來武裝自己，雖然在日益成長的兒女眼中，重新照見父親可憐可悲的一面，但是永遠無法再重修補的既美好又感傷的童年，其實早已隨著母親的過世而永逝不回了。在沒有母親照拂的歲月中，必須自我成長，自我經營生活中、課業上、經濟上的困窘、艱澀，反而學會了真實去面對人生悲哀的底層，而喪母之痛卻積澱成生命中的硃砂記，拭拂不去，永遠是心頭中的一點紅。

五、追憶童年往事找回一份屬於貧病之外的親情疏離

生命中常有一份悵惘不甘之情，往往不經意地留存在記憶的底層，它不斷地召喚我們回顧與省思，也隨著回顧而陷落在那種悵惘的笈漠中，李義山不是說：「此情可待成追憶，只是當時已惘然」嗎？在坎陷的當時，往往不覺珍貴，待事後才會形成無限追悔與憾恨，萬事往往是過後存悔。〈南瓜〉中，父親的可悲，在於無法具實的表達內在幽微的情意，直到妻死子欲離去，才能以滄涼、悲絕的口吻道出一輩子未曾開口的深情厚意，縱使言說可以揭露幽微的深情，但是，遙逝的歲月不可重回，被凌暴的童年也永逝不回了。死去的母親永埋塵土，屬於記憶中的南瓜也銷歇殆盡了，而這份滄桑的記憶，可以憑誰記取？在日後不斷地回顧時，疏離的親情早已無法修補了，而父子之情是不是可以重構？

人物，是不是應該截然二分為正反兩種角色呢？人性是不是最脆弱而易

受傷害的？在與母親柔美溫和的對照上，父親的形象成爲反面人物的代表，是一種暴戾、不易親近、高傲自視的負面人物，但是〈南瓜〉一文如果用本文來譴責父親的種種不是，應不是作者初始之意。它是藉由追憶往事來揭示：父親其實是一個無法表述自己情感的懦弱者而已，早年的橫暴，其實是一種自我潛隱、逃避，不懂得表述自己內在情感的人。我們從他對妻子臨終前的照拂，可以感知一個即將逝去的生命，對他而言，其實是一種無法力挽的痛楚，尤其在老年之際，以滄桑的口吻自訴心意時的淒涼，反映出來的只是不堪的一個孤單老人而已，令人動容。不懂得表白的人，活在世界上，往往必須以武裝的方式來防衛自己，讓自己免於傷害與撕裂。越是怕受傷害，防衛的心益強，在層層的護衛下，反而讓周遭的人們無法去面對、接近，甚至是親近，所有的距離因此而益拉益遠，更行更遠。

六、結語：死而復生

本文敘寫的視角，從一顆南瓜作始，也以一顆南瓜作結，愛恨情仇、是非恩怨都在歲月的汰洗之後，變得遙遠而模糊，只有母親的形象永遠嵌在心海中。全文以逆溯的手法展現對母親無盡的思念，透過南瓜的成長，彷彿是一種生命的再生，然而，終有瓜熟蒂落的時侯，母親的肺病也終有走到醫生束手無策的地步，其中要豁顯的是什麼呢？人生，有多少的是非？多少的人物交接往來？不懂得表述自己，不懂得珍惜自己，不懂得爲自己保留一片美麗的天地，究竟還能剩下什麼呢？回首來時路，錯過的，總是惘惘不甘；失去的，總教人無限悵漠。人生的悲恨之處，總是無路可回。只能在月明星稀時，藉著一點星光去溫熱心靈，去撫慰無法彌縫的創傷。人生，便是在無路可迴轉時，千山萬水竟然被你的輕舟巧渡；也在無路可迴時，照見生命的韌性，向無垠的人生拋擲出有力的一道弧線。我們，便在這道弧線中看見生命的熱度與光度，而藉著這個姿勢，昭告人世種種的哀感頑艷無可迴避，亦無路可逆回。

〈南瓜〉讓我們看到了麥子因爲死亡而有了重生的力量與喜悅。

困境與掙扎：歐陽子短篇小說析論

摘　要

　　本文旨在論述歐陽子短篇小說所羅織的人物困境及行動求解的敘寫模式。首論故事人物生命困境的類型，二論人物的對應關係，以說明困境的衝突，三論故事人物是否能搏造新的局勢或重塑形象，四論掙扎之後的裂變，致偏缺的性格更陷困境，最後歸結故事人物因處世能力與性格殊異而有不同的「行動」內容，所招致的「結果」亦復不同，最終豁顯歐陽子關照人物困境求解的歷程。

關鍵詞：現代主義　現代小說　《現代文學》　六〇年代

一、緒論

　　歐陽子，本名洪智惠，一九三九年生於日本廣島，原籍台灣省南投縣人。七歲返台，一九五二年（十三歲）開始從事文藝創作，以抒情散文及新詩爲主，表現出浪漫、幽鬱的少女情懷，一九五七年入台大就讀外文系，結識一群文友，一九六〇年與白先勇、陳若曦、王文興等人創辦《現代文學》雜誌，開始以歐陽子作爲筆名，從事短篇小說創作，寫作的筆調以情節單純、語言簡樸爲主，充份表現冷漠、客觀的距離感，與早期抒情的風格恰恰相反，這是歐陽子刻意逆反從前創作的模式，成爲六〇年代《現代文學》派的健將之一。她的小說深受西方文學理論影響，較偏重小說技巧的營造，包括結構、語言以及心理描寫等，尤其對人物心理的刻畫更是精細微妙，但是她的小說以剖析人類心靈深處的糾葛爲題材，在七〇年代曾引發正反兩面的爭論、評價。例如白先勇肯定歐陽子小說中的寫作技巧與題材的選擇能充分實踐「三一定律」，表現出二大特質，一是古典主義的的藝術形式控制，一是成熟精微的人類心理分析（詳參《秋葉》）；而唐吉松、蔚天驄、何欣等人則從道德層面指斥其作品缺乏社會關懷，專以描寫思想空泛之愛情爲主[1]。面對正反兩面的批評，歐陽子乃藉著一九七七年八月夏祖麗以文字訪問

---

[1]　最早討論歐陽子小說者厥推王鼎鈞的〈崩潰：評最後一節課〉，刊於《短篇小說透視》（台北：大江出版，1969.09）。該文以持平的態度討論《最後一節課》的結構其後有白先勇在《中國時報》刊出〈評歐陽子的小說〉（1970.09.26-27），又在《秋葉》序中指出其文有二種特質，一是古典主義的小說形式控制，一是成熟精微的人類之心理分析。自此乃展開不同主張者的討論，唐吉松在〈歐陽子的《秋葉》〉一文中指出歐陽子是外科的心理醫生，以駁白氏之說；（文刊於《中華日報》，1972.05.17-19）。白先勇則駁以〈談小說批評的標準：讀唐吉松〈歐陽干的《秋葉》有感〉〉（文見《中國時報》，1972.07.16-17）；其後唐吉松又反駁，於是形成兩大壁壘，各自爲陣，展開不同觀點的討論，近年前衛出版社重新編輯台灣作家全集時，亦將當年爭論的文章，作成目錄以供參考，且在陳瑞明、陳萬益主編之短篇小說集戰後第二代《歐陽子集‧深邃的內心葛藤：歐陽子集序》對此亦有說明，當年評論歐陽小說者，一是以《現代文學派》爲主，從題材、寫作技巧評論：一是以《文季》爲首，從道德層面來討論，兩大派的主張，所持觀點不同，判斷亦異，形成互不相讓的局面，請參

她的機會，向國人披露個人創作的歷程，並藉此作全面性的檢視與省思，寫成〈關於我自己〉一文[2]，文中對於自己的小說羅織正反兩面的批評，曾有一番說明，指出國內批評家專從社會道德或社會功利觀念來評估文學作品，是對文學本質的根本忽略與誤解。到底文學的本質是什麼？今日，我們重新面對歐陽子的小說時，應當以何種角度去審視其作品，才不會落入形式批評或道德批評？而歐陽子為何偏愛從幽微處描寫主角人物的心理變化與掙扎？對於自己的創作動機，歐陽子曾明白揭示：

> 多數人寫小說題材，常是先想出一個人物，然後圍繞著這一人物，構造出情節故事。我卻有點不同，我總是首先想到一種處境，或困境，繼而推想，一個具有某種性格的人，在陷入這樣的困境時，會起怎樣的心理反應？會採怎樣的實際行動？而這個主角最後採取的某種行動，或顯露的某種表現，一定和他對於該困境所起的心理反應，有直接而必然的關聯。（〈關於我自己〉）

根據這段話，我們可清晰的理解歐陽子創構出來的小說是以「困境或處境」為主線，然後再以人物的性格所交纏出來的「心理反應」、「採取行動」為緯線，企圖編織出每一種主角人物內心深處的感情生活，並經由層層的解剖而達到解脫束縛或自我覺醒的過程。由此可知，歐陽子較側重心理的反應、變化及內心的掙扎；至於她所塑造出來的小說人物到底面臨了什麼困境？如何脫困？這些困境的製造者究竟是自己抑是他人？嘗試脫困的結果如何？是否能稱心如意？抑或更陷深淵？是故，本文嘗試從「困境」的角度去解剖歐

見頁 10。（台北：前衛，1993.12 初版，1994 二刷）

[2]　〈關於我自己〉一文長達二萬餘言，是歐陽子於 1977 年 9 月寫於美國德州。《書評書目》第 55 期刊登有關歐陽子文學思潮、小說創作的部份及對生命體驗等方法約一萬一千字，夏祖麗在《握筆的人‧移植的櫻花：歐陽子訪問記》中收錄一萬七千字，二文皆非全稿，完整的初稿則輯入歐陽子的《移植的櫻花》一書附錄中。（台北：爾雅，1978.04 初版）

陽子短篇小說人物所處的心理困境、掙扎的過程及其可能的結果[3]。至於討論的篇目，請參見表 3-7-4。

二、生命處境的偃蹇與困頓

人，生活在時空的座標之中，必有交接往來的人物，包括親朋好友，以及認識或不認識的人，這些人物與我們形成交際的網絡，是我們情感滋潤之源，亦可能是沈淪陷溺之始。因為「人」不可免除的是對於情愛的貪、嗔、痴，或是對自己的處境，嘗試求得解脫或想變換移位改變形勢。但是因為性格差異與能力高低，往往獲得不同的結果。

歐陽子小說關懷的是每個不同性格的人物在面對自己生命過程中的一種難堪時，所表現出來的心理反應，且欲透過自己努力、掙扎，達到脫困的效果。我們依據十五篇短篇小說人物所處的困境，分為六大類型，分述如下。

（一）外塑形象桎梏的掙脫

所謂「外塑形象」是指自己在別人面前已形成一種格套式的形象，這種形象或是來自個人的行為模式，或是來自外人因襲成見所形成的誤解，不論是那一種原因，主角人物不滿意於此種格套的形象，亟欲掙脫以恢復純然的自我本性。此即是處境，當不滿於此種處境時，即會變成困境或桎梏。在這樣的困境中，嘗試脫困，即是衝突所在，這個衝突是「過去的自己」與「現在的自己」在做掙扎。

〈半個微笑〉中的汪琪，是一位女大學生，她給人的形象一向是用功、拘謹、規矩、持重，她必須在這個「好學生」的枷鎖中下生活。她也想解開

---

[3]　歐陽子的短篇小說，先在文學雜誌刊登，尤以《現代文學》為多，其後才收編為短篇小說集：直至目前為止共有三個版本：大林版（書名《那長頭髮的女孩》）、晨鐘版（書名易為《秋葉》）、爾雅版（書名亦為《秋葉》），她的小說有一個特色，即是常常修改自己刊出的作品，例如大林版、晨鐘版與爾雅版的文字或略有更動，或是篇名、書名更易，或是結局更改。

這個束縛，做個像好友張芳芝一樣活發、開朗、人緣廣的女孩，但是在習套下，她不敢去掙脫這個無形的枷鎖。可是當她遇見王志民時，心底的情思被撩撥起情愛的火花，她多麼渴望情愛的滋潤，但是「習性的枷鎖」使她不敢、不能主動去表達自己的情懷，甚至只能遠遠地看他與人談笑風生而已，她只能繼續扮演別人眼中拘謹、持重的自己。渴望愛情、渴望解脫，形成她的困境，到底用什麼方法可以將這一番愛慕王志民的情思表達出來呢？〈木美人〉中的丁洛與汪琪一樣，被人定於一種既成的格套中。丁洛活在安份守己中，因爲冷若冰霜，不主動與人交往，所以大家皆喊她木美人。突然，擁有一雙深邃眼睛的男同學李魁定約她看電影，丁洛素來即對李魁定心懷好感，李魁定的邀約令她異常興奮，她的困境在於：自己是否要打破慣例與男生約會，一同去看電影呢？或是保持矜持拒絕他呢？汪琪想擺脫「習性的桎梏」，而「木美人」丁洛則是爲了是否改變自己拘謹態度而陷入困境。

（二）自我尊嚴的重建

　　每一個人皆有自己的內心世界，尊嚴即存乎其中，不容被摧毀，只有在自我的內心世界中，個人可以任意的馳騁想像，讓自我能獨立而尊嚴地活著。而這份尊嚴有時是自己建立的，有時是別人形塑的，有時只是一具表象的面具而已，有時也可能是自己活著唯一的憑藉罷了。

　　〈浪子〉中的宏明，是一位中學教員，他的處境是：妻子蘭芳總是以高人一等的姿勢對待他，使他覺得自卑，爲了掩飾羞恥的感覺，多年來，他將自己隱藏在一副冷漠的面具後面，裝做對一切都不在乎。這副面具是唯一使他免受屈辱的武器。在自卑受羞辱的處境中，應該如何讓自己活出丈夫、父親的尊嚴？如何挽回頹勢？這就是宏明的困境。

　　〈最後一節課〉中的李浩然是一位年近四十仍未婚配的中學英文教員，他是個自尊心非常強的人，抱持獨身主義，且將所有的精力放在學生身上，表面上，他是一個堅強獨立的人，其實他內心非常脆弱不堪一擊，主要是因爲早年他在南京念中學時，曾暗戀女同學張麗玲，好不容易才鼓足勇氣，寫一封長信表達自己的愛慕之意，結果意外地發現張麗玲彷彿對自己也有好

感，使他再加足馬力寫信約她在公園見面以傾訴自己的情意。料不到，張麗玲卻叫了許多女同學到公園嘲笑他是癩蛤蟆，使他自尊全失，自此以後，對女人的態度逆轉，特別討厭輕佻、自以為漂亮的女同學，轉而憐惜、偏愛那些內向、沈默寡言的男生。尤其自幼喪父的他，對於無父的孤兒特別憐愛，且常幻想孤獨沈默的男生是他的化身。

目前在他的班上有一位楊健的男生，八歲喪父，母親開裁縫店，母子相依為命，楊健暗戀張美容，但是張美容卻與王挺有說有笑的，令楊健非常的痛苦，看在李浩然的眼中，感覺非常悲憐，彷彿見到當年自己的影子。在心靈深處他永遠忘不了那一幕尖銳的笑聲，夾雜著「癩蛤蟆」的喊聲，雖歷經數十年，仍然常會在夢中將他逼醒。這樣的處境使他陷入莫名的自尊情境中。

〈花瓶〉中的石治川，是一位擁有鷹勾鼻且結婚兩年的男子，他對妻子馮琳瘋狂的愛情，使自己陷入痛苦中。為什麼會這樣呢？因為妻子只小他兩歲，但是從外貌看來，僅有二十出頭而已，是一位標緻的美人，漂亮的女人，總是喜歡支配別人，所以石治川在妻子面前，永遠不像個男人，不像個丈夫，馮琳戳傷他的自尊，使他忿怒又絕望。他的困境是：為了保持尊嚴，他壓抑近乎變態的妒嫉，甚至故意以冷漠來掩飾自己高傲背後的自卑，對於馮琳的事從不過問，但是，他總在暗中窺伺她，故意離她遠遠的，逐漸地，他發覺自己嫉恨她甚於愛她，他可以忍受自己不佔有她，卻無法忍受她與外在世界接觸。

〈小南的日記〉中的陳小南，是一位小學六年級的男孩，他有一位小他三歲的妹妹小娟，是位優秀的女生，考試永遠第一名，又白又胖，討人喜歡，而小南又黑又瘦，老是掛著兩條鼻涕，所以他最怕別人拿他與小娟相比，因為小娟什麼都好，而小南偏偏什麼都壞。然而媽媽卻常常拿他與小娟相比，更顯得他一無是處，面對這樣的困境，他極力想改變。

宏明、李浩然、石治川、陳小南的困境幾乎是出自自卑的心理，皆處於劣勢中，故而一直想從劣勢中扭轉自己的地位。

（三）陷溺情欲的掙扎

「問世間情是何物，直教人生死相許」，刻骨銘心的愛情是非常令人嚮往的，但是陷溺在質變的情愛中，是否仍然令人嚮往？是否仍能讓人自在的生活呢？

〈牆〉中的若蘭是一位十九歲的大學女生，她有一位三十歲的姐姐，再婚，嫁給現在年已三十九歲的姐夫，她夾在姐姐與姐夫之間，心情有一段轉折。起初，她非常厭惡姐夫，幾經波折後，她才從學校宿舍又搬回姐姐家中住。只有半個月的時光，她對姐夫的態度開始轉變，黃昏時刻，姐夫下班歸來，總會隔著一道短牆，用一種溫柔的眼光與她的目光接觸，使她自心底昇起一股情愫，此後若蘭每見到姐夫內心總會掀起一陣騷動，每天的黃昏時刻，她總會躡手躡腳走到臥室窗口去等待那一雙下班歸來的溫柔的眼光與微笑，這成了她們兩人的秘密。她的困境是夾在姐姐手足情深與少女情竇初開的愛情欣悅中，內心開始交戰。

〈覺醒〉中的敦治，是一位年已四十二歲的寡母，早年因為丈夫鴻年曾與女佣人有過不軌的行為，從此在她心底深處永遠無法原諒丈夫曾經背棄她。因為這個緣故，使她將全心、全意的愛，轉移至獨子敏申的身上，甚至他的一言一行，一封信、一個小憂傷對她都構成威脅，近日來敏申與擁有一頭長髮的皚雲交往，引起敦治極端的恐慌，認為皚雲是來搶奪她的兒子，使她陷入莫名的恐慌中。

〈近黃昏時〉的麗芬，是一位四十餘歲的婦人，再嫁給一位大她二十歲的丈夫，其後生下瑞威及吉威，早年因為最鍾愛的兒子瑞威與丈夫去散步，結果不幸被車子撞死，遂將這份怨恨轉移成對丈夫的不信任，且一直不喜歡小兒子吉威，因為他長得不像自己，認為她是魔鬼派來監視她的，故意疏離他。吉威從小在母親的疏離下，照成對母親、異性的喜愛而不敢表露出來，只能在房內雕刻半男半女，亦男亦女的木雕，以滿足自己對愛情的渴望，甚至與自己的好友余彬搞同姓戀，乃至將好友介紹給母親認識。麗芬因為早年喪失最鍾愛的瑞威，遂將這一份情愫轉移成對年輕男子的迷戀，以滿足自己

對情欲的渴望，於是麗芬迷戀余彬，從他身上彷彿可以再見到瑞威的影子，而吉威卻鼓勵余彬與母親保持這份男女私情，因為他將自己化身成余彬，每當余彬與母親苟合時，他總在窗外窺視，從小欠缺的一份母愛彷彿可以透過余彬與母親敦倫時補足，情慾的糾葛，使三個人皆跌入不可自拔的慾海中泅泳無渡。

〈秋葉〉中的宜芬，大學未畢業即不顧父母反對而與飛行員結婚，不及兩年，丈夫身故，使她年紀輕輕即守寡，閉絕青春。母親死後，她再嫁給年已半百，住在美國的東方學者王啓瑞，後來，因與繼子王敏生共遊而互吐心事時，兩個閉絕情愛的人互相引發內在情愛的渴求，處在情欲與人倫衝突時，她應如何抉擇？若蘭、敦治、麗芬、吉威陷入情欲的深淵中。若蘭在姐姐與姐夫之間掙扎，敦治是想獨霸兒子敏申的愛，麗芬、吉威、宜芬則各陷入不倫之戀。

（四）意識自覺的迷惘

每個人皆有自我的意識，可是當別人以強大力量凌駕在自我意識之上時，「自我」即慢慢的萎頓，嘗試恢復自覺意識是大家所希望的。

〈網〉中的余文瑾是一位結婚兩年的婦人，與丈夫丁士忠育有一子，在丈夫呵護下過著美滿愜意的生活。直到大學同學——也是她初戀情人——唐培之闖入她單純的生活後，讓她一份自我的意識逐漸甦醒。當年她們二人思想行為太相同了，如果與唐培之結婚，即是生活在另一個自己的影子之中，她乃轉而與擁有堅決自信的丁士忠結婚，在丁士忠的呵護下，她只要作個完完全全被愛的女人即可，使她內心潛在的自覺慢慢沈睡，她變得習慣依靠丈夫的呵護，直到唐培之出現，才使她那一份敏銳的自覺漸漸甦醒，尤其是丈夫居然瞞著她，回信給唐培之，使她覺得自尊受損，然而兩年來她一直習慣被丁士忠保護，她的困境是：如何重新走出自我，讓自覺意識覺醒？

〈素珍表姐〉中的理惠，是一位大學女生，她有一位大她半歲的表姐素珍，素珍是一位品學兼優、能力強、活動力旺盛的人，理惠恰恰與她相反。兩人從小一同生活，一同讀書，甚至一同考上同所大學。在與素珍成長的過

程當中，她一直無法擺脫素珍的影子，別人也只把她當成表姐的影子來看待，所以她一直處心積慮想擺脫素珍的影子，如果能夠搶奪素珍擁有的「東西」（包括優良的成績、余麗真的友情、呂士平的愛情），才能証明自己完全獨立，成為完整的自我，不再受控於素珍。她的困境是如何掙脫素珍在她心中形成的巨大的夢魘，使她能獨立去面對自己的天空。

　　余文瑾活在丁士強自信的羽翼下，理惠活在素珍表姐的影子下，她們將如何掙脫困境？

（五）文化衝突的省思

　　〈考驗〉中的美蓮是一位留學美國的中國人，在美國讀書期間認識美國同學保羅，因同修強生教授的古典文學進而開展一段異國戀情，她在中、西文化交接中，期待有文化聯姻的可能性，但是高中同學佳玲警告她，這一道文化的鴻溝無法透過聯姻而達成，美蓮不信。但是她又知道每次與保羅約會時，雖是兩情相悅，但是一碰到美國同學時，保羅即顯得不自在，美蓮居處文化交接中，應該如何選擇？

（六）擺脫現狀的迷思

　　此類型主角人物不滿於現狀，亟欲利用自己的手段來擺脫所處的困境，打開另一片海闊天空。〈美蓉〉中的美蓉，是一位大家口中完美的大學女生，與雷平交往，乃因為他是班上成績最佳的男生，長得又帥又溫柔體貼，是女學生心目中的白馬王子，但是美蓉覺得他不想出國深造，將影響自己的前途，如何擺脫與雷平這段人見人羨的情侶關係，是她所面臨的困境。

　　〈魔女〉中的倩如，心目中完美的母親，竟然在父親死後沒多久即再嫁給趙剛，且非常迷戀輕浮、不穩重的趙剛，使她異常困惑，她想擺脫這樣處境：趙剛不配與完美的母親結合，自己亦可免除喊趙剛為父親的困窘。

　　以上主角人物皆處在生命的困境中，其實困境是來自於人與人之間的交接往來，這些交接人物之間的關係又如何呢？

三、人物的對應關係

　　歐陽子在處理人物關係時，習慣採用三角關係，每一個主角人物皆處在三角的對應關係中，我們可將各篇出現的三角人物分為「主角人物」、「第二者」、「第三者」三組人物類型來分析，其對應關係，如下所示：

表 3-7-1　人物關係對應表

篇名	主角人物	第二者	第三者
小南的日記	陳小南	母親	陳小娟
半個微笑	汪琪	張芳芝	王志民
牆	若蘭	姐姐	姐夫
網	余文瑾	唐培之	丁士忠
花瓶	石治川	馮琳	陳生
木美人	丁洛	李魁定	吳建國
覺醒	敦治	敏申	皚雲
考驗	美蓮	保羅	佳玲
浪子	宏明	蘭芳	梧申
近黃昏時	麗芬	吉威	余彬
美蓉	美蓉	雷平	汪麗
最後一節課	李浩然	楊健	張美容
魔女	倩如	母親	趙剛
素珍表姐	理惠	素珍	呂士平
秋葉	宜芬	王啓瑞	王敏生

　　表中所創構的主角人物居處困境的人物交接，幾乎皆來自最親密的親、友，其間所形成的網絡可分為兩大類型，第一類型：想從「第三者」奪回「第二者」以恢復自己的尊嚴，或是扳回一城者或是解除自己的困境。例如石治川想從陳生手中奪回馮琳；陳小南想從妹妹小娟優勢下，搶回母親的愛；汪琪想從張芳芝（代表活潑外向的女人，因為外向的女人比較容易與男人接觸）亮麗的外表下吸引王志民的注視；若蘭想從姐夫手中奪回姐姐相依為命的手足之情，（不料反而陷入姐夫的情網）；敦治想從皚雲手中奪回敏申：宏明

想藉由梧申婚姻給蘭芳重挫，然後藉機撫慰她脆弱的心靈；美蓉想將雷平擺脫送給汪麗；倩如想從趙剛手中奪回母親：理惠想得到呂士平的愛情，用以証明自己可以擺脫素珍的影子。此類型的「第三者」是主角人物心理困境所「憎惡」、「衝突」的來源，只有「第三者」的優勢解消，才能恢復主角人物平等的地位。

第二類型：用「第三者」來映襯「第二者」，例如〈木美人〉中的吳建國是油腔滑調的男同學，用來烘托李魁定的帥氣；〈考驗〉中的佳玲是用來代表中國文化，而保羅是西方文化的代表；〈最後一節課〉用張美容的輕佻來烘托楊健的木訥，〈秋葉〉的王敏生用來代表西方的情愛浪漫而王啓瑞則是中國道德意識的代言人。此類「第三者」在小說發展過程中，似乎不起作用（沒有衝突點），殊不知，不是「衝突點」的危機，所引爆的威力大於已是「衝突點」的危機，因爲上述第一類型的「第三者」是早已預知的競爭對手，或是可以消解困境的來源人物，所以主角人物皆有設防，但是第三類型的「第三者」表象是用來烘托「第二者」其實正在蓄勢待發，其爆發的結果，將有令人錯愕的感覺。

不論是那一種類型的人，皆居處在親人、友人羅織的三角網絡中不能脫困，來自母親者有吉威、陳小南；來自妻子者有石治川、宏明；來自兒子的有麗芬、宜芬：來自友人者有李浩然、丁洛、汪琪、美蓮、美蓉等人；來自丈夫者有余文瑾；來自姐姐者有若蘭、理惠；來自繼父者有倩如。這些主角人物面對最親密的親友時，將選擇什麼方法來解困？

四、局勢搏造與重塑形象

主角人物面對困境，亟待脫解，他們用來脫困的方式通常有三：一是自己創造局勢，以扭轉劣勢，一是無力掙脫，處於被動的處境中，由外在形勢來推動改變。三是以旁觀者的角度替他人扭轉形勢。

（一） 主動改造局勢

　　此類的主角人物，為了扭轉困境，遂採用主動的方式，製造一個「事件」或「衝突」來改變自己的劣勢。例如〈半個微笑〉中的汪琪暗戀王志明，她趁著跌倒的瞬間，主動摟著王志民的脖子，把臉貼向他肩膀這當然違背束縛她的「習性」，其後，又利用一次失足的機緣撕下好學生拘謹的面具，換上她早已羨慕許久──活潑大方，幾近輕佻──的面具。〈浪子〉中的宏明處心積慮想重建自己在妻子面前的形象。他故意讓兒子與鄰家的莉莉往來，因為他知道妻子反對梧申去追求一個和男佣人私奔、懷孕、墮胎最終被拋棄的女子，但是他想利用這一次機會，讓蘭芳受到重大挫折，然後他才能在她最脆弱時，去撫慰她受傷的心靈，重新挽回自己的尊嚴。〈美蓉〉中的美蓉主動將汪麗轉介給雷平，又告知雷平自己可以為了高貴的友誼，犧牲愛情。〈小南的日記〉中的陳小南以九元六毛購買玫瑰花，準備送給母親當作生日禮物，想逆轉自己在母親心目中的形象。〈花瓶〉中的石治川故意邀妻子一同去看電影，想打擊妻子，讓她造成失約的形象，以提高自己作丈夫的尊嚴，妻子的失敗，即是象徵自己成功。〈秋葉〉中的宜芬拒絕敏生的求歡，〈網〉中的余文瑾認為丈夫不該未經她同意即主動代她回信，她覺得自尊受損，一份自我的意識透過回信的事件以及與唐培之相遇而浮現出來，遂主動向丈夫提出分房睡，準備重新面對自己的尊嚴，不再作一個依附於丈夫羽翼下的小女人。〈素珍表姐〉中的理惠，面對素珍的情人呂士平，遂採主動出擊的手段，想贏得這一場愛情，而〈近黃昏時〉的余彬也主動想擺脫這一段不倫之愛，吉威面對余彬向母親提出分手時，想主動挽回這段三角之戀，遂持刀殺傷余彬。這些主角人物皆想主動出擊，扳回劣勢、或企圖解決自己所處的困境。

（二） 被動接受形勢改變

　　此類型的主角人物居處在被動的形勢中，例如〈牆〉中的若蘭面臨姐夫趁著姐姐不在的某一夜，向她示愛，而且表明自己完全不愛妻子，與她結婚

只是為了錢，並以溫柔的微笑擄掠若蘭的心，此刻，她覺得幸福圍繞著她，她開始心旌搖蕩，然而姐姐按電鈴的聲音，讓他們迅速回到現實中。〈木美人〉中的丁洛，是被動受邀看電影，而且是被當作打賭的籌碼，她以為自己深受李魁定愛慕，結果意外發現別人仍然只是把她看成木美人。〈考驗〉中的美蓮也是經由與保羅約會，才意會到中西文化交接的牴觸，兩人之間無形的牆逐漸浮現。

（三）旁觀者的介入

〈魔女〉中的倩如一直處於旁觀者的立場看著母親迷戀趙剛，於是安排美玲與趙剛認識，想藉由美玲的青春美貌來吸引趙剛的目光，而趙剛果真被美玲迷住，倩如自以為棋高一著，從此母親可以擺脫輕浮不穩重的趙剛了。

在小說發展的線索中，「困境」是處於低潮，而「採取行動」製造的事件、形勢或形象重塑――即是將「衝突」推向小說的高潮點，「結果」則是引爆的火花。在每一個主角人物不論主動、被動或旁觀介入所製造出來的「結果」到底如何？是否皆能順利地脫困？

五、掙扎與裂變

歐陽子所塑造出來的人物，皆居處在某一種困境當中，但是經由「行動」之後，真正能擺脫生命困境者甚少，有滔溺於不可挽救的頹勢者，有回歸到原點者，亦有全盤皆墨，甚或潰決者。我們可將脫困的結局分為四類：

（一）扭轉局勢解除困境者

〈美蓉〉中的美蓉在自己巧妙的安排下，不僅輕而易舉的擺脫原本相戀而無意出國深造的雷平，甚至替他找到一個替代者：汪麗，使自己能免除眾人的指責，從此可以光明正大地與張乃廷交往，並藉由張氏達到出國深造的目的，美蓉是唯一處在困境中能安然脫困，卻一點也不會影響自己形象的人，反將自己推向人生的另一個生命高峰。美蓉的成功在於她善攻心計。

〈牆〉的若蘭，終於意識到姐夫是一位貪得無厭的人，居然可以對著若蘭說，只是為了妻子有錢才跟她結婚，希望能獲得若蘭的愛情，可是當若蘭的姐姐歸來，他又入房與妻子溫存她無法接受這樣的愛情，甚至她會覺得對不起姐姐，因而憎厭姐夫無恥的行徑，欲從姐夫設下的情網中跳開。

〈覺醒〉的敦治，當她發現心愛的兒子敏申居然也會失戀，才覺悟到人生之中有許多的不完美、不圓滿，於是在丈夫死後多年，她終於原諒丈夫當年背著她與女佣偷情的過失。

（二）崩潰與決裂

〈浪子〉中的宏明，原是希望能透過兒子追求莉莉給妻子蘭芳一個重大的打擊，然後自己可以用大男人的立場去撫慰妻子，以恢復男性的自尊心，然而他卻錯估了所有的情勢，原來，蘭芳還心存宏明能助她一臂之力，將梧申從墮落女子的手中搶回，結果不然，宏明反而推波助瀾地加速她們的交往，讓蘭芳痛心、沮喪，唯一存在妻子心中的一點點地位也蕩然無存了。

〈最後一節課〉的李浩然，努力維持了十多年的尊嚴，是自己唯一不敗的成果，但是在無意中揭發楊健暗戀張美容的事實後，自己也如火山爆發般地將自己積存多年的尊嚴在一瞬間摧毀殆盡。

〈花瓶〉的石治川，邀妻子去看電影被拒，又被妻子戳破暗中窺伺的行徑後，這種打擊使他難堪，為了洩憤，狠心將心愛花瓶往地上一砸，可是花瓶居然沒有被打碎，連發洩也受到阻撓，使他如委頓的氣球，頹圮在地上，丈夫的尊嚴更徹底地一敗塗地。[4]

〈魔女〉的倩如，原是希望打破母親對趙剛的迷戀，結果反而逼使母親說出自己二十多年來一直與趙剛保持若即若離的情婦關係，沒有趙剛，她可能沒有支撐生命的力量，她瘋狂地懇求倩如讓美玲歸還趙剛，倩如不敢相信眼前的魔女竟是她平日尊重的母親，甚至，母親還扔下一句話，也許趙剛才

---

[4]　結局有二個版本，一是宏明終於摔破花瓶，達到洩憤的目的，一是未摔破，達到小說「平行」的效果，花瓶即是妻子的象徵，花瓶未破，象徵妻子永遠高人一等。

是她真正的父親。這突如其來的打擊，使倩如一下子被打入深淵，原本她想替母親解困，反將自己推入深淵。

〈考驗〉的美蓮，希望透過中西聯姻，達到中西文化交接的可能性，可是她們之間似乎存在一道牆無法踰越，因為保羅居處同僑之間即無法與美蓮泰然自處，美蓮終於知道，她們無法踰越這一道無形的文化之牆。

（三）陷溺與沈淪

〈近黃昏時〉的余彬，終於覺悟與麗芬不正常的關係不可能持久，冀能擺脫麗芬不倫之戀及吉威的雙性戀；但是麗芬與吉威皆不肯，遂演成吉威持刀傷害余彬的事件，對麗芬而言，陷入喪子之痛之後，轉移成不倫之戀，是情愛的陷溺，而吉威對余彬的同性戀，以及渴望母親的愛情亦是不倫之戀，在這個三角關係中，沈淪深淵不復自拔者，成為情愛的俘擄，無以解脫。

（四）重回桎梏

〈半個微笑〉中的汪琪，無法真實的扮演自己，必須活在「習性的枷鎖」中，縱使擺脫歷年的桎梏——拘謹的「好學生」——但是新的枷鎖一輕狂可恥的女孩——正等待她投入。她只能扮演別人眼中的自己。但是扮演這麼一個輕狂的女孩，又豈是她願意的？她僅是將一副假面具脫下，又將換上另一副虛假的面具而已，這個新角色將成為新的習性、新的桎梏籠罩她。

〈網〉中的余文瑾，重遇唐培之，原以為可以尋回生命中的自覺，然而已經習慣於被降服，被呵護，終究還是重回丁士忠自信的羽翼，在降服中找到解脫。

〈素珍表姐〉理惠，原以為贏得呂士平的愛情即戰勝素珍在心中形成的陰影，但是她終於知道呂士平並非不喜歡素珍，而是素珍另結新歡，自己縱使贏得呂士平的愛情，也不過是素珍早已棄之不顧的愛情了，頓然覺得自己似乎又比素珍拙劣許多，一直想擺脫素珍的影子，但是她不知道一直想超勝素珍的動機本身，即是一種陷溺，永遠只能在素珍的影子下追求超越的感覺。

〈秋葉〉中的宜芬，與敏生互相激發的愛情，原是情欲的抒解，但是宜芬的理智阻止二人情愛的衝動，回歸後母的身份。

〈小南的日記〉中的陳小南，弄巧成拙，打破雙親價值五千元的心愛花瓶，母親盛怒痛打他一頓，徹底毀滅他要扭轉劣勢的處境，甚至讓母親更鄙視他。

〈木美人〉中的丁洛滿心喜悅地赴約，到了電影院前，遇見吳建國與李魁定打招呼，才恍然知道自己不過是被玩弄的道具而已。好不容易才打開幽閉的情懷，一霎時被人震醒，從此只能再做她的「木美人」了。

雖然各類型的主角人物脫困的結果有四，其實造成成敗的原因只有三種：一種是外在形勢是不可改變的事實，縱使經由努力，仍無法達成扭轉困境的形勢。例如美蓮想保住異國戀情，但是在強勢文化的壓力下，她仍然無法贏得這一場愛情，通過這層考驗。而倩如想扭轉形勢，卻反而揭開了外在已成事實的形勢，一是母親迷戀趙剛二十多年的事實，一是趙剛可能是真正父親的事實。此二例皆是在強大的外在形勢下不得紓困。

第二種成敗的原因在於處世能力的高低。例如美蓉善攻心計，使自己順利擺脫雷平。而陳小南能力差，從買作業簿的小事都要讓小娟操心來看，一個連自己都無法照顧的人，如何能以特殊的表現贏得別人的歡喜？只不過是自暴其短而已，縱使心地善良亦無法免除他劣於處理生活知能，故而買玫瑰花的事件反而將自己更陷困境。

第三種成敗的類型是屬於性格上的缺陷，也是歐陽子小說最偏愛的人物心理刻畫的部份，在十五篇小說中主角人物以此類居大宗。歐陽子塑造出來的小說人物，性格的塑造皆有獨偏，而以自卑、內向者居多。例如自卑作祟者有宏明欲在妻子面前奪回平等地位、李浩然欲在學生面前營造強勢的尊嚴。出自獨霸心理的有石治川對妻子的嫉恨、敦治對獨子的移情作用。生性拘謹性格的有汪琪、丁洛。麗芬年紀輕輕即守寡，其後又嫁給理智、年近半百的王啟瑞，使一份屬於青春的情欲受到束縛乃有不倫之戀。麗芬無法宣洩的愛轉移成對年輕男子情欲的沈溺。理惠活在素珍的陰影下，使她的性格轉移成擄掠素珍擁有的「東西」才能使自己有勝利的欣悅。若蘭希望受尊重，

不甘相依為命的姐姐，硬被姐夫搶走，又發現自己居然陷入姐夫溫柔的情網中。這些主角人物性格上的偏缺、不圓滿恰好將生命推向困頓的處境，而在困境中，這些偏缺的性格又往往錯估形勢，採取偏缺的行動，反將困境逼到谷底，一蹶不振。

六、結論

　　所有的人物皆有自己居處的環境，有自己的困境，企圖掙脫困境是每一人所希冀的，但是個人的能力，以及性格上的缺陷皆會造成不同的結果，有人一敗塗地，徹底崩潰，有人輕而易舉地揚棄過去的種種，重新來過，亦有一直陷溺其中，無法自拔者，我們可按照小說情節發展的線索以圖來表示可得：

表 3-7-2　困境求解之結構表

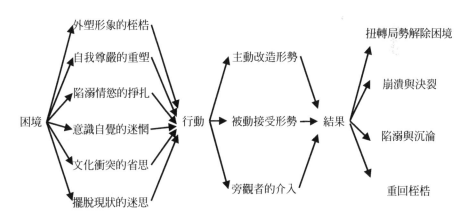

　　以上所示，先有困境，才有掙扎，因為外在形勢、處世能力、人物性格不同，所採取的「行動」亦復不同，「結果」自然有異，所以上面所示是小說結構的線性發展。我們再將各篇主角人物之性格、困境內容以及所採取的行動、招致的結果以圖來表示，當更明悉其中的歷程：

表 3-7-3　人物性格與行動能力一覽表

篇名	主角人物	性格或能力	困境內容	行動	結果
小南的日記	陳小南	自卑	處處比不上妹妹被親友鄙視。	買玫瑰給母親當作生日禮物。	打破五千元的花瓶。
半個微笑	汪琪	拘謹、內向	習性的枷鎖。	藉跌倒改變形象。	跳入輕佻的枷鎖。
牆	若蘭	自尊心強	夾在姐姐與姐夫之間。	姐夫向她示愛。	厭惡鄙棄。
網	余文瑾	敏感、自卑	自我意識覺醒。	與丈夫分房睡。	降服在丈夫堅決自信中。
花瓶	石治川	懦弱、自卑	妒恨妻子支配、控制他。	邀妻子看電影。	失敗潰決。
木美人	丁洛	冷若冰霜	活在安份守己中。	受邀看電影。	重回自我世界。
覺醒	敦治	獨霸兒子的心態	兒子與人戀愛威脅自己。	窺伺兒子。	覺悟世上沒有完美之事。
考驗	美蓮	自信	處在中西文化交接之中。	與美國人保羅交往。	中西聯姻幻滅。
浪子	宏明	自卑、偽飾	妻子蔑視他。	鼓勵兒子交往莉莉趁此打擊妻子。	徹底喪失丈夫的權威。
近黃昏時	麗芬 余彬 吉威	戀子情結 雙性戀 戀母情結	與余彬不倫之戀。 陷溺情慾。	挽留余彬。 欲自拔情慾糾葛。 阻止余彬離去。	失敗、幻滅。 被吉威阻擋。 陷溺沉淪。
美蓉	美蓉	形象完美	想出國留學欲擺脫雷平。	介紹汪麗給雷平。	解困。
最後一節課	李浩然	孤僻內向	將暗戀張美容的楊健幻成自己。	揭發暗戀事件。	尊嚴破碎。
魔女	倩如	自信	處在母親迷戀趙剛的迷思中。	介紹美玲給趙剛。	陷入更大的深淵。
素珍表姐	理惠	怕生、拙於言辭	擺脫素珍影子，贏得他所有的東西。	主動與呂士平交往。	陷溺在素珍陰影下。
秋葉	宜芬	閉鎖情慾	與繼子不倫之戀拒絕。	拒絕。	情愛閉決回復理性。

　　歐陽子所塑造出來的主角人物不管主動、被動或旁觀者，皆企圖從困境中走出，但是因為性格、能力高低，或錯估形勢而造成未必皆能扭轉困境，面對這些人物困境及其掙扎過程，使我們更加憐憫這些無所逃於天地間的有情人物。因為困境來源竟是與最親密的親友交接往來所造成，我們透過這番理解之後，再來面對歐陽子的小說時，自然不會、也不能以道德的角度來指斥其非，而應以寬解的態度來體會其「解困」的基本動機是在尋找人類心靈深處不為人知的情感世界是如何被扭曲、被誤解，乃有掙扎、奮鬥的過程，不管結果如何，曾經努力即是一種美的歷程，美的參予。職是，我們應將文學作品還諸文學作品，而不該從現實的角度來批判，這樣，文學才能具現其無目的的本質，脫離社會功利的觀念。

表 3-7-4　短篇小說版本篇目對照表

書名	那長頭髮的女孩	秋葉	秋葉	備註
版本	大林	晨鐘	爾雅	
篇名	小南的日記	秋葉	半個微笑	
	半個微笑	素珍表姐	牆	
	牆	魔女	網	
	網	最後一節課	花瓶	
	花瓶	美蓉	木美人	
	木美人	近黃昏時	覺醒	
	那長頭髮的女孩	浪子	考驗	〈那長頭髮的女孩〉易題〈覺醒〉
	貝太太的早晨	考驗	浪子	
	約會	覺醒	近黃昏時	〈約會〉易題〈考驗〉
	浪子	花瓶	美蓉	
	近黃昏時	網	最後一節課	
	美蓉	牆	魔女	
	最後一節課	半個微笑	素珍表姐	
			秋葉	

說明：本表所列之篇名，欲讓讀者明悉其中順序、題目變易及所收篇幅的情形。而其中以爾雅版最晚出，篇目乃是依照作者寫作年代編排為序，且是最後的定稿。

輯四

詩　文

簫心劍氣獨孤客：論龔鵬程
遊記散文敘寫結構與豁顯的生命情調

摘　要

　　本文旨在論述龔鵬程先生遊記散文：《北溟行記》、《孤獨的眼睛》、《自由的翅膀》三書所揭示的旅遊本質及其顯發的特殊生命情調。論文分從五個部份開展，首論遊旅類型與敘寫結構，耙梳其敘寫進程的格式化策略；二、探賾遊觀視角與觀看的內容，以呈示其見人未見、發人未發之態度與立場；三、論述敘寫策略及遊觀視域與內容呈示什麼樣的生命情調，以回應、對治日益乖詭的世情；四、回叩遊記散文之敘寫策略，乃在破與立之間確立新的書寫向度，進而對旅遊政策、開發手段、旅遊者及對旅遊文學之建言，期能深化旅遊文化事業；五、總敘龔先生在旅遊方面之物質實踐與精神本質之坎陷，以佈示其依違在形遊、神遊之間，文末再歸結其生命特質為簫心劍氣之孤獨本質與俠氣沖霄之氣概。

關鍵詞：旅遊　旅行文學　遊記散文　龔鵬程　孤獨

一、前言

　　龔鵬程（1956-）先生在學術上自闢谿徑，走出一條廣甄博取的學問格局，除此而外，醺醺有味的是其散文。散文包括了廣義的雜文、札記、閒談；也包括了純文學的感性散文。對龔先生而言，在理性思維主導之下，純文學自是絕緣體，而博大精深的文史知識反而帶動另一種散文書寫的面向。

　　龔先生書寫散文，並非始自近年行旅神州，早在台灣時期，即有《少年遊》、《我們都是稻草人》等書，是由生活情態轉向議論時代社會的書寫，其後因為撰寫副刊專欄，而有《經典與生活》、《飲食男女：生活美學》等書，近年則因步履神州而開發出新的遊記類型，他的游記散文不同於走馬看花、景點介紹式的游記，而是深入歷史，出入古今，嫻熟典故，開發新時代旅行書寫的視野。

　　目前刊印的游記散文有：《北溟行記》、《孤獨的眼睛》、《自由的翅膀》[1]三書，其敘寫因緣乃甲申年交辭佛光大學校長之後，行旅神州，見聞或掛在網站，或刊載在《青年日報》副刊，後結集成：《北溟行記》、《孤獨的眼睛》、《自由的翅膀》三書。

　　此三書率為漫遊講學札記，《北溟行記》敘寫起迄時間為剛交卸校長職務之後，自二〇〇四年八月迄二〇〇五年一月為止，內容掛在網頁上，有向佛光關心他的師生報告近況之意味[2]，因而有一敘寫對象，至於《孤獨的眼睛》、《自由的翅膀》雖然亦是行旅之作，但是脫離了對佛光師生報告近況的意味，故而更率意書寫，縱情山水之間。三書之中，《北溟行記》文筆略

---

[1]　《北溟行記》（台北：印刻，2005）、《孤獨的眼睛》（台北：九歌，2005）、《自由的翅膀》（台北：九歌，2007）。其中《自由的翅膀》是《中華日報・副刊》・〈書劍天涯〉專欄結集而成。

[2]　《北溟行記・自序》云：「但我也不能什麼都不寫。對我跑到北京南京來玩，放著佛光大學文學所的事不管，師友們很有意見。想到我在大陸，某些人古書讀得太多，又立即就跟屈原、賈誼、宋玉等遷客逐臣的形象結合起來，為之悲搖落、嘆淪謫。所以我得隨時寫些近況，聊當報告，以慰關懷者之心。」，頁 29。由是可知，其意在宣示近況，並且嘗試逆反某些人刻板印象，以為其懷抱著淪謫心態，事實非然也。

有感傷，且北溟獨行，猶有感嘆世情者，對台灣及大陸時局獨具隻眼，意多針砭，例如〈文化發展隱憂〉、〈華文出版中心〉、〈高教發展之憂〉、〈主權在民乎〉、〈台灣應與鄰爲善〉、〈政治威而剛〉、〈大陸新政權的難題〉、〈議兩岸經濟發展〉、〈議時事四則〉等諸篇，可謂深有憂懷。其後，《孤獨的眼睛》、《自由的翅膀》二書，則多以登臨古蹟、述往記今、嘆昔憂世之感，此其二書與前書針砭時局之意氣略有不同[3]，蓋神州初履，自有異同殊別之眼以對照觀看時局，且初離台灣，深有關懷之心，仍時時爲念，及離台日久，浸潤大陸生活益久，益能感受大陸政治之異與風情之殊，領略在心，遂多以記遊聞見爲主。其〈自序〉云：「於登山臨水之際，稽往事、誌山川、數人物、嘆世情、搜佚史、辨訛偽，長謠短章，恣其臧否論議，好不愜懷！」[4]由是可知其敘寫內容之概況略殊《北溟行記》。

柯瓦陸斯維（Michael Kowalewswi）曾揭示二十世紀的旅行書寫算是少數仍未徹底挖掘的課題[5]。事實上，遊記書寫，自古即有，討論者亦眾，當今不僅有「旅行文學研討會」，更有專書出版，學位論文亦多[6]，不可謂尚

---

[3]　《孤獨的眼睛‧自序》云：「遊玩中偶有聞見，便寫成隨筆，掛在網站上，等於日記。」或是討論某事某物，或是隨興寫小文刊於青年日報副刊等處，意圖皆與《北溟行記》向佛光師友們報告近況的格局更加開闊，頁5。

[4]　見《孤獨的眼睛》，頁5。此段話揭示其敘寫內容，顯然與《北溟行記‧自序》自云：「具有文化觀察、社會批評、兩岸比較、知識分子關懷、旅遊文學意味、時代學人紀錄」略有異同。此所以王孝廉云：「所以《北溟》書中有許多兩岸比較和對台灣當政時局的批評建議……」，亦能窺見該書之內容表現出事事關心的知識份子的良知與關懷，見頁19。

[5]　見陳長房〈疆域越界：論後現代英文旅行文學〉（《中外文學》317期，1998.10），頁8。

[6]　旅行文學研討會，東海大學及中國青年寫作協會皆曾專題舉辦過，有《旅遊文學研討會論文集》（台北：文津，2000）、劉昭明主編《旅行與文藝：國際會議論文集》（台北：書林，2001）。學位論文則更多，迄今至少有二十多本碩博士論量產。論述旅遊的專書亦夥，例如有王子今《中國古代行旅生活》（台北：商務，1998）、美國Lanquar. R 著，黃發典譯《現代旅遊社會學》（台北：遠源，1993）；Edward J. Mayo & Lance P. Jarris 著，蔡麗伶譯《旅遊心理學》（台北：揚智，1990）等。甚至華航亦曾舉辦多屆的旅行文學獎，有《在夢想的地圖上：第三屆華航文學獎精選作品

未被深刻挖掘，只是，該如何論述，方能將此一課題發揮的淋漓盡致，才是必須深刻探求者。復次，龔先生自云此三書因爲是隨筆發表，故而表現出：「旅行之暇，率意放筆，實如睡覺時打呼嚕一般，非有意爲此呼嚕，呼嚕聲也很難說眞有什麼意思。」[7]事實上，雖以睡覺呼嚕爲喻，但是，文後，又自云，或能從說夢話者分析其潛意識或心理狀態。是知隨筆所記，意有所寄，透過此三書仍可管窺其意向。職是，本文即以龔先生的遊記散文爲切入點，冀能探論其遊記散文的深度與廣度及其所豁顯的生命特質。

二、遊之類型與敘寫結構

　　「觀光」與「旅行」常有混用的情形，有時可視爲同義複詞，有時是異詞異義。基本上，吾人認爲二者各有不同的機制與屬性。「觀光」係指經由旅遊機制所安排而完成的行旅活動，一切活動在商業旅遊事業規畫之下，依據固定的行程，由導遊帶領之下所完成的旅遊活動，屬自主性較弱的一種旅遊方式[8]。而「旅行」則是由旅行者個人主導整個行旅過程，含有個人目的性的完成、興趣的追求以及各種非預期的感想觸發與遇合，屬於主體性較強的一種旅遊方式。但是，現代對於二詞之使用略有混同，有時交融互攝。

　　至於「旅行文學」或「遊記」，便是「旅行」或「觀光」之後敘寫旅遊過程，側重在客觀事實的經歷與主觀情志的抒發。當今對於「遊記」或「旅行文學」論述者甚多，例如鄭明娳強調「遊記」是眞實的經驗，必以記遊爲

文集》（台北：元尊文化，2000），長榮亦跟進，有《縱橫天下：長榮環宇文學獎》（台北：聯合文學，1998）。至於旅行文學選爲讀本者有孟樊《旅行文學讀本》（台北：揚智，2004）、胡錦媛《台灣當代旅行文選》（台北：二魚，2004）此皆示現旅行文學被重視、被討論的過程。

[7]　見《北溟行記》，頁29-30。

[8]　旅遊的危險性很高，湯瑪士‧庫克（Thoms Cook, 1808-1892）開始創發旅遊活動之安排，使出外旅遊變的容易而有保障。見孟樊主編《旅行文學讀本》（台北：揚智，2004），頁9。

目的，要將旅遊的心靈活動示現出來。[9]或如羅智成揭示旅行是一種必須實踐或落實在具體行動上，而文學則是發揮無限想像力即可達成。[10]周憲則云，旅行是一種他者眼光與陌生現實的遭遇，越出本地本土去看外部世界，以文字記錄所見，並在文字之中體驗自己的記錄。[11]以上諸說各有立論點，而本文則採用「遊記」來指稱這種跨越疆域移動的書寫，一來承繼中國遊記書寫的傳統，二來此一「遊」不僅是形式上的跨越疆域，更是一種心靈上的跨越，是故，本文逕以「遊記」來指稱這類旅遊書寫，重主體心靈之顯發。

　　旅行或旅遊，是指從熟悉之空間方域，向異地陌生的空間移動，是一種短期的跨疆域活動，是會回歸到原來的家鄉的。[12]旅行者必須經過：

出發 ── 途中行旅 ── 返回

此一模式，仍然回歸到原來居處的地方，此種模式是「遊」的基本模式。尚有因為求學、求道、求食、謀職而一遊不歸者，形成：

出發 ── 行旅 ── 定居

9　鄭明娳曾對「遊記」下過定義，其云：「遊記是以記遊寫景為主要內容的散文類型。它通常是作者遊歷陌生地域的主觀記敘，有明顯的敘事秩序；而且作者脫離了日常生活固有的生存空間，屬於一種特殊的體驗。」見《現代散文類型論》（台北：大安，1987），頁 220。此一定義側重在記遊寫景，然而，就龔先生文章而言，溢開了這樣的書寫規範。

10　見羅智成〈相約天涯：羅智成談旅行與文學〉（《聯合文學》187 期，2000），頁70。

11　見周憲〈旅行者的眼光：從近代遊記文學看現代性體驗的形成〉，《旅行與文藝國際會議論文集》（台北：書林，2001），頁405。

12　據久古（Louis de Jaucourt）之說法，旅行可包括三種範疇，其一就文法而言，旅行是指將某人從某地運送到另一地方去。每人一生必須有一次偉大旅行，並在行前，事先將遠行糧食貯存到自己墓穴中。其二就貿易而言，是指搬運備工之一來一去。其三就教育而言，人生沒有比旅行更好的學習，在旅行中可學到生命繁複變化及世界新課題的發現。此三義具有象徵意義，旅行包括了通向死亡、財富與智慧之路。見胡錦媛〈遠離非洲，遠離女性：《黑暗之心》中的旅行敘事〉，《中外文學》第 324 期，1999），頁 99。

形成「去而不歸」的模式。至於龔先生遊記是哪一種模式？豁顯什麼樣「游」的精神本質呢？

（一）遊的類型

　　遊，可分為神遊與形遊兩大類型，龔先生曾據劉德謙《中國文化旅遊新論》將旅遊七種類型，歸簡成二型：一、遊玩，是遊樂、遊觀、遊憩，是賞心悅目、怡情適志；二、遊泄，聊以銷憂，將自我融入山川風景中，銷釋自我，以忘牢愁，或借山水形勝以抒發自我、寄寓懷抱。（《自由的翅膀》，頁 218）除此而外，尚有第三種與前二者之遊玩與游泄不同，即所謂的知性之旅，以探求各種知識為主，例如有教堂之旅、古都之旅、古寺之旅、博物館之旅、大學之旅等等，意在從旅遊之中獲得某方面專業知識，依其目的可簡約成下圖：

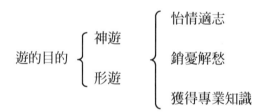

圖 4-1-1　旅遊目的結構圖

然而，隨著時代之進步，科學文明之昌達，「形遊」的旅遊形式也繁複多元化，若依據遊者之多寡，我們可再細分為個人之遊與團體之遊；個人之旅，可能的目的誠如上述而有遊玩、遊泄、知旅之不同；至於群眾團體因某一共同目的而進行的求道、求食、朝聖……等之不同，形成交錯互疊的情形，此皆是游的另類形式：

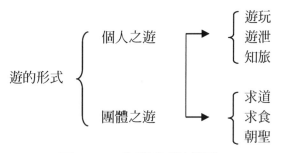

圖 4-1-2　旅遊形式結構圖

　　復次，依據旅遊的性質，可再擘分為大眾之旅與分眾之旅。所謂的大眾之旅是指共同在某一機制下所形成的行旅，包括以渡假為主的渡假之旅，或是以某一樂園為主要目的之樂園之旅，甚或以採買為主的採購之旅等等，是一種共同目的而形成的旅遊團體。分眾之旅，有別於大眾之旅，是針對目的性需求而達致的知識之旅，包括了自然生態的、人文建設的、歷史知性……等之旅，其分畫有越來越趨專業與精密化的取向，乃因旅遊者之需求而量身訂製出各種不同團體、不同目的性的旅遊規畫：

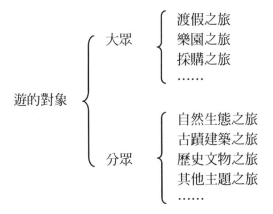

圖 4-1-3　旅遊對象結構圖

以上林林總總各種不同的旅遊形式、目的、對象，彰顯現代人對旅遊之需求，不再是一條鞭的方式，會針對不同旅眾進行不同內容需求之旅遊規畫。如斯而言，則遊的本質是什麼呢？

1、主／客與居／遊之對蹠而依存

　　人類爲何有旅遊活動？其目的何在？基本上，透過有目的與無目的性，進行異地風俗之觀看，以達到形、神俱釋的目的，但是，遊，是出，是客；與居，與主，與鄉是對蹠相反而互相依存的。異地異鄉總非故鄉，若能將他鄉視爲家鄉，不自外於人，則能反客爲主、爲鄉。然而弔詭的是，客永遠是客，永遠是與家鄉有距離的。對龔先生而言，江西是籍貫，出生地在台灣，哺餵之情的台灣血濃於水，江西對他而言，曾是一個陌生的想像國土，因血緣關係，在親臨神州之後，神州國土變成了可親可近的腳下行蹤。由異鄉之客反轉成血脈相連的鄉土之親，對這塊既陌生，又新奇的神州，展開獨特的《孤獨之眼》、《自由翅膀》與《北溟行記》，其所書所寫的內容，既是鄉，亦是異鄉；所佈示的情態既是主，亦是客，在兩相游移之中，顯發其觀照能力。

　　龔先生行遊神州，一來到處旅遊，是爲「遊玩」，二來卸下公務，恰可融情山水銷憂解愁，是爲「遊泄」。然，游記散文更有不同，不在宣示某種知識之獲得，反而告訴讀者一些專業知識，包括歷史典故、古物掌故、名勝事跡或老店溯源等，是將知識與旅遊結合的書寫，迥異庶眾之旅遊書寫，其旅遊的模式大抵爲：

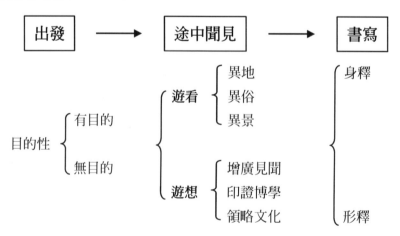

圖 4-1-4　旅遊模式圖

以「書寫」作為「遊」的依歸，提高了旅遊的深度、廣度與高度。

2、以遊為名：出入古今，縱情山水

九十三年卸下佛光校長職務，休假二年，赴神州浪遊，台灣之是非恩怨、擾攘紛紜，不牽不掛，開展行走江湖的本能。人生之得失，豈在一旦一夕之間？因為此「失」，正是彼「得」。自云累於官、累於辦學、累於其他藝能、累於諸般文化活動，故未能盡才發揮，而今能卸下公務，定靜於一隅，自云幸哉，並以孔子為喻，因不見用於諸君，方能刪詩書、正禮樂，雅頌各得其所。此一得與失，豈能衡量？而且性本不拘，「鵬程」之名又暗喻如大鵬鳥負垂天之翼，背青天而遊。廣大的神洲，正是悠遊之場域，於是有了這一場曠古絕今之旅。

中國「遊」的精神本質，是擺脫「形軀」之遊，而釋放精神於「遊而不歸」的境域之中，無形，無累，無拘，無執，才是遊的本質，也是遊的底蘊[13]。

（二）遊記敘寫策略與結構

從書寫範式觀之，龔先生的遊記散文或全篇以議論為主者，尤以《北溟行記》中對時局、政治、政策、文學理論等之評議者為多，例如〈主權在民乎〉、〈德希達哀辭〉、〈議時事四則〉等，亦有夾敘夾議者，例如〈議福建文教政策〉，而表現最多的範式是：首段以「興」起「述今」，中段「追昔」以徵典、博議、論史、溯源等為主結構，文末則多以「興慨」為終，或大發感喟，或寄言建議，或評騭時人，或駁斥前人論述，大抵而言，其常態遊記敘寫結構如下所示：

13　可參見龔鵬程《游的精神文化史論》（石家庄：河北教育出版社，2001）。

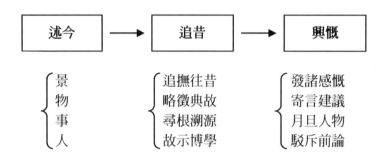

圖 4-1-5　旅記敘寫結構圖

其敘述結構乃遊歷某地，見某景，先抒寫所見之情景，再追撫往昔，或略徵典故，以示博學；文末，或發諸感慨，或寄言建議，或月旦人物，或駁斥時人之謬，此其敘述之大體結構，故而抒情有之，議論有之，評騭有之，糾繆亦有之，非僅述所聞所見之景致而已，且博通古今，徵引掌故，向度多方，無所不談，無所不論，亦無所不議，迥異一般遊記泛寫景物、人物、掌故而已。

1、述今：「興」的筆法

　　篇首，往往先敘寫當下所見之景或物或事或人，如此一來，才能做今昔對照，或是興發感嘆。

　　其中，先述所到之處，才能往下續寫沿途所見、所思、所感及興嘆。例如《北溟行記》之〈自在江湖行〉述行止乃在北京開會；〈八方風雨會金陵〉敘述在南京開會；〈文化發展隱憂〉述「由南京往徐州、盱眙，再轉淮安、揚州，抵鎮江。」等等，凡此，皆先述所到之場域。至於，大抵遊過那些地方呢？以大陸為主述，兼及星馬、歐美等地，大陸方域「行蹤竟也遍及東北、山東、江蘇、浙江、福建、湖北、四川等地。」（《北溟行記》，封頁底）。

　　復次，亦有敘寫所見之物、事、人者，例如〈歐洲新區〉先述曾遭外國租借的城市，異采紛呈，有多元文化美感，續再就青島大發議論。或如〈雄秀〉談當代論園治當推程兆熊先生，再論述皇家園林。或如〈學堂行旅〉先談大陸規畫「紅色旅遊」，再談國子監及石經由來。凡此等等，不一而足。

2、追昔：溯源、徵典與博論

　　龔先生學問博大精深，識見廣博而能旁通古今，廣徵博引，此其遊記散文最大特色，無論歷史故實，或是各種名物典故、名店溯源等，皆能論之有條不紊，發人所未言，充份表現博稽歷史典故的能力，敘述結構的中段，大抵即是針對眼下所見之人、事、物、景……等進行溯源、徵典與博論等方面之敘寫。

(1)溯源

　　振葉尋根、沿波討源以探索各種人事物景之本源，是最常運用的敘述策略，例如曾於南京大學哲學系演講，會後餐宴，因廳內設有曾侯乙編鐘仿器一組，略說編鐘源流、音樂、器物、典制特色等，令在座者咋服。（《北溟行記》，頁 174）再如談京戲，論其源頭有徽戲、漢戲、秦腔、崑腔等，論北京雜戲曲藝有天橋八怪的大狗熊等。凡此，皆是龔文書寫特色之一。

(2)徵典

　　徵引典故，以博示人。例如，談烤鴨，亦有典故，四川監生蕭開泰提出「製造鑒鏡以焚毀敵艦」未果，返鄉設肆賣燒鴨，以鑒鏡引火熏炙，味甚佳，此乃烤鴨之始由（《北溟行記》，頁 158）。談北京烤鴨，徵引清朝嚴辰〈憶京都詞〉：「憶京都，填鴨冠寰中」、詩說：「爛煮登盤肥且美，加之炮烙製尤工。此間亦有呼名鴨，骨瘦如柴空打殺。」（《孤獨的眼睛》，頁 91-95），嫻熟各種典故。

　　談儀仗，戲劇之中一律皇帝儀仗鑾駕，大臣則車馬轎乘、驂從驪武。事實上明代官員出入，只騎一驢，朱元璋才命令騎馬，由政府付馬資。但御史仍只騎驢，宣德間才有驛馬可乘。清代皇帝出，驚蹕不嚴，儀衛亦簡。（《孤獨的眼睛》，頁 99）

　　此其博徵典故。

(3)博論

　　博議是非，亦是龔文敘述策略之一。例如談皇帝服飾，揭示秦取天下，水德尚黑，漢承秦祚也尚黑，後成紀出現黃龍，改稱土德，又云剋水者乃火，漢當為火德，劉漢稱炎漢即因此。六朝尚黑，只有皇帝白紗帽，又稱高

頂帽,其象徵意義遠勝黃袍。(《孤獨的眼睛》,頁 97-98)

對於古玩亦有心得,揭示古玩商造假亦有流派與系統,北京造多集中安門一帶,又名後門造,以仿宮廷畫家為主。河南造以棉紙或蠟箋粉箋為主,湖南造以板綾花綾為主,染色作舊。揚州造多為水墨紙本,以仿石濤八怪為主;蘇州造簽絹仿唐宋名家為多。(《孤獨的眼睛》,頁 23-24)

再如,從科斯馬斯在《基督教世界風土志》得知中國與波斯薩珊王朝和拜占庭是因貿易絲綢的關係而有金銀幣之流通。在唐代中葉因與阿拉伯戰敗,絲綢技術傳入西方以後,宋代轉以貿易陶瓷茶葉為主,將歐洲的白銀流入中國。陸上絲路湮滅,而海上陶瓷與茶葉遂成為中國的身份與符號。(《自由的翅膀》,頁 45-49)

論中西都城之異,歐洲的中軸線,是引導視線到達一個高潮;中國則相反,中軸線讓左右建築形成兩片平衡的區塊,區塊本身是連續綿延有次序的空間布列,並無重點或焦點,而是整體性的。(《孤獨的眼睛》,頁 160)

不僅示現博學,尚且學理有據,振聲啟瞶,例如,論漢字,須由面對歐洲中心論到面對全球化之課題,且提出建立新文字學的構想應包括:歷史文字學、社會文字學、應用文字學、文化文字學、技術文字學、哲學文字學等項。(《北溟行記》,頁 210-231)

以上所談之事,或嫻於典故,或博學多聞,或徵引歷史,率能啟人蒙昧,溢出一般遊記的書寫範疇。

3、興慨:月旦與駁議

通常,在文末以「興慨」作結,頗有餘音繞樑之況味。「興慨」之範圍無所不包,有揭示時政之弊,有月旦人物,有議論古今,亦有純發個人感喟者。例如揭時弊者有:教育部搞新歷史教材綱要,把中國史與台灣史切開,中華民國史歸入中國,而台灣之主權則未定,鬧得人心惶惶,銷耗國本,「上無道揆,下無法守,這是個什麼時代呀!」(《北溟行記》,頁 130)或是對教育部將六所師範院校改制成大學之批評。(《北溟行記》,頁 131)或是對執政者之批評有六:政策反覆、重名義不重實質、施政無能喜

由上而下、政策無配套互相矛盾、說一套做一套。揭示整個社會的背叛，令人感慨。（《北溟行記》，頁133）

再則，亦有慧眼獨具者，將自己識見廣博雜揉於文章遊記之中，例如，論避暑山莊，康熙初建定三十六景，顯示將自己沒入自然，但見天下山川，不見有我；與乾隆之自顯地位、自占身份、以物顯我的態度迥然不同，見識胸次自有高下。（《孤獨的眼睛》，頁49-54）此一識見乃前人未發。

這些批評顯示文人對時代之憂心與關心，雖不在其位，卻能充份表現知識份子敢於議論時政之勇氣。

三、如何觀看與遊觀內容

旅遊最重要的是：如何觀看，因視角之選擇會影響所見之景；遊觀態度與心情會牽動觀看的內容。由是，識見、氣度、觀看之視點與態度，皆會影響觀看的內容與評騭的高下優劣。

（一）如何觀看：冷眼諦視

昔日，龔先生對於神州、北溟只能心存神遊，迄大陸開放之後，乃能踏進神州一覽故國形勝，昔之神遊於故國典籍之中，與今日能形遊於北溟之中，是有不同。然而龔先生之觀照兩岸視點，尤與一般人有異：

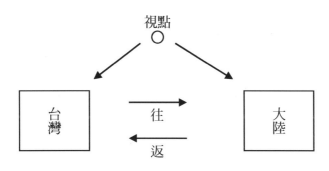

圖4-1-6　兩岸觀照視點圖

龔先生來自台灣，往返大陸與台灣之間，其視點更能超然而公正地觀照二地睽隔四十年之後開放的遷變與異同，大抵可以表現出：

　　一、從大陸回顧台灣，視點更高，更超然能反觀台灣的變貌。

　　二、從台灣人看大陸，旁觀者清，異文化觀點更徹底地觀察大陸政策的移轉。

　　三、從知識份子觀看台海兩岸，故能體察二者之利弊得失。

整體而言，具有文化人的格局，所見視野，自然能超越兩岸之限制，加以博學、博觀，識見自非常人所有，能洞識文明進程中的各種缺失。

1、見人所未見

　　因爲一己喜歡行旅，乃有悟史家與旅行應相互結合。例如論史學家，其云：「歷史學家不能只活在自己那個時代，就如旅行者要跨越自己原先生活的那個地域一樣。因此歷史學家和旅行者乃是本質上的同類人。……何況，在中國，地理類圖書，一向也都歸入史部，無意中正透露著史家本是旅行家的秘密。」（《自由的翅膀》，頁 93）再云：「後世史家，不知何故，越來越侷限於王權與土地觀點，喪失了旅行的能力與興趣，光曉得在書齋裡上窮碧落下黃泉，卻懶得挪挪腿出去跋涉一旅遊一番。有些則依附著政權，爲政權建構史觀，完成看不見政權與領地之外的世界。」，或如〈旅行的歷史家〉談史學家與旅行之關涉，並藉此大發感嘆：「我在新疆天山天池山端看見台灣瑤池金母教派在那兒蓋的廟宇，想到台灣教育部長及「國史館」近年的種種作爲，這種感慨就更深了。」（《自由的翅膀》，頁 95）藉此興嘆，更令人銘烙心版。（《自由的翅膀》，頁 95）此一視野，誠然超脫自己生存的時代，而能提出更高的視點，爲歷史學家建言。

2、言人所未言

　　許多眞知灼見，非常人所能見、所能言，例如從上海小刀會看到城鄉之遷變，其云：「可是開發浦東以來，不到二十年，上海又流金溢彩、歌舞雜沓了。這就是城市。城市不似農村，總是顯得穩定而安詳，城市是不穩定的人群聚合而成的不穩定地域，什麼事都可能在此發生。」（《自由的翅

膀》，頁113）由於流蕩不拘於一地，故能深刻體察城鄉之殊異。

　　再如，博學積漸，遂能批評時政，以借古諷今之方式暗諭嘲諷，例如談〈海霸中的鄭和〉，揭示鄭和事蹟何以如此難徵實考據呢？其云：「因事權獨攬於宮中，不經朝政，其詳情外界也難以知悉。」並藉此議論時政：「為政須獲民意支持，過程亦須公開，且政策得有延續性，便是鄭和史事能提供給我們的教訓。」（《自由的翅膀》，頁 104-5）此即是透過歷史的觀察，與現今時世作一結合，遂能表現出以古諷今的意味。

（二）看什麼：超邁方域

　　旅遊的過程，以遊觀為主要內容，到底看什麼呢？大抵可分為自然景致與人文景致：

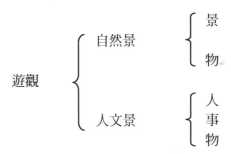

圖 4-1-7　遊觀內容表

而自然與人文之景往往合攝，我們依據龔先生三書所示現的內容，大抵可分畫為下列數項：

1、弔古

　　遊覽名勝古蹟、歷史遺址，興發弔古情懷，例如〈離館春深〉談歷代皇帝之行宮，論允礽謀逆、雍正奪嫡、乾隆出生，皆清史大事，從離館、園林而談中西禮儀之爭、祺祥改同治、辛酉政變等歷史掌故皆與離館林園相關，可謂熟於掌故。（《孤獨的眼睛》，頁 31-36）再如〈在華夷之間〉遊承德乃講北京史事，兼「燕京」、「燕市」之名，復論及長城之修築，當年以嚴

辨華夷之燕市舊域,竟爲女眞民族龍興之地,民族南遷,非一牆能限。
(《孤獨的眼睛》,頁 37-41)談園林之美,述歷史滄桑有〈大汗的園林〉
一文,敘述頤和園興建始末,並以殘酷之美作結。(《北溟行記》,頁
164)論大學固然所重在大師非大樓,然大師故去之後,只需踏進校園,感
受浩然與天地同流,宇宙在此爲我開啓,則大學建築魅力即在此。(《孤獨
的眼睛》,頁 196)

此所以登臨古蹟或興發感嘆,或博稽典故,或討源溯本。

2、觀世

對於當今之世,亦多所觀照,例如觀察當今講伏犧,批評時人之侈誇竟
成一元論。(《自由的翅膀》,頁 191-192)

論大陸搞開發,興建設,則是冷水煮青蛙。青蛙正喜盆水爽涼適意,不
料鑊底正逐漸加著熱。(《自由的翅膀》,頁 33)

論大學之建築,稍有風致之北大清華,以舊有園林之荷塘月色、水木清
華,配上大草皮及仿歐式建築,中西合璧,適表現其特色風格。北大建築藉
山水之盛,花木掩映樓台,亦佳。南京師大是袁枚隨園小倉山房舊址,依山
構建,隨類賦形,也曲折盡情。(《孤獨的眼睛》,頁 195-6)

論媽祖信仰,是海神崇拜,未必屬莆田或溫州某地人士,例如山東煙台
有天后宮,現闢爲煙台博物館,有媽祖文化陳列室,位於天津天后宮旁文物
街邊上,建築屬北方風格,澳門亦有媽祖閣古蹟,前有海洋博物館,擬建媽
祖文化圈。(《孤獨的眼睛》,頁 27-30)

3、品人

臧否人物,爲文人不免,何況閱人多矣,遂有獨到見解。例如論一九九
五年徐德江告伍鐵平之事,當年法院以不宜審理爲由結案,揭示二人惡詬乃
語文學界兩派爭論,伍氏以國家政策爲立場,簡化漢字、推行漢語拚音;徐
氏強調漢字文化自有優勝處,反對上述立場。揭示二人各有所見,亦有所
弊,若以「端正學風、辨僞來攘拆異己」,則屬不必要。(《北溟行記》,
頁 176)

或揭示傅抱石之畫，有工藝成分，人物多程式化扁平型類別，高士、仕女、面貌、姿態、衣飾都是格套式，配景不同，細節運用西洋畫素描工夫，以破毫蘸墨刷、擦，畫得差不多，再反面暈染赭色或揉擦，此即是傅氏山水祕訣。（《北溟行記》，頁172）

凡此，皆以後設持平態度觀察前人是非，遂能不被歷史定論所包覆。

4、徵史

藉由當下歷史古蹟或地理形勝，議論史事，博徵典故，亦游觀之重要內容。例如談「天下第一橋」趙州橋，則能溯源流，述典故，並徵引宋人杜德源：「隋人選石駕虹橋，天下聞名歲月遙。」，更兼述趙州永通橋及石家莊西南蒼兒山的橋樓殿，橋樓殿最早為隋時修建，今存為金代遺物。

論佛教傳入中國，由中亞經西域，一路上有壁畫和石刻造像的痕跡，從新疆克孜拉爾石窟，經敦煌、榆林、麥積山、龍門、雲岡，以抵山東濟南千佛山、青州等處，壁畫越往東則越少，石窟造像漸取代了壁畫。其次是摩崖又取代了造像。越是山東河北，刻字就越多，或與造像並行，或單獨摩刻。此即可見中國人喜歡題字的習性了。（《孤獨的眼睛》，頁182）

談道教音樂，揭示整個靈寶系統的齋醮超度符誥儀式，目前仍與南宋《靈寶領教濟度金書》、《無上黃籙大齋立成儀》相似。茅山的「衛靈咒」則是北宋前就有的上清派宗師贊歌，字少腔多，用韻悠長，非明代道樂一字一音的風格。清嘉慶四年蘇州道士吾定庵把收集來的一些古曲編為《古韻成規》、《鈞天妙樂》、《霓霞雅韻》等。現今雲南麗江把道教洞經音樂拿來演奏，名為納西古樂，樂雖非納西族音樂，但為古樂確乎不假。（《自由的翅膀》，頁186）

此皆博徵歷史典故之例。

5、議時

議論時事，批評時政，例如揭示陳總統以鬥雞姿態喊出不必管美國人，凡涉外機關有中國字樣皆應改為台灣，實為搶泛綠選民的票，是典型為達目的不擇手段之人。（《北溟行記》，頁152-3）

　　或論大陸之過度開發，有河北白洋淀，因工業污染嚴重，野生動植物不再繁衍，旅遊業一派蕭條，再花更多錢，已難換回青山綠水、文物古蹟。（《自由的翅膀》，頁 37-8）

　　或論盜賣商人走私珍貴文物，這些人對文物、歷史、古蹟、遺產並非無知，而是把心思全用左了。（《自由的翅膀》，頁 40）

　　再例如《北溟遊記》中的〈自由的翅膀〉述旅行之困難及親身經歷；〈華文出版中心〉述自己參加大陸國際華文書展與發對台灣出版業的諍言；《孤獨的眼睛》中的〈在華夷之間〉述初遊承德之經過，再論燕地之興慨；〈守護遺蹟〉述自己對大陸申請「世界遺產」之感嘆；《自由的翅膀》一書中的〈一些關於段正淳的事〉寫大理歷史；〈川中滋味長〉寫川菜譜系。

　　以上各種游觀的內容，示現其面向廣闊，非局限於寫景抒情之遊記散文。遊觀的內容包括「品花、弔古、觀人、讀世」等日常活動。（《北溟行記》，封頁底）不僅是遊景寫景，也寫人，寫世局，議論時局，評論政策、徵引典故、博稽歷史等等，是一種廣義的游觀，不限於觀景寫景之遊，而是提高到精神文明的遊，開展無拘無執，無所不寫的「遊」，將「遊」的精神充份發揮地淋漓盡致。凡此等等，皆為游觀之內容，非等同於一般游記只記景寫景而已。

四、生命情調的發顯

　　獨特的博聞與超然的見識，造就獨特的觀看世情之眼，而這份獨特心眼，乃緣自特殊的生命情調。我們從龔先生的遊記散文，可體察這份殊異的生命特質。

（一）逍遙無待莊子心

1、無累之遊

　　無待，無執，不拘，不滯，放下身段，才能無累，才能自在徜徉在山水之間。無論是鯤或鵬，或許需要一池大水去悠游，需要長空去開展翔翼，對

龔先生而言，浪遊神州，能不拘於形、不拘於物，眞正能無累釋放的是放下台灣俗務，無事一身輕，方能悠然往返於北溟或南冥之間。鴟雛腐鼠，豈知大鵬之志。

　　龔先生自云，一來名爲鵬程，是能鴻鵠高飛，二來譜名爲「期訪」冀能四處訪問；三來生肖屬猴，是那行者，且本性喜東遊西瀺，四來讀書喜莊子〈逍遙遊〉，自以爲就是那隻大鵬鳥。所以，能夠比別人更能遊，更能賞，也能發人所未發之見聞。此其能逍遙而遊，符合生命中「遊」的特質，既是人文之旅，亦是逍遙之旅，因爲生命之中自有一種註定的行旅，等待他去完成，故而龔先生興之所至，隨處可遊，例如：〈四川壓酒〉一文寫到川大演講，再到南充華西師大演講，再前往閬中，次日遊張飛廟、錦屏山純陽洞、伊斯蘭教西北聖地爸爸寺、古街，再轉往廣元一遊（《北溟行記》，頁156）。隨興而遊，並無特別規畫，正見自由與無待。且自來自去之遊，反而更能見人所未見者。再如：

> 入楚地，夜遊吉慶街，街頭賣藝者甚多，聽楚劇、湖北大鼓，次日再往荊州，夜裡，一人頂寒風自東往西把老城走一回，此古城比閬中更無旅遊味，不表演做作給人看，亦不求人欣賞，樸實自然。

2、超越之遊

　　在《北溟行記》的底頁書寫著：

> 北溟，何所在？不盡是莊子〈逍遙遊〉中所指稱的天池大海，也不全似作者身無羈掛卻識領神會漫遊大陸各地行跡的統稱譬喻。北溟或許更是作者對於一種既遼遠又孤絕的放逐心境與時間維度的操演、自期：如大鵬鳥「水擊三千里」後之沖舉，飛越方國、地域、時代、形象、文明、意識形態等成見，無所拘執，更無所不關心。

此一「遊」，是一種形軀及有形場域之遊，也是一種無形精神之遊，更是一

種「超越」遊的形式，而將之釋放在方國、地域、時代、形象、文明、意識形態之上。從有形之方域、方式之遊，進而形成一種超然、超越之遊，掙脫拘累物質之遊。不僅是一種場域的遊記，更是生命的遊記、是精神、知識的遊記，無所不遊，無所不書，遊在天地之間、遊在古今典籍之中、遊在博學知識之中，釋放形軀，而能逍遙於：「更廣義『遊』的學問遇會」之中。（《北溟行記》，封頁底）

　　然而，自以為是逍遙之心，無累於物，事實上儒家之懷仍未能忘記，也是身為知識份子的靈知靈覺不斷地湧現。

（二）浮世游塵儒者懷

　　遊，固可以無待，卻不能無心。在旅檣危霜、灞橋雪驢之中，尚以儒者之心，觀察世情，體會台海之異。時而議論時局，時而感懷文化，博通古今，所以能成就博雅的學問格局。往來各地，並非純以旅遊為主，大抵是講學、開會之餘得以行遊。遊，既可以是一種過程，也可以是一種目的。因為貪玩，而願意赴某地開會、講學，就便可順向而遊。

　　放翁曾云：「醉能同其歡，醒能述以文」這就是一種文化人的態度，在歡遊之後，仍有著述自覺。龔先生大抵亦是如此，行遊之餘，以札記佈諸於世，且將人文關懷亦隨行止而流佈於世。此一儒家襟懷，於焉流露而出。

1、駁文議史

　　例如到蘇州參加「文學史百年研討會」揭示文學史研究性質，包括寫作問題、教學問題、文學創作、論文學觀念等能深刻反省學界對文學史觀念之不足。（《北溟行記》，頁 126）

　　到瀋陽參加文學理論研討會，對當代的文學理論發展，指出純粹的以「作品」作為細緻閱讀或能稍抑浮囂之風，在學理上站不住腳，因為文學理論的功能，並非只對作品解讀，尚包括文學、語言、社會、人生、歷史等關係。（《北溟行記》，頁 85）

2、駁斥時人謬識

論孟姜女的故事，是「本無其事，依聲託事」，孟姜就是姜家的大女兒之意。援引《詩經》爲證。再就孟姜女哭城一事，指出《孟子·告子》云：「齊右善歌華周，杞梁之妻善哭其夫」說明此乃孟姜女哭夫范杞梁的原型，杞梁是姓。而孟姜女，來歷如此，是泛稱，非專指某一女子。（《孤獨的眼睛》，頁 123-124）

論曲阜爲黃帝誕生處，少昊建窮桑國，亦立都於此，窮桑稱空桑，是古代東方大國，少昊又稱青陽子，因東方屬青，圖騰爲鳥，《左傳》昭公十七年載郯子描述其祖先少昊氏族「以鳥名官」即指此事。中國之龍鳳兩大圖騰，源於東方少昊氏族的鳥圖騰及西方夏民族的蛇圖騰，龍鳳即蛇與鳥的華麗化與神聖化，曲阜仍保有少昊陵，可追撫此一久遠淵源。（《孤獨的眼睛》，頁 128）

3、對時代建言

高瞻遠矚之博論，展現知識份子的社會關懷，例如對兩岸儒學政策有感而發，其云：「對儒學發展多元化的建言，提出應對經典價值、閱讀方法、教材教法與教育體制之配合，不能只做研究，不與社會實踐作結合」。（《北溟行記》，頁 134）或對台灣之文教建言云：「寄語新聞局，不必追究黨產之問題，而應將國際華文出版中心地位拉回台北」。（《北溟行記》，頁 44），或對台灣產業外移提出忠懇建言：「台灣產業外移大陸，使兩岸經濟結構產生變化，經濟關係，不可用愛台灣、罵別人出走，掏空台灣爲由，而應帶動外資與外國人才投入爲是，政治可吵，而經濟若垮台，則台灣就不具競爭優勢了」。（《北溟行記》，頁 180）除了宏觀觀照兩岸政策，對大陸文教政策亦甚爲關懷，其云：「議論福建文教政策，除了撒錢之外，尚須有實質的教育振興行動計畫」。（《北溟行記》，頁 178）

凡此所發，皆一本知識份子對時代關心之儒家襟懷。

（三）孤獨本質的示現

我喜歡孤獨，也享受孤獨、追求孤獨。（《孤獨的眼睛·自序》）

在滄茫的人世浮遊，踽踽獨行，與世扞隔不入，獨具隻眼，覰人間浮世游塵。人世浮游，是一場孤獨之旅。孤獨，本就是生命的本質，但是，人類或好同伴群居，以求慰溫；或攜手同行，以求互助。亦有人好孤獨，傲骨一身，不求索伴同行，因為孤獨是英雄的本質。「但我在世上遊歷，這個世俗屎溺稊稗之境、荊棘烽煙之場，卻是無法逃的。逍遙的大鵬鳥，除了要翱翔於天宇之外，同時也要一步步走過這個世俗社會。」（《自由的翅膀‧自序》）是的，大鵬鳥是不容於世俗社會的，終必要飛翔，終必要展翅高飛，焉能效井蛙、鴳雛？要超越這個世俗社會，此一心境也曾在《孤獨之眼》中揭示：

> 北京論壇會後抽空溜到保定玩，一人踽踽獨行，孤孤涼涼，甚妙。
> （《北溟行記》，頁 34）

這種孤孤涼涼的況味，是一種深沈的情境與心境相融而成，「我喜歡孤獨，也享受孤獨、追求孤獨……不知孤僻的人本不屑於俗務，在人情上也往往簡怠。我又好申獨見，人亦以為我乃有意作世樹敵，實則孤獨的眼睛，看東西原即與世殊趣，那是沒辦法的。」（《孤獨的眼睛》，自序，頁 6）如是一來，與世殊趣，是龔先生孤獨的本質，也是他獨特觀看世界的心眼。

（四）楚狂真狂盡平生

世有道則見，無道則隱。有才不見容於世，出走台灣，浮遊神洲，狂狷不減年少，曾云：「華君惜我終日佯狂，嘆此天生有用之才，世無能憐而用之者。甚感！甚感！但我非佯狂，乃是真狂，本性如此，是否可哀，自然也就無從計較。至於用不用世，非我之損失，而是台灣社會的損失，我也不能代之計較[14]。」此其本性真狂，非佯狂造作。

除了不用世之嘆，尚有批評，不改本色：

---

[14] 見《北溟行記‧蝸咏三章》（台北：印刻，2005），頁 125。

批評余秋雨未敢承認文革擔任工作，一再粉飾，至左支右絀。（《北溟行記》，頁129）

批評陳水扁杜正勝拋些題目來讓內部不斷爭吵，消耗，彼此仇恨，互相詛咒，保證殲滅。（《北溟行記》，頁130）

大凡有才者，以才使才，以性使性，龔先生亦然，駁議世人亦存此一獨大獨狂之機趣，例如論述「疑古派」曾云：

> 疑古派真正勁敵根本尚未出現。那種勁敵，就是像我這樣的人，根本反對歷史實證之心態與方法，根本反對考史式的神話研究，根本認為沒有「一個真相」，根本反對歷史重疊說，主張真相就在詮釋之中。（《北溟行記》，頁144）

自云是個中「勁敵」，正因博學、博見，乃能發人未發，故而「狂」之本色是基於對自己才性的肯定，遂敢矯正時人之弊。對於流俗之繆，亦時而糾其繆，其談北京同仁堂與白家無關，論電視劇「天下第一樓」演全聚德，大談盧孟實故事，亦與全聚德無關。（《孤獨的眼睛》，頁175-9）

論川菜，揭示今之川菜，非昔日之川菜。中國以辣椒做為調料，逐漸普及，應在清朝中葉，初僅流行於江南，辣風入蜀，年代甚晚，川味本色應是清淡為主，不用大醬重劑；川菜精華，不在大筵而在小吃。（《自由的翅膀》，頁24-28）

直接糾謬世人之誤的直露顯發方式，非他人肯學或可學者。而此真狂，亦有所本：「然而，世有不盲於目而盲於心者，自然也就有我這般偶開天眼覷紅塵的人，肉眼雖然昏，心眼卻幸而還未如燕雀，只想馳於蓬蒿之間」。（《孤獨的眼睛》，自序，頁4）心眼未盲，故能嘯傲於江湖之間。

（五）幽默諧趣與反語空白

雖然識多見廣，議論磅礴，廣稽典故，然而不時流露出其幽默諧趣、故作反語、故留空白的本色。

1、幽默諧趣的本質

龔先生的生命本質具有一種幽默幾近於戲謔的玩笑態度，在字裡行間透顯出來，而這種特質，其實是深蘊嘲諷之意味，或用來自我解嘲之用。茲舉數類以證。

其一，**嘲諷學者誤讀**

評議後人解讀陳亮皆解讀錯誤，其云：「哎呀，陳亮可真倒楣，從牟先生以下，談陳亮的人，基本上就全是誤解，什麼『義利雙行、王霸並用』，陳亮有知，只好再氣死一次。至於打他招牌做經濟發展之用者，更無論矣。」（《北溟行記》，頁 115）將牟宗三以下論述陳亮之錯誤，以詼諧手法表述出來，若對陳亮無知，焉敢言之，此乃基於對陳亮學問的深刻理解，方能糾人之謬。

其二，**諷刺旅遊**

對於導遊的愚蠢無知，也藉由談承德避暑山莊表述出來：

> 我聽到一名導遊說：「各位，這些石頭就叫石鼓文。刻在牛甲龜骨上的叫甲骨文，刻在石頭上的，就是石鼓文啦。上頭都刻了些什麼呢？刻著皇上去圍場打獵的事呢！……」看來這些人的腦子裡只有皇上，且只有滿清的皇上。所以才會說周朝的石鼓上竟是刻著清朝皇帝的事，讓張飛大戰了岳飛一番。（《北溟行記》，頁 48-49）

導遊無知無識的愚蠢，狠狠地被譏諷了一番。然而，誰敢如此？唯有深知其中因由者方敢為之。同樣的，談台灣人珠光寶氣的到處旅遊卻心思茅塞，不知所遊何處，講了某君到埃及玩，返台時很狐疑地問：「阮不是去北極嗎？哇孫仔要哇拍幾張北極熊的照片給伊，哪攏無看到那個北極熊吶？」旁人說：「啊您嘛幫幫忙！咱去的是埃及，不是北極啦」，某君才恍然大悟：「哦，原是埃及不是北極啨！」（《孤獨的眼睛》，頁 14）。除此而外，並嘲諷一群平時缺乏文化涵養，屆臨旅遊地又不虛心學習，東摸西看：「隨任導遊哄弄，與牧人牽掣放牧的羊群無異。那些跑來跑去的羊，能說牠們是

旅行家嗎？」（《孤獨的眼睛》，頁 17）

在〈守護遺跡〉一文中說周莊原本是樸實小漁村，過度開發成旅遊大賣場，到處在賣蹄膀，其云：「蹄膀也許仍然肥甘可口，但家家戶戶都在賣一坨坨油滋滋的蹄膀，看了只會令人倒盡胃口，差點就要立誓去吃素了。」（《孤獨的眼睛》，頁 44-5）

對於愚蠢的旅遊開發政策，亦有所譏評，例如張家界的大型電梯如「掛在美人臉上的鼻涕」而泰山的索道，掛在核心景區的景觀軸線上，「足以與張家界之蠢相互輝映」（《孤獨的眼睛》，頁 45）

批評風景區或寺廟播放台製佛曲錄音帶，把「蘇武牧羊」改唱成「南無觀世音菩薩」令人渾身不自在，而「翻來覆去唱佛號，絮叨不已，使人不是想砸了機器，以讓它停止；就是想乾脆自戕，以圖清靜。此皆台灣惡質經驗污染大陸之例。其實佛教自有妙音，何勞今日商賈俗僧杜撰改造之？」（《孤獨的眼睛》，頁 114）

批評旅遊業過度開發，其云：「到底九寨溝合理的容納量是多少，保護區管理局恐怕自己也不曉得。反正多多益善，每個人可都是揣著銀子來的。」（《自由的翅膀》，頁 34）

譏評有些宮廟惡俗難名：「坐在山門口的胖彌勒，跟商家放在櫃檯上招財進寶的招財貓，沒啥不同，都腆著個肚皮，呵呵笑，瞧著來人的錢包。道士和尚，誦經修行之外，尚要費許多心思，來創品牌、推產品、抓業績……看來比古代之名僧高道也辛苦得多。……現在看看，出家或許會比在家更忙，更要煩心錢穀之事……」（《自由的翅膀》，頁 67）

其三，借古諷今

談雍正奪嫡疑案，云：「疑案就是疑案，諸家考辨迄今，仍無定論，未來陳水扁挨槍擊一事，恐怕也會是如此。」（《孤獨的眼睛》，頁 34）順便將陳水扁一案也調侃一番，可謂古今會通。

〈傳統文化熱〉反諷台灣的去中國化：「如今，風水輪轉，台灣頗有人致力於去中國化，大陸反倒出現了傳統文化熱。世事之奇，寧有過於此者乎？」（《自由的翅膀》，頁 176）

其四，諷刺偽作

在〈關公畫墨竹〉一文中云：「墨竹是唐末才有的藝術，五言律詩更非三國時代的物事，因此所謂關公墨竹圖，乃是『宋版康熙字典』一類東西。……張伯駒說他還聽說另有一幅關公墨竹圖，比這一幅更扯：題跋的人裡面還有一人自稱『愚妹觀世音』。關公墨竹圖，其實是流傳很廣的民間偽作，我也見過一幀。只不過上頭少了劉備張飛乃至觀世音之題跋，不然必當善價購求，以為珍藏。蓋凡事荒謬到了極處，反而就有進博物館的典範價值也。」（《孤獨的眼睛》，頁 66）其後再指出作偽者，造些和名女人有關的古董，信者自有其人，猶如張伯駒相信崔鶯鶯墓誌銘及李香君桃花扇、柳如是硯、脂硯齋硯等，對於這些事，其云：「找到崔鶯鶯墓誌銘，不是跟找著韋小寶的墓碑一樣荒唐嗎？」

其五，自我解嘲

描寫遺失機票、護照、台胞證、錢財，陡然一驚如冷水澆背，云：「我台灣兩個小娃兒怎麼辦？兩岸隔絕四十年才得交通，現在難不成要我滯留大陸，四十年後再讓女兒來探親嗎？大陸這等體制之社會，我能活嗎？」（《自由的翅膀》，頁69）

〈走向神秘〉敘寫練功朋友到布達拉宮附近頭疼經驗，越近越痛，無法下車瞻謁。其云：「我開玩笑說是平日草木之氣吸食多了，大概花精木魅多來附體，故鄰近這正神大廟就要不舒服了。他們也無暇與我鬥口，抱著頭，端著氧氣瓶，努力……呼吸。」（《自由的翅膀》，頁60）

其六，嘲諷簡體字之誤

〈張愛原來是大千〉反諷大陸簡體字之施行，「英俊」成「英傻」，「忠懇」成「忠懇」，「作賦」成「作賊」，「張爱」成「張愛」，「余秋雨」誤寫成「餘秋雨」遭人指正，解嘲云：「啊，反正余秋雨現在也像食客一樣了，加個食字也應該。」，等等，另外，也有因左右書寫造成的笑話：「治大國若烹小鮮」成為「鮮烹國治小若大」。因句讀不同，將白居易〈憶江南〉的「春來江水綠如藍」，句斷為「春來江水綠，如藍能不憶？」將「如藍」視為白居易的小妾的笑話。（《自由的翅膀》，頁172-6）

再如〈鹽的池城〉中「王艮」被無知之人錯念成「王良」，「何柞麻」被錯念成「何榨麻」，何氏說：「我不叫何榨麻，叫何柞麻」，居然還被正色糾正道：「你念錯了，是何榨麻」。「於是他只好一路都叫何榨麻。世情如此，艮良又何辨乎？」感嘆世情，認錯字猶自以爲是的糾正別人，語帶無奈，卻又讓人感受幽默機趣藏於其中。（《自由的翅膀》，頁 208）

凡此，以四兩撥千金的諧趣手法，將愚蠢的政策、愚蠢的行爲、愚蠢的作法一一朗現於讀者面前，這些經典笑話，讀之令人莞爾，同時也有所省思。

2、不疑之疑、故作反語

龔先生另一特質是常於不疑處有疑，善於糾謬，喜歡故作反語，至於所不知者，則預留空白，留待後人想像或完成。

其一，於不疑處有疑，自作疑人

論香山的曹雪芹紀念館，每年有十幾二十萬人去參觀，其云：「事實當然不是那麼回事。所謂曹雪芹故居、廢藝齋集稿，乃是紅學上的騙局，與一些抄本同樣是贗品。等到眞相被發現以後，紀念館已然建成，所以只好將錯就錯，留個假古蹟，聊表世人對曹雪芹的一片痴情。可是，天曉得《紅樓夢》是不是眞有個作者叫做曹雪芹呢？」（《孤獨的眼睛》，頁 64）

知破他人不足之處，而自己亦在迷茫之中，跌落文學的世界而不自知。例如〈尋夢記〉一說大觀園舊址或在北京恭王府，一說在南京的隨園，今爲南京師大，一說《紅樓夢》初稿作者爲洪昇，大觀園原型應是其老家杭州西溪的洪園。至於是否西溪是大觀園舊址呢？「唉！我也不知。秋雪庵，一庵獨立，四水波生，蘆雪庵卻是蓋在傍山臨水之河灘上的。西溪一片沼壖，沒有山：大觀園中則『主山處處連絡不斷』。如此山、如此水，大宇茫茫，我要去哪裡找？」（《自由的翅膀》，頁 58）尋訪大觀園，不就像是尋找韋小寶的墳墓一樣的荒唐嗎？是的，文人好附會，喜附會，主要是相信文學之眞，然而文學之眞是事實之眞嗎？果眞是明眼人作瞇眼人看大觀園。

其二，糾謬心態，喜作反語

　　喜歡糾謬，也是特質之一。例如論大陸文物市場壯大，每個城市皆有古玩市場，有拍賣會，有文物收藏者、愛好者組成的協會，甚或發行報紙，召開研討會等，「話雖如此，我卻以爲整個鑑賞水準或品味是在下降的。」（《孤獨的眼睛》，頁 22）再云：「技法、材料方面，鑑別書畫已然如此深奧，其他涉及文史知識、歷史掌故、風格判斷、授受源流的地方，當然更是學問無窮。沒這些知識、沒這些學問，去古董市場淘寶，其實就是去要寶而已。除了送錢給別人，弄一堆破銅爛鐵回來，還自以爲撿了便宜之外，更要讓人家在背後笑破了肚皮哩！」（《孤獨的眼睛》，頁 25）

　　論媽祖文化帶，一反前人之說，認爲非閩南一帶獨有的信仰，它向北傳播，廣及天津、煙台、大連等地。（《孤獨的眼睛》，頁 28）

　　論清朝政務中樞，在離宮非紫禁城，其云：「清代諸帝，其實長年住在離宮，只有歲暮才回紫禁城過冬；因此政務中心實在離宮而不在紫禁城內。皇帝常居離宮，紫禁城僅供舉行儀禮之用。這是許多人所不曉得的。」（《孤獨的眼睛》，頁 31）其後又云：「清代大事多發生在離館林園。此非但於世界上屬於異數，也根本逆轉了林園的定義，顛倒了宮廷跟避暑養靜的園林之區分」。（《孤獨的眼睛》，頁 36）

　　論林語堂《輝煌的北京》對北京的吃食，譽爲「正宗」，但所介紹的，僅有東興樓的芙蓉鴨片、正陽樓的蟹與烤羊肉、西門沙鍋的豬肉、順治門外便宜坊的烤鴨，此不足以知北京也。（《孤獨的眼睛》，頁 74）

　　論近代畫家取法西方現代藝術，云：「後來一代人，發展西方現代藝術，則是去學西方人消化吸收了東方，以反叛其古典傳統的那一套，用來反叛我們東方藝術自己的傳統。因此，徐悲鴻那一代是失敗的，後來做現代藝術的人基本上也是失敗的。」（《孤獨的眼睛》，頁 82）

　　反駁有些專家論圍族群居以禦侮的型式是客家民族的特色，其云：「此殊不然。廣府系、閩府系也一樣有圍。連台灣由漳州人開闢的宜蘭也不少地名就叫稱圍或叫城。」（《自由的翅膀》，頁 146）

　　再如反駁世人對川菜麻辣的印象，其云：「川味非僅厚重一路。可能恰好相反，川菜雖重滋味，但卻本應是淡雅的。」（《自由的翅膀》，頁 26-

7）並揭示清人黃雲鵠《粥譜》、《調鼎新錄》等為證，說明豆腐、粥都是川中常食，且宋代也有甘菊冷淘、水花淘等，都是清淡、不肥腴油膩；再舉東坡〈菜羹賦〉、〈狄韶州煮蔓菁蘆菔羹〉詩為證，說明不用大醬重劑，才是川味本色，再論川菜之精華，不在大筵而在小吃，等等。（《自由的翅膀》，頁 27-8）

論敦煌石窟，中國人對英人斯坦因將敦煌精品席捲而去，罵不絕口，「可是，我讀他的遊記，也就是考古報告，卻悚然而驚。」揭示他以一天極短的時間，將佛教未收文獻、非漢語或罕見文獻、帶有題記的文獻、絹畫六千餘卷挑走，「那種鑑識能力，老實說，當今中國最好的學者，如章太炎、王國維，只怕也無此工力。」（《自由的翅膀》，頁 150）

論德希達云：「所以我認為：依德希達的辦法，既無能力真正建立文字學，亦無法以文字為最一般的概念來發展符號學，更無法真正顛覆西方的語言中心主義及其形上學傳統。」（《北溟行記》，頁 109）

談費信隨鄭和出航數次，在《星槎勝覽》把旅行國家分作兩類，一是親覽目識之國，二是採輯傳譯之國，其中錯落訛誤錯亂之處甚多，說鄭和七次航行之外還抽空去美洲，比哥倫布更早發現新大陸，記載錯落與空缺甚大。（《自由的翅膀》，頁 105）

敢於糾謬，在於識見卓越，遂能糾正世俗淺見之訛誤。

3、不言之言，故留空白

有些事情，故留玄機，讓讀者去參透；有時對於歷史空白者，預留空間，令讀者想像；對於自己百惑不解者，亦存留空白，讓想像去完成。

其一，講奇人異事

〈奇門祕技〉中寫到少林武僧有一位法號延功，後還俗成台灣女婿，本名高杰，有金鐘罩功夫，其武學本於家學，祖傳醫道尤奇，用針以經絡為主，不主穴位，也能配藥，「但本文並不想專門介紹他，他只是我江湖浪跡所遇異人之一。」（《自由的翅膀》，頁 120）

〈古墓黃金〉寫一群從閩南來的鄉下人，受雇到北京附近昌平郊區挖土

方，掘到古墓，內有康熙官鑄黃金，請「龔董」幫忙鑑定真假，爲免出賣，互相結拜，稱兄道地，並削元寶一角，代爲鑑定古墓黃金之眞僞。並云：「故事還很長，先講到此罷！」（《自由的翅膀》，頁142）

其二，歷史的空白

對於古代防禦，大談所見之城、堡、圍、塢等古老的防禦設施，今已率皆改妝迎賓，成爲旅遊資源，是社會進步的一面，但是對於械鬥精神之表現，心有存疑，其云：「但分類械鬥之精神，是否一併消失了，還是它轉換了形式，表現在其他方面？」（《自由的翅膀》，頁147）

或如，談回鶻佛教與漢地交流密切，故中原創立的禪宗、天台宗、淨土宗在回鶻極流行。曾爲中西交通要衝，而今感嘆高昌之殘敗、交河之荒涼，遂興發高昌與漢文化之關係，乃至於與印度、波斯、西藏的關聯，是值得探究的一個向度了。（《自由的翅膀》，頁193-7）

（六）尋覓千古知音

由於交遊廣闊，各種奇人怪人皆與之接觸，其云：「我跟一般學者不同，別人黃卷青燈，在書齋裡皓首窮經；我則東飄西蕩，遊以攄懷。人家往來無白丁，談笑有鴻儒；我卻三教九流、雞鳴狗盜，無不交往。」（《自由的翅膀》，頁121）揭示所交往對象各種品類皆有，遂能遊走天下，無往而不利，然而相交滿天下，知音能有幾人？最究，人生行旅，仍是孑然獨行。

孤獨行旅，方能體會妙處，亦唯如此，益顯發孤獨之踽踽涼涼，如此行旅，何其蒼涼孤渺，亦或尋覓知音？曾經有一段文字書寫某一老人琴音，其云：

> 在南師大暗巷路樹下，聽到眇目老人的琴音，拉起來，只是把一腔心聲、一腔音感，一股腦地說個不停，身世、心情，全寄託在其中，所以聲音最好。（《北溟行記》，頁183）

琴音之發，純任性情，眇目老人將最好的聲音寄託在音樂之中，傾瀉而出的

竟不是琴音，而是身世與心情淒涼之感。另一次，聽到漢子自彈三弦，正準備行乞，沒有發現對街的聽者。是的，清音獨發，不求路人懂音樂，吹彈自賞，是一種自發自賞的孤獨，不期，千古知音正在對街凝聽。只要能發清音，便不必在乎有無聽眾；只要能書寫，便不必期待讀者能懂。也許在曠渺的時代裡，心靈相接的，正是千古知音。這番孤獨行旅，不求當世知者，遙寄遠古，也許會與某一個孤獨的心靈相遙接。

尋覓千古知音，未必在當下，且博才、奇才如此，放曠於山水之間而無所用世？事實上，亦有用世之心、不舉於世之嘆。曾自云有用世之才，卻不得舉用：

> 我亦有治世藥時之方，而不見用於世，循蕭君之例，似乎也該去賣烤鴨才是。（《北溟行記》，頁158）

是也？非也？不見用於世，難道該隱淪於市井之中乎？幸而能文能寫，且如此博學方能不淹沒於曠世人海之中，不能立德、立功，至少立言亦是三不朽之一。

五、遊記散文的破與立暨旅遊建言

龔先生遊記散文，與常規遊記迴不相侔，不僅溢出書寫內容，而且形態不拘，自有其「破」與「立」之處。「破」，指其書寫的內容脫逸出遊記的書寫，此一「破」亦即是「立」，此破即彼立，確立了新的書寫內容，同時，對於當今旅遊政策亦有其獨到之見，屢有卓見，可供汲引。

（一）溢出遊記散文書寫模式確立新向度

一般的遊記散文，以表述個人見聞為主，到過何處，看到何物，遇到何事、何人，兼述感想、觸發或感嘆，目的在增廣見聞，博稽典誌。但是龔先生的遊記散文，雖然也書寫聞見異事，卻往往溢出這樣的書寫格局，其

「遊」誠如《北溟行記》的封頁底所云：「飛越方國、地域、時代、形象、文明、意識形態等成見，無所拘執，更無所不關心。」

這種「遊」是超越於地域、方國的遊，而且是時代之遊，形象之遊，文明之遊，意識形態之超越等等。與一般遊記僅書寫旅中見聞爲主者，迥不相侔。他的內容包括了：

1、評議時局

在《北溟行記》中，多以專篇論議時局、批評政策，例如〈高教發展之憂〉、〈偉大國家之作爲〉、〈主權在民乎〉、〈中華文化現代化〉、〈華語教學之淪陷〉、〈三一九正名〉、〈台灣應與鄰相善〉等文章，到了《孤獨的眼睛》及《自由的翅膀》二書時，雖無專篇論議時局，卻轉換方式，更深刻的藉史諷今，或以古刺今的方式表述，例如三一九槍擊疑案可與清朝疑案相提並論，如國史館之惡搞，猶如在新疆建立台灣瑤池金母，政策不經民意定如鄭和下西洋一樣成爲一樁空缺的史事，不見記載。論大陸對台政策，並無急迫性，當務之急是穩定大陸局勢，一是社會性問題，包括貧富差距、農民失地、失業率居高不下、能源供給、環境承受能力等皆須妥善處理；一是政治性問題，包括完成新人事佈建、加速反腐行動等，此乃大陸新政權必須面對者，至於台灣必須謹慎處理對大陸之政策。（《北溟行記》，頁169-70）再如論江蘇鹽城，歷數歷代政策，並回歸現代，指出台灣在日據時代，米糖經濟爲主，光復後，台糖產業仍遍台灣，只是「如今什麼都賣，大約不賣糖，糖業興衰，正與兩淮鹽業相仿，宜早做轉型籌計方是」。（《自由的翅膀》，頁207-211）良言深刻，可爲圭臬。

2、月旦人物

嫻熟掌故，故能在評論人物時，知其良劣，例如，在北京語言大學舉辦梁實秋研討會，既能知其長：才學兩優、譯作兼行，既有文，又饒學問，中英文俱臻上乘，勤奮至老不衰，亦能知其短：不能寫長篇、對中國小說傳統不熟、對西方僅知英國文學、對史學哲學未精研等等。（《北溟行記》，頁147）又例如，論顧頡剛批評胡適，若爲苟全於亂世，不得不然，然事過境

遷，未聞有悔過之意，風骨可議。（《北溟行記》，頁 149）

以上臧否人物，實事求是，不阿附某人，具有歷史後設的超然性，此亦其敢直言之處，不爲賢者諱，不爲名人諱。

3、故示博學

談論各種物事時，往往故示博學，例如論青島啤酒，談到中國製酒之術，在金元之際出現蒸餾造酒法，「據劉廣定教授考證，源出於阿拉伯，我則以爲是中國北方道士煉丹時發明的。因此整個傳播路線是以中國北方爲中心，向南擴散，形成以高粱爲主原料的中國白酒；向北，形成俄羅斯以甜菜爲主原料的伏特加；向西形成以大麥爲主原料的威士忌，和以葡萄爲主原料的白蘭地。」（《孤獨的眼睛》，頁 81-86）論糖，徵引王灼《糖霜譜》，指出製糖之術始自川中，初用蔗糖，唐代中葉四川和尙才加工成類似現在的白糖，稱糖霜。而《本草》說砂糖和牛奶煉製的，唯四川能做，行銷天下。如此談論各種物事本源，非有積學未能達之，而龔先生積漸之功，非一時一地所得，故能旁徵博引，侃侃述其本源。

4、其他

除上述各項之外，亦有溢出一般遊記的書寫者，例如有〈得天下英才而教之〉，談在北大上課結束，一些學生寫信表示對龔先生學問之崇敬與佩服。（《北溟行記》，頁 102-4）內容不全是遊記寫法，而是更廣義的「遊」，例如〈德希達哀辭〉論德希達對文字之重視，但西方人沒有文字概念，是拼音符號，故論文字，其實是語言間的對諍。（《北溟行記》，頁 107-110）文中大發議論，駁斥德希達的文字概念，事實上是語言觀念而已。

此破即彼立，以打破常規的遊記書寫，來確立新的書寫向度，遂成爲一代新的典範。

（二）打破行旅返歸歷程模式

一般出遊的模式是以圓形結構爲主，有出發點（即是「開始」）也有

「返歸點」（即是「結束」），「始」、「歸」皆同歸於一點，出發點就是歸返點，所以能夠形成一個圓形結構如下所示：

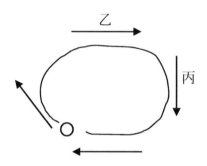

圖4-1-8　出遊回歸圓形結構圖

意即凡是出遊，必定以歸返爲終，無論行經多少方國地域，無論歷經多少年歲，終必歸返家鄉，如此才構成「出遊」，因爲「遊必有歸」。

　　但是，龔先生的出遊模式與一般的圓形結構不同，其呈示的是「折返式」模式：

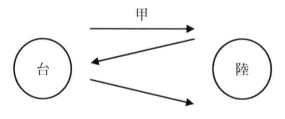

圖4-1-9　出遊折返模式圖

原先的出發點是「台」，遊旅之方域是「陸」（以「陸」爲主，不以「陸」爲限），然而弔詭的是，在「台」、「陸」之間，並未呈示「出發」、「歸返」的結構，而形成一種折返結構。甲是由「台」到「陸」的初始點，往後，雖有歸台，卻必定再以「陸」爲返歸點，這就是因爲在「台」無供職，而客座北大、清大、北師大、乃至於特聘爲北大教授，以「陸」爲供職之

所，故必如燕子折返而歸，台灣，雖是鄉，反而成為另一種回歸的鄉，於
是，龔先生往來於兩岸之間，猶如燕子來去，逢冬夏必定來去折返二地之
間，此一遊旅的模式，打破了一般的圓形結構。同時，也因此，而能有更高
的視點可以觀看兩岸之文化與政治之遷變，更能深入討論其間的因革。

（三）依違在目的／非目的之間

遊，有「目的性」與「非目的性」。有目的性之遊，是存抱著某種目的
而進行的旅遊活動，有知性、朝聖之旅，例如遊學、生態之旅、寺廟宮殿古
蹟之旅等屬知性目的，這些皆以某種知識之增廣見聞或獲取為目的。當然，
也有純以休閒為目的者，例如渡假村之旅、樂園之旅等，屬非目的性之旅。

龔先生之遊，介乎目的與非目的之間，大都以講學、開會為主，牽動南
北移動，例如南京師大找他擔任講座教授是目的，附帶的遊賞南京週邊及其
附近，便是一種無目的之遊，而且是一種隨興、隨機之旅。例如到南京參加
「中華文化發展論壇」，會議乏善可陳，旅遊安排頗值一提：「由南京往徐
州、盱眙，再轉往淮安、揚州，抵鎮江，沿途接待，吃喝玩樂，不在話下」
（《北溟行記》，頁37）此即其依違在目的與非目的之間的遊旅。

（四）遊的解析與建言

身為「形」與「神」之旅遊者，遍遊神州各地，對於所見所聞，自有一
番異於常人的體會，尤其是對於整體的旅遊活動，屢有建言，可為當政者參
校。

1、開發旅遊政策之建言

龔先生對於沿途所見之景，深有體會，遂能大發建言，提供參考，或建
言或作現象解析，或從旅旅政策著手，皆能深刻反映觀者獨特的識見。

例如對於大陸過度開發旅遊業，其實是自取加速銷亡，曾以「水蛙」為
喻，說明旅遊業蓬勃所帶來的假相，以為日子越來越好，殊不知過度使用自
然資源，是自取滅亡，此可從水蛙得到啟示。（《自由的翅膀》，頁 33-

36）藉此揭示旅遊業之短視近利。憂心大陸過度開發，在紫禁城週邊高樓林立，競夸侈麗，語重心長地說：「守成之難，正在於如何守成須要學習，像大陸現在朝野上下，就還不懂得該怎麼做。只怕等到將來學會了要守成時，卻已經無可守了！」（《孤獨的眼睛》，頁 47）至於大陸之文博事業，大抵將經營權賣給旅遊企業公司，由於經營有年限，必在限期內大撈一筆，大肆招攬，門票越賣越貴，致旅遊品質下降，自然環境與文物價值皆耗損殆盡。（《自由的翅膀》，頁 44）此一現象，讓人痛心疾首。復次，對大陸申請世界遺產，甚感憂心，申遺原爲保護古蹟、珍惜文物，卻反而以此賺錢，旅遊過度開發，保護不週，商業化庸俗賣場林立，形成古蹟災難。（《孤獨的眼睛》，頁 43-47）

　　當然，旅行必須結合經濟結構爲基礎，如何很好地開發而不被破壞，如何讓旅者感受深刻而無庸俗之感，是必須整體規畫者。[15]例如感慨古蹟云：「承德一帶機械造林，呆板而無山林野趣；魁星樓設財神，形同斂財；小布達拉宮，遊客如織嘈雜非清淨道場，避暑山莊新修文園獅子林俗劣難名」。（《北漠行記》，頁 48-9）對於庸俗不堪的人爲造作景區，深表厭惡與感慨。復次，對於旅行之批評，亦有獨特見解，其云：

> 發展旅遊觀光是奇妙之事，歷史、文物、古蹟、老店、舊街、名人，一經炒作自然變質。本是藉歷史興感，漸成人消費歷史，最終抹消了歷史。（《孤獨的眼睛》，頁 179）

不僅從歷史觀點縱談是非，亦揭示國民旅遊、休閒度假、生態之旅、歷史知性之旅，層次與性質不同，自應有不同的定位。自然生態、文物考古、資源

15　西方學者范登阿比利（Georges Van Den Abbeele）曾從「旅行經濟學」的視域來定義旅行：「旅行是以經濟經構爲模式，旅者在一往一返中進行政治、經濟或文化資產的交換。」見劉虹風〈「旅行文學」：在追尋／驗證、真實／虛構之間〉（《誠品好讀》第一期，2000.07）頁 22-3。事實上，此一說法完全陷落在物質的經濟學說之中，忽略了人的主體性與能動性。

保護、城市規畫皆應好好規畫，而非騰笑國際再思補救。（《孤獨的眼睛》，頁 199）對於旅遊現象的觀察，其云：「旅遊業不能做資本家的幫兇，文化產業的研究不能媚俗，如何讓旅遊成為人格獨立、精神解放之活動，有待旅遊文學家努力」。（《自由的翅膀》，頁 237）旅遊事業，是長長久久的規畫，短視近利，必自食惡果。

在過度開發的文物之中有門庭若市者，亦有寥無人跡者，例如在國子監，看見對街雍和宮門庭若市，而國子監內石碑無語，兀立斜陽，惘然悵悵。（《孤獨的眼睛》，頁 166）弔古傷今，本事之當然。旅行，原是為了增廣見聞，但詫異驚怪之餘，「愈令人傷世、悼俗、憫今、思古」（《北溟行記》，頁 49）此其心情也。

2、對旅遊者建言

批評現今為旅遊文化產業化的時代，在商業體制主導之下，旅遊變成觀光、豐盈自我變成消費購物、叩寂寞變成縱欲狂歡、獨與天地精神往來變成開發經營、優遊卒歲變成按行程操兵演練。人喪失自由、喪失與自然、歷史的聯繫，而去消費或消耗自然與歷史。（《自由的翅膀》，頁 4-5）

對於一群觀光客之團體出遊，亦有所見，揭示旅人基本上是孤獨的，一夥人呼嘯牽扯著去旅行，大抵只是原有生活團體換了個地方去吃喝玩樂而已，並不能真正介入異鄉的文化脈絡中。只有孤獨的旅人，才能深切體會著被異鄉包圍浸潤的痛苦與喜悅。（《孤獨的眼睛》，自序，頁 5-6）

對旅遊活動的內容亦深有體會，揭示：「旅行者，大抵『早起看廟，傍午看館』，看廟了解風俗與文化，寺廟是古蹟，也是民眾活動之處，可見識歷史與文化；看館，則是看博物館，以了解當地史料文物」。（《孤獨的眼睛》，頁 75）

龔先生遊記散文論述面向廣博，大抵長年涵茹積漸，乃能博、雜、精、深，遂對於旅行者提出建言，其云：旅遊，對於山經、地志、草木狀、花卉譜、金石、人物、掌故、藝文、釋道之內容完全不曉，遊罷，亦如牧人放牧之羊群，故「書到玩時方恨少」，不在旅中作工夫，而是平時涵茹積漸之

功。（《孤獨的眼睛》，頁 17）可知，平時用功之重要、博通之重要，如此，方不會產生「學到遊時方恨少」之遺恨。

對於遊旅，亦能見所蔽，其云：「少所見，則多所怪。見得多了，自然也就見怪不怪，尋常視之啦。因此，見多識廣或許並不是件好事，因爲它可能就代表了神經業已逐漸麻木，情感業已趨於遲鈍。看得多，故而也就看得淡了。旅行者的危險，亦即在於此」。（《自由的翅膀》，頁 53）揭示見聞廣闊，有時也是一種麻木的危機，旅遊者如何開發生命情境與所履之境作一結合，才是最高的境界，遂亦從旅者提供建言，揭示，遊，必是情景交融，一回在泰山玉皇頂見「五嶽獨尊」石刻，登高四望空茫，雲物皆在其下，天風吹衣，大有昂首天外之感，天地以我爲尊之慨，揭示美之懾魂勾魄者，每於與景合、與境合，摩崖刻石，方能成爲不可移易的藝術成就。（《孤獨的眼睛》，頁 185）此一境與情之交融合攝，才是遊的最高境界。

3、旅遊賣場建言

論旅遊賣場，不反對旅遊地區人民做小生意、賺觀光客的錢，但賺錢要有格調，日本或歐洲著名旅遊商業街，彷彿高級工藝美術館，不只東西精緻，有特色，具歷史或工藝價值，大陸旅遊缺乏耐性把自己打點好，只想賺顧客的錢，不思創造較高的文化價值來吸引，僅欲倚傍名勝來撈錢。（《孤獨的眼睛》，頁 198）

此其遊歷大江南北，所見聽聞之感受，遂能識見獨發，直接建言。

4、遊記書寫建言

> 旅行的人，都喜歡看遊記。……不過真正的遊記並不多見，大抵是流水帳、飲食錄，或計里鼓一類東西。對於所遊之地的介紹，知識上還不如翔實的導遊手冊，文采與感悟又無甚足觀，這便令人索然。（《自由的翅膀》，頁 82）

批評當前的旅遊書籍以流水帳爲多，反不如導遊手冊，建議遊記多寫深

刻的歷史縱深或異於常人所見者，此亦龔先生遊記散文比一般遊記更具歷史
深度、博度與厚度之原因。

六、遊之物質實踐與精神之坎陷

（一）遊之物質實踐

出外旅行，就是跨越邊界，進行異地或異國或異文化之體驗，最怕衣、
食、行、住諸般不便，所謂不便，是指異於自己原有的、習慣的，只有脫開
了這層拘執才能自在徜徉在異時、異地、異文化的氣息之中而能無入而不自
得。龔先生在遊記散文之中亦揭示旅遊過程中的各項物質事宜。

1、食

敢於嘗鮮、嘗新、嘗異，是作為旅人的先決條件，離開熟悉的故國、故
鄉，莫不是要開拓新奇異饌，要觀看異於家國的奇山異水、地理形勝。食，
就是一種開發自己心靈的方式之一，以習於家國口味者為平常，以敢於嘗新
者為新奇。「旅行者，需要許多條件。條件之一，就是須有一副好脾
胃。……旅人常患的，其實不是腸胃病，而是心病。心中嫌厭那些異鄉怪
味，也疑慮著那些沒吃過的物事，且疑、且懼、且驚、且厭。」（《孤獨的
眼睛》，頁 69-74）對於飲食，抱存著「一地水土養一方人」，唯有透過飲
饌才能深刻了解當地之地氣、物產及人文風俗，親近、接受當地飲食，才能
使自己不被排除在異文化的陋習之中。其云：

> 腹笥漸寬，撐柱肚腸的，都非書卷，而是鬈肥膩脂與異卉奇珍。我不
> 敢挑食，因而時要嘗鮮。非新鮮美味之鮮，也可能是鮮少鮮奇之鮮。
> 鮮奇者，不一定鮮美，故又時多驚異。（《孤獨的眼睛》，頁 19）

對於各地鮮味未曾不嗜，並以食新、食鮮、食奇為快事，飲饌，成為行旅過
程中最重要的享受之一，在〈自在江湖行〉云：「若問近日快事，則吃了三

餐狗肉、驢肉、兔肉火鍋而已。」（《北溟行記》，頁 34）以食鮮來快慰舌蕾，實亦快事之一，總比召開冗長無趣的會議來得有趣多了。

2、住

旅遊過程，最不能選擇的是住宿，該地有什麼樣的物質條件，就會衍生出什麼樣的住宿環境。在住宿這一環，並不多著墨，大抵安全即是，不挑三揀四，隨遇而安，即是長期在外旅行者希求的。

3、行

交通不便，行同禁錮，旅行者就是要打開這個限制，走出一條少人行走的幽徑，賞悅獨見之景致。人生行旅亦然，總要走出與眾不同的生路，方能看到多人所未見之景緻與識見。行，既是有形之道路；亦可視為人生之道路，人生多歧，焉能不效楊朱因亡羊而悟，或阮氏窮途而哭，然此等無益之事，不足啓人，龔先生重新面對卸下公務的人生，調整生命的步調，反而悠遊自在地看到更多別人看不到的殊勝風景。

4、聽聞

> 旅行，最動人處，是不期而遇地聽到故鄉音。非故鄉之音，聽來無非詰牙磔舌，同文同種，南腔北調，猶不可知，何況是異國語文，比手畫腳更難言傳。此一層次，雖著墨不多，但是，用心聆聽各種聲音，猶能有得。

事實上，在上述物質行旅過程中必須尋求解決的衣食住行之外，出外旅遊，最重要的意義，是走過那些地方？看到那些？感受領略到多少？這些見識與見聞與生命的關涉如何呢？行旅，並非要做一個到處吃喝玩樂而一無所感的人，要求的是博作功課，才能了解旅遊過程中看到了什麼？有什麼意義，如若缺乏此等功夫，一條牛牽去北京歸來，猶是一條牛，有何意義呢？揭示：「缺乏博物之功，去做自然之旅，其實是烏龜吃大麥，何況山川草木

鳥獸蟲魚又往往與藝文掌故相關呢。」（《孤獨的眼睛》，頁 15）此所以龔先生之北溟之旅，能見人所未見，發人所未發。又云：「故旅遊者若還緬懷古訓，仍想讀萬卷書行萬里路，增長點知識，了解點異地風俗社會，便須對旅遊地區之傳說介紹等等，多懷上點戒心，更勿被自己好奇獵異之情所鼓扇，墜入另一個香格里拉。」（《自由的翅膀》，頁 53）可謂語重心長。

（二）遊之精神坎陷

龔先生之「遊」，突破傳統「遊記」的寫景內容而獨抒議論、評騭、月旦、興慨模式，然而不免因生命氣質使然，而陷落另一種精神樣態，大抵分述如下：

1、累於博學，到處駁辯

由於博學，故而所示現的遊記，頗能一新人耳目，突破方國、時代、文明、意識型態之敘述策略，處處顯發其廣甄博引、涵茹積漸的工夫，也正因為如此，凡論古蹟、古物必旁徵博引，逆溯典故，以示博學，此為所長，亦是所累，讀之，既不似遊記之引人入勝，而是旁推典故，讓人跌入另一種書障之中，博，是為所長，亦為所短，大抵敘寫過程，動輒徵引典故、博議旁取，有時甚至知識與理性意味濃厚，而少有情味。

2、形遊而神不釋

積學博雜，所見必徵引故實或博議是非，是能遊於天下知識之中，而不能擺落知識之障蔽。是「形」能突破障礙，而「神」仍累於典故、博達之知識系統中。說是逍遙於知識之中，卻不能逍遙於無知識之中。

3、牽累仍未能作逍遙之遊

對世事之關懷，雖遊於天地之間，仍展示知識份子對文化的關注，對時局之諍言，這些，皆充份表現出儒者關心現世的氣度，是能入於其中，針砭是非，然而卻不能出乎其外，遊於無累之境，仍然陷落在儒家擔當世事的格局之中，未能充分作逍遙之舉。

4、遊如人生行旅

人生如旅,亦是遊的一種形式。李白不云吾人皆爲天地之逆旅乎?事實上,最得人心的一段文字,龔先生亦自有體會,其在〈人生誤旅〉揭示:

> 在充滿無數誤解錯亂的人生旅程中,那一點點有關八大或崑曲的錯誤又算得了什麼呢?旅途多誤、人生多歧,是人生無可奈何之事,既無奈,便應安之若命,卻非安於無知。並藉以指出讀書要通博,知識是相關的,其次,讀書做學問不能僅是情調式的滿足,東搞西摸,沒有進入生命裡,知識無法生根、滋長,情意便無法潤澤。做學問讀書不是觀光,是攻城,要攻得下、占得住、守得下,才是真正自己的學問。(《自由的翅膀》,頁 213-218)

是的,透過遊記所書寫出來的見聞正是茹積涵蘊而來的學問,更是不同於圍攻書桌足不出戶之士,用生命印證:讀萬卷書,行萬里路。其云:「走的地方越多,耳目聞見之獲益就越大,故行萬里路更勝於讀萬卷書。」(《孤獨的眼睛》,頁 13)並藉此揭示做學問亦要守住自己眞正的學問。

七、結語

大抵而言,龔先生遊記散文篇帙散漫無旨,隨行隨記,依行止萍蹤而寫,故前後篇帙並無統貫性,《北溟行記》尤爲然,不僅記浪遊歲月,亦且對勘兩岸時局;《孤獨的眼睛》、《自由的翅膀》則以旅行爲名,《孤獨的眼睛》輯爲〈自由的翅膀〉、〈那山那泉那海〉;《自由的翅膀》則輯爲〈旅人的眼光〉、〈未消逝的年代〉二輯,顯然較專注於行旅典故、記遊、感懷爲多。

對於高才不用於世,孤獨行旅而不偕伴而遊,如何自視?曾在揚州大明寺訪得鄧石如篆字一聯:「豈有文章驚海內?更攜書劍客天涯。」以此作爲生命的印證,同時又曾自況一聯:「曾爲博士經生官僚教授人天師範,無非

酒徒劍客才子仙家南北遊方。」，是的，書劍天涯，既是酒徒，亦是劍客；是仙家，亦是方家。書寫游記散文三書，其意何在？自云：「旅人喃喃自語，焉求人知，竟爾形成獨特的孤獨清音，豈非天籟孔竅所發出的清鳴？」

遊，縱究是遊，是客，是行者，不能居留，而此一本質原也就是人生行旅的本質，也是生命的本質，驗證生命之遊，不過是個孤獨的行者，而在孤獨之餘，能獨發清音以震天下之聾聵，以啓後人，恐是龔先生意想中事，所以爪泥鴻跡，必也發之爲文。以文字留存，固是游戲之作，亦必有啓人者。

蕭之爲聲，咽咽嗚嗚，如泣如訴，如慕如怨，此其臆氣含藏內蘊。蕭之爲心，其孤獨可覷，其深藏內蘊之儒者情懷亦可管窺一端。

劍之爲氣，豪氣干雲，縱橫捭闔，不可一世，此其貫日長虹外放而凌霄。以劍爲氣，慷慨激昂，意氣遄飛可見，縱橫家之氣度亦可拈捻得見。

蕭心劍氣正符印其生命特質中孤獨的本質與劍氣沖霄的氣概。

菊花心事與生活理趣：
黃永武散文書寫向度的轉折與特色

摘　要

　　黃永武是位知名學者，除了學術研究之外，享譽台灣文壇者，厥以散文成就最著，創造出迥異創作型作家的典範，曾以《愛廬小品》四書榮獲一九九三年國家文藝獎，這種殊榮是厚積薄發呈示的具體成果。他的散文著作非常豐富，約有二十五種之多，本文基於此，擬探討其散文發衍出來的書寫向度、轉折與特色。

　　首論黃永武散文的書寫向度與轉折，大抵與生命歷程相印合，散文寫作的進程，是他一生經歷與學、思過程的反芻，大致與生命情境、生活遇合相叩合。續論黃永武散文的題材，反映出書寫內容有：其一，以詩為心，運用通俗文字抉發詩歌意蘊。其二，以生活為題材，書寫生平經歷與生活隨筆。其三，以詩文為經緯，藉古人智慧印證當下情境，演繹人生哲理。最後，歸攝其散文特色，是一位能將廣博閱讀古典詩文化為雄厚寫作基底的能手，將專業的學問「通俗化」與「散文化」，具有強烈的「融雅為俗」、「化古為今」正面、正向的知識性格。

關鍵詞：現代散文　黃永武　愛廬小品　生活美學

一、前言

　　黃永武（1936-）生於浙江，十三歲逃離大陸，輾轉由香港來台，在台灣完成學業，並立基於台灣，成名於台灣，退休之後定居加拿大。

　　身兼學者與創作者的黃永武，其編纂、著作大約可擘分為二大範疇，其一是學術的著作，兼涉文字學、經學、詩學與修辭學，另外，也編纂杜詩學四十種及敦煌寶藏百餘冊；其二是文學創作的部份，早年也創作新詩，其後功力全下在散文上面，約有二十五種之多，有詩歌賞鑒之發衍，有詩文論述之闡繹，有隨筆心得之摭拾，大抵編著一覽表如下所示：

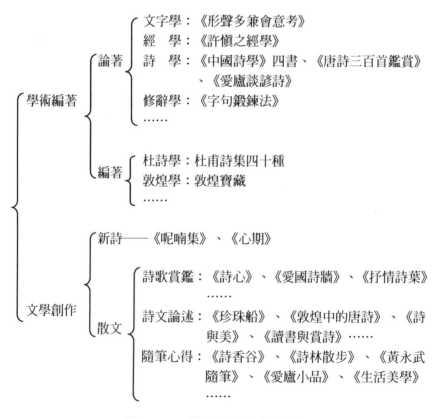

圖 4-2-1　黃永武編著分類圖

從上表可知，他的著作非常豐富，不僅是一位學養淵博的學者，且散文創作亦形成獨特的風格。

黃永武，以一位學問淵博的學者跨足散文書寫，創作的靈感與源泉多從閱讀興發的理趣，曾在《愛廬小品・序》云：「一開始的目標就想將盈千上萬的古典書冊，酌古宜今，擷採精髓，濃縮融會於這四冊小書裡，像釀百花之香以成蜜，像綴千腋之白以成裘，熔盡往聖先哲的金銀銅鐵，而我只是熱灼無比的鑪錘，期待鎔鑄出全新的文化精神與光亮。」[1]將先哲的精華具現於散文中，此不僅是《愛廬小品》的作法，也是黃永武書寫的特色之一。在這麼豐富的散文著作中，其書寫向度為何？與生命經歷、學思過程是否相瀋相發？佈示什麼樣的內容與意蘊？又表現什麼樣的文學特色？此乃本文欲抉發者。

二、生命歷程的書寫立場與心境之融攝

究竟黃氏散文書寫立場與心境如何？是否與生命歷程相應？本文根據其生命歷程分畫成四個階段與面向進行詮解。

（一）年少貧中求樂，書中自有詩人夢

十三歲隨著哥哥，輾轉從香港逃離共產黨的統治來到台灣，因親見目睹共黨作為，故而一生絕不諒宥共產黨所做慘絕人寰的事跡。

來到台灣，貧困的物質生活，寄居南工，只有閱讀才能讓他從貧困的歲月中超拔出來。

慘綠年少夢想成為新詩人，不斷地投稿寫作。閱讀詩歌，書寫新詩，是生命中唯一疏瀋的渠道。閱讀與寫作，成為救苦度厄的寶典，使他可脫離困頓的物質生活。同時，圖書的世界引領他朝向有夢想的未來前進，早年不斷寫新詩，期待自己可以成為一個詩人，雖然，年少的夢想沒有完成，但是，

---

[1]　見《愛廬小品・序》（台北：洪範，1996），頁1。

一輩子研究詩歌，也算是回報詩歌曾經帶給他豐贍的精神力量，鼓舞他不斷超越生命的高峰。

（二）以詩為舟，成為療治生命創傷的靈藥

年少時希望自己成為一位詩人，透過新詩的抒發、宣洩與療治，生命的創傷終能結痂成為生命的印記。完成博士學位成為知名學者後，對於詩歌的賞析與研究，從學術的象牙塔走向庶民的市集；從高不可測的殿堂，往下走向人間世，將中國詩文的學術，從高深不可探求，以通俗、言簡意賅的方式，導引大家走進可以知會、賞鑑的花圃。詩歌，是黃永武救渡自己心靈的方式，也是救渡世人的方式。從年少的發抒、宣洩，到療癒個人生平貧苦生活的靈藥，也用這種方式，為世人撐起一片正向、溫馨的大傘，讓眾人因為閱讀黃永武闡釋詩歌、潛發詩歌的小品文，也能興發無欲求的寧淡生活，契會生命的理趣。

（三）隨筆散記，抉發快意人生的虛靜容受

在學術研究之餘，將擷拾皆是的知識寶藏，以深入淺出的筆法，帶領讀者走進深闊的知識海域，創造悠閒安適的心靈時空。讀書與著作時的黃永武，並不扮演道貌岸然的學者，亦不講高古難懂的聖賢道理，而是以純真同情、崇尚文雅、創新健康、悠然自得的思維帶領讀者進入恬然自適的虛靜中領受源頭活水，同時也導正時弊，使虛心氣度能容受無限。

（四）旅居海外，繫念台灣人與大陸事

自一九九八年旅居加拿大之後，仍然與台灣的學術界、文藝界聲氣相通，此時期的創作，以隨筆散文為主，將綿厚的學問根柢，厚積薄發的化為筆下侃侃而談的生活感思與理趣。新居雖能享受清福，對故園繫念反因海天遙隔而此轉緊密。[2]內容大抵有四：寫景、記學、說理、關情，此時的著

2　見《黃永武隨筆‧序》，頁1。

述，散發雋永與鍊達的書寫特色，透過淺白易懂的文字，傳遞厚實與眞誠的感知契會，無論是人情世故，或是情愛人倫，或是品賞人間情味，或是賞遊天地自然，或是怡然自適的感會，皆達爐火純青的境界，運書使書，不擇地而出，是一種隨興所至的淋漓盡致，功力則擺脫早年「以讀書爲著述」的框限，使綿長的力道源源發自內心。

三、菊花心事：千古文人心意流轉的發衍

檢視黃永武創作歷程，隨著生命的轉折幾經變化，在慘綠年少時先是從事新詩創作，後出版《呢喃集》、《心期集》，完成博士學位前後，逐漸從古典詩歌中汲取養分從事散文書寫。詩歌，是黃永武生命中最契合的向度，年少以新詩創作，抒寫性靈，學養蘊積之後，仍以詩歌爲本位，擷取古典詩歌發而爲文，書寫的內容誠如黃永武在《生活美學・序》中揭示：「這兩套書乃是集結千百傳統文人的菊花心事，希望讓現代人偏枯的生活得到滋潤」，這兩套書是指《愛廬小品》四書與《生活美學》四書，合爲八書，是黃永武秉承陶淵明「吾亦愛吾廬」的情懷，也是「誇讚自由灑脫的生活美夢」，所以命名爲「愛廬」、「生活美學」。

以詩歌爲底蘊，發衍出來的散文書寫大約有十書：《詩心》、《愛國詩牆》、《抒情詩葉》、《珍珠船》、《詩與美》、《讀書與賞詩》、《敦煌的唐詩》、《詩林散步》、《詩香谷》、《愛廬談文學》等書。

（一）隨手拾掇的詩學演繹

讀詩之餘，將其中精妙詩句朗現成散文的賞析與品賞，是黃永武讀詩寫作的源泉。其中，《詩心》是一面蒐集資料一面書寫，共選了十二家詩，除了分析賞析，也兼談作法，將著書視爲一種手段，讀書才是目的。[3]《詩林散步》以採擷明詩之生活與智慧爲主的散文，內含：詩與瀟灑、詩與快樂、

3　《詩心・跋》，頁175。

詩與智慧、詩與修養、詩與生活、詩與處世、詩與幽默、詩與創造、詩與友情、詩與愛情、詩與奇想、詩與巧思、詩與曠達，凡十三項。《讀書與賞詩》收錄十六篇讀書賞詩的作品。《詩香谷》第一集一書是因為黃永武先生勤讀明代六千種善本書，從中反芻出的內容大抵二類，其一是生活美學的掘發，例如〈實用之外才有美〉說明美感是無關利害與名利的[4]，再如〈自然醜與藝術美〉談的是詩的功能能點化自然現實的醜，化為藝術美，是在創新自然，不在複製自然；再如〈心靈的舒展〉揭示讀詩是暫忘身之所在，變換角色，舒展想像的翅膀；其二是情詩的發衍，〈愛人常在嘴上〉寫吳歌西曲的自然質樸，揭示譚元春「幽深孤峭」的作品清淡無味，反而是擬古的樂府詩，表現出動人的絕妙；〈花不待君明日來〉寫人事無法事事如願，愛情不可錯過，花開花謝不會待人。〈誰最痴情〉寫明人謝桂芳、李繼佑等人的深情執著等等，第二集則以介紹「詠物詩」為主，以「詩與思想」、「詩與詠物」為內涵，以揭發詩人借物喻世的潛在意識。[5]《愛廬談文學》則以詩為主軸，談文人雅事。

　　以上諸書皆閱讀之餘隨手拾掇而成之著述。

（二）應時而發的書寫與闡發

　　關心社會，關心國家處境，在中美斷交之際，黃永武以《愛國詩牆》百篇文章，將中華民族歷史上可歌可泣的史詩，以深入淺出的筆法，將我們帶進節烈可感的民族氣節當中，以「人有可傳之事」來證明中國文學的傳統是一個愛國的傳統，也是中國詩品與人品合觀的傳統文學觀，每一首詩，每一位詩人，皆有一段天風海雨似的處境與心境，這些愛國自強、屹立不搖的詩歌呼應了中美斷交的時代困境。

　　《抒情詩葉》一書是以愛情、友情、生活三面向為基底，為時下因愛情而茫然失去理性的人，表述「賦愛情以人性」的書，以抒發愛情為主要內涵

---

[4]　《詩香谷》第一集，頁9-13。

[5]　《詩香谷‧序》第二集，頁2。

的散文，用來宣揚中國人對情的真誠與調和人己情感的讚賞。

《知深愛深》是應行政院文化建設委員會之邀，為維護宏揚中國文化，從反省的視域，針對日益淪喪的人際關係，以及日益泯滅的道德，以發聲振聵的筆力，揭示我們應該改進民族文化根性，〈凝聚一盤散沙〉寫中國人的不團結；〈害人適害己〉糾正缺乏公德心的普遍現象；〈一窩蜂〉寫庶眾都有一窩蜂的心理，不能靜定自得，揭示大家必須以自我為舵柄，優游自得，才能真、雅、不俗，也才能昂然自在；〈盛名無完人〉寫貪美名必有大污辱，以上諸書是針砭社會的利器。

這些因應時局而寫的詩歌散文，期能匡正社會的病態。這也是黃永武先生念茲在茲的知識份子之良心與責任。

（三）專著之餘的採擷

在學術研究的過程中，以淺顯易懂的筆法，為讀者採擷書中精華，這些可貴的小品散文及專著之餘的考索，也散發迷人的魅力。其中《珍珠船》二十五篇書寫一些與社會生活、文學趣味為主的文章；《詩與美》是以美學為根柢，用來抈探詩歌之美；《敦煌的唐詩》分析敦煌所見之李白、王昌齡、孟浩然、白居易等人之詩歌的價值及意義。這些論著，是以學術為基底，而以散文為形式表述出來的淺易析論，讓讀者透過分析與解說更易理解唐詩名家詩歌的底蘊。

四、以經歷為經緯：生活理趣的汲引與感思

除了上述以學術為基底的論著之外，黃永武也將生活情事以散文筆法表述出來，例如《載愛飛行》、《愛廬談心事》、《山居功課》、《黃永武隨筆》等書，這些散文著作，是以四種內容呈示：其一，記遊，例如《載愛飛行》敘寫赴美國康乃爾大學訪問時訪遊各地見聞；其二，抒情，例如《愛廬談心事》是敘寫自己最深層的貧困生活的經歷及生命的感思；其三，寫景，例如《山居功課》敘寫郊居金山的生活情態與思緒流轉，用以超拔世塵流俗

的忤悖，內含天然、人際、文藝之美的抉發；其四，記學，例如《黃永武隨筆》有部份則以記述讀、學之感發。

　　例如〈邂逅寂寞〉寫與某人對話寂寞的要義，揭示面對微笑、正派的人、謙和同樂的人、自信滿滿的人、故事成功的人皆不會寂寞。[6]再如〈我是很強的人〉揭示西方社會強者是贏家、是主流、是成功者，與東方「老氏戒剛強」、「好與人爭勝負只是淺」的想法迥然有別。[7]再如〈變化的驚喜〉寫北美有四個電視節目，深受民眾喜愛，其一、是服裝設計師改造衣著隨便的路人，其二、是室內設計師接受委託改造舊房，其三、是汽車改造，其四、是烹飪節目，巧藝使尋常食物成為美食，此四節目從衣食住行四方面著手，改造庶民習以為常的生活模式，讓生活更有活力、更有變化，黃永武深深贊成這種改變的意義。[8]〈創造觀光景點〉寫旅遊加東，五千里旅遊線地勢平坦，人煙稀少，無特別景致，卻以人為智慧創造出觀光人潮，在平凡無奇的燈塔旁出售風景明信片，讓世上唯一天涯海角的「燈塔郵局」吸引觀光客；又在百餘公尺普通橋樑加上篷蓋，號稱「世界最長的有蓋橋」，這些觀光景點未必有開天闢地的奇景可觀，卻因為用心打響知名度，而能吸引絡繹不絕的人潮，[9]值得學習。〈屁話〉從科學的角度寫澳洲袋鼠屁不含甲烷，不會使地球暖化，若能將袋鼠腸中的生菌置入牛羊腸內，則千萬牛羊可減少巨量甲烷排放，而古今笑話中以屁為材者有「頌屁精」，因能做屁文章而能延壽；民俗諺語裡也有很多，有形容善施障眼法的人，例如「放屁拉椅子，遮響不遮臭」，有對不敢擔當者的撻伐，例如「敢放屁，不敢做屁主」；也有對做事猶豫因循者爽快的建議，例如「頭一主意是主意，第二主意是放屁」，[10]這些以屁為喻的俗諺，能充份反應庶眾的民情心理。

　　〈我妻無業〉將妻子因舉家搬遷台中辭去教職成為無業者的經過娓娓道

---

[6]　《黃永武隨筆》，〈邂逅寂寞〉，頁 87-89。

[7]　《黃永武隨筆》，〈我是強者〉，頁 151-153。

[8]　《黃永武隨筆》，〈變化的驚喜〉，頁 115-117。

[9]　《黃永武隨筆》，〈創造觀光景點〉，頁 163-164。

[10]　《黃永武隨筆》，〈屁話〉，頁 201-203。

來，因為妻子無業，才能讓黃永武在學術事業、創作生涯中不斷地創造高峰，妻子在家生兒育女、照養老父、協編敦煌寶藏、偕遊各國，這些皆因為無業，反而有更從容的時間與空間，經營家庭、事業，此一收穫是全家的，也是黃永武能著述不輟的因由，這樣的效益比起實質的千萬元實俸更值得經營，也更值得珍惜。[11]

這些生活中的點點滴滴，提煉出芬芳的精華，更能讓人品賞黃永武汲引生活感思的能力，彰顯黃永武生活歷程中真實不偽的一面。

五、因閱讀而反芻：練達人生的品賞與超拔

曾榮獲國家文藝獎的《愛廬小品》四書，標示黃永武最高的桂冠榮耀。此四書的書寫形態是以古為鑒，結合生活美學而表述的內容，每一篇皆以雋永的小品文方式寫出各種生活態度、人生觀想等，這些常被選為教科書課文的文章，金玉良言，正可以發聲啟瞶。此中，表現練達人生的品味有《詩與情》、《愛廬小品》、《生活美學》、《黃永武隨筆》等書。《詩與情》是閱讀明清詩文集之副產品，分六部份，以表現對世情、人情、愛情之超絕與體契；《愛廬小品》共有：靈性、生活、勵志、讀書四書，以表現反躬內視，重視修悟的讀書心得，避開政治之混濁，例如《愛廬小品‧靈性篇》一書，有〈「將要」最美〉揭示人生航程充滿「將要」的希望最美好，因為快樂生於不足的「將要」，而憂懼卻生於有餘的「已然」。[12]〈想像力〉揭示「想像力」是生活中最重要的事，可超越形神、形色而能心領神會特殊的韻味[13]；《愛廬小品‧生活篇》則多以揭示生活樂趣及品味為主，有〈買山容易住山難〉寫消閒心境與素養，才能罷脫功利、炎涼，在真率中體會山水清音，才能生發與藝術對話之美。[14]〈留錢殺子孫〉揭示愛子孫的方式是教育

11　《黃永武隨筆》，〈我妻無業〉，頁211-217。
12　《愛廬小品‧靈性篇》，〈將要最美〉，頁1-4。
13　《愛廬小品‧靈性篇》，〈想像力〉，頁29-32。
14　《愛廬小品‧生活篇》，〈買山容易住山難〉，頁21-23。

他，教而不善、教而不愛，皆非教也，留財產給子孫是教壞子孫，不如多做文化事業來教育大眾子弟。[15]《愛廬小品‧勵志篇》中有〈慈悲無敵〉以「慈悲」可以用到日常生活：「日用飲食之間，可證聖」，救度缺乏愛的社會。[16]〈命相不可信〉揭示迷信是意志薄志的象徵，若能勤奮、堅毅、正派、謹慎、臨事精神足、意氣旺、器量大、心地厚，則必能開出良運。[17]《愛廬小品‧讀書篇》以談讀書之道為主，有〈讀書像什麼〉說明讀書像交朋友、像探藥、像驅車登山、像尋寶、像做皇帝，任性自適，自得其樂；[18]〈遊山如讀書〉揭示善遊山的人，可以淋漓盡致怡情悅目，「近遊不廣，淺遊不奇」是無法領略山水之美。[19]

《生活美學》有：天趣、諧趣、情趣、理趣四書，是集結千百文人菊花心事，四輯近二百篇，《天趣篇》重自然景物之美，有賞天文、地理、自然、人文等內容，包括〈賞雲〉、〈賞雨〉、〈賞山〉、〈賞水〉、〈賞月〉等，揭示品賞的心境與美感；《諧趣篇》重藝文言語之美及生活的樂趣，有〈說幽默〉、〈管好舌頭〉、〈夫妻臉〉、〈說童謠〉、〈談遺忘〉等內容；《情趣篇》重生活的情趣，有〈談哭〉說明哭是人性的流露[20]，〈人間善緣〉寫化惡緣為善緣，人生成功之路便十分寬廣[21]；《理趣篇》重社會人際之美，有〈名與利〉揭示古今治亂的關鍵在好名好利之中，「人爭好名則世治，人爭殖利則世亂」，民風淳厚則是天下之福[22]；〈難醫最是狂吟病〉指出迷上寫作，就有做不完的心愛工作，清代大儒都互勉「五十歲後寫大書」是因退休之後才是人生豐收的季節，閱歷豐、讀書多，正是寫作的

---

[15] 《愛廬小品‧生活篇》，〈留錢殺子孫〉，頁103-105。

[16] 《愛廬小品‧勵志篇》，〈慈悲無敵〉，頁113-115。

[17] 《愛廬小品‧勵志篇》，〈命相不可信〉，頁129-131。

[18] 《愛廬小品‧讀書篇》，〈讀書像什麼〉，頁1-3。

[19] 《愛廬小品‧讀書篇》，〈遊山如讀書〉，頁5-7。

[20] 《生活美學‧情趣篇》，〈談哭〉，頁5-8。

[21] 《生活美學‧情趣篇》，〈人間善緣〉，頁49-52。

[22] 《生活美學‧理趣篇》，〈名與利〉，頁5-8。

好時節；[23]黃永武自云此《生活美學》四書是放開眼界，兼具世界眼光，兼述群己關係，變化運用，不忌時事新聞，加深議論的表述[24]。《黃永武隨筆》一書已達出神入化的超拔境界，無論寫景、抒情、記遊、說理、論文，皆有超然曠達的境界，且筆力流麗酣暢，不擇地皆可出。例如〈事到能痴便可傳〉寫「癖」之可貴，成癖的條件有三：對寄情對象有知音關係、不顧負面災害、具磊落憤鬱品性，非世俗所趨，如此方能達成可傳之趣味。[25]這些由閱讀興發的人生感悟是一種超拔的心境，使人生更臻鍊達的體悟。

六、黃永武散文特色

　　同樣是知名學者，同樣書寫散文，黃永武的散文顯露出知性散文的特質，與周志文的抒情略有不同，與龔鵬程的引經據典更有不同，黃永武的散文特色，自迥異他人。

(一) 以詩為心：度厄救贖的仙槎寶筏

　　涵詩融史、陶文鑄經之後，黃永武的散文是「以詩為心」，幾乎所有的創作與論著，皆脫不開「詩歌」的範疇。詩歌，原是感性的抒發，但是作為學術研究者的黃永武，理性雖強，但是，卻有一條脈流從心底汩汩然流洩而出，此即是「感性的傳承」，整體而言，黃永武的散文知性層面非常濃郁，然而如果說是與天俱來的理性性格有關則與事實相悖。寫新詩，寫詩歌賞鑑，就是一種深層情感的發抒，他在《詩與美・序》中揭示：「詩是我心靈的故鄉，不管我是否汗漫於浩浩的知識瀚海；不管我是否高馳過邈邈的學術殿堂，無時無刻，我的心無不臨睨著這個心靈的舊鄉：詩的王國。」[26]，詩，是一種抒發；詩，也是一種救贖，《詩香谷・序》：「欣賞詩歌，是世

23　《生活美學・理趣篇》，〈難醫最是狂吟病〉，頁 175-178。

24　《生活美學・序》，頁 1-2。

25　《黃永武隨筆》，〈事到能痴便可傳〉，頁 19-21。

26　《詩與美・序》，頁 1。

上最高貴的享受。隨著社會的劇變，一切價值觀嚴重地物質化，數據化、低俗化，詩歌的欣賞，也由原本單純的性靈享受，而愈來愈提升爲救贖性靈的仙藥。」所以黃永武的散文也根基於此，詩，成爲一種安度災厄的理型世界，他在《詩谷香‧序》又云：「讀書賞詩，幾乎已成了吾人尋找新空氣的清涼天地，更成了吾人安度災厄的仙槎寶筏呢！」。不僅如此，詩，也是招人分享福天洞地，在《詩谷香‧序》續云：「絕大多數現代人，一生中根本無緣接觸到的詩集，而我能將這些警句妙語傳達出來，這也就像一路攀登奇峰絕頂，發現洞天福地一樣，這種探索的興趣，以及發現特別景致時招人分享的快樂，竟使我多少年來，樂此不疲。」這就是黃永武「以詩爲心」的初衷。

黃永武曾榮獲台南師範學院第一屆傑出校友，他個人認爲面對廣博無涯的學海，學術之貢獻自覺渺小，唯一欣慰的是對詩歌的愛好與執著，曾在〈一生相思全在詩〉一文中云：「我對詩歌愛好的執著，從南師紅樓上訂下的「詩盟」，歷經多少時空人事的滄桑，這分初心，竟絲毫不曾改變。」[27] 黃永武在貧苦的初中時期，特別珍惜讀書機會，假日到台南市立圖書館借閱課外書，讀到《雪萊傳》，雖然雪萊是有美德又有瑕疵的熱情詩人，但是他深受感動，將性向固定下來，希望成爲一位詩人。「雪萊說：『詩人是夜鶯，他在幽暗中歌唱著，來安慰自己的寂寞。』一定是困苦的心境，引導我把詩作爲生活中唯一的安慰。」[28] 詩歌不僅是生活中心灰意冷或是泫然欲泣時的支柱，讀到長篇大論或是筆力豪放的詩歌，才能一舒心頭鬱結。甚至從年少的初中，到南師紅樓，以至於到了東吳中文系，詩，仍是最痴迷的，曾經寫下〈致詩神〉：

> 曾一度闖進了詩的桃花源
> 而後就竟日在武陵溪上溯洄

---

[27] 〈一生相思全在詩〉輯入《愛廬談心事》（台北：三民，1995），頁3。
[28] 〈一生相思全在詩〉輯入《愛廬談心事》（台北：三民，1995），頁4-5。

> 尋向所誌，已迷不復得路
>
> 但在重逢之前我不能釋懷離去[29]
>
> ……

雖以新詩表述，但是，對詩的感覺是一樣的，不分新詩與古典，甚至進入學術的研究殿堂，對詩歌的愛好，仍不曾稍減：「學術領域的不斷開拓，並不曾改變我對詩的酷愛，新詩的寫作雖減少，但對古詩的研析，一樣充實了詩的生活，詩雖有形式上新舊之分，而詩心卻是千古匯通的」[30]，又云：「左旋右折，百變不離其宗，我說：『詩是我心靈的故鄉』，詩啊詩，想來一生的相思，全在詩鄉了。」[31]可見得，黃永武生命的本質是以詩為心，所有的研究與創作，皆環繞詩歌而發，是福地洞天，也是渡人仙槎寶筏，更是度厄解困的良法。

（二）化古為今：抉發生活藝術與文學趣味

黃永武「以詩為心」之本質，卻以知性散文作為基點，主要是因為廣博閱讀詩文之後信手拈來，更能透顯古典閱讀的基底雄厚：化古典為現代體契，他曾在《愛廬談文學・序》云：「筆下仍想保持廣博的興趣：文字繁簡的論戰、星座生肖的探索、敦煌殘卷的勘讀、以及大量明代詩文集中生活藝術的抉發，方面雖廣到了筆下，全部仍以文學趣味為主，並不想專痴什麼，營戀什麼，不過，文思轉來轉去，依然在研究古典詩的輻射範圍之內的。」以古為用，卻不特別營戀什麼，所以不拘不執，才能無所不容。他又在《詩香谷》第二集〈序〉云：「我的讀書生涯，完全以個人愛好為主，有人害怕「所見愈多，所愛屢移」，以致情不專篤，功不耐久。但我不以為意，即使所愛日移，只要日臻上達，眼界寬闊一些是不妨的，……所以治學寫作，我是不喜篤守專門，而喜歡完全敞開心扉，自由自在，任它山高水流，風疏雲

29　〈一生相思全在詩〉輯入《愛廬談心事》（台北：三民，1995），頁 21。

30　〈一生相思全在詩〉輯入《愛廬談心事》（台北：三民，1995），頁 22。

31　〈一生相思全在詩〉輯入《愛廬談心事》（台北：三民，1995），頁 23。

逸，治學寫作的流程愈流愈遠，汪洋浩渺，早不去管當初預定的什麼步驟了。」[32]這段文字表述他爲學的態度是開放的，不拘於一格，才能成其大，如是，更見功力高深不凡，抉發出更高的文學品味，這些堆疊在學問的根基上，是將古典化爲今用的實例。例如《詩心》（1971）選唐詩十二名家詩歌作賞析；《愛國詩牆》（1981）在中美斷交之際以百篇愛國詩篇之介紹與賞析，激勵時人；《抒情詩葉》（1985）以古典詩歌來詮釋愛情、友情、親情，尤以愛情爲核心；《珍珠船》（1985）將中國文學的故事與自己析疑的心得分享讀者；這些成就，皆是「化古爲今」。

一輩子作學問、寫散文，大量運用古典詩文，成爲書寫的材料，以古爲用，是他最擅長者，閱讀他的散文而能有新的文史視野，然而，他的散文依傍古人而不爲古人所用，以古爲法，卻不爲古所泥，是他最高的表述境界。

（三）化雅爲俗：專業學問「通俗化」與「散文化」

《詩心》的〈跋〉云：「用專家的材料，寫通俗的文字」[33]，詩歌有專業的領域，透過黃永武以深入淺出的筆法，巧妙解析詩歌意蘊，頓時化解詩歌專有名詞的生澀，呈現活潑潑的氣息。例如談唐詩的鑒賞方法，有內在的詩境，也有外緣的考證；談翁森「讀書之樂樂何如？綠滿窗前草不除」的「春草不除」是體現仁心天理，寓有「默契道妙」、「踐仁知天」的個人修養與王道實行的理想深蘊其中[34]。談圖像批評是展現中國人哲學思維之綜合，而不重分析，重含混不重明確，喜直覺不喜剖解，喜簡不喜冗長，簡化圖像，務能一語中的，境界全出，並以明代王世貞《弇州山人集》的〈國朝文評〉及明末張朱佐《醉綠齋雜著》的國朝文評作淺易解說，使讀者能了解圖像與批評之間的關涉[35]。再如《珍珠船》匯收二十五篇文章，將古今疑團或是冷僻名物，一一把梳，而內容仍以詩歌等中國文學爲骨幹，內容有談八

---

[32] 《詩香谷》第二集，〈序〉，頁 4。

[33] 《詩心‧跋》，頁 175。

[34] 見《愛廬談文學》、〈窗前草不除〉，頁 137-141。

[35] 見《愛廬談文學》、〈窗前草不除〉，頁 209-285。

仙過海的原貌，也有對十二生肖的新佐證，亦有金縷衣的辨證、豬八戒的由來等等，以文學趣味爲主，將艱澀的考證化爲耐人品味的故事。又如《詩與美》將中國的詩學與美學匯通，重在色彩美、形式美、具象美的闡述，分從詩與生活、詩的色彩設計、詩的具象效用、詩的形式美、詠物詩的評價標準、詩與神話……等項，深入淺出的爲我們把梳詩歌的美學，將詩歌從高古浩瀚的殿堂拉進我們實際感知的生活面，使詩歌之賞鑒不是束之高閣的象牙塔，而是平民化、通俗化的知會感受。

（四）用著書來讀書：獨特的讀寫合一的述作

黃永武自云：「我對寫『小書』有興趣，因爲我覺得『用著書來讀書』一舉兩得。」[36]這是黃永武獨特閱讀書籍的方式，彙編敦煌寶庫時，書寫一系列的文章編成《敦煌與唐詩》，此即是以著書來讀書的方法，融考據、校勘、分析、糾謬、賞析於一爐。《讀書與賞詩》一書以揭示讀書、賞詩之法，讓讀書的理趣成爲著書的動力，把讀書當成賞心樂事，讓性靈涵養滋潤，體味「讀書是清福」的況味，如汲泉般地挖掘個中樂趣，浸潤在天理至樂之中，此乃黃永武獨特的表述與品味的方式。復次，《詩與情》是研讀明清詩文集時隨手拾掇的小品文，涉獵甚廣，分作〈明詩情詩欣賞〉與〈明情情時零拾〉二輯，共收兩百多首情詩，以展現明清兩朝怡然自適的情詩爲主，有處世警世之句，有靈心慧心之句，有出世忘世之句，有拘情希情之句，這種隨拾隨摘的寫作方式，簇新可喜。《愛廬談諺詩》以爲諺詩作注解來達到閱讀古今諺書的目的，讓文言、典雅演繹成白話淺俗之語，這也是繼絕學、續鄉音的方式之一。

（五）正面的知識性格：以古人爲美典的心意潛隱流轉

大凡黃永武欣賞的古人型範，對照他本人，也就是他行事的準則與美典。欣賞阮籍的磊落與孤高，不就是在物欲橫流的時局中自我的寫照嗎？他

36　《詩心・跋》，頁175。

在〈蝶仙阮鑛〉[37]寫阮鑛「不關名利交纏好」的孤高，寫他「讀書豈止爲今生」磊落的神情，一生工詩，有詩近千首；用來呼應自己在股市翻高的時節，冷寂地守在圖書館閱讀善本書，所有的名利是非，不到門前羅織。寫清代福建莆田人柯潛〈四時歎學歌〉[38]，內容感嘆讀書苦，求苦盡甘來，能夠成爲人中龍鳳，後來，柯潛果眞高中狀元，官至少詹事，早年窮陋委曲，隨著科舉高第而成就名望，這也是黃永武的生命寫照。早年歷經抗戰、親見共黨鬥爭，後逃離香港，來到台灣，半工半讀完成初中學業，在貧困的生活中，勤奮努力，終於能成爲享譽國際的學者。

　　這種正面、正向的書寫向度，與黃永武的生命歷程有關，生於浙江，十三歲逃離大陸，從香港入台灣，曾親見會共產黨鬥爭與紅衛兵興起，竭力破壞傳統。曾在〈愛廬談心事‧序〉中指出曾是紅衛兵的大陸留學生，對於中共統治中國的災難竟然茫然不曉，令他大感驚訝。故而黃永武「格外珍惜個人半世紀來的所見所聞，好像上天故意讓我一人身歷抗戰逃亡、大陸淪陷及台灣復興等多角度的場景，要我寫下記憶，替未來人十多億同胞做一個見證。」，基於「格外珍惜」的心情，對於台灣政治生態劇變，對青年才俊把反共當成隨風逝去的情懷，特有感會，所以要將見聞寫出來，供大家「省悟回想」。希望對於迷失在歷史空白中的一群「有振聾發聵的作用」。[39]

　　除了對社會負有正向書寫的責任之外，還對古人典範特有會心，在〈扭轉挫折：古代知識份子的應付策略〉談古來的知識份子志銳氣高，不顧現實，無論是盛世或衰世，無論在朝在野，皆充滿挫折感，調整自己應付挫折的策略，在行爲上有著書、歸隱、做藝事等項，在精神上則以知足、無常、曠達等態度面對人生，這種精神，深刻影響黃永武，同時也化做鼓勵世人的方式之一，成爲正向的導引。

　　爲了導正社會偏頗的思維，黃永武提倡讀書與賞詩，以解救社會亂象、冷漠、疏離與污染。讀書不是爲了「爲聖爲賢」，不限於訓詁名物，而是把

---

[37]　輯入《詩香谷》，頁 109-114。

[38]　輯入《詩香谷》，頁 165-169。

[39]　見《愛廬談心事》‧〈序〉，頁 1-4。

它當成一種嗜好，保持虛敬靜謐心境，自能有樂趣與保持活水常至。[40]

基本上，黃永武的散文以知性見長，此與學術性格有關，由於他是一位學問淵博、積蘊深厚的學者，故而在陶鑄文史、鎔裁經典之餘，下筆爲文，皆以發蒙啓瞶爲主。甚至自身也淡泊名利，後期曾轉任台北市教大，鄰近國家圖書館，遍覽明清詩文及善本書，此甘心淡泊自隱於市塵之中，非他人能學。

七、結論

黃永武散文創作約二十五種之多，書寫歷程大約與生命情境、生活遇合相叩合，可以擘分爲四個向度：其一，以詩爲心，救度貧困年少物質匱，增厚精神食糧；其二，運用通俗文字抒發詩歌意蘊。其三，以詩文爲經緯，藉古人智慧印證當下情境，表現人生趣味。其四，旅居海外，以生活爲題材，書寫生平經歷與生活隨筆，見聞多應證中外之異同。而其主要的意蘊與內涵，則以詩爲心，經緯古今文海，表現生活理趣，成就鍊達的人生書寫。從散文類型觀察，大抵有三系，其一是偏向知性散文的書寫，以評論詩歌、議論詩家、賞鑑詩歌爲主，屬於評論式與闡述性的散文；其二是偏向於隨筆書寫的內容，或記生平經歷，或抒發個人感思，或行旅寫景的遊記散文；其三，是含納古典詩文之後所吐哺出來的光暉，以表現鍊達人生的理趣爲主。此三類型，其實是黃永武散文寫作的進程，同時，也是他一生學思與經歷的反芻。而其特色則有五項：其一，以詩爲心，成爲度厄救贖的仙槎寶筏；其二，化古爲今，從古典文學抒發生活藝術與文學趣味；其三，化雅爲俗，將專業的學術成就化爲通俗化與散文化的書寫；其四，用著書來讀書，標幟獨特的讀寫合一的風格；其五，正面且強烈的知識性格，將古人的美典型範化爲潛隱學習的對象。

歸言之，從黃永武書寫向度的移轉與超拔，可知他從小顛沛流離，過著

---

[40] 見《讀書與賞詩・序》，頁 1-4。

慘淡的求學歲月，到後來，淬礪成生活的情趣與理趣，在他的筆下，已完成
超脫早年貧苦的求學生涯，轉向知識汲取，從書寫治療、自我宣洩到積蘊厚
發的鍊達人生。曾在《愛廬談文學・序》云：「讀書是滔滔亂世裡安度災厄
的最佳方策吧？面對著當前滄海橫流的時代，鬱盤的忠義之氣，姑且化作悠
然孤往的文辭吧。」（頁 2）這就是以學問為根柢，以詩為舟的黃永武，為
我們抉發許多膾炙人口的詩句，得以普遍流傳於世。

表 4-2-1　黃永武經歷一覽表

西元	事蹟	出處
1936	出生。	《愛廬談心事》
1950	父來台，住台南忠義路陳家祖祠後方。	《愛廬談心事》
1951	與兄尋來，在台南市政府工讀，抄寫員，就讀南一中補校初三。	《愛廬談心事》
1952-1955	考上台南師範學校。住台南關帝廟李正韜家。	《愛廬談心事》
1955-1958	南師畢，任教台南師範附小三年。	《愛廬談心事》
1958	考上東吳中文系。	《愛廬談心事》
1965	29 歲台師碩士畢業，任東吳講師。	《愛廬談心事》
1970.11	34 歲，榮獲文學博士。	《愛廬談心事》
1971-1977	任職高師，擔任系主任，兼教務長，創中研所。	《愛廬談心事》
1974	主編杜詩叢刊四十種三十七部七十一冊。	《愛廬談心事》
1977	任職中興文學院。	《愛廬談心事》
1980	創辦中國古典文學會。	《愛廬談心事》
1983	赴美，康乃爾大學訪問一年。與張高評合著《唐詩三百首鑒賞》。	《載愛飛行》
1985	任職成大，創歷史語言所擔任所長。	《愛廬談心事》
1985.12	主編敦煌寶藏，一百四十冊。	《愛廬談心事》
1988.5	任職北市立師範中語系。主編全宋詩，未出版。主編宋詩論文選集。	《愛廬談心事》
1996	退休，東吳兼課。	《黃永武隨筆》

1998	旅居加拿大。 十一月遊波文島等地。	《黃永武隨筆》
2002	遊加東等地。 八月再遊夏威夷。	《黃永武隨筆》
2003.05	遊阿拉斯加。	《黃永武隨筆》
2004	樂天畢業於紐約普林斯頓大學。	《黃永武隨筆》
2006	遊大峽谷等地。	《黃永武隨筆》

表 4-2-2　黃永武散文著作一覽表

出版年	書名	出版項	內容
1971	《詩心》	三民	臚列十二家唐詩欣賞：孟、王、李、高、杜、韓、柳、賈、李、杜、李、溫；各擇名詩欣賞。
1981	《愛國詩牆》	尚友 1986 黎明	中美斷交之際，以愛國詩篇爲華副「愛國詩牆」寫專欄，百篇，激勵時人。
1985	《抒情詩葉》	九歌	華副「抒情詩葉」專欄，以愛情、友情、生活爲內涵，愛情爲核心，以解析佳句或抒情意爲主。
	《珍珠船》	洪範	「以專家材料，寫通俗文字」，二十五篇，以叢考、類稿的方式寫中國文學的故事與自己析疑的心得。
	《詩與美》	洪範	匯通詩學與美學，以色彩美、形式美、具象美爲主，冀能建立客觀審美體系。有：詩與生活、詩的色彩設計、詩的具象效用、詩的形式美、詠物詩的評價標準、從科際整合看詩的欣賞、梅花精神的歷史淵源、詩與神話、詩與傳統、張九齡詩中的鳥、白居易的靈肉世界、詩人看月。
1985.01	《載愛飛行》	九歌	遊學美國一年，記載美國見聞，對照故國大陸哀思及對海內外親朋眷懷。五十二篇，大抵發表在副刊，以「旅美心影」爲專欄。
1987	《讀書與賞詩》	洪範	收十六篇文章，是平時讀書賞詩的心得。
	《敦煌的唐詩》	洪範	以敦煌卷本爲主，取諸家詩集版本對勘，運用修辭學、句法習慣等活校去來解讀唐詩，證明敦煌詩卷之價值。

1989	《詩林散步》	九歌	採各代詩人佳句，以明詩爲多，引申發揮其生活藝術與智慧，分詩與瀟灑、詩與快樂、詩與智慧、詩與修養、詩與生活、詩與處世、詩與幽默、詩與創造、詩與友情、詩與愛情、詩與奇想、詩與巧思、詩與曠達，凡十三項。
1992	《詩香谷》	健行	讀明代六千種善本書，抉取生活美學及情詩，重在「詩與生活」、「詩與愛情」二部分。寫詩香谷是爲了讀書的快樂，招人分享快樂。
	《愛廬小品：靈性》	洪範	重反躬內視，謹守傳統，重獨自修悟，直接徵引，避開政治，提供讀書心得。
	《愛廬小品：生活》	洪範	同上
	《愛廬小品：勵志》	洪範	同上
	《愛廬小品：讀書》	洪範	同上
1993	《愛廬談文學》	三民	談詩文雅事，仍以詩爲主軸。
1995	《愛廬談心事》	三民	隱括半生的記憶，以抒久鬱之心事。
1996	《知深愛深》	文化建設基金管理委員會	行政院「人文思想叢書」，學者採深入淺出視角觀看社會利病，以發揚傳統美德，灌注新生命。收六篇：凝聚一盤散沙、害人適害己、一窩蜂、盛名無完人、五分鐘熱度、迷信。
1997	《生活美學：天趣》	洪範	集結千百文人菊花心事，四輯近二百篇，天趣重自然景物之美；諧趣重藝文言語之美；情趣理趣重社會人際之美。 放開眼界，兼具世界眼光，兼述群己關係，變化運用，不忌時事新聞，加深議論。
	《生活美學：諧趣》	洪範	同上
	《生活美學：情趣》	洪範	同上
	《生活美學：理趣》	洪範	同上

1998	《詩與情》	三民	是閱讀明清詩文集之副產品，分六部份：明代情詩欣賞、明代清詩零拾、沖邈上人翠微山居詩欣賞、詩歌對仗的美、《愛廬小品》引用詩句考、《生活美學》引用詩句考。
1998	《愛廬談諺詩》	三民	爲邵懿辰《集杭諺詩》一百三十七首諺詩作注釋。
2000	《我看外星人》	九歌	應證古今之出土文物，以中國神話應合外星人傳說，兼談海外奇談與星座民俗。
2001.07	《山居功課》	九歌	寄寓金山，敍寫天然、人際、文藝之美及浮世中的超拔的心情流轉。
2008.09	《黃永武隨筆》	洪範	內分寫景、記學、說理、關情四輯。

九歌版年度散文選述評

摘　要

　　九歌出版社的年度選集為台灣七、八〇年代重要的文學指標之一，具有管窺台灣文學走向的作用，本文旨在從文學社會學的視角詮評八〇年代散文選，冀能說明其編選的結構、選輯的趨勢、主編與選文風格依違等項，進而提出具體的評議。

關鍵詞：九歌　年度選集　現代散文　文學社會學

一、緒言

當今市面上的文學選集品類繁多，大略可以分爲數種：一、依編選者而分，有自選集，有他人選集。例如《高信的八十自選集》[1]、《蕭傳文自選集》、《馬瑞雪自選集》[2]，是隸屬於自選集部份；他人選集即由他人編選文集，例如中國現代文選系列中的《梁實秋文選》[3]、《劉賓雁作品精選》[4]皆屬之。

二、以作家而言，設定某些作家的範圍，予以編選，例如《中國當代女作家文選》[5]，完全選錄女作家的作品。

三、以時代而言，有某一時代的選集，例如《清代散文選》[6]、《中國當代散文選》[7]。有某一年度的選集，例如：《七十九年度散文選》[8]。

四、以地區而分，有《台灣當代小說精選》[9]、《香港作家雜文選》[10]，完全以地域性作爲區隔。

五、以某一主題爲主的選集，例如《中國當代政論選》[11]、《二二八台灣小說選》，[12]各有一特定的主題。

六、以某一風格流派爲主的選集，例如葉公超編的《新月散文集》。

七、以得獎作品爲主的選集，例如瘂弦主編的《小說潮》，是聯合報 XX 屆小說獎作品選集，又如希代編的《金獎小說》、《金筆散文》，皆屬

---

[1] 台北：台灣商務印書館，1987.5.3 出版。

[2] 二書俱由黎明文化事業有限公司出版，《中國新文學叢刊》。

[3] 台北：文經出版社，1989.10。

[4] 台北：谷風出版社，共有上下冊。

[5] 新亞洲文化基金會，1987.5。

[6] 陳鏞編，明文，1988.6。

[7] 新亞洲文化基金會，1987.5。

[8] 九歌出版社。

[9] 選錄 1949-1988 年，由鄭清文、李喬編，台北：新地出版社。

[10] 新亞洲文化基金會，1987.5。

[11] 新亞洲文化基金會，1987.5。

[12] 林雙不主編，自立報系。

之。

　　由上面所述，我們可以知道文學選集的編選方式品類甚多，其價值可能有：

　　1.反映某一時代、或某一地區、某一流派的作品風格。

　　2.能夠具現作品時代的文學思潮及觀念。[13]

　　3.具有保存史料的意義，可以供後人參考。

　　4.能具體表現編選者的選文標準，以考察文學流派及風貌。[14]

　　故文學選集的編選工作是有意義，且具有開發性的。

　　本文選擇「九歌版」的年度散文選作為考查對象，主要是因為：

　　1.在文學選集充斥的書肆中，要披沙揀金，誠非易事，而散文是「文類的自由者」，由散文入手較易奏效。

　　2.目前市面上的年度散文選共有三個版本，分別是由《九歌》、《前衛》、《希代》所出版，《九歌版》年度選起於民國七十年，終於七十九年，迄今已編有十個年度散文選，中間絕無中輟，且將繼續編選下去。而《前衛版》起於七十一年，終於七十四年，起步晚於《九歌版》，且出版至七十四年即告中斷。又《希代版》的海峽散文選，起於七十五年，迄今僅編有數個年度散文選；故就時間而言，《九歌版》橫跨十個年度，較易呈現階段性的考查。

　　故本文擬從社會學角度入手，以觀察《九歌版》年度散文選集，所呈現的民國七〇年代的散文現象。

二、編輯作業活動概述

　　年度散文選的編選方向主要由出版社或主編決定若由出版社決定編選方向，則商業導向較濃厚；若由主編取決，則編者個人對文學理念的看法、主

---

[13] 有關作品是否能確實反映社會的問題，請參考龔鵬程《文學散步》之〈文學與社會〉之〈文學與真實〉兩部份，本文不擬作此辯證。

[14] 選集的價值，關乎編選之良窳，本文用「可能」一詞，乃指其價值可以不兼備四者。

張、往往會影響選集的風格。

　　九歌版散文選的主編與編輯群逐年更替，民國七十、七十一年度之主編為林錫嘉，自七十二年開始，年度散文選的編輯群固定由林錫嘉、陳幸蕙、蕭蕭三人組合而成，每人輪流擔任主編，而初步篩選的工作仍由三人共同負責；在出版社不干涉編選工作之下，選文的方向乃由編輯葉全權負責。

　　自民國七十五年開始增設一位客卿編輯委員。[15]原本編輯群為三人，為避免選文流於偏失，遂於每年年初決定一位客卿編輯委員，加入選文陣容，使整個編輯群因有新人加入，可以調整原先三人的組合，使選文不致呈現偏枯的固定型式。

　　有關各年度之主編、編輯群、客卿編輯，請參見下表：

表 4-3-1　各年度編輯成員一覽表

編者 年度	主編	編輯群		客卿編輯
70	林錫嘉	林文義、林建助、陳煌	向陽、陳寧貴、蕭蕭、張雪映	
71	林錫嘉	林文義	陳　煌	／
72	陳幸蕙	蕭　蕭	林錫嘉	／
73	蕭　蕭	陳幸蕙	林錫嘉	／
74	林錫嘉	蕭　蕭	陳幸蕙	／
75	陳幸蕙	蕭　蕭	林錫嘉	奚　淞
76	蕭　蕭	陳幸蕙	林錫嘉	林明德
77	林錫嘉	蕭　蕭	陳幸蕙	吳　鳴
78	陳幸蕙	蕭　蕭	林錫嘉	陳義芝
79	蕭　蕭	陳幸蕙	林錫嘉	李瑞騰

　　編輯群的工作程序主要有：

---

[15] 客卿編輯逐年更換，不須分工報紙、期刊的篩選工作，卻可以宏觀整個年度散文創作情形，若有發現優秀作品，則可在定期開會（11 月票選）之前，推薦寄交主編，提供主編篩選的素材，然後在票選之時也享有表決權。

　　1. 每人負責當年度某些報紙、期刊的初步篩選工作，[16]將刊載的優良作品挑選出來，於當年十月底之前，將個人初步選出來一至十月份佳作寄交主編。

　　2. 主編匯整編輯群（合自己、客卿）蒐集的作品再過濾一次，篩選出優秀作品寄交各編輯委員。

　　3. 編輯委員在十一月中旬之前，將當年度一至十月的佳作仔細閱讀，於十一月中旬開會時，共同投票表決，選出當年度一至十月份入選作品。

　　4. 當年十一月、十二月份作品則依照前面所敘述的程序作業，再由主編挑選入選的作品，如此，當年度的選文工作即告完成。編選流程圖如下所示：

---

[16] 例如林錫嘉負責中央日報、中華日報、青年日報、文壇、文季等期刊。陳幸蕙負責中國時報、台灣時報、聯合文學、中外學等刊物。本部份資料之來源，來自電話訪問。

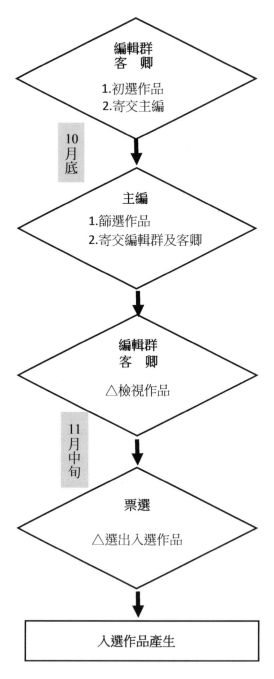

圖 4-3-1 編選作品程序圖

接著再由當年度主編負責：

1.撰寫當年度散文選的序（前）言或編後語。

2.負責將凌亂無序的入選作品予以整理、歸類、分卷（分卷始於七十二年）。

3.爲入選作品撰寫（編者註），內容主要是導引讀者賞析。

4.自七十三年開始有專卷紀念故逝的散文大家，或專卷記載當年度具時代意義的作品；這些紀念性作品是獨立作業，不與入選作品相混，主要由主編蒐輯、整理、編委亦可提供較佳作品以供主編參考；此一專卷具有史料的保存意義。[17]

如果在票選過程中，有爭議不決時，[18]當年度主編有最大的決定權，但是，如果任何一位編輯委員認爲有某篇作品甚佳，非入選不可，則可商請主編將該篇作品選入。[19]

三、各年度編輯結構概述

七十、七十一年度之散文選集仍屬草創期，一切規模仍在建構中。

1.就主編而言，七十、七十一年度的主編爲林錫嘉，主要參予編輯者有林文義、陳煌、蕭蕭等人。

2.內容不分卷數，刊登順序以年齡之長幼爲序。

3.文章篇末註明原來刊登之報章雜誌。

4.七十一年起，加附入選作者之基本資料。

七十二年度首創：

---

17 例如七十三年紀念余阿勳、鍾梅齋、蕭毅虹，七十四年紀念楊逵，七十六年紀念梁實秋，七十八年紀念六四天安門事件，七十九年紀念臺靜農。

18 自七十五年始，加一客卿編委，乃成四人局面，有二票對二票的情況時，由主編故決。

19 例如七十七年度林錫嘉主編時，陳幸蕙認爲李黎之〈炎涼旅情〉是值得特別推薦的作品，堅持編入選文之中，於是該篇亦選入。

　　1. 確定編輯禁的成員由林錫嘉、陳幸蕙、蕭蕭三人擔任，每人輪流擔任主編，三年一輪。

　　2. 確立分卷的規模，使屬類相同者，可以收編在同一卷之中。[20]

　　3. 訂定紀念專輯。以紀念故逝之散文作家或紀念年度大事。[21]

　　4. 增加（編者註）於入選作品之後，以導引讀者賞析。

　　5. 依發表先後的順序排列文章，以異於前兩年之齒序排列。[22]

　　由於編選規模歷經四年的摸索，而漸趨確立，故自七十四年迄七十九年止，在編輯結構上，沒有更易之處，唯七十五年度由陳幸蕙主編的年度的散文選於書末附有〈附錄〉，將該年度參考的資料來源予以登錄，並註明起迄日期，是〈九歌版〉年度散文選唯一刊載發表媒體的紀錄，此後其他年度並無續作。

　　茲將各年度之結構表，附錄於下，以醒眉目。

表 4-3-2　各年度出版項目表一覽表

項目 ＼ 年度	70	71	72	73	74	75	76	77	78	79
主　編	林錫嘉	林錫嘉	陳幸蕙	蕭　蕭	林錫嘉	陳幸蕙	蕭　蕭	林錫嘉	陳幸蕙	蕭　蕭
篇　數	43	47	45	43	41	36	29	28	32	31
分卷(分類)	X	X	6卷	6卷 蕭毅虹	6卷 楊逵	4卷	7卷 梁實秋	5卷	7 六四 國殤	5卷 臺靜農
頁數	337	307	381	321	316	316	321	331	320	355
前言(序)	✔	✔				✔		✔	✔	
編後語			✔	✔	✔		✔			✔
作者簡介		✔	✔	✔	✔	✔	✔	✔	✔	✔
媒體出處	✔	✔	✔	✔	✔	✔	✔	✔	✔	✔
編者註(短			✔	✔	✔	✔	✔	✔		✔

---

[20] 雖然分卷不必然具有實質意義，因為是先選出入選作品，然後將題材性質相近者歸為一類，（有時判準不一）隸屬同一卷，從同卷中可以窺出該年度選文的大致趨向，主要是以什麼主題為主。

[21] 例如七十三年紀念余阿勳、鍾梅齊、蕭毅虹，七十四年紀念楊逵，七十六年紀念梁實秋，七十八年紀念六四天安門事件，七十九年紀念臺靜農。

[22] 關於排列順序，是先分卷，再將同一卷的作品，按發表先後次序排列。

評、賞析)										
附錄(媒體參考資料)						✔				
封面設計			及甫攝影設計	莊明勳	莊明勳	莊明勳	莊明勳	及甫	李男	王行恭
版次	5	5	7	7	5	6	4	4	4	

四、從篇數與頁數看散文發展趨勢[23]

表 4-3-3　各年度篇數、頁數、卷數一覽表

項目＼年度	70	71	72	73	74	75	76	77	78	79
篇數	43	47	45	43	41	36	29	28	32	31
頁數	337	307	381	321	316	316	321	331	320	355
卷數	／	／	6	6	6	4	7	5	7	5

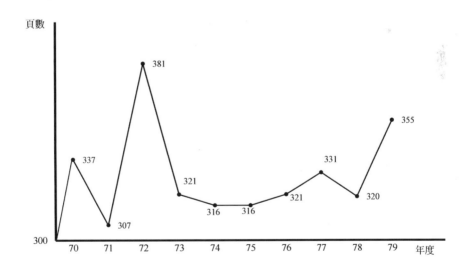

圖 4-3-2　各年度頁數曲線圖

---

[23] 本處純就量化分析，不涉寫作技巧與風格之探討。

　　從統計的數量來看，有五年在 316-321 頁之間，差數只有五頁，形成一個集中帶，其他則以多於此集中帶的頁數爲主，共有四年，低於此則只有一年，七十一年度的 307 頁創下最低頁數的紀錄，而七十二年度的 381 頁則爲最高頁數記錄，由於是隔年，益形成一個低谷與高峯。

　　七十迄七十九年度當中，以七十一年度的篇數最多，高達 47 篇，而七十七年只有 28 篇，然而從圖表顯示出，七十一年的頁數只有 307 頁（含前言），而七十七年 28 篇的選文則有 331 頁，從這裏我們可以知道篇數與頁數不一定成正比例如篇數最多的七十一年度，同時也是資數最少者。

　　市面上充斥消費性短、小、輕、薄作品的現象，並不影響選文，亦即入選作品不以文字量爲考核。例如七十七年度最少篇數（28）卻非最少頁數，顯示出文章長度，不受消費性作品影響。從這兒可以窺探出：

　　1. 創作活動固然常受市場指標的導引，而有遽起遽降的變化，然而蘊藉深刻心靈的作家，並不一定會寫些迎合市場、消費者所需要的作品，仍然維持個人的寫作水準，不與世浮沈。[24]

　　2. 輕薄短小的作品果眞爲了迎合市場需求，而一無可取嗎？事實不然，七十八年度所選的〈寄居在散文的壁爐〉專卷，正是告訴我們，其中也有袖珍小品的傑作。[25]

五、主編與選文風格評估

　　藝術欣賞是主客交融的價值判斷，文學亦然；故要統合數位編輯委員的觀念甚爲不易（況屬不必要），在不同的主編策畫下形成殊異的選文標準，乃至呈現不同的選文風貌是預料中的事。

　　「九歌版」的年度散文選之主編年年由林錫嘉、陳幸蕙、蕭蕭三人輪流更替，三位編者的文學理念深深影響編選的向度。

---

[24] 此處並不排斥有些作家擁有固定的消費市場，而其作品仍為水準之作，兼顧文學與通俗性。

[25] 例如羅任玲的〈水族館〉就是一篇精緻的小品文，全文只有四行又二字。

　　林錫嘉主編七十、七十一、七十四、七十七四年度散文選，對於散文的定義是指「文學性的純文學散文」。[26]將批評生活百態及現實社會的雜文，以及表達思想觀念的論說文，一概摒除於外，眞正的散文應指純文學作品所以他主編的年度選比較堅持「純文學」作品才是「文學散文」的理念。[27]

　　他並嘗試將散文區分爲「文學散文」和「非文學散文」兩種，故所選出來的作品呈現出中規中矩的風格，在形式上不以新異的散文類型爲標榜對象；在內容上的要求，則側重如何去關社會、提昇社會爲神聖任務，[28]呈現出來的主題包括了對現代社會的省思，及急遽變化的生活環境下，我們應如何去面對紛陳的社會現象。

　　然而隨著時代的不同、觀念的改變，散文也正不斷在蛻變中，發展出新的形式與內容，使林錫嘉也逐步調整對散文的看法，由先前的純文學，到後來，承認文學的內容與形式可以是多樣化的，更具繁複性。[29]語言文字的意象運用，「已非昔日單純的唯美的抒情散文可比擬了」。

　　陳幸蕙主編七十一、七十五、七十八三個年度散文選，她選文的標準是：凡發乎天然、至情至性、引人深思低徊、文字滌暢可觀者，皆可列入初

---

[26] 林氏曾於七十一年〈編者前言〉中，明確指出個人對散文的看法：「……對現實社會，生活百態批評與議論的所謂文章性的『雜文』以及表達思想觀念的『論說文』，它們已自有另一番氣象，我們也意識到它們逐漸走向各自獨立的道路，因此，我們目前一般所稱的『散文』，大家已經有了一個共同的意念，那就是文學性的純文學散文。」

[27] 林氏在七十四年度編後語〈散文、時代的聲音〉中說：「只是，有些心中的事情是按捺不住的，就如「散文」的心事。近些年來，在國內像「文學散文」和「非文學散文」（如「雜文」等，已逐漸有了較爲分明的界定。」明確指出在分工細密的現代社會中，促使「文學散文」爭取成爲獨立的文體。

[28] 參見七十四年度〈見過我父親嗎？〉的〈編者註〉中指出：「如何去關心社會、提昇社會已是文藝工作者一項神聖的責任了。」

[29] 林氏在七十七年度前言〈散文心情〉中說：「現代散文的創作，因著現今時代的不同，觀念的改變，正不斷在蛻變，發展出一些新形式和新內容，而這些新貌都在今年的散文作品中呈現在我們眼前……」、「隨著近來社會環境的鉅大變遷，國內散文，也有了不少的變化……」

選，[30]並且認為散文應具有多種風貌，無論是報導文學、札記體的文章，只要是寫作技巧、文字用度、題材不流於浮濫，而能臻於佳境者，則仍可視為優良的散文作品進入散文殿堂，蔚為大觀。[31]

所以她在七十五年《碧樹的年輪》之三：〈特色的造訪中〉說明該年度收入一些不同於前面數年度的作品共有四類：

1. 書簡體裁的散文，例如楊牧的〈寄給青年詩人的信〉、奚淞的〈給川川的札記〉

2. 專欄方塊文字，例如黃碧端的〈蜉蝣過客〉，余光中的〈寂寞與野蠻〉、漢寶德的〈為開花而開花的一代〉、何凡的〈是煙客立志的時候了〉

3. 序跋之作，例如高希均的〈做個高附加值的現代人〉、履彊〈鄉關何處〉、瘂弦〈文人與異行〉。

4. 幽默、諷刺類型的散文，如唐笙的〈大家樂？大家瘋？〉。

以及七十八年度的：

1. 傳記類或人物類作品有劉品襄〈誰殺了大貓的守護神〉、沈虎雛的〈團聚〉。

2. 諷刺類的作品有：苦苓〈世界最大賭場〉、簡媜〈賴公〉。

這些作品的選編迥異林錫嘉所編。

蕭蕭主編七十三、七十六、七十九三個年度散文選，他亦認為散文應有

---

30 參見七十二年，陳幸蕙編後語〈月到天心處，風來水面時〉。

31 參見七十五年陳氏所寫的前言〈碧樹的年輪〉：「其實，序跋文字，若能闡幽發微，語真意摯，亦未嘗不是很好的散文（或文學批評），晚明小品文中便不乏此類作品……因此序跋文字或專欄方塊雖多為某種特定目的和現實需要而作，但仍可因撰文者才情器識的不同，面有境界高下，內容優劣之別，值得注意。」及七十八年的序〈從地球關懷到人生關懷〉：「由於政府遷臺後，散文一開始幾乎即由大量抒情的美文當道，繼而女作家孜孜耕耘，校園內莘莘學子偏嗜不已，兼以早期所開放的三〇年代散文作品，僅朱自清、徐志摩等「無害」之抒情散文，因此難免予散文即抒情文或美文的錯覺。其實散文天地遼闊，品類繁多，抒情美文僅其中一支而已，前述三類（指傳記類、人物類、諷刺類）乃至其餘各類散文，還均有待有心之創作者大力開拓，才能導正一般人偏細的散文概念，進而蔚為散文殿堂之大觀」。

多種面貌的說法，無論是手記文學、專欄文學或長篇巨幅的作品，只要具有文化氣息的散文，皆可入選。[32]

　　故七十三年選出一些作品，有從方塊文章中選錄出來的，例如楊子的〈有政治家的溫暖〉；有雜文類的社會評論，例如龍應台〈中國人，你為什麼不生氣〉；有反應升學壓力自殺的學生，例如：謝獻堂的〈阿輝，你好笨〉。七十九年度有關懷同胞的作品，例如劉靜娟的〈同胞〉、席慕蓉的〈源〉、阮義忠的〈四季的故事〉；有展示社會面向的，例王家祥的〈慾望歌劇院〉；有社會變遷中的歔欷感懷，例如丘秀芷的〈走過三線路〉。

　　他並且明確說明自己對散文的期許，已非記敘、抒情所能涵括的，包括論述、感懷各層面，冀能蛻變成文化巨龍[33]。

　　由於三位主編對於散文的理念各自有異，所編選的年度散文選也充份顯現殊異性，益顯出「九歌版」的繁複性與多樣化。

　　對於散文的定義與分類這個問題，向來是言人人殊、莫衷一是的論題。鄭明娳曾在《現代散文的類型論》中詳細分類闡發幽微，《文訊》月刊亦曾專題討論過這個問題，而曾昭旭在《談散文的分類及雜文》中，將散文簡易分為文學性散文，和非文學性散文，並將文學性散文再細繹為：敘事散文、論理散文、抒情散文三類，可謂簡而不漏的分法。今日，面於日益紛繁的散文分類問題，以及散文是否專指純文學的說法，仍有待辯證，本文不擬關涉此一問題，將思考空間留予大家去馳騁。

---

[32] 參見七十六年雜氏所寫編後語〈散文的期許〉：「七十六年轉變劇烈的一年！我們看見多彩綻放的許多面貌，可以約略為三言兩語的手記文學而為愛繪出奇蹟，或以七、八百字的專欄為老兵坎坷的命運、曲折的亡靈而定位，或以長篇巨幅刻畫裂帛似的生命，更可以連載三天而江山未老人未老⋯⋯」

[33] 參見七十九年，蕭氏所撰〈散文的波濤：編後語〉：「散文所能承載的，所能承接的，已不是記敘、抒情所涵括的範疇；論述、感懷的層面，早就從純樸的生活，提昇為繁異的生命，從文字蝴蝶捕捉，蛻變成文化巨龍的描摹。」

六、入選作者之分析

（一）男女作者數量比例分析

表 4-3-4　男女作者數量統計表

年度	70	71	72	73	74	75	76	77	78	79	合計
男人數	29	36	27	25	27	23	23	17	16	17	240
女人數	14	11	18	18	14	13	6	11	17	14	136
合計	43	47	45	43	41	36	29	28	33	31	375

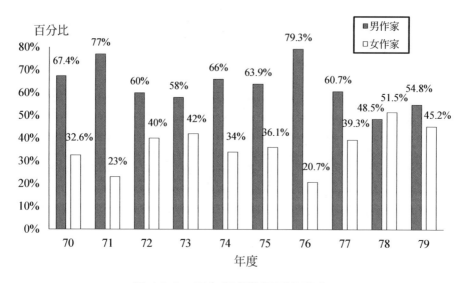

圖 4-3-3　男女作者數量百分率表

　　從男女作家各年度的數量來看（參看表 4-3-4），七十年迄七十九年止，共選出 375 篇作品，其中男性作家共有 240 人（七十八年度之〈悼詞〉是由楊煉、顧城二人合寫，本文列為二個人次）。女性作家有 136 人，男女比率為 16：9（參看圖 4-3-3），顯示出年度散文選，仍以男性作家居多，但是由文學創作的歷史來看，這個比數顯示出女性作家有越來越多的趨勢，

意味著女性意識逐漸抬頭，脫離了閨秀文學，走向更深更廣的文學殿堂，去探索社會、文化的訊息，例如七十七年度張曉風的〈一同行過〉，寫蔣經國先生在紛擾的世紀中特有的親和力和志節。七十七年度李黎的〈炎涼旅情〉，寫出日本人特有的文化性格。七十九年度劉靜娟的〈同胞〉關懷西藏，席慕蓉的〈源〉懷念蒙古……等等作品皆是。

（二）年齡層之分布

從 376 位男女作家之年齡層來看創作的主力（參看表 4-3-5～表 4-3-6）：

1. 男作家以民國 41-50 年次出生者佔首位，高達 33.3%，而民國 31-40 年次出生者居次，有 27.9% 的比率，這兩個年齡層的男作家佔 60% 的人數，最少的是民國 1-10 年出生者，只佔 2.1%。

表 4-3-5　各年度女作者年齡層分佈表

出生年＼年度	70	71	72	73	74	75	76	77	78	79	合計
民國前出生											0
民國 1~10 年	1	1	1	3				1	1		8
民國 11~20 年			2	1			1				4
民國 21~30 年	2	3	4	1	3	2	2	2	2	5	26
民國 31~40 年	3	6	9	6	6	6		3	4	3	46
民國 41~50 年	4	1	2	7	4	4	3	4	8	4	41
民國 51~60 年					1			1	2	2	6
不　詳	4					1					5
合　計	14	11	18	18	14	13	6	11	17	14	136

2. 女作家以民國 31-40 年出生者為最高，共有 33.8%，其次為民國 41-50 年齡階層，佔 30.1%，此二年齡層的女作家佔全部女作家 64% 以上的比率。

表 4-3-6　各年度男作者年齡層分佈表

出生年 ＼ 年度	70	71	72	73	74	75	76	77	78	79	合計
民國前出生	1	1	1	1	1	1	1				7
民國 1~10 年	2	1	1				1				5
民國 11~20 年	2	2	4	1	3	3	2				17
民國 21~30 年	2	6	5	5	1	5	5	1	2	1	33
民國 31~40 年	2	12	7	5	12	6	7	5	3	8	67
民國 41~50 年	6	13	7	8	9	8	6	7	10	6	80
民國 51~60 年		1	2	2			1	4	1	2	13
不　詳	14			3	1						18
合　計	29	36	27	25	27	23	23	17	16	17	240

表 4-3-7　男女作者年齡階層分佈表

性別 ＼ 出生年	民國前出生	民國 1-10	民國 11-20	民國 21-30	民國 31-40	民國 41-50	民國 51-60	不詳	合計
男人數	7	5	17	33	67	80	13	18	240
女人數	0	8	4	26	46	41	6	5	136
合計	7	13	21	59	113	121	19	23	376

　　由這些數字來看，創作的主力軍仍是集中在民國 31-50 年次的男女作家的年齡層中，這也是人生長過程中最勃發、英華的時光，年齡集中在 30-50 歲之間，他們面對整個社會文化已有省思的能力，能以自己的筆觸，寫下自己的關懷，且在面對新資訊爆炸的時代裏，能迅速吸收消化知識，故在題材、類型、內容上皆能迥異於大陸來台的老作家，或是尚在萌芽啓蒙的後輩。而且，老一輩作家大多爲懷舊憶往之作，縱使文筆洗練，仍比較不易爲「九歌版」編者所青睞。

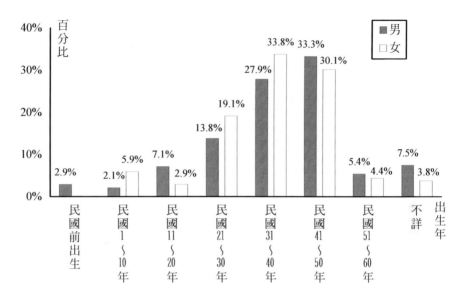

圖 4-3-4　男女年齡階層百分率圖

（三）教育程度

　　男性作家 240 人中的教育程度中以「研究所」居多（參看表 4-3-8～表 4-3-10），佔 36.7%，大學佔 24.6%，合計佔 60% 以上。

表 4-3-8　各年度男作者教育程度分佈表

學歷＼年度	70	71	72	73	74	75	76	77	78	79	合計
無學歷			1	1							2
小學											0
國中											0
高中		5		1	1				1		8
專科	2	2	2	2	4	3	3	3	1		22
大學	2	9	5	8	8	8	4	4	7	4	59
研究所	6	10	11	9	6	10	13	7	6	10	88
不詳	19	10	8	4	8	2	3	3	1	3	61
合　計	29	36	27	25	27	23	23	17	16	17	240

表 4-3-9　各年度女作者教育程度分佈表

學歷 ＼ 年度	70	71	72	73	74	75	76	77	78	79	合計
無學歷											0
小學			1	1	1						3
國中											0
高中	1	1			1	1					4
專科			1	2	1	1			1		6
大學	5	6	7	8	3	6	3	4	8	6	56
研究所	3	3	7	5	5	4	3	5	7	6	48
不詳	5	1	2	2	3	1		2	1	2	19
合　計	14	11	18	18	14	13	6	11	17	14	136

表 4-3-10　男女作者教育程度分佈表

	無學歷	小學	國中	高中	專科	大學	研究所	不詳	合計
男人數	2	0	0	8	22	59	88	61	240
女人數	0	3	0	4	6	56	48	19	136
合計	2	3	0	12	28	115	136	80	376

　　女作家 136 人之中，大學畢業者居首位有 41.2% 的比率，研究所居次，佔 35.3%，合計有 76.5% 之強。

　　由此可知，隨著教育水準的提高，表現在文學創作的主力上，亦有隨之昇高的趨勢；高等教育的訓練，加上各類專業人才的投入，使題材的領域更寬廣，內容更繁富，雖然人類關懷的主題不變，而多方面的延伸與開展，使得幽微面更能被抉發。

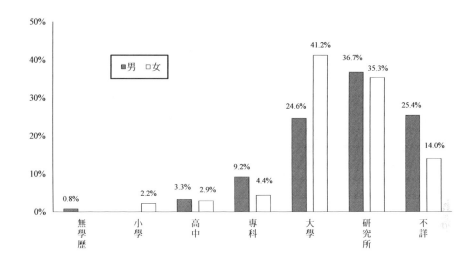

圖 4-3-5　男女作者教育程度百分率圖

（四）入選作者排行榜簡述

　　年度散文選從七十迄七十九年共有 376 人次，但是實際人數爲 211 人，其中有作家是每年入選，有些是常常入選、有些是偶然入選，更有些是刊登一次即消歇沈寂者。

　　在編輯作業的過程中，如果某作家當年度有多篇作品甚佳，則擇一錄用，使其他人亦有上榜的機會，若該作家對自己入選作品不甚滿意，卻提供其他自己認爲較佳作品時，編輯群仍會參考、勘酌一番，但仍以編輯群自我裁決權強於作者推薦的意願。

　　從排行榜來看（參看表 4-3-11），張曉風的作品年年入選，林清玄、陳幸蕙、簡媜各入選八篇，其次爲林文義入選七篇，這些作家是刊登率最高的前三名。其中僅入選一篇、二篇者，不乏名作家，爲何刊登的次數少呢？分析原因，有些作家是跨文類作家，例如寫小說的蘇偉貞、張系國、曾焰等，例如寫新詩的林燿德、商禽等，有些是學者專家，例如逯耀東、黃維樑等，更有些是評論家、攝影師等品類，不一而足，因爲散文作品不多，刊登的次

數很少；當然，也有些作家不論是題材、寫作內容、形式仍然維持個人的獨有風格而無突破者，不易被編者青睞，唯有能加深廣度、深度，去探觸、關懷人生、社會，才容易有好的作品出現。

表 4-3-11　作家排行榜（按刊載次序排序）

10篇	張曉風							
8篇	林清玄	陳幸蕙	簡媜					
7篇	林文義							
6篇	席慕蓉							
5篇	梁實秋	琦君	蕭蕭	陳煌	蔣勳	吳鳴	亮軒	
4篇	沈靜	奚淞	張騰蛟	林文月	栗耘			
3篇	思果	韓韓	許達然	余光中	心岱	履疆	亦耕	
	林央敏	杏林子	愛亞	阿盛	龍應台	吳敏顯	劉靜娟	顧肇森
	焦桐							
2篇	蕭白	管管	季季	康來新	王幼華	王定國	司馬中原	葉維廉
	趙雲	邵僩	吳晟	杜十三	苦苓	陳冠學	劉克襄	謝明錩
	陳一郎	蕭毅虹	喻麗清	高大鵬	王鼎鈞	顏元叔	孟祥森	黃武彰
	渡也	劉定霖	黃碧瑞	方杞	張曼娟	楊牧	凌拂	白靈
	速	古蒙仁	陳耳	徐宗懋	王家祥	秦賢次		
1篇	吳魯芹	梁鶴華	羊令野	逯耀東	古丁	二呆	商禽	謝霜
	彩羽	鍾玲	張默	洪素麗	許家石	藍菱	霜驤	顏崑陽
	呂大明	鄭寶娟	曠尤	賚丞	梁芳	李欣穎	夏菁	蔣芸
	陽明驥	林海音	鍾梅音	小野	黃維樑	桂文亞	陳恆嘉	胡台麗
	陳列	黑野	蔡碧航	呂欣蒼	張君默	李瑞騰	吳錦發	馮青
	郭之遠	傅學偉	沈陌農	周培英	荊棘	汪其楣	洪友白	誠然谷
	郭明福	劉惟維	謝武彰	隱地	林野	曾春	姚宜瑛	趙淑俠
	陳寧貴	張拓蕪	謝獻棠	李建興	冬冬	揚子	蘇偉貞	金沙寒
	郭鶴鳴	郭楓	曾焰	葛萱萱	余阿勳	王文漪	黎妙瑜	游喚
	鄭朝嶽	王灝	許振江	張寧靜	唐憶寧	愚庵	袁瓊瓊	尼洛
	銀正雄	簡宛	何欣	楊逵	羅蘭	詹西玉	管股	木心
	陳金	陳克華	曾麗華	瘂弦	高希均	唐笙	也行	何凡
	黃永武	陳嘉農	司徒衛	江小琳	徐仁修	於梨華	王文興	何秀煌	彭歌
	沈書毅	林耀德	尤今	保真	朱炎	劉光哲	劉還月	賴美娟	柯翠芬

	侯文詠	洪祖瓊	羅智成	平路	張辛欣	楊煉、顧城	丘彥明	張系國	沈虎雛
	徐錦威	陳黎	胡品清	石德華	郭眞口	羅任玲	綠騎士	羅英	莊裕安
	嚴力	李渡予	何懷碩	張錯	方瑜	吳佩蓉	張讓	孫瑋芒	童淑蔭
	阮秀莉	丘秀芷	阮義忠	遠人	陳曉林	小四	黎深紅		

　　另外有些作家不願自己的作品選入，這種情形算是一種特例。例如王鼎鈞、蕭白等人。

　　有些作家一方面擁有固定的消費市場，同時也堅持自己的創作理念，例如林清玄出版一系列的「菩提」作品，有很濃厚的大眾取向，卻不能因此而否認他仍有水準之作。

　　從排行榜上可以窺探出，老一輩作家入選散文作品固然有之，但是新人輩起，瓦解了文學的霸權時代，顯示出文學創作不再是某些人的專利，同時也展示出文學生態環境不斷有新人投入，使文學創作有年輕化的傾向，當然，這與教育普及、知識水準提高而有密切關係。

七、原刊載媒體分析

　　入選作品的刊載媒體主要分爲兩大部份，一爲報紙，一爲期刊雜誌，從七十年迄七十九年，共有 375 篇入選的作品，其中報紙就佔有 328 篇，雜誌有 41 篇，其他類有 6 篇，比率爲 87.5% 比 11% 比 1.5%，按照這個比率來看，報紙仍爲文學作品發表的主要場域。分述如下：

　　一、就報紙而言，以中國時報（人間副刊爲主），聯合報（聯副爲主）囊括 60% 以上的篇次，其次爲中華日報（華副爲主），及中央日報（中副爲主）。統計數字可參看表 4-3-12：

表 4-3-12　媒體刊載排行榜（按刊載次序排序）

名次	報刊名稱	70 年	71 年	72 年	73 年	74 年	75 年	76 年	77 年	78 年	79 年	合計	比率
1	中國時報	13	12	15	10	6	13	8	8	13	8	106	32.4%
2	聯合報	6	11	12	14	7	14	11	8	10	7	100	30.6%

3	中華日報	5	9	3	2	4	1	3	4	1	3	35	10.7%
4	中央日報	4	2	4	2	9	0	1	3	0	1	26	8%
5	自立晚報	0	4	4	1	1	0	1	1	1	3	16	4.9%
6	台灣新生報	1	1	2	4	2	0	1	1	1	2	15	4.6%
7	台灣時報	7	2	0	0	1	0	0	1	0	1	12	3.7%
8	台灣新聞報	0	0	1	1	2	1	0	0	0	0	5	1.5%
9	自由日報	3	0	0	0	0	0	0	0	0	0	3	0.9%
	台灣日報	0	0	0	2	1	0	0	0	0	0	3	0.9%
10	中時晚報	0	0	0	0	0	0	0	0	2	0	2	0.6%
	商工日報	0	0	0	1	1	0	0	0	0	0	2	0.6%
11	民生報	0	0	0	0	0	1	0	0	0	0	1	0.3%

從這些統計資料可顯示出：

1. 閱讀群多的大報紙仍是文學作品發表的主要園地。

2. 作家仍然偏好向大報紙投稿，故中國時報、聯合報是文學發表園地的兩大場域。

3. 由於大報紙投稿者眾多，競爭激烈，經過篩選刊登出來的作品有一定的水準，故入選的機率也大增。

4. 七十六年報禁開放，資訊氾濫之下，各報紙副刊紛紛改版，使得方塊式、消費性的作品激增，但仍不影響文學作品的主要發表場域，只有七十七年有略為下降傾向，七十八年又回升。其中下降部份則出現在文學性期刊之中，二者互為消長。

二、期刊方面，以文學性質的雜誌居多（參看表 4-3-13），其中《聯合文學》自七十三年十一月創刊，入選作品共有十篇，《皇冠》有八篇，二者分居期刊雜誌之冠亞軍。至於有非文學性刊物之作品入選，則多為名家投稿，例如《陽明醫訊》有一篇入選作品，是張曉風的〈林中雜想〉、七十六年的《當代》雜誌，是陳嘉農（芳明）的〈相逢有樂町〉。《國魂》是渡也的〈家書〉。《九十年代》有一篇入選作品是七十九年徐宗懋的〈整整一年，又來到天安門廣場〉，與他在七十八年寫的〈寫給妻子的一封情書〉，恰恰可窺出天安門事件的縮影與餘思。

表 4-3-13　期刊登載篇次排行榜

刊名＼年度	70	71	72	73	74	75	76	77	78	79	合計	百分比
聯合文學	0	0	0	1	1	2	1	2	2	1	10	24.4%
皇冠	0	4	0	0	3	1	0	0	0	0	8	19.5%
中外文學	1	0	0	0	0	0	0	0	2	2	5	12.2%
明道文藝	1	0	1	1	0	1	0	0	0	0	4	9.8%
文學界	0	2	0	0	0	0	0	0	0	0	2	4.9%
台灣文藝	0	0	1	0	0	0	0	0	0	0	1	2.4%
文藝月刊	0	0	1	0	0	0	0	0	0	0	1	2.4%
新文藝	1	0	0	0	0	0	0	0	0	0	1	2.4%
中華文藝	1	0	0	0	0	0	0	0	0	0	1	2.4%
散文季刊	0	0	0	1	0	0	0	0	0	0	1	2.4%
文季	0	0	0	0	1	0	0	0	0	0	1	2.4%
陽明醫訊	0	0	0	0	1	0	0	0	0	0	1	2.4%
天下的書	0	0	0	0	0	1	0	0	0	0	1	2.4%
文呈	0	0	0	0	0	1	0	0	0	0	1	2.4%
當代	0	0	0	0	0	0	1	0	0	0	1	2.4%
國魂	0	0	0	0	0	0	1	0	0	0	1	2.4%
九十年代	0	0	0	0	0	0	0	0	0	1	1	2.4%
合計	4	6	3	3	6	6	3	2	4	4	41	100%
其他	0	0	1	3	1	0	1	0	0	0	6	

　　三、其他部份：凡是選自書籍者，一律列入本項。另外有一篇是七十二年隱地的〈心的掙扎〉乃蒐自各報章雜誌共七次匯整而成的，亦列入「其他」一項。

八、建議與批評

　　「九歌版」年度散文選是市面上最完整的年度散文選，出版次數也與日俱增，其優點是：

1. 能保存作品原貌，不加以任意分割竄改內容。

2. 能先依類分卷，再依時間先後排列，使不紊亂。

3. 選錄範圍由各大公開的報章期刊中選出，並且由編輯委員進行票選工作，不失公平性。

4. 能保存當年度的優良作品，去蕪存菁，提供讀者一個參考的基點，使讀者能迅速讀到佳作，而不須在氾濫的資訊中披沙揀金。

然而一本再好的選集，總也有其缺點，試評如下：

1. 應再增列一位客卿編輯，自七十五年開始，除了原有三位編輯委員之外，又增列一位編輯客卿，使原有的陣容增到四位，吾人認為在票選過程中，二比二的情況是避免不了的，為了使選務工作能公平公正，不取決於主編個人的好惡，以致於影響整個選文的內容風格，應該採奇數的編輯委員制度，亦即再多增列一位客卿，使之增加到五位，避免因為票數相同，而須由主編裁決的流弊。

2. 應該臚列當年度參考的報紙期刊一覽表，並注明起迄的日期。「九歌版」年度散文選除了七十五年度有此一附錄之外，其餘九個年度選皆付之闕如，增列此一覽表可以使讀者知道當年度選錄的範圍，以昭公信。

3. 應該詳細提供入選作者的基本資料，包括本名、筆名、生卒年、籍貫育程度、經歷、職業、其他著作及擅長的創作文體或方向等。

「九歌版」年度散文選的作者基本資料大抵而言尚稱詳細，然而卻不免有大醇小疵之病（除了七十年度未列基本資料不論之外）有的作者未列教育程度，例如七十一年的思果、粟耘、七十九年的丘秀芷。

有的基本資料的順序不一，例如陳幸蕙七十六年度的資料先列生年，再列籍貫，而七十九年度的資料則先列籍貫，再列生年，造成體例上的不統一。

4. 每篇入選作品之後附有〈編者註〉是對該篇文章進行導讀與評析，有的只是將內容再簡述一次，有的則是主編自抒感懷，無關內容的導讀，實際上〈編者註〉可以易名為〈賞析〉或〈導讀〉，對該篇作者及文章作公平公正的深入探討並抉發其微言大意，而不是把內容再略述一遍，或是做喧賓奪

主式的敘述。

　　5.入選作品依性質、內容之異同再予以分卷，有時易出現強加分類的現象。

　　6.入選作品若為某報紙期刊之得獎作品，須在媒體出處予以注明。若能將上述缺失更正，則「九歌版」散文選集將更臻完善。

九、結語

　　我們從「九歌版」年度散文選集中，不僅體察出主編者選文的文學理念，同時也管窺民國七十年迄七十九年散文變化的軌跡與現象，縱使它所代表的意義，僅是主編者或出版社的編選態度，至少也讓我們知道文學選集的編選工作亟待有心從事文化事業者，積極的關懷與投入，以蔚成文學史脈動的軌轍。

覃子豪在台之詩論及其實踐活動探究

摘　要

　　覃子豪為五〇年代台灣重要渡海來台的詩人之一，其對台灣新詩發展具有重要推廣效能。本文旨在論述其在台灣詩學理論及其相關活動，以昭揭其整體成就與貢獻，主要論述分作三部份，其一，表述其重要活動有新詩推廣之函授與講學，其二，論其刊物編輯活動，其三，論現代詩論戰之立場與主張，最後歸結其在台灣新詩壇開墾園地功不可沒。

關鍵詞：現代詩　現代詩論戰　五〇年代　象徵主義

一、緒言

在覃子豪（1912-1963）五十二歲的生命歷程當中，[1]大約可以民國三十六年來台爲分界點，分爲前後兩個階段。前期他已在大陸完成學業，並曾留學日本，對於現代詩情有獨鍾，積極從事創作、翻譯、編輯等工作。來台以後，對於現代詩的創作、論述及活動仍很熱衷，對於現代詩的啓迪與發展貢獻良多。

有關其論著，目前皆收入《覃子豪全集》[2]當中。此書共分爲三輯第一輯是新詩創作，除了《自由的旗》已亡佚沒有收編進來之外，餘皆納入全集中，有《生命的絃》、《永安劫後》、《海洋詩抄》、《向日葵》。《畫廊》、《集外集》、《斷片》七部份。

第二輯是有關詩論的部份，有《詩創作論》、《詩的解剖》、《論現代詩》、《未名集》四部份。

第三輯是譯詩及書簡、遊記等作品，有《法蘭西詩選Ⅰ》、《法蘭西詩選Ⅱ》、《譯詩集》、《東京回憶散記》、《遊記及其他》、《書信》六部份，並附有年表一份。

本文論述的重點斷限在台期間，以詩論爲主，並討論其所關涉的實踐活動。關於實踐活動主要從下列數項談起：

（一）現代詩教育活動

覃子豪曾經擔任中華函授學校、文壇函授學校、新詩研究社、中國文藝函授學校等新詩課程的教學活動，究竟他以什麼理論爲基礎，開示後學從事現代詩創作？

---

1 覃子豪，譜名天才，學名覃基，四川漢廣人。1932 年就讀中法大學，1935 年東京大學。曾任職浙江永嘉縣政府副刊編輯，來台後，在自立晚報〈新詩周刊〉專欄。

2 《覃子豪全集》第一輯於民國五十四年出版，第二輯於五十七年出版，第三輯於六十年出版。係在他過世以後。出生前好友及學生們組成「覃子豪全集出版委員會」經過、整理而出版。

（二）刊物編輯活動

覃氏主編過《新詩週刊》，並與夏菁、鄧禹平、余光中、鍾文等人籌藍星詩社，形成當時個重要的現代詩社，創辦有關藍星系列的刊物，從事實際的編輯工作，其編選的風格如何？

（三）現代詩論戰活動

覃氏對應於當時代的詩壇，曾有三次較具規模的論戰，意義非凡，其堅持的理念究竟如何呢？

本文嘗試以文學社會學方法來考察這些活動，期能將理論層與實踐層作流通與綰合，藉以明悉其詩論與實踐活動之間的關連性，尋繹覃子豪以活動來印證詩論的發展脈絡與變化。[3]

二、現代詩教育活動

詩歌是文學之花，要裁培它，必須給予充份的養份、水份以行光合作用，才能期待它開綻芬芳美麗的花朵。

覃子豪無疑是以園丁的身份，來灌溉文學園地的奇葩，他以一顆熱誠的，投入詩歌的畛域，努力開示後學如何從事現代詩創作，並以理論與實踐搭配而成。

其教育班別如下所示：

表 4-4-1　新詩推廣一覽表

時間	授課班別	備註
民國 42.10	中華文藝函授學校詩歌班主任	應李辰冬之聘
民國 46.11	文壇函授學校教授	
民國 50.10	文藝協會，新詩研究社講師	
民國 51.4	赴菲律賓授現代詩講座	應僑務委員會之聘

---

[3]　不及論述的有覃子豪詩歌創作、譯詩、詩評部份。這是因為本文著重在活動方面。

從這些新詩推廣教育的資歷[4]來看，其悃悃教學熱誠以培育後進爲樂，其中較有名的有：向明、文曉村、彭捷、鄭林、蜀弓……等人。[5]

對於推廣詩歌教育充滿信心與熱誠的覃氏，究竟以什麼理論爲教材基礎？如何開示學生寫作方法呢？我們可分爲兩大部份來剖析。

（一）現代詩創作方法、表現手法等理論講述

見於《詩創作論》中，該書是覃氏擔任中華文藝函授學校詩歌班主任時。爲該班所編的講義。內容包括三部份：

1. 論述部份：〈詩的表現方法〉、〈抒情詩及創作方法〉
2. 欣賞部份：〈新詩選讀〉、〈自由中國詩選讀〉、〈美國詩選讀〉、〈英詩的選讀〉、〈詩的欣賞〉。
3. 技巧研究部份：〈浪漫派詩選及其技巧研究〉、〈奈都夫人詩選讀及其技巧研究〉、〈象徵派詩選讀及其技巧研究〉。[6]

（二）批改學生現代詩習作與示範

具見於《詩的解剖》[7]中，每一篇皆嚴謹、一絲不苟的批改，指出習作的優缺點，加以分析解說，並將改過之後的作品與原作互相參照，以見良

4　本部分參考向明所編〈覃子豪先生年表〉、《文訊》14 期及莫渝〈覃子豪論〉，《笠》89 期。覃氏在大陸期間亦有詩教，據向明年表所載，民國 27 年，主編「詩時代」雙週刊，開闢新詩創作批改及解說專欄，莫渝亦稱覃氏以指導詩讀者如何認識詩，如何寫詩，一直是推廣詩教的主要方法。另可參見全集 II 頁 442-3〈怎樣寫詩〉，全集 III，頁 355-65 之十封信簡。

5　參考莫渝〈覃子豪論〉。

6　據莫渝所言，上述作品在覃氏逝世後，由台中菁天出版社印成《詩的表現方法》與《世界名詩欣賞》二書，後編《覃子豪全集》時，曾將重複者刪去，故在理論都份只存留《詩創作論》中的〈詩的表現方法〉、〈抒情詩及創作方法〉二篇，欣賞部份非覃氏創作者刪之；而譯詩部份，若爲覃氏所譯，則收錄在全集 III。另可參見全集 II 中《詩創作詩》扉頁之敘述。

7　時年民國 45 年，覃氏擔任中華文藝函授學校，並於《中華文藝》月刊上每期發表一篇，選輯成《詩的解剖》。

窾。

　　從覃氏新詩教育的方法來看，有理論有實踐，使之不流於空洞貧乏，用理論以指導實踐，以實踐來印證理論，使二者不相悖離，給予學生具體的收穫。

　　就理論基礎而言，其論說大抵可歸納爲下列數點：

1. 現代詩的特徵在於抒情，而抒情詩的本質是「以最精鍊的而富有節奏的語言，表現生活情緒而給予形象化和意境的創造，能啓發人類走向眞、善、美境界的，就是抒情詩」（〈抒情詩及其創作方法〉）。

2. 由立意而言，要求詩必須具有情趣與意義，擁有自己獨立的風格。雖然有些情意，情趣可以來自其他作品的啓示，卻嚴防刻意摹仿。

3. 就技巧而言，強調要用象徵、比喻……等方法，使其不僅具現實相而已，更能提煉出詩質，反對內容受限於形式，而應由內容來創造形式，以跳出形式主義之流弊。

4. 對於現代詩的資取養份，必須中西兼容並治，不一味的仿古或襲自西洋。

5. 要求從事現代詩的創作必須具有詩人的修養，從生活中汲取生活的體驗，作爲創作的素材與靈感的來源，培養正確的學習方法。

　　就批改習作的實踐活動而言，覃氏批改作品務必以有條不紊、脈絡分明的方式，解剖出作品的病源所在，指正其優劣處，將原作與修改後的作品共同臚列出來，使學習者能迅速察覺良莠，不再重犯舊錯。其批改的方法，主要是從七方面來剖析：立意、內容、結構、句法、節奏、形象和意見、修改的意見。[8]這種批閱方式最直接有效，而且敘述中肯，明悉要旨，堪稱難能可貴。統觀言之，可以歸納爲下列數點：

1. 要求立意要通貫、統一，避免前後主旨不一，互相混淆、紊亂的情況叢生。

2. 內容要充實緊湊，避免草率與鬆弛。

8　見全集Ⅱ，〈矯情造作是大病〉，頁 167-169。

3. 結構要嚴謹，使前後段能緊密聯繫。

4. 句法要求通暢，再要求詩句修飾整鍊成熟，不可一味以美麗的詞藻舖陳。

5. 詩中自然的節奏感可增加詩的音樂性，若詩句生澀古怪不易誦讀，缺乏自然性，必然會削弱其韻味。

6. 形象要求鮮明動人，賦有色彩和生命活力，意境則要出高超絕逸，反對製造新奇古怪的形象與意境。

（三）評估

對於覃氏推廣新詩教育的成就，一般皆抱著讚許與肯定的態度，我們在檢視其理論與實踐時，願意以公允的角度作一評估：

1、理論部份

(1)我們皆知道在詩學上，詩可分為三大類型：抒情詩（lyric poetry）、敘事詩（narrative poetry）、以及戲劇詩（dramatic poetry）。三者之間雖然有時可以互相含括、融攝，但是它們各自獨自表現的樣態，覃氏以抒情詩作為現代詩的本質，實昧於一己之偏好，為什麼他鍾於抒情詩呢？他並非不知道另有敘事詩和戲劇詩，他認為抒情詩是把抒情的成份凝聚在一點，詩的氣氛極為濃郁，而敘事詩與戲劇詩是把抒情的成份舖陳在故事和劇情的發展上，以致抒情的成份稀薄，而抒情詩之重要，主要是在於能以「最精練而富有節奏的語言，表現生活情緒而給以形象化和意境的創造，能啟發人類走向真、善、美的境界」

這一段話包括了幾個問題：①詩是否必須具有提昇生活使之臻於真善美的境域？能否純為藝術而藝術？②其他類型的詩難道不能達致這個目標嗎？③只有抒情詩才能以最精練、有節奏的語言來創造意境嗎？主知的詩難道不行嗎？顯然地，覃氏以一己之偏好，斷言抒情詩為詩之正宗。

(2)覃氏以選讀其他國家詩作的方式，開啟學生創作、欣賞的視野是值得鼓勵與肯定的。其選詩包括英、美、中國現代詩之選讀與欣賞，而且還深

及各種詩派的簡介及技巧的研究，包括浪漫派、象徵派，實開風氣之先，但是受限於才識與個人的喜好，只臚列浪漫，象徵二派之技巧研究，卻不及於其他流派，例如當時甚被重視的現代主義即被忽略了。

(3)對於現代詩汲取養份的來源，其態度公正而中肯，不會一味媚古，只知承襲舊傳統而不知求變求新，亦絕無完全吸收西方現代詩而揚棄中國固有的傳統，是採取兼容並蓄、雍容大度的態度，包容中西之長，鎔於一爐，而無偏頗、叫囂之論斷。

2、實踐部份

覃氏在批改習作時，秉持創作理念去面對學生作品，我們可以發現其批改的態度與觀念良窳互見。

(1)常以己意律度原作品。認為原作品之立意不佳或統貫性不夠緊密時，逕以自己的「詩意」去刪改原作。

△例如〈晨〉：「雨的歌唱出了晨的寂寞」，改為「雨底歌唱完了長夜的寂寞」。將「晨」與「長夜」互易。（全集Ⅱ，頁184）

△例如〈秋之溪〉：「失去夏日的熱戀，於今你消瘦了，筋骨嶙峋」，易為「失去夏日陽光的依戀，於今你消瘦了，而心境澄明」、在「筋骨嶙峋」與「心境澄明」之間，其意相距甚遠，這種情形，完全是覃氏個人對詩質的要求與感受所下的直覺判斷。

(2)喜用譬喻或象徵的句法，使形象鮮活躍動。

一首詩之所以具有詩意，不在於具現現實的景象或形象，而是以一顆敏銳的心靈，一隻善惑的寸筆，去幻化現實世界中的萬事萬物，使之脫離實用層次，而引起無限遐思以悠遊想像的空間，因此譬喻，象徵的使用便是將具體實物與抽象思維作一巧妙的關連，若能準確拿捏，常可使詩句有意想不到的效果，覃氏正是善用譬喻，象徵，用以批改詩作。

△例〈檳城月色〉原作：「檳榔樹和椰樹撐著銀傘比高／愛護初戀的芳心，不讓露水滴涼它⋯⋯」改作：「檳榔樹和椰子樹撐著銀傘比高／椰子樹像昂藏的男子／伴擁著檳榔樹的嬌軀⋯⋯。」

將椰子樹比喻成昂藏的男子，而檳榔樹比喻成嬌女子，姑不論這樣的比喻是否恰當，但是鮮活的影像，馬上呈現我們眼前，二樹猶如男女情人相偎相依。

△例：「像巨人般的煙囪，在天際聳立」（都市的早晨、改作）。

△例：「斷崖是你的足，插入海洋／山巒是你的臂，擁抱大地。」（山、改作）。

比喻的句式不勝枚舉，其鮮活形像已躍然欲出。

(3)以整練句式加強詩的緊密性。

學生的作品大多結構鬆散，詞句冗長，意義重複，覃氏改作時，往往去蕪取菁，將句子修飾成流暢、整鍊的形式，汰除駢拇枝指。

△例（歸來）之原作是以分行的文句，用對話方式呈現，覃氏則將之改爲整鍊的句式。（全集II，頁132）

(4)要求詩作要有情緻。

如果喪失情緻，作品不過是一個文字組構的東西而已。例如「討人家厭的小麻雀」，覃氏改爲「小麻雀的歡歌」，幾字之易麻雀歡欣的跳躍情狀具現眼前。（全集II，頁146），此乃覃氏獨有會心處，要求作品一定要有情緻。

覃氏對新詩教育的熱愛，以理論、實踐配合而成，造就不少青年詩人，使新詩壇增加一批生力軍。其創作理論開啓後學門徑，成爲學習新詩的箴規，迄今仍有影響力。

三、刊物編輯活動

覃子豪在台期間，主編的刊物主要可分爲兩大系統：一爲新詩週刊，二爲藍星系統。前者屬於自立晚報副刊的版面，本身並無實質社團連作，故體系明朗清晰，純爲詩人發表創作，論述、譯詩的園地；後者則爲藍星詩社運作下的刊物，二者在本質上已截然不同，呈現的樣貌自有不同。[9]

9　覃氏亦曾參與《自由青年》、《文星》之編輯，爲時甚短，不予論述。

（一）新詩週刊

　　新詩週刊創自民國四十年十一月五日，由大陸來台的詩人紀弦、葛賢寧、鍾鼎文三位發起，藉由鍾鼎文與自立晚報的關係，乃借其副刊（第三版）的版面，於每週一出刊，一至二十六期由紀弦主編，二十七期迄九十四期由覃子豪主編，當時因為三位原始創辦人因故離開，遂由覃氏、李莎接編。

　　根據麥穗所編之〈新詩週刊目錄初編〉之中，可以看出該刊編輯結構相當平實簡易，有詩創作、譯詩、論著及詩訊等數種型態，與日後有專題型式的編輯方式截然不同，雖然其編輯結構相當平易，但是在當時卻具有重大的意義：

　　1.這份週刊的創刊，是銜接在台新詩人與大陸來台新詩人溝通的橋梁，也是台灣新詩運動的播種園地，提供愛好新詩者一個發表的園地。

　　2.不標榜省籍色彩，充份顯示其包容性之廣大。

　　例如本省籍的詩人有林亨泰的日文詩〈新畢業的女教員〉、〈虐待〉、〈嬰孩〉等作品，是由本省籍的女詩人陳保郁予以譯成中文。其中，也包括了大陸來台的詩人彭邦楨、上官予、鍾雷、季薇、墨人等人的作品。

　　3.除了列載現代詩的創作之外，尚有譯自外國的詩作，例如陳保郁譯自日本詩人牧千代的〈少女的詩〉，打開國際現代詩的景觀窗，姑不論其譯詩之準確度如何、譯詩之偏頗與否（例如專譯某一流派），或某一國詩，皆能提供新的面向以供國人欣賞。

　　4.詩論的部份，或提供詩作之賞析。例六期番草（案：鍾鼎文）之〈讀海洋詩抄〉；或論述自己對新詩的看法，例如墨人的〈詩人的信念〉；或介紹新詩人，例如五十一期覃子豪介紹林郊、梁雲坡、蓉子、楊喚、童鍾晉、榮星、陳保郁、騰輝、倪慧中、方思等十一人；或引介西方主義，例五十九期，騰輝的〈從古典主義到浪漫主義〉；或談西方詩人的寫作風格，例五十七期、方思的〈略談里爾克〉……等等。這些理論的介紹、述評，使現代詩壇吸取更多的營養，而能逐漸茁壯成長。

後來自立晚報因爲改版，使〈新詩週刊〉遭遇停刊的命運，然而它創就意義非比尋常。

（二）藍星系統

民國四十三年三月，在夏菁、鄧禹平的策劃下，邀請覃子豪、余光中、鍾鼎文等人共同談論現代詩，經過一次餐敘以後，大夥經常一起談詩，促使藍星詩社成立。

藍星詩社不標榜任何主義、理論，也從未推選社長、更無創社宣言，純以自由的方式結合在一起，對於創作的方式，也以自由創作，解開教條束縛的桎梏爲主，使得藍星成員，得以在自由的風氣下，各盡所能的創作現代詩，甚至吸引更多年輕詩人投入這個陣容，迅速吸收當時的優秀詩人。在詩壇上與創世紀、現代詩社形成鼎足而立的局面。

每個文藝社團，必須有自己的刊物才能提供發表的園地，也才有凝聚的向心力，基於此，藍星詩社遂展開一系列的編輯活動，由於種類繁多，茲將覃子豪有關的刊物列表於下，以資參考：

表 4-4-2　覃子豪編輯刊物一覽表

刊物	起	迄	內容
新詩週刊	40.11.5 （94 期）	42.9.14	借自立晚報副刊版面，週一出版，由葛賢寧、李莎、覃子豪、紀弦、鍾鼎文等主編，1-26 期紀弦主編 27-94 期覃子豪主編，是中國新詩運動之催生者，目錄參見創世 37、38、39 期。
藍星週刊	43.6.17 （211 期）	47.8	借公論報副刊版面，週四刊出計 211 期，由覃千豪、余光中主編。取詩以抒情爲主，1-60 期由覃主編，其後由余光中主編。
藍星宜蘭版	46.1 （7 期）	46.7	32 開，計出 7 期，覃子豪主編（7 期）朱家駿（朱橋）掛名，青年月刊社發行。

藍星詩選	46.8.20 （2 期）	46.10.25	出版 2 期 20 開本專號：「鋤子星座（2期）」「天鵝星座」號，覃子豪主編。目錄見創世紀 36 期 63 年 1 月 15 日，最早之小開本。
藍星詩頁	47.12.10 （63 期） （復刊）	54.6.10	袖珍型 40 開摺疊式，計 63 期，由（63期）（夏菁、覃子豪、余光中、羅門張健復刊）等人主編（71 年 10 月 10 日復刊開本照舊，向明主編半月，每一期有短而精采的討論、詩壇消息。
藍星季刊 （詩）	50.6.15 （共 4 期）	51.11	出版四期，由覃子豪主編目錄見（共 4期）世紀 36 期 63 年 1 月 15 日，20 開本（63 年 12 月中旬復刊，由張健羅門，王憲陽、趙衛民主編）。
藍星年刊	53 年 60 年 （共 2 期）		20 開本 53 年詩人節出版，60 年詩人節又出一期，由羅門蓉子主編（共 2 期）出資，目錄見創世紀，36 期，36 年 1 月 15日。
文星雜誌「藍星地平線詩刊」	（22 期）		前後由余光中、夏菁、羅門接編。

1、藍星週刊

藍星詩社在四十三年六月十七日起向公論報副刊借版面，於每週四刊〈藍星週刊〉，迄四十七年八月爲止，共編了 211 期，主編由余光中、覃子豪分別擔任，取詩以抒情爲主，偶有詩論或譯詩出現，亦不偏任何主義或標榜任何宣言。當時投稿者甚眾。其中 1-60 期是由覃子豪擔任主編，60 期後由余光中主編，歷時四年有餘。

2、藍星宜蘭版

刊載於《宜蘭青年》中，自四十六年一月起，迄同年七月爲止，共計列出七期，由覃子豪主編，朱家駿（案：即朱橋）掛名。藍星詩社遠征至宜蘭

開闢刊載園地。其壯大勢力的勃勃雄心，於此可窺知。[10]

3、藍星詩選

以專號的方式發刊，共有二期，第一期於四十六年八月出刊，稱作「獅子星座」號，第二期於同年十月出刊，稱爲「天鵝星座」號，皆由覃子豪主編，內容分爲二大部份，一爲理論、翻譯、詩人介紹—爲現代詩創作，此期最大意義是刊載了當時論戰的重要文章。例如第一期有覃氏的〈新詩向何處去〉；第二期有黃用的〈從現代主義到新現代主義〉、羅門的〈論詩的理性與抒情〉、余光中譯的〈現代主義的運動已經沈寂〉（史班德作）等。

4、藍星詩頁

創自民國四十七年十二月十日，共計出刊 63 期，第 1 期至 12 期由夏菁主編，覃氏主編第 13 期，待余光中歸國後交由余光中、羅門、張健等人編，五十四年六月十日停刊之後，復於七十一年十月十日復刊，由覃氏學生向明主編。

5、藍星季刊

共出版四期，由覃子豪主編，或稱爲藍星詩刊，屬於季刊型式，當時藍星內部齟齬不合可從各刊物之創辦日期及主編尋繹線索。其中，羅門、蓉子夫妻也曾於五十三年、六十年獨自出資主編《藍星年刊》。

《藍星季刊》有別於其他刊物之處有：

1. 四期編有現代詩用語辭典。

2. 每一期有特輯介紹，例第一期是〈阿瑪維斯特輯〉，第二期有〈伊凡‧戈爾特輯〉，第三期有〈法國詩人介紹及其作品〉，第四期有〈藍波特輯〉。

---

[10] 據余光中〈第十七個誕辰〉（《現代文學》46 期）所稱，《宜蘭青年》由朱家駿主編，倒底是朱橋的「前身」，編出來這份分刊，已類不俗。又有張默〈從新詩週刊到春秋小集〉（《創世紀》62 期）指稱由覃氏主編，朱家駿掛名。究竟誰才是真正主編？吾人從張默之說。

3. 除了刊出本國人詩作，另闢〈海外之頁〉供海外人士投稿。

4. 載有胡品清譯 AMAVIS 的〈今日法國詩壇之面貌〉、南山鶴的〈菲華現代詩運動〉，胡品清的〈國際詩人二年會活動與概況〉、〈法國超現實主義詩人羅勃德斯〉、譯有（儒勒、日勒詩選）。

　　從《藍星季刊》的編輯方式來看，已逐漸突破平實之結構，朝向專輯及內外動態的介紹了。藍星詩社，雖然內部時有不合的情況發生，但是其基本的編輯理念是秉自由創作的原則，使得藍星詩社個人的成就大於集體的成就。綜觀覃氏主編的《新詩週刊》及一系列藍星的刊物，大抵上，仍在大原則之下，作不拘泥於任何形式，不由形式來限宥內容的發展，然而藍星系列的刊物，因爲在藍星詩社的籌策運作下，呈現出藍星共有的風貌，足以與當時的《現代詩》、《創世紀》互別苗頭。

四、現代詩論戰

　　由於對現代詩的認識與主張之不同，而衍生的論戰在詩壇中時有所聞。雖然論戰是文人之間的筆仗，然而其代表的意義，卻蘊含時代思潮與個人理念的運作。

　　覃氏在新詩壇中，曾參與三次論戰，三次皆有不同的意義。[11]

（一）與紀弦現代派之論戰

　　紀弦於民國四十二年二月一日創辦現代詩社，刊物爲《現代詩》，初爲月刊，後改爲季刊。四十五年二月一日在《現代詩》十三期宣告成立（現代派），內刊有〈現代派消息公報第一號〉。〈現代派的信條〉。〈現代掀信條釋義〉，社論爲〈戰鬥的第四年，新詩的再革命〉，當時的籌備委員尚有葉泥、鄭愁予、羅門、楊允達、林治、小英、季紅、林亨泰等九人，對外邀請各界詩人踴躍加入，以「領導新詩的再革命，推行新詩的現代化」爲目

---

[11] 在大陸期間亦曾與曹聚仁論爭，本文只列在台時期之論戰。

標，揭櫫六大信條：

1. 我們是有所揚棄並發揚光大地包含了自波特萊爾以降，一切新興詩派之精神與要素的現代派的一群。
2. 我們認為新詩乃是橫的移植，而非縱的繼承。
3. 詩的新大陸的探險、詩的處女地的開拓、新的內容之表現、新的形式之創造、新的工具之發現的手法之發明。
4. 知性之強調。
5. 追求詩的純粹性。
6. 愛國、反共、擁護自由與民主。

紀弦揭示這六大信條的主要目的是針對當時現代詩壇的某些現象予以矯正，第一條所指稱的新興詩派，包括十九世紀象徵主義，二十世紀的後期象徵派、立體派、達達派、超現實派、新感覺派、美國的意象派，及純粹詩運動，總稱為「現代主義」。紀弦要揚棄的是不健康、不進步的部份。第二條指出新詩是「移植之花」，必須汲取西方營養才能使新詩打破國界，獲得國際聲譽，關於這點，曾引起詩壇震撼，群起而攻之。第三條強調詩要有新的內容與形式，要求日新又新第四條反對浪漫主義，排斥情緒告白，要以高度的理智從事創作。第五條要求排除非詩的雜質，使之淨化、醇化。

面對這六大信條，當時詩壇攻擊最烈的是第二條與第四條。覃子豪立即在《藍星詩選》第一期發表〈新詩向何處去〉作為回應，說明任何謂新文化的產生，除了時代和自己的社會文化可作為背景之外，外來文的刺激、影響亦為重要因素之一，但仍應該以自己的社會文化為基礎，一味的採用「橫的移植」，將導致無根的後果。覃氏並非完全排斥外來的影響。提出如果能將其營養予以吸收、消化之後，可促進本國文化的新陳代謝，成為推展的動力，故覃氏認為中國新詩不應只是西洋詩的回音、尾巴而已，應該具有中國現時代的聲音、真實的聲音，並且針對紀弦六點宣言，揭示六點新詩發展的新方向以為抗衡：

1. 詩的再認識。
2. 創作態度應重新考慮。

3. 重視實質及表現的完美。

4. 尋求詩的思想根源。

5. 從準確中求新的表現。

6. 風格是自我創造完成的。

紀絃面對覃氏的批評與責難，在《現代詩》十九期中發表〈從現代主義到新現代主義〉及二十期〈對於所謂六原則之批列〉予以回應，指覃子豪誤以爲「橫的移植」即是「原封不動的移植」，實則是基於新詩史的考察和文化類型學的原理應用在新詩方面，新詩本非中國的產物，這是一種史的事實，經由第二、三代詩人的努力，克服困難，發展至今，終又成爲民族文化的一部份了。

覃氏繼之又在《筆匯》寫了〈關於新現代主義〉指陳紀弦對於從象徵派以降的許多新興詩派，沒有統貫性的了解，以致於沒有把握時代的特質，反而被一些沒落的詩派所迷惑，無法求得健全的理論和確定的立場，造成消化不良的嚴重病態。紀弦又在《現代詩》連續數期撰文責難，二十一期的〈兩個事實〉、〈多餘的困惑及其他〉、二十三期的〈對於「現代」的看法〉，二十四期〈新現代主義之全貌〉等等，主要是基於當時的政治詩要求詩的純粹性，對於情緒性的抒情詩要求主知，對於僵化的形式要求反動，強調現代派是主動的創造非被動的模仿。

在這場論戰中，繼起的有余光中、黃用、寒爵等人爲覃子豪助陣。兩大戰線壁壘分明，一爲主知、一爲抒情；一爲橫的移植、一吸收中西長處。二者是基於對新詩的主張而有不同論點。雖然對於紀弦「橫的移植」、「主知」、「現代主義」的認定歧異而引起大家群起攻伐，然而其正面的價值，仍受到肯定的，誠如張默在〈從新詩週刊到春秋小集〉中所說的，《現代派》的主知路線及其「現代化」的主張被創世紀的詩人們廣泛的吸收，對現代詩的深度、廣度都有相當廣泛的影響。[12]

12　本部分參考向明〈五〇年代現代詩的回顧與省思〉（藍星詩刊），及上官予〈五十年代的新詩〉（《文訊》9 期）、古繼堂《台灣新詩發展史》。

（二）與象徵主義之論戰

民國四十八年七月一日，蘇雪林在《自由青年》發表〈新詩壇象徵派創始金髮〉一文，指出象徵詩派有三大特色：

1. 不講文法技巧。

2. 內容晦澀、朦朧、曖昧，將死板的規律、繁瑣的格律一律推翻。

3. 涵義讓讀者去猜。

他說李金髮身為中國新詩壇象徵派的創始人，正是充分發揮三個特色，將新詩帶進牛角尖，轉了十多年仍未轉出來，而這些精靈又東渡來台，使中國新詩壇走進死胡同中。

覃氏立即回應〈論象徵派與中國新詩：兼致蘇雪林先生〉（《自由青年》22 卷 3 期），針對蘇文作了幾點的回應，最主要的論點可約略為下列數項：

1. 象徵派所表現的不僅是有外在有限的物質界，還要表現內在隱蔽的無限靈界，有神秘傾向，強調音樂性，導引走向幽晦、朦朧之境。

2. 打破古典主義的格律，創立不定形的自由詩。

3. 李金髮個人詩作之毛病，生澀難讀，不可用以批判整個象徵派。

4. 台灣新詩的成就是各種主義、流派，兼容並蓄的綜合性，非某一流派可邀功的。

5. 新詩之難懂，在本質上是發掘人類生活的奧秘，而非生活現象的具現。

蘇雪林面對覃氏的攻訐，反擊以〈為象徵詩體的爭論敬答覃子豪先生〉（《自由青年》22 期 4 卷），主要分為五點回答覃氏之問難，先為象徵主義不講文法作一答辯，再就讀者與作者來談他們喜歡象徵詩是因為它們沒有天才學力、知識都可以藏拙與取巧的方法。這種強烈的指責，引起覃氏不滿又寫了〈簡論馬拉美、徐志摩、李金髮及其他：再致蘇雪林〉（《自由青年》22 卷 5 期），先論遠馬拉美之象徵詩極為重視唱示，主張曖昧，因而形成了象徵派的特殊文體，此種文體用以反對俗用語。主張用暗示辭句、用

意前後顛倒之句法、用比喻體，用類推法、用抽象擬人法來表達，其詩之所以難懂，正是革新了語言上的方法，創造了表現上的新法則，李金髮沿此法，可惜語言欠鍛鍊，以致於外表顯得襤褸卻有一個詩質豐盈的內在，而徐志摩之詩，通常自美麗的外表，卻缺乏豐富的內涵，因此二人展現相反的面貌：李金髮詩的情感和意象非常新鮮、躍然，而徐志摩之詩則情感陳舊俗濫。

　　覃氏力爲象徵派的李金髮辯護，使蘇雪林不願因焦點不同而論辯，遂在〈致本刊編者的信〉掛起免戰牌，不願再論戰了，但是回槍一擊卻丟了一記回響，指出：「覃先生說象徵詩在一切詩體中是怎樣進步，好像世上只有象徵詩才是詩」，並且對於不知長進的寫詩者予以嚴厲批評。（《自由青年》22 卷 6 期），這番論戰引起打抱不平者挺身而出，當期也刊出門外漢的〈也談前台灣新詩〉，他希望詩人莫在文字上故弄曖昧，並舉證胡適所說的文學三要素：清楚明晰、要有力量、要有美感。冀能使詩人走到群眾中。覃氏又把矛頭轉向門外漢，發表〈論詩的創作與欣賞〉（22 卷 7 期），竭力反對詩人必須迎合讀者，走到群眾之間，而應該提高讀者欣賞的能力，藝術本就不該拒絕本身的成就，提倡要推廣新詩教育，以增加讀者的欣賞能力。對於新詩之「懂」與「不懂」，不能作爲評論新詩的標準。

　　門外漢遭此一擊，又回報以〈再談目前台灣新詩：敬答覃子豪先生〉（《自由青年》22 卷 8 期），他慨嘆目前台灣已無詩可讀（指幽晦難懂）作出逆耳之忠告，而詩人們不肯虛心檢討，一味乖僻自是，競在文字上追求晦澀朦朧，以難懂爲高深，令人大惑不解。指責之語甚爲殷切，覃氏只好暫掛免戰牌。刊出〈致本刊編者一封關於論詩的公開信〉（22 卷 9 期），針對門外漢之〈再談目前台灣的新詩〉，與他之和蘇雪林論新詩的主旨太遠而不願再辯論，另撰〈現代中國新詩的特質〉以作爲關心台灣新詩發展者參考。一場論戰終於消歇了，然而覃氏所表達的重要理念是什麼呢？[13]

　　他肯定象徵主義在表現技巧方面，突破客觀的具現，而傾向內在精神之

---

[13] 本部分參考向明〈五〇年代現代詩的回顧與省思〉（藍星詩刊），及上官予〈五十年代的新詩〉（《文訊》9 期）、古繼堂《台灣新詩發展史》。

掘發，以冥玄、神秘、暗示來表達「內在隱蔽的無限靈界」，並且打破古典主義格律的規範，這樣所創造出來的新詩，本質上就非易懂的藝術表現，然而難懂非可以歸罪為李金髮之咎，更何況台灣的新詩，已擺脫描述浮光掠影的生活現象，進而「發掘人類生活的本質及其奧秘」。呼籲詩壇應建立純正、公允的批評與討論，避免情緒性的謾罵與諷刺，這樣才能提供攻錯的面向。

　　這場論戰主要是緣於象徵主義故意製造屬晦生澀打破文法規則的寫作技巧所引起的，針對玄秘、幽澀的作品，讀者是否該要求詩人「走到群眾之間來」？還是提高自己鑑賞的能力？詩人面對藝術創作是否要通俗家易懂？還是堅持為藝術而藝術呢？作品意義之深刻，並非在於使用了什麼語法？或是使用何種流派的技法才能使其深邃？最重要的是，到底要傳達什麼樣的思想深度與廣度？平淺易懂作品，難道不能呈顯深刻的心靈及廣袤的哲理？幽晦難懂的作品一定有深邃的哲理或意義嗎？讀者沒有權力要求詩人必定要走到群眾之間，因為作者之意不一定等同於讀者之意，但是讀者可以拒絕閱讀它。同樣的，詩人不可以要求提高閱讀欣賞的能力，也不一定要以通俗化來博取廣大的閱讀群，但是可以選擇自己的創作模式來從事藝術活動。

　　欣賞與創作永遠是一種互動的關係。

（三）現代詩捍衛運動

　　言曦於四十八年十一月二十日至二十三日連續四天在中央報的副刊表〈新詩閒話〉，對新詩抨擊甚力：

1. 從蘇雪林與覃氏論戰中，蘇氏接獲一匿名信惡意攻扞，感慨台灣當代的詩壇是「象徵派的家族」。
2. 說明詩必須具備三個構成的條件：造境、琢句、協律，並將詩歌的層次分為三等；最低的層次是可讀，再上是可誦，最上一層並可歌。

他憂心三、五十年之後，中國將淪為沒有詩的國家。[14]

---

[14] 本部分參考向明〈五〇年代現代詩的回顧與省思〉、余光中〈第十七個誕辰〉（《現代文學》46 期）。

　　這四篇文章，儼然向新詩壇挑戰，抹煞新詩人的努力與成就，立刻引來現代詩的保衛戰，原先各自立門戶的「藍星」、「創世紀」、「現代詩」三派，此時矛頭一致對外，共同抵禦言曦，先由余光中在《文學雜誌》中刊出〈文化沙漠的仙人掌〉發難；《文星雜誌》繼之在四十九年元月推出九篇文章，大致可分為三個方向：

1. 余光中〈詩人艾略特〉介紹現代主義。
2. 覃子豪、夏菁、黃用、余光中四人以不同的角度為新詩作辯護。
3. 盛成、張隆延、黃純仁、陳紹鵬則以公平客觀的角度觀察現代詩，肯定新詩的進步。

　　在這場論戰中，引起相當大的迴響與挑戰，衍成兩大派人士的筆仗。

　　詩人葉珊（即今楊牧）也在《大學雜誌》發表〈自由中國詩壇的現代主義〉力為新詩辯論。言曦不甘示弱，又在四十九年元月八日迄十四日連續發表四篇〈新詩餘談〉，針對余光中、黃用的論文作批評，當時響應言曦的尚有孺洪，在中華日報副刊發表文章攻擊黃用。《文星雜誌》又在二月一刊出余光中的〈摸象與畫虎〉、黃用的〈從摸象說起〉、李素的〈一個詩迷的外行話〉二篇文章，反對言曦貴古賤今。繼之而起的有陳慧的〈有關新詩的一些意見〉、陳紹熙的〈從閒話到摸象〉、夏菁的〈詩的想像力〉、張明仁的〈畫鬼者流〉、白荻〈從新詩閒話到新詩餘談〉。[15]

　　許多人捲入了這場論戰，他們主要是爭論：

1. 現代詩果真無所成？不如古典詩？
2. 現代詩是否必須大眾化？
3. 現代詩是否須可歌？可歌之詩是否不如難懂之詩？難懂之詩是否值得詬病？
4. 現代派是否足以代表新詩發展的路線？

　　覃氏在這場論戰中，主要是針對言曦貴古賤今的態度，發表〈從實例論因襲與獨創〉略述五四以降，浪漫派、新月派、象徵派新詩之發與變化是從

---

[15] 本部分參考向明〈五〇年代現代詩的回顧與省思〉。

反對虛僞與因襲而來，主張新詩應力求眞實與創造，雖然題材可以普遍，但要求意義一定要新穎、創造，「技巧可以倣效，但其效果必須獨到」，反對形式、內容之因襲，現代詩批評家亦應力求進步，不能再以舊的尺度來衡量、規範新詩的成就。因爲新詩的形式與內容皆非古典詩之因襲而是達到創造的階段了，例如楊喚的詩已具有時代的特質了，批評家何能再以舊的尺度來批評呢？覃氏肯定的說：「凡是一種新的運動，必定要克服種種困難，才能奠立堅實的根基。新詩本著反因襲重獨創的精神，若能繼續努力下去，必能有更輝煌的成就。」

（四）現代詩論戰的意義

論戰的意義，不在於分判勝負，而是透過不同的文學理念導引出不同的觀察與論證，激發出人類永恆的人生哲理與信仰，以匯成文學的巨流。

覃氏第一次論戰是緣於紀弦在民國四十五年發起的《現代派》。

現代派的創立，是對現代詩反省而做的再革命、再出發。五十年代的文學氣候瀰漫在反共抗俄、戰鬥文藝、文化清潔運動的聲浪中，許多詩人在「文班會」、「文協」的鼓勵、宣導下，從事政治詩與戰鬥詩的創作。紀弦創刊《現代詩》刊物時，揭櫫的兩大使命是：反共抗俄及新詩到達現代化。其目標亦是與時代相結合，刊載了數量相當豐富的政治詩及戰鬥詩，到了四十五年，才意識到：「標語口號絕非詩衝衝衝殺殺殺之類的實在一點也不起作用，而『歌詞』與『新詩』則必須有所區別……眞正的政治詩與戰鬥詩，也必須是『藝術品』而非『宣傳品』……但是對於詩的本身，我們更將苛求其密度、深度與強度……」（〈戰鬥的第四年〉、〈新詩的再革命〉）。

基於現代詩藝術性的考量，遂展開新詩現代化的革命運動，其理論要點，歸納爲三個綱領：

1.新詩必須是以散文之新工具創造了的自由。

2.新詩的表現手法必須創新。

3.現代的詩素、詩精神之追求。

他提出新的工具（指新詩），必須「採取新的表現手法，表現新的境

界，新的意味」，所呈顯的結果會創造新的形式，亦即以「內容決定形式」，這般對新詩藝術性的反省，本該值得顯揚的，熟知他在三綱領之外，提出「一個比一切重要的總的認識。那便是：新詩，不是縱的發展，而是橫的輸入」，緣於此，許多人士針對「橫的移植」大加攻伐，甚至對發展於十九世紀法國的現代主義，也一併列入討論，認為現代主義已被揚棄、不復有生機了，現代派居然拿起來「加火再炒」，恐有「傷胃之虞」。

覃氏也站在反對的立場提出抒情詩的傳統，用以批判紀弦主知的主張，其代表的意義是藍星詩社對詩本質的一個要求，同時對移植之說，揭示兼容並蓄的看法。

究竟現代主義是否如史班德所說的已逐漸消沈？新詩是否應主知？抑主抒情呢？中國新詩是否為移植之花呢？從紀弦解散「現代派」來看，似乎昭告世人勝負如何了。事實不然，現代派主知路線及現代化的主張，普遍而深遠的影響當時的詩壇，「創世紀」自民國四十八年四月十一期起逐漸服膺了現代派的信條，並引進西方超現實主義，吸收西方的寫作技巧，使現代詩的廣度及深度推拓開來。這是始料未及的。[16]

覃氏第二次論戰，緣於蘇雪林對象徵派的創始者李金髮的批判，突出當時以象徵手法寫作的詩人用幽晦、玄秘的技巧寫作，引發讀者「不懂」的質疑。

我們都知道，象徵派詩的藝術表現是以象徵性的形象和意象來烘托內心世界的幽微、複雜，用想像、比喻、暗示等手法來營造意象，使意象其有幽玄、神秘性，這種不按照語言、文法規則所創造出來的新詩，具有特殊的藝術效果，這種表現技巧，迄今仍被廣泛使用。

覃氏自覺地體察到象徵主義有其藝術價值，但是朦朧、曖昧的表達方式，造成晦澀難懂不免為人詬病，於是力辯中國現代詩的成就不是象徵詩派可獨享的，對於象徵詩派的一些藝術技巧仍然援用不止息，強調詩必須以抒情為主、具有音樂節奏感、色彩鮮錯、言不盡意……等。對於蘇雪林及門外

---

[16] 上官予〈五十年代的新詩〉。

漢攻擊甚烈之餘，讓我們體會到他對象徵主義情有獨鍾的一面。

　　第三次論戰時現代詩壇採聯合陣線共同抵禦反對現代詩一無可取的看法，肯定新詩後由各種流派的轉移蛻化後，逐漸成長茁壯，絕不可以以不是現代詩而否定它的成就，亦不可要求它走向大眾化而降低藝術價值。

五、詩論特色評介

　　覃氏詩論包括《詩創作論》、《詩的解剖》、《論現代詩》、《未名集》四大部份，及一些散見於全集第三輯中的文章。這些詩論已見於上述的各項活動中，我們可以從中尋繹其理論的特色：

（一）受象徵主義深刻影響

　　象徵主義興起於十九世紀末期的法國，主要是對人內在生命的重視，透過語言來引發人類的情、感覺、情緒，不讓言語指涉現實，這樣的語言就具有曖昧、暗示、神秘的性質。[17]

　　中國象徵派詩，是在外國文學影響下產生的文藝思潮，從一九一七到一九三七年之間歷經由萌芽、產生到發展的過程，李金髮就是最早的創始人及實踐者。

　　就象徵派的藝術內涵而言，它是在詩的領域中，走向我人內心的抒情世界，要求詩歌的純粹性，缺乏時代精神、社會意識的探究，大多是對自己內心世界的開掘，以追求抒情意象之外的深層意義，即使具有時代感，也完全消融在盲我抒情當中。而其使用的語言藝術乃避免直接顯露，用暗示、象徵、啟示等晦澀的手法來表達以造成朦朧性和神秘性，而且強調詩歌語言只有音樂美和色彩美。[18]

　　覃氏在〈與象徵主義有關〉一文中指出學習的過程是從浪漫主義下手。

---

[17]　參見蔡源煌〈從浪漫主義到後現代主義〉（台北：雅典，1988），頁13。

[18]　參考《中國現代文學社團流派》下卷。主編賈植芳（蘇州：江蘇教育出版社，1989.5版）。

經歷象徵主義而後體驗到象徵主義在藝術上自有其深沈精細的一面，對他本人影響至為深刻。

　　他將象徵主義分為廣義和狹義兩種，廣義是指中國詩中的比興，並非難以理解；狹義是指法國象徵派的象徵，難以理解而艱深。（見〈賦比興與象徵〉）。他察覺象徵詩有遭議論之特色，但是他並非要因襲曖昧、謎樣的技巧，而是學習表現方法，他說象徵派在表現方法上有四個特徵：

1. 打破形式束縛，創立不定形的自由詩。
2. 強調音樂性。
3. 感覺交錯和色的交錯。
4. 暗示是象徵表現的根本方法之所在，表現出神秘幽玄的境界。（〈象徵派與現代主義〉）

　　覃氏便是運用這些技巧轉化在他的詩論當中。例如《詩創作論》，針對幾個重要原則，提出要衡量音節、內容要含蓄、要創造和形象等等，皆是取源於象徵主義。

　　又如他在〈詩的表現方法〉中說：「總括來說，象徵派比浪漫派更能表現詩的本質，其所表現的內容，都是精鍊而缺少雜質……象徵派的詩，則是琢磨過的鑽石，晶瑩透明」，將象徵主義與浪漫主義作一比較，發覺象徵更能掌握詩的本質。

　　然而他汲取象徵派作為理論基礎，是否一成不變未曾變易呢？他在〈與象徵主義有關〉說明自己後來「由於新環境的刺激，便從憂傷的、幻惑的、孤獨的感情中走向現實世界」，他的詩論因環境、心境的改變而漸漸朝向生活體驗的描繪，而象徵派的寫作技巧，依然盤踞在他的詩論中，隨著時間的移易，對象徵主義之連用產生質疑，卻又常在創作或論述詩學觀點時，無形中受其影響，牽制而不自知。

（二）對抒情詩的堅持與主知的調整

　　抒情傳統向為中國古典詩的大宗，在新詩領域，亦有其汩汩不斷的巨流往前奔流。中國新詩從自由詩、新月詩、浪漫詩，象徵詩橫渡到紀弦現代詩

之中，一直有一條脈絡隨之蜿蜒發展，此抒情的路向，浪漫詩之重情感直接揭露、象徵詩探索人心深處幽微、玄秘的情感，乃至藍星詩社之共同主張皆以抒情為主。覃氏亦以抒情詩為詩之正宗，詩的特質在抒情，唯有它才能凝煉人生經驗以臻於真、善、美。在與紀弦論戰之中，亦以之為反駁的論點，可見他對抒情詩的堅持，隨著時代的變遷，心境的圓熟面有了明顯的變化了，他在〈什麼是新詩〉中指出，詩的定義具有時間性，隨著時間不斷的進展，詩的意義亦不斷被詩人發現，故定義會隨著時代性改變，所以他也在逐步調整看法，甚而在〈新詩向何處去〉中說明「最理想的詩，是知性和抒情的混合產物」，與早日提倡抒情為詩的本質，在觀點上已迥然不同。

（三）音樂性的追求

詩、舞、樂三者在初民時期原是三位一體的，其後乃獨成為藝術門類。然而三者的關係並未因此而斬絕、切斷，詩可以具有音樂的形式，而也可以有詩的內容。詩的音樂形式有二：

1. 押韻。使句子結尾的音聲相協，形成音樂術語所說的「終止式」（Ca dence）。
2. 格律仄的規律化。無論是章句的長短或是字音平仄的連用，皆能使句子的節奏規律化，以強化其向樂性。
3. 反覆（repetition）。語句的反覆誦讀，可增加詩的音樂律動性，又可分為全句重覆、或結尾重覆、或是襯字、虛字的使用。[19]

正因為詩本身具有音樂的形式，所以句法的輕重、高低皆可蘊藏詩的節奏感。

覃氏自象徵主義取鎔，揭示新詩必具有音樂性，才能體會其韻味，故非常重視詩中的音樂、節奏感。他將之分為內外兩方面，內的音樂即是自然的節奏，外在的音樂件即是人的韻律。對於音樂性，強調：「詩的創作貴在自然的節奏，然它的音樂性是隨著情緒的波動和語言的節奏所形成的。」

---

[19] 參考劉燕富《中西音樂藝術論》之〈詩與音樂〉部份。

（全集II，頁5）

詩可以用形式的規範製造音樂性，但是如果刻意製造音樂效果，反而會扼殺詩的自然性，覃氏反對刻意以形式創造內容。如果詩和音樂可以融成一體，則效果必在獨立的藝術門類之上，此時可透過音樂的節奏去感受詩的感情，又可從詩的情緒中去感受音樂的律動，詩與音樂互相豐富了彼此的內容。

（四）意象的呈現與質疑

詩的表現方式有直接和間接兩種，覃氏主張間接的表現方式，因為「所塑造的意象經過轉折的反射作用，使形成可望不可即的距離，距離能產生美感」。

現代詩的要求，是以具象表達抽象的觀念，表達抽象多半是運用比較的手法。現代詩之所以難懂有二：一在於以抽象喻具象，或具象喻抽象；二在於具有意外之旨，但是難懂並非不可懂、不能懂，是要透過意象的呈現，去尋繹其言外之意、味外之旨。（參〈表現與欣賞〉）

象徵主義以象徵、比喻、暗示、聯想來呈顯意象，使其發掘幽微的心靈。覃氏以此教導函授班的學生，希望他們能充分運用這四個原則，加以變化，產生出意象鮮明、新奇的詩作。後來，他在與蘇雪林論戰時，對於象徵派形成此種特殊文體，正是為革新語言的用法力作辯護，認為它創造了表現上的新法則。可是他又曾指責象徵派之晦澀難懂（見〈與象徵主義有關〉），質疑「一星期之戀」的作者表現曖昧難懂的詩句，甚至在〈象徵派與現代主義〉中，指出台灣新詩，沒有象徵派，藍星詩社也毫無象徵派的傾向，這其中的原由到底為什麼呢？

覃氏曾經學習象徵派詩是事實，並從中汲取寫作技巧，用以教導學生也是事實，而其對象徵派詩的質疑，正是一種想由「有法」過渡到「無法」的過程，欲將其融攝無跡，以避開時人對象徵派之質詢，並將自己的詩論脫離其畛域，始可超然獨立，且象徵派力破束縛，豈可再陷束縛？

（五）反對規範，力求創造

　　新月派發展出來的方塊式新詩，已遭詩人們唾棄，新詩就是要跳脫古典詩平仄格律、句式、字數的規範，如果再走進新月派的胡同中，則是從一個洞跳到另一個洞之中，並沒有擺脫僵化規制的意義。

　　創造社的浪漫派正是極端的反對新月派形式的限制，其後的象徵派、現代派，更是徹底反對形式主義，覃氏指責新月派除了有形式和之外，內容貧乏、空洞，一無可取，雖然批評過苛，但是他的意圖卻很明顯急欲擺脫僵硬的形式主義，追求創造的原動力。

　　創造是新詩的特徵，他主張要由內容來創造形式，由內容來決定形式，創造形式並非規定形式，也不是永久的模範。新詩的內容會隨著時代的思想與情感的不斷變化而產生變化，新詩的形式亦會隨著內容而變化，所以新詩並沒有固定的內容及固定的形式可為規範，全憑作者因內容的需而作的裁奪，但是如果有形式整齊的詩，是否就一無可取呢？大原則仍是考察是否天成？是否內容自然充實完足？句子構造是否完整？如是，方可稱為佳作。其欲解消形式主義的規定的意圖，甚為明晰（參〈形式主義之弊〉）。

（六）中西文化的激盪與涵融

　　面對紀弦「橫的移植」，覃氏提出外來的文化與本國的時代、社會皆為重要的影響因素，唯有吸收消化西方的營養，成為自己的新血液，再加上自己固有的，才能日益壯盛。又在教導學生寫作時，要求學習的方法，必須要從中國舊詩中學習，更要從世界詩的遺產中學習，其欲涵融中西文化的態度非常清晰，不會一味崇洋，亦不會媚古，兼容並蓄的學習，才能取鎔更多的長處。

　　他在〈象徵派與現代主義〉中指出二十世紀新興的詩派，是現代主義的重要支柱。有：立體主義、未來主義、表現主義、達達主義、超現實主義指陳各派之間的複雜、矛盾，使現代主義呈現龐雜的局面。中國新詩受現代主義影響甚鉅，使之鑑於現代化是無可迴避的，但是這些流派是啓發中國現代

詩人發現創造的價值，而非限制、規範新詩的發展。

中國現代詩的發展是由各流派影響而創造出來的，不能以任何主義來限制它，也不該是某一流派的因襲。

覃氏這種兼容並蓄的思想，意在使新詩能脫離主義或流派的固定航向，走出自己的道路來，意義非凡，如是方能立足國際詩壇，開綻自己風格的奇葩。

六、結論

覃子豪的詩論，主要是深受象徵主義影響，揭示藝術營造時，以抒情的路向、音樂性的追求及意象的組構爲主；在內容上要求中西文化的取鎔，以內容來創造形式，解消形式的束縛。隨著時代的變化，對於詩的本質亦有對應的變化，要求抒情與才智作客觀調整，對於各種流派、各種主義探取、了解與鎔鑄的態勢，期能資取營養，蔚成現代詩的長流。

期間，能夠推廣這些理論，使能在實踐活動中獲得效果的途徑是：

1. 新詩的推廣教育，將自己的詩論薪傳後生晚輩。

2. 透過刊物編輯、組織藍星詩社的方式，將深厚的詩學涵養及鑑賞能力、批評理念運作在刊物上。

3. 由論戰的「刮垢磨光」，透顯出自己的、社團的乃至於現代詩壇的文學理念，激盪出不同思潮人士的靈慧思辯能力。我們從覃氏的詩論及實踐活動中，可以看出他在現代詩的成就與貢獻：

(1) 詩學教育啓迪後進。

政府播遷來台，覃氏與一些大陸詩人，共將現代詩的種子播種在台灣。覃氏以詩學教育，開啓後進認識現代詩，並從事現代詩創作，培植新人不遺餘力。這批學生爲詩壇添注活力，迄今仍活躍於詩界，例如：向明、文曉村等人。

(2) 刊物之編輯，提供發表園地。

省籍作家在公開、自由的發表園地裏任自馳騁、泯絕省籍問題，

使刊物成為溝通的橋梁，同時也提供新詩理論的引介與詩壇消息
的傳導作用，其標榜任何流派意識的編輯作風，開放自由創作，
提攜，造就不少逐漸竄起的新詩人。

(3) 藍星詩社的組成，使新詩壇形成鼎足態勢，凝聚一批理念相近的
詩人，互相攻錯、琢磨，並蔚成現代派良性的制衡力量，使現代
詩在奔進的路途中，有規範的積極意義。[20]

(4) 面對言曦責難現代詩，與當時詩人結合陣線，共同抵制言曦，成
為扞衛現代詩堅固堡壘的一環。

(5) 中西兼容的開放態度，不標榜任何主義，使台灣新詩得以有較豐
沛的新血注入。

然而其招致物議的部分，亦是大家有目共睹的：

1. 對象徵主義情有獨鍾，以致於與蘇雪林、門外漢論爭時，態度偏頗攻
擊之心太過於強烈。

2. 主編刊物甚為熱誠，然而喜獨攬大權的態度，造成藍星詩社一直呈現
「合而不和」的樣貌，余光中在〈第十七個誕辰〉論及此事，夏菁在
藍星訪談中亦言及之。

雖然，覃氏在詩壇活動期間不長且頗有爭議，但是播種的辛勞，使台灣
的新詩壇得以慢慢成長茁壯，此亦不爭的事實。

---

[20] 據白萩所言，藍星初期由覃氏主持，在格律詩與自由詩方面的主張同於紀弦，以對抗
余光中、夏菁，等到現代派成立之後又有變化，參見《笠》115 期，《藍星、創世
紀、笠三角討論會》。雖然如此，但是藍星詩社社員仍有共同的主張，即自由創作的
觀念及抒情的主張，雖隨時代遷變，在當時確實對現代派產生制衡作用。

仰看天狼星的視角：
遊走在糾葛、焦慮與薪傳之間的詩社

摘　要

一九七九年《天狼星詩選》出版，標幟馬華文學天狼星詩社集體發聲與出場；二〇一四年《眾星喧嘩：天狼星詩作精選》再度出版，從歷史暗處重新走向光亮的舞台，讓暗啞的歌聲重新飄揚。從作者而言，第一本詩集共選作家 37 位，第二本選 20 位，作家數量短少，新舊世代詩人的板塊移動，意味著什麼？從時間縱度而言，第二本詩集暌隔三十五年之後出版，其意義何在？從內容而言，走向後現代化的過程中，前後詩集書寫的內容，是否應合時代？二本詩集對馬華文學的意義何在？我們覽閱這二本選集，不能僅視為詩集來觀看，它代表天狼星詩社的橫剖圖，也是馬華文學深層的地理紋脈，故而考察二書之異同與意義，頗值得省視與關注。職是，本文考察範圍以前後二本詩集為主，分從三個向度進行論述：其一，中國性、現代性、本土性三位一體的混血文化依舊如影隨形交纏在書寫之中，在歷史進程中，究竟要揭示什麼樣的文化情懷或深層結構？圖構什麼樣的華裔共同想像？其二，馬華文學分作西馬、東馬、旅台三大板塊鼎足而立，前後二本天狼星詩選是否可具現當代的馬華文學風貌與實況？其三，前後世代的天狼星成員面對文學環境丕變，重新拾筆書寫，這份對詩歌的執著，究竟是天狼星詩社的薪傳，抑是馬華現代詩的傳衍？天狼星對馬華文學的具體意義何在？揭示前後世代鐫刻書寫，對馬華文學的貢獻是固著、穩定的，以確立天狼星詩集再度出版，意味著詩社的承傳，也是馬華文學中現代詩板塊的具體化。

關鍵詞：中國性　馬華文學　詩社　溫任平

一、前言：前後二本詩集對照

　　天狼星詩社崛起於一九六七年，在詩社正式成立之前，先有十個分社，迄一九七三年才正式成立。在溫任平、李宗舜、謝川成的推動下，展現強烈的企圖心，不僅結社出書，且出版天狼星叢書十餘種，包含散集、論述、散文、合集及論文等。眾星雲集，態勢非凡。溫任平的弟弟溫瑞安原是天狼星詩社成員，與溫任平共同爲詩社奮鬥，詎料，因故在台於一九七六年退社，另組神州詩社[1]，正式與天狼星畫分界限，天狼星受創，仍然在溫任平及社員的努力下，於一九七九年出版第一本詩社的詩集《天狼星詩選》。八〇年代中，詩社成員們成家立業，致眾星離散，凝聚不易。九〇年代，因網路興起，讓多眠的詩社重新甦醒，李宗舜、溫任平在網路上談文學、詩評，喚起舊社友的關注，也挹注新血，天狼星詩社重出江湖，二〇一四年出版第二本詩集《眾星喧嘩》，將離散的詩社成員重新拉在一起，二本詩集雖相距三十五年，但是，對新詩的熱誠似乎未減。

　　前此，天狼星雖然出版一些色彩鮮明的個人詩集，例如《將軍令》、《流放是一大種傷》、《易水蕭蕭》、《眾生的神》等，也出版眾人合集的詩集，例如溫任平編選的《大馬詩選》、張樹林主編的《大馬新銳詩選》，及至第一本《天狼星詩選》的出現，才標示出天狼星在歷經與神州詩社對立的重新出發之後的集體創作成形。事實上，這本詩集也歷經七年才得以正式出版。從歷史因緣觀之，二本詩集皆有背後的困挫與經歷，最後仍能凝聚向心力出版，成爲我們仰看天狼星詩社的視角。

　　二本詩集睽隔三十五年，其間世代傳承與興替，頗見起伏。第一集收

---

[1]　據溫任平所言，草創於 1967 年的《綠洲》，而 1977-1980 年在「溫瑞安」缺席下仍有 19 種出版品之多。見〈佳作鉤沈：天狼星詩社作品研究〉輯入《馬華文學板塊觀察》（台北：釀，2015），頁 31。

37 位詩人 172 首詩，第二集收 20 人，170 篇。[2]舊新二本詩集重現的詩人有：溫任平、藍啓元、張樹林、雷似痴、風客、洪錦坤、林秋月、謝川成等八位。從年齡世代而言，第一本詩集，輯錄詩人多集中在青年，或在學學生，大抵是居處在大馬或是來台讀書的成員，充滿衝勁與理想。

第二本詩集則老中青皆有，新舊並陳。老者爲舊社員，中青爲新血注入，主要是老社員因工作移居他國，星散四處，有法國、西馬、東馬、大陸者，與第一集的單純不同，老幹新枝，示現風雨過後的晴霽。攸關二本詩集輯入作者名錄，請參見附錄一、二。復次，附錄三爲陳大爲編選的《馬華新詩史讀本》可與之對照參酌，重復選入詩集者有溫任平、李有成、李宗舜等人，可知天狼星詩家亦有一定的創作水平，不容小覷。

綜觀二本詩集之異同如下所示：

其一，從編輯形式觀察：

1、扉頁處理

舊：皆以一頁版式簡介作者。

宣示個人風格特色非常明顯，也顯現作者的意圖性強烈。

新：另立一頁扉頁，卻無作者簡介。

作者簡介統一置於書後，顯然，不在突顯詩人的個人特色，而是整本書的效應。

2、作者簡介

舊：每位詩人繫有生平簡介及文學宣言或詩歌創作動機或理念。

新：詩人簡介統一以〈附錄〉方式呈現。

3、圖像

舊：有作者的近照

2　據溫任平言，《天狼星詩選》淘汰十餘人，只收進 37 名 170 首詩，80 年代之後詩社新銳像程可欣、林若隱、陳鐘銘等人的作品未能收進詩集之中。見〈佳作鉤沈：天狼星詩社作品研究〉輯入《馬華文學板塊觀察》（台北：釀，2015），頁 31。

新：未附近照

4、版式

舊：直書，符合中文書寫的規範。

新：橫書，出版 BOD 的規畫與格式。

其二，從形式內容觀察，二書皆有前序後跋，舊詩集有溫任平〈藝術操守與文化理想／序天狼星詩選〉、編輯委員會的〈風起雲湧的一群：代編輯手記〉；新詩集有溫任平〈代序：天狼星重現：因緣〉、李宗舜〈代跋／讓我們一起織夢去〉。第一集的序、跋意圖性很強，而第二輯序的作用性則在說明出版的因緣而已，然足以展現重建詩社的艱辛過程。

《天狼星詩選》的旗幟明顯，以序跋強化編選意圖，而《眾星喧嘩》則以書寫詩人因緣、編選歷程、簡介風格為主，不如第一本詩集的企圖強，前者似乎「張牙舞爪」地說明詩選的意義與意圖，後者則歸於寧淡的選集，除了簡介諸詩之因緣與各家風格之外，對詩歌的堅持仍然可以強烈感受：「我相信唯勤是岸，我相信火浴的鳳凰」（眾，頁 7）[3]以浴火鳳凰標示歷經 35 年的錘煉與蛻變，兀自傲然。

綜上所述，茲將二書對照如下：

表 4-5-1　《天狼星詩選》、《眾星喧嘩》對照一覽表

	《天狼星詩選》	《眾星喧嘩》
出版日期	1979 年	2014 年
選錄作家	37 人	20 人
選錄詩歌篇數	172 首	170 首
扉頁處理：作者簡介方式	每位詩人扉頁繫有生平簡介及文學宣言或詩歌創作動機或理念。	詩人簡介，統一以《附錄》方式呈現。
圖像	附有作者照片。	未附照片。

3　本文所引用 1979 年《天狼星詩選》簡稱「天」；引用 2014 年《眾星喧嘩：天狼星詩作選集》，簡稱「眾」，隨文標注頁碼，不另加注出處。

作者年齡層	青壯、在學學生	老、中、青並陳
版式	直書，符合中文書寫規範。	橫書，以 BOD 出版規畫與格式。
序	溫任平〈藝術操守與文化理想／序天狼星詩選〉。	溫任平〈代序：天狼星重現：因緣〉。
跋	編輯委員會〈風起雲湧的一群：代編輯手記〉。	李宗舜〈代跋／讓我們一起織夢去〉。
頁數	308	346

二書之形式與內容雖然有些變異，但是，堅守天狼星的堡壘，仍然有很大的信心與向心力，重新出發，意味著詩歌不輟。李宗舜揭示新舊詩選之間仍有區隔：「我們必須在內容、形式、技巧有所突破和突圍，方能成事」（眾，頁 312）事實是否如此呢？

二、糾葛：延續中國性的書寫

　　華語語系文學（Sinophone literature）是在中國境外產生，必在多語或他語或去畛域化的文學環境中尋求生存空間，也自成一個文學複系統或社群的華語語系文學。[4]馬華文學就是在馬來西亞所建制的華語語系的文學，雖然處在中國境外，對於中國仍然存有祖國、原鄉的孺慕之情，這也是大家所聲稱的「中國性」（Chineseness）包括中國神話、意象、意境、中國古典和哲學思想等在內。[5]或是具有「中國特性、中國特質、中國特色」[6]者，舉凡是與中國攸關的悉含括在內。

　　我們從二本詩集看到中國性一直存在書寫之中，這又意味什麼？

---

[4]　見〈馬華文學的定義與屬性〉，輯入《關於馬華文學》（高雄：中山大學文學院，2009），頁 2。同時也是一個「離散華文文學」：在中國境外的華文文學。

[5]　見許文榮〈馬華文學中的三位一體：中國性、本土性與現代性的同構關係〉輯入《馬華文學與現代性》（台北：新銳文創，2012），頁 20。並揭示中國性、本土地與現代性是創作主體不可迴避的趨向。

[6]　見黃錦樹《馬華文學與中國性》（台北：遠流，1998），頁 33。

（一）中國圖騰的內化

　　無論是溫瑞平或溫瑞安，無論是張錦忠或是黃錦樹，無論是《天狼星詩選》或是《眾星喧嘩》，中國性內化成書寫的內容，是不容迴避與否認的事實。

1、標示祖籍的血脈流衍

　　飄流在中國境外的華語族裔，不能斷絕的是對祖籍的追念懷想。我們從《天狼星詩選》作者欄觀察，清晰標示祖籍，例如川草祖籍海陸豐河田，戈荒祖籍廣東普寧，心茹祖籍廣西北流，文倩祖籍廣東恩平等等；《眾星喧嘩》同樣也標記祖籍，例如李宗舜廣東揭西，吳慶福福建閩侯，林秋月廣東揭陽，洪錦坤廣東普寧等等，無論是新舊詩集，對於祖籍的標示非常重視，這是血脈的來源，也是文化的根源。

　　不僅用祖籍標示血緣，也用文字將歷史文化的血緣更深刻地銘記在字裡行間。例如張樹林〈潮州。韓江水〉：

> 鄉人說：喝過韓江水的，
> 都是潮州人啊！
> 給我小瓢韓江水……（頁 136）

喝過韓江水的皆是潮州人，受過中國文化哺養的也皆是中國人。或如〈千年古城潮州〉：

> 有一條流了千年的江水
> 你在橋那岸
> 我在橋這岸
> 遙望了一千年。（頁 139）

對望千年，仍是孺慕的文化鄉愁，無論是韓江水或是潮州古城，所要演繹的

不就是對家國的繫念？對血緣來處的憑弔？甚至看到來自鄉園的茶葉也引發詩人深沈的懷想，例如〈潮州。鳳凰單樅茶〉：

> 每一片縮成一團的茶葉
> 都有不為人知的身世（頁140）

書寫茶葉，用以隱喻南來華人有不為人知的身世。這樣的意圖不斷地浮遊在書寫之中。

中國血脈的流淌，不僅透過場域流轉的重新編碼，更成為流轉在世界各地的共同象徵與圖騰化。例如陳浩源〈大英博物館〉透過觀看大英博物館的中國文化器物而興發的感嘆：

> 敦煌仙子，在英倫繼續飛天
> 是因為時差？
> 絲竹與編鐘……
> 怎麼都荒腔走板？
> 石器，青銅
> 玉面，藍皿
> 從尼羅河到黃河，鄉愁……（頁126）

異國異鄉看到故國文物的幽微心情，換成了無以名之的鄉愁，不可阻遏地在心海潮湧。

張光達揭示九〇年代的馬華鄉愁詩有三類，一是對童年田園鄉土懷念，二是藉中國古典文學抒情語境抒發對田園鄉土的渴望回歸，三是對中國文化的無限追思和擁抱，引發對自我邊緣化的大中國意識的全面認同。[7]其中第

7　進而指出過度沈溺於文化中國，忽略主體的歷史具體性，是一種歷史發展的錯位。見〈第三章馬華鄉愁詩：中國性與現代主義〉輯入《馬華當代詩論：政治性、後現代性與文化屬性》（台北：秀威，2009），頁45-59。

二三類對文化中國的追慕愛想，將喪失主體性。這裡的主體性指在地性、本土性，雖然在地主體性喪失，卻是中國性的開展，標示「文化母體的召喚」。

馬來西亞的華人傳統文化被英殖民政府及馬來土著精英排擠，必須維護與繼承民族文化，避免成為無根人，一旦失去文化，對華人如同民族滅絕，因此表達對中華文化的眷戀、對語言文化處境擔憂，必須以書寫中文來展示在場與維護華人文化的必要。[8]

天狼星標示祖籍，表示未忘本，未曾斷裂的血脈，歷經歲月的流轉依舊留存在詩歌之中。文化中國，成為流離在外的中國人共同回望的原鄉。內化的中國性，隨時隨地存在詩人的心臆之中，故而信手拈來，皆成為不可斷絕的網絡，綰結在字裡行間，呼喚著異時異地的詩人，張羅書寫。而這樣的書寫，也是文化的鄉愁。

2、示現節慶的文化符碼

詩集裡，象徵中國性的另一個文化符碼是節慶的書寫。在馬來西亞，也應有很多土著的節慶，然而映現在詩集裡，不是馬來西亞的節慶書寫，而是中國的節慶不斷地被詩人用來當成書寫的題材或內容，何以如此？剪不斷的血脈，滾滾如長流一直綿延著。

第一本詩集被書寫的是端午與屈原，第二本詩集中被書寫的節慶主要有寒食、端午及中秋。其中以端午被書寫最多，這不是例外，而是一種承繼。

例如吳慶福〈寒食節憶介子推〉（頁 45）運用中國傳統的意象、典故來書寫眼前的心情與心境流轉是中國性的具現。寒食節是用來紀念介子推，而書寫介子推的意義何在呢？透過因功不受祿來緬懷介子推的安貧淡然，是詩人藉由古典的心情讓自己再重溫一次歷史的想像，也再活過一次有功不受祿的深刻心情。借古喻今、以彼喻此地將當下此在心境的委婉寫出來。

書寫端午或是屈原的形象，似乎是古今詩人最常表述的內容。例如陳鐘

8　見許文榮〈馬華文學中的三位一體：中國性、本土性與現代性的同構關係〉輯入《馬華文學與現代性》（台北：新銳文創，2012），頁 21。

銘〈端午〉即是運用今昔對照手法寫端午節，「昔」是屈原葬生魚腹的過程，「今」是端午節到來，大家習慣以蒸煮粽子來緬懷詩人，第二節詩末寫著「關於詩人和端午／俱往矣……」寫不盡的歷史，不可能俱往矣，仍然與我們息息相關，故而末節寫著：

　　前世一江寒水滔滔，
　　盡消逝於滿鍋熱淚滾滾裡
　　蓋揭筷起
　　挾起一個泫然欲泣的
　　下午。（眾，頁104）

詩中將今昔的感傷以筷挾起，泫然欲泣既是感傷過往的詩人消逝，也感傷今後的詩人終將消逝，而日後能憑弔的又是何人？深有「今之視昔，猶昔之視今」的感慨存乎其中。再如江敖天〈端午〉：

　　永恆
　　二千年來一條東去之大江
　　怎麼竟流不完歲月的沈冤
　　卻把沈冤流成另一種習俗（天，頁49）

詩中把沈冤流成端午節划龍舟與吃粽子風俗的敘寫，是一種反諷，也是一種憐惜，沈冤以風俗來滌洗，貶謫與離散，卻成為永恆的憑弔。
　　穿越歷史的橫流，唯有運用古典意象才能給人強烈的中國性，而屈原的形象宛如圖騰一樣深深烙印在不同世代的詩歌之中，如同箭垛人物，是詩人形象的具體化。再如陳強華〈落江：焚給屈原〉：

　　落江前
　　想誰是江裡昏庸的魚……

　　而又有誰知道汝竟是那隻

　　永世還游不上岸的　魚（天，頁 114）

永世不上岸的魚，深刻地寫出追想屈原之情。再如沈穿心〈冬夜〉：「而你
也是最落魄的一箇正歌唱著流亡／突感一闋離騷瀝血地在您背後變化／成聲
音般喚你……（天，頁 55）或如杜君敖〈端午〉：「那長年衝流的汨羅江
／葬著一個千多年來／流傳著的散髮詩人的故事」（天，頁 64）不同的詩
人皆巧妙地書寫屈原的形象來表述自己對詩人貶謫不遇的感嘆。

　　端午節何以常被詩人寫入詩章之中呢？因為端午節是中國的詩人節，用
來紀念因忠被讒的屈原流放自沈汨羅江而死的故事。這種雙重意象：詩人、
流放，成就了馬華文學書寫的圖騰，既可敘寫屈原被貶流放，也可敘寫離散
在外的華人，遂成為詩人寓寄感憤心情的形象代言。

　　中秋節是中國的三大節慶之一。杜君敖〈中秋〉寫著：

　　當燈籠叫古董

　　八月的這一天

　　博物院必是我見物憶鄉傳的時候

　　前面右邊後頭左側

　　瀰漫了時代變質的煙香

　　使我跪在歷史的墳前

　　哭泣（天，頁 63）

即是將中秋的感傷與時代變異銘刻其中。對中國的眷戀不捨之情意透過博物
院的器物追憶歷史及家鄉，透過節慶來緬懷逝去的情懷。原本是日常生活習
俗的器物：燈籠，卻演成古董，必得到博物院才能觀看與追憶，這種幽微轉
折的心情，令人感傷。原本象徵圓滿與團聚的中秋，卻以離散在異鄉的中國
文物象徵華人散居各地，反襯的意味深蘊其中。

（二）抒情自我的表述與踐履的意義

前人對於馬華文學不脫中國性的書寫與論述眾多，不容置疑[9]。

書寫的方式以抒情的典故運用，證明文化血緣的根源性，也內化抒情的傳統。無論是事典或語典，皆巧妙地將中國性嵌入其中，屈原、荊軻、李白、李煜、李清照等人物形象，甚至連小說的人物絳珠草的林黛玉也一一描寫入詩，這些事典與語典的運用，是文化的傳承，也是圖騰的建構，更是藉由古典人物進行自我抒情的表述。又如川草〈劍氣橫江〉：

> 離騷更與佩劍
> 你耿直的情　操何所從之……
> 劍兮忠貞的漢子
> 將你的詩血
> 流傳成現代的後裔（天，頁 5）

「離騷」、「屈原」成為中國人離散的共同語彙，因忠貞被逐漢北與江南，與一群飄泊異鄉的文人有共同的經歷，遂有同情共感的體認，衍成離散的符碼、飄泊的圖騰。再如陳浩源〈沒有貴妃的華清池〉：

> 歷史，被印成一張
> 入門就扔掉的，入場票

歷史的縱深不可探測，然而被泛歷史化的歷史，仍然在陽光下張揚著面目，向後世的子孫佈示他的存在。被扔掉的入場票是喻示被遺忘的歷史嗎？

9　例如黃錦樹〈神州：文化鄉愁與內在中國〉是第一篇討論中國性的論文，再如林惠洲、林幸謙、黃瑋勝、田思、辛金順……諸家作品中的中國性／中華性乃未因時移世易而褪色。見〈九十年代馬華文學論爭的板塊觀察〉輯入《馬華文學板塊觀察》（台北：釀，2015），頁 103。

　　又如吳慶福〈礁石傳說〉：「不必圖窮匕見／這刺客比荊軻俐落矯健／子彈奮不顧身呼嘯而出／六月的波斯尼亞……」敘寫安順有戰後和平紀念碑，用以紀念在英殖民地時為國捐軀兵民，仍然運用中國傳統荊軻的典故。再如〈入滅〉：「別把天地都哭荒／還淚的事別再耿耿於懷」（頁 38）運用紅樓夢絳珠草還淚來寫入滅的心情。或如林秋月〈檸檬和蜜糖〉：「李白，李煜和李清照的詩詞／酸、甜、苦、辣、鹹」（頁 55）以三李來敘寫心情變化。這些說明馬華文學在血脈裡仍然斬不斷中國文化的影響。

　　無論是新舊二本詩集，運用典故非常頻繁，象徵文化的連續性。強力運用典故，引發美的聯想，也標幟中國性的內化，更藉此來表述自我，作為抒情的符碼。

　　攸關文化中國或是中國性的論述，謝川成曾明確指出溫任平有「屈原情意結」及中國性的「文化母體的召喚」[10]印證二本詩集，「屈原情意結」似乎成為集體的記憶與書寫。雖然張錦忠曾揭示「馬華文學」不論是族裔文學或語系文學，皆充滿政治身份與文化認同問題。[11]且在殖民地國以外靈根自植、衍生蔓延、和在地語言文化糅雜的現象。[12]然而在詩人運用的意象裡，屈原仍是世代傳承的形象人物，仍然在華人的社會中代表一種流寓貶謫的情懷與流落異鄉華人心境是可以對照比勘的。文化母體的召喚成為天狼星，甚至是馬華文學共同的語彙與圖騰。

---

[10] 謝川成在《馬來西亞天狼星詩社創辦人：溫任平作品研究》（台北：秀威，2014）第一輯〈溫任平詩歌研究〉中有三篇文章：〈現代屈原的悲劇：論溫任平詩中的航行意象與流放意識〉、〈論溫任平詩中的「屈原情意結」〉、〈文化母體的召喚：論溫任平詩中的中國性〉討論溫任平詩歌中的中國性、屈原悲劇等，此不僅是溫任平的中國性，更是馬華文學家的中國性與屈原情意結。

[11] 見〈馬華文學的定義與屬性〉，輯入《關於馬華文學》（高雄：中山大學文學院，2009），頁 9。並指出其文本性不在小我或私人空間建，而是社會經濟政治的公共空間構成。

[12] 見〈馬華文學的定義與屬性〉，輯入《關於馬華文學》（高雄：中山大學文學院，2009），頁 4。

三、焦慮：潛伏在主流與邊際之間

　　文化中國，既是馬華文學不可割斷的血緣，流轉在境外的馬華如何銘刻存在的處境？二本天狼星詩集皆在台出版，此中又示現什麼意義？台灣與馬華文學關涉又如何呢？

（一）馬華邊際的囈語與翻轉

　　馬華文學的焦慮之一，是在地性、中國性、世界性的糾纏，如何面對？成為存在的事實，不容迴避。

1、抗拒或接受

　　面對中國性，究竟採取抗拒或接受的態度？欲拒還迎的過程，佈示其中的複雜與矛盾性。例如露凡〈不要給我中國結〉[13]說：

> 你打的結糾纏不清
> 無從解說
> ……
> 你打的結
> 粗製濫造美　感蕩然，
> 不許硬生生塞在手中

不要硬塞，是一種抗拒，卻又不得不接受這種糾纏不清的，不可解說的，硬塞在手中的中國結。「中國結」是個隱喻，既是具體形象的中國結，也是抽象的中國性。詩人巧妙地以中國結為譬，正是要解說這種一體兩面，既想抗拒又不得不抗拒的雙刃性。詩中強烈要抗拒的中國性，如影隨形地示現在每一個可能的角落之中，愈發證明其影響與不可抗拒。與強烈抗拒對反的是露凡的〈紫藤〉：

---

[13]　頁298。

> 無需擔憂
> 中國東北寒地
> 半尺長的折枝飄洋過海
> 移植長夏赤道
> 抽芽長……（眾，頁306）

不同的氣候與節令，不同的土壤與人文，形成不同的景觀，一株從東北飄洋
到南洋的紫藤究竟可否在異地移植開花呢？「無需擔憂」，是一種宣告，寫
的是植物，如果它是一種象徵，則從原生的中國到了異鄉，仍然要迎向新的
土壤滋長萌發「陶醉於一串串閃亮傾瀉的紫／渾然忘我。」（眾，頁307）
喻示著相融相攝過程，家國遠離，以他鄉作故鄉形成一種在地的存有。存
在，是一種事實，唯有面對，才能存活。

　　從中國出走的華人，流移到東南亞，落地生根，他鄉終究成為故鄉，翻
轉了邊緣性格成為獨出一格的馬華文學，終要「渾然忘我」，活出另一種新
生活。

2、逐夢與築夢

　　李宗舜在網路與臉書開闢「每日一詩」與「五日一詩」其目的非常清
晰：「無非為了在這塊非中文世界的貧瘠土地上，另覓新境。」[14]

　　「非中文世界」意謂著在場的他鄉異邦，華語華系對立的不是英、法、
西班牙語系[15]，而是原生的中文世界，在非中文世界要撐出一片天地何其不
易，而主宰文學的霸權究竟落在何種族群手中呢？也許，這是一種想像，非
中文世界的華語語系的想像。在另闢新境的過程，象徵著花果飄零之後的自

---

[14] 李宗舜：〈代跋／讓我們一起織夢去〉，輯入《天狼星詩作精選：眾星喧嘩》（台
　　北：秀威資訊技，2014），頁312。

[15] 張錦忠揭示「華語語系文學」即是對應英語語系（Anglophone）、法語語系
　　（Francophone）、西班牙語系（Hispanophone）等語系文學的新詞。見〈馬華文學：
　　馬來西亞華語語系文學〉輯入《關於馬華文學》（高雄：國立中山大學文學院，
　　2009）。

我檢視與省思，將自己所處的環境視爲貧瘠土地，那麼，彰顯開墾種植的奮鬥歷程是可以經過檢視的。

　　宣示性很強的書寫，不僅在溫任平的序言中出現，更在跋裡映現：「有這麼一群，知道土地的意義。在馬華文壇，掀起風起雲湧的動姿。就是這一人，忍受著生活的飄泊與挫敗感，但卻從不敢忘記自己的藝術薪傳，自己的文化使命。」（天，頁 307）

　　「飄泊與挫敗感」意味什麼？中國人飄零至異邦異鄉，統以華人稱之，而馬華文學在異鄉異邦中嘗試要結出豐碩的果實，端賴這一群具有文化使命的知識份子揚旗高喊，闢地耕耘，也在這塊異國土壤上重新種植飄洋過海的中國原生品種。「飄泊」成爲一種具在的現實感，意義有二，其一，原生品種在異地開花結果之後，混生非中非馬的馬華文學，既有中國的情結，亦有馬來西亞的血水，奇花異葩異地生長，終有迥異原生土壤的花果萌生成長。這種現實的飄泊感，是馬華文學的基調，也和中國割剪臍帶之後，仍有血濃於水的深厚血脈牽連。其二，來到台北的詩人，出版在台北的詩集，是不是意味的另一種飄泊呢？同樣根源於中國，馬華的詩人重臨台北時，是回歸抑是加重深層的飄零感受呢？雙重飄泊與現實的挫折，終於出版詩集[16]，其「不退縮與後悔」（天，頁 307）宣示堅持的態度。

　　溫瑞安曾以高舉中國性的現代主義叱吒文壇，用現代主義技法淘煉中國性的文學，召喚對馬來西亞土著霸權的抵抗。天狼星則以「中國性的現代主義」承自洛夫、余光中、白先勇，但中國性沒有神州詩社熾烈，本土性卻更有開展趨勢。[17]事實上，「中國性」包括文化、思想、風俗、語言、文字等等，在詩歌的航道中，看到被隱喻的中國，被典故化、意象化的中國，從第一集向第二集流動的過程中，中國性仍然強烈地標幟著，意味著在馬來西亞

---

[16] 編委會在跋中揭示，原於 1986 年籌編詩選，主編爲溫瑞安，因溫於 1988 年退社，故而延宕出版，直至 1979 年才正式出版。見頁 308。

[17] 見許文榮〈馬華文學中的三位一體：中國性、本土性與現代性的同構關係〉輯入《馬華文學與現代性》（台北：新銳文創，2012），頁 29-30。1990 年代去中國化、去民族主義者深層反思過度提倡中國性時，正是另一種形式的文化殖民／霸權的張揚。

的社群中，唯有以華文書寫，運用中國性的圖騰，才得以證明在場而不缺席。

　　台灣的現代主義是透過西學橫的移植而「靈根自植」，馬華文學則透過學習台灣的歷程而展現出自性的書寫，在多重鏡像的折射之下，仍然看到投射之後的存在意義，而且綻放出有別於台灣的書寫，不僅示現馬華本有的中國性，也具現了在地性的光影挪移。多元吸收是馬華文學混血的文體取向與發展基礎。[18]

　　王德威揭示對文明傳承的呼應，恰是華語語系與其他語系不同之處，不須浪漫化中華文化博大精深、萬流歸宗式的說法，在國族主義之下，遮蔽歷史中斷裂游移、眾聲喧嘩事實。[19]陳思和亦揭示文化源頭與文化中心是不同的概念，不應將馬華文學視為中國文學流佈在海外的邊緣文學。[20]朱崇科則提出「本土的本土」的概念，是一種更開放、更高瞻遠矚，兼容並蓄、立足本土又能回歸本土的概念。[21]

　　不同文化間的互相學習、影響、滲透，是民族融合的過程，故而不該強調狹隘的本土性或是民族主義，才能示現多元的優化文化。故而朱崇科揭示中國性、本土性與世界性的宏大敘事，皆回歸到馬華情境之中，才能創造世界性的馬華文學。[22]

---

[18] 文中揭示馬華文學混血隱然成形，且必須重視的，進而說明中國性、本土性與現代性的概念非一成不變，而是一種流動的狀況，可以有不同的賦形方式，見〈混合的肉身在文學史中的遊走〉；甚至揭示中國性、本土性與現代性是不可迴避的趨向，見〈文學屬性與文化認同〉，輯入《馬華文學類型研究》（台北：里仁，2014）。

[19] 王德威：〈華語語系文學：邊界想象與越界建構〉，輯入《馬華文學‧第三文化空間》（馬來亞大學中文系畢業生協會，2014），頁 74-75。

[20] 陳思和：〈序／比較文學視野下的馬華文學〉，輯入《馬華文學‧第三文化空間》（馬來亞大學中文系畢業生協會，2014），頁 10。

[21] 朱崇科：〈本土的流動與辯證‧建構馬華文化／文學：試析馬華文化本土性的建構策略及其限度〉輯入《考古文學「南洋」：新馬華文文學與本土性》，頁 150-153。

[22] 朱崇科：〈在場的缺席：從本土研究看馬華文學批評提昇的可能維度〉，輯入《本土性的糾葛：邊緣放逐‧「南洋」虛構‧本土迷思》，頁 36。

（二）台灣鏡像的折射學習

馬華文學，深受台灣影響，六十年代的《蕉風》除刊登馬華作者，也刊載港台小說、散文、新詩，一方面培育文壇新銳，一方面引介台灣作家作品，可提昇文學品味。[23]台灣，既是馬華人留學的場域，也是學習現代主義的淵藪，更是馬華詩人取經的異托邦。天狼星的書寫，也無可迴避與台灣的關連性。

林秋月自云：「第一本與我邂逅的詩集，是余光中的「在冷戰的年代」，這本書對我影響甚深，對深不可測的詩開始產生了懷疑與興趣。」（天，頁 67）再如風客閱讀第一本詩集是洛夫的《石室之死亡》，也看白荻、林煥彰、吳德夫的詩。（天，頁 83）無論是林秋月或是風客，皆從閱讀台灣詩人得到滋長的養份。

而不可偏忘的是留學台灣的馬華作家，對留學台北的記憶，成為生命中的焦點，濃縮生命的永恆於剎那之間，例如李宗舜〈一廂情願〉：

> 三十七年歲月像風
> 隨著燭光滴淚消失……走出煙雨樓台
> 那個我思念的燭光台北
> 燈下寫詩假裝落淚
> 其實淚水早已天南地北（頁 19）

憶寫當年在台北羅斯福路就學寫詩的歲月，轉瞬之間，如風飄逝。再如〈距離〉：「五月颱風向西襲擊／讓本來的沈鬱復活了話題／廳堂詩句，三十八年前／從一首詩結尾幾句唱起／鏗鏘有致地走進都會盆地。」（頁 28）也寫著台北盆地對他的影響，縱使歲月流轉 38 年，依舊歷歷在目。這些記憶豈是年少時所能感受的？詎料歲月流轉之後，竟然成為生命的永恆。

23　見溫任平〈當馬華文學遇上陌生詩學〉輯入《馬華文學板塊觀察》（台北：釀，2015），頁 42。

　　這就是一種存在的弔詭與轉折，必要透過學習台灣的經驗方得以朗現存在的意義。不僅如此，更是溫任平在〈民國新詩史：奈米版〉以新詩史演繹流變之後，說出：「抒情，啓迪了，瘂弦的北方想像／余光中的江南情結與蓮的聯想」（頁 189），終要將中國的北方或江南，與台灣的詩人作一聯想，圖構成一幅華人世界的新詩圖騰。台灣作家對六七○年代的馬華文學而言，即是「文學中國」，無論是詩、散文、小說、評論皆是「藝術」。甚至在台灣的中國時報書寫「海外專欄」皆是一種存在的表述與決策。[24]

　　留學取經，是一種既定的模式。第一集，有部份留學來台的詩社成員，以不在馬來西亞現場成為馬華文學書寫的一員，這種弔詭存乎馬華文學之中，寄居在台，身份卻是馬來西亞，究竟依書寫者身份定位，抑是以其書寫的內容為定位？像非天狼星詩社成員的名家有張錦忠、黃錦樹、鍾怡雯、陳大為等人也是留學之後留台工作，他們明確的身份是華裔，也是馬來西亞籍，更以書寫馬來西亞為主。這是他們以不在場作為在場的存有。[25]與第一集留學取經模式迥異的第二集作者，除舊成員有台灣留學經驗之外，尚有新血挹注，飄散各地的詩社成員，更強烈感受文化母體的召喚，字裡行間，仍然形塑相同的文化圖碼，仍以在台灣出版為場域，此中示現馬華文學在馬地的排擠性與在台灣被接受的情形。畢竟在台灣，華文文學可大放光芒，排他性小，故而馬華文學移地生根開花的，不僅是出版，連書寫的內容也展現飄移的浮遊，這種遊離出走，是從中國流轉到大馬，再由大馬流轉到台灣的過程。

　　在台灣出版的馬華文學，似是被流放、貶謫的屈原，只有出走，才得以出版，這又象徵什麼？似是被馬來人拋擲的馬華文學，是不是意味著台灣的多元包納性？這種弔詭具現馬來人的排他性格，益發增強了馬華文學對文化

---

24 溫任平揭示與台灣的關係密切，見〈北進想像到退而結網〉輯入《馬華文學板塊觀察》（台北：釀，2015）。

25 台灣經驗是造成「取經者回頭引路」的過程，例如劉育龍指出黃錦樹在馬華文學的批評領域的超前意識。事實上，不僅是黃錦樹，留學台灣的創作者大皆有此屬性或意圖。

中國的追懷與孺慕。

　　馬華文學面對的文化問題，不僅是源出於中國的文化血緣，也置入馬來西亞的在地性格，而天狼星的出版，更是一種流動，華人從中國大陸飄移到大馬，再從大馬到台灣出版詩集，此中喻示著台灣出版機制的開放、閱讀群眾的多元。台灣儼然成為馬華文學的異托邦，一種存在真實與虛構之間的呼喚；生活的場景，詩歌的呼喚，以及流失的青春歲月召喚著。馬華與台北之間的拒斥性：在場的他者與不在場的我人，成就了詩人成長的過程。

四、薪傳：鎮守天狼星的堡壘

　　天狼星在溫任平的主導下，凝聚相同信念的寫作與風格的詩人於詩社之中，表現在二本詩集中也一直延續著中國性的內化書寫。那麼，詩集出版的意義何在呢？

（一）詩歌是永遠的戀人

　　在第一集中，戈荒曾經揭示：「我雖馬齒已增，在這文學領域中還在牙牙學語，這幾篇作品絕對不是我的全部，我眼前還有一大段路要走。」（天，頁 11）預示前進的路向。文倩說：「我的詩距離成熟還很遠，我希望我有足夠的毅力使我能走向它。」（天，頁 27）冬竹也說「詩一直在心中滋長，不可遏止激情的待我去完成……我是該沿著連綿不斷的謬思，多長也走，多遠也行。」（天，頁 33）這些年輕時的詩人，對於詩歌的熱情不減，在歷經歲月的汰洗之後，是否仍然如昔？

　　第一集的作者泰半是年輕學子，他們揚起新詩的旗幟，張揚對詩的熱情，睽隔三十五年之後的第二集作者對詩歌的呼喚，仍然熱情未減，洪錦坤〈睽別·回返〉：「暮鼓聲聲催我回歸寫作的寂靜／我要鎮守北方的天狼星」，寫出詩的執著，風客也說〈詩，終究要浮起〉：「而我。還在／上／下／求／索」（頁 77）甚至在〈不寫詩，怎麼可以〉更明白地說：「不讓我找回自己的面目／重新認清方向／寫自己的詩／怎麼可以／怎麼可以呀！

／而繆斯，又在我即將變形時頻頻喚醒我」（天，84）這種對詩的執著，在游以飄〈問詩五首〉表述出深刻的情懷，或是〈驚喜〉中道出那種驚喜：「我知道你回來了，詩。」（頁146）；甚至在〈流放〉中揭示：

> 不騙人，我從沒有離開你而只是
> 在你的掌紋留彎，日日月月
> 我們的王國在星宿裡（頁148）

詩末自註：「記溫任平老師成立天狼星詩社 40 周年」。說明日日月月未曾遠離詩國度的情懷一直留存在天狼星宿之中。

　　詩歌是唯一可以找到自己的方向，不寫詩無法復回自己，亦迷失方向。

　　無論是第一集或第二集詩人們，對於詩歌永遠抱持著堅定的毅力，願意努力追求。

（二）中國文化是永遠的鄉愁

　　如果寫詩是不悔的愛戀，那麼中國文化、中國意象，將是天狼星的永遠鄉愁，無論歷經久遠，或是歲月綿亙，終要以此作為原鄉。風客〈問〉寫屈原的圖騰：「水花濺起／詩人懷抱一顆祖國／不屈的石頭／自／沈」（頁75）以自沈的不屈石頭，暗喻對祖國的懷想，甚至是他鄉遇合也要有一番的心情對應歷史挑戰，風客在〈遇見美好〉說：

> 我是向南逐日的夸父
> 又是每日挑戰風車
> 屢試不屈的唐吉軻德……
> 長江傾注這輩子的柔情於塞納河……（頁80）

仍然將那份深情傾注在異國異鄉之中，以見證不屈的毅力與荒誕的遇合。再如陳明發〈神山傳說〉運用明惠帝朱允炆逃至北婆羅門洲寫成系列長詩。

（頁90-102）將中國與馬來西亞的歷史聯結成密切關連的敘事詩。

職是，無論是陳鐘銘〈子夜書〉：「像陽關三疊，已唱到最後的餘韻」（頁 115）或是黃建華〈廣場傳說〉：「多年以後回看會是一曲悲涼的二胡／還是一首悲壯的楚辭」（頁 165），或如溫任平〈袁枚古典散文眉批〉：「顛覆桐城，挑逗兩百年後的／東西方後現代主義〉（頁 186-7）仍然以中國的意象去圖構想像的混生與融攝的後現代主義。

馬華文學之於中國，是一種邊緣、邊陲的文學，但是血脈卻流淌源源不絕地在異鄉他邦展現存在與出場的生命韌性。

五、結語：出場與發聲

天狼星詩社崛起於一九六七年，成社於一九七三年，第一本詩集《天狼星詩選》出版於一九七九年，歷三十五年再出版第二本詩集《眾星喧嘩：天狼星詩作精選》，二本詩集對天狼星詩社的意義何在？對馬華文學的效用又如何？

（一）出版作為一種存在的意義與功能性

七〇年代的天狼星及溫任平，是聲勢浩大、旗幟鮮明地進行馬華文學現代文學論述。[26]曾經風華一時的天狼星，在時移世變之後，又呈示什麼樣的質與量的變化呢？

誠如溫任平所言，只有文學，只有作品才有永恆的意義。[27]此所以天狼星再出版第二本詩集的意義，一方面延續詩社的血脈，一方面將詩人作品留傳下來，象徵薪傳與存在。

第一本詩集由天狼星詩社出版，第二本詩集由台灣秀威出版社出版，從

---

[26] 黃錦樹〈反思「南洋論述」：華馬文學、複系統與人類學視域〉、許文榮〈文學屬性與文化認同〉。

[27] 見〈佳作鉤沈：天狼星詩社作品研究〉輯入《馬華文學板塊觀察》（台北：釀，2015），頁31。

出版之不同，可管窺詩集的主體性與能動性之殊異。表層意味著不同的社會經濟條件與世代的變動，深層卻是彰顯第一本詩集的奮發與張揚，第二本詩集雖回歸到出版機制之中，卻顯示詩社的主動性與能動性不足。

　　二詩集的能動性不同，然而，重新出發，讓天狼星的存在因為出版而有了能見度，同時也恢復昔日寫詩的執著，再挹注新血，讓我們看到了一條綿延的長河，可以源遠流長不斷地往下開展，從中國到馬來西亞，從馬來西亞到台灣、巴黎，乃至於世界各地，讓我們看到了詩歌王國的星子們，各據一方閃爍光芒，縱是微弱，也要讓人看到他們存在的具體性。出版的意義，宣示了再生與復活。

（二）發聲作為一種存有的見證與永續

　　雖然第二集《眾星喧嘩》的前序或後跋不似第一集宣示性、企圖心很強，但是，透過隱約的書寫，讓人感受他們的綿延不絕的意圖。

　　溫任平在第一本詩選自云成立詩社沒有宣言口號、基本創作理論、文學信條等，不接受「文學即宣傳」之論調。[28]固然該詩選不標榜任何功能與信條，卻確認文學是寫實的，不拘限現實或自然主義。不標榜反而成為一種另類的標榜。

　　雖然不標榜文學是社會的「反映」，卻也成為一種宣言，一種具在的正言若反的宣言，讓天狼星的格局更明確，是一種自在發揮書寫的內容。

　　第二本詩選顯然地，並無第一本序言那麼擲地有聲地揭櫫不信任何文學的信念或信條，僅是說明詩人寫詩概況及其風格，宣示性的語詞自然更無，但是，意在言外的意圖更加明顯：「人生與藝術都是在跌宕起伏的磨練中淬火，飛金流彩，生命的意義在此，生命的動人處在此。」[29]

　　一九七九年的《天狼星詩選》與二〇一四年的《眾星喧嘩》存在迥異的

28　見溫任平：〈藝術操守與文化理想：序《天狼星詩選》〉輯入《天狼星詩選》（台北：天狼星，1979），頁1。

29　見溫任平：〈代序／天狼星重現：因緣〉輯入《天狼星詩作精選：眾星喧嘩》（台北：秀威，2014），頁6-7。

意圖性彰顯方式不同。前者在每位作者之下，必然有一段文字宣示與詩歌的淵源、執著與自信、文學觀點與企圖心等項，而後者並無此文字以宣揚對詩歌的熱情或是文學觀。顯然地，前者以有形：訴諸文字的張力來宣示自己的立場，像前進戰場的宣誓一般，策勵鼓舞前進的戰鼓咚咚，充滿力道，激勵奮發前進。後者，雖然沒有勇士的宣言，卻更讓人凝視在字裡行間的幽微婉轉的意圖。一個是飛龍在天，怕人看不見，必要以宣言來告誓盟約；一個是潛龍在淵，必要你撥開層層水紋，才能看見牠積存的力道。前者如青年，充滿熱情，奮發踔勵，逼視你張望；後者如老僧入定，必要你細細體契，才能玩味。二者示現方式不同，也意味著年歲增長之後處世態度的迂迴婉約。

　　馬華文學的焦慮：中國性、本土性、現代性的文學混血[30]，在天狼星前後世代之中是否還存在這種雜揉性的焦慮？顯然地，當血水交融之後，無謂的割裂與分畫皆不具任何意義，何況文學之作為文學，虛實真假本即是互相流轉游移的過程。虛實相生的增衍不僅強化了融合性的必須，也轉化異地流轉的陌生感，成為一種在地化的存在，書寫，是唯一的存在標幟與象徵。

　　追求馬華文學的獨特性，是馬華作家共同努力的方向，張錦忠的典律建構，黃錦樹、鍾怡雯、陳大為的小說、散文、詩歌、評論之著作與選集，皆是樹立典律的過程。而天狼星的出現，是我們仰看馬華文學的另一種視角，有別於旅台馬華作家得獎無數的星光燦爛，它恆是一種守侯天際的群星，以共同微弱的光芒向人間俯視，終要形成不可忽視的色塊，逼你臨視。天狼星的意義與旅台馬華作家有所不同，潛藏游移在書寫之中的語境，自有不同的關懷的視角，卻共同為彰顯馬華的獨特性而奮力作為。

　　天狼星以群體的力量蔚成一種光度，不可忽視，但是，天狼星詩選之後，馬華寫詩的作家持續努力，天狼星詩社是否仍然有凝聚力或向心力呢？這是詩國薪傳的再現，抑是迴光返照？顯然地，它呼喚前世代詩人重新拾筆寫作，也召喚新血投入，在雙重努力之下，勢必再造天狼星的永續，只是，

30　見許文榮〈混合的肉身在文學史中的遊走：論馬華文學混血及其他〉，輯入《馬華文學類型研究》第一章，頁 1-23。文中揭示多元的交織融合，是馬華文學混血的文體取向與發展基礎。

這股力量，不再是戰鼓咚咚，而是涓滴成河的綿長蜿蜒的細水長流，源遠流長地朝向馬華文學的大海匯歸。

表 4-5-2　《天狼星詩選》作者一覽表（37 位）

川原	戈荒	心茹	文倩	冬竹
江敖天	沈穿心	杜君敖	林秋月	風客
洪而亮	哈哥	思逸文	陳強華	桑靈子
如浪	張樹林	張麗瓊	黃海明	淡靈
溫任平	楊柳	楊劍寒	堤邊柳	雷似痴
綠沙	鄭人惠	歐志人	歐志才	劉吉源
燕知	謝川成	藍啓元	藍薇	藍雨亭
飄雲	蘇遲			

表 4-5-3　《眾星喧嘩》作者一覽表（20 位）

李宗舜	吳慶福	林秋月	洪錦坤	風客
陳明發	陳鐘銘	陳浩源	張樹林	游以飄
黃建華	溫任平	雷似痴	程可欣	鄭月蕾
潛默	戴大偉	謝川成	藍啓元	露凡

表 4-5-4　馬華新詩史讀本[31]詩人一覽表（24 位）

吳岸	白垚	李有成	田思	梅淑貞
溫任平	溫瑞安	李宗舜	游川	傅承得
藍波	沈慶旺	陳強華	邱琲鈞	方昂
陳慧樺	沙河	黃遠雄	陳大為	呂育陶
林健文	方路	曾翎龍	辛金順	

---

[31]　《馬華新詩史讀本》（台北：萬卷樓，2010）據陳大為序言所云，是以當代馬華詩史脈各為軸線來編選的新詩讀本，收錄近五十年具代性 24 位詩人。

美麗，不是錯誤：
鄭愁予相關活動與歌詩賞介

摘　要

　　鄭愁予（1933-）是當代重要的詩人之一，以〈錯誤〉一詩享譽國際。本文旨在介紹其生平傳奇進而評賞其重要詩歌。全文分作六部份開展，除首末之外，主論分別談其傳奇生平、蒞校演講、祝壽活動與旅夢專輯、新詩評賞等面向，最後以有詩有夢作為薪傳。

關鍵詞：新詩　錯誤　偈　現代詩人

一、緣起不滅

〈錯誤〉

我打江南走過

那等在季節裡的容顏如蓮花的開落

東風不來，三月的柳絮不飛

你的心如小小的寂寞的城

恰若青石的街道向晚

跫音不響，三月的春幃不揭

你的心是小小的窗扉緊掩

我達達的馬蹄是美麗的錯誤

我不是歸人，是個過客……

　　這首膾炙人口的新詩，作者是家喻戶曉的詩人鄭愁予（1933-）。

　　年少時誦讀這首詩歌，被那份悵然、惘然的情懷所觸動。隨著詩句去體契等待的心情。是的，我們甘願成為等候在季節裡的蓮花，也願是一個青石向晚，一個鵠候情人歸來的惘然心情盈溢著。

　　誦讀鄭愁予的詩句，成為青綠少年的一椿心事，閱讀字裡行間躍動的詩思，讓我們有一個不一樣的年少與青春歲月。每一首詩皆有一個故事，在故事的背後，每一個讀者又再度重新演繹屬於自己的故事。於是，我們的生命與作者相鉤連，同時也能契會閱讀詩歌，不僅是在閱讀詩人的心境，同時，也在豐富自己生命的過程中，銘刻新的生命故事。曾經，以為擁有了詩歌，世界將不一樣了，於是，閱讀詩歌、書寫詩歌，成為浮世中唯一的彼岸，可以在亂流中度越人生中的激湍急流。

　　鄭愁予的〈錯誤〉被台海兩岸選入教科書，香港則選入〈水巷〉一詩，從此，鄭愁予更是名滿天下，有華人的地方，似乎就能誦讀他的詩歌。然而，享譽國際的名詩人，居然與我們中興大學有了連結，原來，鄭愁予本名

是鄭文韜，是我們中興大學台北法商學院統計系四十年度畢業的校友。

這個美麗的連結，不是錯誤，而是一種特殊的因緣，讓我們得以因著詩人淒美的詩句，吟賞那一份清麗悵然的情懷。

二、傳奇生平

鄭愁予本名鄭文韜，祖籍福建南安石井，（一說籍貫河北寧河），一九三三年生於山東濟南，是鄭成功第十五代（十一代？）裔孫，出身軍旅世家，因戰亂遊歷大江南北，曾在北平崇德中學及北京大學暑期文學班就讀，一九四九年隨國民政府遷居台灣。先後畢業於新竹高中、中興大學法商學院的統計系。一九六八年應邀赴美參加愛荷華「國際寫作計畫」，一九七二年獲愛荷華大學創作藝術碩士學位，留校任教中文系，一九七三年轉任耶魯大學東亞語文學系擔任高級講師。一九九〇年曾返台擔任《聯合文學》總編輯，退休後，曾在香港大學中文系任教。二〇〇五年返台擔任東華大學第六任駐校作家，並榮獲東華大學榮譽教授。後，落籍金門，現任金門大學講座教授。二〇〇六年九月和白先勇等教授開辦碩士課程。二〇〇八年以《旅夢專輯‧一碟兒詩話》榮獲第十九屆金曲獎傳統暨藝術音樂作品類最佳作詞人。

浪跡天涯的鄭愁予，流轉大陸各地，再從大陸來台，再到美國留學任教，又回到台灣來，標幟著傳奇與不凡的一生。

大家很好奇，為何筆名為「愁予」呢？典故來自《楚辭‧九歌‧湘夫人》：「帝子降兮北渚，目眇眇兮愁予」，「愁予」，帶有一種淒美感傷的意味，迷惘、悵然、恍然。也因為這個筆名，總讓我們有一種婉然、淒美的感受，而鄭愁予的新詩，似乎也以此清婉的風格定調。

早慧的詩人，一九四七年就讀崇德中學時，發表〈礦工〉曾獲北大師長讚賞，還為該詩詮釋，給鄭愁予很大鼓勵，啟發他對詩歌內涵的重視。

一九五三年在台灣發表第一首新詩〈老水手〉於《野風》雜誌，此後不斷地在《野風》、《新詩周刊》發表新詩。

詩人十六歲自費出版第一本詩集《草鞋與筏子》，其後陸續出版《夢土上》、《窗外的女奴》、《鄭愁予詩集》、《刺繡的歌謠》、一九九三年《寂寞的人坐著看花》、《衣缽》、《雪的可能》、《燕人行》等詩集。

享譽國際的詩人鄭愁予，曾榮獲救國團青年文藝獎、中國文藝協會文藝獎章、海外華人文學貢獻獎、中華民國家文藝獎新詩獎、時報文學獎推荐獎、國際藝術學院授予文學博士學位等獎項與榮譽，實至名歸。

三、蒞校演講

二〇一三年四月二十二日，本校惠蓀講座邀請鄭愁予蒞校演講。從青春年少即拜讀他的詩作，蒞校演講，當然不能錯過，讓筆者有機會近距離與詩人接觸，於是早早上網報名，更兼而有之的是，圖書館員通知，當天中午可以和詩人一同用餐，這是一項榮耀，可以更近距離接觸詩人。

一位崇拜的偶像，臨現中興大學，是怎樣的盛況呢？

中興大學以農資及理工為盛，雖然有文學院，但是，文學院的學生顯然沒有很多人，這樣的演講能夠造成轟動嗎？心裡狐疑著。

與詩人共餐，聽他敘說寫詩的因緣，我們彷彿歷經一場歷史現場，感動激悸。用餐結束，館員開車送詩人到會場準備演講，我們則迅速往圖書館前進，結果，演講會場大爆滿，連走道都擠滿了聽講的學生，甚至，講台前面的空間也塞滿了學生，連個側身行走，都要以輕功挪移的方式前進，正在思考，當何去何從？到哪裡找空間容身呢？突然聽到館員呼喚，前面有預留師長的貴賓席，一聽，雀躍萬分，立刻穿越人群，往前行進。真的，第一次參與這種演講盛況。聽眾五百多人，將演講會場擠爆，也洋溢著莘莘學子們對詩人崇拜與孺慕之心。

演講題目是〈從游世到濟世，從藝術到仁術〉，詩人暢談自己心懷濟世之心，從早期詩作抒寫性靈的「游世」，到後來關懷社會，憂憫世情的「濟世」情懷，而寫詩的心境也由技巧的「藝術」層面昇華到「仁術」，不再只是自我表述情意的層次而已，更提昇到關心社會群眾的高度，這種胸襟，令

人想起杜甫〈茅屋爲秋風所破歌〉呈現出來的仁者襟懷，這種憂憫情懷，使杜甫不僅是詩史，也是詩聖的最佳典範。大凡一位偉大的詩人，總能夠從自己推擴到群眾，鄭愁予也從小我擴大到大我的關懷層面。詩人並當眾朗誦了八首詩歌，包括了《錯誤》、《水巷》、《客來小城》、《賦別》、《小小的島》、《無終站列車》、《煙火是戰火的女兒》、《雨說》等膾炙人口的詩歌。

鄭愁予最有名的〈錯誤〉寫於一九五四年，從此，成爲他的成名作，也是華人世界不可錯過的經典名作。據詩人自言，許多人聽他的演講，皆指名要聽詩人闡述這首詩的意境或本事。於是，詩人公開演講時，往往以〈錯誤〉作爲開場白，同時，也讓聽眾鉤聯自己對該詩歌的想像意境是否與詩人的感受相符應。

這是一場自發性報名的演講，沒有強迫、沒有制式規範，大家很專注地聆聽詩人演講，環顧學生們的情態，每一個聽講的專注神情，令人動容。原來，文學家的魅力在此，不需要廣告、不需要宣傳，就可以自動集結一群愛好者，不爲名、不爲利，只爲了聆聽詩人一席動人精闢的演講，雲集於一堂。

四、祝壽活動與旅夢專輯

二〇一三年是詩人八十大壽，明道大學舉辦一系列活動，包括《傳奇鄭愁予》新書發表會、鄭愁予國際學術講座及研討會、設置校園的鳳凰詩園等項，鄭愁予不僅親臨會場，還爲研討會進行主題大會演講，最令詩人感動的是，以大甲高中、彰化高中等國高中學生參賽的鄭愁予詩歌朗誦比賽，博得詩人的喝采。可見，喜歡讀詩，是大家共同的權利，連國中生、高中生皆能聲情俱佳地詮釋詩人的詩歌。

除了各項學術或藝文活動之外，其實，鄭愁予的魅力無遠弗屆，曾經出版過音樂專集，其後，復刻版《旅夢》系列專輯，讓純粹是平面的文學，轉成影音的賞鑑，由李建復、陳儷玲等人重新演繹鄭愁予的新詩。時在一九九

五年，藝術界出現罕見的大創作，集合文壇、樂壇、舞壇一同創作《旅夢》專輯，將鄭愁予的新詩，結合李建復、陳儷玲的演唱，配合羅曼菲舞蹈詮釋新詩的意境。全套《旅夢專輯》有四，系列一《牧歌》由李建復演唱鄭愁予詩歌十餘首，包括膾炙人口的〈錯誤〉、〈旅夢〉、〈牧歌〉、〈相思〉等；系列二《相思》由陳儷玲演唱，內含十首歌，有〈不再流浪〉、〈相思〉、〈戀〉、〈牧歌〉等詩；系列三《鄭愁予導讀》由鄭愁予親自為十三首進行創作本事的導讀，包括〈牧羊女〉、〈晨〉、〈偈〉、〈情婦〉、〈旅夢〉、〈錯誤〉等詩；系列四是 DVD，屬於影像典藏，有羅曼菲的舞蹈，演繹〈不再流浪〉的意境，有李建復的〈牧歌〉、陳儷玲的〈相思〉、〈不再流浪〉及完整版的〈牧歌〉，透過影像與歌聲，重新演唱鄭愁予的新詩，讓藝文界呈現嶄新的活力，讓詩與夢的情境再現。這是藝文界的盛事，此後，詩人的詩將隨著歌聲永世傳唱下去，成為立體的聆賞，不再只有平面文字的閱讀而已。

五、新詩評賞

　　閱讀歌詩，遙契作者之意，是最美的心靈饗宴。活在當下，我們慶幸這是一個有詩的時代，讓我們得以閃躲人世的蹭蹬偃蹇，得以遁開忙亂如流的漩渦，得以在亂流中有一方浮木，讓我們可以撐過人世種種風霜雨雪。因為詩，而讓我們能有清澈澄淡的心境，浮遊在這個亂世之中。於是，閱讀，是我們存在的方式之一，藉由契會作者心靈，而能活出昂揚的生命風姿，因為文字如蓮，讓我們得以享受清芳的文學氛圍。如是，而能昂然自得，而能胸有詩書氣自華地睥睨群倫，讓傲骨涵蘊在胸而能增長雍容氣度，展現偉岸風標、展現泱泱氣象。除了〈錯誤〉之外，尚有一些膾炙人口的名作，令人鍾愛。例如被選入香港教科書的〈水巷〉：

　　　四圍的青山太高了，顯得晴空
　　　如一描藍的窗……

我們常常拉上雲的窗帷
那是陰了，而且飄著雨的流蘇

我原是愛聽磬聲與鐸聲的
今卻為你戚戚於小院的陰晴
算了吧
管他一世的緣份是否相值於千年慧根
誰讓你我相逢
且相逢於這小小的水巷如兩條魚

這是一首敘寫雨巷相逢的情緣，山高喻示障蔽與隔離，窗戶喻示空間框限，然而躍動的心靈卻不被阻斷，想眺望的心與眼，穿越所有的障蔽。一場偶然的陰雨，讓整個巷子如同浸泡在水中，水巷之中，偶然相遇，不管是否因為慧根相識，相逢就是一種緣份、一種殊勝的因緣，一場綿綿細雨，使得相逢如同在水中的魚一樣，可以相忘於江湖，而這樣一份雨巷相逢的幽然情懷，可以忘去青山的障隔、窗戶的框限，自由自在地游走在雨巷之中，如同相逢在水巷中的魚。

再如〈賦別〉亦是名作：

這次我離開你，是風，是雨，是夜晚
你笑了笑，我擺一擺手
一條寂寞的路便展向兩頭了
念此際你已回到濱河的家居
想你在梳理長髮或是整理濕了的外衣
而我風雨的歸程還正長
山退得很遠，平蕪拓得更大
哎，這世界，怕黑暗已真的成形了……
你說，你真傻，多像那放風爭的孩子

　　本不該縛它又放它

　　風爭去了，留一線斷了的錯誤

　　書太厚了，本不該掀開扉頁的

　　沙灘太長，本不開該走出足印的

　　……

　　……

　　這次我離開你，便不再想見你了

　　念此際你已靜靜入睡

　　留我們未完的一切，留給這世界

　　這世界，我仍體切的踏著

　　而已是你底夢境了……

這是一首傷別的詩歌，江淹曾云：「黯然銷魂者，唯別而已矣。」將千古的離亂傷別，總攝於「黯然銷魂」四字之中。離別，總是悱惻纏綿，撼動人心的，無論是李白的蘭舟初發，或是張若虛的青楓浦上，或是李商隱的藍田日暖，或是柳永的曉風殘月，或是秦觀的月迷津渡；傷別，總是鉤人心魂似地，成為千古的傳奇；當鄭愁予重新書寫傷離意緒時，也產生了不同的感受，離別而不想再相見，是一份怎樣的情懷呢？將一切未完的留給世界，而夢境究竟可以體現什麼呢？這種悵然、恍然、迷然、惘然的情懷，是可以人心共感的，文學的成就，也就是在共同契會下，證成人世遇合的偶然與必然。

　　〈偈〉是一首被愛賞的名詩：

　　不再流浪了，

　　我不願做空間的歌者

　　寧願是時間的石人然而，

　　我又是宇宙的遊子

　　地球你不需留我

　　這土地我一方來

　　將八方離去

寫得是時空之下的悠渺，曾經由羅曼菲編舞易名為〈不再流浪〉，對映陳子昂的「前不見故人，後不見來者，念天地之悠悠，獨愴然而涕下」，更有一種超然獨立的滋味，來自土地的餵養，終將八方而去，一種既悵然，又曠達的況味，是悲愴之後的醒悟？抑是一種遺世獨立的滄茫感受呢？既無陳子昂之感喟，亦無傷逝之悲情，有的是一種澄澈了然的清淡，索漠而悠然，帶著我們進入時空的流浪之中。

　　復次，邊塞組曲，有三首，也是鄭愁予的名作，其中的〈野店〉有種蕭然的哀感，也有畸笳的情意流轉其中：

　　　〈野店〉——邊塞組曲之二
　　　是誰傳下這詩人的行業
　　　黃昏裏掛起一盞燈

　　　啊，來了
　　　有命運垂在頸間的駱駝
　　　有寂寞含在眼裏的旅客
　　　是誰掛起的這盞燈啊
　　　曠野上，一個朦朧的家
　　　微笑看……
　　　有松火低歌的地方啊
　　　有燒酒羊肉的地方啊
　　　有人交換著流浪的方向……

流浪，似乎成為鄭愁予詩歌中常常出現的意象，也許，可用來呼應詩人生長在顛沛亂離的時代，對於流浪特別有感會，故而流浪的意象成為鄭愁予早期

詩歌風格之一。流浪，可以很瀟灑、很豁達，也可以很無奈、很索然。什麼是流浪的基調呢？在時空不定之間浪走天涯，不穩定的時間與空間，是一種浮動的人生，沒有未來的方向，人生將何去何從呢？詩歌寫的雖是旅人的心境，但是，我們每一個人存活在世上，不就像李白說的暫寓塵世嗎？我們皆是時空逆旅下的過客，那麼，什麼是永恆？什麼是家鄉？跨界的流浪，標註的是一種飄泊的心境，一種沒有歸屬感的未來，也許，未來也不是未來，只是未曾到來的時間與空間，甚或是心境而已。「有人交換著流浪的方向」，是的，我們何嘗不是在人世逆旅中交換著流浪的方向，有人為名，有人為利，有人為學業，有人為事業，有人為愛情，有人為親情，不同的名目，皆是我們浪流的不同方向罷了，誰能說，我們不是逆旅中的過客嗎？

　　喜歡鄭愁予詩歌的人很多，從閱讀品賞提昇到研究評論的高度，也是一種解讀的方式。目前台灣學界有六本學位論文，分別論述鄭愁予的音律風格、流浪基調、自然美學及想像世界等。象徵著閱讀、賞鑑詩歌，提昇到研究的層次，預示著鄭愁予的詩歌不僅有閱讀的廣大群眾，也有深度的評論來深化詩歌的閱讀。

六、結語：有詩有夢的時代

　　雖然，鄭愁予寫了不少詩歌，皆足以撼動人心，但是，一曲〈錯誤〉可望成為千古名詩，更是他的代表作，無論後來的詩風如何轉變，讀者們仍然被青石向晚的詩句鉤攝心魂，被「達達的馬蹄聲」所魅惑，「我不是歸人，是個過客」遂成為所有流浪的符碼，也是等待的符碼，留在「離去」與「等待」之間。

　　外鑠的榮譽，終將化為塵土，如流風沫影銷歇在宇宙的邊際；然而，詩歌的成就，卻是永恆的；文學，可以跨古越今、橫度歷史亂流。歷史可以不斷更迭，故事可以不斷再造，然而，詩篇，卻可以傳世不朽、可以歷久彌新、可以讓後人冥契而體會作者之心。如是，如何將不朽的詩篇永世傳唱下去，是我們的責任。所有的故事也許可以中輟，而詩歌卻可以不斷地被後人

傳寫與演繹。凝視前人典範與風標，似乎也應該傳寫屬於我們的詩歌，讓後世的人，因爲閱讀詩歌，得以度越浮世亂流，而能展現清流與風標。

我們慶幸，詩人是我們的校友，讓我們得以薪火相傳詩歌的火種，在中興大學，綿延不斷。

也慶幸，這是一個有詩歌可以品賞的時代，不致讓我們在亂世浮流中盲動，而可以秉著一股清流，度越人世急流險湍。

接著，讓我們繼續不斷地書寫屬於我們的詩歌吧，如果，這是一個可以慶賀的時代，一個有詩有夢的時代，就讓我們繼續爲文學編夢，爲詩歌留下不滅的火種吧。

表 4-6-1　鄭愁予活動簡表

參考檢索網站：http://www.tpocl.com/content/writerTimeline.aspx?n=E0159
中興大學中文所梁惠茹 2013.08.30 檢索編寫

年歲	西元	事蹟
1	1933	出生於山東濟南；愁予父親爲鄭曉嵐將軍，因此他從小就跟著父親不斷遷徙的軍旅生活，從濟南、北平、南京、漢口、武漢、衡陽、桂林、陽朔、柳州、梧州到廣州，行遍大半個中國，飽覽大陸各地的風土人情，山水風光；愁予幼年時值抗戰末期，經歷兵荒馬亂的流離生活，中國遭逢的巨大破壞與災難，逃難時親眼所見的悲慘狀況一直深烙於他心中，這也是他堅持人道關懷詩魂的原因之一。
14	1947	入北京大學文學班學習；在校刊上發表〈礦工〉一詩，爲第一首對外發表的詩。
16	1949	在衡陽的道南中學與同學組織了「燕子社」，創辦並發行了油印的刊物《燕子》；並在五月以「青蘆」的筆名，自資出版了第一本詩集《草鞋與筏子》；後來跟著家人到了台灣新竹，就讀新竹中學；此時他十分愛好體育，曾任台灣青年登山協會常務理事、滑雪委員會委員，還是台灣省的田徑代表和台灣陸軍足球代表隊隊員；後來考上中興大學法商學院，畢業後在基隆港務局工作，這一工作爲他寫下大量優美的航海詩提供了條件。
19	1952	《現代詩》主編紀弦約他到台北會面，並給予讚揚勉勵，此後他

		用筆甚勤，陸續在《野風》、《現代詩》、《公論報》、《自立晚報》發表詩作，開始了他正式的詩人生涯，在台的第一首詩〈老水手〉。
22	1955	在台第一本詩集《夢土上》出版。
33	1966	《衣缽》出版。
34	1967	《窗外的女奴》出版，任中國青年寫作協會總幹事時，曾與朱橋合編過「幼獅文藝」，當時想了很多新點子，辦活動、座談，搞專題策畫。
35	1968	赴美愛荷華大學，成為聶華苓主持的「國際寫作計劃」成員。
36	1969	進愛荷華大學東亞語文學系任教。
37	1970	轉入愛荷華大學人文學院「詩創作坊」就讀，並獲創作藝術碩士學位；後來又進入該校「大眾傳播學」博士班研讀。
40	1973	轉赴耶魯大學東方語文學系任高級講師。
41	1974	《鄭愁予詩選集》出版（志文出版社）。
46	1979	《鄭愁予詩集 1951～1968》出版（洪範出版社）。
47	1980	《燕人行》出版。
49	1982	入選《陽光小集》「當代十大詩人」。
50	1983	入選《台灣詩人十二家》之一。
52	1985	《蒔花刹那》（香港）、《雪的可能》出版。
53	1986	《長歌》出版（自印）。
57	1990	《刺繡的歌謠》出版。 1990 至 1992 年擔任《聯合文學》總編輯，共 36 期；在他擔任總編輯時，使《聯合文學》產生了一些異於以往的風格，原本以散文、小說與評論為主軸的雜誌，加入了一些詩的園地，如 64 期的「近代著名情詩選粹」、66 期的「詩之旅」專欄、70 期的「詩世界」及 71 期的「詩潮」，此後，更立「詩」為一專欄，開闢了更多新詩作品發表的空間，使文壇將更多目光投向詩，由此可見鄭愁予對詩的努力與貢獻。
60	1993	《寂寞的人坐著看花》出版。
63	1996	獲國家文藝獎；《隨身讀：夢土上》出版。
64	1997	詩作〈錯誤〉編入台灣高級中學國文課本，為自五四以降首次入選的兩首白話詩之一，亦為台北國立編譯館多年來之首次改版。

66	1999	被選為台灣文學三十位「經典作家」之一，得票為詩歌類之冠；此項選舉係由台灣文建會與台北聯合報共同主辦。
67	2000	《鄭愁予詩的自選II》出版（北京出版社）。
68	2001	受聘為耶魯大學「駐校詩人」；獲頒北美華文作家協會第五屆傑出會員獎。
71	2004	《鄭愁予詩集II 1969～1986》出版。
80	2013	蒞臨中興大學演講
81	2014	參加嘉義市政府舉辦的「吟詠嘉義」活動
82	2015	榮獲 2015 兩岸詩會桂冠詩人
83	2016	赴南京大學參加「達達的馬蹄是美麗的錯誤——著名詩人鄭愁予詩歌講座暨鄭愁予作品朗誦會」

表 4-6-2　鄭愁予研究：台灣學位論文一覽表

中興大學中文所劉芳佳編製

作者	題目	校系	年度
蔡宜芬	鄭愁予及其海洋詩研究	國立台灣海洋大學海洋文化研究所（碩士論文）	2012
陳鳳晨	鄭愁予新詩修辭探究	國立中山大學中國文學系研究所（碩士論文）	2012
吳麗靜	鄭愁予詩的音律風格研究	國立政治大學國文教學碩士學位班（碩士論文）	2008
陳依文	鄭愁予詩的「流浪」基調研究——從 1951～1968 年	台灣大學台灣文學研究所（碩士論文）	2008
高宜君	鄭愁予晚近詩作研究（1993 年迄今）	國立屏東教育大學中國語文學系碩士班（碩士論文）	2007
羅任玲	台灣現代詩自然美學——以楊牧、鄭愁予、周夢蝶為中心	國立台灣師範大學國文系在職進修碩士學位班（碩士論文）	2004
廖祥荏	鄭愁予詩研究	東吳大學中國文學系研究所（碩士論文）	1998
張梅芳	鄭愁予詩的想像世界	文化大學中國文學研究所（碩士論文）	1997

表 4-6-3　鄭愁予研究：大陸學位論文一覽表

中興大學中文所劉芳佳編製

作者	題目	校系	年度
莊淑華	鄭愁予詩歌的「中國性」研究	溫州大學 碩士	2012
曾珊	邊界與回歸	暨南大學 碩士	2010
梁磊	默數念珠對坐千古	西南大學 碩士	2009
褚芝萍	論鄭愁予詩歌中的古典意蘊	西南大學 碩士	2008
陳茗	近 15 年來金門原鄉文學略論	福建師範大學	2006

參考暨徵引書目

一、專書

丁庭宇主編：《社會學理論的結構》二冊，台北：桂冠圖書股份有限公司，
　　1987.8

天狼詩選編輯委員會：《天狼星詩選》，台北：天狼星出版社，1979.10

方修：《馬華文學作品選：散文（戰後）1945-1956》，加影：馬來西亞華校董
　　事聯合會總會，1991.10

方修：《馬華新文學簡史》，加影：馬來西亞華校董事聯合會總會，1990.08，
　　五刷

方俊明：《認知心理學與人格教育》，台北：水牛圖書出版事業有限公司，
　　1993

中西進、王曉平：《智水仁山——中日詩歌自然意象對談錄》，北京：中華書
　　局，1995.11

王立：《中國文學主題學》，鄭州：中州古籍出版社，1995.6

王子今：《中國古代行旅生活》，台北：台灣商務印書館，1998

王仁湘：《飲食與中國文化》，北京：人民出版社，1999 三刷

王佳煌：《都市社會學》，台北：三民書局，2005.06

王學泰：《華夏飲食文化》，北京：中華書局，1997 二版

王曉路等著：《文化批評關鍵詞研究》，北京：北京大學出版社，2007.7

白先勇：《台北人》，台北：爾雅出版社，1983

朱崇科：《本土性的糾葛：邊緣放逐・「南洋」虛構・本土迷思》，台北：唐
　　山出版社，2004.05

朱崇科：《考古文學「南洋」：新馬華文文學與本土性》，上海：上海三聯書
　　店，2008.08

李亦園等主編：《觀念史大辭典》，台北：幼獅文化出版社，1988.9

吳耀宗主編：《當代文學與人文生態：2003 年東南亞華文文學國際學術研討會論文集》，台北：萬卷樓圖書股份有限公司，2003.12

汪民安編：《文化研究關鍵詞》，南京：江蘇人民出版社，2007.1

林錫嘉編：《七十年代散文選》，台北：九歌出版有限公司，1982.10

林錫嘉編：《七十一年代散文選》，台北：九歌出版有限公司，1983.04

林錫嘉編：《七十四年代散文選》，台北：九歌出版有限公司，1986.03

林錫嘉編：《七十七年代散文選》，台北：九歌出版有限公司，1989.03

金健人：《小說結構美學》，台北：木鐸出版社，1988

姚一葦：《藝術批評》，台北：三民書局，1996.6

孟樊：《旅行文學讀本》，台北：揚智文化事業有股份有限公司，2004.12

東海大學：《旅遊文學研討會論文集》，台北：文津出版社，2000.01

長榮主辦：《縱橫天下：長榮環宇文學獎》，台北：聯合文學出版社，1998.12

施連方：《趣談中國飲食文化》第一輯，北京：中國社會出版社，1999

胡錦媛：《台灣當代旅行文選》，台北：二魚文化事業公司，2004.06

唐振常：《中國飲食文化散論》，台北：台灣商務印書館，1999

孫紹誼：《想象的城市：文學、電影、和視覺上海（1927-1937）》，上海：復旦大學出版社，2009.01

馬來西亞留台校友會聯合總會：《馬華文學與現代性》，台北：新銳文創，2012.03

陳幸蕙編：《七十二年代散文選》，台北：九歌出版有限公司，1984.02

陳幸蕙編：《七十五年代散文選》，台北：九歌出版有限公司，1987.02

陳幸蕙編：《七十八年代散文選》，台北：九歌出版有限公司，1990.01

高宣揚：《流行文化社會學》，北京：中國人民大學出版社，2006.4

張玉欣、楊秀萍：《飲食文化概論》，台北：揚智文化事業股份有限公司，2004

張光達：《馬華當代詩論：政治性、後現代性與文化屬性》，台北：秀威資訊科技股份有限公司，2009.09

張錦忠・黃錦樹・黃俊麟主編：《故事總要開始：馬華當代小說選 2004-2012》，台北：寶瓶文化事業有限公司，2013.08

張錦忠：《關於馬華文學》，高雄：中山大學文學院，2009.12

許文榮：《馬華文學類型研究》，台北：里仁書局，2014.06

陳大為：《最年輕的麒麟：馬華文學在台灣（1963-2012）》，台南：國立台灣
　　文學館，2012.10

陳坤宏：《都市—空間結構》，高雄：麗文文化事業股份有限公司，2012.09

陳思和、許文榮主編：《馬華文學‧第三文化空間》，吉隆坡：馬大中文系畢
　　業生協會，2014.06

陳詔：《中國饌食文化》，上海：上海古籍出版社，2001.06

陸揚、王毅編選：《大眾文化研究》，上海：上海三聯書店，2001.7

華航主辦：《在夢想的地圖上：第三屆華航文學獎精選作品文集》，台北：元
　　尊文化，2000.11

黃瑞祺：《批判理論與現代社會學》，台北：巨流圖書有限公司，1986 增訂版

黑格爾：《美學》，台北：里仁書局，1981

楊治良：《記憶心理學》，台北：五南圖書出版公司，2001

楊義：《中國敘事學》，嘉義：南華管理學院，1998

溫任平、李宗舜主編：《眾星喧嘩：天狼星詩作精選》，台北：秀威資訊科技
　　股份有限公司，2014.09

溫任平：《馬華文學板塊觀察》，台北：釀出版，2015.01

虞君質：《藝術概論》，台北：大中國圖書公司，1995.1 九刷

詹志弘：《城市人：城市空間的感覺、符號和解釋》，台北：麥田出版社，
　　1996

趙一凡主編：《西方文論關鍵詞》，北京：外語教學與研究出版社，2006.1

趙榮光：《中國飲食文化史》，上海：上海人民出版社，2006

劉昭明主編：《旅行與文藝：國際會議論文集》，台北：書林出版有限公司，
　　2001.12

蕭蕭編：《七十三年代散文選》，台北：九歌出版有限公司，1985.03

蕭蕭編：《七十六年代散文選》，台北：九歌出版有限公司，1988.02

蕭蕭編：《七十九年代散文選》，台北：九歌出版有限公司，1991.02

滕守堯：《對話理論》，台北：揚智文化事業股份有限公司，1995

鄭明娳：《現代散文縱橫論》，台北：大安出版社，1986

鄭明娳：《現代散文欣賞》，台北：大安出版社，1987

鄭明娳：《現代散文類型論》，台北：大安出版社，1988

鄭明娳：《現代散文構成論》，台北：大安出版社，1989

謝川成：《馬來西亞天狼星詩社創辦人：溫任平作品研究》，台北：秀威資訊
　　科技股份有限公司，2014.11

鍾怡雯、陳大爲編：《馬華散文史讀本：1957-2007》，台北：萬卷樓圖書股份
　　有限公司，2007.11

鍾怡雯、陳大爲編：《馬華新詩史讀本：1957-2007》，台北：萬卷樓圖書股份
　　有限公司，2010.11

鍾怡雯：《馬華文學史與浪漫傳統》，台北：萬卷樓圖書股份有限公司，
　　2009.02

鯨向海等人：《作家的城市地圖》，台北：木馬文化事業有限公司，2004.08

龔鵬程：《北溟行記》，台北：印刻文學出版社，2005

龔鵬程：《自由的翅膀》，台北：九歌出版有限公司，2007

龔鵬程：《孤獨的眼睛》，台北：九歌出版有限公司，2005

龔鵬程：《游的精神文化史論》，石家庄：河北教育出版社，2001

二、專書論文

余秋雨：〈世紀性的文化鄉愁：「台北人」出版二十年重新評價〉，《台北
　　人》，台北：爾雅出版社，1983

宋德喜：〈從歷史看地方小吃向宮廷御食與大眾美食的交互轉化：台中飲食文
　　化學（圈）的未來〉，《飲食文化 2006 台中學研討會論文集》，台中：
　　台中文化局，2006.11，頁 1-9

周憲：〈旅行者的眼光：從近代遊記文學看現代性體驗的形成〉，《旅行與文
　　藝國際會議論文集》，台北：書林，2001.12，頁 405

喬健：〈中華飲食文化的小傳統：以高雄縣內門鄉「辦桌」行業爲例〉，《第
　　九屆中華飲食文化學術研討會論文集》，台北：財團法人中華文化基金
　　會，2006.08

鄭明娳：〈八十年代台灣散文現象〉，《八十年代台灣文學研討會》論文。

歐陽子：〈白先勇的小說世界：「台北人」之主題探討〉，《台北人》，台
　　北：爾雅出版社，1983

瞿海源：〈社會階層、文化認同與音樂喜好〉，輯入張苙雲、呂玉瑕、王甫昌
　　主編：《九〇年代的台灣社會：社會變遷基本調查研究系列二‧上冊》
　　專書第一號，台北：中央研究院社會學研究所，1997.5

三、期刊論文

文訊編輯室：〈專題企劃之 2：文學選集的理論與實踐〉，《文訊月刊》第 23
　　期，1986.04，頁 40-129

王宗法：〈論白先勇的文化鄉愁：從《台北人》、《紐約客》談起〉，《台灣
　　研究集刊》2000 年第 3 期，頁 93-99

王剛：〈胡金銓電影美術風格對華語電影美術設計的影響〉，《藝術與設
　　計》，2015 年，頁 89

王淑芳：〈感傷的精神旅行：論梁實秋飲食散文中的思鄉情結〉，《蘇州大學
　　學報》（哲學社會科學版）1994 年第 2 期，頁 74-76

王雪：〈論白先勇《台北人》中的「歷史見證」式敘述人的敘事功能〉，《世
　　界華文文學論壇》，2000 年第 2 期，頁 66-70

王瑞華：〈中國文化的悲劇意蘊：評白先勇的悲劇觀〉，《海外華文文學研
　　究》2000 第 4 期，頁 62-4

石琪：〈行者的軌跡〉，《香港功夫電研究》，1978 年

吳迎君：〈論胡金銓武俠電影的超越性〉，《西南大學學報‧社會科學版》第
　　34 卷第 2 期，2008.03，頁 35-39

吳迎君：〈論胡金銓電影的「中國美學」體系〉，《浙江藝術職業學院學報》
　　第 6 卷第 3 期，2008.09，頁 73-77

沙丹：〈大匠的困惑：山中傳奇與胡金銓的心靈世界〉，《當代電影》，
　　2011.04，頁 28-32

楊松年：〈文學選集的評論價值與史料〉，《文訊月刊》第 30 期，1987.06，
　　頁 164-170

胡錦媛：〈遠離非洲，遠離女性：《黑暗之心》中的旅行敘事〉，《中外文
　　學》第 324 期，1999.05，頁 99

范肖丹：〈花橋榮記鄉思主題的層次表現〉，《柳州師專學報》第 13 卷第 2
　　期，1998.06，頁 21-23

范肖丹：〈論白先勇小說創作中虛實相生的藝術辯證法〉，《桂林市教育學院
　　學報》第 12 卷第 2 期，頁 24-27

徐玫玲：〈流行歌曲在台灣：發展、反思和與社會變遷的交錯〉，《輔仁學
　　誌‧人文藝術之部》第 28 期，2001 年，頁 219-233

袁敏智：〈胡金銓武俠電影中的藝境之美〉，《合肥工業大學學報》（社會科

學版）第 30 卷第 6 期，2016.12，頁 93-98

張夢瑞：〈為時代而唱的流行歌〉，《光華雜誌》，2003.07，頁 68-74

張慧美：〈流行歌曲歌詞修辭舉隅：以譬喻句為例〉，《中國語文》第 579、
　　　580 期，2005.09，頁 37-46

陳長房：〈疆域越界：論後現代英文旅行文學〉，《中外文學》第 317 期，
　　　1998，頁 8

陳飛寶：〈胡金銓的武俠電影美學及其對中國電影的影響和貢獻〉，《當代電
　　　影》2011 年第 8 期，頁 98-101

陳祥泰：〈「大陸情結」的藝術審視與展現，白先勇的短篇小說集《台北人》
　　　賞析〉：《青島教育學院學報》第 13 卷第 3 期，2000.09，頁 26-30

曾慧佳：〈流行歌曲中的一些社會現象〉，《近代中國》第 151 期，2002.10，
　　　頁 53-73

馮毓嵩：〈金銓學派的強大力量：紀念胡金銓導演誕辰 80 週年〉，《當代電
　　　影》2011 年第 8 期，頁 95-97

葉凌宇：〈胡金銓武俠電影經典模式〉，《青年文學家‧影視文學》2013 年第
　　　26 期，2013.09，頁 78-79

劉兆祐：〈從文獻的觀點看文學選集〉，《文訊月刊》第 23 期，1986.04，頁
　　　44-46

劉世文：〈論胡金銓武俠電影的空間美學〉，《安徽文學》第 9 期，2011 年，
　　　頁 118-119

劉成漢：〈作者論和胡金銓〉，《當代電影》1997 年第 3 期，頁 82-88

劉俊：〈論白先勇小說中的意象群落〉，《世界華文文學論壇》1992 年第 1
　　　期，頁 77-82

劉虹風：〈「旅行文學」──在追尋／驗證、真實／虛構之間〉，《誠品好
　　　讀》第 1 期，2000.07，頁 22-3

鄭淑玉：〈胡金銓武俠電影的禪意與禪趣〉，《電影評介‧影視評論》，
　　　2012.02，頁 7-8

顏紅：〈論胡金銓在中國武俠電影史上的地位〉，輯入《電影文學》第 6 期，
　　　2014 年，頁 29-30

羅智成：〈相約天涯：羅智成談旅行與文學〉，《聯合文學》187 期，2000.05，
　　　頁 68-73

四、學位論文

李百曉：《論胡金銓武俠電影藝術特色》，河北：河北大學碩士論文，2011 年

詹珮甄：《「周杰倫」現象研究》，中壢：中央大學碩士論文，2006.1

五、譯著

Abraham Maslow（馬斯洛）著，劉燁編譯：《馬斯洛的智慧：馬斯洛人本哲學解讀》，台北：正展出版公司，2006.05

Alfred Cort Haddon（阿福瑞德・哈頓）著：《藝術的演進》（*Evolution in Art*），台北：桂冠圖書股份有限公司，1989

Andy Bennett（安迪・貝內特）著，孫憶南譯：《流行音樂的文化》（*Cultures of popular Music*），台北：書林出版有限公司，2004.8

Anne Mikoleit & Moritz Purckhauer（安妮・米柯萊、摩里茲・普克豪爾）著，洪世民譯：《城市密碼：觀察城市的 100 個場景》，台北：行人文化實驗室，2012.08

Arnold Hauser（阿諾德・豪澤爾）著，居延安譯：《藝術社會學》（*The Sociology of Art*），台北：雅典出版社，1988.9

Arthur Asa Berger（阿瑟・阿薩・伯杰）著，姚媛譯：《通俗文化、媒介和日常生活中的敘事》（*Narratives in Popular Culture, Media and Everyday Life*），南京：南京大學出版社，2002.2 二版一刷

B. M. Velikovsky（維里契科夫斯基）著，孫曄、張世英等譯：《現代認知心理學》，北京：社會科學文獻出版社，1988.3

David Croteau、William Hoynes 原著，湯允一、董素蘭、林富美、許瑩月合譯：《媒體／社會：產業，形象與閱聽大眾》（*Media ∕ society: Industries, Images and Audiences*），台北：學富文化事業有限公司，2001

Dominic Strinati（斯特里納蒂）著，閻嘉譯：《通俗文化理論導論》（*An Introduction To Theories of Popular Culture*），北京：商務印書館，2003.4 二刷

Doreen. Marcy, John. Alan, Steve. Pyle（朵琳・瑪西、約翰・艾倫、史提夫・派爾）編著，王弘志譯：《城市世界》（*City Worlds*），台北：國立編譯館，2009.04

Duane Schultz & Sydney Ellen Schultz（杜安・舒爾茨和悉尼艾倫・舒爾茨）

著，陳正文等譯：《人格理論》，台北：揚智文化事業股份有限公司，
1997.9

Edward J. Mayo & Lance P. Jarris（愛德華和蘭斯）著，蔡麗伶譯：《旅遊心理
學》，台北：揚智文化事業股份有限公司，1990

Elaine Baldwin（阿雷恩‧鮑爾德溫）等著，陶東風等譯：《文化研究導論》
（修訂版）（*Introducing Cultural Studies*），北京：高等教育出版社，
2005.9 二刷

Elliot W. Eisner（艾略特 W. 艾斯納）著，陳武鎮譯：《兒童知覺的發展與美術
教育》，世界文物出版社，1990.7

Gonbridge（岡布里奇）著，周彥譯：《藝術與幻覺：繪畫再現的心理研究》，
長沙：湖南人民出版社，1987.8

Gustave Le Bon（古塔夫‧勒龐，1841-1931）著，馮克利譯：《烏合之眾：大
眾心理研究》（*The Crowd: A Study of Popular Mind*），桂林：廣西師範
大學出版社，2007.9

Hector. Rodgers（埃克托爾‧羅德格斯）著，蕭模譯：〈中國美學問題胡金銓電
影中的電影形式與敘事空間：為紀念胡金銓（1931-1997）而作〉，《電
影藝術》，2008.02，頁 56-81

Husserl, E.（胡塞爾）著，倪梁康、張廷國譯：《生活世界現象學》，上海：上
海譯文出版社，2002.6

Jerry M. Burger（傑里 M. 漢堡）著，林宗鴻譯：《人格心理學》，台北：揚智
文化事業股份有限公司，1997

John Storey（約翰‧史都瑞）著，李根芳、周素鳳譯：《文化理論與通俗文化
導論》（*Cultural Theory and Popular Culture: An Introducion*），台北：
巨流圖書有限公司，2003.8 第三版

Mike Crang（麥克‧克朗）著，王志弘等譯：《文化地理學》，台北：巨流圖
書有限公司，2003.03

Peter Brooker（彼得‧布魯克著）著；王志弘、李根芳譯：《文化理論詞彙》
（*A Glossary of Culture Theory*），台北：巨流圖書有限公司，2003.10

R. L. Gregory（格列高里）著，彭聃齡、楊旻譯：《視覺心理學》，北京：北京
師範大學出版社，1986.11

Raymond Williams（雷蒙‧威廉士）著，劉建基譯：《關鍵詞：文化與社會的

詞彙》（*Keywords: A Vocabulary of Culture and Society*），台北：巨流圖
書有限公司，2003.10

Robert Lanquar 著，黃發典譯：《觀光旅遊社會學》，台北：遠流出版社，
1993.02

Rudolf Arnheim（魯道夫・阿恩海姆）著，滕守堯、朱疆源譯：《藝術與視知
覺》，成都：四川人民出版社，2001.03

Yi-Fu Tuan（段義孚）著，周尚義、張春梅譯：《逃避主義：從恐懼到創造》
（*Escapism*），台北：立緒文化事業有限公司，2006.04

Scott MeQuire（斯科特）著，趙偉玟譯、國家教育學院主譯：《媒介城市：媒
介、建築與都市空間》，台北：韋伯文化國際出版有限公司，2011.05

Simon Parker（西蒙・帕克）著，王志弘、徐苔玲譯：《遇見城市：理論與經
驗》，台北：國立編譯館，2007.11

國家圖書館出版品預行編目資料

圖像‧敘事與多元文本

林淑貞著.－初版.－臺北市：臺灣學生，2018.06
面；公分

ISBN 978-957-15-1769-8 (平裝)

1. 文學 2. 文藝評論 3. 文集

810.7   107006627

圖像‧敘事與多元文本

著 作 者　林淑貞
校 稿 者　陳美絲、柯惠馨
出 版 者　臺灣學生書局有限公司
發 行 人　楊雲龍
發 行 所　臺灣學生書局有限公司
地　　址　臺北市和平東路一段 75 巷 11 號
劃 撥 帳 號　00024668
電　　話　(02)23928185
傳　　眞　(02)23928105
E - m a i l　student.book@msa.hinet.net
網　　址　www.studentbook.com.tw
登記證字號　行政院新聞局局版北市業字第玖捌壹號
定　　價　新臺幣七五〇元
出 版 日 期　二〇一八年六月初版
I S B N　978-957-15-1769-8